《外国文学名著名译丛书》出版说明

世界文学名著作为人类文明成果的一部分永放光芒，永远为广大读者所喜爱和珍藏。

本丛书在尊重文明累积与普遍共识的同时，细心体察今日读者的需求，突出一个“兼”字，即兼及价值内涵的多向多元，题材、语言、风格的多姿多彩，以及读者兴趣、爱好、需求的多种多样。译本的择选也兼顾到卓有成就的老翻译家与世纪之交崭露头角的中青年译者。所选书目以小说为主，兼及童书、成长经典、抒情诗、散文、剧本、批评……时段以十九世纪至二十世纪前期为主，适当上溯到古代。总的要求好看、可读，读之有益。

自二〇一二年起，计划三年推出二百余种。每种书前有作品及译本的择选依据和权威评鉴，书中辑入外版精彩图片。

漓江出版社编辑部

[俄] 尼古拉·瓦西里耶维奇·果戈理（1809–1852）

学生时代的果戈理

青年时代的果戈理

青年时代的果戈理

果戈理正在焚烧《死魂灵》的第二卷

耸立在莫斯科的果戈理雕像　雕像家托姆斯基的作品

Глава VII

《死魂灵》第一卷第七章果戈理手迹

果戈理在莫斯科的故居

外国文学名著名译丛书

死魂灵

（俄）果戈理 著
Гóголь
乔振绪 译

漓江出版社

图书在版编目(CIP)数据

死魂灵/(俄罗斯)果戈理 著;乔振绪 译.—桂林:漓江出版社, 2013.1(2019.2 重印)
(外国文学名著名译丛书)
ISBN 978-7-5407-6080-9

Ⅰ. ①死… Ⅱ. ①果… ②乔… Ⅲ. ①长篇小说-俄罗斯-近代 Ⅳ. ①I512.44

中国版本图书馆 CIP 数据核字(2012)第 273535 号

出版人:刘迪才
漓江出版社有限公司出版发行
广西桂林市南环路 22 号　邮政编码:541002
网址:http://www.lijiangbook.com
全国新华书店经销

三河市腾飞印务有限公司印刷
开本:960mm×700mm　1/16
印张:22.25 字数:340 千字
2013 年 1 月第 1 版　2019 年 2 月第 2 次印刷
定价:48.00 元

作家·作品

从果戈理起我国的文学开始表达人民的自我意识。

那些需要保护的人们，对果戈理是十分感激的；他站在那些摒弃丑恶和庸俗事物的人们的前列，因此引起一些人对他大加反对，这是他的光荣。只有在他所反对的一切庸俗和卑鄙都消灭了的时候，大家才会异口同声地赞许他。

——车尔尼雪夫斯基

果戈理拿起笔写作，不是为了满足他的兴趣，也不是为了他的能力可以轻松应对，他是在努力使他写出的作品能对自己的祖国有益。

——涅克拉索夫

《死魂灵》也不是一读就可以充分了然的，第二遍再去读它，却好像读一部新的、从来没有读过的作品一样，《死魂灵》要求我们的是研究。

——别林斯基

对于果戈理应当像对具有最深邃的智慧和对人具有最深切爱的人那样来景仰。

——谢甫琴科

这个人（果戈理）以自己的名字标志了我国文学史上的一个时代；我们把这个人视为我国的一种光荣并引以自豪！

——屠格涅夫

《死魂灵》这个标题本身就具有某种感到恐惧的东西，而且也不能用另外的叫法。这不是纳税人，是死魂灵，而所有这些诺兹德廖夫们、马尼洛夫们以及诸如此类的人，都是死魂灵，并且我们都能碰到他们。

——赫尔岑

果戈理被公认为是俄罗斯文学新现实主义倾向的奠基人，所有后来的作家无形之中都在追随他，不管他们的作品有无自己的特色。

萨尔特科夫·谢德林

果戈理得到普希金的指引走上正确的道路，他在这条道路上步伐坚定、有力，他在这条道路上创作了自己最优秀的作品，这些作品符合我们这个时代的要求，因为它们是健康的，真实的，并渗透着改革的思想。

——高尔基

从《死魂灵》和《钦差大臣》中活生生的形象，中国读者会联想到自己国家由昨天存在着或今天也还存在着的剥削者和寄生者、地主和官僚，以及乞乞科夫式的“但不是买死魂灵而是买活魂灵”以进行冒险欺诈的资产阶级人物，而给以深刻的憎恨。

——茅盾

超越国界、超越时代的杰作

乔振绪

果戈理(1809-1852)是十九世纪俄国伟大的作家之一。果戈理创作的《钦差大臣》和《死魂灵》这两部优秀作品尖锐地和辛辣地讽刺了他那个时代的社会弊端,揭露了当时社会体制的种种不合理性。

果戈理指出,掌控着农民命运的地主阶级是极少数,掌控着国家权力的官吏也是极少数,俄罗斯人民不能再这样生活下去了。应该主宰自己的命运,应该彻底变革。

一

果戈理于1809年3月20日出生在乌克兰波尔塔瓦省米尔格拉得县一个索洛钦小镇上。果戈理的父母虽然是贵族地主,但并不很富裕。父亲的文化水平不低,他常用俄语和乌克兰语写诗,写剧本,他还善于朗诵,有时也登台演戏。果戈理从小就受到父亲的文化活动的熏陶,滋生了对文学艺术的兴趣。果戈理的童年是在父亲的领地瓦西里村度过的,所以他从小熟悉人民的生活和乌克兰的乡村习俗,并喜欢上了乌克兰的童话、歌谣和传说。1818年他进了波尔塔瓦省的县立学校,1821年进入刚刚开办的涅任高级中学。这个学校的学制为九年,所授课程包括:宗教、俄罗斯文学、拉丁语、希腊语、德语、法语、政治科学、历史、地理、物理、数学……很有意思的是这里的教学科目和普希金的皇村中学的教学科目很相似。在普希金成为一名伟大的诗人、果戈理成为一名伟大的小说家的道路上,这些教学科目无疑起了举足轻重的作用。

果戈理在中学学习期间，发生了十二月党人起义。二十年代在俄国流行的进步思想也影响了学校的老师和学生。学生们读普希金的诗，读雷列耶夫（十二月党人）的诗，读进步刊物。当时的进步教师对学生影响很大，尤其是用先进思想讲授法律课的别洛乌索夫，他是果戈理最喜欢的老师，1827 年他因所谓“自由思想”的罪名被学校辞退，果戈理曾替他辩护。

果戈理在中学学习期间，思想活跃，爱好广泛，他喜欢看书，喜欢演戏，参加了学生组织的剧团，多次在剧中扮演角色，表现了非凡的表演才能，同时对文学创作表现了极大的兴趣，他写了不少诗歌和小说，可惜这些东西都没有保存下来。

1828 年果戈理在涅任高级中学毕业。果戈理毕业后的理想是：“我想在国家单位找一份工作，我想搞司法工作。我发现，如果我能进入司法部门工作，我就能作出自己的贡献，我就能成为对人类真正有用的人。”

二

果戈理在涅任高级中学毕业后，怀着对未来的希望和信念来到彼得堡。

果戈理献身文学创作以前，尝试过许多职业。他当过小职员，教过历史课。他还想到剧院当一名戏剧演员，但没有通过测试，因为他的表演不符合剧院主持人的口味，主持人喜欢那种超乎自然的、装腔作势的、眉飞色舞的舞台表演风格。果戈理在彼得堡亲身体验了那些居于高位的上层人士对小人物的藐视和冷淡的态度，亲身体验了小人物在大人物面前的屈辱感，他的理想完全破灭了。

果戈理开始在文学中寻找自己能发挥力量、为俄罗斯服务的天地。他开始创作小说，创作诗歌。1831 年和 1832 年他先后发表了《乡村夜话》的第一卷和第二卷，果戈理的文学生涯从此开始。《夜话》以乌克兰的民间故事和民间传说为基础描写了许多真实的人和真实的生活，但也夹杂着对魔鬼、妖妇、巫婆的描写。《夜话》中的大多数故事充满了幽默感，充满了青春活力，充满了对人民深情的爱。果戈理的处女作《夜话》一炮打响，受到普希金的高度评价。普希金说：“这本书有的地方描写得很富有诗意，充满激情，这正是我们的文学中所缺少的。我至今仍然浸沉在这本书所营造的氛围中。”

1835年果戈理又先后发表了《小品集》(包括《涅瓦大街》、《肖像》、《狂人日记》等)和《密尔格拉得》(包括《旧式地主》、《塔拉斯·布尔巴》、《维伊》和《两个伊凡吵架》)。

果戈理创作《死魂灵》之前最应该提到的一部作品就是《钦差大臣》。因为从《死魂灵》的某些人物身上可以看见《钦差大臣》中某些人物的影子,果戈理动手写《钦差大臣》以前,已经开始构思《死魂灵》了。

《钦差大臣》的问世和上演,在全俄罗斯引起轰动。它深刻地揭示了农奴制俄国官僚阶层的腐败、贪婪和堕落。

《死魂灵》的题材是普希金提供的。有一次,普希金给果戈理讲了这样一件事:一个当官的是个骗子,他花了极少的钱向地主收买了一批死农奴,可是他们在花名册上仍然是活农奴,然后这位官员把这批农奴抵押出去,得了一大笔钱,成了暴发户。

果戈理对这个题材发生了极大的兴趣,他把这个题材运用到自己的小说中,结果出现了《死魂灵》这一划时代的伟大的作品。果戈理始终认为普希金是自己的导师,他写好的东西常常先要朗读给普希金听,征求普希金的意见。《死魂灵》写好了头几章以后,他也是先读给普希金听,得到了普希金的赞扬。

1836年夏天,果戈理带着没有写完的《死魂灵》来到国外。他到过德国、法国、瑞士、意大利,他的《死魂灵》基本上是在意大利完成的。1836年他从国外写信给茹科夫斯基说:“我正在写《死魂灵》,我在彼得堡时就开始动笔了……我的这本书规模庞大,内容庞杂,不会很快写完。”他在信中又说:“一些新的阶层和许多形形色色的老爷们将会起来反对我,但是我有什么办法呢!……我知道,我死后,我的名字将比我现在幸运,我的乡民们的后代也许会眼中噙着泪水同我的灵魂和解。”果戈理的这些话表明,他已经意识到了他写的这部作品将会产生多么大的社会效应,他在《死魂灵》中所嘲笑的那个阶级的人不可避免地会对他采取敌对态度。

果戈理在意大利逗留期间,把主要精力都花在《死魂灵》的创作中。

从1835年到1841年,在这7年的时间里,果戈理几乎倾注了他的全部心血,完成了这部鸿篇巨制。1841年9月,果戈理带着《死魂灵》回到国内。但是这部书要想出版,必先通过书报检查机关的审查。负责审查的官员是昏官,他一看到《死魂灵》这个书名,就勃然大怒,他嚷嚷道:“灵魂是永生的,怎么会死呢!”当他弄清楚了“死魂灵”指的是死去的农奴时,他有点慌了神儿,他说:“这就更不行了,这是反对农奴制。”

《死魂灵》在莫斯科的出版受阻，果戈理心急如焚。这时正巧别林斯基从彼得堡到莫斯科来办事，果戈理把《死魂灵》送审受阻的事告诉了别林斯基，别林斯基当即表示，他把稿子带到彼得堡去，争取在那里出版。后来，经过别林斯基和其他友人的努力，彼得堡书报检查机关迫于进步人士的压力，勉强批准了《死魂灵》的出版，但提出的条件是，作者必须对书中有关科佩金上尉的故事作重大的修改。果戈理只好对故事做了一些删节。修改后的《死魂灵》终于在1842年5月出版了。

三

《死魂灵》的故事情节很简单，它说的是一个善于投机钻营的六品文官乞乞科夫，在一次代书抵押农奴的事项中得到启发，决定做一次贩卖死农奴的投机生意。他打算趁新的人口调查没有进行之前，买进一千个已经死了的农奴，再到救济部门去抵押，每个死农奴可以抵押200卢布，结果就可以赚20万卢布！这就是他的如意算盘。无疑，乞乞科夫的行为是一种商业行为，但他的行为带有很大的投机性欺骗性：第一，他的商业交易是买空卖空，他不可能让坟墓中的死人起死回生，他只是用名单上的人名做交易；第二，他的生意是暴利生意，是低价买进，高价卖出；第三，他的商品是一种特殊的商品，这个商品既不能吃，也不能穿，既不能住，也不能用，这个商品是死人。农奴已经死了，乞乞科夫还想从死人身上赚一笔钱，可见资本浑身上下都沾满了劳动者的血水和汗水。

乞乞科夫是贯穿全书的中心人物。父亲是他的启蒙老师，首先教给他，世界上什么都靠不住，只有金钱最可靠，只要有钱，世上没有办不成的事；父亲还教给他，在学校要讨好老师，到了工作岗位要讨好上司，即使你天赋低下，能力差，也会平步青云；父亲还教给他，要交有钱的人做朋友，要交用得着的人做朋友。乞乞科夫心揣父亲的教诲走进学校，步入社会。

他很会乔装打扮自己，在税务局工作期间，他起早贪黑、不辞辛劳，下班后经常不回家，睡在办公室的桌子上。他的表现终于得到上司的赏识，得到提拔。

他的科长是个倔老头子，平常很难跟他说上话。可是乞乞科夫了解到，科长有一个长得很丑的女儿，到了该出嫁的年龄，还没有嫁出去。乞乞科夫决定先从他的女儿下手，开始追求她，没过多久，乞乞科夫已经搬到科长家住了，并承担了科长家的重体力活儿，还没有和科长的女儿结婚，就管科长叫爸爸了。科长看到未来的女婿如此殷勤，如此贴心，心里美滋滋的，于是就到上司那里为乞乞科夫的提拔求情。在科长的努力下，乞乞科夫终于被提拔成科长。乞乞科夫亲近老科长的目的已经达到，他被提拔后的第二天，就从科长家搬出来住了，也不提结婚的事了，也不叫老科长爸爸了。老科长愤愤不平地骂他道："这个龟儿子，我上他的当了！"

乞乞科夫谙熟生意经，上学时他就精通此道。他把同学送给他的一件东西收藏起来，过一段时间，他把这件东西拿出来再卖给这个同学；他到市场上买了一些食品放起来，等到有同学肚子饿了，急需吃东西时，他把他买的食品拿出来，以数倍高的价格卖给这个同学。当他步入社会后，逐渐练成了一名投机钻营的能手。

乞乞科夫走出校门后，立刻到处寻找合适的工作，实际上是寻找财路。他在税务部门干过，在海关干过。随着职务的提升，他的胆子越来越大，胃口也越来越大，弄钱的手段也越来越狠辣，他要贪就贪大的，要收受贿赂就收受巨额的。

乞乞科夫是果戈理创造的一个双重的典型人物，他既是一个贪官，又是一个投机商人。为了购买死农奴，他走访了五个地主，这五个地主都各有其特点、禀性和习气。

马尼洛夫是一个整天游手好闲，什么事也不干的人。他把田庄上的农事完全交给管家，自己不闻不问，甚至庄上死了多少个农奴，他都不知道，他的日子过得相当逍遥，属于那种享受型的地主。

科罗博奇卡是一个拥有八十个农奴的小地主，她和外界交往很少，思想比较保守，头脑愚钝，一心一意只晓得赚钱，只晓得把田庄上的产品尽快卖出去，换成钞票，装进她那个放在五屉柜抽屉里用粗花布缝制的钱包里。她是个敛财型的地主。

诺兹德廖夫整天价就是吃喝、酗酒、赌钱，经常因为赌钱时耍赖以及捣鬼和别人争吵，甚至斗殴。他不务农事，却把养狗当成主业。他是一个无赖型的地主。

索巴克维奇以发财为生活目标。当乞乞科夫提出购买他的死农奴时，他和乞乞科夫讨价还价，反复较量，虽然败下阵来，但也反映出他的奸猾。他是一个贪婪型的地主。

普柳什金是个彻头彻尾的破落户。他的田庄由于疏于管理，完全荒芜了；干草和粮食都放得发了霉；地窖中的面粉板结成像石头一样的硬块儿。他不仅舍不得为别人花一分钱，也不舍得为自己花一分钱，他本人的装束像个乞丐。他是一个吝啬型的地主。

这些地主，不管他们表现如何，都有一个共同的特点，那就是他们虽然身在田庄，但已完全脱离开农事，过着寄生的生活，他们由原来的生产管理者蜕变成无所事事的寄生虫，他们已经变成了一个腐化的阶级，他们的存在对社会已没有任何益处，他们应该退出历史舞台了。

四

果戈理打算在第二卷中继续描写乞乞科夫的经历。他不仅让乞乞科夫和诺兹德廖夫这样的无赖打交道，也让乞乞科夫跟那些新型的人物打交道。他写好第二卷后，多次给一些好友朗读过，听过朗读的人都认为第二卷写得不错，可是一个完整的第二卷并没有问世。果戈理把写好的手稿烧掉了。他为什么要把他的劳动成果付之一炬，最普遍的说法是，他塑造的正面人物都不成功，都不理想。他描写索巴克维奇们时，可以从生活中撷取素材，可是他想描写和索巴克维奇们完全不一样的新型的地主，那就只能虚构了，因为生活中还没有出现这样的地主，而虚构出来的地主是很难有生命力的。

果戈理去世后，人们在他的文件中发现了第二卷的五章残稿。从这些残稿可以看到果戈理在第二卷中仍然塑造了几个地主的形象，值得注意的是坚捷特尼科夫和科斯坦若格洛这两个地主。

坚捷特尼科夫走出校门后很想在公务方面展现自己的才能。他抱着干一番事业的决心来到彼得堡，通过叔父在私下里托了人，在某个局级机关谋到一个职位。可是他在这个岗位上没干多久，就辞职不干了。这里文牍主义严重，他抄写的文件一点重要内容没有，只涉及三个卢布的事，却来回传递了半年之久，他认为这种工作简直是浪费他的年华。另外，他的上司是个势利小人，他对上极尽阿谀奉承之能事，对下则经常吹胡子瞪眼睛。如果他家有什么喜庆事，要是有谁没有任何表示，他对这样的人必然怀恨在心，一定会寻机报复。

坚捷特尼科夫是一个拥有三百农奴和庞大庄园的地主，他决定回乡把田庄管起来。他首先减少了农民无偿为地主劳动的时间，从而使农民能有更多的时间为自己劳动。他对生产的一切环节都亲自过问，亲自参与。可是没有过多久，他发现自己田里的庄稼不如农民田里的庄稼长得好。他想为农民开办学校总也办不成,农家的孩子从十岁起就帮家里干活儿了,哪里有时间上学。在很多事情上,他和农民总是想不到一起,相互很难沟通,其实他不明白,也就是果戈理尚不明白,农民需要的是人身自由,而不是老爷的施舍。从此,坚捷特尼科夫的意志逐渐消沉,又过起了整天吃了睡、睡了吃的寄生生活。

果戈理在第二卷中还塑造了一个新型庄园主的形象,这个庄园主就是科斯坦若格洛,他是一个奋发有为、讲究实效的庄园主,他重视调查研究,把每个农民的情况都摸得清清楚楚。“他决不是仅仅生活在这四堵高墙包围的房间里,而是生活在田地里,他的思想也不是当他舒舒服服地坐在壁炉前的安乐椅上在他脑子里产生的,而是当某个事件发生他又亲历其中时,就在他的脑子里应运而生,并付诸实践。”由于他深入实际,管理有方,所以他的效益也是惊人的,“他仅仅用了十年的时间,就把田庄的收入由三万卢布提升到二十万卢布”。

他非常尊重农民,尊重他们的劳动,尊重他们的人格。他认为:“农民在播种收成,在播种人类的幸福,在播种千百万人赖以生存的粮食。”他认为:“人应该通过劳动创造幸福的生活。”“耕种土地是要流大汗,出大力的,投机取巧是不行的。”他说:“死也要死在干活儿的土地上,而不要像猪猡一样,撑死在食槽旁。”

科斯坦若格洛不仅从事农业,也搞工商业。他的庄园生产的羊毛积压了很多,卖不出去,于是他把它们织成呢子,拿到村子的市场上,一下就卖光了,因为价格便宜,庄稼人也需要。这样一来,随着农业的发展,他办了好几个工厂。

科斯坦若格洛既是庄园主,又是工商业者,他的活动不仅对社会的发展有利,对改善农民的生活也有利,但是有一点他不明白,如果农奴制度不废除,农民的人身没有得到自由,他的一切努力都是徒劳的。

果戈理曾长期(特别是创作《死魂灵》时期)居住在西欧一些国家,如法国和意大利,他在这些国家免不了会接触到那里的农场主,所以他笔下的科斯坦若格洛具有西欧农场主的影子,所不同的是,那里的农民,人身是自由的。

果戈理在第二卷中还塑造了一位秉公无私、执法如山的总督。果戈理非常痛恨贪官污吏,在第一卷中,他无情地揭露了某市的市长、检察长、警察局长等的丑恶面貌,甚至把劣迹昭著的县警察局长推上“断头台”。在第二卷中果戈理虽然没有把惩治贪腐的任务委托给老百姓,但总督面对下属官吏发表的那段训诫词是《死魂灵》中写得最为精彩,最具现实意义的部分。

总督把全市官员，从省长到九级文官，都集中到总督府的大厅里进行训诫。他说：“任何办法，任何威吓，任何惩罚都根除不了贪腐这一顽疾，因为它的根扎得太深。……现在的问题是到了拯救我们国家的时候了，我们的国家面临着亡国的威胁，这种威胁不是来自拿破仑军队的入侵，而是来自我们自己。”

他接着说：“现在在我们的政府里，除了合法的管理体制和办事体制外，还形成了另外一种体制，这种体制比合法体制的生命力要强大得多。在这种体制下，办事是有条件的，也就是给钱才办事，这种权钱交易的勾当已经不是什么秘密。”

总督接着指出：“任何当政者，即使他很英明，即使他设立了监督机构，他也无法根除贪腐这个官府机体上的毒瘤。”他认为：“如果人民大众还没有发动起来，如果我们当中的每个人还没有意识到，应该像战争年代那样，拿起武器和贪腐做坚决的斗争，那么其它的一切努力都是徒劳的。”

五

十九世纪是俄罗斯文学大繁荣的时代，是优秀作家辈出的时代，是旧的生产关系走向衰亡，新的生产关系即将诞生的时代，是一大批革命民主主义者已经登上历史舞台的时代，在这样的时代背景下，果戈理带着他的史诗性巨著《死魂灵》出现了。

《死魂灵》具有划时代的意义，它广泛地触及了俄国社会的现实，全面地反映了一个历史时期的社会面貌和人民的生活状态，淋漓尽致地揭露了地主阶级的丑恶嘴脸，愤怒地鞭笞了贪婪、吝啬、掠夺、挥金如土等这些长在地主身上的毒瘤。

《死魂灵》对文学界也产生了巨大的影响，我们听听当时别林斯基是怎么说的，他说：“《死魂灵》高出于俄国文学过去以及现在的一切作品之上……”（见满涛译《别林斯基选集》二卷 270 页）他又说：“一切写作长篇小说和中篇小说的新作家们，不管有才能的和没有才能的，都不由自主地屈服于果戈理的影响之下。”（同上，二卷 121 页）。“一切年青的作家，在这影响之下都走上了果戈理所昭示的道路，努力描写现实的社会，而不是存在于想象中的社会。”（同上，二卷 133 页）毫无疑问，《死魂灵》在俄国文学发展史上所产生的影响是极其深远的。

果戈理称自己的《死魂灵》为长诗。以我们的理解，所谓长诗，就是史诗的意思。

别林斯基对这个问题给了很好的诠释，他写道："果戈理把自己的长篇小说称为长诗，不是闹着玩的，并且他指的不是喜剧性的长诗。向我们说明这一点的，不是作者，而是他的书。我们在这里面看不出任何滑稽可笑的东西；我们在作者的任何一句话里，都看不出使读者发笑的企图：一切都是严肃的、平静的、真诚的和深刻的……"（见满涛译《别林斯基选集》一卷450页）

《死魂灵》是一部超越国界、超越时代的杰作。从它问世到现在已经过去一百七十多年了，但是乞乞科夫们、索巴克维奇们、诺兹德廖夫们的身影还没有从我们的生活中消逝，他们依然存在着，活跃着，和他们进行殊死的斗争依然是我们今天社会的一大任务。

2012年6月

于北京大学俄语系

目　录

第一卷

第一章

一辆漂亮的装有弹簧座的轻便型四轮马车驶进某省城一家旅馆的大门。坐得起这种马车的人通常都是在社会上小有身份、称得上是“老爷”的人，他们大都是单身汉，比如退伍的上校啦，上尉啦，以及拥有上百个农奴的领主啦，等等，等等。具体说来，这辆马车里坐的就是这样的一位老爷。他的长相谈不上漂亮，可也不能说丑；他的体态谈不上胖，可也不能说瘦；他的年纪谈不上老，可也不能说年轻。他的到来在省城里并未引起轰动，也没有引起任何人的特别关注，只有两个庄稼汉站在旅馆对面小酒馆的门口，针对马车，而不是针对坐在马车里的人，说了几句评头论足的话。一

只有两个庄稼汉站在旅馆对面的小酒馆的门口，针对马车说了几句评头论足的话。

个人对另一个人说:“喂,你瞧那轮子,要是把车拉到莫斯科,这轮子行吗?能把车拉到莫斯科吗?”另一个人回答说:“行!没问题!”这个人又说:“要是把车拉到喀山呢,我想就不行了吧?”另一个人回答说:“要是到喀山,就不行了。”两个人的话说到这里就不再说了。还有,当马车驶到旅馆门前时,碰到一个年轻人,只见他下边穿一条又瘦又短的白棉布裤,上边穿一件赶时髦的燕尾服,燕尾服下露出硬挺的白色胸衬,胸衬上别着一枚图拉制作的手枪形铜别针。年轻人回头看了看马车,用手揪住差点儿被风刮掉的帽子,又继续走他的路了。

当马车驶进院子,旅馆的一个堂倌——俄罗斯管这种人叫茶房,出来迎接老爷。他行动麻利、敏捷,简直叫人看不清他的长相。他手里拿着餐巾赶忙跑出来,他个子很高。身穿一件很长的缎纹礼服,礼服的后领差不多顶到了他的后脑勺。他把头发一甩,赶忙把老爷带上楼,走过游廊,让老爷看上帝赐予他的房间。这个房间极其普通,因为这个旅馆就是一个大众化的旅馆,省城里这样的旅馆并不少见,过往旅客只需花两个卢布就可以租到一个舒适的房间,过上一天一夜。当然,房间里是少不了蟑螂了,这里的蟑螂像黑李子干那么大,满屋子爬。通向隔壁房间的门挡着一个五屉柜,住在隔壁房间的客人是一个不爱讲话、喜欢安静的人,不过他的好奇心极强,对于这位新来的客人的一切情况都怀着极大的兴趣。旅馆的外观和其内部装饰很搭配;旅馆是一个长形的二层小楼;底层的 墙壁用暗红色砖头砌成,墙壁本来就很脏,再加上风吹日晒雨淋,看起来黑糊糊的;二层的墙壁刷着黄色涂料;楼下是一排小店铺,有的卖马具,有得卖绳子,有的卖面包。拐角上的一家小铺里,或者说是窗口里,坐着一位卖蜜水的商贩,他面前放着一把紫铜茶炊,他的脸也像茶炊一样紫红,从远处看去,好像窗口里放着两把茶炊,唯一的区别就在于一把茶炊上长着黑胡子。

当来客上下左右打量自己房间的时候,他的行李已经有人给搬进来了。首先抬进来的是一只有点破损的白皮箱,这说明主人已经不止一次地把它带上旅途。抬进皮箱来的是马车夫谢利凡和仆人彼得鲁什卡。谢利凡个子很矮,穿一件没有挂面子的羊皮袄。彼得鲁什卡三十岁不到,穿一件又肥又大的旧礼服,显然是主人淘汰下来给他穿了,从外表看,这个后生长着一副凶相,生着两片厚嘴唇,一个大鼻头。他们抬进了箱子,接着还拿进来一个用花纹极美的名贵桦木制成的小红匣子、鞋楦和用蓝色包装纸包着的烧鸡。他们把主人的东西都拿进房间后,马车夫谢利凡到马厩照料马去了,仆人彼得鲁什卡到下房张罗自己睡觉的地方去了。这个下房又小又暗又脏,他先把自己的外套抱进房间,同时也把自己身上难闻的气味带进了房间,这种气味也染到了随后拿进来的装着各种生活用具的袋子上。他把一张很窄的三条腿的床靠墙放稳,上面铺上从店老板那里好不容易才要来的一条又硬又薄的垫褥,这条垫褥,说它薄，也真薄，薄的像煎饼，它那油腻的程度恐怕也不亚于煎饼。

当仆人们忙活着的时候，老爷来到了前厅。前厅是个什么样的前厅，这是每个客人都非常熟悉的。这里有涂了油漆的墙壁，——不过墙壁的上半截已经被烟雾熏得黢黑，下半截被住在这里的当地商人们的脊背蹭得又光又亮。这是因为每逢交易日，商人们总会七个八个的聚在这里喝份儿茶。这里有笼罩着烟雾的天花板，这里有被熏得黑黢黢的挂着许多玻璃球的枝形吊灯——每当茶房用托盘端着像海岸边的海鸟一样多的茶碗从磨破的地板漆布上麻利地跑过去时，这些玻璃球就摆动起来，发出叮叮当当的响声。这里有挂满墙壁的油画。这么说吧，别的旅馆是什么样的，这儿就是什么样的，所不同的仅仅是这儿挂着一幅自然女神的画像，她的乳房画得奇大，这恐怕是读者从未看见过的。这种自然主义的手法在各种历史题材的绘画中屡见不鲜，这种画也不知是什么时候从哪儿由谁带到我们俄罗斯的，有时甚至是我们的一些爱好艺术的高官显贵在导游的怂恿下从意大利买回来的。我们的老爷摘下帽子，解下七色毛围巾。对于有妻子的人来说，这种围巾都是妻子亲手所织，并且妻子还会教给他如何围才防寒；对于光棍汉来说，就很难说是谁给他织的围巾了，也许上帝会知道吧，不过我可从来没有围过这种围巾。老爷解下围巾后马上吩咐开饭。侍仆或茶房开始给他上菜，他们端上来的菜都是小饭馆里卖的那些菜，如：菜汤加酥皮馅儿饼（这种馅儿饼常常是几个礼拜前就烤好了，是特意为过往客人准备的），豌豆烩牛脑，油煎小灌肠加白菜，烤母鸡，酸黄瓜，酥皮甜馅儿饼（这种馅儿饼什么时候都有）。当侍仆或茶房把这些热菜冷菜给他上齐以后，他就和侍仆或茶房闲扯起来。扯些什么呢？什么都扯，比如从前这家旅馆是谁开的，现在又是谁开的啦，效益怎么样，收入多不多啦，老板是不是很差劲啦。茶房碰上这后一个问题，通常就会说：“老爷，老板是个大骗子。”现在，无论是在文明的欧洲，还是在文明的俄罗斯，都有许多值得大家尊敬的人，他们住在旅馆里，如果不和茶房闲聊几句，甚至有时不和茶房开几句玩笑，就吃不下饭似的。不过这位老爷提的问题也不都是毫无目标的。有的问题目标很明确，比如这里的省长是谁，民政局长是谁，检察局长是谁，等等，等等。总之一句话，凡是重要的官员他都问到了。关于这里所有有威望有影响的地主他问得就更详细了，比如他们有多少农奴，他们住得离市区远不远，甚至还问他们的性格如何，他们是不是经常到城里来。他还详细询问了这个地区的情况，这个省里有没有什么流行病，比如猩红热啦，致人死命的疟疾啦，天花啦，等等。这些事情他打听得这么详细，看样子他不仅仅是出于好奇。这位老爷仪表堂堂，风度翩翩，连擤鼻涕的声音都很大。不知他是怎么擤的，只觉得他的鼻子像是吹响了喇叭。他的这个无须挂齿的习惯却使茶房对他平添了几分敬意。每当茶房听到他擤鼻涕的声音，就肃然挺直身子，把头发往后一

关于这里所有有威望、有影响的地主他问得就更详细了，比如他们有多少农奴，他们住得离市区远不远……

甩，低下头问道：阁下有何需要？老爷吃完饭，喝了一杯咖啡，坐到沙发上，把靠垫塞到自己背后——俄国旅馆的靠垫里塞的不是柔软的羊毛，塞的是像砖头和卵石一样硬的东西。这时他开始打起哈欠来，叫人把他带到他的房间，躺下，立刻就睡着了，睡了两个钟头。他休息了一下之后，应茶房的请求在一片纸上写上自己的官职、姓名，以备送交警察局。茶房一边下楼，一边一个字一个字地读纸片上写的内容："六品文官乞乞科夫，地主，因私事出行。"当茶房读着纸片上的字的时候，乞乞科夫已经走出旅馆去浏览市容了，看得出，他对这座城市很满意，因为他发现，这座城市比起别的省城来毫不逊色。那砖石结构的房舍都涂着黄色涂料，特别显眼，木结构的房舍颜色比较暗，一律灰色，显得朴素大方。房舍有一层的平房，有两层的楼房，也有一层半的房子，但都建有通风用的顶楼，省城的建筑师认为，房屋上建上这种顶楼非常美观。这些房舍有的一座座分布在宽阔街道两边，沿街围着绵延不断的木栅栏，有的则是房挨房，房子后面还有房，这种地方经常有人进进出出，比较热闹。沿街有许多招牌，有的招牌上画着面包，有的招牌上画着长筒靴，但经过雨水的冲刷，都掉了颜色。有一幅招牌上画着一条蓝色裤子，上面赫然写着"华沙裁缝"四个大字。有一家商店的招牌上画着鸭舌帽和制帽，写着：外国人瓦西里·费奥多罗夫开的商店。还有一家商店的招牌上画着一张台球桌和两个打台球的人，两人都穿着燕尾服，就是我们的剧院演到最后一幕而姗姗来迟的看客所穿的那种燕尾服，两个打台球的人手拿台球杆正瞄准击打的目标，两只胳膊稍向后弯，侧身半蹲着，好像是刚刚腾空跃起又落在地上的样子，招贴画下面写着：台球馆。有的地方商贩干脆把售货桌摆到大街上，桌上摆着核桃、肥皂，还有很像肥皂的饼干。有家小饭馆，它的招牌上画着一条又肥又大的鱼，鱼身上插着一把叉子。从前到处都可看到的黯然失色的双头鹰国徽现在看不见了，取而代之的是酒馆二字。这里的马路坑洼不平，很不好走，他看了一下市内的公园，公园里只有几颗很细的小树，树根扎得很浅，所以用三脚架支撑着，三脚架涂着绿色油漆，显得很漂亮。不过，虽然这里的树长得并不比芦苇高，可报纸在描写节日的彩灯时却说："园林把我市装点得异常美丽，这要感谢主管民政的官员，因为他对此事十分关注。园林里，绿树成荫，枝叶繁茂，在这炎炎的夏日，给人们带来一片清凉。"报纸还说："百姓怀着对市长大人的深深感激之情，一谈到市长的功劳，就忍不住心跳加快，泪如泉涌，凡是看到此情此景的人无不动容。"他走到岗警跟前，仔细打听到，如果有事要去找市府议会、政府机关和省长，怎么走路更近。他去看了一下一条穿过市中心的小河，路过广告柱时，发现上面贴着一张戏报，他随手把戏报扯下来，揣进怀里，准备回到旅馆后仔细看看。一个长得不算难看的妇人从木头人行道上走过，她身后跟着一个童仆，手里拿着一个包袱。他从上到下打量了一番这位妇人，然后再一次把目光投向周围的房舍和景物，好像要把它们牢牢记在心里似的。他回到旅馆，由茶房搀扶着上了楼梯，直接走进自己的房间。他喝了茶，坐到桌前，让茶房给他拿来一支蜡烛，他从衣兜里掏出戏报，凑到烛光前，稍稍眯缝起右眼，开始读起来。不过戏报上令人感兴趣的东西并不多。剧院正在上演科采布的戏剧，剧中罗拉一角由波普廖温扮演，科拉一角由贾布洛娃扮演，别的角色就都不起眼了。不过他还是把演员名单一个不落地从头到尾看了一遍，甚至还看到池座的票价是多少，还了解到戏报是由省府印刷厂印制的。然后他翻到戏报的另一面，看看这里有没有什么可读的东西，结果没有，他于是擦了擦眼睛，把戏报整整齐齐地叠起来，放进一个小匣子里。他有一个习惯，无论什么零碎的东西都往这个小匣子里放。最后，他吃了一个冷盘小牛肉，喝了一瓶克瓦斯，然后，鼾声如雷地（俄罗斯地域辽阔，有些地方这样形容睡着后打呼噜的人）进入梦乡，从而结束了他这一天的生活。

到了第二天，他的安排是外出拜访，他拜访了市内所有的高官。他怀着敬意拜访了省长。这位省长也像乞乞科夫一样，不胖也不瘦，曾荣获二级安娜勋章，有人还说，已经呈请授予他圣斯坦尼斯拉夫勋章了；他这人还是个大好人，心地善良，有时还坐在绣花架前亲手绣花呢。然后他又拜访了副省长，接着拜访了检察长、民政局长、警察局长、专卖商、官办工厂的督办……这么说吧，我们的乞乞科夫究竟都拜访了哪些权贵，我们很难都一一列举出来，但是我们只要指出一点就足以说明问题了，我们的乞乞科夫对拜访表现出极大的积极性，他甚至对卫生局的督办和城市建筑师都登门表示了敬意。然后他好大一阵子坐在马车里，冥思苦想着还需要去拜访谁呢，可是满城再也找不到一位没有拜访的官员了。他和每个权贵交谈时，少不了说些奉承话，讨得他们的欢心，这是他的特长。比如他和省长交谈时，就捎带着说道，人们来到他管辖的省，就好像步入天堂，这里的道路像天鹅绒地毯一样平坦，这里的政府善于任用贤达之人，真是值得大加赞扬。他在警察局长面前，把岗警赞扬了一顿，而跟副省长和民政局长交谈时，分明知道他们二位都是五等文官，却两次故意称呼他们“大人”，以此博得他们的欢心。他这样做的结果是，省长邀请他参加省长当天举行的家庭晚会，其他官员有的邀请他参加午宴，有的邀请他打牌，有的邀请他喝茶。

我们的主人翁尽量避免过多地谈论自己，如果谈到自己时，也是一般地谈谈，而且语气中透出几分谦虚，在这种情况下，他用的都是书卷语，听起来文绉绉的，比如他说，他在这个世界上只是一个微不足道的人，不值得大家对他如此关注；他说，他一生饱经风霜，因为喜欢说实话，在工作中吃了不少苦头；他说，他有很多仇人，他们企图加害于他；他说，他现在就是希望过一种安宁的生活，他打算选择一个地方住下来；他说，他来到这座城市后，向该市的各位高级官员表示深深的敬意，这是他的天职。这就是大家所了解到的关于这位将要出现在省长家晚会上的新人的情况。我们的主人公为了参加这次晚会,竟用了两个多小时的时间梳妆打扮自己,这在过去是极其少见的。他吃完饭,小睡了一会儿,吩咐茶房给他端来洗脸水。他把两边的腮帮子上抹上肥皂,然后用舌头从里面顶住腮帮子,用手搓洗了很长时间;然后他从茶房的肩上拿过毛巾,把他那胖乎乎的脸,从上到下,从左到右,包括耳根后面,擦了一遍,并好几次冲着茶房嗤鼻子,表示对茶房的不满。然后对着镜子戴上胸衬,拔掉从鼻孔钻出来的两根鼻毛,穿了一件紫红色带亮点的燕尾服。他打扮穿戴好以后,坐上自己的马车,飞奔在广阔的马路上,时不时地可以看见从马路两边的窗口透出来的一点点微弱的光亮。但是省长的宅第却灯火通明,这样的场所就是举行舞会也不在话下。一辆辆马车都亮着车灯,两个宪兵站在大门口,远处传来前导马驭手的吆喝声——这么说吧,官家的气派尽显于此。乞乞科夫走进大厅,一时间,烛光、灯光和太太们闪亮的衣裙晃得他的眼睛都睁不开了。大厅中的一切都沐浴在光辉中。到处闪动着黑色的燕尾服,有单独飘来飘去的,也有成团成伙移动的,他们就像七月炎热的夏天一群苍蝇围绕着洁白的白糖飞来飞去一样。可也是,一位年老的管家在打开的窗户前把白糖砸成亮闪闪的小块儿。孩子们围在她周围,好奇地观看着老婆婆那双干瘪的手拿着锤子上下挥动的动作;而一群苍蝇随着微风,像是主人,毫无顾虑地飞进窗口,老婆婆本来眼力就不好使,再加上灯光晃得她的眼睛什么也看不清,苍蝇就趁此机会,三五成群地,有的地方甚至是密密麻麻一大堆,麇集在甜滋滋的糖块上。本来么,夏天里,到处都是好吃的东西,苍蝇的肚皮早就填得饱饱的了,它们飞进窗口来并不是为了争食,只是为了显示一下身手。它们围绕着糖块儿,时而飞到前面,时而又飞到后面,它们或者把两只前腿或者把两只后腿互相蹭一蹭,它们或者用脚搔一搔翅膀下面的身子,或者伸出两只前脚搔搔自己的脑袋,然后就转身飞走了,不一会儿又飞回来了,这回带回来许多令人讨厌的它们的同伙。

乞乞科夫还没有把大厅浏览了一遍,省长就抓住他的胳膊,拉着他去认识一下省长太太。此时的乞乞科夫表现得很大方,他当然是说了许多恭维的话啰,这些话对一个官职不是太大也不是太小的中年人来说很是得体。当一对对舞伴把大家挤向墙边的时候,乞乞科夫背着手,目不转睛地看了他们两分钟。很多女士穿戴得很讲究,很入时,另一些女士穿得很一般,不过这已是这座省城里能买到的最好的衣服了。这里的男士们也像其他地方的男士们一样,分做两类。一类是瘦子,他们老是围着女士们打转转,他们和彼得堡的男士们没有什么两样,他们也留着连鬓胡,而且都经过了精心梳理,显得十分漂亮。也有这样的人,他们干脆什么胡子也不留,把那副鸭蛋脸刮得溜光溜光,他们同样很随便地坐到女士们跟前,他们也说着一口法语,他们逗女士

我们的主人公为了参加省长家的晚会，竟用了两个多小时的时间梳妆打扮自己。

们开心的那些个笑料也和彼得堡男士们的笑料一样。另一类男士们都是些胖子，或者说都是些像乞乞科夫一样胖的人，也就是说，他们不是太胖，也不是太瘦。这一类男士和前面的一类男士不同，他们从不正眼看女士，老是躲着女士，他们总是四下里张望着，他们最关心的是看一看省长家的仆人是不是把铺着绿呢子的牌桌摆好了。他们的脸圆圆乎乎，有的人脸上长着赘瘤，有的人脸上布满麻点。他们的头发既不梳成凤头式，也不梳成卷毛式，更不梳成像法国人说的“鬼怪式”；他们的头发或者剪得很短，或者梳得很光，他们的脸就显得更圆了，脸的轮廓就更分明了。这就是省城登上大雅之堂的体面的官员们。不知道是怎么搞的，胖子干起事来要比瘦子精明得多。瘦子干的多半是一些特殊的差事，他们或者只是挂个名，或者是到处混混而已。他们的生活好像空中的楼阁，轻飘飘的，一点也不稳固。胖子在生活中从来不唱配角，要唱就唱主角，如果坐上了交椅，就要坐得稳固，坐得牢靠，即使椅子被屁股压得咯吱咯吱直响，他们也不会从椅子上下来。他们不喜欢表面的豪华，他们身上的燕尾服没有瘦子身上的燕尾服那么合身，可是他们珍宝匣子里的珍宝却塞得满满的。瘦子三年当中剩不下一个没有抵押到当铺的农奴，而胖子的日子却过得很舒心，他们不知是什么时候在城区的边上买下一幢宅第，是以妻子的名义买的，又不知是什么时候又在城区的另一边上买下另一幢宅第，后来又在靠近城区的地方买下一处田庄，再后来又买下一大片耕地。胖子为上帝和国家效力以后赢得了普遍的尊敬，于是就辞掉官职，荣归故里，当起了地主——是那种可爱的俄罗斯地主，是那种慷慨好客的地主——他们的生活过得非常美满。可是他们死后，他们的继承人又都是瘦子，按照俄罗斯的传统，他们很快就把父辈留下的产业通通挥霍一空。无可讳言，当乞乞科夫从旁观察在场的这些人时，心里就是这么想的，结果他决定到胖子堆里去，在胖子堆里他几乎遇到所有熟人。他遇到了检察官，检察官生着两道浓密的黑眉毛，左眼有点眨巴，好像在说：“老弟，咱们到隔壁房间去，我有话对你说。”不过他是一个一本正经、不苟言笑的人。他遇到了邮政局长，此人身材矮小，爱说俏皮话，是个哲学家。他还遇到了民政厅长，他是个明白事理的人，对人很和气。这些人都把乞乞科夫当作老朋友，都向他打招呼，他也把头歪向一边，微笑着向他们点头致意。乞乞科夫在这里还结识了彬彬有礼、待人和气的地主马尼洛夫，还结实了从外表看又蠢又笨的索巴克维奇，此人刚一见面就踩了他的脚，并道了声“对不起！”这时有人把纸牌递到他手里，让他去玩儿；他接过纸牌，向给他纸牌的人客气地施了一个礼，就坐到铺着绿呢的牌桌前，一直打到吃晚饭。大家全神贯注地打牌，一声不吭，就像是干一件正经事。邮政局长本来是一个话多的人，可是当他一拿到牌，马上就冥思苦想起来，他用下嘴唇盖住上嘴唇，在整个打牌的过程中，他都保持着这种状态。他出一张大牌时，总要用手使劲击一下桌子，如果是黑桃Q，他就会说："老神婆，去你的吧！"如果是黑桃老K，他就会说："坦波夫的乡巴佬，去你的吧！"而民政厅长嘴里嘟囔道："揪掉这老头子的胡子！揪掉这老婆子的胡子！"有时候他们把牌往桌子上一甩，说道："豁出去啦！简直没有牌可出了，就出红方块吧！"或者干脆大声嚷道："红桃！红桃是条害人虫！黑桃！"或者大声嚷道："傻黑桃，笨黑桃，黑桃崽子。"甚至干脆叫："黑小子！"扑克牌在这伙人的嘴里都改了名称。每把牌打完，照例要争论一番，而且嗓门儿都很高。我们的客人乞乞科夫也参与争论，但他争论时很讲究技巧，所以大家觉得，他争论是争论，但是他的争论能活跃气氛，使大家听了很高兴。他从来不说："你的牌好。"而是说"你很会打牌！""我也是侥幸压住了你的小二"等诸如此类的话。他为了制造一种协调的气氛，不使对手感到尴尬，总是把自己的一个银珐琅鼻烟盒拿给大家，鼻烟盒里还放着两朵紫罗兰，为了增加鼻烟的香气。乞乞科夫特别关注前面提到过的马尼洛夫和索巴克维奇这两位地主。他立刻把民政厅长和邮政局长叫到一旁，询问他们关于这两位地主的情况。从他提的几个问题来看，他这人很有点求知欲，而且问得非常认真，因为他首先问的问题是，他们有多少农奴，他们田庄的情况怎么样，然后才问他们姓什么叫什么。没有用多少时间，这两位地主就喜欢上他了。地主马尼洛夫正当壮年，他的眼神里充满了柔情蜜意，他笑时两眼眯缝成一条线，他对乞乞科夫简直钟爱之至。他长时间握着乞乞科夫的手，十分恳切地邀请乞乞科夫到他的田庄上去做客，据他说从城门到他的田庄只有十五里地。乞乞科夫频频点头，对他的盛情邀请表示感谢，并握住他的手诚心诚意地说，他不仅非常愿意登门拜访，甚至认为这是他神圣的义务。索巴克维奇也简捷明白地说："我也邀请您到我们家来做客。"他说着把脚后跟往一块儿啪地一磕，以表示欢迎的意思。他穿一双特大号的皮靴，能够穿这种号码皮靴的脚还很难找到，尤其是今天，大力士在俄国已经开始绝迹了。

翌日，乞乞科夫到邮政局长家赴宴。宴会后，他们开始打牌，从三点钟一直打到夜里两点钟。顺便说一句，他在这里结识了地主诺兹德廖夫，此人三十来岁，很活跃，善于交际，跟乞乞科夫刚说了三两句话，就和乞乞科夫称兄道弟起来。诺兹德廖夫和警察局长、检察长的关系也很密切，他们互相之间称呼"你"，而不是称呼"您"。可是当他们坐下来打牌，玩儿大的输赢时，警察局长和检察长就紧紧地盯着诺兹德廖夫吃掉的牌，关注着他出的每张牌。第二天，乞乞科夫晚上在民政厅长家里度过，民政厅长穿着一件脏兮兮的长衫接待客人，客人当中还有两位太太。之后，他又到了副省长家里作客，后来又出席了专卖商丰盛的宴席，出席了检察长的小宴——实际上也够得上大宴了。然后，他又出席了商会会长晨祷后举行的冷餐会——说是冷餐会，实际上够宴会的规格了。这么说吧，他根本没有时间待在旅馆的房间里，甚至连一个小时的时间也没有，他回到旅馆只是为了睡觉。乞乞科夫是一个应变能力很强的人，无论什么场合他都能应付，事实说明他是一个交际界的老手，不管谈什么话题，他都能接上别人的话茬，不使谈话中断。比如谈到良种育马，他就谈良种育马；谈到良种犬，他也能谈出一番道理；谈到省税局进行的一项调查，他对司法部门的那套把戏也略知一二；谈到打台球，他也不是外行；谈到人们的高尚品德问题，他也能发表一顿高见，甚至眼眶里还含着泪水；谈到酿制伏特加，他也很内行；谈到海关监管和海关官员，他也可以发表一番评论，好像他自己曾经做过海关监管和海关官员。不过需要指出的是，无论谈什么问题，他都能把握自己，显得老成持重。他说话声音不高也不低，别人听着很舒服。总而言之，不管怎么说，他还是个有德行的人。所有的官员对他的到来都持欢迎的态度。省长说，他是一个正统派，忠于当局，反对一切自由思想；检察长认为，他是一个很能干的人；宪兵上校说，他这人学识很渊博；民政厅长说，这人什么都懂，很令人敬重；警察局长说，他待人和气，是个很不错的人；警察局长的妻子说，他这人文质彬彬的，很可爱。索巴克维奇一向很少说别人的好话，可是那天他很晚了从城里回来，脱了衣服，躺到枯瘦的妻子身旁，对妻子说："亲爱的，我今天参加了省长家的晚会，在警察局长家吃的午饭，结识了六品文官乞乞科夫，他可是个讨人喜欢的人！"妻子只是"嗯"了一声，什么话也没有说，不过用脚踹了他一下。

大家对乞乞科夫的一片赞扬声在全城很快就传开了，后来发生了一件事，当地的人管这种事叫怪事，到底是什么怪事，读者很快就会知道，正是发生在乞乞科夫身上的这种怪事使全城人陷入困惑之中，因此大家对他的赞扬也就到此为止了。

第二章

乞乞科夫在城里已经住了一个多礼拜了，整天不是参加晚会就是赴宴，所以正像常言所说，日子过得很惬意。最后，他还是决定到城外去拜访地主马尼洛夫和索巴克维奇，因为他曾经答应过他们。也许，促使他去拜访他们还有另一个重要的原因，还有另一件更重要的事，另一件让他魂牵梦绕的事……但到底是什么事，只要读者耐着性子读完这部长篇小说，自然就会了解得一清二楚，因为小说越是接近结尾，所展开的场面就越宏大，越宽阔。

我们的主人公吩咐车夫谢利凡，让他一大早就把马套到那辆大家已经知道的轻便型四轮马车上，吩咐彼得鲁什卡留在旅馆，看好房间和箱子。读者认识一下我们主人公的这两个奴仆，我看不是多余的。当然，他们虽然不是什么出众的人物，他们虽然被人们称作“二等公民”，甚至“三等公民”，他们虽然不是这部史诗的关键人物，在这部史诗中也不起什么主导作用，仅仅是在有的地方提及到他们，在有的情节中少不了他们，但是作者喜欢把小说中的各色人物都交代得清清楚楚，从这方面来说，作者虽然是俄国人，却希望做得像德国人那么认真，那么精心。但是这么做不会占用太多的时间和篇幅，因为需要补充的东西并不多，有很多情况读者已经知道了，比如彼得鲁什卡穿的是一件老爷穿过的略显肥大的棕色礼服，又比如，像他们这种人，一般都长着一个大大的鼻头，两片厚厚的嘴唇。彼得鲁什卡是个寡言少语的人，对文化学习有极高的热情，也就是说他喜欢看书，不管是什么内容的书，他都感兴趣，也许是一本谈情说爱的书，也许是一本识字课本，也许是一本祷告书，他都会全神贯注地读，如果一本化学书摆在他面前，他也照样读。他感兴趣的不是书的内容，而是读书本身，或者更准确地说，他感兴趣的是读书的过程，瞧吧，几个字母组合在一起，就变成了一个词，有时候，你怎么捉摸，也捉摸不出它的意思来。他多半是躺在下房的床上看书，所以把床上的垫褥压得像烙饼一样又扁又瓷实。除了喜欢读书这个特点，他还有另外两个特点，一是睡觉不脱衣服，老是穿着他那件燕尾服睡觉；二是他身上老散发着一股特殊的气味，有点像卧房的气味，所以只要把床铺好，把外套和零七八碎的日用品拿到房间里，即使这个房间还没有住人，但给人的感觉是这个房间里已经有人住了十来个年头了。乞乞科夫是个气量小甚至有的时候好挑剔的人，每天早晨他一闻到这种气味，就皱着眉头摇着头说道："老弟，瞧你身上一股汗味儿，去洗个澡好不好。"彼得鲁什卡听了这话，一声没吭，只是立刻去找点事干干；或者是拿上刷子走到挂着的老爷的燕尾服跟前，或者是收拾一下别的东西。他虽然一声没吭，可他心里想什么呢，也许在想："你可真行，同一句话能说上四十遍也不嫌腻烦……"天晓得，仆人受到老爷的训斥后，心里会怎么想。关于彼得鲁什卡，我们还是第一次提到他，就说这么多吧。车夫谢利凡完全是另一种人……但是作者向读者过多地介绍下等人，总觉得过意不去，因为经验告诉我们，读者是不愿意结识下等人的。俄罗斯人就是如此，他们非常愿意和官员结交，哪怕是比他们级别高的官员呢，在他们看来，和伯爵、公爵即使是建立了点头之交的关系，也比其他任何亲密的友谊关系强得多。作者甚至为自己的主人公担心，因为他是一个六品文官。也许七品文官愿意和他结交，那么那些个爬上将军高位的官员天晓得会怎么样，大概会向他投来鄙视的目光吧，因为他们根本瞧不起匍匐在他们脚下的人，或者更为糟糕的是，他们干脆不理睬他，这就让作者

除了喜欢读书这个特点，他还有另外两个特点，一是睡觉不脱衣服，老是穿着他那件燕尾服睡觉。

为难了。上述两种情况无论多么令人不愉快,令人难堪,但是我们还必须回到我们的主人公身上来。他从晚上开始就把要吩咐的事吩咐下去了,早晨醒得很早,洗了个澡,用海绵从头到脚擦净——每逢礼拜天他才这么大洗一次,而这天恰逢礼拜天,他把脸刮得光光的,两颊又平滑,又有光泽,真像缎子,然后穿上紫红色带亮点的燕尾服,披上熊皮外套,由旅馆的茶房扶着胳膊(一会儿扶住他的左胳膊,一会儿扶住他的右胳膊),走下楼梯,坐上马车。马车轰轰隆隆地驶出旅馆的大门,驶到大街上。一个过路的神甫摘下帽子,几个衣衫褴褛的孩子伸出手说道:“老爷,可怜可怜我们这些无依无靠的孩子吧!”车夫发现其中的一个孩子打算站到马车后面的踏脚板上,就抽了这孩子一鞭子。马车颠颠簸簸地沿着石子路向前驶去,令人高兴的是不远处看见涂着条纹的拦路竿,这就意味着石子路走到尽头了,不会再受颠簸之苦了。乞乞科夫的脑袋在马车里又东碰西撞了好几次之后,马车才终于沿着松软的土路向前急驰而去。马车刚刚把城市抛到后面,按照我们的习惯,就该描述道路两旁这些个苍凉的景色了:看吧,这里到处散落着草头墩子,到处散落着砍下来的杉树枝,到处散落着野杜鹃花,一簇簇幼松稀稀疏疏,长得十分矮小,总之,这里到处是荒原野坡,到处是衰草枯杨。村庄像一条带子延伸开去,一座座房舍就像用旧木头叠摞而成,上面覆盖着灰色的屋顶,屋檐下的木柱上雕刻着花饰,它们就像悬挂着的绣着图案的毛巾。常常是有几个庄稼汉坐在门前的长凳上,披着羊皮袄,闲着没事,东张张,西望望。屋子上面的窗口处,露出农妇们那胖乎乎的脸和裹得紧紧的胸脯,她们向外张望着。从屋子下面的窗口处可以看见,小牛犊或是蠢猪不时地从窗口探出脑袋来。总之一句话,这些个景象没什么新鲜的。马车奔驰了十五里的路程后,乞乞科夫想起来了,照马尼洛夫的说法,这里就应该是他的村子了,可是又走出去一里地了,还是不见村子的影子。此时多亏遇见两位庄稼人,否则他们未必能找到要去的地方。乞乞科夫问庄稼人,扎马尼洛夫卡村还远不远,庄稼人都摘下帽子,其中一个留着楔形胡子比较机灵一点的庄稼人答话说:

“您问的可能是马尼洛夫卡,而不是扎马尼洛夫卡吧?”

“对对对,是马尼洛夫卡。”

“到马尼洛夫卡! 再往前走一里地,然后往右一拐就到了。”

“往右拐?”车夫应声问道。

“往右拐,”庄稼人说道,“你就走上到马尼洛夫卡的路了。你说的那个扎马尼洛夫卡根本就没有。它就叫马尼洛夫卡,而不是叫扎马尼洛夫卡。到了那里,你一眼就会看到土岗子上有一处砖石房,两层楼,那就是老爷的宅子,老爷就住在里面。这就是你要去的马尼洛夫卡,这里根本就没有什么扎马尼洛夫卡。”

老爷的房子孤零零地坐落在开阔的土岗上。

马车按照庄稼人的指点去找马尼洛夫卡。马车走了两里地，拐了一个弯，走上了乡间土路，又走了两里，三里，好像又走了四里了，还是看不见两层楼的砖石房。此时此刻，乞乞科夫才想起来，如果朋友邀请你到十五里以外的乡下去做客，这就意味着你至少要走三十里的路程才能到他那里。马尼洛夫卡村由于所处的地理位置比较偏僻，所以愿意来这儿的人不是很多。老爷的房子孤零零地坐落在开阔的土岗上，也就是说，这里地势很高，不管什么风都能从这里刮过。土岗的斜坡上覆盖着修剪过的青草。可能是学英国人吧，斜坡上还分布着两三个花坛，花坛里种着丁香和合欢；五六棵白桦分栽在两处，稀稀疏疏的树梢迎风摇摆着。在两棵白桦的下面有一个亭子，它的顶子是扁圆的，涂着绿色，四周的柱子是蓝色的，亭子上题写着“独思亭”三个字，土岗下面有一个池塘，水面上覆盖了一层绿色的水藻，一般说来，在俄国地主家英国式的园子里都有池塘。在土岗的斜坡下面，一部分在斜坡上，横七竖八地分布着许多用圆木搭建的灰塌塌的农家小屋，我们的主人公不知出于什么考虑，立刻数了一下这些小屋，有两百多个，在这两百多个小屋中间，看不见一棵树，看不见一点绿色，只能看见一根根圆木。只有两个农妇还使这里的气氛多少增添了点生机，她们把衣裙撩起来，掖在腰间，蹚进齐膝深的池水中，缓缓地前进着，手里拽着撑着破渔网的竿子，有两只虾被渔网缠住，一条落网的鲤鱼闪着磷光，两农妇不知为了什么事争吵起来，互相对骂着。远处有一片绿不绿灰不灰的松树林。甚至天气也来做配合，它晴不晴阴不阴，灰蒙蒙的，这种颜色只有在卫戍部队士兵的旧军服上才能看到（这是一支爱好和平的部队，每逢礼拜日，部分士兵就喝得醉醺醺的）。为了让我们的这幅图画更加完美，少不了一只公鸡，公鸡能预报变化无常的天气，这只公鸡虽然由于争风吃醋被别的公鸡把脑袋上的毛都啄没了，可是它仍然扑扇着两只光秃秃像草席一样的翅膀，十分卖力地啼叫着。当马车快驶近院子时，乞乞科夫发现，主人穿一件绿色的呢子礼服，站在门廊上，手搭凉棚聚精会神地看着驶到跟前的马车。马车离门廊越来越近，主人的眼睛眯缝得越来越小，嘴咧得越来越大。

“乞乞科夫！”当乞乞科夫从马车上下来时，他终于大声叫道，“您总算记起我来了！”

两位朋友热烈地拥抱接吻，然后，马尼洛夫把客人引进屋里。虽然他们走过过道、前厅和餐厅用的时间不会太长，但我们还是试着用这段有限的时间介绍几句这里的主人。不过作者必须承认，这么做是有难度的。如果描写一个个性突出的人，那要容易得多，只需往画布上堆颜料就成：一双充满激情的黑眼睛，两道下垂的眉毛，一副布满皱纹的额头，一件披在肩上的黑色或火红色的斗篷——一幅画像就画好了；但是像马尼洛夫这样的人世界上多得很，他们是千人一面，彼此都很相似，那个时候，如果你能仔细观察的话，就会发现，他们身上有很多特点你没有捕捉住，所以为这样的地主老爷画像是很难的。这就要求我们作画时，注意力必须高度集中，才能捕捉到一些细微的、不易觉察的特点，总的说来，必须用敏锐的目光进行深入的观察。

只有上帝能够说得出马尼洛夫的特点。有一种人，平平常常，无所谓好，也无所谓坏，正像一句谚语说的，他们既不是城里的博格丹，也不是乡下的谢利凡。马尼洛夫大概就属于这一类人吧。从外表看，他身材魁梧，仪表堂堂，脸上始终带着一股喜气，很是迷人，他的言谈举止处处都表现出他是有意讨好对方，想博得对方的好感，他喜欢结交。他的笑很具有吸引力。他长着一头淡黄色头发，长着一双蓝色的眼睛。如果你跟他交谈上一两分钟，你一定会说：“这是一个多么可爱多么善良的人啊！”如果你继续跟他往下谈，你就会没什么话说了，如果你再继续跟他往下谈，你就会说：“真是个捉摸不透的人！”你就会远远地离开他，如果你没有离他而去，你就会感到无比的无聊。你别指望会从他嘴里听到什么充满激情、富有朝气甚至是傲慢的谈吐，如果一个人涉及他的心爱之物时，都会有这种谈吐的。每个人都有自己的爱好：有的人喜欢猎犬；有的人对音乐有强烈的兴趣，对乐曲中一切奇妙之处有深刻的领悟；有的人喜欢美食；有的人喜欢扮演比指定他扮演的角色要高出一筹的角色；有的人怀着狭

他（马尼洛夫）的言谈举止处处都表现出他是有意讨好对方，想博得对方的好感，他喜欢结交。

隘的愿望，睡梦中都想着同沙皇的侍从武官一起散步，然后向朋友、熟人以及不熟悉的人们夸耀；有的人打牌时，自认为自己手气好，就毫不犹豫地把赌注押在红方块尖子或小二上；有的人死乞白赖想整顿一方的秩序，于是就去找驿站长或车夫的麻烦。总而言之，每个人都有自己的爱好，可是马尼洛夫什么爱好也没有。他在家里说话很少，大部分时间都在思索，都在考虑问题，可是他考虑什么问题呢，恐怕只有老天爷才知道。田庄上的事他根本不管，甚至从来不去地里看看，完全采取了放任自流的态度。当管家对他说："老爷，这件事这么做就好了。""好的，不妨试试吧。"他总是一边抽着烟袋，一边回答说，抽烟袋的习惯他是在军队里服役时养成的，当时大家都认为他是一位举止文雅、对人和气、知识渊博的军官。"好的，就这样做吧。"他说道。一个庄稼汉来找他，用手挠着后脑勺说："老爷，别让我干活了，给我点时间，让我出去把人头税挣出来。""去吧！"他一边抽着烟袋，一边说道，他头脑里根本没有想到庄稼汉是借口去酗酒。他有时候站在门廊上，看着院子和池塘，自言自语地说道，要是从这座小楼的楼门起筑一条地下通道，或者在池塘上架设一座石桥，桥上的两侧开设一些小店，小店里有买卖人，他们卖农民需要的各种各样的商品，那该多好啊。此时此刻，他的两眼闪射出幸福的光彩，他的脸上流露出心满意足的表情，不过这些想法只是他的一种幻想而已，只是停留在口头上，永远不会变成现实。他的书斋里有一本书，书签永远夹在第十四页，他老是翻看这一页已经有两个年头了。在他的这座小楼里，家具总是不齐备，客厅里摆着一套精美的家具，上面蒙了一层典雅、价格不菲的丝织罩，可是椅子上没有蒙罩，两把椅子还没有拆掉包装，所以好几年了主人总是对客人说："请别坐椅子，椅子还没有拆装。"有一个房间仍然空荡荡的，一件家具也没有，虽然结婚后有过这样的话："宝贝儿。明天我们需要张罗一下，这间屋子里应该摆上几件家具，哪怕是暂时呢，也行。"到了晚上，桌上放了一只漂亮的青铜蜡台，蜡台上有三位古希腊女神的雕像，蜡台下面是一个雅致的托架，这个蜡台旁还放了一个铜蜡台，但因缺一个腿儿，所以台身歪向一边，整个蜡台流满了蜡油，但是男主人并没有理会，女主人也没有理会，仆人们也就更不去理会了。男女主人彼此都百分之百地满意。他们都结婚八年了，还常常把一块苹果、一块糖、一块核桃仁送到对方嘴边，情意绵绵和柔声软语地说道："宝贝儿，张开你的小嘴，我要把这块糖放进你的嘴里。"每逢这种时候，小嘴当然就慢慢地张开了。遇到过生日，一件意想不到的礼物就准备好了，比如用花玻璃珠穿成的牙签套什么的。常常有这样的情况，夫妻二人都坐在沙发上，突然不知是什么原因，男的放下长杆烟袋，女的放下手中的编织活儿，如果她当时手中有编织活的话，他们两人的嘴唇就长时间地和陶醉地吻在一起，吻了有多长时间呢，这么说吧，有从从容容地吸完一支雪茄烟那么长的时间。总之一句话，他们是幸福的一对儿。当然，显而易见，这个家里，除了长时间的吻和意想不到的礼物，还有许许多多各种各样的问题。比如厨房里的活儿为什么干得这么粗糙，这么没有条理？贮藏室为什么空空的，什么东西也没有？管贮藏室的婆子为什么是个贼？仆人们为什么个个都邋里邋遢，个个都酗酒，个个都贪睡，即使醒着也不干正事呢？但是这些事都是些鄙俗不堪的事，而马尼洛夫太太是个受过良好教育的人。大家知道，良好教育是在女子寄宿学校接受的。大家知道，女子寄宿学校有三门主课构成人的美德的基础。第一门主课是法语，它影响到家庭生活的幸福。第二门主课是钢琴，它可以愉悦丈夫。最后一门主课是家政，通过这门课可以学会编织钱包和别的什么礼物。不过在教学方法上经常有改进，有变化，特别是现如今，这多半取决于女子寄宿学校校长的明智和才干。有的女子寄宿学校把钢琴课放在第一位，其次是法语课，再其次才是家政课。可是有的女子寄宿学校把家政课放在首位，也就是学习编织礼物，把法语课放在第二位，最后才是钢琴课。总之，方法是多种多样的。这并不影响我们评论马尼洛夫太太……但是话又说回来了，我非常害怕议论太太们，再说了，现在也该谈谈我们的主人公了，他和客人正站在客厅的门口，已经有好几分钟了，他们互相请对方先走。

“请别费心跟我谦让了，您先走，我后走。”乞乞科夫说道。

“不，尊敬的乞乞科夫，您是客人，您先走！”马尼洛夫用手指着门，说道。

“请别客气，请别客气，还是您先走。”乞乞科夫说道。

“不行，那可不行，绝不能让您这么一位令人喜爱的、学识渊博的客人走在后面。”

“哪能谈得上学识渊博呢！您先请。”

“还是您先请。”

“那哪儿行呢！”

“当然是您先走！”马尼洛夫说着露出愉快的笑容。

最后还是两个人侧着身子同时挤进门去。

“请您让我介绍一下我的妻子，”马尼洛夫说道，“亲爱的，这位是尊敬的乞乞科夫！”

确实，乞乞科夫同马尼洛夫在门口互相谦让时，完全没有注意到这位太太。她长得不难看，衣着也很得体。一件宽大的浅色绸衣裙穿在她身上，显得那么飘曳。她赶紧把纤纤玉手中的绣活儿放到桌子上，抓起一块角上绣着图案的麻纱手绢，从沙发上站起来。乞乞科夫非常愉快地走到他跟前，吻了一下她的小手。马尼洛夫太太说（她说话有点咬舌），他的光临使他们夫妇十分高兴，还说，她的丈夫没有一天不提起他。

“是呀！”马尼洛夫接着妻子的话说道，“她老是问我：‘你的朋友怎么还不来呢？’我说：‘亲爱的，再等一等，他一定会来的。’这不，您终于来了，您终于赐给了我们这个荣幸。说实在的,您给我们带来了极大的快乐。我们真是迎来了春天,迎来了盛大的节日。"

乞乞科夫听他们说迎来了春天,迎来了盛大的节日,有点不好意思了,他十分谦虚地说,他既没有什么名气,也没有显赫的官衔。

"您什么都有,"马尼洛夫仍然笑眯眯地打断他的话说,"您什么都有,您甚至拥有一切。"

"您觉得我们的这座城市怎么样?"马尼洛夫太太问道,"您在城里过得愉快吗?"

"这座城市非常好,很漂亮。"乞乞科夫回答说,"我过得很愉快,这里的人都很和气,都很有礼貌。"

"您认为我们的省长怎么样?"马尼洛夫太太问道。

"他是一个最受人尊敬、最和蔼可亲的人,难道我说得不对吗?"马尼洛夫接口说道。

"说得太对了,"乞乞科夫说道,"是一个十分可敬的人。他办事那可真是恪尽职守,我们希望这样的人更多些。"

"您知道吗,他对待任何人都是这么彬彬有礼,"马尼洛夫微笑着补充说道,他大概太高兴了,两只眼睛眯缝成一条缝儿,活像一只被人在耳根后面轻轻挠了一下的猫。

"他这人很有礼貌,待人和气,很招人喜欢,"乞乞科夫继续说道,"他还有一双巧手,这是我怎么也没有料到的。他会绣花,而且绣得很好。他给我看了他绣的一个钱包,太太们也不一定能绣得这么精致。"

"还有副省长,他是一个非常和气的人,不是吗?"马尼洛夫说着又眯缝起眼睛。

"他是一个非常非常令人尊敬的人。"乞乞科夫答话说。

"请问,您觉得警察局长怎么样? 是不是也是一位招人喜欢的人?"

"他呀,太招人喜欢了,他很精明,博学多识。我和副检察长、民政厅长一起在他家里打过牌,并且打到鸡叫。他是一个非常非常令人尊敬的人!"

"您认为警察局长的太太怎么样?"马尼洛夫太太接着问道,"她这人和蔼可亲,您说是不是?"

"是啊,我所知道的女士当中,她是最值得尊敬的一位女士。"乞乞科夫回答说。

然后又提到民政厅长、邮政局长,这么说吧,市里的几乎所有官员都提到了,他们都是最值得尊敬的人。

"你们是不是老是住在乡下?"最后轮到乞乞科夫提问题了。

"大部分时间住在乡下,"马尼洛夫回答说,"有时也进城去,和那些有学识有教养的人会会面。您知道,如果老是蛰居乡下,不与外界往来,人就会变得孤僻起来。"

“对，您说得对。”乞乞科夫附和说。

“当然，”马尼洛夫继续说道，“如果有个好邻居，那就另当别论了，比方说，有这么一个人，你可以和他谈谈如何以礼待人，可以和他一起探讨一门学问，这能够振作人的精神，能够引发人的激情……”他说到这里，还想往下说，可是发现，话已经说得太远了，于是挥动了一下手，继续说道：“当然，住在乡下也有住在乡下的好处，这里虽然偏僻，但也有许多乐趣。如果没有什么人来……有时就看一看《祖国之子》”①

乞乞科夫完全同意这种说法，并补充说，再没有比蛰居乡下，欣赏着大自然的美景，有时读一读书更惬意的事了……

“但是您知道，”马尼洛夫补充说，“如果一个朋友也没有，那也不行，你可以和朋友谈心，和朋友交流思想……”

“说得对，说得太对了！”乞乞科夫打断他的话说，“世上纵然有奇珍异宝，可那有什么用！一位贤达说过：‘有钱不如有朋友！’”

“您知道吗，尊敬的乞乞科夫！”马尼洛夫说道，此时马尼洛夫脸上的表情甜蜜蜜的，而且甜得有点腻人，简直像混迹于上流社会的圆滑的医生为了取悦于病人拼命往药水里加糖使药水变得非常腻人一样，“那时候，你就会觉得是一种精神上的享受……比如现在吧，我有幸能与您交谈，这可真是千载难逢的机会，听您愉快的谈话，就是一种享受……”

“哎呀，这算什么愉快的谈话？我只是一个渺小的人，没有什么本事。”乞乞科夫回答说。

“哎呀，尊敬的乞乞科夫，恕我直言，我心甘情愿献出我的一半财产，只要我能拥有您身上的那些优点！”

“正相反，我倒认为这是我最大的……”

如果不是一个仆人进来禀报说，饭已经准备好了，还不知道这两位朋友互相坦诚地表白到什么时候。

“请吧！”马尼洛夫说道，“我们这里的饭菜可比不上京城金碧辉煌的大厅里的宴席，按照俄罗斯的习俗，我们准备了菜汤，饭菜虽然简单，但我们是一片诚意。您请！”

此时，他们为了谁先走进饭厅争执了一些时间，最后乞乞科夫侧着身子走进饭厅。

饭厅里站着两个孩子，他们是马尼洛夫的儿子，他们已经到了可以上桌吃饭的年

① 政治和文学刊物，创办于1812年。

龄，不过还需要坐高腿椅。一位家庭教师站在他们旁边，他微笑着向进来的人很有礼貌地点了一下头。女主人坐到汤盘的前面，客人被安排在男女主人中间的位子上就坐，仆人给孩子们的脖子上围上餐巾。

“多么可爱的孩子，”乞乞科夫看了看两个孩子，说道，“几岁了？”

“大的八岁，小的昨天刚满六岁。”马尼洛夫太太说道。

“费米斯托克留斯！”马尼洛夫冲着大儿子喊道，此时的大儿子正千方百计把下巴从仆人给他系紧的餐巾里挣脱出来。

乞乞科夫听到这个带一点希腊味儿的名字，扬起了眉毛，可是马上又恢复了原来的表情，马尼洛夫不知为什么要在名字的尾部加上留斯二字。

“费米斯托克留斯，你告诉我，法国最漂亮的城市是哪座？”

此时的家庭教师两眼紧紧地盯着费米斯托克留斯，好像想跳进孩子的眼睛里去，当费米斯托克留斯说出“巴黎”二字时，他才安下心来，点了一下头。

“而我们国家最漂亮的城市呢？”马尼洛夫又问道。

家庭教师又紧张起来。

“彼得堡。”费米斯托克留斯回答说。

“还有哪个城市？”

“莫斯科。”费米斯托克留斯回答说。

“宝贝儿，真聪明！”乞乞科夫说道，“但是请您告诉我……”他带着几分惊讶对马尼洛夫夫妇说道：“如此小小年纪，就知道得这么多！我要说的是，这孩子将来一定有大出息。”

“哦，您还不了解他，”马尼洛夫接口说道，“他呀，聪明过人。而小的，阿尔基德，就没有大的机灵，而大的，他要是看见一个小甲虫或是瓢虫什么的，他的眼珠子立刻就滴溜溜转起来，马上跟上去盯住。我想让他将来进外交部任职。费米斯托克留斯，”他又冲着大儿子继续说道，“你想当大使吗？”

“想。”费米斯托克留斯一边嘴里咀嚼着面包，左右摇晃着头，一边说道。

这时候，站在身后的仆人给“大使”擦了擦鼻子。他的这一擦非常及时，要不然已经流到鼻子外面的很大的一团鼻涕就会掉进汤里。饭桌上，大家谈到了平静生活带给人们的乐趣，女主人偶然也谈上几句有关戏剧和演员的话题，家庭教师注视着参与谈话的每个人，当他发现他们要笑了，这时他就张开嘴，哈哈地笑起来。他大概是个知恩图报的人，主人待他不薄，他想用自己的这种行动报答主人。不过有一次，他板着面孔，严厉地敲着桌子，两眼直盯着坐在对面的两个孩子。他敲桌子敲得正是时候，因为费米斯托克留斯咬了阿尔基德的耳朵一口。阿尔基德眯起眼睛，咧开嘴巴，摆出一副可怜相,准备号啕大哭,可是又一想,这样一来不就吃不成饭了,于是又把咧开的嘴合上,噙着眼泪开始啃起羊骨头来,把两边的腮帮子弄得油光发亮。女主人老是对乞乞科夫说:"您什么也不吃,您吃得太少了。"而乞乞科夫每次总是回答说:"太感谢了,我吃饱了,愉快的交谈胜过美味佳肴。"

大家从饭桌旁站起来。马尼洛夫非常满意,心情非常好,他把一只手搭在客人的后背上,准备陪着客人到客厅去,可是客人突然一本正经地说,他有一件事需要跟他谈一谈。

"既然如此,那就请您到我的书斋去坐吧。"马尼洛夫说着带客人来到一个不大的房间,房间的窗户正朝着一片绿色的林子。"这就是我的小天地。"马尼洛夫说道。

"房间虽小,但很温馨。"乞乞科夫扫了一眼房间,说道。

房间确实很温馨,墙上抹着灰蓝色的涂料,房间里摆着四把普通椅子,一把带扶手的椅子,一张桌子,桌上放着一本书(这本书我们前面已经提到过了),书里面夹着书签,桌上还放着几张写满字的纸,但是放得最多的东西是烟草。桌上放着许多装烟丝的袋子,装烟丝的盒子,还散乱地放着一堆堆的烟丝。两边的窗台上还能看见一撮撮从烟袋里磕出来的烟灰,它们还排列得井然有序呢,这不能不说是男主人的杰作。看得出,男主人有时候就是用这个办法消磨时间。

"请您坐这把扶手椅,"马尼洛夫说道,"坐这种椅子比较舒服。"

"我就坐这种普通的椅子吧。"

"对不起,这可不行,"马尼洛夫笑眯眯地说道,"这把扶手椅是我专为客人准备的,您必须坐。"

乞乞科夫坐到扶手椅上。

"请让我敬您一袋烟。"

"不,我不抽烟。"乞乞科夫柔声细语地回答说,脸上好像还带出遗憾的表情。

"为什么?"马尼洛夫同样柔声细语地问道,脸上好像也带出遗憾的表情。

"也许我没有养成抽烟的习惯,据说抽烟能使人消瘦下去,能使人憔悴。"

"我告诉您吧,这是一种偏见。我甚至认为抽烟比吸鼻烟更有益健康。我们团里有一位中尉,他很优秀,也很有学问,他可是个烟袋不离嘴的人,不仅吃饭的时候烟袋不离嘴,说句不客气的话,不论什么场合,他都是烟袋不离嘴。现在已经是四十开外的人了,可是感谢上帝,至今身体硬朗着呢。"

乞乞科夫说,这种现象确实有,大千世界中什么现象没有呢,有很多现象就连知识渊博的聪明人也无法解释。

"不过请允许我先问您一个问题……"他说话的声音有点怪声怪气,也可以说几乎就是怪声怪气的，然后又莫名其妙地回头瞅了一眼，马尼洛夫也跟着莫名其妙地回头瞅了一眼。“您什么时候把纳税人的花名册交上去的，是不是交上去已经很久了？”

“已经很久了，到底有多久，我记不清了。”

“从那时到现在，您这儿是不是又死掉很多农奴？”

“这我可不知道，这事需要问管家。喂，来人哪，把管家叫来，他今天应该在。”

管家来了。此人四十来岁，胡子刮得光光的，穿一件双排扣大衣，看得出，他的生活过得很舒服，因为他的脸胖乎乎的，很是丰满，而他那层发黄的皮肤和肿泡的眼睛却表明，他躺在羽绒褥子上的时间太多太多了。一眼就能看出来，他也像其他地主老爷家的管家一样，是一步一步得到管家这个位子的。起初，他只是一个认得几个字的童仆，后来他娶了太太宠爱的一个女仆为妻，这个女仆叫阿加什卡，掌管着主人家的食品库房，结婚后他顶替妻子掌管上食品库房，再后来，就成了管家。自从他当上管家以后，他的所作所为和所有管家的所作所为没有什么两样。他开始和乡里比较有钱的人交朋友和结干亲，给贫困的农民增派劳役。他每天早晨快九点了才起床，等着茶炊烧开以后，开始喝茶。

“老弟，你听着，自从前次我们把农奴的花名册交上去以后，又死了多少农奴？”

“死了多少？那可多了去了。”管家说着用手稍稍挡住嘴巴，打了一个饱嗝儿。

“是的，说实在的，我也是这么认为的。”马尼洛夫接过管家的话说道，“确切地说，死了多少！”这时，他朝乞乞科夫又补充说道：“的确，死了很多。”

“那么，具体点说，是多少？”乞乞科夫问道。

“是啊，具体是多少？”马尼洛夫也附和着问道。

“具体是多少？这可怎么说呢，谁也没有统计过，因此也就无从知道死了多少。”

“他说得对，”马尼洛夫冲着乞乞科夫说道，“我也这么认为，肯定死了很多，但究竟死了多少，谁也说不上来。”

“劳驾你统计一下，”乞乞科夫说道，“按姓名列出个详细的清单来。”

“对，都有哪些农奴死了，把他们的姓名都列出来。”马尼洛夫说道。

管家说了声“遵命”，就走出去了。

“您要这个名单干什么？”马尼洛夫等管家离去后问道。

这个问题似乎难住了客人，看得出，乞乞科夫有点不自在，甚至脸都涨红了，他之所以会这样，是因为有的话难以启齿。最后，马尼洛夫真是听到了一件任何人都没有听到过的离奇、荒诞的事。

“您问我要这个名单干什么？是这么回事，因为我想买一些农奴……”乞乞科夫的话还没说完，就不说了。

“不过请允许我问一下，”马尼洛夫说道，“您希望怎么买，是连土地一起买，还是只买农奴，不买土地？”

“不是的，我不是要买活农奴，”乞乞科夫说道，“我想买的是已经死了的农奴……”

“您说什么？真对不起，我有点耳背，您的话真怪，叫人听了摸不着头脑……”

“我打算买一些已经死了的农奴，不过他们在花名册上还是活的。”乞乞科夫说道。

这时候，马尼洛夫的长杆烟袋突然掉到地上，他大张着嘴，愣了好半天没说话。两位朋友本来谈交友带来的乐趣谈得热火朝天，可现在两人坐着一动不动，都瞪着眼睛看着对方，就像是镜子两边早就相对挂着的两幅画像。最后是马尼洛夫把烟袋从地上拾起来，并抬起眼皮看了看乞乞科夫的脸，想知道他的嘴角是不是含有笑意，他是不是在开玩笑。但是他没有看到他所推测会出现的现象，而且相反，乞乞科夫的那副面孔比平常还要严肃。后来，他又想，这位客人是不是精神失常了，他心情紧张地注视着客人，但是客人的眼睛很清亮，从他的眼神里看不出有任何野性，也看不出躁动不安，而这在一个疯子的眼神里是常能看见的现象。客人并没有神经失常，因为一切都合乎礼节，一切都合乎常规。马尼洛夫考虑来考虑去，考虑在这种情况下他该怎么办，但也没考虑出任何的办法，只是从嘴里喷吐着一缕缕细细的青烟。

“好了，我现在想知道的是您能不能把这些事实上已经死了的但从法律形式上看仍然活着的农奴转让到我的名下，您看怎么样？”

但是马尼洛夫心里很乱，不知说什么好，只是用两只眼睛看着乞乞科夫。

“我觉得您是不是很为难？……”乞乞科夫问道。

“我很为难？不，我不为难，”马尼洛夫说道，“不过，我不理解……对不起，当然了，我没有受过像您那样良好的教育，这么说吧，您的一言一行都体现着您受的教育，我的口才不好，不会说话……也许，您对问题的解释还包含着别的意思……也许您这么说是考虑到文字的优美吧？”

“不是的，”乞乞科夫接口说道，“不是的，我的话说得很明确，就是指那些确实已经死了的农奴。”

马尼洛夫又不知道说什么好了，他觉得总不能这么干坐着，那就提个问题吧，可是又不知道提什么问题。

最后，他只好还是喷云吐雾，不过这回不是用嘴，而是用鼻孔喷吐烟雾了。

“好了，既然没有什么障碍，那我们就可以签契约了。”乞乞科夫说道。

“怎么签一个买卖死农奴的契约？”

这时候，马尼洛夫的长杆烟袋突然掉到地上，他大张着嘴，愣了好半天没说话。

“不是，”乞乞科夫说道，“我们在契约里仍然写上他们是活的，和纳税人花名册里一样。我习惯于无论做任何事都不偏离民法，虽然为了这个缘故，我在任上吃了不少苦头，可是有什么办法呢，责任在我看来是非常神圣的，至于法律呢，我是百分之百服从。”

马尼洛夫很喜欢听乞乞科夫说的最后这几句话，不过他还是不理解乞乞科夫说的这件事情本身，所以他听了乞乞科夫的话，一声没吭，只是使劲地吸着烟袋，致使烟袋像乐队中的大管，开始发出呼噜呼噜的声音。他好像想从烟袋里吸出来对这件闻所未闻的事情的看法，但是烟袋只是发出呼噜呼噜的声音，对他的困惑不理不睬。

“对这件事可能您还有什么疑虑吧？”

“噢，哪能呢，疑虑倒是一点也没有。我是想说……不过我没有丝毫意思要排揎你，说你的不是。我想提醒您的是，这件事情，如果更准确点说，这项交易，符合不符合俄罗斯的民法规定和今后的法令？”

马尼洛夫说到这里，转过头来会意地看了看乞乞科夫，他的脸上和紧闭的嘴唇上流露出一种深沉的表情，一般常人是不会有这种表情的，只有一个精明的大臣在考虑一件难以解决的问题时才会有这种表情。

但是乞乞科夫直截了当回答他说，这一类事情，或者说这种交易，决不会违背俄罗斯的民法规定和今后的法令，他停顿了一下又补充说道，国家甚至还能得到好处，因为国家能得到一笔法定的税收。

“您这样认为？……”

“我认为这是一件好事。”

“如果是件好事，那就另当别论了，我也就不会反对了。”马尼洛夫说道，这时他的心完全平静下来了。

“现在剩下来的问题就是谈一谈价钱喽……”

“还谈什么价钱？”马尼洛夫说着停住了，“难道您认为，为了这些死去的实际上已经不存在的农奴，我会收您的钱吗？既然您有这种可谓是胆识，那么从我这方面来说，我一文不要，拱手把他们转到您的名下，而且契约税由我负担。”

如果描述这一事件的历史学家没有记下我们的客人听到马尼洛夫的话以后那种乐不可支的样子，那可要挨板子了。我们的主人公虽然一向老成持重、深明事理，但这时候，他几乎像一头山羊一样蹦跳起来，而大家知道，一个人在心情极度激动的时候才会有这种举动。他在扶手椅里扭动了一下身子，由于动作过猛，结果把蒙在椅子上的毛料绷开一个口子，马尼洛夫疑惑不解地看了看他。乞乞科夫心情非常激动，说了许多感激的话，弄得对方很不好意思，脸都涨红了，并连连摆手，最后才说，这根本算不了什么,他的确也想通过一种方式表示一下自己对对方的倾慕和友爱之情,再说了,已经是死了的农奴了,一点用处都没有了。

"绝不是没有用处。"乞乞科夫握了握马尼洛夫的手说道。此时,他深深地叹了一口气。看来,他是打算向对方吐露真情了,他终于既带着感情又带着表情说了下边的一番话:"但愿您能知道,您正是通过这些没有用的死农奴给了一个无亲无故的人多么大的帮助!确实,我什么苦头没吃过!我就像漂泊在惊涛骇浪中的一叶孤舟……我什么排挤什么迫害没有经受过!什么痛苦没有尝到过!为的是什么?为的是维护真理,为的是对得起自己的良心,为的是向一个无依无靠的寡妇和一个不幸的孤儿伸出援助的手!"这时,他甚至掏出手绢擦去滚滚掉落的眼泪。

马尼洛夫深受感动。两朋友长时间握着手,长时间默默地看着对方,他们的眼眶里都噙着泪水。马尼洛夫怎么也不肯松开我们这位主人公的手,他继续热烈地握着他的手,致使我们的主人公不知道怎样才能抽回自己的手。他终于不声不响把自己的手抽回来了,并且说,最好尽快把契约签了,要是您能亲自去城里一趟,那就更好了。然后他拿起帽子,就要告辞。

"怎么?您这是要走?"马尼洛夫突然明白过来,惊讶地大声说道。

这时。马尼洛夫太太走进屋来。

"莉赞卡,尊敬的乞乞科夫要离开我们了!"马尼洛夫带着有点遗憾的表情说道。

"是不是乞乞科夫已经厌烦我们了!"马尼洛夫太太应声说。

"夫人,在这里,"乞乞科夫说道,"瞧,在这里,在我的心里。"他说着把一只手按在胸口上:"是啊,我将永远记住和你们一起度过的这愉快的时光!请你们相信,如果我能和你们住在一起,即使不能住在同一个屋檐下,至少也能是近邻,那将是我最大的幸福。"

"您要知道,尊敬的乞乞科夫,"马尼洛夫很喜欢乞乞科夫的这个想法,于是说道,"要是我们住在一起,住在同一个屋檐下,或是住在同一棵大树的树荫下,我们就可以深入探讨一些哲学问题,那该多好啊!……"

"哎呀,这可真是天堂般的生活!"乞乞科夫叹了口气,说道,"再见了,夫人!"他走到马尼洛夫的跟前继续说道:"再见了,可亲可敬的仁兄,请别忘了我的请求!"

"您就放心吧!"马尼洛夫回答说。"我和您的分别不会超过两天。"大家走进饭厅。

"再见了,可爱的孩子们!"乞乞科夫看见阿尔基德和费米斯托克留斯后说道。两个孩子正在玩儿一个木头做的骠骑兵,不过这个骠骑兵已经没有胳膊和鼻子了。"再见了,孩子们。我这次来,没有给你们带礼物来,请你们原谅,因为我来时,坦率地说，还不知道有你们，但是现在知道了，以后再来，一定给你们带礼物来。我给你带一把军刀来，你想要军刀吗？”

“想要。”费米斯托克留斯回答说。

“给你带一面鼓来，好不好？你想要鼓吗？”他朝阿尔基德弯下身去，继续说道。

“想要鼓。”阿尔基德低下头低声说道。

“好吧，我给你带鼓来，带一面非常好的鼓，敲起来是这种声音：咚德鲁……咚德鲁……咚哒哒……好了，宝贝儿，再见了。”这时，他吻了吻孩子的头，然后带着微笑（通常情况下，面对父母才露出这种微笑）朝马尼洛夫和马尼洛夫太太转过身来，是让他们知道，从孩子们的愿望看出，孩子们是多么天真无邪。

“啊呀，乞乞科夫，您还是不要走吧！”当大家都来到门廊上时，马尼洛夫说道。“瞧，满天的乌云。”

“这点乌云成不了气候。”乞乞科夫答话说。

“您知道到索巴克维奇庄园怎么走吗？”

“我正想问您呢。”

“好吧，我这就告诉您的车夫。”马尼洛夫马上很热情地告诉车夫到索巴克维奇的庄园怎么走，说话当中甚至有一次还称车夫“您”。

他告诉车夫，需要驶过两个路口，到了第三个路口再拐弯，车夫听了说道：“老爷，我们一定按您的指点走！”乞乞科夫告辞后上路了，男主人和女主人很长时间都踮着脚尖站着，朝他摆动着手，挥动着手绢。

马尼洛夫很长时间站在门廊上，目送着远去的马车，后来马车已经完全消失在视线中了，他仍旧站在原地，吸着烟袋。最后，他还是走进屋子，坐到椅子上，陷入沉思。他想，他能够使来客得到一点小小的满足，他打心眼儿里高兴。后来他不知不觉又想起别的事，最后，他的思绪又不知道飞翔到哪里去了。他想，结交朋友可真是一大乐事，他想，要是能和朋友住到河岸边，那该多好啊，在河上建上一座桥，然后再筑起一座又高又漂亮的楼房，楼房的顶上修上一座高高的观景台，站在观景台上甚至都能看见莫斯科，到了晚上，可以在露天下喝茶，可以谈论有趣的事。他想，然后他和乞乞科夫一起坐上高级马车来到一处交际场所，他和乞乞科夫的深厚交情使在场的人大为倾慕，他想，仿佛皇帝陛下已经知道了他们的友谊，并赏给了他们将军的头衔。后来他又想了什么了，后来他想的连他自己也说不清了，只有天晓得喽。乞乞科夫的奇怪要求突然打断了他的思路。当他想到这个要求时，脑子好像就不够用了，他把乞乞科夫的要求翻来覆去考虑了一下，也没考虑出什么名堂来，他一直坐在椅子上，吧嗒吧嗒吸着长烟袋，一直喷云吐雾到吃晚饭。

第三章

乞乞科夫的马车早已奔驰在立有路标的大道上，他坐在马车里，心情特别好，因为他的要求得到了满足。从前一章我们就知道了，他最感兴趣最关心的是什么事情，所以他现在别的什么事情也不想，一心一意只想着这件事情，这就毫不奇怪了。看得出，他的想法和打算都已变成了现实，因为他的脸上总是不停地闪过满意的笑容。他完全陶醉在这件事情当中，根本没有注意到，他的车夫由于得到马尼洛夫家仆人们的不错招待，在心满意足之余，正在数叨着拉右边套的花斑马。这匹花斑马非常狡猾，

乞乞科夫的马车早已奔驰在立有路标的大道上，他坐在马车里，心情特别好。

它装出一种使劲拉车的样子，而实际上是拉辕的枣红马和拉另一边边套的淡栗色马（人们管这匹马叫陪审官，因为是从县陪审官手里弄到它的）在全力以赴地拉车，从它们的眼神中可以看出，它们从拉车中得到很大乐趣。“你这狡猾的家伙，你狡猾，难道你还能狡猾过我！”谢利凡说着抬起一点身子，照着懒惰的花斑马抽了一鞭子。“你要知道你就是干这个的，你这个德国的吝啬鬼！枣红马是匹好马，不能不让人敬重，它尽心尽力干活儿，我愿意多给它一斗饲料，因为它让人敬重，陪审官也是一匹好马……喂，喂！你干吗摇晃耳朵？你这个蠢货，有人跟你说话，你就听着！你可真是一个无知的家伙，我不会教你干坏事的。瞧，你怎么走得这么慢，简直像虫子爬！”他说到这里又抽了花斑马一鞭子，然后骂道：“你这个蛮夷，你这个该死的拿破仑！……”随后他冲着三匹马吆喝道：“伙计们，你们真不赖！”说着朝它们甩出去一鞭子，不过这一鞭子不是表示惩罚，而是表示对它们满意。他刚刚夸完它们之后，又对花斑马说道：“你以为你不用力拉，别人就不会知道。那你就错了，你还是老老实实干活儿吧，如果你想让别人看重你。我们刚才去的那位地主家，全是好人，碰见好人，我愿意和他拉近乎，好人是朋友，只要是好人，和他一起喝喝茶，喝喝酒，都愿意。好人到处受尊敬。就拿我们家老爷来说吧，哪个不尊敬他，你知道吗，他可是朝廷命官，他是六品文官呢……”

谢利凡就这样嘴里不停地絮叨着，后来，话越说越离谱儿，越说越远。如果乞乞科夫用心听他絮叨的话，肯定就会知道关涉到他本人的许多事情；但是他脑子里装满了自己的事，一声响雷才使他从沉思中醒悟过来，他往周围看了看，天空布满乌云，雨点打在尘土飞扬的大路上。雷声一声比一声大，一声比一声近，突然下起了瓢泼大雨。一开始，雨点只是斜打在车身的一面，随后，雨点又从车身的另一面打过来，后来，雨点不断地改变着方向，噼里啪啦地直打在车顶上，雨水终于飞溅到他的脸上。他不得不拉上皮窗帘（窗帘上有两个小圆孔，是为沿途观赏风光的），并且吩咐谢利凡把车赶快点。谢丽凡还没有絮叨完，但也不再絮叨了，他明白了，确实不能耽搁了，他从座子底下揪出一件又脏又破的灰呢子外套，穿到身上，两手抓住缰绳，冲着马吆喝起来，三匹马艰难地迈着腿向前行进着，因为它们听了谢利凡的教训，四肢发软，一点力气也没有了。不过谢利凡怎么也记不起来车已经拐了两个弯还是三个弯。他考虑了一下，认定他已经拐了好几个弯儿了。俄罗斯人就有这个特点，在关键时刻能当机立断，不再进一步花时间考虑了。当马车走到十字路口，他赶着马车朝右拐去，并吆喝道：“喂，老弟，加把劲儿呀！”三匹马奋蹄跑起来，他却没怎么考虑沿着这条路会走到什么地方去。

可是雨好像一时半时停不下来。路已经泥泞不堪，马拖着沉重的马车走得越来越慢。乞乞科夫简直是心急如焚,因为走了怎么久了,连索巴克维奇村庄的影子都看不见。根据他的估计,早就应该到了。他往四周看了看,周围一片漆黑,什么也看不见。

“谢利凡!”他终于从马车里探出头来说道。

“什么事,老爷?”谢利凡应答道。

“你好好看看,前面有没有村子?”

“看不见前面有村子,老爷!”接着,谢利凡甩了一鞭子,嘴里哼起了歌,但是调子拖得很长很长,说是歌,也不像歌。声音里什么都有,比如有俄罗斯各地都流行的催促马前进的吆喝声和喊叫声,还有不假思索脱口而出的各类形容词。他就这样哼唱着,叨唠着,甚至把马都叫做文书了。

就在这时,乞乞科夫发现,马车摇晃得很厉害,他坐在马车里,身子一下磕向左边的车帮子,一下又碰到右边的车帮子,简直有点受不了了,他觉得马车已经离开大路,拐到耙过的地里了。谢利凡看来也知道马车走到地里了,他只不过不说就是了。

“喂,骗子,你这是走的什么路?”乞乞科夫说道。

“老爷,有什么法子呢,天这么晚了,黑咕隆咚的,连马鞭子都看不见了!”他说这话的时候,马车向一边倾斜过去,乞乞科夫赶紧用双手抓住马车,此时他才发现,谢利凡有点儿喝醉了。

“快拉住马,马车要翻了!”他冲着谢利凡喊道。

“不会翻,老爷,马车怎么会翻呢!”谢利凡说道,“翻车可不是件好事,这我知道,我怎么也不会把车弄翻。”随后,他赶着马车慢慢地转弯儿,马车转着,转着,终于向一边倒下去了。乞乞科夫扑通一声跌到泥水里,两手两脚都沾满了泥水。谢利凡把马拉住了,其实是马自己站住的,因为它们已经疲惫不堪了。谢利凡惊讶极了,他根本没有预料到车会翻,他从驭座上爬下来,站在马车前,双手叉着腰,这时候,老爷正在泥水里挣扎着往外爬,谢利凡考虑了一下,说道:“真不像话,你还是翻了!”

“看你醉成什么样子了!”乞乞科夫说道。

“老爷,我怎么会醉呢,我没有醉!我知道,喝醉酒不是一件好事。我只是和朋友聊了聊天儿,和好人是可以聊天儿的,这没有什么不好。还和他们一块儿喝了点酒,喝酒又不是一件丢人的事,和好人是可以喝酒的。”

“前一次你喝醉了酒,我跟你说什么来着?难道你忘了?”乞乞科夫说道。

“老爷,没忘,我怎么会忘呢。我知道,做人要本分,我知道,酗酒是坏事。和好人聊聊天儿,因为……”

“我需要敲打敲打你,让你知道怎么跟好人聊天儿!”

谢利凡惊讶极了，他根本没有预料到车会翻。

“老爷，随您的便，”对主人一向唯命是从的谢利凡回答道，“如果该打，您就打吧，我绝不躲闪。既然该打，您干吗不打呀？打还是不打，完全由老爷决定。体罚是需要的，因为庄稼人老是不听话。秩序是需要遵守的。如果该打，那就打吧，干吗不打呢？”

对于这番话，老爷简直不知道如何答对。但是就在这时，命运好像要怜悯他了。远处传来了狗叫声。乞乞科夫听到狗叫声都要心花怒放了，吩咐驱马朝狗叫的方向前进。俄罗斯的车夫有个特点，他们的感觉特别敏锐，往往把感觉当眼睛用，所以他们常常凭感觉赶车，就是闭上眼睛，也能把车赶到目的地。周围漆黑一片，可是谢利凡仍然赶着马车向正前方的村子驰去，直到马车的车辕撞到栅栏上，前面已无路可走了，马车才停下来。乞乞科夫透过密密层层的雨幕看见黑乎乎的一片，很像屋顶。他让谢利凡走上前去，找一找门在哪儿，毫无疑问，谢利凡找门找了很长时间，因为俄罗斯人常常用恶犬看守门户，恶犬们为了通报主人有客人造访，放开喉咙拼命吠叫，谢利凡不得不用双手捂住耳朵。一道光亮从一扇窗户里射出来，像一道灰蒙蒙的雾，照到栅栏上，同时也给我们的过路人照亮了房门。谢利凡走上前去敲门，没有多长时间，门就开了，从门里探出一个裹着厚呢子外衣的身影，乞乞科夫和谢利凡听见，一个女人用嘶哑的声音说道：

“这是谁敲门呢？干吗敲得这么响？”

“大娘，我们是过路人，让我们住一宿吧！”乞乞科夫说道。

“你瞧瞧，这是什么天气，你们还出门，”老太婆说道，“这都三更半夜了！这儿又不是大车店，这儿是住家。”

“有什么法子呢，大娘，我们迷路了。这样的天气，我们总不能在野地里过夜吧。”

“是呀，天这么黑，又下着雨。”谢利凡补充说道。

“混账东西，住嘴！”乞乞科夫说道。

“您是什么人呢？”老太婆问乞乞科夫。

“是贵族，大娘。”

老太婆听到“贵族”二字，似乎迟疑了一下。

“请等一下，我去禀报一声太太。”她说着走进去了。过了两分钟，她手里拿着一盏灯回来了。门开了，另一扇窗户里也亮起了灯。马车驶进院子，停在一座矮小的房子前面，因为天黑，不可能把房子看仔细。房子只有一半被窗户里射出来的灯光照亮，房前有一个水洼，灯光直接射到水洼上。雨点噼里啪啦地敲打着木头屋顶，雨水像一股小溪流进房檐下的一只大圆木桶里。就在这时，村子里的狗扯开嗓门儿此起彼伏地吠叫起来：先是一只狗仰起头，拉长调门儿，拼命地吼叫着，仿佛为此能得到一笔可观的赏金；紧跟着，另一只狗也吼叫起来，它的叫声像和尚念经一样单调；在它们的叫声中，还夹杂着一种清脆、尖细的不停息的叫声，像是挂在邮车上的铃铛发出的声音，大概是一只狗崽子在叫；最后，一个低沉的叫声盖过所有的叫声，这可能是一只老狗，而且很壮实，它的嗓子带点嘶哑，它就像唱诗班中的男低音，当乐曲达到高潮时，男高音就会踮起脚尖，把音往高拔，所有唱诗班的成员也都仰起头，扯开嗓子，把音往高拔，而唯独男低音把胡子拉渣的下巴缩到领结里，蹲下身子，唱出自己的声调，把玻璃窗都震得当啷啷响。从这些足以组成一个合唱队的狗的此起彼伏的叫声中就可以判断出，这个村子相当地大，不过我们的主人公浑身上下被雨水浇得湿淋淋的，不停地打着冷战，他现在除了想躺到温暖的床上之外，恐怕什么也不会想了。马车还没有停稳，他已经从马车上跳下来，跳到门廊上，结果身子晃动了一下，差点儿摔倒。门廊上走出来一个妇人，比刚才的老太婆年轻点，但长得跟刚才的老太婆有点像。她把乞乞科夫领进屋。乞乞科夫把屋子扫视了一眼。屋子的四壁糊着旧花纹壁纸。墙上挂着几幅禽鸟画，窗户和窗户之间挂着几幅相片，相框是那种老式深色卷叶形的，每个相框的后面都插着东西，有的相框后面插着一封信，有的相框后面插着一副旧纸牌或是一只袜子。挂钟的指时盘上有花卉图案……他一眼看到的就是这些，别的东西实在没有精力去看了。他觉得上下眼皮就要粘到一起，好像有人在他的眼皮上涂上了蜜。过了一会儿，女主人走进来了，她已是一位上了年纪的老妇，头上戴一顶睡帽,看样子是匆匆忙忙把睡帽戴到头上的,她的脖子里围着一块法兰绒披肩。她是位小地主,很喜欢哭穷,抱怨收成不好,老是亏损,说这些话时,总是把脑袋歪向一边,可是与此同时,她却把钞票一张一张地放进藏在五屉柜抽屉里粗花布缝制的钱包里。钱包有好几个,一个钱包专门放一个卢布一张的钱,另一个钱包专门放半个卢布一张的钱和一个钱包专门放二十五戈比一枚的硬币。五屉柜里也放了很多衣服,有内衣,有睡衣,还有几绺毛线,还有一件拆开线的外套。这件外套是作为后备放在这里,万一在烘烤节日馅儿饼或大葱肉饼时,旧衣裙被烧坏了,或是穿得时间长了被磨破了,老太太就打算把这件外套改成连衣裙穿。但是旧衣裙一直没有被烧坏,也没有被磨破,老太太过日子一向勤俭节约,所以这件拆开的外套将会很长时间放在五屉柜里,只能等到根据正式遗嘱连同其他破烂儿留给堂姐的外甥女了。

乞乞科夫带着几分歉意说,他的突然到来,使她受惊了。"不要紧,不要紧,"女主人说道,"您瞧瞧,这是什么天气,您还出门儿,是鬼使神差的吧!雨下得这么大,还刮着风……走了路的人应该吃点东西,可是天这么晚了,来不及给您准备了。"

此时,一种奇怪的咝咝声打断了女主人的话,客人听到这声音还吓了一跳,这声音听起来就好像屋子里有无数的蛇爬行似的,但是抬头一看,放下心来了,因为弄明白了,墙上的挂钟敲钟点以前,就会发出这种声音。一阵咝咝声过后,是几声呼哧声,最后,挂钟憋足了劲儿,当当敲了两下,这声音就像有人用棍子敲在一只破瓦罐上发出的声音,挂钟敲过钟点以后钟摆又有节奏地左右摆动起来。

乞乞科夫对女主人的盛情表示了感谢,并且说,他什么也不需要,请女主人不要为他操心,他除了想借宿外,没有任何别的要求,他很想知道,从这儿到地主索巴克维奇家还有多远。女主人说,没听说过索巴克维奇这个名字,压根儿就没有这么一个地主。

"那您至少应该知道马尼洛夫吧?"乞乞科夫说道。

"马尼洛夫是个什么人?"

"是位地主,大娘。"

"没听说过,没有这么一个地主。"

"那么这里有些什么地主呢?"

"有博布罗夫,有斯温因,有卡纳帕季耶夫,还有哈尔帕金,还有特莲帕金,还有普列沙科夫。"

"他们富不富?"

"他们不富,我们这里太富的地主没有,我们这里的地主一般只有二十个农奴,也有有三十个农奴的地主,但是有一百个农奴的地主绝对没有。"

过了一会儿，女主人走进来了，她已是一位上了年纪的老妇，头上戴一顶睡帽……脖子里围着一块法兰绒披肩。

乞乞科夫发现，这个地方很偏僻。

“这儿离城远不远？一定挺远吧？”

“要走六十多里路呢。我不能给您弄点吃的来，很是过意不去！您想喝茶吗？”

“谢谢了，大娘，除了想睡觉，什么也不需要。”

“是啊，是啊，走了远路的人最需要休息。您就睡在这个沙发上吧，我的爷。喂，费季尼娅，把羽毛褥子、枕头和褥单拿来。这种天气出远门，听这雷声，轰轰隆隆的。我这儿，圣像前面的蜡烛整宿不灭。哎呀呀，我的爷，您是怎么搞的，后背上和身子两边儿都是泥！在哪儿弄得这一身泥？”

“这还算好的呢，只是弄了一身泥，没有把脊梁骨摔断，才是万幸呢！”

“哎呀，我的天，多可怕！对了，您需不需要擦擦背？”

“谢谢了，谢谢了，您不必多费心了，您只要吩咐您的仆人，让她把我的衣服烘干，刷干净，就行了。”

“听见了吗，费季尼娅！”女主人冲着女仆说道。这时，女仆正拿着蜡烛来到门廊上，她把羽毛褥子拖进屋里，用手把褥子拍松，弄得羽毛满屋子飞。“你把这位老爷的外衣和内衣拿去，放到炉火旁烘干，然后刷干净，要很认真，就像过去给故去的老爷做事一样。”

“是，太太！”费季尼娅说着把褥单铺到褥子上，把枕头放好。

“床已经给您铺好了，”女主人说道，“好了，我的爷，明天见，希望您能睡个好觉。您还需要什么吗？我的爷，您是不是习惯于每晚有人给您挠挠脚后跟？我那已故的丈夫就有这个习惯，要不他就无法入睡。”但是客人说，他的脚后跟不需要挠。女主人走出屋去了，他立刻把外衣内衣脱下来，交给费季尼娅。费季尼娅也向客人道了声晚安，拿上这些湿漉漉的衣服走出去了。屋子里就剩了他一个人，他不无满意地看了看自己的床，床上的被褥摞得很高，几乎快顶住天花板了，看来费季尼娅是拍打羽毛褥子的能手。他踩着椅子爬到床上，床马上陷下去，几乎挨到地板，从褥子里挤出来的羽毛飞得满屋子都是。他吹灭蜡烛，拉过印花布被子盖在身上，蜷缩着身子，立刻就睡着了。第二天很晚了他才醒来。阳光直接射到他的眼睛上，昨天晚上落在墙上和天花板上的几只苍蝇朝他飞过来，一只落在他的嘴唇上，一只落在他的耳朵上，另外一只好像一心一意想落在他的眼皮上，可是一不小心，落到了他的鼻孔下边，他迷迷糊糊地一吸气，把苍蝇吸进鼻孔，害得他狠狠地打了个喷嚏，这样一来，他就完全醒了。他扫视了一下房间，现在才发现，墙上除了挂有禽鸟画，还挂着库图佐夫的画像和一幅穿着红袖口制服（保罗一世时代的服装）的老头子的画像，挂在墙上的钟又发出一阵咝咝声，然后敲了十下。一张妇人的脸从门外探进来，但立刻又不见了，这是

他吹灭蜡烛，拉过印花布被子盖在身上，蜷缩着身子，立刻就睡着了。

因为他想睡个好觉把身上的衣服脱了个光。他觉得这张伸进来的面孔有点熟悉。他想，这是谁呢，最后终于想起来了，这是女主人。他穿上衬衫，他的衣服已经都烘干，并且刷得干干净净，就放在他的身边。他穿好衣服，走到镜子跟前又响亮地打了个喷嚏，这时一只火鸡正好走到窗前，窗子离地面很近，火鸡突然用自己奇怪的语言冲着他不知说些什么，大概是"希望你健康"之类的话吧，乞乞科夫却回答它说："蠢家伙！"他走到窗户跟前，开始观察眼前的情景：窗外的院子跟养鸡场也差不多，在一个狭长型的院落里到处跑的是鸡，还有各种牲畜。这里的鸡和火鸡多得简直数不清。一只公鸡迈着匀整的步子，慢条斯理地行走在众鸡之间，摇动着鸡冠，把头歪向一边，好像在仔细听什么。一只母猪带着小猪崽儿也出现在院子里，它拱开一堆垃圾，顺嘴吃掉一只小鸡，并继续津津有味地啃着一块西瓜皮。这个不大的院子，或者说养鸡场，用木板围墙围起来，围墙外面是一片面积很大的菜地，菜地里种着白菜、大葱、土豆、甜菜以及其他蔬菜。菜地里还零零散散种着几颗苹果树和别的果树，这些树都用网罩起来，以免喜鹊和麻雀骚扰。一群麻雀像一片斜飘下来的乌云，一下子飘到这儿，一下子飘到那儿。正是为了这个缘故，地里插了好几根长竿子，上面扎上草人，手臂向两边张开，其中一个草人戴着女主人的帽子。菜园的外面是一座座农民的住房，它们东一座西一座，比较分散，并没有有序地排在街道的两边，不过乞乞科夫发现，这一座座的农舍表明，这里的农民生活得相当富裕。从房子的外观看，房子维护得相当好，房顶上朽了的木板已经拿掉，换成了新木板，大门没有一扇是歪歪斜斜的。他发现，他对面的板棚里停着一辆崭新的大车，另一个板棚里停着两辆呢。“她的这个村子还真不算小。”他心里想，他打定主意要和这位女主人好好地谈谈，一定要和她拉近乎。他透过门缝（她探头时留下的门缝）往外看了一眼，看见她坐在茶桌旁，于是就带着愉快和亲切的表情走进屋子。

“我的爷，您好啊，您睡得好吗？”女主人从座位上欠起一点身来说道。她今天的衣着比昨天要好些，她穿一件深色衣裙，没有戴帽子，但是脖子里仍然围着一块什么东西。

“睡得好，睡得好。”乞乞科夫一边说，一边坐到一把扶手椅上。

“您睡得怎么样，大娘？”

“我睡得不好，我的爷。”

“怎么搞的？”

“失眠，腰老疼，主要是小腿，隐隐地疼。”

“大娘，您的这些疼痛不要紧，会好的，不必太在意。”

“但愿老天保佑能好。我抹过猪油，也用松节油揉搓过。您茶里还想加点什么吗？壶里有果汁。”

“好吧，大娘，那就加点果汁吧。”

读者，我想您已经注意到了，乞乞科夫和女主人说话的态度虽然带着几分亲切，但是比起和马尼洛夫说话时的态度来，要随便得多，也不拘什么礼节了。应该说一句，我们俄罗斯人也许在很多方面不如外国人，可是就处世待人这方面来说，要比他们强得多。我们处世待人的态度多种多样，不可能都列举出来。无论是法国人还是德国人，都不懂得处世之道，他们不明白在待人的态度上应该有所差异。他们不管是跟百万富翁说话，还是跟一个小香烟铺的小老板说话，用的几乎是同一种腔调，同一种语言，虽然他们打心眼儿里很想巴结巴结百万富翁。我们国家的情况可就不同了，我们有一些自作聪明的人，他们同拥有三百个农奴的地主说话和同拥有二百个农奴的地主说话，那腔调完全不一样，而同拥有五百个农奴的地主说话和同拥有三百个农奴的地主说话，那腔调就又不一样了，而同拥有八百个农奴的地主说话和同拥有五百个农奴的地主说话，那腔调就更不一样了——总而言之，不管同拥有多少个农奴的地主说话，直到同拥有一百万个农奴的地主说话，那腔调都是不一样的。比方说吧，不说在我国，而是在一个很远的国家，假如有一个办公厅，这个办公厅有一个厅长，他就坐在他的下属中间，请大家看一看他的那副嘴脸，你会吓得连一句话都说不出！他的那副嘴脸能表现什么呢，只能表现他的傲慢不逊，只能表现他的神气活现。如果你拿起画笔,给他画像的话,那么他就是自命不凡的普罗米修斯,鹰一样的眼睛闪着凶光,走路迈着八字步。可是他一旦走出自己的房间,朝自己上司的办公室走去时,他就不是鹰了,而变成了一只鹌鹑,腋窝下夹着公文丝毫不敢怠慢地急匆匆走去。无论是在社交场合,还是在家庭晚会上,他所遇到的人全是些小官吏,那么他这个普罗米修斯仍然还像个普罗米修斯,可是一旦遇到比他地位高的官吏,他就不是普罗米修斯了,正像古罗马诗人奥维德在他的长诗《变》中所说,他会变,变成一只苍蝇,甚至比苍蝇还小,变成一粒沙子!这时你看着他就会说:"是啊,他不是伊万·彼德罗维奇,伊万·彼德罗维奇的个子比他高,而他又矮又瘦,伊万·彼德罗维奇说起话来嗓门儿又粗又高,并且不苟言笑,而眼下的这位伊万·彼德罗维奇不知怎么搞的,说起话来细声细气,而且老是赔着笑脸。"你走到跟前一看,没错,他还真是伊万·彼德罗维奇!你会暗暗想:"嘿,真是的!"不过我们现在还是谈我们的主人公吧。正如我们所看到的,乞乞科夫现在一点也不想客气了,他拿起茶杯,往茶水里兑了一些果汁,然后说道:

"大娘,你们这个村子不错么。村子里有多少农奴?"

"你问有多少农奴?我的爷,差不多有八十来个吧,"女主人说道,"糟糕的是年景不好,就拿去年来说吧,收成很不好,真没想到。"

"不过庄稼人都挺壮实,农民的木头房子也还都结实。请问您贵姓。我太粗心了,都没有问您的尊姓大名,因为我来到这里时已是夜里了……"

"我姓科罗博奇卡,丈夫是十品文官,已过世。"

"十分感谢,能告诉我您的名和父名吗?"

"我叫纳斯塔西娅·彼得罗夫娜。"

"纳斯塔西娅·彼得罗夫娜?这可真是个好名字。我母亲的姐姐,我的姨妈,也叫纳斯塔西娅·彼得罗夫娜。"

"您叫什么名字呢?"女主人问道,"我想,您准是个地方法官吧?"

"大娘,我不是什么地方法官,"乞乞科夫笑着回答说,"我出来只是办一办自己的一点点私事。"

"您一定是位买主!真遗憾,我把蜂蜜都以便宜的价格卖给商人了,我的爷,要是您先他们一步来的话,您一定会把我的蜂蜜买走的。"

"我并不想买蜂蜜。"

"那您想买什么呢?想买大麻吗?不过我这里大麻不多了,只剩下十多斤了。"

"大娘,我不想买大麻,我想买另外一种东西,请您告诉我,您这儿死过农奴吗?"

"哎呀,我的爷,我这里已经死了十八个农奴了!"老婆子叹着气说道,"死了的都是好人呐，都是些干活儿的能手。当然，后来又出生了不少小农奴，可他们还不能干活儿，因为他们还小。地方官来了却说，农奴必须交人头税，活人交人头税，还说得过去，人都死了，还交什么人头税嘛。上个礼拜，我有一个铁匠突然死了，是烧死的。他心灵手巧，连钳工活儿都拿得起来。”

“大娘，是不是你们这里发生火灾了？”

“老天爷保佑，倒是没有发生火灾，要是发生了火灾，那就更严重了，是他自己烧死的，我的爷。他的内脏突然着了，他喝酒喝得太多啦，后来全身都着了，冒着蓝火苗，最后烧成了一堆黑炭。他呀，别提有多能干了，现在我要是外出，没有车坐了，因为没有人给马钉马掌。”

“大娘，这都是上帝的安排！”乞乞科夫叹息着说道，“违背上帝的话可一句也不能说哟……把他们转让给我吧，科罗博奇卡太太！”

“我的爷，把谁转让给您？”

“就是把这些死了的农奴。”

“怎么转让呢？”

“其实很简单。您干脆把他们卖给我吧，我付给您钱。”

“卖给您？我真不懂您的意思。难道您想把他们从地底下刨出来吗？”

乞乞科夫发现老太婆根本不明白他的意思，看来需要解释一番。他用简短的几句话解释说，转让或是买卖只是通过书面形式做的交易，农奴还当是活的登在文书上。

“您要他们有什么用？”老太婆瞪大眼睛看着乞乞科夫问道。

“这您就别管了。”

“要知道，他们已经死了。”

“谁说他们还活着呢？正因为他们死了，您才吃亏呢，您才不上算呢，因为您还得为他们交人头税，现在我可以不让您吃这个亏，我可以为您交这个人头税。您明白了吗？我不仅不让您吃亏，而且为每个死去的农奴我还可以给您十五个卢布。怎么样，现在您该明白了吧？”

“我还是不明白，”女主人一字一顿地说道，“您知道吗，我还从来没有卖过死农奴。”

“那还用说，如果您真的卖过死农奴，那才叫怪事呢。难道您以为他们还有什么用处吗？”

“我不认为他们还有什么用处。他们能有什么用处呢？什么用处也不会有了。让我为难的是他们已经死了。”

“这婆娘，真是个死脑筋！”乞乞科夫心里想。

“大娘，您听我说，您好好地合计合计，他们已经死了，您还得为他们交人头税，这样下去，您会破产的……”

“哎呀，我的爷，这事可别提啦！”女主人附和着说道，“两个礼拜前，我还交了一百五十卢布的税呢。还单独塞给税务官好多钱。”

“您瞧瞧，大娘，这算什么事嘛。可是现在情况就不同了，现在您只要想到，税务官那里您不必再塞钱了，因为现在是我为这些死农奴付人头税，您就不用付了，一切花销都由我来承担。我甚至可以签订一个买卖契约，您懂我的意思吗？”

老太婆寻思起来，她看出来了，这件事好像对自己有利，不过这件事太新鲜了，从来没有听说过会有这种好事儿，所以她很担心，这个买主会不会是骗她，谁晓得他是从哪儿来的，而且是深更半夜来的。

“怎么样。大娘，一言为定，行吗？”乞乞科夫说道。

“哎呀，我的爷，说句实话吧，我还从来没有卖过死去的农奴。活农奴我倒是卖过，这就说是前年的事了，我还卖了两个丫头呢，卖给了大司祭，每个丫头卖了一百卢布。大司祭很感谢我，因为这两个丫头心灵手巧，都会编织台布、餐巾什么的。”

“喂，我要买的农奴是死的，而不是活的，活的跟我有什么相干，让他们好好活着吧。”

“说实在的，起初，我还真有点担心呢，担心我会吃亏。我的爷，您是不是在骗我，这些死农奴也许能值很多钱呢。”

“您听我说，大娘，您这人真不开窍，这些死农奴还有什么价值吗？要知道，他们已经变成一具具尸体了，您明白吗？您可以随便拿一件东西，比如拿一块最不值钱的破布来说吧，它也还有点价值，至少可以把它卖到造纸厂去造纸，可是这些尸体有什么用，什么用也没有。您自己说说，这些尸体有什么用？”

“您说得很对，他们确实是一点用处也没有，可是我百思不得其解的是他们已经死了，您干吗还买他们。”

“瞧瞧，这个老太婆真是个死心眼儿！”乞乞科夫这样想，他心里很恼火，“这个该死的老太婆，你跟她打交道，能让你急出一身汗来！”他从口袋里掏出手帕，擦掉从额头上真的流下来的汗水。不过，乞乞科夫用不着生气，因为如果换一个人，甚至是一个担任国家要职的令人尊敬的人，他可能也是一个木头疙瘩。他一旦有了一种想法，这个想法就在他脑子里扎了根，你休想把它赶走。无论你对他讲了多少道理，即使是再明确不过的道理，都能被他顶撞回来，就像皮球碰到墙上弹回来一样。乞乞科夫擦去头上的汗水，决定再换个说话的方式试一试，看能不能让这个老太婆明白这件事的就里。

“大娘，”他说道，“您是真不懂我的话，还是假不懂我的话……我是给您钱的，每个死农奴给您十五个卢布呢。明白吗？要知道，这可是钞票呀。您从马路上是捡不来的。您老实说，您的蜂蜜卖了多少钱？”

“一普特卖了十二卢布。”

“大娘，别说昧良心的话。没有卖到十二卢布吧。”

“确实是卖了十二卢布。”

“这您就明白了吧，您卖的可是蜂蜜呀！您大概得花一年的时间才能积攒下这么多蜂蜜吧，而且还得操多少心，费多大力呢。为了给蜜蜂寻找采蜜的场所，您得经常移动蜂箱的位置，为了从蜂房里把蜜取出来，您得设法用烟雾把蜜蜂熏得昏迷过去，到了冬天，您就得在窖里喂养它们。而农奴既然死了，就已经离开我们这个人世了。您在他们身上不需要再花任何精力了，至于他们死后，给您的农庄带来一定的损失，这也是上帝的安排。您卖蜂蜜所得十二个卢布，是您付出了劳动付出了心血换来的，而您卖一个死农奴所得十五个卢布却是您不花任何劳动所得，完全是白得的，况且这十五个卢布还不是银卢布，是金卢布。”经过这一番苦口婆心的劝说之后，乞乞科夫几乎毫不怀疑，老太婆最终会让步的。

“说实在的，”女主人回答说，“我一个寡妇人家，碰上这种事，真不知道怎么办才好！最好还是让我再等一等，也许会有商人来呢，谁给的钱多，我就卖给谁。”

“真可笑，大娘，简直太可笑了！您说的是什么话，您自己好好考虑考虑！谁会花钱买这些死农奴？买了这些死农奴有什么用？”

“说不定在农活方面能派上用场……”老太婆反驳说，可是她还没有把话说完，就张着嘴，带着畏惧的神色看着乞乞科夫，想知道乞乞科夫下边会说什么。

“人都死了，还能干农活！您说哪儿去了！难道您让这些死人深更半夜来园子里吓唬麻雀不成？”

“上帝保佑！您的话真让人毛骨悚然！”老太婆边画着十字边说道。

“那您还想派他们用场呢！您知道吗，他们的尸骨，他们的坟墓，我又不要，都给您留着，咱们只是纸上的交易。怎么样？行吗？您至少得给我一句话吧。”

老太婆又陷入沉思中。

“您还考虑什么呢，科罗博奇卡太太？”

“说真的，我怎么也想不出我该怎么办，我最好还是卖给您大麻吧。”

“得了吧，我买您的大麻干什么？我要买您的死农奴，可是您偏要塞给我大麻！大麻归大麻，下次我来时，一定买您的大麻。怎么样？考虑好了吗，科罗博奇卡太太?”

“哎呀,您要买死人,这事太离奇了,我从来没有听说过这种事!”

这时,乞乞科夫完全没有了耐心,他抓起椅子气呼呼地往地上一摔,骂了声:“你见鬼去吧!”

老太婆一听到让她见鬼去,就吓得要命。

“哎呀,上帝保佑,千万别提鬼!”老太婆脸色变得刷白,大声嚷道,“两天前,我一宿没睡好,尽梦见鬼了。晚上做完祈祷,我想起来用纸牌摆了个卦,看来,是上帝派鬼来惩罚我了。我梦见一个丑陋的鬼,它头上长的角比牛角还长。”

“我倒觉得奇怪了,您怎么只梦见一个鬼,您要是梦见几十个鬼才好呢。我只是出于基督的仁爱之心,才会买您的死农奴,因为我看到一个可怜的寡妇,日子过得如此艰难……那好吧,您就死抱住您的田庄同归于尽好了……”

“哎呀,怎么骂起人来了!”老太婆带着惊恐的神色看着他说道。

“跟您简直无话可说!您呀,真的,就像一只看家狗,卧在干草堆上,自己不吃草,也不让别的牲畜吃草。我本来想到您这儿来买点农产品,因为我还担任着给公家采购农产品的任务……”他在这里撒了个谎,虽然这话是顺嘴说的,并没有什么意图,但正是这句话却收到意想不到的效果。“给公家采购农产品”这句话大大地打动了科罗博奇卡太太的心,她至少是已经用几乎恳求的声音说道:

“您干吗生这么大的气?我要是知道您这人爱生气。我就满足您的要求了。”

“我干吗要生气呢!针鼻儿大的一点事也值得我生气!”

“就这样吧,十五个卢布卖给您就是了!不过,我的爷,至于采购农产品的事,如果您要采购黑麦粉,或是荞麦粉,或是各种麦子,或是宰杀了的牲口,请您多加关照,别让我吃了亏。”

“大娘,不会让您吃亏的。”他说道,同时用一只手擦着从他脸上淌下的汗水。他问她城里能否找到代理人或熟人,她可以把签订买卖契约的事和其他应办的手续全权委托给他们办理。

“怎么找不到呢,能找到,大司祭基利拉神甫就可以,他儿子在厅里当差。”科罗博奇卡太太说道。

乞乞科夫要求老太婆给大司祭写一封委托信,为了避免不必要的麻烦,他甚至自告奋勇写这封信。

此时,科罗博奇卡太太心里想:“要是他能从我这里给公家购买面粉和牲口,那该多好啊。看来还需要拍拍他的马屁。昨天还剩下一些和好的面团,我这就去告诉费季尼娅,让她把这些面团烤成饼,最好让她做一张鸡蛋素馅儿饼,我们家做的这种馅

这时，乞乞科夫完全没有了耐心，他抓起椅子气呼呼地往地上一摔，骂了声："你见鬼去吧！"老太婆一听到让她见鬼去，就吓得要命。

儿饼非常好吃，再说了，也费不了多少时间。”女主人走出房间，吩咐做馅儿饼去了，很可能还想让厨房做点其他的菜肴做配菜，而乞乞科夫则来到夜里过夜的客房，从自己的小匣子里取出一些纸备用。客房里早已收拾得整整齐齐，那床又厚又松软的羽绒褥子已经拿走，沙发前放了一张桌子，上面铺着台布。他把小木匣放到桌子上，坐下来歇了一会儿，因为他觉得浑身都是汗水，从衬衫到袜子都湿透了。“唉呀，这个该死的老太婆，真能折磨人！”他歇了一会儿，然后打开他的小木匣。作者相信，有的读者很是好奇，他们一定想知道这个小木匣的内部结构。那好吧，我们应该满足读者的这个愿望。现在我就把小木匣的内部结构描述如下：匣子的正中间放着一个肥皂盒；肥皂盒后面用六七块很窄的隔板隔出一个个小格子，格子里放着剃须用具；然后是两个方格，一个方格里放着砂瓶（砂瓶内装有细砂，瓶盖上有孔，把砂子撒在用墨水写过的纸上，为了吸干墨水，后来吸墨纸出现了，取代了砂瓶），一个方格里放着墨水瓶；两个方格之间有一道槽，用来放鹅毛笔、火漆和比较长的东西；另外还有大小不等的格子，为了放一些短的东西，有的格子有盖儿，有的格子没有盖儿，格子里放着名片、讣告、戏票和其他留下来作纪念的东西。匣子上面的格子可以掀起拿出来，下面是一个很大的空间，这里放着一摞纸，另外，匣子上还有一个放钱的小抽屉，这个小抽屉很隐秘，一点不被人注意，它总是被主人匆匆地抽出，又匆匆地关上，所以抽屉里究竟放着多少钱，真是说不清。乞乞科夫立刻忙乎起来，他把鹅毛笔削尖，开始起草买卖契约。这时女主人走进来了。

“您的这个匣子真不赖呀，我的爷，”她坐到他身边说道，“想必是在莫斯科买的吧？”

“在莫斯科买的。”乞乞科夫一边写，一边回答说。

“我一看就知道，那里的活儿就是不一样，无论什么东西都做得很精致。前年我妹妹从莫斯科给孩子们买来暖靴，别提多结实了，至今还穿着呢。嗬，你有这么多印花纸！”她看了一眼他的小木匣，继续说道。确实，匣子里有不少印花纸。“哪怕送我一张呢！我就是没有这样的印花纸。一旦要是往法院递个呈文，一点辙也没有。”

乞乞科夫解释说，这种印花纸不是她要的那种，不是用来写呈文的，而是用来签订买卖契约的。不过为了安抚她，他还是给了她一张面值一个卢布的印花纸。他写好契约，让她签上名，然后跟她要一张农奴的名单。原来这位女农奴主手头根本没有什么名单，几乎所有农奴的名字她都记在心里。他让她念农奴的名字，他一个个记下来。有些农奴的名字听起来怪怪的，因为在他们的名字后面还加上绰号，所以女主人每念到一个农奴的名字，他总要停一下，然后再写。比如有一个农奴的名字叫彼得·萨韦利耶夫·令人讨厌的洗衣盆，他听了只能说这名字也太长了！另一个农奴的名

您的这个匣子真不赖呀，我的爷！

字后面加了绰号“牛粪蛋”，还有一个农奴的名字干脆就叫车轮子伊万。乞乞科夫登完了这些奇里古怪的名字后，用鼻子嗅了嗅，闻到一股油煎食品的诱人的香气。

“请您吃点东西。”女主人说道。

乞乞科夫回过头来，看见桌上已经摆放了许多菜肴，有蘑菇、馅儿饼，有油煎包子、果酱饼，有炸油饼、发面煎饼，还有葱花饼、罂粟籽饼，还有奶渣饼、胡瓜鱼饼，等等，等等，真够全乎的。

“先来一块鸡蛋素馅儿饼吧！”女主人说道。

乞乞科夫往鸡蛋素馅儿饼跟前挪动了一下身子，用叉子叉起一块鸡蛋素馅儿饼，一口就咬掉大半，并夸奖馅儿饼真好吃。说实话，这馅儿饼确实好吃，特别是跟老婆子费了许多口舌做成了这笔交易以后，更觉得这馅儿饼味美可口了。

“再吃两块煎饼吧！”女主人说道。

乞乞科夫听了女主人的劝让，就毫不客气地拿起三张煎饼，卷在一起，蘸上黄油，送进嘴里，然后用餐巾擦一擦嘴和手。这样的煎饼，他用同样的吃法吃了三次，然后请女主人吩咐下人为他套车。科罗博奇卡太太马上派费季尼娅去办这件事，还吩咐她再拿上几张热煎饼来。

“大娘，您家的煎饼真好吃。”乞乞科夫说着又开始吃端上来的热煎饼。

“一点不错，我家烙的煎饼是好吃，”女主人说道，“不过话又说回来了，收成可不怎么样，面粉质量太次……怎么，我的爷，您急什么？”老太婆看见乞乞科夫拿起帽子，就说道：“车还没有套好呢。”

“大娘，车马上就套好。我的人干活可麻利呢。”

“是的，请便吧，不过别忘了给公家采购的事。”

“不会忘的，绝不会忘的。”乞乞科夫说着来到门厅。

“您不买猪油吗？”女主人紧随其后，问道。

“为什么不买呢，买，不过等下次来了再说吧！”

“圣诞节期间，我这里有猪油卖。”

“好的，我买，我一定买，我什么都买，猪油也买。”

“也许您还需要买鸡毛吧。费力普斋戒期，我有鸡毛卖。”

“好吧，好吧！”乞乞科夫说道。

“您瞧，我的爷，您的马车还没有套好。”当他们走到门廊上时，女主人说道。

“马上就套好，只是请您告诉我，从这里到大路，怎么走。”

“怎么说呢！”女主人说道，“很难说得清楚，要拐好几个弯儿呢，我叫一个小丫头给你带路好不好。您那赶车的坐的座子上能腾出一点地方让小丫头坐吧。”

“有她坐的地方。”

“那好吧，我就给您派个小丫头，她熟悉这儿的路。不过您可不要把她拐走了，以前有个商人已经拐走我的一个小丫头了。”

乞乞科夫向她担保说，他绝不会把小姑娘拐走，科罗博奇卡太太这才放下心来，此时，她的目光已经转移到院子里的情况上了，她目不转睛地看着一个两手捧着蜜罐刚从食品库房里走出来的管家婆，接着她又把目光转到出现在大门口的一个农民身上，她慢慢地把心思都用到日常的农务上了。但是我们为什么要花费这么多笔墨谈科罗博奇卡太太呢？无论是科罗博奇卡太太还是马尼洛夫太太，管她们操持农务还是不操持农务呢，不提她们了。人世间的事情就这么奇怪，本来是件开心的事，可是你老想老想，开心的事转眼间也会变成不开心的事，只有上帝晓得，你心里是怎么想的。也可能你甚至会想，在人类逐步走向完美的无止境的阶梯上，科罗博奇卡太太真的站在很低的那级阶梯上吗？横在科罗博奇卡太太和她妹妹之间的鸿沟真的很深吗？她妹妹深居在贵族宅邸的高墙里，家里的楼梯是用铁铸的，并且散发着香气，屋里摆着闪闪发亮的铜器和红木家具，地上铺着漂亮的花地毯，她手里拿着尚未读完的书，打着哈欠，期待着一位聪明而且风雅的客人来访，她就可以有机会炫耀自己的才智，阐述自己的那些个背得烂熟的见地，这些见地既不涉及她家里的家事，也不涉及由于她对农事一窍不通而搞得一塌糊涂的田庄，原来这些见地是冲着法国正在酝酿的政治变革而发的，是冲着眼下流行的天主教将会采取什么举措而发的。不过，算了，算了，干吗要说这些呢？可是话又说回来了，在这种随意的、开心的、没有什么事可操心的时刻，偏偏突然出现另外一种奇怪的思绪，那就是你面对的还是原来的人，脸上笑容还没有完全消逝，就又焕发出另一种光彩了……

“啊呀，马车可也来了！”乞乞科夫终于看见自己的马车驶过来了，就大声说道，“喂，蠢家伙，你是怎么搞的，磨蹭了这么长时间，啊？你昨天喝得醉醺醺的，是不是还没有完全清醒过来。”

谢利凡只是洗耳恭听着，什么话也没说。

“再见吧，大娘！带路的小姑娘呢？”

“喂，佩拉格娅！”地主婆冲着站在门廊附近的一个小姑娘喊道。小姑娘十一二岁，穿一件手工织的粗麻布衣裙，光着脚丫子，从远处看，她好像穿着一双长筒靴，实际上她的两条小腿刚刚粘上泥水。“给这位老爷带路去！”

谢利凡帮着小姑娘爬上车夫的座子。小姑娘把一只脚踩在老爷的踏脚板上，把踏脚板弄得满是泥水，然后爬到车夫的座子上，挨着车夫坐下。接着，乞乞科夫也把一只脚踩在踏脚板上，结果因他身子过重，马车向右边倾斜过来，他终于上了马车，坐定，说道：

“好了，大娘，再见吧！”

马车出发了。

谢利凡一路上都绷着面孔，非常认真地赶着马车，他要是犯了什么错，或是喝醉了酒，就是这种表现。他把三匹马刷得干干净净，其中有一匹马马颈上的套已经破烂不堪，皮子下面的麻絮都掉出来了，可是现在也被他修补好了。一路上他一言不发，只是不时地挥动几下鞭子，连一句教训马的话都没说，当然，虽然那匹花斑马很想听车夫教训它几句。因为这种时候，喜欢嚼舌头的车夫往往是无精打采地攥着缰绳，挥动鞭子也只是做样子的，并不真往马背上抽。可是这次就不同了，只听见他嘴里不高兴地唠叨说：“喂，喂，你磨蹭什么！瞧你，像丢了魂儿似的！”连枣红马和淡栗色马也很不高兴，因为它们一次也没听到他称呼它们“亲爱的”和“老弟”了。花斑马也非常恼火，因为它那肥壮、宽阔的躯体上挨了几鞭子。“这家伙，真不像话，怎么骂他好呢！”花斑马轻轻地摆动着耳朵，心里这样想：“他肯定知道，他的鞭子该往哪儿抽，他专挑敏感的地方抽，他不是抽我的耳朵，就是抽我的肚皮。”

“是不是向右拐?”谢利凡用鞭子指着横亘在绿色田野中间、由于雨水的冲刷而变得黑乎乎的道路,问了坐在他身边的小丫头这么一个干巴巴的问题。

“这儿不能拐,什么地方拐,我告诉你。”小丫头说道。

“到什么地方拐?”当马车又走了一段路程后,谢利凡又问道。

“到那边拐,”小丫头用手指着回答道。

“你呀,真是的! 这就是往右拐,你连左右都分不清!”谢利凡说道。

天气虽然还不错,但是地上特别泥泞,车轮上沾了很多泥,好像包了一层毡子,大大地加重了马车的负担,更何况土是粘土,粘性特别大,所以快到中午了,马车还没能走出这段乡间土路。如果没有小丫头的指引,那就更困难了,因为道路纵横交错,就像从口袋里倒出来的刚捉到的虾,以至于谢利凡赶着马车拐了许多弯儿,这可怪不得他。

过了不久,小丫头用手指着远处一座黑乎乎的房子,说道:

“那边就是大道!”

“那座房子呢?”

“那座房子是旅店。”小丫头说道。

“好了,现在我们自己走吧,”谢利凡说道,“你回去吧。”

他停住马车,扶小丫头下去,嘴里还嘀咕道:“你呀,一个泥腿子!”

乞乞科夫给了小丫头一枚铜币,小丫头踩着泥水,深一脚浅一脚地回家去了,此时的她心里别提有多高兴了,因为她在赶车人的座上坐过一会儿。

第四章

马车来到旅店门前，乞乞科夫吩咐在这里住下。他有两个考虑，第一个考虑是让马在这里休息一下，缓缓劲儿，第二个考虑是他也可以在这里吃点东西，缓解一下路途的疲劳，增强一下体力。作者不得不承认，这种人的食欲和胃口真令人羡慕。彼得堡和莫斯科住着许多有钱的达官显贵，他们把大好的时光都用来思谋着明天吃什么，后天吃什么，他们习惯于先吞服一颗药丸，然后再享用一桌丰盛的宴席，他们狼吞虎咽般吃着牡蛎、螃蟹以及其他的山珍海味，然后到欧洲的疗养胜地卡尔斯巴德或高加索去游逛，去消闲。不过，这些个达官贵人倒没有引起作者多大兴趣，作者也从来没有羡慕过他们。可是中产阶层的老爷们就不同了，他们来到一个驿站上，要了火腿，到了另一个驿站，要了乳猪，到了第三个驿站，要了一块鲟鱼或一盘大葱烤香肠，以后，他们什么时候想吃，什么时候都可以坐到餐桌旁，他们津津有味地喝着鲟鱼汤，大口嚼着鳕鱼和鱼子，吧咂吧咂地吃着鱼肉馅儿饼，它们可真是调人胃口，让人垂涎欲滴，这些个老爷们才是上天的宠儿呢！那些彼得堡和莫斯科的达官显贵们马上就会心甘情愿地用一半的农奴和一半的庄园（典出去和没有典出去、按国外和国内方式采取过改良措施的庄园）换取这些中产阶层的老爷们所拥有的胃口，但遗憾的是，他们无论是用钱，甚至是用地产也换不来这样的胃口。

这是一座陈旧而发黑的木结构旅店，乞乞科夫来到它那狭窄的迎客棚下面。迎客棚由数根木柱支撑着，木柱的形状很像教堂用的那种旧式烛台。旅店的房子和一般俄罗斯农家的小木房差不多，只不过比农家的小木房大一点。窗子周围和房檐下面镶着用新鲜木头雕刻而成的图案，这给陈旧发黑的墙壁增色不少。护窗板上画有插着花的花罐。

乞乞科夫沿着狭窄的木楼梯上了楼，楼上的过道比较宽。这时屋门吱呀一声开了，从屋里走出一个穿印花裙子的胖老婆子，她冲着乞乞科夫说："请这边来！"乞乞科夫走进屋子，看见屋子里的陈设和他一路上住过的不少家这一类小旅店屋子的陈设一模一样,无非是:银白色的茶炊,刨得光溜溜的松木钉成的墙壁,放在屋角的三角柜,三角柜上放着茶壶和茶碗,圣像前面用蓝色和红色带子悬挂着的几个金色的磁鸡蛋,不久前刚生了一窝小猫的母猫,一面能把两只眼照成四只眼、能把脸照成像烙饼一样扁的镜子,最后还有放在圣像旁边的一束束香草和丁香花,不过它们已经干枯了,如果有人想去闻一闻的话,那就只剩下打喷嚏的份儿了,什么味儿也闻不到。

“有乳猪吗?”乞乞科夫问站在旁边的老婆子。

“有。”

“加了辣子和酸奶油的吗?”

“加了,加了辣子和酸奶油。”

“那好,给我来一份!”

老婆子磨磨蹭蹭地张罗去了,她先是拿来一个盘子,一块浆洗得像皮子一样硬的餐巾,后又拿来一把薄得像是削铅笔的刀子,刀子的骨把已经发了黄,还拿来一把两个齿的叉子和一个怎么也放不稳的装盐的瓶子。

我们的主人翁照他的习惯马上就和这位老太婆交谈起来,他问老太婆这个旅店是不是她自己开的,还是另有老板,问她旅店的收入如何,子女们是不是同她一起住,问她她的大儿子是不是还打着光棍儿呢,还是已经结婚了,媳妇怎么样,媳妇的嫁妆多不多,老丈人满意不满意,有没有因婚礼上收的礼物太少而生气。总而言之,要问的都问了,没有落下一个问题。当然,他最想知道的是附近的地主都是些谁,结果了解到,附近这一带的地主有:布洛欣、波奇塔耶夫、梅利诺伊、切普拉科夫、波尔科夫尼克、索巴克维奇等。“啊!你认得索巴克维奇?”乞乞科夫问老婆子,老婆子马上答话说,她不仅认识索巴克维奇,还认识马尼洛夫。马尼洛夫比索巴克维奇大方得多,他来了就要烤鸡,还要小牛肉,如果有羊肝,他也要,所有的菜他只是尝一尝,而索巴克维奇就不同了,他只要一个菜,而且吃得精光,甚至还要求加菜,但不另付钱。

乞乞科夫一边吃着乳猪肉,一边同老婆子交谈着,当他的盘子里剩下最后一块乳猪肉时,听到外面有辚辚的车轮声,原来是一辆马车向旅店驶来。乞乞科夫往窗外看了一眼,看见旅店门前停着一辆四轮轻便马车,马车上套着三匹良种马。从马车上下来两个男子,一个男子是浅色头发,个子很高,另一个男子是黑头发,个子稍矮些。浅色头发的男子穿一件深蓝色外衣,黑头发男子穿一件带条纹的长外套。还有一辆马车从远处慢慢腾腾地驶过来,这是一辆空车,由四匹长毛马拉着,马脖子上的轭套又旧又破,挽绳也很旧。浅色头发的男子立刻上到楼上,而那个黑皮肤的男子仍然留在下面,好像是在车上找东西,同时还和仆人说着话,并向跟在后面的马车招着手。乞乞科夫觉得该男子说话的声音听着很熟。当他还在观察该男子的时候,浅色头发的男子已经来到门前，推开了门。这个男子是个高个子，一副瘦削的可谓是久经风霜的脸，留着两撇棕红色的胡子。他的脸被烟熏得很黑，我们可以做出这样的结论：他是个烟鬼，他的脸不是被硝烟熏黑的，而是被烟草冒出的烟熏黑的。他朝乞乞科夫很有礼貌地点了点头，乞乞科夫也向他点了一下头。没过几分钟，他们就熟悉起来了，而且还很谈得来。因为两个人一开始谈的话题就很投机，都说昨天的一场雨下得太好了，消除了一路上尘土飞扬的苦恼，都说这场雨下过后，天气凉爽多了，在这样的天气行路别提多舒服了。就在这时，他的那个黑头发同伴走进来了，他脱下帽子，往桌上一扔，然后用手搔头，把一头浓浓的黑发搔得乱蓬蓬的。他中等身材，脸胖胖乎乎，透着红润，有一口雪白的牙齿，蓄着乌黑的络腮胡子，他精力充沛，面色白里透红，浑身焕发出健康的活力。

“哎呀呀，是你呀！”他一看见乞乞科夫，就张开双臂，大声说道，“是什么风把你吹到这里的？”

乞乞科夫认出来了，此人就是诺兹德廖夫，他和这个人一起在检察长家里吃过饭，当时不到几分钟的时间，他就和乞乞科夫混得亲密无间，并且也不称呼“您”，而是直呼起“你”来了，虽然他从乞乞科夫身上并未找到可以称呼“你”的任何理由。

“你到哪儿去了？”诺兹德廖夫问道，但是没有等到对方回答，就又继续说道，“老兄，我是刚从集市上来。祝贺我吧，我耍钱输了个精光，你信不信，我从来没有输得这么惨过。你可知道，我坐的马车是跟当地老百姓租的。你朝窗外看一眼！”他用手硬是把乞乞科夫的头转到窗子那边，乞乞科夫的头差点儿碰到窗框上。“你看见了吧，一辆破烂不堪的车。那几匹该死的马费了九牛二虎之力才把我拉到这里，我只好换乘他的车了。”诺兹德廖夫说到这里，用手指了一下他的同伴。“对了，你们还不认识吧？这是我的妹夫米茹耶夫，我们一上午都在谈论你，我说：‘瞧着吧，说不定我们会碰上乞乞科夫。’老兄，你知道吗，我真的输了个精光！你信还是不信，我不仅输掉了四匹好马，我把身上的一切都通通输光了，连表和表链都输了……”乞乞科夫瞅了他一眼，在他身上既未看见表链，也未看见表。他甚至觉得，他半边脸上的胡子没有另半边脸上的胡子多。“可是你知道吗，只要我身上有二十个卢布，我就能把输掉的钱全部赢回来，说句实话吧，我除了把输掉的钱赢回来，我还能往我的钱夹子里再装进三万卢布。”

“不过，你那会儿也是这么说的，”浅色头发的男子说道，“我给了你五十卢布，你一下就都输掉了。”

“说真的，我要是不出错牌，是不会输掉的，真的，不出错牌是不会输掉的。我已经押了双倍的赌注，如果我不在该死的七点上追加赌注的话，我就能把庄稼的钱都赢过来。”

“可是你没有都赢过来呀!”浅色头发的男子说道。

“没有赢过来他的钱是因为我赌注追加得不是时机。难道你认为你的那位少校很会玩儿牌,是不是?”

“不管他会不会玩儿牌,反正他赢了你了。”

“这没什么了不起!”诺兹德廖夫说道,“等着瞧吧,我会赢他的。让他也下双份赌注,到时候我们再看,就能看出来他是不是赌博能手。不过乞乞科夫老兄,赶集的头几天,我们喝得别提有多痛快了!集市办得出色极了。连商人们都说,从来没见过规模如此之大、参与的人数如此之多的集市。我们从村子里运来的货通通都卖掉了,价钱卖得相当好。哎呀,老兄,我们喝得多痛快呀!甚至现在回想起来,都……唉,算了!唯一遗憾的是你没有跟我们一起喝。你知道吗,离城三里地驻扎着一个龙骑兵团。谁晓得这个骑兵团有多少军官,反正有四十多个军官到城里来了……老兄,我们就开始喝酒……有一个名叫波采卢耶夫的骑兵上尉,大家都喜欢他!老兄,他那两撇小胡子可真有魅力!他把红葡萄酒不叫红葡萄酒,叫做美酒。他说:‘伙计,拿美酒来!’还有一名骑兵中尉,叫库夫申尼科夫……嗬,老兄,他可是个非常可爱的人!这么说吧,他是个嗜酒如命的人,所以我们经常在一起喝酒。波诺马廖夫卖给我们的是什么酒呀!你应该知道,他是个骗子,到他的铺子里什么也不能买。他卖的酒是用乱七八糟的东西酿制成的,他把檀香木、烤糊的软木塞甚至接骨木研碎,然后酿造成酒,这家伙可真坏。不过你要是从他的后室,也就是所谓的密室拿出一瓶酒,喝上一杯,顿时你就成了活神仙,腾上云驾上雾了。我们的香槟酒味道也不错,省长家的香槟酒和我们的香槟酒比起来,简直就是小巫见大巫,跟汽水差不多!要知道,我们的香槟可不是一般的香槟,是双料香槟。我还弄到一瓶法国酒,这种酒的名字叫‘邦邦’。你要是问这种酒是什么香味儿,我可以告诉你,是玫瑰香味儿,当然了,你想闻到什么香儿,这种酒就会散发出什么香味儿。我们就这样享受着饮酒的乐趣……我们走了以后,又来了一位公爵,他派人到小铺买香槟,小铺没有了,全城连一瓶香槟都找不到,都让军官们喝光了。你信不信,我一个人一顿饭就可以喝掉十七瓶香槟。”

“喂,你喝不掉十七瓶香槟。”浅色头发的男子说道。

“老实人说老实话,我能喝掉。”诺兹德廖夫回答说。

“你爱怎么说就怎么说吧,不过照我说,你连十瓶也喝不掉。”

“我要是喝掉呢?你愿意打赌吗?”

“干吗要打赌呢?”

“怎么样,就赌你从城里买的那支火枪。”

“不赌，我不赌。”

“赌一把吧，试一试嘛！”

“我不想试。”

“不赌就不赌吧，你已经输掉一顶帽子了，枪也输定了。哎呀，乞乞科夫老兄，真是遗憾呐，你没有跟我们在一起。我相信，你要是结识了库夫申尼科夫中尉，你会跟他形影不离的。你们定会成为好朋友。他可不像我们城里的检察长和所有那些省府的吝啬鬼官员，这些人可真是一毛不拔呢。老兄，这个人打牌是行家，哪一种牌他都会打。嗳，乞乞科夫，你到我们这儿来费你什么事吗？说实话，你这人一点交情都不讲，毫无人情味儿。过来，吻我一下，我太喜欢你了！米茹耶夫，你瞧，这可真是命运的安排！他是我什么人？我是他什么人？他偏偏地就到这儿来了，我又偏偏地住在这儿……老兄，我原来乘好多辆马车呢，而且都是四轮轿式的。玩了一把转盘赌，结果赢了两罐发蜡、一个瓷茶杯和一把六弦琴；后来又押了一把，结果输了，上当了，还搭出去六个卢布。你可知道，库夫申尼科夫是个追逐女人的能手！我们一起参加过几乎所有的舞会。有一个女人打扮得很漂亮，衣服上镶着各式各样的花边，鬼才知道她还有什么好衣服没穿出来呢……我心里想：‘这女人真有诱惑力！’我只是想想而已，可是滑头鬼库夫申尼科夫却挨近女人坐下，用法语对她说了许多奉承话……你信不信，这家伙连村妇也不会放过。他管这种事叫做风流韵事。有人运来一批上好的鱼和咸鱼干。我带来一些。万幸的是在我身上还有钱的时候，我想到了买。你现在到哪儿去？”

“我去会一个人。”乞乞科夫说道。

“会什么人呢，算了，到我家来吧！”

“不行，不能到你家去，我找他有事。”

“能有什么事！你是瞎编的吧！你这个人呐，真是的！”

“确实有事，而且是很要紧的事。”

“我敢打赌，你准是撒谎！你去找谁，你说呀！”

“我去找索巴克维奇。”

诺兹德廖夫听了这话哈哈大笑起来，只有精力充沛、身体健壮的人才会发出如此洪亮的笑声，他笑时，两排雪白的牙齿完全露在外面，脸上的肌肉不停地抖动着，就是住在隔壁又隔壁房间的邻居也会被这笑声从梦中惊醒，瞪大眼睛说：“这人激动得有点过头了吧！”

“有什么可笑的？”乞乞科夫说道，他对诺兹德廖夫的笑表现出一点不满。

但是诺兹德廖夫继续扯着嗓门儿哈哈大笑着，同时说道：

“哎呀呀，饶了我吧，真的，我要笑破肚皮啦！”

“本来没什么可笑的嘛！我答应过去找他，”乞乞科夫说道。

“你要是到了他家，就会觉得生活太乏味了，太没有意思了，因为他是一个十足的吝啬鬼。我知道你的脾气，假如你认为，他会拿出钱来做庄，或是拿出一瓶叫做‘邦邦’的红葡萄酒来款待你，那你一定会大失所望的。老兄，你听我说，让索巴克维奇见鬼去吧，你还是到我家来吧！我请你吃咸鱼干！那个滑头的波诺马廖夫又点头又哈腰地说：‘这是单为您留着的，您就是走遍全个市场，也找不到这么好的咸鱼干。’不过他是个大滑头。我当着他的面对他说：‘我说，你和我们的承包人都是骗子，是头号骗子！’滑头鬼一边摸着胡子，一边咧开嘴笑着。我和库夫申尼科夫每天在他的小铺里吃早饭。对了，老兄，我忘记告诉你了，我知道，你现在是不会放弃的，不过给一万卢布我是不会让出的，有言在先。喂，波尔菲里！”他走到窗前，冲着他的仆人喊道，这时他的仆人一只手拿着一把小刀，另一只手拿着一块面包和一块顺便切下来的咸鱼干，并且正在从马车里往外拿东西。“喂，波尔菲里，”诺兹德廖夫大声喊道，“把小狗抱到这里来！多么好的一只小狗！”他对乞乞科夫说：“这狗是偷来的，狗主人死活不肯让给我。我答应用一匹浅栗色的母马换他的这只小狗，你还记得吧，这匹母马是我跟赫沃斯特廖夫交换来的……”不过乞乞科夫有生以来既没有看见过这匹浅栗色母马，也没有看见过赫沃斯特廖夫。

“老爷。您不想吃点东西吗？”这时，老婆子走到他跟前，问道。

“不想吃。喂，老兄，我们喝得多么痛快呀！不过，来一杯白酒吧，你这里都有什么白酒？”“有茴香酒。”老婆子回答说。

“那就茴香酒吧！”诺兹德廖夫说道。

“给我也来一杯！”浅色头发的男子说道。

“戏园子里有一个女演员，是个美人精，唱起歌来像金丝雀！坐在我身边的库夫申尼科夫说：‘老兄，咱们去风流一把！’我估计，光临时搭建的戏台就有五十多处。杂技演员费纳尔迪能连续旋转四个小时。”这时，他从老婆子手中接过一杯酒，因此，老婆子对他深深地鞠了一个躬。“把小狗抱到这儿来！”他看见波尔菲里抱着小狗进来了，就大声对他说道。波尔菲里的穿戴和老爷一样，身上也穿一件绗过的棉外套，所不同的是他的外套上沾了好多油污，脏兮兮的。

“把小狗抱到这儿来，放在地上！”

波尔菲里把小狗放在地上，小狗伸开四条腿在地上趴着，不停地用鼻子闻地。

“瞧这只小狗！”诺兹德廖夫说着用一只手抓住小狗的脊背，把小狗抓起来，小狗发出哀怨的叫声。

“你怎么没有照我的话做，”诺兹德廖夫一边对波尔菲里说，一边仔细察看着小狗的肚皮，“你没有想到给它用篦子篦一篦吧？”

“给它篦过了。”

“它身上怎么还有跳蚤？”

“这就怪了，也许是马车里的跳蚤爬到它身上的。”

“胡说，你可真会瞎编，你根本就没有给它篦，你这蠢货，说不定是你身上的跳蚤爬到它身上了。乞乞科夫，你瞧呀，你瞧它的耳朵，你用手摸一摸。”

“不用摸，看就行了，是良种狗！”乞乞科夫答话说。

“光看不行，你把它抱过去，摸一下它的耳朵！”

乞乞科夫为了迎合他，只好摸了摸小狗的耳朵，并补充说道：

“准是一条好狗。”

“鼻子凉凉的，你觉得呢，你用手捏一捏。”乞乞科夫不愿意扫他的兴，就捏了小狗的一下鼻子，然后说道：“它的嗅觉挺灵的。”

“是一条地道的大头犬，”诺兹德廖夫继续说道，“说实话，我早就想要一条大头犬了。波尔菲里，把狗抱走吧！”

波尔菲里把小狗抱起来，带到马车上去了。

“乞乞科夫，你听我说，你现在无论如何也要到我家去一趟，只有五里地的路程，喘口气的功夫就到了，从我们家出来，你就可以直接去会索巴克维奇。”

“这有什么，”乞乞科夫心里想，“我真的去一趟诺兹德廖夫家吧。他也和大家一样，更何况还是赌场上的输家呢。看样子，他人很随和，说不定我有什么要求他还能不计任何代价而痛快地满足呢。”

“那就上你家去吧，”他说道，“但是得说好，我不能在你家待得太久，因为我的时间有限。”

“你同意了，亲爱的，那太好啦，等一下，为这我得吻吻你。”于是诺兹德廖夫和乞乞科夫互相吻了吻。“太好啦，我们三人一块儿走！”

“我就不去了吧，请你放我走吧，”浅色头发的男子说道，“我需要回家。”

“胡说，胡说。老弟，我不会放你走的。”

“真的，我老婆会发火的。现在你可以坐他的马车。”

“不行，不行，绝对不行，你想都别想！”

这个浅色头发的男子，一眼看上去，好像有股子倔强劲儿。你还没有谈出自己的看法，他已经做好了跟你争论的架势，看起来，他从不会同意明显违背他意愿的看法，他绝对不会把愚蠢的人叫做聪明人，特别是绝不会听命于别人的指使和摆布；可是最后我们发现，在他的性格中也有柔顺的一面，他同意的恰恰是他已经摒弃了的意见，他把愚蠢的人也叫做聪明人，最后他心甘情愿地听命于别人的指使和摆布，总而言之，他由好汉变成了孬种。

“你废什么话！”诺兹德廖夫说道，他根本没有理会浅色头发的男子提出的不能去的理由，并拿起帽子扣在浅色头发的男子头上，浅色头发的男子只好顺从地跟着他们一起走了。

“老爷，您还没有付酒钱呢，”老婆子说道。

“啊，大娘，对，对！妹夫，你替我付了吧，我身上连一个戈比也没有。”

“多少钱？”妹夫问道。

“老爷，一共八十戈比，”老婆子说道。

“不对，你撒谎，给她五十戈比就富富有余了。”

“老爷，少了点，”老婆子说道，但是她还是千谢万谢地接过钱，并急忙跑去为他们打开门。她并没有赔钱，因为她的要价比白酒的实际价高出三倍呢。

他们都上了马车坐好。乞乞科夫的马车和诺兹德廖夫同他的妹夫所乘马车并排而行，所以他们三个人一路上就可以自由地交谈了。那辆诺兹德廖夫从当地老百姓那里租来的由四匹瘦马拉着的马车慢慢腾腾地跟在他们后面，有时跟他们的距离落下很远，波尔菲里带着小狗坐在那辆马车上。

因为读者对他们三人的谈话并没有多大兴趣，我们还不如在这里说一说诺兹德廖夫本人的情况呢，他在我们的这部长诗中也许起着非同小可的作用。诺兹德廖夫的面孔读者想必都已熟悉了吧，像他这样的人大家一定遇到过不少。他年轻时就是一个很活跃的人，所以无论是孩童时期，还是上学时期，他都是有名的好伙伴，尽管如此，他还是常常被人打。从他的脸上就可以看出来他这人开朗、直率、豪放，和他相处，很快就能混熟，用不了多少时间，就会称兄道弟起来。友谊似乎会成为永恒，但也经常发生这样的情况：双方刚刚交上朋友，就在为此于当晚举行的友好酒宴上，双方又是瞪眼睛，又是挥拳头，动起干戈来。他们往往都是些能说会道的人，都是些 嗜酒如命的人，都是些自命不凡的人，都是些小有名气的人。诺兹德廖夫已经是三十五岁的年纪了，可是还和他十八岁二十岁时一样，喜欢玩牌，喜欢游逛。结婚也没有使他的生活发生任何变化，更何况他妻子不久就到另一个世界去了，留下两个孩子，对他来说，这两个孩子简直就是多余。不过孩子由一个长得还算顺眼的保姆照料。他在家里根本待不住，没有一天是待在家里的，他这人很敏感，凭感觉，他能知道几十里以外的地方发生的事，比如什么地方有集市啦，什么地方有聚会啦，什么地方有舞会啦，他一猜一个准，一眨眼的工夫他的身影就出现在那些地方了。他在牌桌上是个常与人争吵和制造事端的人，他这人赌起钱来不要命。正如我们在第一章里已经看到的，他打牌手脚不干净，他会玩儿许多猫儿腻，所以他打牌往往是以赌钱开始，以打架告终，最后人家不是用靴子狠狠地揍他一顿，就是把他那浓密的非常美观的络腮胡子揪掉，所以他回到家时，常常是只有半边脸上有点稀稀拉拉的胡子。但是他身体健壮，脸颊丰满，毛发旺盛，用不了多长时间，他的络腮胡子就又长出来了，甚至比先前的还要美观。令人感到奇怪的是，过上一段时间，他又和曾经打过他的那些朋友聚到一起了，好像他们之间根本没有发生过那场殴斗，他们彼此都摆出若无其事的样子，这样的现象大概只有俄罗斯才有吧。

诺兹德廖夫从某种意义上说是一个多事的人，不管是什么样的聚会，不管是什么样的场合，只要有他在，总要有事发生。遇到这种情况，不是宪兵把他从现场架出去，就是朋友们不得不把他推搡出去。即便这样的事情没有发生，也会有别的事情发生，比如他在小吃部喝得酩酊大醉，只是一个劲儿地笑啦，或是他信口开河，胡说八道，最后连他自己都不好意思啦。他撒谎并不是因为需要，比如他突然说，他有过一匹海蓝色的马或是粉红色的马以及这一类的胡言乱语，听的人最终一哄而散，临离去时说："喂，老兄，你又开始吹牛皮啦。"有的人很喜欢对他人暗中使坏，他们这么做往往没有任何原因。还有一种人，甚至是身居要职、仪表堂堂、胸前佩戴勋章的极其体面的人，会握住你的手，和你谈一些深奥的、颇费思索的问题，然后就两眼盯着你，开始说许多诋毁你的攻击你的话。他们的语言是如此低级、俗气，完全不像是一个身佩勋章、发表高见的高级官员，而像是一个普通的低级官吏，此时此刻，你只能感到惊讶，只能耸耸肩膀，一点也奈何他不得。诺兹德廖夫就是这样的一种人，他就有这种奇怪的癖好。他越是跟谁接近，就越是跟谁过不去，比如他给你编造无中生有的故事啦，搅乱你的婚礼啦，破坏你的买卖啦，可是又不认为他是你的敌人；相反，如果以后他有机会又碰上你，他会对你百分之百的好，甚至还会说："你这人真不像话，怎么从不到我家来玩儿。"诺兹德廖夫是一个有着多方面才能的人，也就是说他是一个多面手，他会提议你同他一块儿到一个什么地方去，甚至到天涯海角去，他会提议你同他一起干你想干的事，他会提议用他的一件东西换你的一件东西。猎枪啦，狗啦，马啦，都可以作为交换物，不过交换的目的不是为了从中获得好处，他这么做是他的个性决定的，他生性好动，好热闹，脑瓜子转得快，点子多。如果他在集市上侥幸遇上一个老实人，他就会狠狠地宰他一把，然后把赢来的钱通通花掉。他来到商店，见什么买什么，买了一大堆东西：马颈上的套具啦、线香啦、保姆用的头巾啦、种马啦、葡萄干啦、银脸盆啦、荷兰麻布啦、精白面粉啦、烟草啦、手枪啦、咸鲱鱼啦、绘画啦、磨刀石啦、瓦盆啦、长筒靴啦、陶瓷器皿啦等等。总之，有多少钱，买多少东西，把钱花光为止。但是这些东西他很少能拿回家去，几乎是在他赢钱的同一天，他又输钱了，他除了把他买的这些东西交给有幸赢了钱的赢家外，有时他还得把自己的烟袋搭出去，甚至有时候连马车和套在马车上的四匹马连同车夫都输掉了，结果主人只好穿一件短褂子，去找朋友借坐一下朋友的马车了。瞧见了吧，诺兹德廖夫就是这样的一个人。可能有人会说，诺兹德廖夫现象已经是一种过时的现象，现在这样的人已经销声匿迹了。唉，可惜呀，这话没有说对，诺兹德廖夫这种人是不会很快从世界上消失的。到处都能看到他的身影，他就生活在我们中间，只不过穿了另一件褂子而已；我们有些人思想简单，眼光不敏锐，他们把穿了另一件褂子的人看做是另一个人了。

说话的功夫，三辆马车已经来到诺兹德廖夫家的门廊前。家里人没有做任何接待他们的准备。只见饭堂中间放着一个木头架子，两个农民正站在上面粉刷墙壁，嘴里不停地哼着小曲儿，满地溅得都是白灰。诺兹德廖夫让两个农民立刻离开，并把木头架子也抬走，然后他就到另一个房间去发号施令了。客人听见，他让厨子准备饭菜，乞乞科夫的肚子已经有点儿饿了，但他估摸了一下，五点以前，他们是不会坐到餐桌上的。诺兹德廖夫返回来后，就带领客人参观他的庄元。他们用了两个小时多一点的时间就把整个庄院无遗漏地看了一遍，他们首先参观了马房，在马房里看到两匹母马，一匹是灰色的，夹带着黑圆斑点，另外一匹是淡栗色的，还有一匹是公马，枣红色的，从外表看，很一般，可是诺兹德廖夫却发誓说，这匹马是他花了一万卢布买来的。

“不是一万卢布买的，”妹夫说道，“它连一千卢布也不值。”

“真的，我是花了一万卢布买的。”诺兹德廖夫说道。

“你说多少都可以，反正你能请上帝作证。”妹夫答话说。

“如果你有兴趣的话，咱们打赌。”诺兹德廖夫说道。

妹夫不想打赌。

然后，诺兹德廖夫又带领他们看了几个空马栏。这些马栏里从前关的也是良种马。他们在马栏里发现了一只山羊，根据旧时的迷信，马栏里需要养一只羊，看得出，这只羊和马相处得很好，它在马肚子下面随意地走来走去，就像在自己的羊圈里一样。然后，诺兹德廖夫带领他们去看一只小狼，小狼是用链子拴着的。“这是只狼崽子，”他说道，“我有意喂它生肉吃，我希望它将来成为一只野性十足的狼！”随后，他们又去看了湖塘，据诺兹德廖夫说，这个湖塘里的鱼大极了，恐怕两个人齐心合力才能拽上一条来，但是他的妹夫对他的大话仍然表示怀疑。“乞乞科夫，我给你看一对良种狗！”诺兹德廖夫说道，“这种狗，令人吃惊的是大腿上的肌肉坚硬无比，头脸呈现锐角形！”他把他们带到一座非常漂亮的小房前，小房周围是一个环绕着木栅栏的大院落，一走进院子，他们就看见这里养着许多各种各样的狗，有长毛猎狗，有纯种狗，毛色也各不相同，有暗褐色的，有黑色带白斑点的，有白色带黄点的，有黄色带褐色花斑的，有红色带白点的，有黑耳朵的，有灰耳朵的……每条狗都有一个名字，这些名字五花八门，听起来很有意思，比如有的狗叫“开枪”，有的狗叫“骂大街”，有的狗叫“飞飞”、“火灾”、“帅小伙”、“鬼东西”，有的狗叫“烤烤”、“晒晒”、“性急鬼”，有的狗叫“燕子”、“奖章”、“总监”，等等。诺兹德廖夫来到这些狗中间时，很像它们的父亲。它们立刻翘起尾巴，迎着客人，飞快地跑过来，同客人亲热一番，其中有十来只狗还把前爪搭在诺兹德廖夫的肩上。名字叫“骂大街”的那条狗对乞乞科夫特别友好，用后腿直立起来，用舌头舔乞乞科夫的嘴唇，弄得乞乞科夫立刻吐了一口唾沫。他们看到了那一对大腿肌肉无比坚硬而令人吃惊的狗，他们也认为，真是一对好狗。然后他们去看一只克里米亚母狗，这只母狗已经失明，用诺兹德廖夫的话说，它快要一命呜呼了，但是两年前，它还是一条很健壮的母狗呢，大家仔细看了看母狗，它确实已经失明了。然后我们又去参观水磨，水磨上缺了一个铁制碾盘，本来碾砣是用一根轴连在碾盘上的，碾砣可以绕着轴迅速旋转，用俄罗斯农民的话说，叫做“飞旋的碾砣”。

一走进院子，他们就看见这里养着许多各种各样的狗。

“我们快到打铁铺了！”诺兹德廖夫说道。

走了没有多远，他们确实看见了打铁铺，于是就走进去参观了一下。

“瞧，就是这块地里，”诺兹德廖夫用手指着一块庄稼地说道，“兔子多极了，简直是铺天盖地，我就亲手抓住过一只兔子，我揪住了它的后腿。”

“你用手根本抓不住兔子。”妹夫说道。

“怎么抓不住，抓得住！我是特意去抓的，抓住了！”诺兹德廖夫回答说，“现在我带你去看看我的地界。”他冲着乞乞科夫继续说道。

诺兹德廖夫带领客人们从庄稼地里走，庄稼地里有不少草头墩子，客人们必须从休闲地和耙过的地之间寻找可走的地方走。乞乞科夫开始感到累了。他们的脚下经常踩出水来，因为他们走的地方地势很低。起初他们走路还很小心，还有点自我保护的意识，可是后来他们发现他们的小心根本不顶用，就干脆不加选择地一直往前走了，也不管什么地方泥水多什么地方泥水少了。他们又走了相当长的一段路程，终于看见了地界，地界的标记是木桩和一条窄沟。

“这就是地界！”诺兹德廖夫说道，“地界这边你们所看到的一切的一切通通是我的，地界那边的那片绿色的林子以及林子那边的一切也都属于我。”

“那片林子什么时候归到你的名下了？”妹夫问道，“难道你是最近把那片林子买下来了？那片林子原来可不属于你。”

“对呀，我是最近把那片林子买下来的。”诺兹德廖夫回答说。

“你这么快就把林子买下来了？”

“我三天前买下来的，真见鬼了，这片林子还真贵。”

“可是三天前你在集市上。”

“索夫龙，你是怎么了！难道我就不能在同一个时候又去了集市，又把林子买下来吗？不错，我是去了集市，而林子是我的管家买下来的。我不在买卖现场，就不能买吗！”

“啊，原来是管家买下来的！”妹夫一边这么说，一边摇了摇头，因为他的怀疑并未消除。

客人们依然沿着泥泞的道路返回到诺兹德廖夫的家中。诺兹德廖夫把他们领进自己的书房，但书房却一点书房的痕迹也没有，也就是说书房里没有一本书，没有一张纸。只见墙上挂着一把军刀，两支猎枪，一支猎枪是花三百卢布买的，另一支猎枪是花八百卢布买的。妹夫环视了一下书房，直摇头。然后诺兹德廖夫又让客人看他的土耳其短剑，其中的一把短剑上刻着“匠人萨韦利·西比里亚科夫”的字样，显然这是个错刻。随后他又让客人看他的手摇风琴，他当着客人的面马上摇了一个曲子。风琴发出的声音还算悦耳，但是当风琴工作到中间时，出了问题，因为《马祖尔卡舞曲》快要结束时，突然不是《马祖尔卡舞曲》了，而变成了歌曲《玛尔波罗出征》，当《玛尔波罗出征》快结束时，突然又不是《玛尔波罗出征》了，而变成了大家早已熟悉的《华尔兹舞曲》了。诺兹德廖夫停止摆动风琴已经很长时间了，可是风琴里还有一支木笛在起劲地吹，始终不想停下来，吹了很长很长时间。然后他又让客人看他的烟斗，他的烟斗有木制的，有陶制的，有海泡石的，有熏得发了黄的，也有没有熏得发了黄的，有包了一层鹿皮的，也有没有包鹿皮的。他还让客人看了他的琥珀嘴儿烟袋和烟荷包，琥珀嘴儿烟袋是他不久前赌钱赢来的，而烟荷包是一位伯爵夫人为他绣的，据他说，这位伯爵夫人在邮政站遇上他，一下就爱上他了，用他的话说，她那双小手又纤细又柔软，她简直是完美无瑕的。他们随便吃了点咸鱼干，将近五点钟时，他们坐到了餐桌旁。看来吃饭在诺兹德廖夫的生活中不占主要位置，菜肴是烧糊了，还是没有烧熟，都无关紧要。厨子做饭菜看来多半是凭灵感，手边最方便拿起什么，他就把什么往菜里放，比如他手边有胡椒，他就往菜里撒胡椒，手边有白菜，他就放白菜，然后再放上牛奶、火腿、豌豆，把这些东西搅和在一起，只要烧熟了，就出味儿了，饭菜也就做好了。不过诺兹德廖夫却拼命地喝酒，汤还没有端上来，他已经给客人斟上满满一大杯葡萄牙葡萄酒和一大杯法国白葡萄酒了，因为一些省城和县城里是没有普通的葡萄酒的。然后，诺兹德廖夫又吩咐拿来一瓶马德拉葡萄酒，连元帅都未必喝过比这更好的葡萄酒。这种马德拉葡萄酒喝到嘴里会觉得发烫，因为商人们摸透了喜欢

诺兹德廖夫拼命地喝酒。

喝地道马德拉葡萄酒的地主老爷们的口味，所以他们就拼命地往马德拉葡萄酒里加烈性的朗姆酒，有时候还往里加王水，但愿俄国人的胃能经得住这种考验。然后，诺兹德廖夫吩咐又拿来一瓶特殊的酒，用他的话说，就是法国布尔冈红酒和香槟酒勾兑在一起的酒。他又很热心地斟满了两杯酒，一杯给右边的妹夫，一杯给左边的乞乞科夫。但是乞乞科夫从旁瞥了一眼，发现诺兹德廖夫给自己添加的酒不多，这一情况促使乞乞科夫谨慎起来，他趁诺兹德廖夫和妹夫说话或是给妹夫斟酒的机会，手疾眼快地把杯子里的酒倒进盘子里。没有多大功夫，又端上来一种酒，名曰花楸露酒，用诺兹德廖夫的话说，这种酒有李子的味道，可令人奇怪的是这种酒闻起来却散发出一股浓烈的气味，像是杂牌儿酒。然后我们又喝了一种露酒，这种露酒的名字很难记住，连主人自己也没有记住，当再次说到这种酒时，主人竟然用了另一个名称。饭早已吃完了，各种酒也都品尝了，但是客人们仍然坐在餐桌旁不起来，乞乞科夫绝对不愿在妹夫在场的情况下同诺兹德廖夫谈那件重要的事。妹夫毕竟是个局外人，而这个问题必须单独谈，必须拉近关系谈。不过，妹夫未必能成为危险人物，因为他已经喝得烂醉，坐在椅子上不停地打盹儿呢。他自己也发现他的状态有点不妙，他要求告辞回家，但他说话有气无力，就像俄国的一句俗语说的，夹住马脖子强把马具套上，实在是费劲。

"不能走，不能走！我不放你走！"诺兹德廖夫说道。

"我的朋友，我一定得走，请别难为我了，"妹夫说道，"否则我会受气的。"

"你瞎说什么！咱们马上就设庄赌一把。"

"不行啊，老兄，你自己赌吧，我实在是不能作陪了，我老婆会对我不满的，真的，我必须把集市上的情况讲给她听。我要让她高兴，你就不要强留我了。"

"老婆，老婆算什么……你们真的那么互相离不开！"

"老兄，你是不知道，她是那么令人敬重，那么忠贞不渝！她关心我，帮助我，常常使我感动得热泪盈眶。你就不要留我了，我这人是讲信用的，我得回去。我对你说的都是真心话，请你相信我。"

"让他走吧，他留下来也没有什么用处！"乞乞科夫低声对诺兹德廖夫说道。

"对呀！"诺兹德廖夫说道，"我最不喜欢那种磨磨唧唧、藏着、掖着的人了！"他补充说道："得了，只能这样了，和你老婆厮混去吧，你这个废物！"

"喂，老兄，你怎么骂我'废物'呢！"妹夫回答说，"我这一辈子幸亏有了她。她这人善良、温柔，对我真是充满了深情厚谊……我太幸运了。她要是问我在集市上都看见什么了，我必须一五一十地讲给她听，真的，她太可爱了。"

"好了，走吧，跟她瞎扯去吧，记得拿上你的帽子。"

“老兄,你可不应该这么看待她,你这话真是冤枉我了,她非常可爱。”

“那你就赶快回到她身边去呗!”

“老兄,那我就走了,真对不起,我实在是不能留下来,我心里很想留下来,就是不能。”

妹夫嘴里接连不断地说着“对不起”,竟然没有注意到他已经坐上了马车,马车已经驶出了大门,他眼前展现出一片空旷的田野。应该想象得到,他老婆未必能听到多少有关集市的情况。

“瞧他的那辆马车,跑得那么慢,都快散架了!”诺兹德廖夫站在窗口,看着离去的马车,说道,“不过那匹拉边套的马还不错,我早就想把它弄到手,可是同他怎么谈也谈不成。废物,简直是个废物!”

之后,他们走进一个房间。波尔菲里拿进来蜡烛,乞乞科夫发现主人手里拿着一副纸牌,都没有看见他是从哪儿拿的。

“老兄,怎么样,”诺兹德廖夫一边说,一边用手压住纸牌的两边,把纸牌稍微一弯,就听见啪的一声,挑出一张纸牌来,“为了打发时间我拿出三百卢布做庄家!”

但是乞乞科夫假装没有听见他的话,然后突然像是想起什么事似的,说道:

“哎呀,瞧我这记性,差点儿忘了,我有一件事求你。”

“什么事?”

“你首先得答应我。”

“到底是什么事?”

“你先答应我!”

“好吧!”

“真的?”

“真的!”

“是这么一件事:想必你有许多死去的农奴吧,他们的名字还没有从纳税人的花名册上删除,是不是这样?”

“是的,有什么用吗?”

“把他们转到我的名下吧!”

“你要他们有什么用?”

“我有用。”

“什么用?”

“反正有用,到底有什么用,这是我的事,总之一句话,有用。”

“这里面总有你的意图,把你的真实意图说出来,我们听听。”

“我能有什么意图,他们已经是一文不值了,我在他们身上什么主意都不能打了。”

“那你干吗还需要他们?”

“哎呀,你这人的好奇心可真大,不管什么破烂东西,你都想用手摸一摸,用鼻子闻一闻!”

“那你为什么不肯说呢?”

“你知道了又有什么好处呢?”事情就是这样,突发奇想,仅此而已。

“那好,如果你不把你的真实意图告诉我,我就永远不会给你办过户手续!”

“瞧,这可是你不守信用,已经答应了,又变卦了。”

“随你怎么说吧,反正你不说出来要他们有什么用,我是不会给你的。”

“怎么对他说呢?”乞乞科夫心里想。他考虑了一下之后说道,他需要这些死魂灵是为了能在社会上获得声望,他并不拥有大的庄园,所以他必须先拥有一定数量的农奴。

“你撒谎,你撒谎!”诺兹德廖夫没等他把话说完,就说道,“老兄,你撒谎!”

乞乞科夫自己也觉得,他的谎言编得并不高明,所以他的托词也就没有什么说服力。

“好吧,那我就坦率地对你说吧,”他变换了一下口气,说道,“只是请你不要对别人讲。我打算结婚,但是你知道,新娘的父母是爱虚荣、爱面子的人,我真是后悔结了这门亲事,他们希望他们未来的女婿必须拥有至少三百农奴,而我现在充其量也只有不足一百五十个……”

“又是撒谎! 又是撒谎!”诺兹德廖夫竟然大声嚷嚷起来。

“已经到了什么时候了,还撒谎,”乞乞科夫一边说,一边用大拇指指着小拇指上很小的一部分,“我这回一丁点儿的谎也没有撒。”

“我用脑袋打赌,你撒谎了。”

“真是冤枉人,那我成什么人了? 我为什么一定要撒谎呢?”

“你这种人我可了解,你本来就是个大骗子,我是出于友好才这么说你。我要是你的上司,看到有树,我一定会把你吊死在树上。”

乞乞科夫听到这样的话感到十分气恼。任何一句粗鲁的、不礼貌的或是有损于他体面的话,他听了都会不高兴的。他甚至不喜欢别人对他有失礼之处,无论是什么情况,除非对方是一位社会地位特别高的人物,所以他现在心里很憋气。

“真的我会把你吊死的,”诺兹德廖夫重复说道,“我对你说这话完全是出于坦诚,而不是为了惹你生气,我完全是出于友好才这么说。”

“什么事都有个限度，”乞乞科夫怀着自尊说道，“你不想白送，你就卖给我。”

“卖给你？你这人我了解，你是个无赖，你不会给大价钱的！”

“你呀，真行！你自己看吧，他们是什么？是金刚钻？”

“果真一点不错。我早就了解你了。”

“得了吧，老兄，你就不要吝啬了，你应该把他们送给我才是。”

“喂，你听着，为了证明我不是什么吝啬鬼，我可以分文不要，不过你得把我那匹种马买走，我就把这些死农奴都送给你。”

“得了吧，我要种马有什么用？”乞乞科夫说道，他非常吃惊，因为诺兹德廖夫竟然提出这样的要求。

“怎么没有用？你知道吗，种马我是花一万卢布买来的，而卖给你我只要四千卢布。”

“我要种马有什么用？我又没有养马场。”

“你没懂，你听我说，我现在只收你三千卢布，剩下一千你以后再给我。”

“问题是我不需要种马，它对我一点用处也没有！”

“那你就把我那匹浅栗色母马买走。”

“母马我也不需要。”

“那匹母马，再加上你在我这儿看到的那匹灰色马，我一共只收你两千卢布。”

“我什么马都不要。”

“你可以到集市上把它们卖掉，一转手你就可以赚到比原来多出两倍的钱。”

“如果你认为一出手就可以赚到这么多钱，那你自己去卖好了。”

“我知道我能赚钱，但是我希望你把这个钱赚走。”

乞乞科夫对他的这种好意表示了感谢，但坚持不肯买他的灰色马和浅栗色母马。

“不买我的马，那你就买我的狗吧。我有一对长毛狗，你要是看见简直会不寒而栗的，嘴上长着很长的触须，身上的毛都直竖着，硬极了。肋骨鼓起很高，真叫人不可思议，爪子收缩起来，跑起来不碰地！”

“我干吗要买狗呢？我又不是猎户。”

“我希望你养几条狗。听我说，如果你不想买狗，那你就买走我的这架手摇风琴吧，这架手摇风琴别提有多美妙了。老实人说老实话，我是花一千五百卢布买来的，卖给你，我只要九百卢布。”

“我干吗要手摇风琴？我又不是德国人，德国人背着它走街串巷，到处讨钱。”

“这不是德国人背的那种手摇风琴。这是一件乐器，跟手摇风琴不一样，你仔细看看，整个乐器都是用红木制成的。现在我再给你看一下这件乐器！”诺兹德廖夫的

“如果你不想买狗，那你就买走我的这架手摇风琴吧……”

话说到这里，然后他就抓住乞乞科夫的胳膊，把他往另一个屋子里拽，尽管他两脚用劲蹬住地板不想移动一步，尽管他一再声称，他已经知道手摇风琴是一件什么样的乐器了，可他还是不得不又听了一遍玛尔波罗是如何走上战场的。“你听我说，如果你不想用钱买，那你就这么办：我把我的手摇风琴和花名册上全部死去的农奴都给你，而你把你的这辆四轮马车给我，另外你再添上三百卢布。”

“我把马车给了你，我坐什么？”

“我给你另外一辆马车，也是四轮轻便型的，它就停在车棚里，走，我们去看看。你只要重新刷一遍油漆，就是一辆很好的马车。”

“哎呀，他这人可是着魔了！”乞乞科夫心里想，他拿定主意，绝不和他交换马车，绝不买他的手摇风琴，更不会买他的各色狗，尽管狗的肋骨鼓起很高和爪子收缩成一团都是不可思议的现象。

“你知道吗，这样一来你就全有了，有马车了，有手摇风琴了，有死魂灵了！”

“我不想要。”乞乞科夫又说了一遍。

“你为什么不想要?”

“不想要就是不想要。”

“你这人真够呛,我看出来了,你这人不可交,现在很清楚了,你是个两面派!”

“难道我傻?你好好地想一想,这些东西我确实不需要,我干吗要买它们呢?”

“喂,请你别说了。现在我总算了解你了,你这个人太坏。听我说,如果你愿意,咱们来抽赌,我把所有的死农奴都押在牌上,把手摇风琴也押在牌上。”

“靠赌牌决定输赢,这就是说,预先谁也不会知道自己是输还是赢。”乞乞科夫说道,同时他斜瞅了一眼刚才诺兹德廖夫手中拿过的那两副牌。他觉得两副牌都像是做了手脚,文章就做在牌背面的碎花点上。

“为什么不知道呢?”诺兹德廖夫说道,“知道!只要幸运之神向你招手,你就可以赢得许多。瞧这张牌,多走运啊!”他一边说,一边开始分牌,为的是勾起乞乞科夫的赌兴。“真是走运啊!哎呀,完了!又是该死的九点,我就是输在这张牌上,可输惨了!当时我就感觉到,这张牌会出卖我,我采取了无所谓的态度,心里想:‘真见鬼,出卖就出卖吧,可恶的牌!’”

当诺兹德廖夫说这番话的时候,波尔菲里拿来一瓶酒,但是乞乞科夫决意不打牌,也不喝酒。

“你为什么不想打牌?”诺兹德廖夫问道。

“因为我对打牌根本不感兴趣。坦率地说,我压根儿就不喜欢打牌。”

“为什么不喜欢?”

乞乞科夫耸了耸肩膀,说道:

“因为不喜欢。”

“你呀,真是个废物!”

“有什么办法呢?这都是上帝造就的。”

“简直是废物一个!先前我觉得你这人还不错,可是你根本不懂得怎么与人交往,别人根本不可能与你亲近,更不可能与你坦诚相见,你和索巴克维奇完全是一路货,也是一个卑鄙的小人,”

“你干吗骂人呢?我不打牌就是我的不对?行了,我们不必为这样的小事吵来吵去了,你只需把死农奴卖给我吧。”

“你呀,什么也休想得到!我本来是打算白送你的,可现在不送了!你就是用三个王国跟我换,我也不换给你。你这人太狡猾了,真像是一个可恶的砌炉匠!从今以后,再也不想和你打什么交道了。波尔菲里,你去告诉马夫,那几匹马让他只喂干草就行了,不要喂燕麦了。”

乞乞科夫绝没有料到会是这样的结果。

“以后最好不要让我再看见你!”诺兹德廖夫说道。

主人和客人之间虽然发生了很多争执,可他们还是一块吃了晚饭,不过晚饭的餐桌上没有摆出各种古怪名称的酒,但是桌子上还是放着一瓶酒,是塞浦路斯产的酒,人们把这种酒叫做酸味儿酒。吃完晚饭,诺兹德廖夫把乞乞科夫领到一间侧室,这里已经给他准备好睡觉的床,对他说:

“这是你睡觉的床。我不想对你说祝愿的话,所以也就不想跟你说‘晚安’。”

诺兹德廖夫离去以后,乞乞科夫一个人留下来,心境特别不好。他埋怨自己,他骂自己,他觉得不该到这儿来,白白地浪费了许多时间。尤其不能原谅自己的是,怎么自己竟像个孩子,这么傻,和诺兹德廖夫谈这件事时是那么不慎重,什么都跟他说,岂不知关涉到这种事情,是不能信赖他的……诺兹德廖夫是个坏透了的家伙,他很可能胡说八道,还会添枝加叶,鬼才知道他会制造什么谣言……哎呀,真不得了!真不得了!“我真是一个十足的傻瓜。”他心里这样想,他一夜都没睡好。臭虫呀,虱子呀,非常活跃,咬得他实在是痛痒难忍,他用手不停地挠,嘴里还叨咕着:“让魔鬼把你们和诺兹德廖夫一起抓走!”他一大早就醒了,醒来后第一件要做的事就是穿上外套,穿上靴子,穿过院子到马棚去,吩咐谢利凡立刻把马车套好。他从院子里返回来时,碰上了诺兹德廖夫,他穿一件外套,嘴里叼着烟袋。

诺兹德廖夫态度友好地和他打了招呼,并问他睡得好不好。

“马马虎虎!”乞乞科夫态度冷淡地回答说。

“我呀,老兄,你可不知道,”诺兹德廖夫说道,“臭虫、跳蚤折腾了我一宿,说起来我都恨得要命。昨天我喝多了,嘴里难受极了。你知道吗,我做了一个梦,梦见有人抽打我,真的!你知道是谁抽打我吗?你怎么也想象不到,是骑兵上尉波采卢耶夫和库夫申尼科夫一起把我抽打了一顿。”

“是啊,”乞乞科夫心中暗自想,“如果有人不是在梦中,而是在现实中真正地揍你一顿,那才叫人出气呢。”

“真的,打得真疼!醒来一看,真是见鬼了,不知是什么东西咬得我直发痒——没错,就是狗娘养的跳蚤。好了,现在你去穿衣服,我马上就去找你,不过我得先去找管家,骂他一顿,他太不像话了。”

乞乞科夫回到房间穿衣服和洗漱,当他做完这些事来到饭厅时,看见桌上已经摆上茶具和一瓶朗姆酒。房间里还留有昨天吃午饭和吃晚饭的痕迹,看来笤帚连地板都没有碰一下。地板上散落着许多面包屑,桌布上散落着烟灰。主人很快就走进来了,他光膀子穿一件外套,胸脯都袒露在外面,胸脯上长满胸毛。他一手拿着长杆烟袋，一手端着茶杯，一口一口地从茶杯里喝着茶。他的这副模样如果让画家给他画一幅像倒很新鲜，因为画家老是画那些我们从理发馆的招牌上看到的头发油光、金丝卷曲或短发齐整的老爷们也都画腻了。

"老兄，现在你怎么想?"诺兹德廖夫沉默片刻之后说道，"不想拿死农奴赌输赢玩儿几把吗?"

"老兄，我已经说过了，我不赌，我愿意买。"

"我不想卖，如果那么做，我们还算什么朋友。我不想谋利，如果是赌博，那就另当别论了。咱们还是赌吧，哪怕是赌一局呢!"

"我已经说了，我不赌。"

"那么交换呢，你也不干?"

"不干。"

"好吧，你听我说，我们来下跳棋吧，如果你赢了，这些死农奴都归你。你知道吗，我的纳税人花名册上有很多已经死去的农奴，都该除名了。喂，波尔菲里拿棋来!"

"请别白张罗了，我不下棋。"

"哎呀，这又不是赌博，也不可能靠运气，也不可能弄虚作假，靠的全是技术，我想告诉你的是，我根本不会下棋，你能不能让我先走两步。"

"行吧，"乞乞科夫心里想，"就跟他下上一盘，我的棋下得也还可以，再说了，下棋是很难做手脚的。"

"好吧，我就跟你下上一盘。"

"那咱们就赌死农奴，赌一百卢布。"

"为什么赌一百，赌五十就够了。"

"拿五十卢布下赌注，是不是太少了? 还是押一百吧，另外我还加上一只小狗或一枚挂在表链上的金图章。"

"好吧!"乞乞科夫说道。

"你得让我几步棋 !"诺兹德廖夫说道。

"凭什么要让你呢?"

"至少让我两步棋。"

"不想让，我自己也下得不好。"

"我们知道你下得怎么个不好!"诺兹德廖夫说着向前走了一步棋。

"我好长时间没有摸棋了!"乞乞科夫说着也向前挪了一步棋。

"我们知道你下得怎么不好!"诺兹德廖夫说着又向前推进了一步棋。

"我好长时间没有摸棋了!"乞乞科夫说着又向前挪了一步棋。

主人很快就走进来了，他光膀子穿一件外套，胸脯都袒露在外面，胸脯上长满胸毛。他一手拿着长杆烟袋，一手端着茶杯。

“我们知道你下得怎么个不好!”诺兹德廖夫说着又向前走了一步棋,与此同时,他用衣服袖口把另一个棋子也向前推了一步。

“我好长时间没有摸棋了,喂喂！老兄,这是怎么回事？把它退回去!”乞乞科夫说道。

“把什么退回去?”

“把棋子退回去,”乞乞科夫说道,就在这时,他又发现,就在自己鼻子底下冒出了另一个棋子,这个棋子马上就要走到底,从而变成可随意走的王棋了,这个棋子是从哪儿走过来的,真是只有天晓得。“不行啊!”乞乞科夫从桌旁站起来,说道,“和你没法儿下棋,哪儿能这么走,一下子就连走了三步!”

“怎么会一下子连走了三步呢？这个棋子是我无意中走的,算是走错了退回来就是了,你还要怎么样。”

“和你没法儿下棋,哪儿能这么走,一下子就连走了三步!”

“那这个棋子是从哪儿冒出来的?”

“哪个棋子?”

“就是快要沉底的这个棋子。”

“怎么会是这样呢！莫非你不记得了!”

“老兄，谁走了多少步，我都记着呢！你是刚刚把这个棋子放到这个位置的，它的位置本来在这儿！”

“怎么，本来在什么地方？”诺兹德廖夫涨红了脸说道，“老兄，我发现你这人真会编造！”

“老兄，不是我会编造，而是你会编造，只不过你编造的伎俩很拙劣。”

“你把我看成什么人了？”诺兹德廖夫说道，“难道我会弄虚作假？”

“我并没有把你看成什么人，不过从现在起我不会再跟你下棋了。”

“不行，这盘棋已经开了头，”诺兹德廖夫生气地说道，“必须下完。”

“我有权拒绝再下，因为你下棋不老实，尽捣鬼。”

“你胡说，你怎么能这么说话呢！”

“老兄，是你胡说。”

“我并没有捣鬼，你不能不下，你必须把这盘棋下完！”

“你不能强迫我跟你下棋。”乞乞科夫冷冷地说道，并走到棋盘跟前，把棋子搅了个乱七八糟。

诺兹德廖夫气呼呼地朝着乞乞科夫紧逼了几步，乞乞科夫不得不后退了两步。

“你必须跟我继续下，你把棋子搅乱了也没关系，所有走过的步子我都记得。我们把棋子再按原来的位置重新摆好。”

“老兄，事情到此为止了，我不跟你下了。”

“你果真不愿意跟我下了？”

“你自己看吧，怎么可能再跟你下。”

“你直说吧，是不是不愿意再跟我下了？”这时诺兹德廖夫一边说，一边向乞乞科夫更加逼近过去。

“不愿意再跟你下了！”乞乞科夫说道，同时他把两只手抬起来离脸近一点，以防万一，因为两人的争吵已经越来越激烈。这种防范是很有必要的，因为诺兹德廖夫已经抡起拳头，很有可能，我们的主人公那副可爱的胖乎乎的脸颊会蒙受洗刷不掉的耻辱，所幸的是他紧紧地抓住了诺兹德廖夫那两只好打架的手。

“波尔菲里！……帕夫卢什卡！……”诺兹德廖夫疯狂地吼叫着，同时竭力挣扎着想要把手摆脱出来。

乞乞科夫听着他的喊叫，但为了不让仆人们看到这不体面的情景，同时也觉得，抓住诺兹德廖夫的手也没什么用处，于是就把他的手松开了。就在这时，波尔菲里和帕夫卢什卡走进来了。帕夫卢什卡是个强壮的年轻人，如果和他较量，绝对占不到便宜。

“你是不是不愿意跟我把这盘棋下完!”诺兹德廖夫问道,“你直截了当回答我!”

“不可能跟你把这盘棋下完。”乞乞科夫说着往窗外瞅了一眼。他看见他的马车已经套上马等在那里,谢利凡好像在等着主人向他招手,只要主人一声吩咐,他马上就会把马车赶到门廊前,但是从房间里是不可能脱身出去的,因为门口站着两个呆头呆脑的彪形大汉。

“你是不是不愿意跟我把这盘棋下完?”诺兹德廖夫再一次问道,此时他的脸涨得通红。

“如果你能老老实实下棋,不搞鬼名堂。可是现在我不能跟你下了。”

“喂,你这人可真卑鄙,你说不下就不下了! 你觉得你赢不了棋, 你就不下了! 揍他!”他冲着波尔菲里和帕夫卢什卡发疯似的吼道,而自己抓起了樱桃木制的长杆烟袋。乞乞科夫的脸色变得刷白,他还想说什么,只觉嘴唇在颤动,一句话说不出来。

“揍他!”诺兹德廖夫一边喊,一边拿着烟袋杆向前冲上去,此时的他情绪激昂,浑身冒着汗,好像他是去进攻一座牢不可破的堡垒。“揍他!”他喊道,他的声音听起来就像是一名不顾死活的中尉面临一场伟大的进攻向自己排的士兵们发出“小伙子们,冲啊!”的声音一样。这名中尉的鲁莽是出了名的,上级特意下了一道命令,在激烈的战斗中,一定要制止他盲动。但是中尉已经感受到战斗的激烈,他已经头脑发热,苏沃洛夫的形象在眼前闪过,他下决心要建功立业。“同伴们,前进!”他喊着向前冲过去,他没有想到,他的行动已经损害了预先制定的总体进攻的计划,他也没有想到,无数的枪筒从牢固的高耸入云的堡垒的枪眼中伸出来,他的毫无抵抗能力的士兵瞬息间化为灰烬,他更没有想到,致命的子弹打着嗯哨马上就会击中他喊话的喉咙。但是如果把诺兹德廖夫比作那位不顾死活疯狂进攻堡垒的中尉,那么他所进攻的堡垒怎么看也不像一个难以攻克的堡垒。而恰恰相反,这个“堡垒”却胆小如鼠,他的魂魄早就飞到九霄云外去了。他打算用来做掩护的一把椅子也让奴仆从他手里夺走了,他简直吓坏了。他半睁半闭上眼睛,准备尝一尝主人的长杆烟袋打在身上的滋味儿,天晓得,他会被打成什么样。但是命运之神来帮他了,使我们主人公的脊梁骨、双肩和一切文雅的部位避免了遭受痛打之苦。就在这紧要关头,突然听到丁零当啷的声音,这声音好像是从云端飘下来的,接着传来了马车的车轮声,马车已经驶到门廊跟前,甚至从房间里都能听到套在马车上的马的沉重的鼻息声和沉重的喘气声。大家无意中都往窗外看了一眼,看见一个留着两撇胡子、穿着一件半军服上衣的人从马车上下来。此人在前厅询问了几句话就走进屋里来了,此时,乞乞科夫尚未摆脱恐惧感,样子十分可怜。

“请问,你们这里谁是诺兹德廖夫?”这个陌生人问道,同时带着疑问的眼光看了

“揍他！”诺兹德廖夫一边喊，一边拿着烟袋杆向前冲上去……

看手里拿着长杆烟袋的诺兹德廖夫,看了看刚刚从狼狈状态中恢复常态的乞乞科夫。

“首先我想知道,我有幸跟谁说话呢?”诺兹德廖夫走到此人跟前,问道。

“我是县警察局长。”

“您有什么事吗?”

“我奉命通知您,有人向法院起诉您,您的案子将由法院审理,直到判决为止。”

“真是胡扯,起诉我什么事?”诺兹德廖夫说道。

“您牵涉进一个事件中,喝醉酒抽打地主马克西莫夫,使他蒙受人身伤害。”

“您瞎说,我根本没见过地主马克西莫夫!”

“仁慈的先生,请允许我向您通报,我是一名军官,您可以对您的仆人这么说话,对我可不行!”

此时,乞乞科夫没有等诺兹德廖夫应对县警察局长的话,迅速抓起帽子,从县警察局长的背后绕过去,悄悄地溜到门廊上,坐上马车,吩咐谢利凡快赶马车走,于是他的马车像离弦的箭飞驰而去。

第五章

我们的主人公着实受惊吓不小。虽然马车拼命地向前飞驰,虽然诺兹德廖夫的村庄早已消失在视线以外,早已被田野、坡地和丘陵挡住,但他仍然惊魂未定地不断朝后看,担心诺兹德廖夫会从后面追上来。他呼吸急促,感到很困难,他试着把手放到胸口,觉得心在胸腔里跳就像鹌鹑在笼子里瞎扑腾一样。“哎呀呀,骂他什么好呢!真不是玩意儿!”这时候,什么丑话、粗话、脏话、坏话都一股脑儿向诺兹德廖夫抛过去。有什么办法呢?俄罗斯人嘛,又是在气头上。再说了,这件事可不是闹着玩的。“不管怎么说,”他心里想,“如果县警察局长晚来一步,我连再看一眼这上帝创造的大千世界的机会也不可能有了!我就会像河里的水泡,消失了踪影,我就断子绝孙了,更谈不上给未来的子孙后代留下点什么了,比如留下财产和荣誉!”我们的主人公倒是很关心自己的后代。

“这位老爷可真够抠门儿的!”谢利凡心里想,“我还没有见过这种老爷。真该往他脸上啐一口唾沫!你不给人吃饭不要紧,可你不能不喂马呀,马是喜欢吃燕麦的。燕麦就是马的食料,就像人离不开粮食一样,马离不开食料。”

马好像对诺兹德廖夫也很不满,不仅枣红马和陪审官不满,就连花斑马也不大高兴。因为平常喂它时,尽管分给它的燕麦总是比较次的,而且谢利凡往食槽里撒燕麦时,总要说一声:“你这坏蛋!”但那毕竟是燕麦呀,而不是干草,它咀嚼时总是表现出心满意足的样子,而且还常常把嘴巴伸向同伴们的食槽,尝一尝他们的食料是什么味道,尤其是当谢利凡不在马棚的时候,但是现在可好了,只能啃干草……真没意思。总而言之,大家都不满意。

不过很快就发生了一件突如其来的、意想不到的事,把它们的不满和抱怨都打断了。事情是这样的,一辆套着六匹马的马车向他们直冲过来,就听见坐在这辆马车里的女士尖声叫起来,这声音好像就在他们头顶上。这时,这辆车的车夫又是漫骂,又是威吓，他叫喊道："喂，喂！你这坏蛋，你是怎么赶车呢！你没听见呐！我紧着喊：'真笨，往右赶，往右赶！'你是喝醉了还是聋了？"这时大家才醒过神儿来，当然也包括车夫喽。谢利凡觉得这可是自己的疏忽哦，但是因为俄罗斯人从来不喜欢在别人面前承认自己的错误，所以此时他还理直气壮地说道："你干吗横冲直撞跑得这么快？你没有长眼睛呐，还是你的眼睛抵押给酒馆儿了？"接着，他就把马车往后拉，但是拉不动，因为两辆马车都互相穿插、互相缠绕在一起了。花斑马倒觉得很新奇，它不停

接着，他就把马车往后拉，但是拉不动，因为两辆马车都互相穿插、互相缠绕在一起了。

地用鼻子闻闻两边的新伙伴。此时，坐在马车上的两位女士看到这情景，受惊吓不小。其中的一位是老太婆，另一位是芳龄十六的小姑娘，小姑娘的头虽小，但那金色的头发梳理得舒展、好看。她有一副椭圆形的脸，脸上的皮肤白皙、透明，闪现出些许红润，她的脸蛋儿就像管家婆黑黄的手里拿着的一个刚下的白里透红、闪闪发亮的鸡蛋。小姑娘那一对小巧玲珑的耳朵在阳光照射下白里透着亮。同时，她那微微张着的一动不动的嘴巴所流露出的恐惧的样子和她那双含着泪水的眼睛都使人不能不爱怜她。我们的主人公盯着小姑娘看了好几分钟，完全没有理会两辆马车的马和车夫之间发生的纷争。

"把它们分开，啊呀，真笨！"另一辆马车的车夫大声喊道。谢利凡拉住缰绳往后拽马，另一辆马车的车夫也拉住自己马的缰绳朝相反的方向拽，可是后来这些马又都

跨过套绳，相互撞在一起了。这种来来往往的碰撞，来来往往的缠绕，花斑马倒挺高兴的，因为它喜欢上了新伙伴，结果是它怎么也不愿意从车沟里走出来，它本来是偶尔走进车沟里的，它把头依在新伙伴的脖子上，好像在新伙伴的耳边悄悄地说着什么，大概说的都是“恐惧呀”、“害怕呀”这些个胡话吧，因为它的新伙伴不停地摆动耳朵。

附近有一个村庄，反正离这儿也不远，所以村子里的农民都赶来看热闹。这种场面对于农民，就像报纸或俱乐部对于德国人，是上天的恩赐。没过多一会儿，马车周围就聚集了很多人，村子里就留下老婆子和小孩子了。缠绕在一起的缰绳解开了，那匹花斑马的脸上挨了几巴掌，它才后退了几步，总之两边的马都分开了。可是那辆马车上的马似乎很不高兴，难道是因为把它们和新伙伴分开了，还是因为它们犯糊涂，赶车的人不管怎样抽打它们，它们就是纹丝不动，好像蹄子被钉在地上了。这时农民们大发同情心。他们都争先恐后地出谋划策：“安得留什卡，你去牵右边那匹拉边套的马，米佳伊大叔，你骑到辕马的背上去！骑上去吧，米佳伊大叔！”身材干瘦高大留着火红色胡子的米佳伊大叔爬到辕马的背上，看上去真像一座乡村教堂的钟楼或是井边打水的漏斗形吊钩。车夫朝马抽了一鞭子，但是不起作用，米佳伊大叔什么忙也没帮上。“等一下，等一下！”有农民喊道，“米佳伊大叔，你骑到那匹拉边套的马背上去，让米尼亚伊大叔骑到辕马的背上去！”米尼亚伊大叔是个宽肩膀、蓄着像煤一样黑的大胡子的农民，他的肚子大得像个大茶炊，都可以为全集市受冻的人们煮热蜜水了，他很高兴地骑到辕马的背上，结果辕马被他压得差点儿跪倒在地上。“现在行了！”有农民喊道，“用鞭子抽吧，狠狠地抽，就抽那匹浅黄色的，它简直像个懒虫，一步也不肯动。”米佳伊大叔和米尼亚伊大叔见抽打也无效，马还是不动，于是他们二人都骑到辕马的背上，让安得留什卡骑到拉边套的马上。车夫终于失去了耐心，他把米佳伊大叔和米尼亚伊大叔都撵下马，他这么做是有道理的，因为马的身上直冒热气，就好像它们毫无喘息、一口气刚跑完一站地。车夫让马休息了一会儿，然后自己抬蹄上路了。就在大家忙活的时候，乞乞科夫却一直盯着车上这位年轻的姑娘。他好几次想跟姑娘搭话，但不知为什么都错过了机会。两位女士随着马车的离去而离去了，她那闪亮的头发、漂亮的脸蛋、苗条的体态像幻影一样迅速消失了，留下的又是大路、马车和读者已经很熟悉的三匹马，又是谢利凡、乞乞科夫和郊外平坦而空旷的田地。一个人不管生活在什么环境里，是生活在冷漠无情、充满艰辛、贫穷肮脏、发霉龌龊的下等阶层的环境中，还是生活在单调冷酷、无聊乏味、干净整洁的上等阶层的环境中，在他的人生之路上，他总会遇到一件他从未遇见过的事情，这件事情会在他的心中激起一种情感，这种情感和他这一生所体验到的那些情感是完全不一样的。另外，我们的生活无论是由什么样的忧伤和悲痛编织而成，总会有一丝的欢乐从忧伤和悲痛的旁边闪过。比如这辆耀眼夺目的四轮马车吧，车上的挽具放射着金光，车上套的马一个个都健壮无比，车上的玻璃窗闪烁着光芒，就是这样一辆马车突然从一个小小的贫穷、荒凉的村庄驶过，这个村子里的农民只见过农村里拉货的大车，哪里见过这么豪华的马车，所以他们脸上带着惊讶的表情，长时间地站在路边，呆呆地望着马车，直到这辆神奇的马车飞驰到远方，并从他们的视线中消失，可他们的帽子仍然在手中攥着。同样，这位金发女郎也是突然出现在我们的小说中，也是突然间就消失了。如果此时，看到她的不是乞乞科夫，而是一个二十岁的小伙子，也许他是一个骠骑兵，也许他是一个大学生，也许他是一个涉世不深的青年，上帝呀，在他的心里什么感情不会苏醒过来，不会躁动起来，不会发出召唤呢！他会长时间地无知觉地站在一个地方，他的两眼茫然若失地凝视着远方，此时此刻，他什么都忘了，忘记了路，忘记了因贻误会受到的申斥和责备，忘记了自己，忘记了职务，忘记了世界，忘记了世界上存在的一切。

可是我们的主人公已经是中年人了，经过长期的人生历练，处世待人都比较谨慎和冷静了。他经过思考认为，可以肯定地说，他的想法在一定程度上符合实际，而不是漫无边际的遐想。“一个挺可爱的丫头！”乞乞科夫说道，并打开鼻烟盒，闻了几下鼻烟。“主要的问题是她为什么可爱？她可爱，就在于她看来是刚从贵族女子寄宿学校或是贵族女子中学毕业，她还没有染上娘儿们习气，也就是说在她身上还看不到娘儿们身上的那种令人讨厌的东西。她现在还是个孩子，思想还很单纯，心里想什么就说什么，什么时候想笑就笑。她现在可塑性很强，她可以被塑造成一位了不起的奇女子，也可以被塑造成一个无用的人。现在只要让她的那些大娘婶子们、姑姑姨姨们调教她一番，不出一年，她就会染上娘儿们的习气，结果连她的亲生父亲也会认不出她来。她会变得妄自尊大，矫揉造作；她会始终恪守背熟了的清规戒律和周围的人周旋；她为了弄明白需要和什么人交往，怎样交往，该和他们说什么话，对某人应持什么看法，花费不少心思；她每时每刻都会担心把话说得太多，最后她自己也会糊涂，终于她变得一生都在说假话。天晓得她会成为一个什么样的人！”他的话说到这里，沉默了一会儿，接着又说道：“很想知道她是谁家的姑娘？她的父亲是什么人？是一个受人尊敬的有钱的地主呢，还是一个在任职期间积攒了一大笔钱的规矩人呢？这么说吧，如果这位姑娘再加上二十万卢布的嫁妆，那她就会成为人人垂涎欲滴的一块肥肉。还要说的是，如果一个品行端正的人娶了她，那可真是天赐良缘。”这二十万卢布很具诱惑力，并反复出现在他脑子里，他现在很是懊悔，他想，当两辆马车碰撞在一起的忙乱情况下，他就该向前导马骑手或车夫打听一下车上坐的两位女士究竟是什么人。可是,索巴克维奇的村庄很快就出现在眼前,因而他也就不再想两位女士是什么人了,他的思想又集中在考虑自己买死农奴的事上了。

他觉得这个村子很大:村子里有两片林子,一片是白桦树林,一片是松树林,这两片林子像两只翅膀从村子的左面和右面伸展开去,一只翅膀是暗绿色,另一只翅膀是淡绿色。村子的中心地带有一座木结构的房子,带有顶楼,红色房顶,暗灰色墙壁,这种房子很像我们为军屯户和德国移民盖的房子。看得出,在造这所房子时 ,建筑师和房主人的情趣进行过坚持不懈的斗争。建筑师是一个墨守成规的人,他的设计思想就是对称,而主人却要求方便,因此他让把房子一边的所有窗户都钉死,只钻一个洞,大概是为了往昏暗的贮藏室里透光的吧。山墙怎么也对不正房子的中心,建筑师简直是绞尽了脑汁,但还是没有做到,因为主人要求从原来设计的四根柱子中必须去掉旁边的一根,结果就剩下三根柱子了。院子四周围着又厚又硬的木头栅栏。看来,这个地主为使住房牢固操了不少心。盖马棚、车棚和厨房用的全是又粗又沉保证百年不朽的圆木。农民的住房也盖得相当不错,虽然做墙壁的圆木没有刨平,也没有雕刻的花纹和别的装饰,但是房子盖得都严丝合缝,结结实实。甚至连水井的遮栏用的都是结实的橡木,要知道,橡木一般都是用来制造磨架和海船的。总而言之,他在这里看到的一切都显得那么粗笨、稳固、坚硬、结实。他的马车驶到门廊跟前,他从窗户里几乎同时看见两张脸,一张妇人的脸,一张男士的脸。妇人的脸又瘦又长,像条黄瓜,头上戴顶睡帽,男士的脸又胖又圆,像摩尔达维亚的老倭瓜(有人也把这种瓜叫做葫芦,俄罗斯人用这种葫芦做成三角琴,也叫巴拉莱卡琴,是一种两根弦的轻便型弹拨乐器,这种乐器可给二十岁的机灵小伙子的生活增添不少色彩和乐趣,当小伙子拨动琴弦时,露着白胸脯和白脖颈的姑娘们就会围拢过来听他弹琴,他呢,一边弹琴,一边向姑娘们递送秋波,打口哨),两张脸在窗口露了一下就不见了。一个身穿立领灰上衣的仆人来到门廊上,带领乞乞科夫走进过厅,主人已经等在过厅里了。他看见客人进来,简单、生硬地说道:“请!”然后就带领客人走进里屋。

乞乞科夫斜瞅了一眼索巴克维奇,这回他觉得索巴克维奇更像一只个头儿相当可观的狗熊。就拿他身上穿的那件燕尾服来说,跟狗熊的毛色完全一样,袖筒很长,裤筒也很长,走起路来整个脚掌着地,一歪一斜的,而且还经常踩到别人的脚上。他的脸色黑红黑红的,像枚铜硬币。大家都知道,人世间有许多脸,大自然造他们的时候,没有经过深思熟虑,很仓促,也没有利用任何小工具,比如锉刀啦,打孔器啦,等等,等等。只是大刀阔斧砍下去,砍一斧子,就是一个鼻子,再砍一斧子,就是两片嘴唇,用手钻钻两下,就钻出一双眼睛,然后也不把碎末清除干净,就送到人世间来了,只是说了一声:“他活了!”索巴克维奇就有了这么一副敦实的、怪模怪样的形象。他

乞乞科夫斜瞅了一眼索巴克维奇，这回他觉得索巴克维奇更像一只个头儿相当可观的狗熊。

的头老是低着，很少抬起来，脖子根本不转动，所以他很少正面看着和他交谈的人，老是看着炉子的一角或老是看着门。当他们走过饭厅的时候，乞乞科夫再一次斜瞅了他一眼：真是一头熊，一头地地道道的熊！怎么如此巧合，俄国人管熊叫米沙，他的小名也叫米沙。乞乞科夫知道他走路有踩别人脚的习惯，所以跟他一块儿走路时倍加小心，经常让他走在前头。主人似乎也感觉到了自己有这种不良习惯，于是马上问道："没有踩上你吧！"乞乞科夫对这种关心立刻表示了谢意，并说："没有踩上！"

他们走进客厅之后，索巴克维奇指着一把扶手椅说："请！"乞乞科夫坐下后，扫视了一下四周墙壁和挂在墙壁上的画像，画像上的人都是英姿勃勃的年轻人，他们都是抗击土耳其争取民族解放的英雄，这些画像都是全身雕版画像。这里有：穿着红裤子和制服鼻子上架着眼镜的马夫罗科尔达特、米亚乌里、卡纳利。这些英雄的大腿都很粗，他们都蓄着奇特的小胡子，使人看了简直会全身发抖。在这些希腊人的画像中间，不知为什么还挂着一幅1812年反拿破仑侵略的俄国将领巴格拉季翁的画像，他人很瘦，他的脚下画了许多小旗帜和炮，他的画像装在一个很窄的镜框里。接下来又是一幅希腊女英雄包贝林娜的画像，她的一条腿比如今交际场所的纨绔子弟的腰还要粗，主人是一个健康、结实的人，看来他也希望在他房间里起装饰作用的绘画上的人也全是健康的和结实的。在包贝林娜画像旁边，靠近窗户，挂着一个鸟笼子，鸟笼子里养着一只有白色斑点的暗褐色鸫鸟，这只鸫鸟也很像索巴克维奇。客人和主人沉默了还不到两分钟，客厅的门吱呀一声开了，是女主人走进来了，女主人个子很高，戴一顶包发帽，帽子上的飘带是用家制颜料染过的。她的态度谦恭、稳重，她的腰板儿挺得像棕榈树那么直。

"这是内人费奥杜利娅·伊万诺夫娜！"索巴克维奇说道。

乞乞科夫走上前吻费奥杜利娅·伊万诺夫娜的手，她把手几乎塞进他的嘴里，所以他有机会发现她的手用腌过黄瓜的盐水洗过。

"亲爱的，让我给你介绍一下，"索巴克维奇说道，"这位是乞乞科夫，我有幸在省长家和邮政局长家认识了他。"

费奥杜利娅·伊万诺夫娜像扮演女王的女演员一样低了一下头，也只是说了声："请！"意思是请客人坐下。然后她坐到沙发上，整理了一下身上的细羊毛披巾，就绷着面孔，一动不动了，甚至连眼睛都不眨巴一下。

乞乞科夫抬起眼皮又看见了卡纳利和他的粗腿以及那奇特的小胡子，又看见了包贝林娜和鸟笼子里的鸫鸟。

差不多有五分钟的时间，大家都保持着沉默，只听见鸫鸟的嘴在木头鸟笼的底部啄食谷粒的声音。乞乞科夫又把房间扫视了一遍，房间里的东西都显得那么又粗又笨，那么坚固结实，就和这房子的主人一样。客厅的一角摆着一个旧式写字台，这个写字台用胡桃木制成，很是结实，四条腿儿做得又粗又笨，整个写字台真像一头熊。这儿的桌子、扶手椅和椅子都给人一种压抑感，使人心里觉着不安，总而言之，这里的每一件物品、每一把椅子都好像在说："我也是索巴克维奇！"或者在说："我也像索巴克维奇！"

"我们在民政厅厅长伊万·格里戈里耶维奇家里的时候提到过您，"乞乞科夫发现谁都不打算开口说话，于是就率先说道，"是上个礼拜四，我们在他家里过得很愉快。"

"对，我那天没去民政厅厅长家。"索巴克维奇答话说。

"他人极好！"

"您说谁极好！"索巴克维奇看着炉子的一角，说道。

"民政厅厅长呗！"

"这可能只是您的看法，他呀，是个共济会会员，这世界上只有傻瓜才会当共济会会员呢。"

乞乞科夫听到如此尖酸刻薄的评价感到莫名其妙，不过他还是冷静下来，继续说道："当然喽，每个人都有不足之处，但是省长是一个非常好的人！"

"省长是个非常好的人？"

"对呀！我说得不对吗？"

"他呀，是天下第一号强盗！"

"省长怎么会是强盗呢？"乞乞科夫问道。他一点也不明白，省长怎么能落了个强盗的骂名。"坦率地说，我根本就没有想过他是强盗，"他继续说道，"不过，对不起，我要说的是，他的所作所为可以完全证明他不是这样一个人，而恰恰相反，他甚至是一个很温和很善良的人。"他马上举出省长亲手绣钱包这件事来证明他的看法，而且还大加赞扬了一顿省长的和气、亲切和平易近人。

"哼，他长得一副强盗相！"索巴克维奇说道，"只要给他一把刀，让他到大路上走一趟，他为了抢一枚硬币，也会杀人。他和副省长是两个杀人不眨眼的魔王。"

"肯定，他和他们俩显然合不来，"乞乞科夫心里想，"算了，不谈他们俩了，我和他谈谈警察局局长吧，好像警察局局长是他的好朋友。"

"不过，如果您想知道我的看法的话，"乞乞科夫说道，"说实在的，我更喜欢警察局局长。他性格开朗，为人直爽，从他的外表就能看出，他这人朴实、厚道。"

"是个骗子！"索巴克维奇冷漠地说道，"他出卖你，欺骗你，可是表面上还和你推杯换盏。他们这种人我了解，他们都是骗子，城里人都是骗子，结果就形成骗子骗骗子，骗子追捕骗子。大家都是出卖耶稣的叛徒。城里只有一个人还不错，这个人就是检察长，不过如果让我说实话，他是一头蠢猪。”

经过对各色人物简短的褒贬之后，乞乞科夫认为，没有必要再提别的官员了，因为他想起来了，索巴克维奇一向不喜欢说别人的好话。

“亲爱的，怎么着，我们该去吃饭了。”索巴克维奇的夫人对索巴克维奇说道。

“请吧！”索巴克维奇说道。

然后，客人和主人走到桌旁，桌上摆着几样冷盘菜，还有酒，宾主各喝了一杯白酒，吃了点下酒菜，幅员辽阔的俄罗斯，无论是城市还是乡村，都吃这样的菜，也就是用盐腌制的和刺激食欲的一些菜。然后大家都来到饭厅，女主人走在他们前头，她像一只漂浮在水面上的鹅向前漂着。一张不大的饭桌上摆着四份餐具。第四把椅子上，很快坐上了一个人，很难判断她是位太太，还是位姑娘，是位亲戚，还是位管家，或者干脆是位食客。她没有戴帽子，看样子有三十岁上下，头上包一块花头巾。世界上有一种人，他们是别人的附属品，是依附别人而生活的。她老是坐在一个地方，头老保持着一个姿态，你把她几乎要当作一件家具了，你会认为，她从生下来就没有说过一句话，可是她一到了下房或贮藏室，就哇啦哇啦地说个没完，那时她就不像是她了。

“朋友，今天的菜汤味道不错！”索巴克维奇说着舀了一勺汤送进嘴里，然后从盘子里切下一大块馅儿饼，放到自己盘子里，馅儿饼是和菜汤一起端上桌的，很好吃。馅儿是用羊肚、荞麦饭、羊脑和羊腿肉做的。“这种馅儿饼，”他继续对乞乞科夫说，“你在城里是吃不着的，在城里，天晓得他们会给你吃些什么！”

“不过省长家的饭菜不错！”乞乞科夫说道。

“哎呀，你知道那些菜肴是用什么做的吗？如果你知道了，就不会吃了。”

“不知道是用什么做的，也无法知道，可是猪肉饼和水煮鱼很好吃。”

“这只是你的感觉。我可知道他们从市场上都买来了什么，那个鬼厨师向法国人学的，从市场上买来一只猫，把皮剥了，冒充兔子，就端上了餐桌。”

“哎呀，真恶心，你说这些干什么！”索巴克维奇的夫人说道。

“怎么，亲爱的，他们就是这么做的，我说说还不行吗！他们哪，家家都这么做。如果你让我说的话，咱们家不吃通通被阿库利卡丢进垃圾桶里的那些东西，他们全用来做汤喝！千真万确，用来做汤喝。”

“你总是在餐桌上说这些！”索巴克维奇的夫人再一次阻止他说这些事。

“亲爱的，有什么办法呢，”索巴克维奇说道，“如果我自己也这么做了怎么办，但是我当着你的面向你保证，我绝不会吃这些垃圾食品。就是把青蛙用糖裹上，我也绝不会把它往嘴里放，牡蛎我也不会吃，因为我知道，牡蛎的样子太难看。请您吃羊肉吧，”他面对乞乞科夫继续说道，“这是羊腔骨肉，还配有米饭！这可不是老爷们家的厨房用过时羊肉做的那种浇汁肉丁，他们的羊肉在菜市场上已经放了四天四夜了。这都是德国医生和法国医生想出来的主意，因此我真想把他们绞死。他们想出了节制饮食的办法，想用饥饿治疗疾病。德国人体质虚弱，他们就以为俄国人的肠胃也可以这样对付！这么做可不行，这些办法都是凭空想出来的，这些办法……”索巴克维奇说到这里，甚至生气地摇摇头。“他们老说‘开化’，‘开化’。‘开化’顶个屁。我倒是想说另一个词儿呢，不过在饭桌上说这样的词儿有伤大雅。我们家可不是这样。要是吃猪肉，就把整只猪端上桌来，要是吃羊肉，就是整只羊，要是吃鹅肉，就是整只鹅。我吃饭最好是两道菜，吃东西要适度，要根据胃口的需要。”索巴克维奇用行动证实了他的话，他把半拉羊腔骨肉叉到自己的盘子里，不大工夫就吃光了，把骨头都啃得干干净净。

“果不其然，”乞乞科夫心里想，“此人真会挑好的吃。”

“我们家可不是这样，”索巴克维奇一边用餐巾擦手，一边说道，“我们家可不是这样，可不像普柳什金家，他家有八百农奴呢，可是生活得很寒酸，主人吃得比我家的羊倌还差！”

“普柳什金是什么人？”乞乞科夫问道。

“是个骗子，”索巴克维奇回答说，“他是个守财奴，你很难想象他吝啬到什么程度。监狱里的囚犯都比他生活得好，他把他的奴仆全饿死了。”

“是真的？”乞乞科夫很感兴趣地问道，“你是说他家的奴仆大批死去，是这样吗？”

“死的人可海了去了，简直像苍蝇。”

“像苍蝇？死了那么多？请问，他家离您这儿有多远？”

“五里地。”

“就五里地呀！”乞乞科夫高兴地叫起来了，他甚至感觉到他的心嘣嘣直跳，“从你家大门出去，是往右拐，还是往左拐？”

“我建议您不要去这个狗东西家！”索巴克维奇说道，“您就是去下三烂的地方，也不能去他家，因为您去了下三烂的地方，说不定还能得到宽恕呢，要是去了他家，那是无论如何也得不到宽恕的。”

“不，您不明白我的意思，我问的目的不是想去他家，而是想了解各地方的情况。”乞乞科夫这样说。

端上来羊腔骨肉以后，接着又端上来奶渣饼，奶渣饼做得比盘子还大，然后又端上来火鸡，火鸡都赶上牛犊大了，火鸡的肚子里塞了很多东西，如鸡蛋、米饭、肝，还有很多叫不上名字的东西。宴请到此结束。当大家从桌旁站起来的时候，乞乞科夫觉得他的体重增加了足足一普特。大家走进客厅，看见桌上已经摆上了蜜饯，不知是蜜饯梨、蜜饯李子，还是别的果子的蜜饯。无论是客人还是主人，都没有伸手去拿蜜饯吃。女主人走出去想把蜜饯装到另几个盘子里。乞乞科夫趁女主人从房间走出去的机会，想跟索巴克维奇单独说几句话，此时的索巴克维奇刚刚塞饱了肚子，正哼哼唧唧地半躺在扶手椅上，老是用手捂着嘴巴，有时也在自己身上画十字。乞乞科夫对他说道："我想跟您谈一件事。"

"这又是一种蜜饯，"女主人端着一盘蜜饯又走进来，说道，"是蜜饯萝卜！"

"我们一会儿再吃！"索巴克维奇说道，"你现在回自己房间去吧，我和乞乞科夫需要宽宽衣，稍事休息一下。"

女主人说，正准备派人去把鸭绒褥子和枕头拿来，但是男主人说："不用了，我们就靠在椅子上休息一下。"于是女主人就离去了。

索巴克维奇低下一点头，准备听对方说事。

乞乞科夫开始谈问题时没有直接切入主题，而是先东拉西扯地谈了些别的，他谈到整个俄罗斯国家，赞扬它的幅员是多么辽阔，他说，甚至最古老的罗马帝国也没有这么大，所以外国人感到惊讶，是理所当然的……索巴克维奇一直低着头洗耳恭听着。乞乞科夫说，这个国家太让人敬仰了，没有哪个国家能与之相比。根据国家的现行规定，登记在册的农奴虽然生命已经结束，但是在新的登记册发下之前，他们的名字仍然和活着的农奴的名字列在一起，这样既可以免去政府机关大量琐碎和无用的核查工作，又不会增加机构复杂的国家机关的复杂的任务……索巴克维奇仍然低着头听着。乞乞科夫继续往下说，但是，虽然这项措施有其合理性，可对于农奴主来说，毕竟是一种负担，因为他们还不得不为这些死去的农奴缴纳人头税。乞乞科夫又说，他出于对索巴克维奇的敬重，所以情愿为他分担一部分确实沉重的负担。当他谈到这件事的主要方面时，他用词非常慎重，他不说"死农奴"，而只说"不存在的农奴"。

索巴克维奇仍低着头听着，他的脸上没有任何表情，给人一种感觉，他好像没有灵魂，或者说他有灵魂，但这灵魂没有附着在他的身上，就像俄罗斯童话中那个永生的瘦老头，不知藏到哪座山上去了，而且还给自己包了一层厚厚的硬壳儿，所以他在内心深处，不管掀起多大的波澜，表面上仍然装做若无其事的样子。

"这事您怎么认为？"乞乞科夫问了一句，却不无焦急地等着答复。

"您需要死农奴？"索巴克维奇直截了当地问道，他丝毫也不奇怪，好像他们是在谈粮食。

"是的，"乞乞科夫回答说，并且又语气柔和地补充说，"是已经不存在的农奴。"

“有,怎么没有呢……”索巴克维奇说道。

“如果有,那毫无疑问……您一定乐意摆脱他们给您造成的种种不便吧?”

“那好,我想卖掉他们。”索巴克维奇说道,这时他已经抬起了一点头,他猜想,这位买主一定会从中捞到好处。

“这家伙真鬼,”乞乞科夫心里想,“我还没说买呢,他倒先说卖了。”于是就对索巴克维奇说道:“那么,比如,这价钱怎么定呢? 也是,这样的东西还有价,真是不可思议……”

“我不跟您多要,一个死农奴一百卢布!”索巴克维奇说道。

“我不跟您多要,一个死农奴一百卢布!”索巴克维奇说道。

“一百卢布!”乞乞科夫几乎惊叫起来,他张着嘴,瞪大眼睛,盯住索巴克维奇,不知道是自己听错了,还是索巴克维奇的舌头太笨,转动不灵活,贸然把一个数字说成另一个数字了。

“怎么着,难道您嫌贵吗?”索巴克维奇说道,接着又补充了一句,“那么您给个价儿!”

“我给个价儿! 大概我们是弄错了吧,或者是我们相互没有沟通,我们忘记了我们交易的对象是死农奴。扪心而论,我认为每个死农奴也就能卖八十戈比,我说的这个价就相当高了。”

“哎呀呀，亏你说得出口，才给八十戈比！”

“怎么着，依我看，也就这么多，不能再多了。”

“要知道，我又不是卖草鞋呢！”

“但是这些人已经死了，这也是您同意的。”

“您以为您能找到一个傻瓜，他会把纳税农奴就八十戈比卖给您？”

“对不起，您干吗还把他们叫做纳税农奴呢，他们早就死了呀，只留下一个空名儿。不过为了在这个问题上不再多费口舌，我出一个半卢布，这可就到头了，不能再加了。”

“您可真好意思，才给这个价！您再出个价，您说个大家都能接受的价！”

“不行了，我不能再加了，请您相信我，不可能做到的事就是做不到。”乞乞科夫说道，不过他还是又加了半个卢布。

“您干吗不舍得花钱呢？”索巴克维奇说道，“告诉您吧，真不贵！如果您碰上一个骗子，他卖给您的不会是农奴，而是一些什么也不会干的废物。可是我就像卖给您上等的胡桃，而且是随您挑，我卖给您的农奴虽然不是工匠，可也是一个身体强壮的种田能手。就拿车匠米赫耶夫来说吧，请您注意，谈到造弹簧马车，除了他，谁也造不了。莫斯科造的马车，做工很粗糙，只能跑一个钟头就跑不了了，而他造的马车坚固耐用，金属包边全是他亲手钉上去的，油漆全是他亲手刷上去的。”

乞乞科夫刚想接他的话茬儿说米赫耶夫已经死了，但是索巴克维奇仍然滔滔不绝地继续谈，也不知道他哪儿来的那么多话，他可真能说。

“还有木匠斯捷潘！如果您能在什么地方找到这么能干的农奴，我就把脑袋输给你。他力大无比，要是到军队里当了兵，肯定会委他以重任的，他的个子足有两米还冒点头！”

乞乞科夫再一次想插话说斯捷潘也已经死了，但是索巴克维奇的话就像河里的激流，是挡不住的，只有听的份儿。

“还有砌砖工米卢什金，他可以为住房砌炉灶，不管什么样的住房。还有鞋匠马克西姆，只要锥子在手，三锥两锥一双靴子就做成了，靴子做成了，说声谢谢就行，他又不喝酒。还有叶列梅，这个农奴创造的收益顶得上全体农奴创造的收益，他被派到莫斯科做买卖，每次都能交回代役租五百卢布。您看看，我的人多能干，我要卖给您的农奴和普柳什金之流卖给您的农奴相比，那真是天渊之别。”

“但是真对不起，”乞乞科夫终于说话了，他对索巴克维奇的这一番话感到惊讶，他说，“您谈他们的这些本事有什么用，一点用也没有，因为他们都已经死了。俗话说得好，人死以后变成灰，还有什么用！”

“那当然,他们是已经死了,”索巴克维奇此时的脑子好像变得清醒些了,他想起来,他说的这些农奴实际上都已经死了,于是他又补充说道,“不过,话又说回来,难道现在仍然在花名册上那些活着的农奴就有用吗? 他们算什么农奴呢? 是一群苍蝇,一群无用的苍蝇。”

“他们毕竟还活着,而您说的这些死农奴,纯属捕风捉影。”

“可不是捕风捉影,我告诉您吧,米赫耶夫是个大块头,他连我们这个房间都进不来,这样的人您上哪儿找去,您说我是捕风捉影,不是,他的肩膀特别有力气,恐怕马都不一定比他力气大,我相信,您在别的地方连这样人的影子都找不到!”

索巴克维奇说到最后一句话时,把头扭过去看墙上挂着的巴格拉季翁和科洛科特龙的画像了,这符合两个人交谈时通常会有的现象,一个人不知为什么突然把目光从交谈的对方身上转向无意中走进来的甚至是完全不相识的第三者身上,他也知道,不可能指望这个第三者会解答他的问题,会提出什么建议,会提供什么证据,但他的目光仍然聚焦在这个人身上,好像请他出来做调停人似的。这位第三者开始还有点发窘,他不知道他是不是应该掺和进这笔他闻所未闻的交易中,还是站一会儿,保持应有的礼貌态度,然后就走开呢!

“我最多给两个卢布,不能再多了。”乞乞科夫说道。

“好吧,免得您抱怨我,说我要价太高,说我不愿意为您效劳,那就每个农奴付七十五个卢布算了,不过要付现钞,说实在的,这也是碍于朋友的面子!”

“他是不是把我当成傻瓜了?”乞乞科夫心里这样想,然后说道,“我觉得很奇怪,咱们两人这是演的哪出戏,您不觉得可笑吗! 我真是不能理解……我觉得您是个聪明人,有知识,有教养。您知道这些死农奴已经灰飞烟灭了,谁还会买他们,要他们呢!”

“您就需要他们,而且还要买他们。”

此时,乞乞科夫咬紧嘴唇,不知拿什么话应对。他本来想谈谈家庭状况,但是索巴克维奇直截了当回答说:“我不需要知道您的家庭状况,那是您的事,我这人一向不管闲事。现在的问题是,您需要买死农奴,我卖给您,如果您不买,您可不要后悔。”

“我就出两个卢布。”乞乞科夫说道。

“哎呀,说真的,您这人烦不烦哪,老是咬住这个数字不放,您就不能再加点儿。您给个真正的价儿!”

“这家伙真能磨人,”乞乞科夫心里想,“再给他添上半个卢布吧,狗东西,真该揍!”

“好吧,我再给您添上半个卢布!”

“那好，我也把我最后的价告诉您：五十卢布！说真的，这可是亏本儿的买卖，您到哪儿也买不到这么好这么便宜的农奴！”

“他可真是贪得无厌！”乞乞科夫心里这样想，然后多少有点气愤地说道，“在别处，我几乎不用花钱就能弄到这些死农奴，可是在这儿，还真的把这事当成一笔生意了。所有人都是希望赶紧出手，只有傻瓜才会把他们的名字保留在花名册上，并为他们缴付人头税。”

“您知道不知道，这种买卖通常是不允许做的，也就是出于友谊，我才在我们之间说这话，如果是我或者是什么人说了这件事，那么今后这人在关涉到签合同或者是履行会带来利益的义务等问题上就得不到任何信任了。”

“瞧见了吧，他说的这是什么话，卑鄙的家伙！”乞乞科夫心里这样想，但表面上又装作很镇静的样子说道，“不管您认为怎样，但是我买死农奴绝不是因为需要，而是出于我的一种思想倾向，如果出两个半卢布您还不卖，那就再见了！”

“这个家伙真难对付！”索巴克维奇心里想。

“好了，上帝保佑你，您给三十卢布，他们就归您了！”

“不行，我看出来了，您根本不想卖，再见了！”

“等一下，等一下！”索巴克维奇说道，这时他还没有放开乞乞科夫的手，而是把一只脚重重地踩在乞乞科夫的脚上，因为我们的主人公一点防备也没有，这也可能是主人对他的惩罚吧，疼得他把被踩的脚抬起来跳了好一阵子。“真对不起，让您受苦了。来，请坐到这儿来！”他搀着乞乞科夫坐到一把扶手椅上，这会儿这头狗熊变得灵巧起来了，他就像经过了驯养，学会翻滚儿了，并且还能根据大家的要求做出各种不同的动作，比如有人喊：“米沙，来一个娘儿们是怎么洗蒸气浴的！”或者“米沙，来一个小孩是怎么偷吃豌豆的！”

“说真的，我白白浪费了时间，我还要赶路呢。”

“再坐一会儿，我马上告诉您一个数字，您听了一定会高兴的。”索巴克维奇再往乞乞科夫跟前坐了坐，把嘴巴凑到乞乞科夫的耳边，好像透露一个秘密似的悄悄地说道，“您给二十五卢布怎么样？”

“二十五卢布？不行，不行！这个数的四分之一我也不能给。这么说吧，我一个戈比也不会再加了。”

索巴克维奇不说话了，乞乞科夫也不说话了。他们的沉默大约延续了两分钟。长着一个鹰钩鼻子的巴格拉齐翁从墙上注视着这笔买卖。

“您最高能给多少钱？”索巴克维奇最后说道。

“两个半卢布。”

“真是的，您买农奴就像买炖萝卜呢，也太便宜了！这么着吧，您出三个卢布！”

“不行！”

“好了，您这人真难对付，就这样吧！吃亏就吃亏吧，我这人也是贱，总是尽可能满足朋友的要求。我想，咱们还需要签一个契约吧，这些个手续是必不可少的。”

“那当然了。”

“这就是说，咱们还得往城里跑一趟。”

这笔买卖就算成交了。两人决定明天就到城里去，把签约的事办妥。乞乞科夫要一份农奴的名单，索巴克维奇欣然同意，并马上走到写字台旁，亲自动笔写了一份农奴的名单，名单中除了姓名外，还注上每个农奴的特长。

此时的乞乞科夫由于无事可做，就站在索巴克维奇的背后，观察他那宽阔的体格。他那膀大腰圆背宽的身板儿真像一匹敦实的维亚特马，再看他的两条腿，真像人行道上的两根铁桩子，乞乞科夫不由得惊叹道：“这可真是造物主的杰作。正像常言说的，虽然长得笨头笨脑，但却健壮敦实。我不知道他生来就这样笨头笨脑的，还是因为他生活在偏僻的地方，整天操劳庄稼的耕作，再加上整天和农奴打交道，因而变得笨头笨脑了？我也不知道他是不是因为有了这样的生活经历，就变成一个贪得无厌的人了？我的回答是否定的。我想，即使让他受到最新式的教育，让他跟上社会的进程，让他住到彼得堡，而不是住在穷乡僻壤，他仍然还是他。区别就在于，他现在一顿饭能吃掉半拉羊腔骨肉和米饭，还吃掉一个有盘子那么大的奶渣饼，而在彼得堡呢，他也就吃几个蘑菇肉饼。他现在有很多农奴，他是农奴主，他和他们相处得还不错，他不打骂他们，否则对他自己也没好处；他要是到了彼得堡，他手下就会有很多官吏，他就会狠狠地敲诈他们，他明白他们不是他的农奴，或者他就盗窃公款。一个人如果握紧了拳头，他就不可能把拳头伸开，如果只是伸开一两个手指头，那就更糟。他对一门学科有了一点肤浅的知识，可是当他一旦爬上一个显赫的位子，他就会施淫威于实际掌握这门学科的所有人。说不定他还会说：‘让我露一手给他们看看！’后来他冥思苦想出一条高明的法令，害得大家都吃尽了苦头……如果所有这些贪得无厌的人……”

“名单写好了。”索巴克维奇转过身来说道。

“写好了？请给我看看！”他把名单看了一遍，令他惊讶的是名单写得非常细致，一丝不苟，把每个农奴的手艺、职务、年龄和家庭状况都写得清清楚楚，在名单的边页上还注明了该农奴的品行和饮酒不饮酒。总之，这样的名单看一看也挺有意思。

“现在请付定金吧！”索巴克维奇说道。

“干吗还要付给您定金呢？到了城里您就会一次拿到全部卖款。”

“您知道,这都是例行手续。”索巴克维奇说明收取定金的理由。

“我不知道需要交定金,我身上没带钱,对了,这儿有十个卢布。”

“十个卢布哪儿行啊! 至少也得交五十卢布!”

乞乞科夫一再地说他没带钱,但是索巴克维奇断定他有钱,于是他又掏出一张钞票来,说:“好吧,这儿还有十五卢布,也给您,一共是二十五卢布,不过得请您开个收据。”

“您要收据有什么用?”

“您知道,还是开一张收据好。什么情况都可能发生,有备无患嘛!”

“好吧,那您把钱给我吧!”

“干吗先把钱给您,钱就在我手里,您把收据开好了,我立刻给您钱。”

“请问,我还没有看到钱,我凭借什么开收据? 我必须先见到钱。”

乞乞科夫把手中攥着的钞票交给索巴克维奇,索巴克维奇走到桌子跟前,用左手按住钞票,用右手在一张纸上写了下面的话:“今收到出卖农奴的定金二十五卢布。”他写好收据后,又把钞票仔细看了一遍。

“有一张钞票有点旧!”他借着光亮仔细看了其中的一张后,说道,“有点破损,算了,朋友之间这点儿小毛病就不必提了。”

“好一个贪得无厌的家伙!”乞乞科夫心里想,“而且还很狡猾!”

“我有女农奴,您买不买?”

“不买,谢谢了。”

“女农奴便宜,我们已经是朋友了,就算您一个卢布一个吧!”

“我不买女农奴,我不需要。”

“如果您不需要,那就不用说了。人的口味各不相同嘛,俗话说得好,有人喜欢牧师,有人喜欢牧师的老婆。”

“我还想求您一件事,这笔交易只有您知我知,别向外人讲。”乞乞科夫临告别时说道。

“那是当然得喽,第三者是没有必要掺和进这件事的。这件事只有在亲密的、坦诚相见的朋友之间才会发生,所以也才会受到相互友谊的保护。再见了,感谢您光临敝舍,请您不要忘记,如果您什么时候有空,请再来敝舍,我们再次同桌用餐,一起消磨时间,说不定我们还会再次互相效力。”

“哎呀呀,这算什么效力!”乞乞科夫坐上马车后,心里这样想,“一个死农奴就勒索了我两个半卢布,这个鬼东西,真是个贪得无厌的家伙!”

他对索巴克维奇的行为很不满意。不管怎么说,在省长家见过面,在警察局长家

“有一张钞票有点旧！”他（索巴克维奇）借着光亮仔细看了其中的一张后，说道，“有点破损，算了，朋友之间这点小毛病就不必提了。”

也见过面,也算得上是熟人了吧,可是他对待我好像是对待外人,拿死人还卖钱!当马车驶出院子时,他回头看了一眼,只见索巴克维奇仍然站在门廊上,好像他想知道客人的马车究竟朝哪个方向驶去。

“这个家伙,到现在了还站在门廊上!”他从牙缝里挤出这么一句话,然后吩咐谢利凡,让他把马车朝着农奴的居住区赶,这样一来,马车就离开了主人的视线,主人从院子里就看不见马车朝哪个方向驶去了。他想顺路去造访普柳什金,因为索巴克维奇说过,普柳什金家死了很多农奴,简直比苍蝇还多,可是他又不愿意让索巴克维奇知道他是去普柳什金家。当马车驶到村子尽头时,他碰到一个肩上扛着一根粗原木的农民,这个农民就像一只孜孜不倦的蚂蚁,在路边看到这根木头,就准备把它扛回家去,乞乞科夫把这个农民叫过来。

“喂,大胡子,如果不经过老爷的住宅,从这儿到普柳什金家怎么走?”

农民好像被这个问题难住了。

“怎么,你不知道?”

“是,老爷,我不知道。”

“你呀,真是的!头发都白了,连普柳什金都不知道?就是那个不给下人吃饱肚子的守财奴嘛!”

“啊,对了,就是那个打补丁的,打补丁的!”农民突然大声说道。

他在“打补丁的”前面还加了一个词,这个词加得十分恰当,不过这个词在上流社会是不用的,所以我们也就把它省略了。我们完全能猜想到这个词所表现的贴切程度,因为农民虽然已经走得很远,完全从视线中消失了,可是乞乞科夫坐在马车上仍然笑个不止。俄罗斯人民极富语言表达能力!如果他们赐给某人一个外号,那么这个外号就会伴随他一生,甚至传到后代。他无论是到军队服役,还是退伍回家,无论是到彼得堡,还是到天涯海角,永远摆脱不开这个外号。他无论用什么巧妙的办法粉饰自己的外号,或是他花钱雇佣耍笔杆子的人为他编造一段出身名门贵族的历史,都无济于事,因为他的外号反映了他的特征,就像乌鸦呱呱地叫,别人一听就知道,这只鸟儿是从哪个窝里飞出来的。乌鸦的叫声,就像写在白纸上的黑字,是磨灭不掉的。外号都是俄罗斯老百姓起的,都非常准确地和恰如其分地反映了一个人的特点。俄罗斯的土地上既没有日耳曼人和芬兰人居住,也没有其他种族的人居住。俄罗斯人生性活跃、敏锐,而且聪明。他们给人起外号用不着像母鸡孵蛋似的那么费功夫,他们往往是随手拈来。外号一旦产生了,这个外号就会像身份证一样永远伴随着这个人,不需要再附加别的说明,比如这个人长着一个什么样的鼻子啦、什么样的嘴唇啦等等,一个外号就把这个人的特征全部勾画出来了。

在俄罗斯这块神圣的、虔诚的土地上有无数的大圆顶教堂和修道院，每个圆顶上都竖立着十字架，同样在俄罗斯这块土地上休养生息着一个一个民族，一代一代人。任何一个民族都蕴含着无穷的力量，都充满了创造精神，都具有鲜明的个性，都拥有上帝赐予的各种才干，每个民族都有自己独特的语言，他们通过自己的语言，不管表达什么事物，都反映了自己的一部分个性。英国人的语言反映出一种对人心的体察，对生活的正确认识；法国人的语言不会存在太久，就像一个轻浮的爱打扮的人，闪烁了一下就迅速消失了；德国人独出心裁地创造了一种令人难以理解的、深奥的语言；但是世界上没有哪一种语言可以和俄国人的语言媲美，俄国人的语言活泼、生动、敏捷、准确，它是从内心迸发出来的，它充满激情。

第六章

很早以前，在我的少年时代，在我那一去不复返的童年时代，每当我初次到一个陌生的地方时，我总是特别开心，因为不管这个地方是一座村庄、一座贫穷的县城，还是一座集镇，我能用孩童的好奇目光从它们当中发现许多新奇的东西。任何一座建筑物，任何一个只要具有某种明显特征的人和事，都会使我驻足，都会使我惊叹。我把目光投向一座石头砌造的官方的房舍，这种房舍采用的是流行的建筑式样，一半窗户都是虚设，纯粹为了做装饰，它孤零零地矗立在平民百姓居住的用原木盖起来的平房群中。我把目光投向一座新建的刷得雪白的教堂，教堂顶上的圆顶造型规整，整个圆顶用薄如纸的白铁皮镶包。我把目光投向热闹的市场，我把目光投向一位来自小

任何一座建筑物，任何一个只要具有某种明显特征的人和事，都会使我驻足，都会使我惊叹。

县城的穿戴特别漂亮的人。我把头伸到马车外。我看见我至今从未看见过的新式上衣。我从蔬菜店的门里看见一箱箱的钉子、一箱箱发黄的树脂、一箱箱葡萄干、一箱箱肥皂，还有一罐罐干硬的莫斯科糖果。我看见一位步行在马路边上的步兵军官，天晓得他为什么要从省城跑到这种小地方来忍受这种寂寞的煎熬。我看见一位商人，他穿一件腰间带褶的上衣，他乘坐一辆跑车匆匆而过，这时我的思想也跟着军官和商人飞驰而去，我完全想象得到他们的这种贫乏的生活。我看见一位县里的小官吏走过去，我马上陷入遐想中：他现在是到哪儿去，是到自己的同事家去聚会，还是直接回家去，在夜幕降临前在门廊上小坐半小时，再和母亲、妻子、小姨子以及全家一起坐下来吃晚饭？他们已经喝完汤以后，当一个带着项圈的侍女或是穿着肥大短褂的童仆拿来一支插在坚固耐用的蜡台上的脂油制的蜡烛的时候，他们全家在谈论什么呢？当我的马车驶近一家地主庄园时，我好奇地看着那高而狭长的木结构钟楼或是那宽大而神秘的木结构古老教堂。远处，透过绿葱葱的树林，隐隐约约地闪现出一幢地主房舍的红屋顶和白烟囱，我焦急地期待着挡住房舍的树林向两边闪开，我就可以看见房舍的全貌了，我想，房舍的外观一定不俗。我还会根据房舍的外观尽量猜测出地主本人是一个什么样的人，是不是一个胖子，他膝下是儿子呢，还是整整六个女儿？如果是女儿，那就少不了姑娘们的笑声和嬉戏，而最小的妹妹准是一个美人儿。她们是不是都是黑眼珠？地主是个开朗的人呢，还是老是阴沉着脸像九月的天空呢？他是不是老是瞅着日历尽说些个年轻人觉得枯燥乏味的黑麦啦小麦啦等农业上的事？

现在我是无动于衷地走进每一个陌生的村庄，无动于衷地看着它那粗俗的外观。我的目光已经变得冷漠，已经变得枯涩，我都没有什么欢笑可言了。在过去的年代里，能够使我激动、使我欢笑、使我特别想说出自己想法的那些因素现在都已经不见了踪影，我现在只能是把嘴闭起来，什么也不说，实际上也没什么好说的。我是多么怀念我的青春年华呀！我是多么怀念我那时旺盛的朝气呀！

当乞乞科夫正在思考，心里正在笑农民给普柳什金起的外号的时候，他没有发现，他的马车已经驶到拥有很多房舍和街道的一个大村镇的中心地带了。不过他很快就发现了他的马车已经驶进村子，因为村子的街道是用圆木铺成，马车走上去颠簸得很厉害，而城里的马路是用石板砌成，没有这么颠簸。这些铺在马路上的圆木就像钢琴上的键盘，高高低低，很不平坦，所以坐在马车上的人完全不可能保护自己，不是后脑勺碰出一个鼓包，就是脑门子上碰出一个青块，要不就是自己用自己的牙齿咬疼了自己的舌头尖儿。他发现这个村子里所有的木头房子都破旧不堪，房子上的木头破损得很厉害，都朽烂了，很多房顶像个大罗筛，上面净是窟窿、净是裂缝。屋顶上只剩下马头形木雕，屋脊两边的木椽像是肋骨。看来屋顶上的板条和木板全让屋主人拆掉了,他们的想法一定是:这样的房舍根本不遮雨,要是晴天呢,屋子本身也不会掉雨滴,如果和娘儿们厮混用不着在这种屋子里,外头的天地大得很,有酒馆,有大路,一句话,想到哪儿到哪儿——他们的这种想法不无道理。房舍的窗户都没有玻璃,有的窗户塞一块破布,有的窗户塞一件破烂衣服。每座房舍的屋顶下有一个小阳台,还围着栏杆,俄罗斯的农舍不知什么原因总带着一个歪歪斜斜的黑黢黢的阳台,说是阳台,根本就不像阳台。很多农舍的后面都堆放着粮食垛,看得出,这些粮食垛已经堆放了很长时间,颜色都变了,变成了像烧坏了的旧砖头的颜色,粮食垛上长出了各种杂草,甚至紧挨着粮食垛长出了灌木丛。这些粮食垛显然是归老爷所有。在粮食垛和破旧的屋顶后面,随着马车一会儿左拐、一会儿右拐,时隐时现地看见两座相距很近的乡村教堂,一座教堂是木结构,看不见里面有人,另一座是石结构,墙刷成黄色,墙上有许多斑斑点点,还有许多裂纹。老爷的住宅一开始只能看到局部,当前面已经没有农民的房舍了,只是看见一大片用矮篱笆墙围起来的荒芜的菜园子或者是白菜地,这时老爷的住宅才完全显露出来。老爷的这座住宅很奇特,跨度很长,看起来真像一个年老体衰的残废人。这座住宅有的地方是两层楼,有的地方只有一层。住宅的房顶上耸立着两个相对的瞭望楼,两座瞭望楼都已经摇摇欲坠,上面的油漆都已经剥落。住宅的墙壁上有的地方能看到裸露的抹过灰泥的木条,看得出,这所住宅经历了长期风吹日晒雨淋的折磨,经历了秋天阴霾天气的折磨。窗户只有两扇是开着的,其余的窗户都用护窗板挡着,有的窗户甚至用木板钉死了。就连这两扇开着的窗户也不大透光,因为其中一扇窗户上还贴着三角形的蓝色糖果包装纸,更显得黯淡无光了。

住宅后面有一处宽阔的旧园子,它一直延伸到村外,和庄稼地衔接。园子里到处杂草丛生,一片荒芜败落的景象,不过就是这个园子也给这个偌大的村子增添了些许生机,也许正是这种空旷、荒芜、败落会给人们带来另外一种情趣吧!枝叶繁茂的树冠连成一片,真像绿色的云朵和不规则的微微颤动的伞盖在天边漂浮。一棵粗壮的白桦树像一根耀眼的匀称的白色大理石柱,耸立在一片绿树丛中,它的树冠被暴风雨或雷电所折断,断裂的斜碴口取代了树冠,就像一顶深色儿帽子扣在雪白的大理石柱上或是像一只黑色的鸟儿落在树顶上。葎藤草把下面的接骨木、花楸果、榛树等树丛缠绕得死死的。然后它的枝蔓继续往上爬,缠绕在栅栏上,凭借栅栏再继续往上爬,最后盘绕在已经折断的白桦树的半腰。葎藤草攀上白桦树的半腰,然后垂直而下,开始往别的树冠上攀缘,或是把枝蔓悬挂在空中,把细嫩的漏斗形叶片卷成一个个圆圈,让它们在空中摇荡。茂密的树林能照上阳光,但在有些地方,它们却让出一块阳光照不到的凹地,就像是这片密林张开了一张黑乎乎的大嘴。这块凹地整个被阴影所笼罩，但是还能时隐时现地看见一条狭长的小路，看见倒在地上的栏杆和东倒西歪的亭子，看见一根有洞的衰朽的柳树树干，看见一片白蒙蒙的灌木丛——这些灌木丛由于地处偏僻阴暗的角落，都枯萎了，它们像一团团浓密的毛，枝缠叶绕地从柳树后面钻出来，看见枫树的嫩枝——嫩枝的侧面伸出巴掌大的绿色叶片，一束阳光不知怎么钻到一个叶片的下面，把这个叶片突然照得透亮、火红，使它在这浓浓的黑暗中闪着奇异的光彩。在紧靠园子的边儿上，有几棵高大的白杨，它们比别处的白杨要高出许多，乌鸦在这几棵树的摇摇晃晃的树梢上筑起一个个窝巢。有些白杨的树枝已经折了，但还没有断掉，所以它们和枯萎的叶子一起垂挂下来。总而言之，一切都那么美好，那么奇妙。这种美好和奇妙的景观单靠大自然，或单靠艺术，是不可能创造出来的，只有大自然和艺术结合在一起，只有大自然用它那具有权威性的雕刻刀对杂乱的常常是不合情理的人们的作品进行加工，把笨重和累赘去掉，把呆板和整齐划一去掉，把暴露赤裸景物的缺陷和疏漏去掉，对于那些为了追求精致和整洁从而在从容不迫的和冷漠的条件下创造的景物赋予无限的热情，只有在这种时候，一切才会变得美好和奇妙。

我们的主人公拐了两个弯，终于来到住宅的门前，此刻的这所住宅更显得凄凉。围栏和大门上的木头都已腐朽，并长满青苔。院子里的房子倒是不少，有下房，有粮仓，有地窖，但都破旧不堪。这些房子的左右两边都有大门通向别的院子。所有这一切都说明一个事实，当年，这个家业的规模是相当大的，可是今天，这里是一片凄凄切切、冷冷清清的景象。在这里看不到一点生机，看不到门开了，门关上了，有人进来了，有人出去了，大家都忙前忙后，此呼彼应的生动情景。只有一扇主要的大门开着，那也是因为一个农民赶着一辆装着货物并盖着席子的大车刚走进门去，农民的出现好像是有意活跃一下这个死气沉沉的院子的气氛，在别的时候，这里是大门紧闭，一把大锁挂在铁环上。乞乞科夫很快在一处房子的旁边发现了一个人，他正和赶车进来的那个农民嚷嚷呢。乞乞科夫好长时间辨认不出来这个人是个娘们儿，还是个老爷们儿。他身上穿的那件衣服简直不伦不类，很像女人的连衣裙，他头上戴一顶小圆帽，就是乡下的女仆常戴的那种，只是嗓音听起来比女人的粗一点。“噢，是个老婆子！”他心里这样想，但马上又改变了想法，“哎呀，怎么会是老婆子呢！”可他经过仔细的观察，最后说道：“当然是个老婆子！”“老婆子”也在仔细打量着他。来客在“她”的眼里好像是件稀罕之物，因为“她”不仅仔细打量他，也打量谢利凡，也打量马，而且是从头打量到尾。从“她”腰里挂的那串钥匙和“她”刚才骂农民时用的那种侮辱性的话来判断，乞乞科夫得出结论，“她”一定是一位掌管钥匙的管家婆。

“喂，大娘，”乞乞科夫下了马车，说道，“老爷在家吗？……”

乞乞科夫好长时间辨认不出来这个人是个娘们儿，还是个老爷们儿。他身上穿的那件衣服简直不伦不类，很像女人的连衣裙。

“不在家，”“她”没等他把话说完，就回答说，不过过了一小会儿，“她”又补充问道：“您有什么事吗？”

“有事！”

“那就请进屋吧！”“她”说着转过身去，乞乞科夫看见“她”的背上沾了许多面粉，衣服的下面破了一个洞。

乞乞科夫一跨进宽敞而阴暗的门厅，就好像走进了地窖，迎面吹来一股冷气。他穿过门厅，走进一个房间，这个房间也相当昏暗，只因为门的下方有一条较宽的缝隙，尚能透进一点点亮光。他打开门，光线才完全射进来，他看到屋子里凌乱不堪，不禁大吃一惊。好像整座住宅在擦洗地板，把所有的家具都暂时堆放在这间屋子里了。桌子上甚至还放着一把折了腿儿的椅子，椅子旁边放着一个座钟，钟摆已经不动了，蜘蛛在上面结了网。紧贴着墙放着一个橱柜，橱柜里放着老式的银器、长颈玻璃瓶和中国瓷器。写字台上原本镶嵌着珠母贝，现在好多地方的珠母贝都已经剥落，只剩下一些发黄的糊满胶的槽坑。写字台上放着五花八门的东西，其中有一大堆密密麻麻的写着字的纸片，有压在纸片上发绿的大理石镇纸——镇纸上有一个蛋形手把儿，有一本封面是皮子的、书脊是红色的古书，有一个干瘪的不比西洋榛子大的柠檬，有一段扶手椅上断下来的扶手，有一杯漂浮着三只苍蝇的液体，有一封盖在杯子上的信，有一块火漆，有一块不知从哪儿捡回来的破布，有两支蘸过墨水但已经干瘪的鹅毛笔，有一根完全发了黄的牙签——这根牙签很可能是法国人入侵莫斯科以前主人剔牙齿用过的那根。

墙上挂着几幅画，这些画挂得没有什么条理，简直就是画挤着画。一幅画是长条形的版画，画面已经发黄，画的不知是哪一场战争，画面上有大型战鼓，有戴着三角形军帽张大嘴呐喊的士兵，有陷入泥淖中的战马，画镶嵌在红木画框里，红木上有暗褐色的细条纹饰，四个角上还有暗褐色细纹圆圈，画框上没有装玻璃。这幅画的旁边是一幅黑乎乎的巨幅油画，它占了半面墙，画面上有花卉、水果、一个切开的西瓜、一个猪头和一只倒挂的野鸭。天花板的中间悬挂着一盏枝形吊灯，吊灯的外面套着一个粗麻布袋，上面落满灰尘，看上去真像一个大蚕茧，里面蜷伏着一条蚕。房间一角的地板上堆放着许多破烂儿，这些破烂儿如果还放在桌子上，也就太不文明了。那么这一堆破烂儿究竟是些什么东西呢，很难判断，因为这一堆破烂儿上面落了一层厚厚的尘土，如果有人用手碰一下这些破烂儿，他的手马上就会沾上一层尘土，像是戴上了手套，破烂儿堆里只有一把折了锹把儿的木锹和一只靴底突现出来。要不是桌子上放着的那顶又旧又破的睡帽的提醒，还真以为这个房间里没有人住呢。正当他仔细观察这些怪异的陈设的时候，侧门打开了，走进来一个人，正是他在院子里遇见过的那个“管家婆”。此时此刻他才看出来了，这位“管家婆”不像是女的，而更像个男的，因为女的是不会长胡子的，而这个“管家婆”是有胡子的，“她”很少刮，所以“她”的整个下巴和腮帮子上长满了胡子碴儿，看上去真像刷马用的那种铁刷子。乞乞科夫表现出一种有事想问的表情，焦急地等着，看这位“管家”打算对他说什么。“管家”同样也在等着，看乞乞科夫想对他说什么。最后，还是乞乞科夫等不及了，他没想到会遇到这种先开口也不是不先开口也不是的两难境地，于是他先开口问道：

“老爷在家吗？他是不是在自己房间里？”

“主人就在这儿。”“管家”说道。

“在哪儿？”乞乞科夫继续问道。

“老兄，您是不是眼力不好使啊？”“管家”说道，“唉，您没看见吗，我就是主人！”

这时，我们的主人公不由得往后退了一步，仔细端详了一下他。各式各样的人他见得不少，甚至读者可能从未见过的人他都见过，可是眼前的这一位他却从来没有见过。这位爷们儿的相貌倒没有什么特别之处：许多瘦削的老人也都是他这个样子，不过他只是下巴往前翘得厉害，每次说话都需要用手绢捂住嘴，免得唾沫四溅；一对小眼睛尚未失去光泽，在长长的眉毛下滴溜溜转动，就像耗子从黑暗的洞穴里探出尖尖的嘴脸，警觉地竖起耳朵，闪动着胡须，仔细观察着有没有猫或淘气的孩子隐藏在什么地方，并且疑虑重重地用鼻子不停地上下左右闻来闻去。他的那身装束倒是别具特色，你无论用什么办法和花多大力气也弄不清他的那件长袍是用什么料子做的，袖子和前襟油光锃亮，就像做皮靴用的那种油性很大的软皮子。后背下边原来应该是两片下摆，现在却垂挂着四片下摆，棉絮一团一团地从下摆往外钻。他脖子里不知围的是什么东西，很难辨别，像是袜子，又像是袜带，也许是肚兜，反正不是领带。总之一句话，如果乞乞科夫在某个教堂门前看到他，凭他这身穿着，一定会赏给他一个铜板，因为我们的主人公有一个值得表扬的优点，那就是他这人很有点恻隐之心，一看到穷人，总要慷慨解囊，否则心里就不落忍。但是现在站在他面前的不是乞丐，而是一位地主。这位地主拥有一千多个农奴，你试着找一找，看能不能找到另外一个地主，他能拥有这么多的谷子、面粉和堆积如山的粮食垛，他的贮藏室、粮仓和干燥房里能堆放着这么多的麻布、呢子、鞣制过的羊皮、生羊皮、干鱼以及各种蔬菜瓜果，我看哪，恐怕是找不到。你如果看一眼他的家庭作坊，你就会看见这里堆放着各种各样的木材和从来也不使用的各种木制家什，你一定会觉得，你是到了莫斯科的木器市场——这种地方是行动麻利的丈母娘们和婆婆们，身后还带着厨娘，为了增加自己的日用品储备而每日必去的地方。在这个家庭作坊里，各式各样白花花的木制品简直堆积如山。从制作工艺来说，有钉接成的，有旋制成的，有榫合成的，有编制成的；从品类来说，那可真是五花八门，应有尽有，有大圆桶、木盆、双耳木桶、小木桶，有带嘴和不带嘴的带盖木壶、小口圆木罐，还有柳条筐、妇女们放针头线脑的圆形篮筐、用又细又软的柳条编的柳条箱、用桦树皮编的小圆桶以及俄罗斯的穷人和富人都用得着的其他许多器皿。人们一定会想，普柳什金要这么多东西干什么？这么多东西够他两个这么大的田庄用上一辈子也用不完，可是他还嫌他的东西少呢。他既然不满足他已经拥有的东西，于是他每天到村子的街巷去转悠，桥下面也要看看，过河板下面也要看看，不管是什么东西，比如一只旧鞋跟啦，一片娘儿们用剩的废布啦，一个铁钉啦，一块碎瓷片啦，等等，只要他看见了，一准捡回家，放进屋子犄角的一堆破烂东西里。乞乞科夫已经发现屋犄角这堆破烂东西了。“瞧，这位钓鱼的人又去钓鱼了！”农民看见他又去捡破烂儿了，都这么说他。事实也是如此，凡是他走过的街巷不需要再清扫了。有一次，一个过路的军官丢了一只马刺，转眼的功夫，这只马刺就进了他的破烂堆。如果一个妇人在井边打水，疏忽了一下，落下一只水桶，他立刻顺手牵羊，把水桶拎走了。不过，要是眼疾手快的庄稼人一下把他抓住了，他倒也不争辩，乖乖地把他偷走的东西交出来；但是一旦这东西放进他的破烂堆里，那这东西就归他了，他会发誓说，这东西是他花钱买来的，或者是他的祖上传给他的。即使在他自己的房间里，他看见地上掉的东西也要捡起来，如一小块火漆啦、一小片纸片啦、一截鹅毛笔啦，他都要把它们捡起来，放到写字台上或窗台上。

不过也有过那么一段时间，那时他是一个躬行节俭的当家人，他有老婆孩子，邻居们也常到他家串门，到他家吃饭，他也经常给他们讲些个如何操持家务啦、如何管理田庄啦等等，他们也向他学习如何才能做到精打细算。那时候，整座庄园的工作按部就班地进行着，显得生机勃勃：水磨不停地运转着，制毡作坊和制呢作坊不停地生产出毡子和呢绒，旋床和织布机都不间断地运行着，主人就像一只勤劳的蜘蛛，在他那张苦心经营的网上不知疲倦地操劳着、忙碌着、奔波着，他那锐利的目光射向每个角落，射向每个人。那时，从他的面部表情看不出他情感的起伏波动，但是从他的眼神中却流露出大智大谋；他的话说的都是生活经验和处世之道，客人们很喜欢听他说；女主人和蔼可亲，也很健谈，素有好客的美名；迎面走出来他的两个可爱的女儿，两人都生着一头淡黄的头发，两人都像蔷薇花那样美丽；一个男孩蹦跳着跑出来，这是他们的儿子，是个活泼的孩子，他无论看到谁，抱住就亲吻，也不管客人高兴不高兴他的这一举动。整座住宅的窗户都开着，阁楼上住着一位法国男家庭教师，他占用了一套住房，他的脸经常刮得光溜溜，他还是一位射击能手，吃饭前，他总要带回来几只鹌鹑和野鸭加添到饭菜中，有时也只是带回来几个麻雀蛋，让厨房给他煎了吃，因为全家人谁也不吃煎蛋。阁楼上还住着一位法国女家庭教师，是两个女儿的教师。男主人总是穿一件双排扣的束腰衫来到餐桌前，衣服虽然有点旧，但还干净，肘弯处尚未磨破，所以整件衣服不见一个补丁。但是善良的女主人已经去世，所以一大串钥匙和许多琐碎操心的事就由他来经管和处理。普柳什金从此就没有安宁的日子过了，他像所有的鳏夫一样，变得更加多疑，更加吝啬。对于大女儿亚历山德拉·斯捷潘诺夫娜是不能百分之百信赖的，结果事实说明他是对的，因为大女儿不久就和一个骑兵团的上尉私奔了，她知道，父亲不喜欢军官，他对军官怀有成见，他认为军官个个都是赌棍和挥霍无度的浪荡子，所以她和上尉在一个农村的教堂里匆匆忙忙地举行了婚礼。对于她的私奔，父亲只送去诅咒，倒也没有派人去把她追回。大女儿走后，家里变得越发空荡了。在这位地主身上，吝啬的习气暴露得越来越明显，在他那粗硬的头发中，闪现出几根白发，伴随着年纪的增长，吝啬的习气也与日俱增。法国男教师离去了，因为儿子已到了供职的年龄；法国女教师被撵走了，因为在大女儿被拐走这件事中，她扮演了不光彩的角色。儿子来到省城，按照父亲的意思，本打算在文职机关谋一个做实际工作的职务，结果却自己拿主意进了军队的一个团，等到要用钱做制服时，他才写信把自己的选择告诉了父亲，当然为了此事，他得到的是父亲的一顿臭骂。最后，留在家里的小女儿也死了，于是老头子变成了孤家寡人，他成了他的全部家当的看守人、保管员和占有者。孤僻的生活更加助长了他的吝啬，大家知道，吝啬就像一只饿狼，越给它吃，它就越贪得无厌。人情味儿在他身上本来就少之又少，更何况还与时俱减呢，这个人每天都有变化，他变得越来越衰老，越来越迂腐。事情就这么凑巧，好像是有意证实他对军人的看法似的，他的儿子赌博把钱都输光了，他非常生气，只是写信咒骂了儿子一顿，从此他再也不想知道也不再过问他儿子是活在人世呢，还是已经死了。他的这座住宅，每年都有窗户被关上，最后只剩下两扇窗户没有关，正如读者所看到的，其中一扇窗户还糊上纸。田庄上的生产日益走向衰败，他那浅薄的目光所关注的只是他从房间的地上捡起来的一块纸片和一支鹅毛笔。他对待到他这里来收购农产品的买主们，态度特别顽固，一点价也不肯让，买主们耐着性子和他讨价还价，他就是不让步，买主们终于耐不住性子了，便纷纷离去，临走的时候都说，这家伙简直是个魔鬼。干草和粮食都放得霉烂了，庄稼垛和干草垛变成了肥料垛，就等着在上面栽种大白菜了；地窖里的面粉变成了和石头一样硬的硬块儿，必须砸碎了才能用；呢子、麻布和家织的粗布碰都不敢碰一下，这些东西只要一碰，它们马上变成一堆粉尘。他已经记不清他的家当有多少，他只记得，在某个地方的柜子里还有半瓶喝剩的酒，他在瓶子上做了记号，以免别人偷喝，对了，他还记得鹅毛笔或火漆放在什么地方。然而，田庄的进项依然不变，农民依然交和以前一样多的租金，每个农妇依然交和以前一样多的胡桃，织布女工依然要织出和以前一样多的麻布——这些东西都被堆进仓库,然后就是霉烂,破成一个一个洞,他自己最终也变成了人类机体上的一个洞。大女儿带着她的孩子回来过两次,想从父亲手里要点东西。看得出,和骑兵上尉一起度过的军旅生活并不像婚前想象得那么浪漫。普柳什金已经宽恕了女儿,甚至还把桌子上放着的一个纽扣给小外孙玩儿,但是没有给她一文钱。大女儿第二次回来时,带着两个小孩,她给父亲带来了一个圆柱形大甜面包和一件新的长袍,因为父亲穿的那件破长袍不仅让人看着过意不去,而且让人觉得脸上无光。普柳什金和两个外孙亲热了一阵,他把一个外孙放到右膝上,把另一个外孙放到左膝上,然后把两条腿颠上颠下,两个孩子就好像骑在马背上。面包和长袍他都收下了,但什么也没给大女儿,结果大女儿仍然是空手而去。

总之,现在站在乞乞科夫面前的就是这样一个地主!应该说,在大家都喜欢过大大方方的生活而不喜欢过抠抠缩缩的生活的俄罗斯,像普柳什金这样的人是很少有的,若和邻近的一位地主相比,普柳什金现象就更令人不可思议了,更令人吃惊了,因为这位地主和普柳什金不同,他大摆俄罗斯式的阔气,大摆贵族老爷的排场,整天过着花天酒地、挥金如土的生活。一位没有见过世面的过路人看到这位地主的宅第,一定会感到惊讶,一定会停下脚步,一定会感到困惑不解,是哪一位拥有世袭统治权的亲王竟然出现在这些不开化的小地主中间了,因为他的这座宅第简直像一座宫殿,整座房舍用白色石头砌成,房舍的上面竖立着无数的烟囱、瞭望楼和风向标,主楼周围有一组配楼和客房。这里什么没有呢?这里有剧场,有舞厅,这里通宵达旦,灯火通明,这里的花园里不断飘出悠扬的乐曲声。有半个省的人都靓装丽服,欢天喜地地在树底下游玩,当人们看到,被人为的光线照亮的树枝从浓密的树丛中很不自然地伸出来,已经失去了自己那种亮丽的绿色,当它们伸向夜空时,就变得更加黯然,更加冷峻,更加威严,它们在高处抖动着树叶,渐渐隐没在深沉的黑暗中,威严的树冠好像很不乐意浮光把它们的根部照亮。当人们看到这些景象,并没有感到怪异,也没感到恐惧。

普柳什金干站着有好几分钟,一句话没说,而乞乞科夫的注意力完全被主人的外貌和主人房间的陈设所吸引,也不可能起头先说。他好长时间想不出来怎么才能说清楚他登门造访的原因。他本来想说:早听说您品德高尚,心地善良,我有义务亲自登门向您表示敬意。可他突然又觉得,这样说不太恰当,未免有点言过其实。他又瞟了一眼房间里的陈设,觉得可以把"品德高尚"、"心地善良"换成"克勤克俭"、"治家有方"。于是他把自己的话又重新组织了一下,说道:早就听说您克勤克俭,治家有方,我认为有义务跟您结识,向您表示敬意。当然,是不是还可以找出另一个更好的理由呢,当时时间紧迫,脑子里就想到这一条理由,别的理由没有想,也来不及想。

普柳什金听了这些话，只是含糊其辞地回应了一句，因为他嘴里没有牙齿，所以他到底说了什么，听不清楚，大概的意思是："什么敬意不敬意的，真是见你的鬼！"但是，因为在我国好客之风盛行，即便是吝啬鬼也无法违背这一传统，所以他又比较清晰地补充说道："请坐吧！"

"我好久没有接待过客人了，"他说道，"不过坦率地说，客人来了对我不一定有什么好处。现在有一种很不好的风气，时兴互相串门儿，田庄上的事却疏于管理了……这还不算，还得拿出干草喂客人的马！我早就吃过饭了，我的厨房很简陋，烟囱塌了，要是生火，总会引起火灾。"

"瞧他说的！"乞乞科夫心里想，"幸亏我在索巴克维奇家吃了一个奶渣饼和一块羊腔骨肉。"

"有人取笑我说，整个田庄也找不出几根干草来，这玩笑也开得太低劣了，"普柳什金说道，"不过这也是事实，干草很难存下！土地就这么一点点，农民又很懒，不爱干活儿，尽往酒店里跑……瞧着吧，他们到老了不去要饭才怪呢！"

"不过，我常听人说，"乞乞科夫语气谦和地说道，"您有一千多个农奴呢。"

"这是谁说的？老兄，是谁说的，您就该朝他脸上吐口唾沫！他这人真会开玩笑，看来，他是想跟您开个玩笑吧。您只是听说有一千多农奴，可是您去数数，哪有那么多！这三年来，该死的热病夺走了我一大批身强力壮的农奴的生命。"

"真的！死了很多吗？"乞乞科夫很关注地大声问道。

"是的，死了很多。"

"您能否告诉我，具体死了多少？"

"死了八十来个农奴。"

"是吗？"

"我是不会撒谎的，老兄。"

"请允许我再问一句，这些死去的农奴，您是不是从最近一次递交人口普查花名册的那天起计算的？"

"要真是这样。就谢天谢地了，"普柳什金不无遗憾地说道，"要是从你说的那个日子算起的话，死去的农奴有一百二十个了。"

"真的吗？有一百二十个啦？"乞乞科夫吃惊地问道，由于过分激动，嘴张得老大。

"老兄，我都这把年纪了，都六十多了，不会撒谎的！"普柳什金说道，他看到乞乞科夫这种兴高采烈的样子，似乎有点生气了。乞乞科夫发现，对于别人的痛苦采取这种漠不关心的态度，是有点不像话，于是他叹了一口气，赶紧说道，对他的损失深表同情。

“同情顶个屁用!”普柳什金说道,“就说住在我附近的那个上尉吧,鬼才晓得他是从哪儿来的,他说他和我是亲戚,整天‘大叔! 大叔!’地叫着,还常吻我的手,只要同情起来,就号啕大哭,把你的耳朵都要震聋了。他的脸老是那么红,肯定是个酒鬼,整天拼命地喝酒。他的钱可能是当军官那阵子都输光了,或是让女演员骗走了,所以他现在只剩下同情了!”

乞乞科夫尽量解释说,他的同情和上尉的同情完全不一样,他不会讲空话,而是用事实作证。事不宜迟,他抓住时机,开门见山地表示,他愿意承担那些不幸死去的农奴的人头税。这个表态使普柳什金大为震惊,他睁大眼睛,看了乞乞科夫很长时间,才开口问道:

“老兄,您在军队干过吗?”

“没有,”乞乞科夫十分机警地回答说,“干过文职。”

“干过文职?”普柳什金重复着他的话,他的两片嘴唇嚅动起来,好像嚼着吃东西似的,“这怎么行呢? 这样一来,您不吃亏了吗?”

“只要您高兴,我吃亏也心甘情愿。”

“嗨,老兄,您可真是个大善人哪!”普柳什金大声说道,他由于过分高兴,全然没有发现,他的鼻孔里流出两股像浓咖啡一样的东西,真有点丢份儿,长袍的下摆也敞开了,里边的衣服都露了出来,很不雅观,“您很难想象我这老头子有多高兴了,您简直就是我的上帝! 是我的大圣人! ……”普柳什金说到这里,说不下去了,但是还没有过一分钟,他那呆板的面孔上又闪现出一点点笑意,不过这笑意很快就消失了,就好像没有出现过似的,从他面部的表情看,他又有点不安起来。他用手帕擦了一下脸,然后把手帕揉成一团,擦自己的上嘴唇。

“如果您允许的话,请别生气,我冒昧问一句,您准备每年怎么支付他们的人头税? 这钱是给到我手上呢,还是交给公家呢?”

“咱们这么办吧,咱们签订一个买卖契约,就当他们是活人,是您把他们卖给了我。”

“签订一个买卖契约,那敢情好……”普柳什金说道,可他又踌躇起来,开始嚅动他的嘴唇,“签订契约,这是要花钱的。那些个办事员都是些黑心肠! 以前花上半个卢布,外加一袋面粉,就可以打点过去了,可现在,这点子钱和东西就不行了,现在呀,如果没有一车麦谷和十个卢布是过不去的,瞧,这些家伙多贪心! 我不知道神甫管不管这些事,也该训诫训诫他们,不管怎么说,他们总不能连上帝的话也不听吧!”

“可在我看来,您就不会听上帝的话!”乞乞科夫心里这样想,他立刻表示,出于对他的尊敬,连签订契约的花销也愿意自己承担。

普柳什金听说他连签订契约的花销也愿意自己承担，就断定这位客人一定是个傻子，只是撒谎说他只干过文职，实际上他肯定当过军官，而且追逐过女演员。他虽然这么想，可他还是掩盖不住内心的喜悦，他希望客人能得到宽慰，也希望他的子女们也能得到宽慰，虽然他还没有问客人有没有子女。他走到窗前，用手指头敲了敲玻璃，并喊道："喂，普罗什卡！"马上就听见有人上气不接下气地跑进过厅，在那里忙乱了好一阵子之后，就听见皮靴踩在地上发出的咯噔咯噔的声音，门终于打开了，普罗什卡走了进来，这孩子大约十三四岁，穿着一双特大的长筒靴，走起路来趿拉趿拉的，脚都快从靴子里出来了。为什么普罗什卡穿了这么大的一双靴子，你马上就会明白其原因。原来普柳什金只给众仆人准备了一双靴子，虽然仆人很多，这双靴子总是放在门厅，凡是被叫去见老爷的仆人，通常都是光着脚连跑带跳地来到门厅，然后穿上这双靴子，这样才能走进老爷的房间。从老爷的房间出来以后，必须把靴子脱下来，仍然留在门厅，光着脚离去。如果是秋天，特别是每逢早晨，开始下霜的时节，你只往窗外看一眼，就会看见，所有的仆人都是蹦着跳着走，连剧院里那些动作敏捷的舞蹈演员也未必能跳出这样的舞步。

"老兄，您瞧瞧他这副嘴脸！"普柳什金用手指头指着普罗什卡的脸对乞乞科夫说道，"瞧那个蠢样儿，像个木头疙瘩，可是不管哪儿放上一件东西，转眼的功夫就不见了，一准是他偷了！喂，你来干什么来了？蠢货，你说你来干什么来了？"他说完这话后沉默了片刻，普罗什卡没吭声。"你听着，把茶炊点着，烧开，端来！把钥匙拿去，交给玛芙拉，让她到储藏室去，那里的架子上放着一个甜面包，就是亚历山德拉·斯捷潘诺夫娜拿来的那个面包，把它拿来喝茶的时候吃！……站住，你急什么？你这个蠢货！有鬼催你了？……你先把话听清楚了，面包的最外一层可能有点发霉了，让她用刀子把这一层刮掉，刮下来的渣儿不要扔掉，撒到鸡笼子里去。你听着，不许你走进储藏室一步，否则我饶不了你，定让你尝一尝笤帚把子的滋味！当然了，你的皮已经痒痒得不行了，看我什么时候收拾你！我一会儿就到窗口看着，看你敢走进储藏室一步！""对他们这种人哪，你就不能信。"普罗什卡拖着大皮靴离去以后，他转过脸来对乞乞科夫说道。这之后，他开始用狐疑的目光审视乞乞科夫。他觉得，此人为什么这么慷慨，这太不寻常了，太令人不可思议了。他心里想："鬼才了解他呢！说不定他只是个吹牛大王，像所有挥霍无度的人一样，整天靠说谎话过日子，还不是为了神聊一顿，把茶水喝个够，然后走人！"他出于防备，同时也想考验他一下，所以说道，最好是尽快把契约签订下来，因为人嘛，常常是朝不保夕，今天还活得好好的，明天就可能见上帝去了。

乞乞科夫表示，现在就可以签订契约，他只要求给他一份全体农奴的名单。

普柳什金听了这话，一颗悬着的心落到了肚里。此时，讫科夫发现他想做什么，只见他拿着钥匙，走到碗柜跟前，打开柜门，在杯子和碗碟之间，挪来挪去地找了好一阵子，最后说道："我本来有一瓶上好的甜酒，还没有喝完呢，怎么就找不到了！这些个贼真可恶！啊，找到了，是不是就是这瓶？"乞乞科夫看见他手里拿着一个玻璃瓶，瓶子上落满了灰尘，好像瓶子穿了一件厚厚的衣服。"这酒还是我那故去的老婆酿造的呢，"普柳什金继续说道，"管家婆也不像话，她把酒瓶扔到这里就不管了，连瓶塞也不塞上，真是坏透了！什么小虫子呀，什么乱七八糟的脏东西呀，都会钻到瓶子里去，不过我已经把这些东西都清除掉了，瞧，干净了吧，让我给您斟上一杯。"

但是乞乞科夫无论如何也不肯喝这样的甜酒，他说他已经喝过酒了，也吃过饭了。

"您喝过酒了，也吃过饭了？"普柳什金说道，"当然喽，到底是上等人，不论走到哪儿，都能认得出，因为他不吃也说饱着呢。可那些个贼们就不是这样了，你无论怎么招待他……比如上尉吧，他一来了就说：'大叔，拿点吃的东西来吧！'我是他哪门子的大叔，我倒要叫他爷爷了。他准是在家里没得吃了，才跑到我这儿串门子来了！对了，您需要一份那些懒鬼们的名单！这有什么难的，您知道，我已经把他们的名字抄在一张专门的纸上了，一旦有人来普查人口，就可以把他们一个不落地删掉。"

普柳什金戴上眼镜，开始在纸堆里翻找。他一捆纸一捆纸地打开，不断地扬起一股一股的灰尘，客人呼吸上这些灰尘，不停地打着喷嚏。最后，他终于抽出一张写得满满的纸。农奴的名字一个挨一个，密密麻麻地挤在一起，叫什么的都有，有叫帕拉莫诺夫的，有叫皮缅诺夫的，有叫潘捷列伊莫诺夫的，甚至还有叫格里戈里——永远走不到的；一共一百二十多人。乞乞科夫看到这么大的一个数字，开心地笑了。他把名单装进衣袋里，并告诉普柳什金，为了签订契约，他需要进城一趟。

"进城？那怎么行呢？把家撂下不管？您知道吗，我的人不是小偷，就是骗子，只需一天的工夫，他们就能把我偷个光，甚至我脱下外套来，都没有衣钩挂。"

"您就没有一个您知根知底的熟人？"

"谁是我的熟人呢？我的那些个熟人不是死了，就是和我断了来往。啊，对了，老兄！怎么没有熟人呢，有！"他大声说道，"局长就是我的熟人，过去常到我家来串门，怎么能不熟呢！我们小时候还是同学呢，一块儿爬过篱笆墙！怎么不是熟人呢！熟得很呢！要不给他写封信？"

"当然要给他写信了。"

"我们太熟悉了，彼此太了解了，上小学时我们是好朋友。"

在他那呆板的面孔上突然掠过一丝有些许暖意的光彩，这不是他感情的流露，而是他的感情的一种苍白的反映，这就好比是一个溺水的人出乎意料地浮出水面，引起站在岸边的人们的一阵狂喜。但是岸上的同胞们给溺水者扔去绳索，盼望着溺水者的脊背或是挣扎得已经疲惫无力的手臂再次出现，结果人们白白地扔了绳索，白白地盼望了一阵子，因为后来人们既没有看到溺水者的脊背，也没有看到溺水者的手臂。周围没有一点声音，经过这件事之后，没有任何回应的平静的水面变得更加可怕，更加无情了。同样，普柳什金的面孔，在迅速掠过一丝暖意的光彩之后，变得更加麻木不仁，更加冷漠了。

"桌子上本来放着一张四开的纸，"他说道，"可是不知道到哪里去了，我这儿的下人全不是个东西！"于是他开始找这张纸，桌上找，桌下找，到处找，都找遍了，也没找到，最后，他喊道："玛芙拉！玛芙拉！"

应声走进来一个妇人，她手里端着一个盘子，盘子里放着一块干面包，这块干面包是读者已经熟悉的了。普柳什金和这个妇人之间有过这样一段话：

"喂，贼婆子，你把桌上的纸弄到哪儿去了？"

"老爷，我敢向上帝保证，除了您让盖在小酒盅上的那块小纸片，我没见过桌子上还有什么纸。"

"可是看你那贼眉鼠眼的样子，纸肯定是你偷了。"

"我偷一张纸干什么？我要纸一点用处也没有，我又没文化，大字儿不识一个。"

"你撒谎，你肯定把纸给那个教堂工友了，因为他识几个字，你肯定给他了。"

"人家教堂工友如果需要纸，人家会弄到纸，人家才不稀罕您的那张破纸片呢！"

"那你就等着瞧吧，到世界末日降临的那天，魔鬼会用烙铁拷问你的，好吧，看魔鬼怎么收拾你！"

"我连那张纸见都没见过，凭什么拷问我？要说我也有别的妇人身上有的缺点，那还罢了，还没有一个人非难过我，说我是小偷呢！"

"可是等着瞧吧，魔鬼肯定会拷问你，他们会说：'你是个骗子，你欺骗了老爷，你这是罪有应得！'他们会用烙铁烙你！"

"可我会说：我是冤枉的！向上帝保证，我是冤枉的，我没拿……瞧，那张纸不就在桌子上放着吗，哼，老是平白无故地冤枉人！"

普柳什金看了一眼那张纸，一时间不知说什么好，只是空嘴咀嚼了几下，随后说道："你怎么敢跟老爷顶嘴？真是个刁妇！你说她一句，她就回你十句！去拿个火儿来，把信封用火漆封上口。等一下，你肯定是拿一支脂油制的蜡烛，脂油容易燃烧，很快就烧光了，太浪费，你还是给我拿根松明来吧！"

玛芙拉出去了，普柳什金走到扶手椅前坐下，拿起一支鹅毛笔，开始翻过来翻过去地摆弄那张四开纸，他想，能不能把它对折起来裁开用，最后他断定，不能再往小里裁了。他把鹅毛笔伸进瓶底躺着很多死苍蝇的发了霉的墨水瓶里，蘸上墨水，开始写信了，他把每个字母写得像乐谱上的音符那么小，他尽量控制住书写的速度，避免手在纸上任意挥洒，他写得行挨着行，字挨着字，就这样他仍然不无遗憾地想，纸上还是有很多空白没有写字。

一个人竟然能变得这样渺小，这样猥琐，这样龌龊。一个人能有这么大的变化！这会是真的吗？当然是真的，人是会变的。如果让今天的一个充满激情的年轻人看他老年时的相片，他会吓一大跳。一个人温馨的青春年华走到严酷无情的中年时代，这一路上，千万不要把你那人性的感情丢弃，如果丢弃了，就再也找不回来了。严酷和可怕的老年在前面等着你呢！它是不会把青春再返还给你的。坟墓比起老年来还有点慈悲心，坟墓上还会写着："某某人安葬在这里！"但是老年已经丧失了人性，在他那冷漠无情的脸上是什么也不会写的。

"您知道不知道，您有朋友需要逃走的农奴吗？"普柳什金一边叠着信，一边说道。

"您这儿还有逃走的农奴？"乞乞科夫明白过来他的话的意思后，急切地问道。

"问题就在于有逃走的农奴。女婿查对过，他说，好像一个个都不翼而飞了，但他是个军人，让他立正、敬礼还行，让他跑法院、打官司，他就不行了……"

"逃走的农奴有多少？"

"也有七十多人吧？"

"没有这么多吧？"

"向上帝保证，确实是这么多！我这儿年年有人逃走。我这儿的农奴都贪吃得很呢！他们整天价游手好闲，养成了吃吃喝喝的恶习。可是我呢，连我自己都没什么吃的……他们哪，谁想买，给钱我就卖。请您告诉您的朋友，只要能找回十个来就是很可观的一笔钱。要知道，一个纳税的农奴就值五百卢布呢。"

"不，这件事绝不能让朋友知道。"乞乞科夫心里这样想，然后他解释说，他没有这样的朋友，再说了，如果把这事弄到法院去，就要花一笔不小的诉讼费，因为法院这种地方是招惹不起的，最好是离它远远的，如果他确实境况窘迫，出于对他的同情，他愿意出……不过这真是一点小意思，不足挂齿。

"而您到底能出多少钱？"普柳什金问道，此时这个吝啬鬼的手颤抖起来。

"我一个农奴出二十五个戈比。"

"您是付现金吗？"

"是，马上就付。"

"不过，老兄，您看我的境遇多狼狈，您出四十戈比吧！"

“老兄!”乞乞科夫说道,“别说四十戈比,就是五百卢布我也可以出！我所以愿意出,是因为我亲眼看到一位受人敬重的善良的老人由于心肠好而正在受苦。”

“真是老天有眼哪,您算说对了!”普柳什金说着垂下头并伤感地摇着,“一切都是因为我心肠软。”

“您看,我很快就了解了您的性格,我怎么能不出五百卢布呢,但是……我也穷得很哪,实在没办法,再添上五个戈比吧,这样,您每个农奴就卖到三十戈比啦。”

“老兄,没话说,听您的,每个农奴您再给加两个戈比吧。”

“好吧,每个农奴再加两个戈比。您一共有多少农奴？您好像说过有七十个。”

“不只这个数,总共有七十八个呢。”

“七十八,七十八,每个农奴三十戈比,一共就是……”我们的主人公没有费多大工夫,马上就说道,“一共是二十四卢布九十六戈比!”他的心算能力真强。他立刻让普柳什金写了一张收据,给了他钱。普柳什金用两只手捧住钱,小心翼翼地来到写字台跟前,他手中捧的仿佛不是钱而是一种液体,他时时刻刻担心着这东西会洒到地上。他来到写字台跟前,把钱又仔细数了一遍,然后同样小心翼翼地把钱放进抽屉里。毫无疑问,这笔钱在抽屉里一直会放到他们村子的卡尔普神父和波利卡尔普神父把他葬入坟墓为止,那时,高兴得合不拢嘴的恐怕当数他的女婿和女儿,可能还有那位硬要和他攀亲戚的上尉。普柳什金把钱放好后坐到扶手椅上,这时他好像再也找不到谈话的材料了。

“怎么,您已经打算走了?”他发现乞乞科夫的身子动了一下,故而问道,其实乞乞科夫只是想从衣袋里掏出手绢。

普柳什金的问题倒是提醒了他,他认为确实没有必要再在这里耽搁时间了。

“是的,我该走了!”他说着拿起帽子。

“喝茶吗?”

“不喝了,改天再来喝吧。”

“啊呀,我已经吩咐烧茶炊了。坦率地说我是不喜欢喝茶的,现在茶叶贵得很,再加上白糖又拼命地涨价。普罗什卡,不要烧茶炊了！把那块干面包交给玛芙拉,让她放回原处去,算了,不用交给玛芙拉了,拿到这儿来,我亲自放回原处去。老兄,再会了,愿上帝保佑您,烦您把信交给局长。是啊,让他看吧,他是我的老朋友,我和他是小学的同班同学!”

之后,这个怪人,这个弯腰弓背、缩头缩肩的老头子把乞乞科夫送出院子,吩咐立刻把大门锁上,然后到各储藏室看了一遍,看那些看守是不是都在自己的岗位上,原来他们都站在各个角落,用木铲敲击着空桶,代替敲击铁板。之后,他又来到厨房,借

他来到写字台跟前，把钱又仔细数了一遍，然后同样小心翼翼地把钱放进抽屉里。

口尝一尝仆人们饭菜的好坏，喝了一大碗菜粥，把肚子喝得鼓鼓的，然后就挨着个儿骂仆人，骂他们个个是贼，什么都偷，骂他们行为不轨，尽干坏事，然后才回到自己的房间。当他一个人在屋子里的时候，他思谋着应该如何感谢一下客人，因为这位客人确实非常慷慨，出手很大方。“我送他一块怀表吧，”他心里想，“这块表挺不错的，是块银表，比那些黄铜表或者青铜表强多了，虽然有点毛病，他可以拿去修一修嘛。他人还很年轻，为了讨得未婚妻的欢心，他需要一块怀表！”后来他又转念一想：“这么着吧，最好是等我死了以后，再把这块表给他吧，我在遗嘱里提上一笔，让他永远记住我。”

我们的主人公虽然还不知道怀表的事，但他的心情特别好。这个意外的收获才是一件实实在在的礼物。事实是：不管怎么说，连死掉的带逃走的加起来，总共有二百多农奴呢！当然，当他的马车快驶到普柳什金的村子时，他已经预感到，到这里来有利可图，但他万万没有想到，会做成这么大的一笔交易。他一路上都保持着无比快活的心情，他不停地打着口哨，吹得有曲有调，有时把手攥成筒状，放到嘴边，好像是吹喇叭，最后哼唱起歌来，调子非常的个别，连谢利凡都听着晃动起脑袋来，并说：“瞧我们老爷，唱得多好听呢！”当他们的马车快驶进城里时，天色已经黑下来了。光亮已经完全被阴影所吞噬，景物已经模模糊糊，难以分辨了，本来颜色斑斓的拦路杆已经看不清了。上岗哨兵的胡子好像长在额头上，比眼睛高出许多，脸上好像没有长着鼻子。车轮开始发出咯噔咯噔的声音，车身也上下颠簸起来，这就意味着马车已经走上石子铺砌的马路。路灯尚未点着，只有几户人家的窗户里射出点亮光。在大街小巷里，有人在打架吵嘴，有人在谈天说地，这是城市中这种时候的一大景观，因为这里有大兵，有车夫，有工匠，还有一个特殊的人群，就是披着红色披肩、光脚穿着皮鞋、在十字街头东窜西窜的女子。乞乞科夫并没有理会这些人，他甚至没有注意那些拄着手杖的官员，他们一个个像麻杆儿那么瘦，可能是到城外郊游去了，现在往家返。他偶尔也能听到娘儿们的叫骂声，比如她们骂道：“你这个醉鬼，你胡说，我从来没有让他这么粗暴无礼！”又比如：“别动手，你这无礼的家伙，到警察局去，到了那儿我再跟你理论！……”总而言之，这样的话让一个充满幻想的二十岁青年听了去，他一定会感到困惑不解的，因为他刚从剧院看完剧回来，脑子里装的全是西班牙的街巷、美妙的夜晚、怀抱吉他的魅力无限的卷发女郎。他的脑子里全是幻想！他已经飞上了天，到席勒那里做客了，可是突然在他头上，就像一声霹雳，响起了那些无聊的话，此时他发现，他一下子从天上回到了地上，甚至来到了嘈杂的交易市场，而且就在小酒馆旁边，无聊的生活又在向他招手了。

马车上下跳动了几下，就像掉进坑里似的，终于驶进了旅店的大门，过来迎接乞乞科夫的是彼得鲁什卡,他用一只手按住自己衣服的下摆,因为他不喜欢衣服的下摆岔开,用另一只手扶着乞乞科夫下了马车。旅店的茶房手里拿着一支点燃的蜡烛,肩上搭着一块餐巾,也赶紧走出来。老爷回来,彼得鲁什卡是高兴还是不高兴,谁也不得而知,但是至少他和谢利凡互相使了个眼色,他平常老是板着的面孔现在舒展开了,变得和颜悦色起来。

“您这次外出时间挺长的!”茶房一边用蜡烛照着楼梯,一边说道。

“是的,”乞乞科夫走上楼梯后说道,“你怎么样?”

“上帝保佑,还好!”茶房点头哈腰地回答说,“昨天来了位军官,是个中尉,住十六号房间。”

“中尉?”

“不清楚是什么尉,从梁赞来的,骑一匹枣红马。”

“好,好!事事都要想在前头,服好务!”乞乞科夫说完这话就走进自己房间里去了。当他走过前厅时,皱了皱鼻子,觉得气味不好闻,就对彼得鲁什卡说:“你起码应该把窗子打开吧!”

“窗子我已经打开过了。”彼得鲁什卡撒谎说。其实老爷知道他是在撒谎,不过不想和他较真儿。经过这样的长途旅行,他觉得很累,他要了一份只有烤乳猪的最简单的晚餐,三口两口吃完后,就赶紧脱了衣服,钻进被窝,一倒头就睡着了,睡得好香好香啊!只有那些没有感到痔疮的困扰,没有感到跳蚤的叮咬而智力低下的傻头呆脑的人,才会享受到这种妙不可言的清福。

第七章

一个游子经历了漫长而枯燥的旅行，一路上受尽了凄风冷雨、污泥浊水的折磨，一路上饱尝了修理马车的苦恼和忍受尚未睡醒的驿站长的怠慢，一路上听腻了马车上铃铛不停的响声和人们吵架时的谩骂声，一路上烦透了车夫、铁匠和各式各样无赖的无理取闹，最后，他终于看见了熟悉的屋顶和闪亮的灯火，等待着他的将是熟悉的房间，向他迎过来的将是欢笑的仆人，朝他喊着叫着跑过来的将是他的子女，紧接着将是安抚的话语和热烈的亲吻，此时此刻，他心中的一切烦恼就将涣然冰释了。有家的人是多么幸福啊！而那些光棍汉却没有福分享受这种天伦之乐。他们只能在孤独和凄凉中度日。

一个作家，如果不去描写那些枯燥乏味、令人讨厌和行为不端的人物，而是从大千世界的芸芸众生中只选定和只刻画那些具有崇高精神境界的少数非凡的人物；一个作家，如果不能改变自己诗歌创作的崇高意向，而只是居高临下看待那些无足轻重的卑微的和自己一样的小人物；一个作家，如果不关注老百姓，而只是周旋于那些远离老百姓的名人中间，这样的作家真是福分不浅哪，更加令人羡慕的是他的运气好。他就生活在那些名人中间，他和那些名人就像是一家人，那个时候，他的名气大得很，可以用如雷贯耳来形容。他放出令人陶醉的烟雾迷住人们的眼睛，他费尽心思讨好人们，他把生活中的痛苦掩盖起来，向他们展示人的美好的一面。人们追随在他身后，追随在他那豪华的马车后面，为他喝彩，为他欢呼。人们称他是伟大的诗人，是世界级的诗人，说他超越了全世界所有的天才，说他就像是翱翔在天空中的雄鹰，比所有的鸟都飞得高。年轻人一听到他的名字，那颗炽热的心就会震颤，眼眶里就会闪现出激动的泪花。没有人能跟他比高下，他简直就是上帝！但也有这样的作家，他的使命就是暴露每时每刻发生在我们身边的那些烦人的琐事（人们对这种琐事往往熟视无睹），就是要鞭辟入里地揭露那些冷酷的平庸无为的人们的内心世界（在我们这种世俗的有时是很痛苦的和枯燥乏味的生活中,这种庸人多得很),就是要竭尽全力,当着大众的面,把这种人的面具撕下来,使他们的真实面目暴露无遗!这样的作家听不到大众的赞扬声,也看不到感激的眼泪,更看不到大众发自内心的喜悦,也没有哪个二八佳人会神魂颠倒地、激情满怀地和无所顾忌地投入到他的怀抱。他发出的呐喊声虽然极具吸引力,但他不能把这种优势老挂在嘴上。最后,他还不可避免地会受到同时代评论家们那种虚伪的、冷淡的评论。这些评论家们认为,他所钟爱的创作,水平低下,没有什么价值。他们还认为,他是一个不入流的作家,因为他亵渎人性,他所描写的主人翁缺少激情,缺少个性,缺少才气。这些评论家们不承认,观察太阳的望远镜和观察微生物活动的显微镜同样神奇;这些评论家们不承认,为了让采撷自底层生活的素材发出光彩,为了把这些素材变成完美的艺术品,需要真诚的态度,深邃的思想和蓬勃的激情;这些评论家们不承认,一副崇高的洋溢着欢乐情绪的笑颜不亚于那种崇高的充满抒情意味的姿态;这些评论家们也不承认,这样的笑颜和那种粗俗的江湖艺人装腔作势的姿态有着天渊之别!这些评论家们不仅不承认这一切,他们还一味地指责和谩骂这个得不到承认的作家。他有一肚子的话无人去说,即使说了也得不到回应,得不到同情,他像一个孤独的旅客,一个人在路途上徘徊。他的处境很是严酷,他的孤立无助给他带来莫大的痛苦。

我受一种奇怪力量的主使,还必须和我这些古怪的主人公们联手走过一段很长的路途,以便透过人们看得见的笑和看不见的眼泪观察沉重的生活。还需要很长时间,人们的灵气和激情才能从蕴含着神圣的恐惧和富有才情的头脑中涌动、迸发出来,到那时,人们才会怀着惴惴不安的心情听到另一种响亮而庄严的声音。

准备起程吧!不必眉头紧锁,更不要满面阴云!让我们深入到现实的生活中,听听那里嘀咕些什么,听听那清脆的铃铛声,看看乞乞科夫在干什么。

乞乞科夫醒来了,他伸了伸胳膊伸了伸腿,觉得这一觉睡得不错。他仰面朝天躺了一会儿,用手指头打了一个榧子。这时,他想起他现在已经拥有将近四百个农奴了,他的脸上露出笑容。他立刻从床上跳下来,连镜子都没有照一下,他确实喜欢自己的这副尊容,他脸上最具吸引力的是他的下巴,因为他常在朋友面前夸耀自己的下巴,特别是当他刮脸的时候。他总是用手摸着下巴说道:“你们看,我的下巴,圆溜溜的!”但是他现在既没有看一眼自己的下巴,也没有看一眼自己的脸,而是像往常一样,先去穿上那双质地上等、饰有五颜六色花纹的羊皮皮靴,这种皮靴在托尔若克市有卖,而且货物充足,购销两旺。俄罗斯人生性不讲究穿戴,所以我们的主人公只穿了一件苏格兰式的长衫。他完全忘记了自己的身份和自己已是人到中年而应该有的稳重,他在房间里不是走,而是又蹦又跳,而且还不时地抬起脚后跟磕一下自己的腿,动作十分娴熟。接下来，他开始干自己的正事了，他走到小匣子前面，心满意足地搓搓手——那些外出进行侦查的廉洁奉公的警务科和司法科的官员们吃饭时走到饭桌前也是这么搓着手——立刻从匣子里取出几张纸。他想把该了结的事尽快了结，不想拖得太久。他决定亲自动手草拟和誊写契约，以免还得花钱请文书。至于契约的规格，他是很熟悉的。他大笔一挥，先在契约的上端写上年份，然后再写上农奴主的姓名，接着开始写契约上应该写的内容。他用了两个钟头写完了契约。当他再看一眼契约上列的这些农奴的姓名时，一种莫名其妙的连他自己也难以理解的感情涌上

他走到小匣子前面，心满意足地搓搓手……

心头。因为这些农奴过去确确实实劳动过，耕作过，也酗过酒，拉过脚，欺骗过老爷，也许他们还是出色的种田能手呢！名册和名册都不一样，名册上的每个农奴都有自己的特点。科罗博奇卡家的农奴几乎都有绰号。普柳什金的名册中名字都用了简化的写法，名和父名只写第一个字母，每个字母后面各点上一点。索巴克维奇的名册编得特别详细，连每个农奴的特长和缺点都写在名册上，这一点不能不令人佩服。比如在一个农奴的名字后面写着：出色的木匠。在另一个农奴的名字后面写着：精通农活，滴酒不沾。连农奴的父母是谁，他们的品行怎么样，都有详细的说明。在农奴费多托夫的后面这样写道："其父不知道是谁，其母是女仆卡皮托利娜，该农奴禀性善

良，从不偷东西。”对农奴的这种详细描写给人以新鲜感，好像他们昨天还活在人世。他看着这些名字，看了很长时间，心里很有感触，他长叹一声说道：“我的老天爷，你们怎么会有这么多人呀！真是可怜，你们这一辈子是怎么走过来的？生活得很艰难吧？”他的目光无意中落在一个名字上，此人叫彼得·萨韦利耶夫·涅乌瓦查依-科雷托，大家都知道他，曾是农奴主科罗博奇卡家的农奴。他又忍不住说道：“哎呀，这么长的名字，整整占了一行！你是不是手艺人？也许就是个农夫吧！你是怎么死的？是在酒馆里喝酒喝死的吧？还是醉卧在马路上大货车从你身上压过去把你压死的？绰号叫软木塞的斯捷潘是个木匠，是个戒酒的典范。瞧，这不就是软木塞斯捷潘吗！他体格健壮，适合去当近卫军！你大概是腰里别着斧头，肩上扛着皮靴，走遍了俄国的各个省份。你大概饿了的时候，只花一个铜板买块面包两个铜板买块鱼干充饥，可是你每次回家时钱囊里总是装着一百卢布带回去。也许你把一张一千卢布的大票子缝在裤子里或是塞进靴子里。你是在哪儿死的？你是不是为了多挣点钱，爬到教堂的圆顶上，很可能当你向十字架慢慢走过去时，脚上滑了一下，从脚手架上掉下来，掉到地上摔死了。当时站在你身旁的米海大叔用手挠了挠后脑勺，说了句：‘唉，瓦尼亚，认栽吧！’于是他系上绳子，顶替你爬上去了。马克西姆·捷利亚特尼科夫，此人是个鞋匠！有一句俗语说得好：‘醉得像鞋匠。’老弟，我了解你，我太了解你，如果你不反对的话，我把你的情况讲一讲：你给德国人当过学徒，德国人供养你们吃，供养你们喝，你们要是干活儿不满他的意，他就用皮带抽你们，他从不放你们外出。不过你比较特殊，你心灵手巧，当德国人和他的老婆或朋友谈起你时，总是对你赞许有加。当你的学徒生涯结束后，你就说：‘现在我要开自己的鞋铺，我可不像德国人，干点小本生意的买卖，我要把生意做大，我要发大财。’你给了老爷一大笔钱顶替了你的劳动，然后你自己开了一家鞋铺，并接受了一大批订货，于是你就开始干起来。你不知从哪儿弄到一批质量低劣价格便宜的皮子，这使你每双靴子赚了一倍的钱。可是好景不长，仅仅过了两个礼拜，你的靴子就都裂开口子了，人们用最难听的话骂你，从此没有人再光顾你的鞋铺。你每天就是借酒浇愁，无休止地喝酒，经常倒在大街上，嘴里还不停地胡言乱语说道：‘这世道真是糟糕，俄罗斯人简直一点活路都没有了，都是让德国佬闹的，他们就是我们的绊脚石。’叶利扎韦塔·沃罗别依，呸，真见鬼了，怎么把这个名字也列上了，是为了充数的吧。这个名字从表面看像是个爷们儿的名字，实际上是个婆娘的名字。索巴克维奇真不是个东西，这肯定是他干的！”乞乞科夫识破了索巴克维奇的伎俩。此人确实是个婆娘，但是这个名字是怎么被偷偷地写进名单的，没有人知道。他们把名字中的伊丽莎白巧妙地偷换成叶利扎韦塔，这样就可以蒙混过去了，但是乞乞科夫不想迁就这个名单，他立刻拿起笔把这个名字勾掉了。“格里戈里，你在外奔波了一辈子，可老也没有到达目的地！你都干什么了？你是不是购置了一辆三匹马拉的席篷马车，就靠这辆车拉脚维持生计，你拉上商人们到处去赶集，从来不着家，从来没有回过你那简陋的窝棚。你是不是在半路上丧命的，也许是你为了同朋友争夺一个胖身躯、红脸蛋的士兵的老婆，而让朋友弄死了，或者是林子里的流浪汉看上了你那双皮手套和那三匹虽矮小但都壮实的马，也可能是你躺在板床上，辗转反侧睡不着，于是就跑进酒馆，后来就掉进了冰窟窿，消失了，彻底消失了。哎，俄罗斯的小民们，你们都是不愿意死的呀！然后他把目光盯在从普柳什金家逃走了的那些农奴的名字上，并继续想道：'老弟，你们怎么样？你们虽然还活在人世，可有什么用呢，还不跟死了一样！你们的腿脚麻利，不知现在你们跑到什么地方去了？是不是因为你们在普柳什金家生活得不好，或者因为你们甘愿藏匿在林子里，抢夺过路人的财物，你们现在是蹲在监狱里呢，还是又到别的老爷家种地去了？叶列梅·卡里亚金，尼基塔·沃洛基塔，他的儿子安东·沃洛基塔，——这几个人，从他们的绰号看得出，他们都是逃跑的能手。波波夫是个家仆，应该识字，我想你手中不会拿刀子，只是偷偷摸摸地进行盗窃。但是因为你没有身份证，被警察局长抓住了。你面对警察局长的审问，毫不畏惧。'你是谁家的人？'警察局长一边问，一边还捎带着骂几句。'我是某某地主家的人。'你鼓起勇气回答说。'那你干吗到这里来？'警察局长问道。'老爷放我出来的，他让我把代役租挣出来。'你毫不犹豫地回答说。'你的身份证呢？''在主人皮缅诺夫手里。''叫皮缅诺夫来！''你是皮缅诺夫？''我是皮缅诺夫。''他把他的身份证交给你了？''没有啊，他没有交给我什么身份证。''你为什么撒谎？'警察局长边骂边说道。'我没有撒谎！'你鼓足勇气说道，'我没有把身份证给他，因为我回到家已经很晚了，所以我把身份证交给教堂敲钟人安季普·普罗霍罗夫，由他保存。''把敲钟人找来！他把身份证给你了？''没有，他没有把身份证给我。''你怎么又撒谎！'警察局长用肯定的语气说道。'你的身份证究竟在哪儿呢？'于是你赶忙回答道：'我的身份证本来是带在身上的，可能丢在路上了。'警察局长又连骂带问地说道：'那么这件军大衣哪儿来的？你干吗要偷军大衣呢？你干吗还要偷神甫的钱箱子呢？'你仍然站在原来的地方回答道：'绝对没有偷，我从来不干偷窃的勾当。''那为什么这件军大衣在你这儿？''不知道，也许是什么人带来的。''哎呀，你这人真狡猾！'警察局长叉着腰，摇着头说道，'给他腿腕上钉上木枷，把他带到监狱去。''那好啊，我巴不得呢！'你这样回答他。这时，你从口袋里掏出鼻烟盒，非常友善地请这两位残疾军人闻你的鼻烟，你还问他们是不是早就退伍了，参加过哪次战争。当法庭审你的案子期间，你一直待在监狱里。法庭决定把你从察廖沃科克沙伊斯克押送到另一个城市，而那个城市的法庭又决定，把你转移到韦西耶贡斯克。当你在

这时，你从口袋里掏出鼻烟盒，非常友善地请这两位残疾军人闻你的鼻烟……

监狱之间转移来转移去时，你每到一个新的地方，总要对这个新的地方仔细观察一番，然后就说：‘还是韦西耶贡斯克的监狱干净，如果想玩儿羊拐子，也有地方玩儿，而且一起玩儿的伙伴也多！’菲罗夫！老弟，你怎么样？你游逛到什么地方去了？你是不是游逛到优尔加河去了？你本来就喜欢那种自由自在的生活。你是不是也去当纤夫了？……”乞乞科夫说到这里不往下说了，他陷入沉思中。他想什么呢？他是在想菲罗夫的处境吗，还是像任何一个俄罗斯人一样，只要一想到那种自由自在的、波澜壮阔的生活，不管他的年龄大小，不管他的职位高低，不管他有多少财产，也会陷入沉思呢？现在菲罗夫究竟在什么地方呢？你已经跟商人讲好了价钱，在运粮码头上正有说有笑地闲逛呢。纤夫们的帽子上扎着花环、系着飘带，他们欢天喜地地跟自己的情侣和妻子告别呢，女人们一个个亭亭玉立，秀丽俊美，带着项圈，系着花腰带。岸边的空地上大家又跳又唱，热闹异常。而与此同时，搬运工人们肩上扛着一百六十多公斤重的粮袋，在监工头的喊叫声、催促声和呵斥声中把一袋袋豌豆和小麦哗哗啦啦地倒入深不见底的船舱，有的搬运工人把一袋袋粮食摞成堆，老远就能看见岸边的空地上码放得整整齐齐的粮食垛，不久它们也将被装上货船。运粮的船队将随着春天的浮冰驶向目的地。纤夫们！接下来就是你们显身手的时候了。你们干起活来总是那么齐心协力，你们不惜出大力，流大汗，你们拉着纤绳，齐声唱着洪亮悠远的劳动号子，艰难地走在俄罗斯这块辽阔无垠的大地上。

“哎呀，已经十二点了!”乞乞科夫看了看表，说道，“我还磨蹭什么呢？说实在的，还不如干点自己的正事呢，一开始也不知道哪儿来的那股精神头儿，七扯八扯说了一些不着边际的话，然后又没完没了地乱想一通。我竟然这么傻!”说这话的工夫，他已经脱下苏格兰式的上衣，换上了欧洲式的上衣，把扣在大肚皮上的皮带扣环往紧里扣了扣，往身上喷了点香水，拿上防寒帽，夹上文件，到民事办理处办理和契约相关的手续去了。他着急什么呢，这倒不是因为他怕迟到，要知道，处长是他的熟人，处长可根据他的要求，延长或缩短办公时间，这就好比荷马笔下的宙斯，宙斯需要他所钟爱的英雄们不再打嘴仗 ，或是为了给他们提供格斗的手段，他就可以随心所欲地延长白天或加速黑夜的到来。那么乞乞科夫干吗这样着急呢？这是因为他想尽快把这件事了结，直到现在，他心里仍然觉得不安，觉得不踏实。他想，名单上的这些农奴毕竟都已经死了，情况既然是这样，他就需要把这个沉重的包袱尽快甩掉。他穿一件古铜色熊皮大衣，就这样边想边走，他还没有走出胡同，在一个拐弯处，和一位也穿着古铜色熊皮大衣头戴着有护耳帽子的老爷撞在一起了。这位老爷“啊呀”了一声，原来他是马尼洛夫。他们二人立刻拥抱在一起，拥抱了足足有五分钟。他们互相使劲亲吻着对方，以至于二人的门牙足足痛了一整天。马尼洛夫由于过分高兴，把眼睛挤得都看不见了，脸上只剩下鼻子和嘴巴了。他用两只手握着乞乞科夫的一只手，握了有十五分钟，把这只手焐得热乎乎的。他讨好地对乞乞科夫说，他一看到乞乞科夫，就赶紧跑过来拥抱他。他还说了一句恭维乞乞科夫的话，这种恭维的话是当你和一位女郎跳舞时对女郎才会说的话。乞乞科夫张开嘴，但还没有想好表示感谢的话，马尼洛夫已经从大衣里掏出一卷系着粉红丝带的纸卷儿 。他用两个手指头捏着，敏捷地递过来。

“这是什么?”

“农奴的名单。”

“啊，原来是农奴的名单。”他马上打开纸卷，很快浏览了一下，他发现字写得既工整又漂亮，这令他非常吃惊。“字写得好极了，”他说道，“不需要再誊清了。而且周围还画了花边，画得这么好！这是谁画的?”

“请您别问了。”马尼洛夫说道。

“是您画的?”

“不是，是内人画的。”

“哎呀，我的天，我给你们添了不少麻烦，真不好意思。”

岸边的空地上大家又跳又唱，热闹异常。而与此同时，搬运工人们肩上扛着一百六十多公斤重的粮袋，在监工头的喊叫声、催促声和呵斥声中把一袋袋豌豆和小麦哗啦哗啦地倒入深不见底的船舱。

“为您效劳是应该的,谈不上什么麻烦。”

乞乞科夫朝马尼洛夫鞠了一个躬,表示感谢。当马尼洛夫得知乞乞科夫要去民政局办理有关契约的手续时,马尼洛夫表示愿意陪他去。两朋友手挽着手,一块儿朝民政局走去了。一路上不免会遇到山冈、土丘或台阶,在这种情况下,马尼洛夫总是搀扶着乞乞科夫,几乎用胳臂把他抬起来,他总是开心地笑着说,他决不让乞乞科夫碰伤或磕破脚趾。乞乞科夫很不好意思,他不知道如何感谢马尼洛夫才好,因为他觉得他的身子的分量有点重。两人就这样互相搀扶着终于来到了民政局所在的广场。民政局在一座白色石砌的三层楼房里,楼所以刷成白色,大概是象征着在楼里工作的

民政局在一座白色石砌的三层楼房里……

官员们个个都能廉洁奉公吧。广场上还有其他建筑物,不过它们和这座庞大的石砌楼房相比,那可就是小巫见大巫了。广场上有一个岗亭,一位荷枪士兵站在旁边。广场上还有两三处供车马和车夫休息的停车场,再有就是围墙了。围墙用木板钉成,上面用炭笔和粉笔歪歪斜斜地写着一些字,画着一些经常在板墙上见到的画。在这个偏僻的——或者像我们所说的——漂亮的广场上,再也没有别的东西了。从二楼和三楼的窗户里不时有廉洁的法官伸出他们的脑袋,但马上又都缩回去了,可能是他们的上司走进了房间。两朋友沿着楼梯简直不是走上去,而是跑上去的。因为乞乞科夫尽量不让马尼洛夫搀扶自己,所以加快了脚步,而马尼洛夫呢,又尽量不让乞乞科夫太累,所以就加快速度赶上去,结果是当他们二人走进昏暗的走廊时,二人已经是累得气喘吁吁了。无论是在走廊里,还是在办公室里,他们对这些地方干净不干净,

并不感兴趣。过去人们还不太注意干净,如果脏,就让它继续脏下去好了,不必把它们的外表搞得漂漂亮亮。一位官员也太随便了吧,也不修修边幅,穿着睡袍就出来接待客人了。应该描写一下我们的主人公所经过的办公室,但是作者对所有的政府机关存在着一种强烈的畏惧心理,作者如果有幸经过那些豪华、高雅的地板和办公桌漆得锃光瓦亮的办公室,他也会加快脚步走过去,而且是默默地低着头,两眼看着地,所以他完全不知道这些办公室究竟阔绰不阔绰,舒适不舒适。映入两位主人公眼帘的是:写上字和没有写上字的公文纸、低垂的脑袋、宽宽的后脑勺、燕尾服、省城流行式的礼服,甚至还有一件特别显眼的浅灰色上衣——穿这件上衣的人把头歪在一边,几乎要贴住桌上的公文纸了,他正在眼疾手快地抄写一份因打赢官司而获得土地的记录或是一起查抄田产的记录。侵吞田产的是一位地主,他平时为人和气,本来可以安度晚年,却吃了官司,而且殃及到后代儿孙。就在这个大家埋头办公的地方,突然听到有人用嘶哑的嗓门儿喊道:"费多谢伊,请把368号文档递给我!""您怎么老是把公家墨水瓶的瓶塞弄坏!"还听到一种严肃的声音,毫无疑问,这是某上司向下级施淫威呢:"喂,把这份材料重抄一遍,否则我要惩罚你,让你蹲六天禁闭,不给你饭吃"无数支鹅毛笔写在纸上发出刷刷的响声,就像几辆拉干柴的大车走过树林中铺有半尺厚树叶的小路时发出的声音。

乞乞科夫和马尼洛夫走到第一张办公桌跟前,问两个坐在桌旁的年轻官员:

"请问,什么地方办理有关契约的手续?"

"你要做什么?"这两个官员转过头来问道。

"我需要递交一份申请。"

"我想了解一下,契约室是在这里还是在别的地方?"

"请您先告诉我们,您买的是什么东西,用什么价钱买的,我们再告诉您契约室在什么地方,否则不告诉您。"

乞乞科夫看出来了,这两个官员完全是出于好奇,所有的年轻官员都是如此,他们总想显摆一下自己的工作多么重要,多么有意义。

"听我说,老弟,"乞乞科夫说道,"我很清楚,凡是和契约相关的手续,无论是多少钱成交的,都在同一个地方办理,所以请您告诉我契约室在什么地方,如果您不了解情况,我就去问别人了。"

这两个官员没有吭声,其中一个官员用手指了一下房间的一个角落,在那里的一张办公桌旁坐着一位老人,他正在往文件上打标记呢。他们从一张张办公桌之间穿过,直接朝老人走过去。老人做事非常专注。

"请问,"乞乞科夫很有礼貌地点了一下头说道,"买卖契约的手续是在这儿办吗?”

老人抬起眼皮,停顿了一下说道:

“这里不办这种手续。”

“什么地方办呢?”

“这种手续在契约科办。”

“契约科在哪儿?”

“在伊万那边。”

“伊万又在哪儿呢?”

老人抬起手指向房间的另一个角落。乞乞科夫和马尼洛夫又朝伊万那边走过去。伊万偷偷地瞥了他们一眼,又马上埋头抄写起来,而且更加专注了。

“请问,”乞乞科夫很有礼貌地问道,“是不是这儿办理买卖契约的手续?”

伊万好像没听见有人问他话,因此没吭声,仍然埋头抄写他的文件。乞乞科夫突然发现,此人年龄不小了,已有相当的阅历,不像年轻人那样,说话随便,办事轻浮。看来伊万起码是四十开外的人了,他生着一头稠密的黑发,他的整个脸以鼻子为中心向前突起,通常把这种类型的脸叫瓦罐脸。

“请问,买卖契约的手续是在这儿办吗?”乞乞科夫问道。

“是在这儿办。”伊万转过自己的瓦罐脸说道,然后又把头几乎贴到文件上开始抄起来。

“我有这样一件事,我从本县的几个农奴主手里买下一批农奴,但只买了人,没有买土地,买卖契约已经写好,还没有办手续。”

“卖主来了吗?”

“有的来了,有的没有来,没有来的人有委托书。”

“带来申请书了吗?”

“带来了。我希望……我希望手续能不能办快点儿,最好今天就能办完。”

“今天?今天办不完,”伊万说道,“事情还需要核实,看有没有违反禁令的地方。”

“其实,我完全可以先找一下格里戈里耶维奇,他是你们的主任,是我的好朋友,他肯定能帮助我尽快办完手续……”

“可是管事的不光格里戈里耶维奇一个人,还有别人呢。”伊万冷冷地说道。

乞乞科夫知道,这是伊万故意刁难他们,于是说道:“别人才不会从中作梗呢,我当过官,管过事,我了解内情。”

“你找一下格里戈里耶维奇吧,”伊万说道,这时他的语气缓和多了,“让他发一个指示，看让谁来办这件事，事情到我们这儿是不会耽搁的。”

乞乞科夫从衣袋里掏出一张钞票，放在伊万面前，伊万好像完全没有看见，但是他立刻用一本书把钞票盖住了。乞乞科夫本来还想告诉他底下压着钞票，可伊万摇摇头暗示说，没有必要告诉了。

“他带你们去见主任！”伊万用头指了一下主任所在的方向，说道。在场的一位官员立刻走过来准备带路，这位官员看外表一贯恪尽职守，两只袖子的肘部都磨破了，里子露在外面已有很长时间了，为此他曾获得十四品文官这个最低官衔。现在他为我们的两位朋友效劳非常殷勤，非常周到，他带着他们走到主任办公室的门前，就像维尔吉利带着但丁走到地狱的门前一样。办公室里只有几把宽大的圈手椅，桌上摆着一面守法镜和放着两本厚书，主任坐在桌后的圈手椅上，神气活现地像个宇宙的主宰。这位带路的十四品文官带着他们来到门口，他由于非常敬仰这位宇宙的主宰，怎么也不敢抬脚迈进门槛一步，于是转身走了，只见他衣服的后背磨得像一张席子，而且还粘着一根鸡毛。他们二人走进办公室，发现房子里不光有主任，他身旁还坐着索巴克维奇，只是他的身子完全被守法镜挡住了。客人的到来引起不小的反应，赞叹声、说笑声、椅子的挪动声，不绝于耳。索巴克维奇也坐不住了，也站起来了，现在没有东西挡住他的身影，连他长长的衣袖都看得清清楚楚。主任和乞乞科夫拥抱在一起，他们互相亲吻着，互相问候着健康。原来他们二人都腰疼，究其原因，是他们长时间坐在办公室而很少活动落下的毛病。主任看来已经知道索巴克维奇卖农奴的事了，所以他一看到乞乞科夫，就向他祝贺。乞乞科夫一开始还有点不知所措，特别是当他看到索巴克维奇和马尼洛夫这两个卖主现在就面对面站在一起，而他买这二人的农奴是分别秘密进行的，不过他对主任的祝贺还是表示了感谢，然后他扭过头和索巴克维奇说话去了，他问索巴克维奇：

“您的身体怎么样?”

“谢天谢地，还说得过去。”索巴克维奇说道。

准确地说，他的身体没有什么毛病，这么说吧，如果一块铁也能感冒咳嗽的话，这位地主也不会感冒咳嗽，因为他的身体赛过铁。

“您的身体出奇地好，这是有了名的，”主任说道，“您过世的父亲当年身体也特别好。”

“是的，他一个人能猎取来一只狗熊。”索巴克维奇回答说。

“我认为，”主任说道，“您也可以猎来一只狗熊，只要您愿意去。”

“不行，我可斗不过狗熊，”索巴克维奇回答说，“先父比我壮实多了，比我的力气也大。”他叹了一口气，又继续说道：“现在可没有那样的人了，现在的人都不行了，就

乞乞科夫从衣袋里掏出一张钞票，放在伊万面前，伊万好像完全没有看见，但是他立刻用一本书把钞票盖住了。

拿我来说吧,我过的是什么样的生活呢？凑合着过罢了……"

"您的生活哪点儿不好了?"主任问道。

"不好,不好……"索巴克维奇摇着头说道,"您来说说,格里戈里耶维奇,我都五十岁的人了,可一次病也没有生过,哪怕让我的喉咙发上一次炎,让我的身上突然长出一个疖子呢……可是都没有,这并不是个好兆头,早晚要为此付出代价的……"

索巴克维奇说到这里陷入郁闷中。

"唉,真是的!"乞乞科夫和主任同时都想,"他有什么可抱怨的!"

"我这儿有一封信,是写给您的。"乞乞科夫一边说,一边从衣袋里掏出一封普柳什金的信。

"谁的信?"主任一边问,一边拆开信封,突然吃惊地说,"嗨,是普柳什金的信。他现在仍然苟且偷安在人世间,这是他的命。他当年是多么精明能干,他是最富有的人,可现在……"

"他是一条狗,"索巴克维奇说道,"他是骗子,他家的奴仆都饿死了。"

"好吧,好吧。"主任看完信后说道,"我愿意做代理人,您希望什么时候办手续,是现在就办呢,还是再缓一缓?"

"我希望越快越好,我还得请您帮忙,如果有可能的话,我希望今天就办,我把契约和申请书都带来了。"

"您的要求我们可以满足,不过我们不能这么早就放您走,您还是跟我们再待一段时间,这也是您所希望的。契约的手续今天就可办完,我现在就布置下去。"他说道并打开通向办事室的门,办事室里坐满了官员,他们就好像勤劳的蜜蜂,在蜂房里酿蜜,如果把办事室比做蜂房的话。"伊万在这儿吗?"

"在这儿。"有人回应说。

"让他来一下!"

读者已经熟悉的长着一副瓦罐脸的伊万已经出现在办公室,并恭顺地鞠了一个躬。

"伊万,你把他们的这些契约拿去办吧……"

"伊万,请别忘记,"索巴克维奇补充说道,"还需要证人,每一方需要两个证人。你现在派人把检察官找来,他是个大闲人,现在肯定在家,他应该做的事都由他的助手佐洛图哈替他做,他是世上第一个贪图钱财的家伙。医务局的视察员也是个大闲人,他如果没有外出打牌的话,肯定也在家,此外,住在附近的还有不少大闲人,如特鲁哈切夫斯基、别古什金,他们简直是世上的累赘!"

"说得对,说得对!"主任说了这话,立刻派一名小官员去把这些人叫来。

“我还有一件事求您，”乞乞科夫说道，“我和一位女地主也做成了一笔生意，请您派人把她的代理人找来，她的代理人是东正教大司祭基里尔神父的儿子，此人就在您的手下供职。”

“没问题，我一定派人把他找来！”主任说道。“等到事情办妥以后，对这些官员您什么也别表示，这是我对您的要求。你们是我的朋友，如果给钱就不是朋友了。”主任说完这话，立刻给伊万下达了一个指示，看来伊万不喜欢这个指示。乞乞科夫签订的这些契约给主任留下很好的印象，特别是当他发现，这些契约的成交额加在一起竟有十万卢布，他非常高兴地、目不转睛地看着乞乞科夫，看了好半天，最后他说：

“老弟，您真行啊，您买下这么多农奴。”

“是的，我买了一些农奴。”乞乞科夫回答说。

“这是一件有益的事，确实是一件有益的事。”

“我也这么认为，为了做这件事，我已尽了最大的努力。不管怎么说，一个人如果不能脚踏实地做一番事业，为自己打下一个牢固的基础，而只是一味地沉湎于青年人的那种自由主义的幻想中，那么他就没有了人生目标。”说到这里，他大骂了一阵自由思想，也捎带着指责了一阵年轻人。但是令人注意到，在他的言谈话语中仍然透出一点犹豫，就好像他自言自语地说：“哎呀，老兄，你这不是明明在撒谎吗！而且撒的是弥天大谎！”他甚至都没有看一眼索巴克维奇和马尼洛夫，他怕从他们的脸上看到他不愿看到的表情。但是他的担心是多余的，索巴克维奇脸上的表情没有任何变化，而马尼洛夫呢，他听乞乞科夫说话听得都入迷了，他面带喜色不停地点着头，就像一个音乐爱好者听到一位女高音歌唱家那高亢的声音而陶醉其中一样，因为他认为，她的声音非常动听，不仅小提琴拉不出这样的声音，就连鸟儿也没有她唱得好听。

“您怎么不跟格里戈里耶维奇说一说，您买下的农奴都是怎样的农奴，”索巴克维奇说道，“您也不问问他，他买下的农奴怎么样？那些农奴都很出色，每个农奴都像黄金一样值钱。您可知道，我把造马车的匠人米赫耶夫也卖给他了。”

“您真的把米赫耶夫卖了？不会吧！”主任说道，“我认识米赫耶夫，他是造马车的匠人，手艺不错，他给我改装过马车。不过等一等，这是怎么回事……要知道，您亲口对我说过，米赫耶夫已经死了……”

“谁死了？米赫耶夫死了？”索巴克维奇面不改色心不慌地说道，“死掉的是他的哥哥，他还活得好好的，比先前更结实了。最近他还给我修好了一辆马车，这辆马车曾到莫斯科修过，但没修好。说真的，他应该去为皇上效力。”

“是的，米赫耶夫是一个很出色的手艺人，”主任说道，“可令我费解的是，您怎么舍得把他卖给别人呢！”

“我不仅卖了米赫耶夫，还卖了木匠斯捷潘、砌砖工米卢什金、鞋匠马克西姆，他们都让我给卖了！”当主任问他，为什么要把他们卖掉，因为要盖房子，他们都是用得着的工匠，索巴克维奇摆了一下手回答说：“没有什么理由，一时犯糊涂呗，我信口说了一句把他们卖了吧，糊里糊涂就把他们卖了！”说到这里，他低下头，好像在后悔把他们卖了，于是他又说道：“唉，我已经是两鬓斑白的人了，还这么不长见识。”

“乞乞科夫老弟，”主任说道，“请问，您已经买下了农奴，为什么不连土地也买下来？难道您把这些农奴迁移到别的地方去？”

“是的，打算把他们迁移到别的地方去。”

“那您就是另有考虑了，打算把他们迁移到什么地方去？”

“打算迁移到赫尔松省……”

“啊，那是个好地方！”主任说道，并称赞了一番那里的牧草长得高，“那里的土地够用吗？”

“给买来的这些农奴耕种，足够用了。”

“那里有河流还是有水塘？”

“有河流，不过水塘也有。”乞乞科夫说这话时无意中看了一眼索巴克维奇，索巴克维奇依然不动声色地坐着，但是乞乞科夫感觉到在他脸上似乎写着：“哎呀，您真能撒谎，什么河流呀，又是什么水塘呀，土地呀，说不定什么都没有呢！”

就在他们交谈的过程中，证人陆陆续续都来了，其中有读者所熟悉的老眨巴眼睛的检察官，有医务局的视察员，还有特鲁哈切夫斯基、别古什金，以及其他人。索巴克维奇把这些人都说成是我们这个社会的累赘。他们当中也有的人乞乞科夫根本不认识，因为他们有的是来凑数的，有的是做后备的，他们都是办理处的官员。东正教大司祭基里尔神父的儿子也来了，而且大司祭本人也来了。每个证人都签上自己的姓名，并写上自己的爵位和官衔，他们签署的字体各不相同，有人用花体字，有人用斜体字，有人用草体字。总之，他们的签字五花八门，千奇百怪。伊万这个人，大家都已经认识了，他办事一向麻利，所有契约他很快就登记完毕，编上名号，归入档案了，并收了百分之五的手续费，以便在《参政院公报》上发表一则消息。乞乞科夫也支付了少许税款。主任还下达了指示，只收乞乞科夫一半税款，另一半税款不知采用什么手段转嫁到别的申请人头上去了。

“好了，”当所有手续办完以后，主任说道，“为了这次交易的成功，现在我们该摆上酒宴庆贺一番了。”

“我来做东，”乞乞科夫说道，“大家定个时间吧。这么多朋友聚在一起，如果不让大家痛痛快快喝个一醉方休，我真有点过意不去。”

“不，这酒宴不应该您来请，应该我们来请。”主任说道，“这是我们分内的事，是我们的本分工作。您是我们的客人，理应我们招待。诸位，我们这么办吧，到时候大家都到警察局长家聚会，他这人神通广大，他只要去一趟鱼市或酒店，对老板们眨巴眨巴眼睛，鱼肉呀，美酒呀，就会源源不断地送来。借此机会，我们还可以玩玩牌。”

他（警察局长）这人神通广大，他只要去一趟鱼市或酒店，对老板们眨巴眨巴眼睛，鱼肉呀美酒呀，就会源源不断地送来。

这样的建议得到大家的赞同。证人们一听到鱼市马上就有了食欲。大家同时都拿起帽子，办公就此结束。当大家走过办事室时，瓦罐脸伊万恭敬地对着乞乞科夫鞠了一躬，然后低声说道：

“您买农奴花了十万卢布，才给了我二十五卢布的酬劳。”

“你可知道，这些农奴毫无用处，”乞乞科夫同样低声地回答说，“他们什么活儿也干不了，他们根本值不了那么多钱，连一半的钱也值不了。”

伊万这才明白，此人是个一毛不拔的家伙，他不会再多给一分钱了。

“您买普柳什金的农奴花了多少钱？”索巴克维奇在他另一只耳朵边悄声地问道。

“您为什么要谎报沃罗别伊？”乞乞科夫答非所问地说道。

“哪个沃罗别伊？”索巴克维奇问道。就是那个娘们儿沃罗别伊。她本来是女奴，为什么冒充男奴登在册子上。

“没有，我没有谎报什么沃罗别伊。”索巴克维奇说着走开了，去找别的客人说话去了。

这一群客人终于来到了警察局长的府第。警察局长果然是个神通广大的人，当他听说大家的来意之后，马上把分局局长叫来，分局局长是一个机灵的年轻人，脚上穿一双锃亮的高筒皮靴。局长在分局局长耳边嘀咕了两句，只听见最后局长问他道：“明白了吗?”就在这时，当客人们起劲地玩儿着牌的时候，在另一个房间里，餐桌上已经摆上来鳇鱼、鲟鱼、鲑鱼、黑色咸鲟鱼子、腌鱼子、鲱鱼、闪光鲟鱼肉、奶酪、熏制口条和鲟鱼肉——所有这些东西都是从鱼市上弄来的。接着端上来的是主人家的厨房制作的主食：第一道主食是鱼肉馅儿饼，馅儿饼的馅儿是用大鲟鱼的鱼头和鱼身上的软骨做成的；第二道主食是大面包，并配以奶酪蘑菇、炸油饼、炸面丸子、蜜饯水果。警察局长在这个市里也算得上一位元老级人物，也算得上一位大善人。他和市民相处得像一家人，他走进店铺和商场，就好像走进自家的贮藏室。总而言之，他稳稳地坐在警察局的第一把交椅上，他非常理解他的职位，也非常理解他应负的责任。很难判断，他是为了这个职位而生，还是这个职位是为他而设。他这人很有头脑，办事灵活，所以他的薪俸比前几任局长高出一倍，同时他也赢得全市百姓的爱戴。商人们喜欢他，是因为他身上没有傲气，容易接近。他给他们的孩子做教父，同他们结成干亲，虽然他也从他们身上勒索钱财，不过手腕儿却很高明，比如亲热地拍拍你的肩膀，向你传递笑容，比如用茶水款待你，比如答应和你一起下棋，又比如他看到你，会问长问短，他会关切地问你近况如何，生意顺利不顺利。如果他知道谁家的孩子生病了，他马上送去药让孩子吃。总而言之，他是个大好人！当他坐着马车在街上巡视时，他也要和看到的不管谁攀谈几句：“米海伊奇，你好啊！咱们什么时候赌一把，怎么样！”“那好啊，伊万诺维奇。”此人恭恭敬敬地摘下帽子回答说。“帕拉莫维奇老弟。到我家来看一看我那匹名马，让它跟你的马比一比，看哪匹马跑得快，把你的马牵出来，我们试一下。”这位商人特别喜欢名马，听说让他的马和名马比赛，他巴不得呢，他捋着胡子说道：“那我们就试一下，伊万诺维奇！”商人店铺里的伙计通常在这种时候，也会摘下帽子，互相满意地看看，似乎想说：“伊万诺维奇是个好人！”总之一句话，他已经得到了民心。商人们的看法是：“他虽然收受了你的好处，但他不会出卖你。”

警察局长发现，饭菜已经摆上餐桌，就建议客人们先把手中的牌放下，等吃完饭再打。客人们已经闻到一股从另一个房间里飘出来的醉人的香气，他们纷纷站起来朝那个房间走去。而索巴克维奇早已朝那个房间里窥视了好几次，他盯上了放在大盘里的一条鲟鱼。客人们先干了一杯伏特加（这种酒呈橄榄色，它和俄罗斯用来刻印章的西伯利亚的一种晶莹的石料一个颜色），然后大家围坐在桌旁，拿起叉子，搜寻自己喜欢吃的东西,有人把叉子伸向鱼子,有人把叉子伸向鲑鱼,有人把叉子伸向奶酪。索巴克维奇根本没有把这些区区小菜放在眼里,他直奔到那盘大鲟鱼的旁边,当大家交杯换盏、海说神聊、细嚼慢咽之际,他仅用了十五分钟多一点的时间,已经把这条鲟鱼吃了个精光。所以当警察局长想起这条鱼并对大家说:"诸位,大家来品尝一下这个大自然的杰作吧,看看怎么样?"当他走到这盘鲟鱼的旁边和大家一起向鲟鱼伸过刀叉时,才发现这个大自然的杰作只剩下尾巴了。此时,索巴克维奇装作若无其事的样子,好像那盘鲟鱼不是他吃的,他走到一个放得较远的碟子旁边,用叉子叉了一块风干的小鱼。索巴克维奇自从吃完了鲟鱼以后,就什么也不想吃,什么也不想喝了,只是坐在圈手椅上,眯缝着眼睛,有些昏昏欲睡的样子。警察局长看来从不怜惜酒,他无数次地和大家干杯。他举起第一杯酒,读者们大概会猜想到,是为了祝福赫尔松新型的地主们的健康;他举起第二杯酒是为了祝福他的农民能过上好日子和他们能顺利地搬迁;他举起第三杯酒是为了祝福他未来漂亮的妻子身体健康。这三杯酒下肚以后,我们的主人公乞乞科夫心花怒放了。这时,大家向他围过来,劝他在这儿多住几天,哪怕再住上两个礼拜也好。

"乞乞科夫老弟,不能走啊,不管您怎么想,刚迈进门槛,还没有把椅子焐热,就要走,这哪儿行呢!您必须留下来在我们这里住一段时间,我们给您娶亲,您看怎么样,格里戈里耶维奇,您说呢?我们给他介绍一个对象吧!"

这三杯酒下肚以后,我们的主人公乞乞科夫心花怒放了。这时,大家向他围过来,劝他在这儿多住几天……

"太好了,太好了,我们给他介绍一个对象!"主任回应道。

"不管您干不干,不干也不行,这桩婚事我们是管定了! 老弟,您已经到了这里,就不由您了,我们可不是开玩笑,我们是认真的。"

"哎呀,这是件好事,我为什么要反对呢,"乞乞科夫笑着说道,"但是结婚必须有对象,必须有未婚妻才行。"

"会有未婚妻的,怎么能没有呢,什么都会有的,您想要什么,就会有什么!"

"如果有,那我就 ……"

"太好了,他同意留下了!"大家齐声喊道,"乞乞科夫,乌拉!"大家都走到他跟前,要和他碰杯。

乞乞科夫和大家一一碰了杯。"不行,不行,再来一杯!"一些喜欢凑热闹的人说道,于是大家又碰了一杯,然后这些人还是不肯罢休,要求碰第三杯,于是大家又第三次碰了杯。很快大家进入一种极度兴奋的状态。主任是一个非常可爱的人,当他一时兴起,好几次抱住乞乞科夫,满怀真情地说:"您是我最喜欢的人! 您就是我的生身父母!"他此时此刻弹了个响指,然后围着乞乞科夫跳起舞来,而且口中还唱起一首著名的歌曲:《啊,你这个卡马林斯克的庄稼汉》。大家刚喝完香槟酒,又接着喝匈牙利葡萄酒,喝下这种烈性酒,大家的情绪更加激越,举止更加放纵。此时,大家把打牌的事早就丢到一边儿了,开始海说神聊起来,只见他们有的争辩得面红耳赤,有的提高嗓门儿发表高见。他们什么都谈,他们谈政治,甚至还谈军事,还阐释自由思想(如果他们的子女在另外一种场合也宣扬这种自由思想,肯定会挨他们的一顿揍),很多难以解决的问题在这里都解决了。乞乞科夫从来没有这么兴奋过,他已经把自己当做是赫尔松的地主了,他也谈论各种各样的改良方案,谈论农田轮作制,谈论两颗心结合在一起的幸福,并且给索巴克维奇朗读了德国诗人歌德著《少年维特之烦恼》中维特给夏绿蒂的诗体信。而坐在圈手椅中的索巴克维奇一边听着朗读,一边不停地眨巴着眼睛,因为他吃了那条大鲟鱼后,感到很困乏,特别想睡觉。乞乞科夫已经意识到,他说话开始有失分寸,举止也有点失常。于是他打算离开,他要求给他派一辆马车送送他,最后他乘检察官的马车走了。给检察官赶车的车夫很老练,对路况很熟悉,所以他只用一只手驾驭着马车,腾出的另一只手伸向后面,一直扶着老爷。乞乞科夫乘坐着检察官的马车很快就到了旅馆。回到旅馆,他又说了许多不着边际的胡话,比如他说,这位未婚妻真好看,她有浅黄色头发,红润的面孔,右脸颊上还有个酒窝! 他还说到赫尔松的村庄,还说到财富。他用命令的口吻对谢利凡说:把新迁来的农奴集合起来,按名单上的名字核对一下。谢利凡默默地听着,听完后从房间走出来,对彼得鲁什卡说:"去给老爷脱衣服!"彼得鲁什卡开始从老爷腿上往下脱靴子,靴子还没有脱下来，可是老爷差点儿被拽到地板上，最后，靴子终于脱下来了。老爷脱了衣服躺到床上，翻来覆去好半天，不能入睡，床铺吱吱吱地响个不停，后来他想到自己已是赫尔松的农奴主了，于是他安然入睡了。此时，彼得鲁什卡把老爷的裤子和紫红色带花点的燕尾服拿到阳台上，挂上木架，撑开，然后用藤条和刷子拍打，弄得阳台上尘土飞扬。等他把衣服往回收时，他从阳台上往下看了一眼，看见谢利凡正从马房走出来。他们两人的目光相遇在一起，结果两人都心领神会了对方的意思，那就是老爷已经睡了，我们可以出去逛一逛。于是，彼得鲁什卡马上把燕尾服和裤子拿回房间，然后下了楼，两人一起出去了。谁也没有说到哪儿去逛，只是一路上说说笑笑，谈些个和他们现在外出毫不相干的事。他们没有走多远，其实就是过了一下马路。到了马路的另一边，来到一所房子跟前，这所房子正对着他们住的旅馆，他们推开房子熏黑的玻璃门走了进去，直接下了地下室，这里摆着几张木头桌子，围着桌子坐着许多形形色色的人：有的蓄着胡子，有的脸颊刮得光溜溜的，有的穿着没有吊面子的皮袄，有的只穿一件衬衣，还有的穿着粗呢子大衣。彼得鲁什卡和谢利凡在这儿都干了什么，只有天晓得。他们在这里度过了一个钟头才互相搀扶着走了出来，他们始终保持着缄默，但他们互相关照互相提醒着，以免撞到墙角上。他们上楼梯的时候，彼此紧紧地抱着，好不容易才上到二楼，但足足用了一刻钟的时间。彼得鲁什卡站在自己低矮的床铺前面，迟疑了一下，考虑躺下后摆个什么姿势更体面些，结果他横着倒在床上，两条腿拖在地板上。谢利凡也躺在这张床上，他把头枕在彼得鲁什卡的肚皮上，他完全忘记了他不应该睡在这里，他应该睡在下人的房子里或是马房里。两人同时都入睡了，同时打起了呼噜，没有想到他们打呼噜的频率还如此之高，睡在另一个房间里的老爷也用尖细的鼻音做出回应。随后，一切都已安静下来，整座旅馆都沉浸在梦乡中。只有一个窗户还透出亮光，原来这个房间里住着一位陆军中尉，他是从梁赞来的。他是一位靴子的爱好者，他已经订购了四双靴子，现在他正试穿第五双靴子，而且已经试穿了好几遍。他好几次走到床边，想脱掉靴子躺下，可是每次他都没有把靴子脱下来，因为靴子缝制得太好了，他再一次举起脚，欣赏了好半天靴子的后跟，那后跟做得又结实又精细。

第八章

乞乞科夫买农奴的事已经成为人们街谈巷议的话题。人们议论,买下农奴后把他们迁走,这种做法有没有好处。通过议论,很多人反映说,他们对这件事有了全面的认识。有的人说:“当然,这么做总觉得不妥,所以对这件事持否定的态度,因为南方各省的土地虽然肥沃,但是水非常缺乏,乞乞科夫的农奴怎么办,要知道那个地方连一条河都没有。”“没有水,这还是小事,德米特里耶奇,移民,这可是一个不稳定的群体。明摆着一个事实,这些农奴迁移到新的土地上,他们仍然要耕作,可是他们没有房子住,没有地方饲养家畜、家禽,他们肯定会跑掉,这是显而易见的。而且跑得无

乞乞科夫买农奴的事已经成为人们街谈巷议的话题。

影无踪，你想找都没地方找。”“伊万诺维奇，您说乞乞科夫的农奴会跑掉？对不起，我不同意您的看法。俄罗斯人的适应能力很强，任何环境他们都能适应。您就是把他迁移到堪察加半岛，只要给他一副手套，他就会拍拍手，拿起斧头，去砍伐木头，为自己造起一座新房子。”“但是格里戈里耶维奇，您忽略了一个重要的事实，您还不了解乞乞科夫的农奴都是些什么样的农奴。您忘记了，地主是不会把能干的农奴卖掉的。我敢打赌，乞乞科夫的农奴肯定都是些小偷、酒鬼、懒汉，或者是好打架闹事的狂徒。”“对，对，我同意您的看法，确实是如此，谁也不愿意把好的农奴卖掉，乞乞科夫的农奴肯定都是些酒鬼，但是需要注意，也存在这样一种情况：他们现在是坏蛋，是狂徒，可是一旦迁移到新的土地上，他们就会一下子变成听凭使唤的奴仆。这样的事例还不少，在世界范围内有，在历史上也有。”“绝不会有。”一位官办工厂的主管说道，“请您相信，您说的这种事绝不可能有。因为乞乞科夫的农奴面临着两种考验。一种考验就是他们离小俄罗斯各省太近，我们知道，那些地方酒是自由买卖的。我敢担保，只需两个礼拜，他们就离不开酒了，喝得烂醉如泥，这是常有的事。第二种考验就是他们已经习惯过流浪的生活，这种习惯是他们在迁徙的过程中必然会养成的。需要的是，让他们永远处在乞乞科夫的眼皮底下，对他们严加管束，他们如果有过错，即使是很小的过错，也要穷追猛打。这件事不能指望别人，要亲自动手，需要时狠狠揍，揍腮帮子，揍后脑勺都行。”“为什么非得乞乞科夫亲自动手揍后脑勺呢？他可以找一个管家嘛！”“是可以找一个管家，不过管家都是骗子！”“管家都是骗子，那是因为老爷不懂得经营管理，根本不过问农事。”“您说得对极了，”很多人附和道，“老爷应该懂一点经营管理，还要善于识别好人坏人，只有这样他才能找到一名好的管家。”但是官办工厂的主管说，低于五千卢布是找不到好管家的。主任却说，三千卢布就能找到一个好管家。工厂主管又说：“您到哪儿去找？难道到您的鼻孔里去找吗？”但是主任说：“干吗要到鼻孔里去找，本县就有，如彼德罗维奇，他就是乞乞科夫所需要的管家！”很多人设身处地为乞乞科夫着想，认为迁移如此众多的农奴，困难是很大的，他们担心会出问题，他们担心，在这些不安分守己的农奴中间会发生暴乱，乞乞科夫是招架不了的。但是警察局长指出，暴乱绝不会发生，因为有县警察局控制着局面，其实警察局长不必亲自出马，他只要派一个人代替他戴上他的帽子，单单凭这顶帽子就可以把农奴驱赶到迁居地。很多人建议，必须彻底铲除那些暴乱分子，因为他们控制着乞乞科夫的农奴。总之，看法五花八门，有的人过于极端，他们主张对农奴必须采取严厉惩罚的措施，但是也有人认为，对农奴应该以和善的态度对待之。邮政局长认为，乞乞科夫面临的使命是神圣的，他可以以农奴的长辈自居，对农奴进行良好的和有益的教育，话说到这里，他把英国教育家兰开斯特的互助教学法大加赞扬了一番。

因此，全城人都在议论这件事，很多对乞乞科夫怀着同情心的人甚至把建议亲自告诉乞乞科夫，并且愿意组织一个押送队把农奴安全护送到迁居地。乞乞科夫感谢大家提了这些好建议，他说，必要时，他会采纳大家的建议，至于派押送队的问题，他是绝对不会同意的，他不需要押送队，因为他买来的这些农奴，个个性格都很温顺，他们觉得迁移是件好事，他们自愿迁移的，在他们中间绝对不会有人发动暴乱。

但是，这些个议论，这些个传言，却产生了良好的效果。这正是乞乞科夫所期待的。在众多的传言中就有这么一条传言，说乞乞科夫是一个不折不扣的百万富翁。正像我们在第一章里看到的，省城的百姓本来就很喜欢乞乞科夫，而现在听到这些传言后，就更加喜欢他了。说实在的，这些百姓都很善良，他们之间的关系很和谐，很和睦，很友好，他们说话喜欢直来直去，经常是言语不多真情在。如："亲爱的朋友伊里奇"、"喂，老弟，扎哈里耶维奇！"、"老兄，格里戈里耶维奇，您撒的谎也太大了"。邮政局长名叫安德烈耶维奇，人们跟他说话时总要加上一句："您会不会说德语？"总之，大家相处得像一家人一样，彼此都很和气。他们中的很多人都很有教养，比如主任就能背诵茹科夫斯基的长诗《柳德米拉》，这首长诗一发表，就受到人们的喜爱和热捧，主任把这首诗朗读得有声有色，特别是当他朗读到"松林已经沉入梦乡，河谷一片静悄悄，你听……"这样的诗句时，就好像静悄悄的河谷真的出现在你的面前。为了使他朗读的诗歌情景化，他每朗读到这种地方，就把眼睛眯缝起来。邮政局长热衷于哲学，他读书非常刻苦，甚至通宵达旦地读。他喜欢读杨格的《夜思》和埃卡特豪森的《打开神秘的自然界之门的钥匙》，他从这两本书中摘录了很多东西，但是他究竟摘录了些什么，谁也不得而知。他爱说俏皮话，爱用华丽的辞藻，用他的话说，他喜欢装饰词句。他主要是利用很多语气词来修饰自己的语言，如："我的老爷，事情是这样的"、"您可知道"、"您可明白"、"您瞧"、"相对而言"、"这么说吧"、"在一定程度上"等等，等等。累似这样的词句还有很多，他使用起来得心应手。如果他需要说讽刺人的话，可又不好意思明着说，于是他就利用面部表情，比如使个眼色呀，或是眯缝起一只眼睛呀，来增加他的语言的讽刺性。其他人也都或多或少受过点教育，有的人喜欢读卡拉姆津的作品，有的人喜欢看《莫斯科公报》，不过也有人从来不读书不看报。也有的人整天萎靡不振，需要踹他一脚，他才能提起点精神来。有的人是地地道道的懒汉，成天价游手好闲，无所事事，你就是踹他一脚，也是白搭。他准备一辈子就这么过了。至于从外表看，他们个个都很结实，没有一个是病秧子。当他们单独和老婆在一起，互相甜言蜜语时，老婆赐给他们的雅号是：坛子、胖子、大肚皮、黑娃娃等等。总的说来，他们心地善良，好客，凡是在他们家吃过饭、受过款待或是和他们打过一夜牌的人立刻就成了他们的忘年交，更何况乞乞科夫呢，他不仅具有令人倾倒的魅力，而且谙熟如何讨得别人喜欢的手段。他们都喜欢上了乞乞科夫，以至于乞乞科夫实在想不出什么办法离开这个城市。他满耳朵听到的都是："乞乞科夫阁下，在我们这儿再住上一个礼拜吧！"总之一句话，他简直成了大家的香饽饽。令人惊讶的是这里的太太们对乞乞科夫产生了特别浓厚的兴趣。为了弄清这个问题，就需要多费点工夫用生动的笔墨和色彩来描述太太们以及她们的交际圈子的精神面貌、思想品性和心理素质，但是对于作者来说，做到这点是很难很难的。这一方面是因为他对这些达官显贵的夫人们怀有无限崇敬的心情，另一方面……另一方面是因为什么呢？就是因为很难。这个城市的太太们都很……不行，不行，我实在描述不出来，我有点胆怯。这些太太们身上最引人注意的是……哎呀，太奇怪了，要写她们呀，可是我连笔都拿不动了，好像笔筒里灌进了铅。那好吧，关于她们的性格、素质等特征我就不描述了，让那些拥有更丰富的颜料能在调色板上调出各种色彩的人去描述吧，我们只就她们的外貌、衣着、打扮简要地描述几句。这个城里的太太们个个仪表堂堂，婀娜多姿，单从这一点说，她们完全有资格做所有其他地方太太们的楷模。她们在待人接物方面落落大方，彬彬有礼，在很多细节上也是以礼貌为先，虽然有礼仪繁缛之嫌，但是要知道，礼多人不怪嘛。她们的衣着打扮都十分新潮，在这方面，她们甚至超过彼得堡和莫斯科的太太们。她们把自己修饰得漂漂亮亮，坐上四轮轻便马车招摇过市，马车后面的踏板上也站上一位着金边制服的男仆，以显示乘车人的身份。她们把名片看得十分神圣，虽然名片是用扑克牌做成的，上面仍然留着梅花 2 或红方块 K 等印迹。有两位太太，她们本来是很要好的朋友，甚至还沾点亲，就因为一张名片，她们吵了起来，原来是其中的一位太太接受了对方的名片，却没有回访。后来双方的丈夫和亲戚都竭尽全力劝她们能够和好，但无济于事。原来世界上的事都可以做成，只有一件事做不成，那就是劝说因没有回访而吵得不可开交的两位太太和好。就这样，用社交界的话说，两位太太从此视同陌路，谁也不理谁。为了争个高低，她们之间也曾发生过多次激烈的吵闹，丈夫们认为庇护妻子义不容辞，他们应该挺身而出。难道他们会参加决斗吗，当然不会，因为她们都是文职官员，不过文职官员有文职官员的手段。他们抓住对方的把柄，诋毁和污蔑对方，欲置对方于死地而后快。大家都明白，这比任何决斗所产生的效应都大。这个城里的太太们严守着她们的道德风尚，对于任何败德辱行和引诱良善的恶劣行径，她们都表示愤怒，表示不能容忍，对那些有不良嗜好和软弱无能之辈则给以严厉的谴责，决不宽恕。如果她们当中有人有了第三者，那他们也是暗中来往，从表面看不出任何迹象，因为他们还需要维持体面和尊严。丈夫也有思想准备，如果他撞见了第三者，或是第三者的事传入他的耳朵，他会很理智地用一句俗语回应说:“干亲家母陪干亲家翁,谈谈家常又何妨?”还需要告诉大家一点的是,这个城里的太太们和很多彼得堡的太太们一样,特别注意文明用语,尽量避免粗俗的字眼出现在自己的话语中。比如她们从来不说“擤鼻涕”、“吐一口痰”、“汗流浃背”等等,而是说“清一下鼻子”、“清一下嗓子”、“用手帕擦拭一下”等等。他们从来不说“这只茶杯或这个碟子散发着一股臭味儿”,甚至暗示这个意思的话也不能说,而只能说“这只茶杯不太好用”,以及类似这种说法的话。为了提高俄语的品位使它贵族化,俄语中几乎有一半的词汇被她们弃之不用了,因此她们常常要用法语来做补充。但是她们使用法语时相当自由,相当随意,甚至上面提到的俄语中那些粗俗的字眼她们在法语中可以肆无忌惮地使用。好了,关于这个城里的太太们所表现出来的外在的东西我们就谈这么多吧。当然,如果我们能更深入地观察,就可以打开这些太太们的内心世界,如果真要这么做,是会出问题的。既然是这样,我们就只能限于观察太太们一言一行一举一动所反映出来的表层的东西,那我们就继续观察吧。直到现在,我们的太太们还没有谈起过乞乞科夫,不过对于他在社交界的表现,对于他那乐观的人生态度,她们早有所耳闻,并给了充分的肯定。但是,自从听到乞乞科夫拥有万贯家产的传言后,她们在他身上又发现了许多其他的品质。不过我们的太太们绝不是拜金主义者,绝不是钻进钱眼里的人。那么我们的太太们为什么听说他拥有万贯家产后又对他产生了浓厚的兴趣呢,这是因为乞乞科夫在交际圈里已经获得百万富翁的美名,百万富翁这个称呼具有强大的吸引力,它不仅吸引着懒汉、无赖,吸引着见钱眼红的人,也吸引着许多好人。总之一句话,它吸引着所有的人。百万富翁面对众人显示了很大的优越感。很多人在他面前表现得低三下四,表现得自惭形秽。他们并不打算向他索要什么,他们很清楚,他们从他身上不可能得到也没有权利得到任何东西,但是他们心甘情愿来到他面前,哪怕对他笑一笑,摘下帽子向他鞠个躬呢,如果得知有人邀请百万富翁赴宴,于是就想方设法去参加这个宴请,做百万富翁的陪客,也不错嘛。不能说太太们对这种在富人面前低三下四的丑态心存好感,但是在很多场合,太太们都说,乞乞科夫当然不是第一美男子,但他是一位标准的男子汉,如果他再胖一点或再宽一点,反倒不好了。因此当她们说到某个瘦高个儿的男子时,总感到很遗憾,她们说,这种个子的人有什么好,像根牙签儿,不像个正常人。至于太太们的衣着打扮,我还有许多话要说。商场里常常是挤得水泄不通,好像在举办游园会,马车一辆接着一辆驶来。商人们发现,他们从集市上弄来的几块衣料因价格昂贵一直没有脱手,可现在就不一样了,这些衣料突然被抢购一空,商人们都大为惊讶。一次教堂里做弥撒,人们发现一位太太在她的连衣裙的下摆上装了一个硬圈,把裙子撑得很大,结果她的裙子几乎占了半个教堂。一位在现场的警察局长下了命令,

商场里常常是挤得水泄不通，好像在举办游园会，马车一辆接着一辆驶来。

让大家往教堂的门廊上移动一下，免得把这位贵妇人的衣裙弄皱弄脏。在一定程度上，乞乞科夫也发现了人们给他的一种不寻常的关注。有一次，他回到旅店，发现自己房间的桌子上有一封信，但不知道这封信是谁写的，是谁送来的。他把茶房叫来想问个明白，茶房说，有人送来了这封信，但没有说是谁让他送来的。信一开头，口气相当决断，信中写道："我必须给您写这封信！"从笔迹看，写信的人是位女性。信接着写道，两颗心暗中是相通的，是相互同情的。这句话之后点了若干个点，这些点几乎占了半行。接下来她谈了目前自己的几种想法，她认为她的这些想法是真实而深刻的，我们不妨摘录几句："我们的生活怎么样？我们的生活就像一条峡谷，它产生着悲哀和不幸。现在的世道怎么样？现在的世道就是没有感觉的人群组合在一起。"信接着写道，她看着母亲留下的笔记，禁不住掉下泪来，她温柔的母亲已过世二十五年了。她建议乞乞科夫永远离开城市，到无人烟的地方去住，因为城里人住在高墙深院里，呼吸不到新鲜空气。信的结尾流露出一种极度绝望的情绪，最后用四句诗结束了全信，这四句诗是：

一对白鸽会给你带路，
找到我冰冷的遗骨，
白鸽带着疲惫的身躯将会告诉，
她由于过分悲痛而葬身泪水中。

最后一行诗不符合诗歌的格律，但是这无所谓，因为这封信是在当时的那种情绪下写的。信的最后既没有署名,也没有日期,只是在附言中补充说,他的心应该能猜出来写信人是谁,并说,明天将有一个怪人出现在省长家举行的舞会上。

乞乞科夫对这封信很感兴趣。这封信虽然没有署名,但其内容却很引人入胜,极易激发起人的好奇心。因此乞乞科夫把这封信读了一遍、两遍、三遍,最后他说:“单就出于好奇,我也想知道写这封信的人是谁!”总之,看来这不是一件小事,不可忽视,关于这件事,他足足考虑了一个多钟头,最后他摊开双臂,低下头,说道:“信写得真好,文字很精彩!”接下来,自然是他把信折叠起来,放进他那个小匣子里,和电影海报、婚礼请柬放在了一起,这份婚礼请柬在这个匣子里已经原封不动保存了七年了。没有过多久,就有人给他送来了参加省长家舞会的请柬,这在省城是极其平常的事,因为哪里有省长,哪里就有舞会,只因这样,省长才博得贵族们的爱戴和尊敬。

其他的事情此时此刻只能暂时放一放,去参加舞会,这是当前头等大事。一切事都得让位于这一件大事,因为这是一项极具挑战性,极具刺激性的活动。很可能从鸿蒙初开以来还没有人为了梳妆打扮花去这么多时间,仅仅照了照镜子就花去整整一个小时。他对着镜子试着做出各种不同的表情:他时而做出傲慢和严肃的表情,时而做出毕恭毕敬和面带微笑的表情,时而又做出低眉下眼但却绷着脸面的表情;他对着镜子连连点头哈腰,嘴里还不停地念念有词,听起来他好像是在讲法语,其实他根本不懂法语;他甚至做出许多令人发笑的怪样子给自己看,比如他眨巴眨巴眼睛,撅起嘴唇,吐出舌头。总之一句话,他一个人待在房间里,心情特别好,而且确信,没有人从门缝里窥视自己,在这种情况下,什么怪样子不能做呢！最后,他轻轻地拍了拍自己的下巴,说道:“哎呀,这张小白脸真够喜人的!”他开始穿衣服。他在穿戴的过程中,自始至终保持着高昂的情绪。他系好背带,打上领带,将双腿并拢,敏捷地鞠了一躬,然后做了一个腾空跃起的动作,虽然他从来没有跳过舞。他这一跃不要紧,却产生了小小的震动,使屋子里的五斗橱摇晃起来,一把刷子被从桌子上震到地上。

乞乞科夫在舞会上的出现引起强烈的反响,登时大家活跃起来,都向他迎过来。有的人手里还拿着一把牌呢,有的人跟别人谈话正谈到节骨眼上:“这个案子应该由县法院接手……”但是县法院到底接不接手,还不知道,他把这个问题已经抛到一边儿,赶紧去迎接我们的主人公了。“哎呀,乞乞科夫来了!”“哎呀,天哪,是乞乞科夫!”“亲爱的朋友乞乞科夫!”“尊敬的乞乞科夫!”“亲爱的乞乞科夫!”“您可来了,乞乞科夫!”“瞧,我们的乞乞科夫来了”“让我紧紧地拥抱你,乞乞科夫!”“让他过来,我要好好地吻吻他,我的好朋友乞乞科夫!”乞乞科夫觉得自己一下子就落入好几个人的怀抱。他还没有完全从主任的怀抱中脱出身来,就又落入警察局长的怀抱,警察局长把他交给医务督察,医务督察把他交给包税人,包税人又把他交给建筑师……省长此时正站在太太们身边，他一手拿着一张糖果券，另一只手抱着一只哈巴狗，当他看见乞乞科夫后，把糖果券和哈巴狗都扔到地上了，只听见小狗尖叫起来。总之一句话，乞乞科夫的出现给大家带来了无比的欢乐气氛。人人的脸上都洋溢着快乐，洋溢着笑容。这就好比上司来视察他的下级官员所管辖的地方时，下级官员发现上司对他们的工作表示满意，他们脸上流露出的就是这种表情。开始时，下级官员心里还直打鼓，之后，上司说了几句玩笑话，也就是面带笑意说了几句话，他们悬着的心才落到肚里。围绕在上司周围的官员也都哈哈大笑起来，比上司的笑声还大，还有那些耳朵不好使、没有听清上司话的人也由衷地笑起来。再有就是远远地站在门口的一名警察是一个不苟言笑的人，他几乎一辈子没有笑过，就是刚才，他还向老百姓挥舞拳头呢，就是这样一个警察也逃脱不了环境的影响，在他脸上也绽出笑容，不过这种笑很像一个人闻了刺激性的鼻烟后准备打喷嚏时的表情。我们的主人公向在场的人频频致意，他习惯于歪着头，一会儿向左边的人点头，一会儿向右边的人点头，他觉得他做起这些动作来非常轻松，非常自如，他简直像一块磁铁，不仅吸引着大家的目光，还吸引着大家的倾慕。太太们立刻向他围拢过来，形成一个色彩绚丽的圈子，并带来各种不同的香气。有的太太身上散发着玫瑰花的香气，有的太太身上散发着春天紫罗兰的香气，有的太太身上散发着木樨的香气；乞乞科夫只是张大鼻孔呼吸着这些香气。从衣着上看，她们的品味有很大差异，有的人穿着麦斯林纱的衣裙，有的人穿着缎子衣裙，有的人穿着细纱衣裙。这些衣料都是很靓丽的流行色，你都叫不出这些颜色的名称，可见她们的喜好精细到什么程度。别在衣裙上的彩绸和蝴蝶结随着衣裙到处飞舞、飘荡，它们在无序中显美丽，在无序中显高雅，虽然有条理的头脑要设计出这种无序的效果是相当困难的。轻盈的头饰全靠耳朵撑着，但它们好像在说："哎呀，我要飞了，遗憾的是我不能把美人儿带上天空！"太太们都把腰束得很细，人显得既精神又健康美丽。需要指出的是，这个城里的太太们都有点胖，但是由于她们把腰束得很细，平时待人接物又很热情，所以人们也就不注意他们是胖还是瘦了。她们的衣着、打扮和妆饰都是经过精心考虑、精心设计和周密安排的；她们的脖子、肩膀都裸露在衣裙外，她们能够做到不多露，也不少露，露到一定的程度就不再露了。到底露到什么程度好呢，她们心里有数，那就是露到她们确信她们裸露的部分能够征服和击倒男人的程度。其余的部分如何遮盖起来，这要看每位女士的品味。有人用绦带在脖子上打个结；有人用一种比叫做"飞吻"的酥皮点心还要轻的披肩松散地围在脖子周围；有人用"薄如纱"的亚麻布做成齿形边饰，从肩后和衣裙下面伸出来。这条"薄如纱"的亚麻布齿形边饰把那些不能使男人们销魂的部位从前面到后面都遮住了，可是这么做不禁令人心生疑惑，因为遮住的部位正是令男人们销魂的部位。长筒手套只能戴到肘部以下,并没有跟肘部上面的袖子接上,所以肘部上面裸露的丰满的胳膊也是一个吸引男人们、令男人们羡慕的部位。有的女士戴着羊皮手套,因为有时需要把手套往上拉,结果手套筒往往被胀破。总而言之,好像所有人的脸上都写着:这儿不是省城,这儿是京都,这儿是巴黎!不过这里也会突然出现一顶举世罕见的包发帽,甚至类似孔雀羽毛的翎毛,这两种妆饰并不符合时髦的要求,但这是有些女士的爱好。这种现象是不可避免的,这也是省城的特点,谐调中必然包含着不谐调。乞乞科夫站在太太们面前,心想:"谁是写信的人呢?"他把头伸向前面。就在这时,一个个胳膊肘,一只只翻边袖口,一条条袖管,一条条飘带的梢儿,一件件散发着香味儿的胸前边饰和衣裙,擦着他的鼻尖飞驰而过。一对对舞伴跳着快步舞闪电般飞跑过去,他们当中有邮政局长和县警察局长,有帽子上插着蓝翎子的太太和帽子上插着白翎子的太太,有格鲁吉亚公爵契普海希利泽,有来自彼得堡的官员和来自莫斯科的官员,还有法国人库库,还有别尔胡诺夫斯基和别列宾道夫斯基,全都加入了跳舞的行列。

"嗬,瞧呀,全城人都倾巢出动了!"乞乞科夫说着往后退了几步,就在这时,太太们都回到自己的座位上,乞乞科夫又仔细观察起来,他想根据太太们的脸部表情和眼神,看是否能认出来写信的人,结果是根据脸部表情和眼神,怎么也认不出来谁是写信的人。经过仔细观察发现,每个女士都好像是写信的人,但又都不是,她们脸上似是而非的东西太多,实在难以捉摸。乞乞科夫心里想:"女人是这么一种人……"他想到这里,挥了一下手,"简直没有什么话可说。如果不信,你试试看,把她们脸上掠过的表情以及这些表情的微小变化和暗示通通描写出来,叙述出来。我敢肯定,你什么也描写不出来,什么也叙述不出来。女人的那双眼睛是一个广袤无垠的王国,谁要是进到这个王国,就会失去踪影!无论你用什么办法,就是用钩子,也把他拽不出来。好了,比如你试着描述一下她们向你投来的秋波,这秋波可能是含情脉脉的,可能是温柔的,也可能是令人销魂的。不过老天爷知道得多,他知道除上述的几种外,还有严厉的、不严厉的和令人陶醉的,或者像有人说的,有抚慰的或者是冷淡的。冷淡的秋波可是厉害,因为它一旦抓住你的心,就会像提琴的弓子一样,在你心灵这根弦上来回拉。简直想不出更合适的字眼来形容人类社会的这一半,只能送她们四个字:风流情种!"

十分抱歉的是这四个字不是我们的主人公说出来的,是在街谈巷议中发现的。有什么办法呢?俄罗斯作家的状况就是如此。但是,如果把街谈巷议中的词儿写进书里,这不怪作家,而要怪读者,首先要怪上层社会的读者,因为从他们口中听不到一句像样的、地道的俄语。他们大量使用法语、德语和英语,而说起话来又尽量保留这些语种的发音特点,所以听他们说话洋腔洋调的。比如说法语时尽量用鼻音,说英语时，尽量引入鸟叫的声音，而且还学着鸟叫时的表情，他们甚至还嘲笑那些不会学鸟叫时表情的人，他们就是不愿意说俄语，只是出于爱国主义的考虑才在别墅为自己建造一所俄国风格的房子。当时上层读者的情况就是如此，认为自己也属于上层的人士则紧随其后。那个时候，他们是很苛求的，他们希望文章都应该用严谨、纯正、高雅的语言写。总之，他们希望俄语能从云端中走下来，经过加工，直接来到人们的舌头上，人们无须做别的，只要张开嘴，把它们吐出来就行了。当然，人类社会的一半——即女士们——是不易让人了解的，是让人捉摸不透的。但是可敬的读者，坦言说，你们是更让人难以理解和更让人难以捉摸的。

这时，乞乞科夫完全陷入困惑之中，因为他到现在还没弄清是哪位太太给他写的信。他再一次把目光投向太太们，他从太太们脸上的表情发现，太太们在他这个不幸的凡夫俗子的心中丢下了希望，同时也种下了甜蜜的痛苦的种子。最后，他说道："我实在猜不出写信的人是谁！"但是这丝毫没有影响他的好心情。他和几位太太谈得十分热烈，他态度从容，毫不拘束，后来他迈着小碎步一会儿走到这位太太跟前，寒暄上几句，一会儿又走到那位太太跟前，应酬上一阵。他很像那些老在太太们周围转来转去被人们称作老风流的人，这些所谓的老风流穿戴特别考究，脚上还穿着高跟鞋，他们就是迈着小碎步在太太们中间周旋的。乞乞科夫扭动着灵活的身子，时而转向左边，时而转向右边，应对着太太们的招呼，他有时把他那又瘦又小的脚往一起啪地一磕，纹丝不动地站住了。太太们对他非常满意，她们不仅在他身上看到他是一个彬彬有礼、殷勤待人的正人君子，甚至还发现他脸上有一股英武之气，他很像希腊神话中的战神，他像个威武的军人，众所周知，这样的人最受女士们的垂青，最受女士们的爱慕。甚至由于他的原因，女士们之间发生过几次纠葛。事情是这样的：女士们发现，乞乞科夫通常总是站在门口，于是有几个女士就争先恐后地抢占靠近门口的那把椅子，当其中的一个女士先抢到椅子时，险些发生了令人不愉快的事。很想抢到椅子而没有抢到椅子的女士们的情绪差点儿失控，她们觉得抢到椅子的女士太不顾脸面，太缺乏教养了。

乞乞科夫只顾跟太太们说话了，更准确地说，是太太们用无休止的谈话把他缠住了，使他脱不开身。她们尽说些隐晦的话，暗示的话，或是话中有话的话，使他摸不着头脑，经常弄得他满头大汗。他到这儿来，首先应该拜会女主人，这是起码的礼节，但他把这件事完全丢在脑后了。直到女主人——省长夫人——已经站在他面前好几分钟，他已经听到女主人的声音后，才想起来这件事，省长夫人愉快地点点头，亲切和狡黠地说道："啊，乞乞科夫，敢情是您哪！……"我不可能十分准确地转述出省长夫人的话，但是她说了许多恭维的话，说了许多仰慕的话，这是毫无疑问的，就跟我们上流

乞乞科夫扭动着灵活的身子，时而转向左边，时而转向右边，应对着太太们的招呼……

社会的作家在其小说中所描写的太太们和他们所爱慕的人之间说的那些甜言蜜语没有什么两样。这些作家喜欢描写客厅生活，他们非常熟悉上层社会的生活方式，所以省长夫人到底还说了什么，按他们的推测，她还说了："难道她们已经完全掌控了你的心，你的心中就没有一块地方，再没有一个角落能容纳被您残酷地遗忘的人？"我们的主人公马上朝省长夫人转过身来，准备回应她的话，他回应的话大概不比 流行小说中兹万斯基们、林斯基们、利金们和格列明们以及任何一个机敏的军人的话逊色。这时，他无意中抬起头，突然，他像被钉子钉在地上，站着一动不动，好像有人打了他一拳，被击晕了。

原来站在他面前的不仅有省长夫人，还有一位省长夫人挽着的十六岁的年轻少女。她是一位清纯的金发女郎，面容清秀、端正，尖尖的下巴，身材匀称、苗条，长圆形的脸庞非常迷人，所以艺术家都愿意把她的脸型作为画圣母像的依据。这种脸型在俄罗斯是很少见的。因为在俄罗斯，不管什么，大家都喜欢高大的、宽阔的、茂密的，比如山岳、森林和草原，又比如面孔、嘴巴和腿脚。乞乞科夫离开诺兹德廖夫后，在路上遇见过这位金发女郎。当时，也不知是由于车夫愚蠢，还是由于马不听使唤，他们的马车相撞在一起，缰绳都互相绕住了，还是米佳伊大叔和米尼亚伊大叔设法把绕在一起的缰绳解开，障碍才被排除。乞乞科夫一时有点慌乱，连一句理性的话也说不出来，只是含糊不清地嘀咕了一句什么话，反正格列明、兹万斯基和利金都不会这么说话。

"您还不认识我的女儿吧？"省长夫人说道，"她是贵族女子中学的学生，刚刚毕业。"

"您还不认识我的女儿吧？"省长夫人说道，"她是贵族女子中学的学生，刚刚毕业。"

乞乞科夫回答说，他很荣幸，曾有一次偶然的机会，与小姐有过一面之交。接着他还想说点什么，可是他怎么也想不出说什么好。省长夫人又说了两句话，就带着女儿离开乞乞科夫，到客厅的另一边招呼别的客人去了。乞乞科夫仍然一动不动站在原来的地方，就像一个人兴致勃勃地走出家门，本来是想散散心，看看外面的世界，可是突然一动不动站住了，因为他忘记带一样东西，此时可以说此人是世界上最愚蠢的人，因为他那无忧无虑的样子转眼间已经从脸上消失。他绞尽脑汁在想，他到底忘记带什么了，是忘记带手绢了吗？可是手绢在衣袋里呢。是忘记带钱了吗？钱也在衣袋里装着呢。看来，什么也没有忘记带，可当时，老有一个神秘的精灵在耳边低声说，他忘记带一样东西。于是他怀着忐忑不安的心情惘然若失地看着从他面前走过去的人群，看着飞驰过去的马车，看着行进过去的士兵们的高筒帽和他们手中的武器，看着商店的招牌——但无论什么在他眼前都是模糊一片。在他周围发生的一切对他来说，都变得陌生了，都变得格格不入了。此时，太太们对他说了许多暗示的话，还提了很多问题，听得出，她们的言谈话语中充满了对他的关心和爱怜。她们问他道："请允许我们这些可怜的俗人有失礼貌地问您一句，您有什么梦想吗？""您的思想可以任意驰骋的幸运的地方在哪里？""是哪位女士使您陷入甜蜜的沉思中，能否告诉我们她的姓名？"这些问题提得多么美妙，但却如石沉大海，没有得到乞乞科夫的回应。他甚至不顾礼貌，迅速离开这些太太，来到大厅的另一边，希望在那里能了解到省长夫人带着女儿到什么地方去了。但是太太们看来不愿意很快就放弃他，每位太太都下

他甚至不顾礼貌，迅速离开这些太太，来到大厅的另一边……

定决心使出自己能够使出的一切有效手段，哪怕是付出极高的代价也在所不惜。需要指出的是，有几位女士——我说的是有几位，而不是所有的——有一个小小的弱点，如果她们发现她们身体上的某一部位长得好看，比如额头好看，嘴巴好看，手好看，她们就会认为，她们脸上这个好看的部位一定会很突出，一定会引起大家的注意，大家都会异口同声地说："快看呀，快看呀，她的鼻子多好看，又高又直！"或者说："她的前额多么好看，非常端正，极具魅力！"有的女士的肩膀很好看，她就断定，当她从年轻的男士身旁走过时，他们一定会大加赞赏她的肩膀，并且反复地说："这个女士的肩膀真有魅力！"但是他们连她的面容、头发、鼻子、额头看都不看一眼，即使是捎带着看上一眼，也没有把它们当回事。别的女士也是这么认为的。每个女士都发誓，跳舞时，一定要把自己的魅力充分展示出来，一定要在各方面保持自己的优势地位。邮政局长的夫人跳华尔兹舞时，把头歪到一边，听着真正是天外之音的乐曲，她已经陶醉了。一位非常可爱的女士到这里来，完全不是为了跳舞，照她的说法，由于发生了一件小小的不便——她的右腿上长了一个豌豆大的疖子，所以她只能穿软绒靴，可是她又憋不住不跳，于是她穿着软绒靴跳了几圈，她这么做，只是为了不让警察局长的夫人过分张扬，过分显摆。

但是这一切对乞乞科夫并没有产生任何影响。他甚至都没有瞟一眼女士们的舞圈，他只是踮起脚尖，从众人的头上看过去，看他最感兴趣的金发女郎可能在什么地方。他也半蹲下身子，从众人的肩膀和脊背之间的夹缝中看过去，最后，他终于找到和看见她了，她和她的母亲坐在一起。在她母亲的头顶上面，有一个戴着东方式缠头、缠头上插着翎子的女士摆出傲慢的架势，摇来晃去。此时的乞乞科夫真想大步流星向她们母女冲过去，也许是一种青春的激情激励着他，也许是有人在背后推了他一把，他不顾一切地向前面挤去。一位商人被他撞了一下，失去了重心，差点儿跌倒，幸亏站住了，否则就会连着撞倒他后面的好几个人。邮政局长也向后退了两步，并用惊讶和嘲讽的目光看了乞乞科夫一眼，可是乞乞科夫根本没有理睬他们；他两眼只盯着远处的金发女郎，她戴着长筒手套，毫无疑问，她是多么想在光亮的地板上飞舞啊。这时，在她身边，有四对舞伴跳起了欢快的马祖尔卡舞；鞋后跟有节奏地敲打着地板。一位上尉军官跳得特别起劲，他的整个身心都投入到舞蹈中了，他手舞足蹈，步伐娴熟，不管是谁，恐怕做梦也跳不了这样的舞步。乞乞科夫从跳马祖尔卡舞的人们身边，擦着他们的后跟，溜了过去，然后就直奔省长夫人和她的女儿坐着的地方。但是，他畏畏缩缩地来到她们跟前，这时他好像都不会走路了，甚至前怕狼后怕虎的，他的举止显得十分笨拙，他完全陷入尴尬的境地。

我们的主人公的心里是否萌生了爱情，这是一个很难说清楚的问题，像他这样不胖不瘦的老爷能不能再爱一把，这都是令人怀疑的。不过，说是这么说，可是在他面前出现了一种奇怪的现象，这现象连他自己也无法解释：他觉得，后来他也承认，整个舞会，连同舞会上的说话声和喧闹声，霎时间离他而远去，各种乐器发出的声音好像是在大山那边杀鸡宰猪发出的声音，周围的一切都遮上了一层雾，就像在一幅画上随意涂上去的一层底色。在这幅涂了底色的朦胧的画布上，鲜明地和完美地突现出招人喜爱的金发女郎那美丽的倩影。她那椭圆形的脸蛋儿，她那苗条的身段，她那近乎质朴的飘逸而飞动的衣裙，无不显示出她是一个刚刚从女子中学毕业、充满青春活力、身体线条美丽动人的姑娘。她好像是用象牙精雕细刻成的一件精致的艺术品，在这浑浊灰暗的人群中，只有她亮丽、透明、富有光彩。

看来，世界上真有这样的事，像乞乞科夫这一类人一生中也能有几分钟的时间当一回诗人，不过用“诗人”这个词来比喻他似乎不太恰当，但是至少他自认为自己已经变成一个年轻人了，甚至变成一个英武的骠骑兵了。他看见省长夫人和她女儿旁边有把椅子没有人坐，他立刻过去坐下了。一开始，他们谈得并不投机，后来，他们的交谈逐渐进入佳境，他的胆子也开始大起来。不过必须指出的是，一个有身份的人，一个担负着重要职务的人，和女士们交谈时反倒有点不自在，反倒有点笨拙。超过大尉军衔的军官和上述人一样的情况，可是中尉军官就不同了，他们和女士们交往好像有什么窍门儿，有时他们说的话并没有太大的趣味，可是那些女士们听后往往笑得前仰后合。要是一个五品文官呢，天晓得他会说什么，或者他会说，俄罗斯是一个幅员辽阔的国家，或者他会说一些奉承的话——当然这样的话也是他动了一番脑筋才想出来的，但总的说来，这样的人说话带有很浓重的书卷气。如果他说一个笑话，他自己笑得比听笑话的人笑得还厉害。这里需要让读者知道一个情况，当我们的主人公滔滔不绝地说事的时候，金发女郎却在不停地打哈欠，我们的主人公完全没有注意到这个情况。乞乞科夫讲了许多令人愉快的事，这些故事他在很多地方在类似的情况下不知讲过多少遍了。比如在辛比尔斯克省的索夫龙家里讲过，当时在座的有索夫龙的女儿阿杰莱达和她的三个小姑子玛丽亚、亚历山德拉和阿杰利盖达；在梁赞省的费奥多拉家讲过；在奔萨省的费罗尔家和他弟弟彼得家讲过，当时在座的有他的小姨子卡捷琳娜和她的叔伯姐妹萝扎和埃米利娅；在维亚茨卡省的彼得家讲过，当时在座的有他儿媳妇的妹妹佩拉格娅和侄女索菲娅以及两个同父异母的姐妹索菲娅和玛克拉图拉。

所有的女士都不喜欢乞乞科夫这种不顾礼貌喋喋不休地讲个没完。其中一位女士故意从他身边走过，想给他提个醒，她漫不经心地用衣裙的下摆擦着金发女郎的衣裙走过，用围在肩上的围巾的一角从金发女郎的脸上扫过。与此同时，从他身后一位女士的嘴里伴随着紫罗兰的香气飘出一句相当尖刻、讥讽的话。我们的主人公要么是真的没有听见，要么是假装没有听见，不管是哪种情况，反正都不好。因为女士们的意见应该得到尊重，在这种事情上，他很后悔，但这是后话，后悔也没有用了。

很多女士的脸上都表现出愤怒的情绪，这完全是可以理解的。不管乞乞科夫的社会地位多么显赫，不管他多么有钱，甚至拥有万贯家产，不管他的相貌多么威武，多么具有战神的气质，有些事情是得不到女士们谅解的，无论是谁，早晚会完蛋。在有些情况下，女士在性格上比男士柔弱，遇事往往束手无策，但是她们也会突然变得强硬起来，不仅比男士强硬，比世界上存在的一切都强硬。乞乞科夫的失礼完全是无意的，可是就是他的失礼，反而使最初因抢夺门口座椅而失和的女士们又重新和解了。如果乞乞科夫随便说上几句没有什么特别意思的极平常的话，女士们也会认为他的话带刺儿，有挖苦人的意思。除此之外，还有倒霉的事呢：一个青年写了一首讽刺诗，讽刺那些热衷于跳舞的男女，众所周知，省城举办舞会，如果没有这些人的参与，是办不起来的。女士们认为这首诗是乞乞科夫写的 ，她们越来越愤慨，她们不分场合，不分地点，到处都在议论他，到处都在说他的坏话。那位可怜的金发女郎也受到极大的伤害，大家对她的负面看法看来很难扭转过来。

这时，一个突然的情况发生了，这使我们的主人公像丢了魂儿似的极其沮丧。因为就在这时，就在金发女郎继续打着哈欠，我们的主人公继续给她讲述着历史上不同时期的各种故事，甚至还讲到古希腊哲学家狄奥根的时候，诺兹德廖夫从最后面的一个房间走出来了。他是从小餐厅走出来的，还是从赌场走出来的，无人知晓。再者，在那个绿色的小客厅里正在进行着一场比押注还要厉害的牌赌，如果他是离开牌桌从小客厅走出来的，那就要问了，他是自愿走出来的，还是被人推出来的，这也没人知道。只见他拽着检察长的胳膊，兴头十足地出现在大厅。检察长的胳膊被他拉着拽着已经很长时间了，所以这位倒霉的检察长紧锁着眉头往四下里张望着，好像在考虑脱身之计，免得被人挽着胳膊东走西逛，看似友好，实则是折磨人。诺兹德廖夫仰起脖子连喝了两杯掺有烈性酒的茶，于是就信口开河瞎扯起来。乞乞科夫老远就看见了诺兹德廖夫，于是准备做出最大牺牲，也就是决心放弃自己的令人羡慕的座位，尽快离开这个地方，因为他知道，诺兹德廖夫一旦看见他，他就要倒大霉了。不幸的是，偏偏就在这个时候，省长突然出现了。当他看见乞乞科夫，非常高兴，他请乞乞科夫不要走，因为关于女人的爱情能不能持久的问题，他和两位女士争论不休，他想请乞乞科夫做评判人。也就在这个时候，诺兹德廖夫已经看见了乞乞科夫，就径直朝他走过来。

“啊，原来是赫尔松省的地主！对，是赫尔松省的地主！”他一边大声说道，一边

就在这个时候，诺兹德廖夫已经看见了乞乞科夫，就径直朝他走过来。

还伴随着笑声，已经来到乞乞科夫身边，他那红得像春天玫瑰花的两颊由于笑而抖动着。“怎么样，死人的生意做得不错吧？赚了不少钱吧？省长阁下，您大概还不知道吧，”他大声嚷嚷着对省长说，“他正在买卖已经死去的农奴！喂，乞乞科夫，听我说，我们大家都是你的朋友，省长阁下也在这里，我以朋友的身份对你说，我真想绞死你，的确想绞死你。”

此时的乞乞科夫简直是心慌意乱，不知如何是好了。

“省长阁下，您信不信，”诺兹德廖夫继续说道，“他对我说：‘把你死去的农奴卖给我吧。’我听了简直要笑掉大牙了。我来到这儿后，人们对我说，他花了三百万卢布买下很多农奴，并且还要把他们迁走，真是活见鬼，他跟我买下的都是已经死了的农奴。乞乞科夫，你听我说，你简直就是畜生，是地地道道的畜生。省长阁下在这里，检察长也在这里，你们说我说得对不对？”

但是，无论是检察长，还是乞乞科夫，还是省长，都感到很突然，都有点措手不及，完全不知道如何应对他的问题。当时，诺兹德廖夫一点也不在意，处于半清醒状态的他继续说道：“你，老兄，你，你……我不弄清楚你为什么要买死了的农奴，我是不会放你走的。乞乞科夫，听我说，你这人太无耻了，我是你最好的朋友，这你心里明白。这不，省长阁下在这儿，检察长也在这儿，你们说对不对？省长阁下，您信不信，我们是谁也离不开谁的最要好的朋友，也就是说，我现在就站在这儿，如果您问我：‘诺兹德廖夫，你凭良心说，谁最亲，是你的父亲最亲，还是乞乞科夫最亲？’我会毫不犹豫地说：‘是乞乞科夫最亲。’向上帝保证，我说的是心里话。来吧，朋友，让我狠狠地亲你一口，省长阁下，请允许我吻他一下。乞乞科夫，你就不要拒绝了，让我在你那又白又胖的腮帮子上亲上一口吧！”

诺兹德廖夫刚要凑上去亲，就被乞乞科夫一把推开了，他差点儿摔倒在地，这时，大家都走开了，不想再听他的高谈阔论，至于买卖死农奴一事，他说的时候声音很大，而且还伴随着他的笑声，所以大家都听见了，引起了大家的关注，包括那些待在大厅较远的角落里的人。这个新闻让大家感到奇怪，有的人听到这新闻，疑团满腹，认为人已死了，怎么还能当活人买卖，有的人听到这新闻，觉得有点糊涂，表示不可理解，有的人听了这新闻，思想麻木，反应迟钝。乞乞科夫发现，很多女士互相传递着眼色，脸上流露出不怀好意并带有挖苦意味的笑容，有的女士的脸上露出藐视的表情，所有这一切都进一步加深了乞乞科夫的窘况。诺兹德廖夫是一个臭名远扬的谎话篓子，这是大家都知道的，所以从他嘴里听到一些离奇古怪的事，这一点也不奇怪。但是一个普通人也有这样的情况，他说出来的话和做的事常常令人难以理解。比如他听到一则新闻，仅仅是一则新闻而已，可是他一定会把这则新闻传给另一个人，虽然他传播的目的只是为了说一声:“看,又在散布谎言了!”而这另一个人一定会侧耳恭听,因为他觉得听这样的新闻是一种乐趣,虽然听后他一定会说:“这条新闻已经陈腐无味,不值得一提!”接着他又去物色第三个人,把这条新闻传给第三个人,然后他们再一起义愤填膺地惊呼:“多么陈旧的谎言,都听腻了!”结果这条新闻就传遍全城,所有传播这条新闻的人把这条新闻都说烂了,说得都不想再说了,然后承认,这条新闻简直不屑一顾,不屑一提。

舞会上发生的这一件微不足道的事搞得我们的主人公心慌意乱,一点情绪都没有了。一个傻子说出来的傻话,尽管这傻话很不高明,但它足以使一个聪明人陷入窘境。他觉得自己现在的处境很是难堪,很没有面子。就像他穿了一双锃光瓦亮的新皮鞋,突然一脚踏进臭气熏天的泥水中,总之一句话,真倒霉!太倒霉了!他试着尽量不去想这件事,想尽量分散自己的注意力,找点开心的事干干,于是他坐到牌桌前打牌去了。但是打牌也不顺,他两次出错了牌,两次毙错了牌,他根本心不在焉。主任怎么也弄不明白,乞乞科夫本来很会打牌,可以说他很精通此道,但他却拿黑桃老K去冒险,照他的说法,他把黑桃老K当作自己的一张王牌,他把全部希望都寄托在这张牌上。按照他的水平,这些错误是他不应该犯的。当然,邮政局长和主任,甚至还有警察局长,按照往常的习惯,大家都会打趣我们的主人公,跟他开个玩笑什么的。他们说,他一定是爱上谁了,他的心一定是被谁的箭射中了,他能瞒天瞒地,却瞒不过大家。大家的玩笑话并没有使他的情绪好起来,他也想跟着大家一起笑一笑,也想开个玩笑舒缓一下自己的情绪,但是他做不到。吃饭的时候,他仍然转不过弯儿来,虽然在座的都是些可亲可爱的人,诺兹德廖夫早已被轰走了。因为女士们发现,他的举止太过分了,太无耻了。当女士们跳一种古典舞的时候,诺兹德廖夫坐在地板上,用手去撩女士们舞裙的下摆,女士们斥责他说,这种行为太不像话了,太卑鄙了。晚饭桌上,大家都非常开心,有说有笑,面对烛光晃动的烛台,面对散发着芳香的花朵,面对香甜的糖果,面对五颜六色的酒瓶,大家的脸上都绽放出满意的微笑,大家无拘无束。军官、女士和穿燕尾服的文职官员和老爷,全都变得殷勤起来,甚至殷勤得都过头了。男士们从椅子上站起来,快步来到仆人面前,把仆人手中的菜盘接过来,然后敏捷地把菜盘摆在女士们面前。一位上校从鞘中拔出长剑,用长剑的顶端挑上一个盛调味汁的碟子递给一位女士。年纪大一点的男士们大声争论着,他们一边吃着鱼或抹了芥末的牛肉,一边发表着高见。乞乞科夫也在座,要是平常,他肯定会参加这样的争论,但现在他好像是一个走了远路的人,已经累得筋疲力尽,脑子一片空白,什么也无力去想,什么也无力去做,所以没有等到吃完晚饭,他就提前离开坐席,早早地回住处去了。

他回到旅店自己的房间，这个房间读者都已经熟悉了，房间里另有一道用五屉橱堵住的门，墙角处不时地有蟑螂出没。他的思想极不稳定，情绪辗转起伏，就像他现在坐着的这把摇来晃去的圈手椅。他心情沮丧，心里慌乱不安，满腔的怨恨无处发泄。“是谁想出来的要举办这些舞会，你们真该死，你们通通见鬼去吧！”他心里这样想，“有什么可高兴的？真是愚蠢透顶！省里粮食歉收，物价飞涨，他们竟有心思跳舞！看看那些娘儿们吧，个个打扮得花枝招展！你听说过吗，一件衣服要花上千的卢布才能购得！他们花的还不是从农奴身上榨取来的血汗钱，或者更糟糕，是我们这帮人昧着良心弄来的钱。大家都知道，这帮人为什么要收受贿赂，为什么会昧着良心敛财，还不是为了给他老婆弄到一块披肩，或是几件漂亮的篷式衣裙，鬼才晓得这些衣裙都叫什么名称。那么买这么多好衣服是为了什么，难道就是为了不让讨人嫌的女人西多罗夫娜说，邮政局长夫人身上的衣裙比她的好，仅仅为此目的一下子就花掉一千卢布。有人大声喊道：‘举办舞会了！跳舞去！太高兴了！’舞会真的不怎么样，它既不符合我们俄国的实际，也不符合我们俄罗斯人的生活习惯。一个成年人穿上紧紧地箍在身上的黑色衣服，突然跳出来，两只脚好像在地上揉面团。有的人还搂着一个舞伴，他们一边跳，一边还谈着正事，他们的腿蹦来蹦去，像山崖上的山羊，而且还蹦出很多花样……完全是盲目地模仿外国人跳舞的姿态，法国人到了四十岁还像十五岁的少年，蹦蹦跳跳的，我们也在学人家。这样下去确实不行，每次舞会后，就好像做了一件错事似的，过后甚至于想都不愿意想它。头脑里简直空空如也，就像跟一个交际界的精英谈话，他夸夸其谈，什么问题都涉及到了，什么情况都谈到了，他引经据典，他的辞藻华丽，文句漂亮，可是过后，他的谈话在人们脑子里留不下任何印象。后来，你一定会发现，跟一个懂得经营之道的普通商人交谈比跟交际界的精英交谈要强得多，因为商人既有坚定的信念，又有实际经验。那么，从舞会中能得到什么益处呢？如果一个作家想真实地描写一下舞会的场面，那会是个什么场面呢？如果把舞会写进书里，那么舞会的真实情况就是无秩序、无条理、混乱不堪。舞会是合乎道德要求还是不合乎道德要求，只有鬼知道！你如果看了书中对舞会的描写，只能嗤之以鼻，然后合上书本。”这就是乞乞科夫对舞会的看法，他的看法很负面，他不赞同举办舞会。他之所以不赞成，也还有另一个原因，这原因就是，他在舞会上遇到一件令他非常愤怒的事。这件事使他从巅峰一下子跌到谷底，使他在众人面前大丢面子，使他成了一个难以理解的两面人。当然，他自认为是一个明智的人，他认为，诺兹德廖夫的话完全是胡说八道，他的那些蠢话有谁会信呢，尤其是现在，他要办的事已经办妥，这是最主要的，他什么也不用担心了。但是人就是这么奇怪，他对一些人本来就看不起，对他们的印象也很不好，认为他们整天忙于琐事，讲究穿戴，就是这些人一下子对他没有了好感,使他很痛苦。当他把发生的事认真分析一下之后,他认为事情的原因也得从自己身上找,这样一来,他就更烦恼了。但他没有生自己的气,在这方面他当然也不是没有道理的。我们大家都有一个小小的弱点,那就是对自己比较宽容,所以就设法找一个人,把自己的怒火都发泄在他的身上,比如家仆啦,刚好出现在你面前的下级官吏啦,妻子啦,甚至拿东西撒气,比如椅子啦。你可以抓起一把椅子,把它扔得远远的,扔到门口,把它的扶手和靠背都摔掉,让它知道什么叫震怒。乞乞科夫很快就找到了这个出气的人,他把引起自己烦恼和不快、使自己受到侮辱的一切罪责都加在这个人身上,此人就是诺兹德廖夫。没有什么可说的,他把诺兹德廖夫痛骂了一顿,就像走南闯北、富有经验的大尉痛骂骗子村长或车夫一样,有时将军也骂这些人,不过将军除了使用传统的骂法外,还补充了许多别人不熟悉的而是他自己发明的骂法。乞乞科夫不仅痛骂了一顿诺兹德廖夫,还把他的祖宗三代、家族成员全都捎带着骂了。

乞乞科夫坐在他那把圈手椅的硬座上,心情十分慌乱,也无意去睡觉,他仍然不停地咒骂着诺兹德廖夫和他的祖宗三代。他面前的蜡烛发出微弱的光亮,烛芯上结了一大块黑黑的烛花,蜡烛随时都可能熄灭。他从窗户望出去,夜幕已慢慢降临,天色已经发蓝,远处的鸡叫声此起彼伏,整座城市已渐渐进入梦乡。这时,一个穿粗呢大衣的人慢腾腾地走来,他是不是当官的还是平头百姓,他是不是有军衔,这些都不知道,但他可能是一个不幸的人,他只知道由冒险的俄国人走熟了的这条路。此时此刻,在这个城市的另一头,出现了一辆破旧不堪的马车,它肯定会给我们的主人公带

在这个城市的另一头,出现了一辆破旧不堪的马车……

来更大的不愉快。确切地说，这辆古怪的马车正沿着远处的街巷叮叮当当地驶来。至于这辆马车是什么类型的马车，很难说清楚。它既不像四轮马车，也不像带弹簧的马车，更不像活动篷式轻便马车，它更像一个装上轮子的特大的西瓜。西瓜两边，也就是马车两边的车门上还留有黄漆的瘢痕，车门关不上，因为把手和搭扣都失灵了，所以才用一根绳子勉强把门拴上。马车里边放着很多用印花布做成的垫子，有荷包形的，有长圆形的，还有枕头形的。马车里还放着大量的各式各样的面包，有锁形白面包，有鸡蛋馅小甜面包，有烫面面包，有花形面包。在这些面包上面还放着鸡肉馅儿饼和加了腌黄瓜的鱼肉馅儿饼。车后的踏板上站着一个仆人，看情况是个家生奴。他穿一件家织杂色土布上衣，胡子已经花白，一般人管这种仆役叫"跟脚的"。铁把手和锈迹斑斑的搭扣发出的刺耳的声音唤醒了岗警，他立刻拿起自己的长柄斧，大声地喝道:"什么人?"但是他发现，外头并没有人，只听见远处有丁零当啷的声音，这时他从自己的领子上抓到一只虱子，他走到路灯下，立刻用指甲把虱子挤死了。之后，他放下手中的武器，按照警卫条令，又去睡觉了，马的蹄子上没有钉掌，所以马经常打失，况且对城里这种舒适的石板路也不大熟悉。笨重的马车穿过大街，驶过小巷，拐了几个弯，终于拐进一条昏暗的胡同，驶过一座不大的尼古拉教堂，停在大司祭之妻的住宅大门前。从马车里下来一个村姑，她头上包着头巾，上身穿一件坎肩，她攥紧拳头，用力敲打大门，即使男人也没有她这么大的力气。顺便说一句，那个穿一件家织杂色土布衣的跟脚的在踏板上站着就睡着了，而且睡得死死的，还是被人揪住脚，才把他揪下车。狗叫起来了，大门终于开了，这辆笨重的马车费了好大劲才驶进院子。院落不大，而且堆放着很多劈柴，鸡窝、板房、小仓库等就占了不少地方。从马车里下来一位太太，她就是十级文官夫人女地主科罗博奇卡太太。在我们的主人公乞乞科夫同她告辞以后，老太太很快就心神不定、坐站不安起来，她担心乞乞科夫是个骗子，她一连三天三夜没有合一下眼了。她决定到城里去一趟，也顾不上给马钉掌子。她想，她到了城里，一定能了解到已经死了的农奴究竟能卖多少钱；她想，她会不会要价太低了，卖得太便宜了，那可不行！这位女地主的到来，会引起什么后果，读者仅从两位太太的谈话中就可以了解到。至于这个谈话……最好还是把这个谈话留给下一章吧。

第九章

一座橙黄色的木结构住宅坐落在路旁，住宅的顶上建有气楼，蓝色的廊柱耸立在大门两旁。一大早，也就是说还没有到一般省城人出门访客的时间，一位太太从这座住宅的大门里飘然走出。她身穿时髦的大方格女式斗篷，跟随其后的是一位仆人，他穿一件大披肩大衣，头戴一顶饰有金边闪闪发亮的圆顶筒帽。此时，这位太太急匆匆奔向停在门口的马车，登上脚踏板，坐进车厢。仆人立刻关好车门，收起脚踏板，然后上了马车后面的踏板，朝着车夫喊了声："走啦！"太太刚刚听到一条新闻，因此激动万分，她急不可耐想把这条新闻告诉别人。她从车窗一直张望着窗外，她发现马车走

此时，这位太太急匆匆奔向停在门口的马车，登上脚踏板，坐进车厢。

了好长时间了，才走了一半的路程，她心中充满难以言表的烦恼。她觉得她所经过的每栋房子都变得比平常长多了。养老院的房子是白色石结构，窗户很窄，马车经过养老院就走了不短的时间，真让人着急。最后，她终于忍不住说道："怎么搞的，这些该死的房子看不到头也看不到尾，变得这么长！"她两次催促车夫："快点，快点！安得留什卡！你今天是怎么了，走了这么长的时间，真让人难以忍受！"终于到达目的地了。马车停在一座灰色的木结构平房前，房子的窗户上方装饰着浮雕图案，窗前紧挨着窗户装有高高的木栅栏，窗子外面有一个用栅栏围起来的窄小的花园，栅栏之外有几棵矮小的树，树上落满了市区的灰尘，所以这些树看上去一点也不绿了，全变成灰白色了。窗子里的窗台上摆着几盆花，一只鹦鹉被关在笼子里，它用嘴钩住铁环，不停地动来动去，两只小狗在太阳地里睡觉。这所房子里住着来拜访的太太的挚友。现在的问题是怎么称呼这两位太太，这让作者犯了难，因为弄得不好，就会像以前一样，引起两位太太的不满，甚至她们会大发脾气。如果随便给她们起一个名字，这么做又太冒险了。无论你给谁起名字，在我们这么大的一个国家里，随便找一个什么地方，在这里准能找到和他同名同姓的人，他一定会气得要死。他一定会认为，作者这里说到的人就是他，而不是别人。作者一定是明察暗访过他的情况，比如他是什么性格呀，他平常出入准穿一件皮大衣呀，他经常去拜访一个叫阿格拉费娜的女士呀，他喜欢吃什么呀，等等，等等。如果称呼他的官衔，那就更不得了了，更冒险了。现在我们的那些当官的和拥有特权的人，一个个火气大得很，凡是印在书上的东西，他们认为这都是对他们的人身攻击，这种捡顶帽子就往自己头上扣的情绪真是要不得。你只要说某某城里有一个愚蠢的人，这就构成了人身攻击，一位相貌堂堂的老爷突然跳出来大喊大叫道："我不也是人吗？因此我也是愚蠢的人啰！"总而言之，他听到这样评价的第一反应就是：这是对他的人身攻击。所以为避免这种情况的发生，我们把客人前来拜访的这位太太称作很是招人喜欢的太太，因为省城的人都这样称呼她。她获得这个称呼是有道理的，因为她为此做出了很大的努力。当然，她在这个称呼中不知不觉也注入了带有女性特征的处世之道，如见风使舵啦、八面玲珑啦、巧言利舌啦等等，等等。不过有时候，在她那取悦于人的话语中也显露出锋芒，如果有人施展手段占了上风，她心里就很不舒服，就很恼火，她也不希望这样的事发生。但是这种唯我独尊的风气都被省城才有的上流社会那种表面的温文尔雅所遮掩。她的个人兴趣主使着她的一切行动，她甚至喜欢诗歌，常陷入幻想中，因此大家都认为她是一位很是招人喜欢的太太。另一位太太，也就是登门来访的这位太太没有这么多的特点，所以我们把她叫做也是招人喜欢的太太。女客的到来惊醒了在太阳地里睡觉的两只小狗：一只长毛狗叫阿捷利，另一只细腿狗叫波普利。两只小狗卷起尾巴汪汪地叫着朝前厅飞跑而去，这时女客正在前厅脱去斗篷，露出了花色都很流行的衣裙以及长长的狐尾围脖儿。她身上的茉莉香味立刻散发到房间。很是招人喜欢的太太刚一知道也是招人喜欢的太太已经到来，马上快步来到前厅。两位太太手拉着手，互相亲吻着，大声说笑着，就像两个刚从学校毕业后偶然碰到一起的同学而大声说笑一样，她们的母亲还未来得及告诉她们，她们当中一个的父亲比另一个的父亲穷，一个父亲的官儿也比另一父亲的官儿小。她们亲吻时，竟然发出吧吧的响声，招惹得两个小狗又叫起来。女主人用头巾抽打了它们两下，它们才不叫了。两位太太来到浅蓝色的客厅，客厅的一个角落摆着沙发和一张椭圆形桌子，还有四扇爬满常春藤的屏风。长毛狗阿捷利和细腿狗波普利哼哼唧唧地也跟在他们后面跑进来了。“请到这边来，请到这边来！”女主人让客人坐到长沙发的一边。“好了，我们就坐这儿吧，这只靠垫给您！”女主人说着把靠垫塞在客人的背后。靠垫上绣着一个骑士，这个图案是用十字布绣成，所以鼻子绣成阶梯形的，嘴巴绣成四角形的。“您来了，我真高兴……我听说有客人来了，我就想，这会是谁呢，来得这么早。帕拉莎说：‘是副省长的夫人吧！’我就说：‘你看，你看，这个蠢娘儿们又来烦人了，真讨厌！’我正想让人去支应她说，我不在家……”

来客想把话锋转入正题，想把自己知道的新闻告诉女主人。但是此时，女主人却惊叹了一声，就这样，她把话题引到衣服的布料问题上来了。

“这种印花布真够鲜艳的！”女主人看着客人身上穿的衣裙赞不绝口地说道。

“是的，这种花色是很鲜艳。不过费奥多罗夫娜却认为，如果方格再小一点，如果花点不是棕色的，而是浅蓝色的，那就更好了。有人给她妹妹捎来一块衣料，别提有多好看了，真是难以用言语形容。您想想看，布料上的条纹细极了，只有凭想象才能看见。底子是天蓝色的，条纹之间布满了小碎花。总之一句话，太漂亮了。可以肯定地说，到目前为止，世界上还没有见过这么漂亮的布料。”

“亲爱的，这种布料太花哨了。”

“唉，不能说花哨。”

“哎呀，是花哨！”

必须指出的是，女主人在一定程度上信奉唯物主义，她是一个否定论者和怀疑论者，对生活中的很多事物均采取摒弃的态度。此时，客人解释说，这种布料不花哨的理由，接着又大声说道：

“您说得对，现在的衣裙都不再打褶儿了。”

“怎么不打呢？”

“用锯齿形花边代替了。”

“哎呀，锯齿形花边难看死了！”

“现在锯齿形花边用得极为普遍，披肩上、袖口上、肩章上、裙衣的下摆上都用的是花边。”

“索菲娅，如果到处都用这种花边，那就用俗了！”

“安娜，不但不俗，而且更显漂亮。肩带要宽，把肩带边缝成双褶儿的……但是您一定会吃惊的，您一定会说……您之所以会吃惊，是因为在您的想象中，束胸做得很长，前胸突起，前面的衬片超出束胸。裙子的周围都打上褶儿，整个裙子就会鼓起来，和旧时用架子撑起来的筒裙差不多，甚至在裙子后边填充上一点棉花，女人穿上这种裙子，显得仪表堂堂，姿态大方。”

“我承认，这种裙子穿上是很大方！”女主人说道，她说这话时昂着头，表示出一种庄重的神态。

“确实，我也这么认为！”客人应对道。

“您想赶这个时髦，您去赶吧，我可不想赶这个时髦。”

“我也不想赶时髦……说实在的，追逐时髦已经到了什么程度，你是难以想象的……简直不成体统！我和姐姐要来了裁衣服的样子，也是有意闹着玩儿的，我的梅拉尼娅已经开始缝了。”

“您已经有裁衣服的样子了？”女主人惊呼道。看得出，女主人有点心动。

“当然啰，是姐姐给我的。”

“亲爱的，把样子给我用一下吧！我求您了！”

“哎呀，我已经答应普拉斯科维亚了。等她用完了再给您用，好吗。”

“等她用完了，谁还愿意再穿这种款式的衣裙呢？您怎么不先给自己的亲戚用，倒先给外人用？真让人不能理解。”

“您知道吗，她还是我的堂姑呢！”

“哎呀，她是您哪门子的堂姑，她是您丈夫的亲戚……索菲娅，我真不想听您这么说，您这么说，简直就是对我的侮辱。看来，您是不是已经讨厌我了，您是不是不想跟我交往了。”

理亏的索菲娅此时此刻不知说什么好，这完全怨她自己，她是自己把自己放在烈火上烤。谁让她显摆来着！这时她真想用针扎她这只笨拙的舌头。

“我们那位魅力无限的爷们儿怎么样啊？”这时女主人问道。“哎呀，我的天，我到您这儿是干什么来了？幸好您知道我到您这儿来的目的！”此时的客人呼吸有点急促，因为她想说的话急于要说出来，如果她的这位真挚的女友想拦住她，不让她说，那就不近人情了，或者可以用残酷二字来形容。

“不管您怎样夸奖他，怎样赏识他，”她无比激动地说道，“我直说吧，当着他的面我也这么说，他这人很卑鄙，卑鄙透了，太卑鄙了。”

“请您听我慢慢道来……”

“传闻说他长得很帅，其实他一点也不帅，单他那只鼻子就不招人喜欢。”

“安娜，亲爱的，让我给您讲下去……我要讲的是一个故事，您明白吗，是一个真实的故事！”客人带着悲戚的表情用恳求的声音说道。这里不妨提一下，两位太太交谈时，使用了不少法语词汇，甚至整句话整句话用的完全是法语。作者对法语给俄罗斯带来的极大好处充满了景仰之情，作者对我国上流社会那种随时随地都把法语挂在嘴上的值得称道的风气充满景仰之情，当然他们这么做也是出于对祖国深刻的爱。不过不管是什么情况，我还是不打算把任何一句法语写进我这部俄罗斯的史诗中。那好吧，我们还是用俄语继续往下写吧。

“您要讲的是个什么故事？”

“嗨，亲爱的安娜，如果您能想象一下我当时的情况就好了！您想啊，今天大司祭的老婆——就是基里尔神甫的老婆——来找我。您能猜得到吗，我们那位外地来的谦谦君子是个什么样的人呢？”

“我知道了，他是不是向大司祭的老婆献殷勤了？”

“唉，安娜，如果他向大司祭的老婆献殷勤，甚至求爱，这倒没什么。可是您听着，大司祭的老婆说：女地主科罗博奇卡太太来找他，当时科罗博奇卡太太一副惊魂未定的样子，脸色苍白。她说的情况简直就是一部小说。她说，一天，已是半夜三更时分，家里的人都睡了，突然有人敲门，真是吓死人了！来人一边敲门还一边喊道：‘快开门，快开门，要是不开，我就砸门了！’您是不是觉得这事很蹊跷？后来我们那位魅力无限的爷们儿又怎么样？”

“难道这位科罗博奇卡太太既年轻，又漂亮？”

“她呀，什么都不是，她已是一个人老珠黄的老太婆！”

“哎呀，这事情太妙了！他竟然去追求一个老太婆。这件事情也说明，我们这位女士的口味真够好的，居然喜欢上这么个男人。”

“安娜，您想到那里去了，根本不是这么回事。您想象一下，一个全副武装的强盗突然闯进门来，大声吆喝道：‘快把你已经死去的农奴通通卖给我！’科罗博奇卡太太回答得很在理，她说：‘我不能卖给你，因为他们都死了。’‘不，他们没有死。他们死了还是没有死，这是我的事，’他大声嚷道，‘他们没有死！’总之，他又是吵又是闹，真是吓死人。结果此事惊动了全村的人。大家都跑来了，小孩哭，大人叫，大家都不知道是怎么回事，只有恐怖笼罩着所有的人！……安娜，您根本想象不到，当我听到这样的事情后，我吓成什么样子。玛什卡对我说：‘亲爱的夫人，您去照照镜子吧，您的脸色刷白。’‘我哪有工夫照镜子，’我心里想，‘我必须尽快把这件事告诉安娜。’我立刻吩咐套车，车夫安得留什卡问我到哪儿去，当时我一句话也说不出来，只是两眼盯着他，像个傻子，我想，他一定以为我疯了。安娜，现在您能想象得到，我当时吓成什么样子了！”

“这事情说来也真奇怪，”安娜说道，“这些农奴都已经死了，还有什么用处呢？说实在的，我真是一点也不明白。我已经是第二次听到有关死农奴的事了。我丈夫说，诺兹德廖夫是造谣。不管是什么情况，其中必有玄机。”

“但是安娜，您知道，当我听到这件事后，我是一个什么样的心情。科罗博奇卡说：‘现在我简直不知道该怎么办。他强使我在一张伪造的文书上签了字，丢下十五卢布的纸币。我是一个既缺乏社会经验又无依无靠的寡妇，我什么也不懂……，这就是事情的经过，我当时经受的惊吓，经受的恐惧，您是难以想象的。”

“随你怎么想，但是这件事情却不仅仅是个死农奴的问题，这里还暗藏着玄机。”

“我也是这么认为的。”客人说这话时，带着惊讶的语气，她感到心中充满一种强烈的愿望，那就是非常想弄清楚，这个问题里边究竟暗藏着什么玄机。她不紧不慢地问道：“怎么样，您认为这里边究竟暗藏着什么玄机？”

“您说呢？”

“我吗？……说真的，我心里乱得很……”

“不过，我还是想知道，您对这个问题有什么看法？”

但是客人什么看法也说不出来。她只会惊慌，如果让她对这个问题进行理智的判断，进行理智的推测，她就无能为力了。因为她比别的女人更需要亲情和友情，她是生活在情感中的人。

“那好吧，我告诉您，这些死农奴是怎么回事。”女主人说道。客人听女主人这么一说，于是就竖起耳朵，挺直身子，全神贯注地听起来。她现在是身轻如燕，她好像不是坐在沙发上，而是飘在沙发上，只要冲她吹一口气，她就会飞向空中。这就好比一个带着猎犬去打猎的俄国老爷，策马来到树林边，眼看一只兔子就要被老爷的跟随从林子里驱赶出来，于是他的坐骑和他手中的驱犬长鞭立刻变得一动不动，就像一堆只要用火种一点马上就会暴燃的火药。他的两眼紧紧地盯着雾气腾腾的前方，只要兔子一出现，他立刻就会策马追上去，把兔子打死。尽管暴雪横飞，狂风大作，把银白的雪花吹到他的嘴里、胡子上、眼睛里、眉毛上和海狸皮帽子上。

“已经死了的农奴……”女主人说道。

“怎么了？怎么了？”激动的客人紧接着问道。

“那好吧，我告诉您，这些死农奴是怎么回事。”女主人说道。客人听女主人这么一说，于是就竖起耳朵，挺直身子，全神贯注地听起来。

“已经死了的农奴！……”

“哎呀，到底怎么了，您快说呀！”

“这只是他放出的烟幕弹，是为了遮人耳目。他的真正目的是想拐走省长的女儿。”

这种说法太使人感到意外了，人们根本不会往这方面想。客人听到这种说法，简直是目瞪口呆，脸色立刻变得刷白，着实吓了一大跳。

“哎呀，我的天哪！”她举起两手一拍，大声说道，“我无论如何也不会往这方面想。”

“说实在的，您一张开嘴，我就知道您想说什么。”女主人回应说。

“可是安娜，这件事情过后，人们会怎样看待贵族女子中学的教育呢！省长的女儿本来是个天真无邪的姑娘！”

“什么天真无邪！她说的那些话我都听见了。坦率地说，我还真没有勇气再把她说过的那些话重复一遍。”

“安娜，您知道吗，当我们亲眼看到这种道德沦丧已经到了何种程度时，怎不叫人忧心如焚呢！”

“男人一看见她，就会神魂颠倒。可是在我看来，她有什么超人之处呀……她那矫揉造作的姿态简直让人受不了。”

“哎呀，亲爱的安娜，她真像一尊雕像，脸上毫无表情。”

“是的，她这人太矫揉造作了！太矫揉造作了！这种作风她是从哪儿学来的，我不知道，但是我还从来没有看见过像她这样矫揉造作的女人。”

“亲爱的，她简直就是一尊雕像，她的脸色像死灰一样。”

“索菲娅，也不能这么说，她搽了很多胭脂，她连脸都不要了。”

“哎呀，安娜，您说到哪里去了，她脸上抹的全是白粉，纯粹的白粉。”

“亲爱的，我就坐在她旁边，我看她脸上的胭脂有手指头那么厚，所以就像墙上的灰皮，一块一块往下剥落。这都是跟她妈学的，她妈就是一个卖弄风情的女人，女儿在这方面一定会超过她妈。”

“那您就发个誓吧，至于发什么誓，随您的便，可我敢发誓，只要她脸上有那么一丁点儿胭脂，即使是有那么一丁点儿胭脂的影子，就让我马上失去孩子、丈夫和全部财产！”

“索菲娅，看您说的！”女主人举起两手轻轻一拍，说道。

“哎呀，安娜，说真的，您这是怎么了！我瞅着您的样子很是惊讶！”客人说着也举起两手轻轻拍了一下。

是的，读者一定会感到奇怪，因为两位女士几乎是在同一时间看到省长的女儿，但两人对她的外表的描述却完全不同。的确，世上有很多事物具备这样的属性：一位女士看到它，认为它是白色的，而另一位女士看到它，却认为它是红色的。

"对了，我再举一个例子，证明她脸上搽的是白粉，"客人继续说道，"我清楚地记得，当时我坐在马尼洛夫旁边，我对他说：'您瞧，她的脸色多么苍白呀！'可是我们的男士们真是糊涂到了极点，他们竟然还赞赏她。而我们的那位魅力无限的爷们儿呢……哎呀，他这人真讨厌！安娜，您想象不到他有多讨厌。"

"但是，有的女士对他心存好感。"

"安娜，您这是说我吗？您可千万不能这么说，永远不能这么说！"

"我可不是说您，好像除了您，就没有别人似的。"

"安娜，您可千万不能这么说！请允许我提醒您，我是很了解我自己的。别的女士就难说了，她们表面上装着不苟言笑、冷若冰霜的样子，实际上正是这些人才会打他的主意。"

"索菲娅，请原谅，我也必须告诉您，这种丢人现眼的事我可从来没干过。别人干过没干过，很难说，可我没干过，这一点我需要向您说明。"

"您千万别多心！那天在场的女士不少，有的女士抢先占据了靠近门口的椅子，因为这样就可以坐得离他近一点。"

客人说了这一番话之后，不可避免地会掀起一场风波。但是，令人没有想到的是两位女士激动的得情绪突然平息下来了，谁也没有继续发作。女主人想到的是，她还没有拿到时装的裁剪样子；而客人心里明白，她还没有来得及从她的亲密女友——女主人的口中打听到这一发现的任何细节，所以两人很快就和好了。从两位女士的性格来看，她们并不希望给别人制造不愉快，她们的心地还是善良的，她们只是在交谈时，不免相互说点挖苦的话、讽刺的话。有时为了寻开心，只要有机会，就插上一两句活跃气氛的俏皮话。无论是男士还是女士，他们的心理都会有各种各样的需要。

"但是我不明白，"客人说道，"乞乞科夫是个外地人，他怎么会下定决心做这种胆大妄为的事呢。如果没有人协助他，他是不可能做的。"

"而您认为没有人协助他吗？"

"谁会协助他呢？"

"还有谁呢，肯定是诺兹德廖夫呗。"

"诺兹德廖夫会协助他？"

"怎么不会呢？会的。您可知道，他还打算把他亲爹卖了呢，或者更确切地说，他赌博输了钱，把他爹输给别人了。"

“哎呀,我的天哪,您告诉我的这条新闻太有意思了!我万万没有想到,诺兹德廖夫也参与到这件事情中来了!”

“我总是能想在事情的前面。”

“正如您说的,这么大的世界,什么事情都会发生!您还记得吧,当乞乞科夫刚刚来到省城时,谁能想到他会在上流社会搞出这么一桩怪事?哎呀,安娜,您知道吗,我知道了这件事后,吓了一大跳!要是没有您对我的深情厚谊,对我的关心,我的精神几乎都要崩溃了……这是为了什么?我的玛什卡发现我的脸色特别难看,就对我说:‘太太,您的脸色特别难看。’我说:‘玛什卡,我现在什么都顾不上了。’原来事情竟出乎人们的预料!而且诺兹德廖夫也参与其中,这事情真令人费解,简直需要请教高明了!”

客人非常想知道关于诱拐的更为详实的细节,比如从几点钟开始诱拐的,等等,等等。女主人直截了当回应说,她也不知道。她不会撒谎,但是推测是可以的。不过也不能凭空推测,推测也得有个基础,这基础就是自身的信念,自己事先对问题必须有自己的看法。一个人要是有了自身的信念,她就敢于坚持自己的意见。如果有一个以能言善辩而著称的律师想和她比比高低的话,那他肯定会领略到自身信念的厉害。

两位女士深信她们的推测是十分准确的,她们的推测就是事实,她们的这种自信毫不奇怪。我们的同胞都是聪明绝顶的人,我们自己就这么认为,我们的学术研究就证明了这一点。一位学者最初接触研究课题时,总是抱着不入流的态度,总是畏首畏尾,提问题时也表现得相当的谦虚。比如他问道:这个国家的国名是不是由此而来?是不是由那块偏僻的角落而得名?又比如他问道:这个文献是不是属于另一个较晚的时期?这个民族指的是哪一个民族?他立刻援引出古代作家的话,他一旦发现这些话中包含着暗示,或是他感觉到了这种暗示,他立刻振作起精神,与古代作家随便地对起话来。他向他们提出问题,甚至自己替他们对这些问题做了回答,他完全忘记了,这些问题开始时还只是一种不确定的推测。他觉得这些问题他已经看得很清楚了,可以得出结论了,这个结论就是:“事实胜于雄辩。那个民族就是我们所议论的民族,需要从这一点出发来对待研究的对象!”然后他站在讲坛上大声宣读他的结论,于是这个新发现的真理就在全世界传布开来,他争得不少追随者和崇拜者。

正当两位女士成功地和巧妙地解决了这样错综复杂的问题时,检察长走进客厅里来了。他绷着脸,皱着眉,眨巴着一只眼。两位女士争着上前和他搭话,一个告诉他说,乞乞科夫买下的农奴都是已经死了的农奴,另一个告诉他说,乞乞科夫打算把省长的女儿拐走。她们讲的这些事简直把他弄糊涂了。他不知所措地站着,好久没

她们讲的这些事简直把他弄糊涂了，他不知所措地站着，好久没有挪一下地方。

有挪一下地方。他眨巴着左眼，用手绢掸掉落在胡子上的鼻烟，至于她们对他说的事，他可是一点也不明白。此时，两位女士丢下他，各奔一方，向全城人做鼓动宣传去了。她们只用了半个多小时就收到了效果。人们听到这一传闻马上就骚动起来，谁也不清楚这是怎么回事。这两位女士最善于施放烟幕，迷惑人们的眼睛，使所有的人，特别是那些大大小小的官员们，一段时间内处于一头雾水、不知所措的境地。他们最初的状态就像一个熟睡的小学生被醒得早的同学往鼻孔里塞入卷着烟末的纸捻后的状态一样。半睡半醒的小学生把全部烟末都通通吸入自己的鼻孔后，渐渐地醒过来了。他突然从床上爬起来，瞪大眼睛，像个傻子，呆呆地看着周围，不知道自己现在在什么地方，究竟发生了什么事。后来他看见太阳光斜射到墙壁上，听见躲在角落里的同学们的笑声，看到窗外已经降临的早晨——树林已经苏醒，到处是鸟儿的啼叫声，小河闪着银光，弯弯曲曲地从纤细的芦苇中间流过，不知流向何方，河里有很多赤身裸体的孩子在耍水，他们招呼别的孩子下水去和他们一起玩儿——直到现在，他才感觉到他的鼻孔里塞着一个纸捻儿。省城的居民和官员们听了两位女士讲述的新闻之后，在最初一段时间，他们的状态和那个小学生被同学捉弄后的状态完全一样。人人都像一只受到惊吓的野山羊，睁大眼睛呆呆地站着。要让他们把死了的农奴、省长的女儿和乞乞科夫这三者连在一起和搅在一起，是不可思议的事。后来，当他们头脑清醒一些时，他们认为这三者之间没有必然的联系，所以他们要求说明。可是当他们得不到任何说明时,就非常恼火。这可真是怪事,尤其是死农奴的事更加奇怪了!怎么会去购买已经死去的农奴呢,这根本不合乎情理嘛!世界上竟有这样的傻瓜?这钱花得也太不值了!这些农奴已经死了,他们还能干什么呢?他们还有什么用呢?为什么要把省长的女儿和死农奴扯到一起呢?如果他想拐走省长的女儿,他干吗还要买死农奴呢?买死农奴和拐走省长的女儿,这之间有什么联系吗?如果他的目的是买死农奴,那他干吗要拐走省长的女儿?难道他想把死农奴作为礼物赠给她不成?真是荒唐至极。但人们为什么还要把这样的荒唐事传遍全城呢?这种风气真是要不得,你还没有来得及转过身来呢,一则故事就被编造出来了。如果这则故事有什么意义也还罢了……这样的故事所以能流传开来,总有它的缘故吧!难道这缘故都是由死农奴而引起?这怎么可能呢,这简直就是胡说八道、信口开河、无中生有。恐怕是鬼迷心窍所至!……总之,全城人都在议论这件事。有的人议论死农奴和省长女儿是什么关系。有的人议论乞乞科夫和死农奴是什么关系,有的人议论省长女儿和乞乞科夫是什么关系,全城人都参与到议论中来了。这件事就像一股旋风横扫过沉睡的城市。懒汉们都从洞穴里爬出来了。他们穿着睡袍在家里躺了好多年,他们不是埋怨鞋匠给他们缝制的鞋子太小,就是埋怨裁缝为他们做的衣服不合身,或是埋怨车夫老是喝得酩酊大醉。那些早已和亲朋好友断了来往,只和“睡觉”、“打呼噜”、“做梦”有交情的人,那些足不出户,你就是用五百卢布的鱼肉大宴,外加四尺长的大鲟鱼和入口即化的馅儿饼也无法诱使其走出家门的人,现在都走出来了。总而言之,省城原来如此之大,人口原来如此之多,人烟原来如此之稠密。连过去从来没有听说过的瑟素伊和马克多纳利德也出来了。过去从来没有看见过的一只胳膊被子弹打穿的、个子高得出奇的男子也出现在交际场所。大街上出现了带篷子的轻便马车和敞篷马车,以及形形色色奇特的马车。它们发出的轰隆声、卡啦声、叮当声响成一片。要是在另外的时间,在另外的情况下,这样的传闻大概不会引起人们的任何关注。但是省城已经好长时间没有得到这样的传闻了。别的城市管这种传闻叫做流言,甚至有三个月了,流言还没有在这儿出现。众所周知,流言对一个城市来说,无异于及时运来的粮食。当人们议论这些传闻的时候,同时出现了两种对立的意见,从而也就形成两个对立的派,即男派和女派。男派都是些头脑糊涂的人,他们把关注点都放在死农奴身上,女派则专门研究拐走省长女儿的问题。值得称道的是女派的思想清晰,条理分明,考虑问题慎重、周密。她们的任务就是当好主妇,她们能驾驭家务中的一切工作。她们很快就把事件捋出一个头绪,去掉了一切疑惑和猜测的成分,使事件变得一目了然,无可争议。一句话,她们把事件弄了个水落石出。原来乞乞科夫已经堕入情网,人们已经看见他二人经常在花前月下幽会。省长似乎有意把女儿嫁给他,因为乞乞科夫是个大款，非常有钱。不过乞乞科夫是个有老婆的人，他老婆知道自己即将失去丈夫的爱而非常痛苦，于是亲笔给省长写了一封感人至深的信。当乞乞科夫知道女方的父母决不答应这门婚事时，决定把他们的女儿拐走。至于省城的女士们是从哪里知道乞乞科夫是一个已有老婆的人，这就无从考察了。关于这件事，在别的女士中间，还流传着另外一种说法：乞乞科夫根本没有老婆，他为了把女儿弄到手，决定先从母亲下手，和母亲建立了暗中偷情的关系，然后再向女儿求婚，但是母亲担心这样做会触犯教规，惹恼神灵，她受良心的责备，坚决拒绝了这门婚事，所以乞乞科夫才下决心拐走女儿。在这件事流传的过程中，人们对它又做了许多补充和修正，最终这件事流传到大街小巷，甚至流传到最偏僻的地方。在我们俄罗斯，生活在社会底层的人们特别喜欢议论来自上层社会的飞短流长，就连那些棚户人家也加入了议论的行列，虽然他们根本不认识和也没见过乞乞科夫这个人，但他们谈起来振振有词，又是补充，又是释疑，把事情说得有鼻子有眼。这件事情就这样越传越完整，越传越吸引人，最后，终于原原本本地传到省长夫人的耳朵里。省长夫人，作为家里的母亲，作为省城的第一夫人，没有料到会有这种传闻。她认为这种传闻是对她的侮辱，她非常愤怒，不论从哪个角度看，她的愤怒都是正当的，都是可以理解的。可怜的金发女郎经历了一次和母亲单独的不愉快的谈话。这次谈话给一个十六岁的女孩造成了多么大的压力啊！审问、申斥、威吓、责备、训诫，像决堤的洪水，一股脑向姑娘倾泻而来，弄得的姑娘泪流满面，恸哭流涕，母亲说的话，她一句也没听懂。这时，看门人接到一条死命令，即任何时候，任何情况下，都不许放乞乞科夫进来。

女士们把省长夫人的名声作贱了个够，然后去做男士们的工作，希望他们倒到女士们一边来，并且让他们相信，死农奴是乞乞科夫编造出来的谎言，其目的是为了转移人们的猜疑，以便他能顺利地把省长的女儿拐走。很多男士完全站到了女士们这一边，完全同意女士们精心编造的故事。他们全然不顾其他男士对他们的责难，其他男士骂他们是女士的附庸，是女士的奴仆。大家知道，对男士的这种评说，是对男士的最大侮辱。

但是，尽管男性社会中个个都善于唇枪舌剑，可是男性社会内部并没有像女性社会那样，形成一种大家都遵守的秩序。在男性社会中，不管是言论，还是行动，都那么冷酷、粗野、笨拙、混乱、不协调、不怀好意。他们的脑子里是一锅粥，毫无条理，他们的思想没有连贯性，往往自相矛盾，不是很纯洁——总而言之，这充分暴露出男士在思想上空虚、轻率、粗鲁、笨拙。他们既不会主持家务，也没有一个坚定的信念，也没有一个对问题的个人见解，往往是人云亦云。他们不自信，整天游手好闲，对一切事物都抱着怀疑态度，而且还胆小怕事。他们认为，这一切都是胡诌出来的，至于拐走

审问、申斥、威吓、责备、训诫，像决堤的洪水，一股脑向姑娘倾泻而来，弄得姑娘泪流满面……

省长的女儿，那是骠骑兵们的专长，像乞乞科夫这样的文职人员干这种事是外行，这都是那些娘儿们瞎说的，娘儿们就好比一个口袋，你往里面装进什么，它里面就有什么，至于死农奴的问题倒是一个值得关注的问题，但是死农奴到底是怎么一回事，谁也说不清，说不定这个问题里暗藏着什么玄机，或者暗藏着不可告人的丑恶行径。为什么关于死农奴的问题，男士们是这个看法呢？我们马上就会弄清楚。省里派来了一位新总督，这件事在官员中引起一片惊慌。他们马上面临的是新总督千方百计挑他们的错儿，对他们进行严厉的训斥，并无休止地委派他们去完成各种各样的困难差事，用此办法折磨他们。官员们都在想："啊呀，这还得了，如果总督大人知道了城里还流行着这种无聊的传闻，他一定会大发雷霆。"医务管理局的总监突然脸色变得刷白，天晓得他心里在想什么，可能是由于"死农奴"的问题，他想到在流行性热病肆虐期间，由于他没有采取任何防治措施，大批患者死在医院里和其他地方。他可能还想到，乞乞科夫有可能是总督衙门派来进行暗访的。他把他的想法报告了主任。主任说，这简直是胡说八道，这怎么可能呢！可是过了一会儿，他的脸色也突然变得刷白。他想，万一乞乞科夫买下的农奴是死的呢？买卖农奴的契约是他审批的，也是他同意签署的，此外，他还充当了普柳什金的代理人，这些事要是让总督大人知道了，那还了得？关于这事他只和两个人说过，这两个人顿时也吓得面无血色。这种恐惧感迅速传染开来，比鼠疫还传染得快。官员们都纷纷从自己身上找问题，甚至把不是自己犯的过失也都算在自己身上。“死农奴”这个词的含义很不确定，人们对它可以做出不同的解释。甚至有人怀疑，“死农奴”是不是暗指最近暴亡而掩埋的几具尸体，因为不久前发生过两起命案。第一个命案的案情是：几个索利维切戈德斯克的商人到省城来赶集，做完生意后，他们设酒宴招待他们的朋友乌斯季瑟索利斯克的商人。酒宴既保持了俄国人举行酒宴的传统，又掺和进德国人喜欢利用酒宴玩出个新花招的习惯。酒宴上有清凉饮料，有混合甜酒，还有芳香酒等。依照惯例，酒宴最后是打斗。打斗的结果是索利维切戈德斯克的商人打死了乌斯季瑟索利斯克的商人，不过他们自己也伤痕累累，腰两旁，肚皮上，都受了伤。这说明死者也非等闲之辈，他们的拳头也够厉害的。得胜者中，照斗士们的说法，一个人的鼻子被打掉了，也就是说鼻梁骨被打碎了，结果留在脸上的鼻子只有半个指头那么长。商人们向当局认了错，并为自己开脱，说他们是玩过了头。后来有传闻说，他们认罪的同时，向官员们塞了钱。当局认为这个案子的案情不太明朗，经过调查，那个乌斯季瑟索利斯克商人死于煤气中毒。既然是死于煤气中毒，因此也就把他们作为已经煤气中毒者埋葬了，这个案子也就了结了。另一个命案是不久前发生的，案情是：傲慢村的官府农奴联合上好斗村的官府农奴，把一名当地的警察局长德罗比亚什金给干掉了。这个家伙经常到他们村子里闲逛，他是一个好色之徒，一看到村子里的大姑娘小媳妇就走不动了。大家躲他就像躲瘟疫一样。不过他到底有什么罪行，尚不清楚。虽然农民们在诉状中说，这位

傲慢村的官府农奴联合上好斗村的官府农奴，把一名当地的警察局长德罗比亚什金给干掉了。

警察局长荒淫无道,像一只馋猫,人们对他防不胜防。有一次他赤条条潜入一农户家,被赶了出来。当然,警察局长由于作恶多端,理应受到惩处,但傲慢村和好斗村的村民不应该擅自行动,不应该直接把他弄死。但是案情扑朔迷离,警察局长的尸体是在大路上发现的,他身上的制服已经被撕成碎片,他的面目已无法辨认。案子由各级法院审理完毕,最后提交到参议院。参议院考虑到,农民有很多,到底是谁参加了杀死警察局长的行动,不得而知,德罗比亚什金已经亡故,即使他赢得这场官司,对他也无多大用处,而那些农民还都活着,因此判决的结果对他们来说非同小可。参议院判决如下:案子起因于警察局长德罗比亚什金,他欺压傲慢村和好斗村的村民,所以他罪有应得,他是乘雪橇在回家的路上患脑溢血暴亡的。这个案子总算了结了,可是不知为什么,官员们总认为,这个案子一定和所谓的“死农奴”的问题有关。事情就这么凑巧,正当官员们愁眉不展、坐困愁城的时候,省长一次就收到两件公文。第一件公文的内容是:根据举报,一名假币制造者化名潜藏在他们省,请立即进行严密侦查。第二件公文是邻省省长知会本省省长说,有一名强盗作案后潜逃到贵省,如果贵省发现形迹可疑、又无任何身份证件的人,立即将其抓获。这两件公文令所有人感到意外,令所有人惊慌不已。原先的结论和猜测完全被推翻了。当然,谁也不会认为,公文里说的案情和乞乞科夫有什么关系,但是只要大家认真考虑一下,认真回想一下,直到现在,他们谁也不知道乞乞科夫究竟是个什么人。关于他的个人情况,人们问过他,他也说过一些,但说得很含糊。确实,他说过,为了主持正义,他在单位受到过打击,但这件事的来龙去脉,他说不清楚。同时,人们还联想到,他说过,好像他有很多仇人,他们企图谋害他,于是人们进一步想到,由此看来,他的生命危在旦夕,他一定是受到追捕,看来,他一定有案在身……那么他究竟是个什么人呢?当然,他不可能是那个制造假币的坏蛋,更不可能是潜逃的强盗。从外表看,他这人挺善良的,不过善良归善良,可是他这人究竟是个什么人?官员们直到现在才提出这个问题,这个问题早就该提了,也就是在我们这部史诗的第一章,就应该提了。官员们决定去问一问那些出卖过农奴的地主,起码能弄清楚,这是一种什么样的买卖,这些死农奴买来能干什么,他是否无意中对什么人透露过他买这些死农奴的真实意图,他是否在不经意中对谁说过他的真实身份。他们首先找到科罗博奇卡太太,但是从她口中了解到的情况不多:乞乞科夫买了她的死农奴,付了十五个卢布,还说要买她的鸡毛,并且答应以后还要买她的很多很多东西,并且还要为公家买她的脂油。看来,他肯定是个骗子,因为曾经有过这么一个人,他也是买了鸡毛,为公家买了脂油,结果是他把大家都骗了,他骗走了大司祭太太的一百多卢布。科罗博奇卡太太接着往下说,不过她说来说去,还是那些事,还是那些话,没有什么新的情况,这时官员们才发现,科罗博奇卡太太是个傻婆娘。官员们又找到马尼洛夫了解情况,马尼洛夫说他敢担保,乞乞科夫绝对是一个品德高尚的人,他宁愿用全部家产换取乞乞科夫百分之一的品格。总之,他说了许多赞扬乞乞科夫的话,他特别谈了他们之间的友谊,他说,正是这种友谊满足了他们精神上的需求,使他们的关系达到意密情真的境界。但马尼洛夫说的情况却无助于消除官员们心存的疑虑。索巴克维奇说,他认为乞乞科夫是个好人,他卖给乞乞科夫的农奴都是挑选出来的,都是活人,但是他不敢担保以后会发生什么情况,比如在迁徙途中有的农奴经不起恶劣条件会死去,这就不能怪他了,这是上帝的安排,再说了,人世间什么病没有呢,比如热病啦,还有什么不治之症啦,整村整村的人全部都病死的事也时有发生。官员们还采取了另一种调查情况的方法,虽然这种方法不是很光明正大,但却具有实效。这种方法就是:利用仆人和仆人之间相互认识的关系,让仆人去找乞乞科夫的仆人,问他们熟悉不熟悉老爷过去的生活和过去的情况。不过通过仆人了解到的情况也不多。彼得鲁什卡只知道主人的房间里有股气味,谢利凡说,主人在国家机关工作过,在海关供过职。这个阶层的人有一个很奇怪习惯,如果你直接问他一件什么事,他准推说不记得了,或是什么也想不起来了,甚至于干脆说不知道,如果你问他别的什么事,他马上就东拉西扯,说个没完,甚至你不想知道的那些细节,他也要死乞白赖说给你听。官员们经过这样的调查,还是确定不了乞乞科夫究竟是干什么的,但是他们知道,不管他是干什么的,他总归是个人物。最后,官员们决定,关于这件事,大家要好好商量一下,至少要商量出他们该怎么办,需要采取什么措施,乞乞科夫到底是个什么人。他们的看法是:如果乞乞科夫是个坏蛋,就应该把他抓起来,如果乞乞科夫果真是上面派下来的,那就大家只好做他的阶下囚了。为了解决这些问题,官员们决定到市警察局长家里聚会。这个警察局长读者已经很熟悉了,他就是那个老百姓的父母官,老百姓的恩人。

第十章

官员们都聚到市警察局长的家里。他们首先发现,大家都瘦了,都是让这些烦心的事闹的。本来就是嘛,新总督的任命,收到的两件重要公文,以及各种的传闻——所有这一切在他们的脸上都留下明显的印痕,很多人身上的燕尾服明显地肥了一圈儿。几乎所有的人都有变化:主任瘦了,医务管理局总监瘦了,检察长瘦了,还有一个名叫谢苗的人,也就是喜欢向女士们炫耀他食指上戴的宝石戒指的那个人,也瘦了。当然,这里也有什么都不在乎什么都不怕的官员。他们遇事沉着、镇静,可惜这样的官员不多,只有邮政局局长一个人。只有邮政局局长没有什么变化,他还和平常一

官员们都聚到市警察局长的家里。他们首先发现,大家都瘦了,都是让这些烦心的事闹的。

样，还是那么四平八稳。每逢遇到这样的情况，他总是习惯性地说："我们知道，您的位子并不稳固，老是调来调去，而我在邮政局局长这个位子上已经待了三十年了。"其他官员听了他的这番话，通常会说："敢情好啦，您干的是邮政，您的工作就是收收发发邮件，除非您不守信用，提前一个小时停止办公，或者是一个商人来晚了，未能按指定的时间寄信，您收了人家一点小费，或是您转寄了一件不应该转寄的包裹。这都算不上什么大事，甭说干邮政这一行，人人都能成为圣人。可是干我们这一行就不同了，你的本意是不想索要什么，可是你不拿也不行，架不住魔鬼硬往你手里塞。你呀，当然还算不上倒霉，因为您只有一个儿子。可是老兄，上天赐惠于我老婆，让她每年给我生一个子女。老兄，如果您也像我一样，您唱的就是另一个调子了。"官员们都这么说，不过他们能否抵挡得住魔鬼的诱惑？关于这个问题，不应该由本书的作者来判断吧！这次大家聚在一起讨论问题，显然缺少一种必要的前提，这就是老百姓通常说的：缺少主见。总的说来，我们俄罗斯人极不善于举行什么代表会议。从乡村的农民大会到各种学术会议和其他代表大会，在这些会上，如果没有一个为首的人主持会议，会议就开不好，就会开得一塌糊涂。为什么会发生这种现象，是很难说清楚的。看来这是我们的国民性所决定的，如果是为了寻欢作乐，为了大吃大喝，为了举办德国式的俱乐部以及其他娱乐活动，如果是为了这些目的，会议就开得好，就开得成功。可是我们都怀有一种崇高的愿望，随时准备去实现我们的愿望。我们突然刮起一股做慈善的风，我们准备举办慈善协会，奖励协会，以及各式各样的协会。举办这些协会的初衷是美好的，只要协会办起来了，我们就满足了，就认为任务完成了，至于下一步怎么办，就丢开不管了。比如，为了救济穷人，我们成立了慈善协会，募集了一大笔款项。为了表彰这一善举，我们大摆筵席，招待全市的达官显贵，结果花掉了捐款的一半，剩下的一半还要用来为慈善协会租房子，而且租的是相当豪华的房子，还要花钱安装暖气，还要花钱雇佣保安，最后用来救济穷人的钱就剩下五个半卢布了。就在如何分配这五个半卢布的问题上，协会的委员们仍然不能取得一致的意见，因为每个委员都想把这钱塞给自己的亲友。不过现在这些官员们开的是另一种会，这种会是由于需要才召开的。现在开的会和救济穷人无关，和其他人也无关，现在开的会只和这些官员有关，只和他们面临的灾难有关。按说，这些官员都有点同病相怜，他们的意见应该一致了吧！他们的关系应该更密切了吧！可实际上并非如此。在会上，他们之间不仅存在着严重的意见分歧，而且还反映出这些人在看问题时摇摆不定、模棱两可、出尔反尔。有一位官员说，乞乞科夫就是那个造假币的人，然后又补充说："也不一定是。"另一位官员肯定地说，乞乞科夫就是总督衙门派出来进行私访的官吏，可马上又补充说："他到底是不是，只有老天爷知道，他的脑门子上又没有写着他是还是不是。”有人怀疑乞乞科夫就是那个隐瞒身份潜伏在人们中间的强盗，不过大家一致反对这种怀疑。大家认为，从外表看，乞乞科夫这人慈眉善眼，听他的谈吐，他绝不是那种为非作歹的人。邮政局长好半天没开口说话，不知他脑子里想什么呢，也许是突发奇想，也许是心血来潮，他突然放大嗓门儿问道：

“诸位，你们知道他是谁？”

大家听到他的声音，吃了一惊，并异口同声地反问他道：

“他是谁？”

“他呀，诸位，他不是别人，他就是科佩金上尉！”

大家马上不约而同地问道：

“这个科佩金上尉是什么人呢？”

邮政局长说道：

“你们竟然不知道科佩金上尉是什么人？”

大家回答说，确实不知道科佩金上尉是什么人。

“科佩金上尉。”邮政局长说着打开了自己的鼻烟壶，不过只打开一半，因为他担心他身旁的人会把手指头伸进他的鼻烟壶里，他不相信别人的手指头都干净，他甚至会说：“老兄，说实在的，谁知道你的手指头都接触过什么东西，可烟草讲究干净。”邮政局长闻了一下鼻烟，然后说道：“科佩金上尉这个人，如果让一个作家把他的经历写成故事，他可以写成一部引人入胜的长诗。”

在座的人都很想知道科佩金上尉的故事，或是像邮政局长说的，这部引人入胜的长诗。下面就是作家写的科佩金上尉的故事。

科佩金上尉的故事

“我的先生，1812 年的一次战役之后，”邮政局长开始说道，尽管房子里坐着不止一位先生，而是六位先生，“1812 年的一次战役之后，科佩金上尉和其他伤员一起被送回后方。他在克拉斯内保卫战中，或是在莱比锡战役中，失去一只胳膊和一条腿。你们知道，当时关于如何安置伤残军人，尚未制定出有效的办法。战争结束后过了很长一段时间才靠私人捐款为伤残军人建立了基金会。科佩金发现，他必须靠劳动养活自己。可是你们知道，他只剩下一只左胳膊了。他回了一趟家，去看望了父亲，父亲对他说：‘我可无力养活你，你知道，我连自己的肚子都填不饱。’于是科佩金上尉决定去彼得堡求见皇上，看皇上能否恩准救济他，‘因为不管怎么说，我是为国家流了血，差点儿把命都搭上了……’他一路上风餐露宿，经过艰难的旅程，他途中坐过拉货的马车，也搭乘过官方的运输马车。诸位，你们完全能想象到，科佩金上尉突然出现在举世无双的京城，是个什么心情！在他眼前突然出现了一个新的童话般的世界，一个新的生活环境。你们可以想象到，展现在他面前的，一会儿是涅瓦大街，一会儿是豌豆大街，一会儿又是铸造大街，真可谓是街衢纵横交错，尖顶高耸入云，桥梁悬在半空，宛若彩虹。总之一句话，这是一个多么繁华的城市，身在其中，仿佛到了人间仙

这是一个多么繁华的城市，身在其中，仿佛到了人间仙境。

境。他在人烟稠密的京城转悠了很长时间，想租一间房子住下来，可是这里的租金高得可怕。窗帘、帷幔都是豪华型的，地毯都是从波斯进口的，这么说吧，你脚下踩的都是钱。当你在街上行走时，鼻子闻到的都是钞票的气味，可是我的科佩金上尉的钱袋里只有几十个卢布。于是他找了一家小旅店，这里住一昼夜只需付一个卢布，午餐是一份白菜汤，一块煎牛排。他发现，在这种地方也不能久住。他询问了很多人，想知道该到哪儿去倾诉自己的困难。有人说，有一个最高委员会，里面主事的人是一位将军。需要告诉你们的是，当时皇上不在京城，部队还驻扎在国外，尚未从巴黎撤回。我的科佩金上尉很早就起了床，迅速用左手刮了胡子——如果上理发馆，又得花钱。他穿上军装，套上假腿，就去见那位将军了。当然，他先要打听这位将军的官邸在什么地方。有人指给他说，滨河街上的那座楼房就是。你们知道，住惯了农家小屋，一旦看到这光怪陆离的豪华官邸，真像看到了天堂：所有的窗子上都装着玻璃，而屋子里的一面镜子足有三米多高，结果是屋子的摆设如瓷瓶等，从窗外看得一清二楚，好

像伸手就可以摸到或拿到，墙上镶嵌着名贵的大理石，还装点着金属饰物。特别是门上的把手，如果你想开门必须先到小商品店铺买一块肥皂，把你的手翻来覆去洗上两个钟头，然后才能用手去抓把手。总的说来，这里的一切都显得光怪陆离，这里的一切都显示出将军的气派，真让人看着眼花缭乱、头晕目眩。看门人手拿金光闪闪的锥行杖，做出一副威风凛凛的架势站在大门口，好像他俨然就是个将军，实际上他是将军豢养的一条肥壮的哈巴狗。他的衣领是用细亚麻布做的，又高又挺括，挺唬人的！我的科佩金吃力地拖着他的一只假肢，一瘸一拐地走进接待室，躲到一个角落里待着，因为他担心他的胳膊肘会蹭倒那些来自美国或印度的镀金大瓷瓶。不言而喻，他要在角落里站很长时间，因为他来得不是时候。他来时，将军才刚刚起床，仆人刚给他端来用银盆盛的洗脸水，让他洗脸。我的科佩金足足等了四个钟头，终于等到了副官或值勤官走进了接待室。他宣布说：‘将军马上就到。’接待室等着被接待的人站了一大片。他们可不是我们这些低首下心的小百姓，他们都是四品或五品官员，其中有几个是上校，他们肩章上的穗子闪闪发亮，宛若一根根通心粉，总之，他们都是军队的将领。突然接待室里一阵忙乱，像一股气流轻轻飘过。听到有人发出‘嘘……’的声音，最后是一片寂静，人人都绷紧了神经。将军大人走进来了。这可是一位国家级的大人物！他在社会上的身份和地位促使他必然在人们面前摆出一副威风凛凛和自命不凡的架势。不言而喻，此时此刻，接待室里的人全都一动不动地垂手站着，战战兢兢地等待着命运的安排。将军分别走到每个人跟前，问道：‘您为了什么事？您有什么事？您是什么事？’最后将军来到科佩金跟前。科佩金鼓足勇气说道：‘将军阁下，我的情况是这样的，我为国家流了血，在战争中我失去了一只胳膊和一条腿，我已经失去工作能力，我斗胆请求能得到皇上的抚恤。’将军看着科佩金，发现他的一只腿是木头做的假腿，右边的一只衣袖是空的，右胳膊已被截去。将军对他说：‘好吧，过几天你再来一趟。’我的科佩金几乎是欢天喜地地走出了将军府，他为什么这么高兴呢？一则是因为他受到政府高官的接见，心里特别激动，二则是因为他的抚恤金问题有望马上得到解决。此时此刻，他的心情别提有多好了，他在人行道上几乎是连蹦带跳地往前走，虽然他的右腿并不好使。他走进帕尔金酒馆，喝了一杯伏特加后，又来到伦敦饭店，用了午餐，他要了一份辣味肉饼，还要了一只五香阉母鸡，要了一瓶葡萄酒，晚上还到剧院看了一场歌剧。总之，他这一天，吃饱了也喝足了，还娱乐了，过了一天舒心的生活。当他走在人行道上时，他发现一位身材苗条的英国女郎走在他的前面。她像一只白天鹅那么美丽，那么动人。你们一定会想象到，此时，科佩金身体中的血几乎都要沸腾了。他一瘸一拐地紧追了女郎几步，然后就跟在女郎后面走。他一边走，一边想：‘唉，算了吧，等我拿到抚恤金再说吧，现在我口袋里的钱已经快花光了。'过了三四天,我的科佩金又来见将军了。他等了好半天,才等到将军走出来。他走上前说道:'将军阁下,我的伤病需要治疗,您看我的问题什么时候解决,我希望得到您的……'总之,这一类的话他说了一大堆,话说得句句在理。将军马上就认出他来了,将军说道:'我要告诉你的是,你这次来,问题还是不能解决,必须等皇上回到京城后才能解决,所以你还得等一等。皇上回来后,关于如何抚恤伤残军人的问题,会有新规定昭示天下,现在皇上不在,我不可能擅自做主。'科佩金行了礼,告过别,茫然走出将军府,他本以为明天就能领到抚恤金呢!'这是给你的抚恤金,拿去喝杯酒,找个娱乐场所放松放松。'但是结果却相反,让他还需要等,还要等多长时间,没说。他灰溜溜地走下门廊,好像被厨子浇了一身水的狗,夹着尾巴,耷拉着耳朵,垂头丧气地离开了将军府。他边走边想:'这样等下去可不行,下次再来,就说我就剩最后一片面包了,如果再不救济我,我就要饿死了。'他再次来到滨河街,看门人告诉他:'今天不是接待日,明天来吧!'到了第二天,看门人仍然用同样的话应付他,这次看门人甚至连看都不看他一眼。这时候,他口袋里的卢布就剩下最后一张了。平常他总是要一份菜汤,要一块牛排,而现在他只能到小铺里买一块咸鲱鱼或是一块酸黄瓜,用两个硬币买上几片面包。总之,这位不幸的人现在确实挨饿了,越饿食量越大,他现在如饿狼一般。当他经过一家饭店时,看见里面的厨师是个外国人,是个大脸盘法国人,他穿一件荷兰衬衫,围着雪白的围裙,正在做香味扑鼻的调味汁和蘑菇肉饼,总之,这些美食无疑勾起了他的食欲,他恨不得把这些美食一下子通通装进自己的肚子里。有一次,他路过涅瓦大街上的一家食品商店,看见橱窗里摆着鲑鱼和卖五个卢布一个的樱桃,还摆着一只大得出奇的西瓜(西瓜标价一百卢布,谁会花这么多钱买它呢,恐怕只有傻瓜)。总之,他看到这么多诱人的美食,口水直往下流,不过与此同时,他耳边老响着一句话:'明天来吧!'大家可以想象一下他现在的境况,一方面是令人垂涎三尺的鲑鱼和西瓜这些美食在诱惑着他,另一方面将军府给他的答复老是'明天来吧!'这么一句话。最后,我们的不幸的人实在忍耐不住了,他下决心一定要闯进将军府说个明白。他在将军府门口等了很久,终于等到一位上访者,于是他紧随这位上访者,拖着假腿,溜进接待室。按照惯例,将军来到接待室,挨个儿问道:'您有什么事?您有什么要求?'当将军看见科佩金后,说道:'我不是跟您说过了吗,您的问题等皇上回来自然会解决。''可是将军阁下,我现在正在挨饿,连一块面包都没有……''这有什么办法呢!我可一点也帮不了您,您还是自己想办法吧。''将军阁下,我是一个缺胳膊少腿的伤残人,我能有什么办法呢!'将军说道:'但是,我总不能自己掏腰包养活您吧,这个道理您一定懂。来找我的伤残人员很多,他们和您的情况一样……您还是耐心地等吧!我可以担保,皇上一旦回到京城,肯定会恩赐您的。''可是将军阁下，我不能等了。’科佩金是粗人说粗话，欠缺礼貌，将军已经不耐烦了。实际上，从各方面来的军队的官员都在等着接见，有很多国家大事需要尽快做出决断，一分钟都不能耽搁，可是突然冒出这么个烦人的废物，他纠缠上了将军。将军说：‘对不起，我没有时间，有很多事情比你的事情重要得多，它们等着我去解决呢。’最后，将军用婉转的语气提醒科佩金，让他赶紧离开。可是科佩金由于饥饿难耐，于是大着胆子说道：‘将军阁下，不管您怎么认为，如果我的问题没有解决，我决不离开这个地方。’大家完全能想象到，他用这种口气和将军说话，会产生什么结果，只要将军说一句话，他立刻就会消失得无影无踪，连魔鬼也找不到他……就是在我们这些官员中间，有哪一个下级官员敢跟我们中间的任何一个官员用这种口气说话，我也会认为这个下级官员也够粗暴无礼的。更何况这里是一个上尉和一个将军说话，他们在身份和地位上的差别也太大了。将军没有说什么，只是瞟了科佩金一眼，这一瞟赛过向他射来一颗子弹，吓得他的魂儿都要丢了。大家可以想象得到，我的科佩金站着一动不动，在发愣。‘您是怎么回事，啊？’将军说话的语调由平心静气变成了声严厉色。不过说实在的，将军还是相当宽厚的，要是换了别人，早就气得暴跳如雷了，他一定会吓得三天都睡不着觉，已经魂不附体了。可将军只是说：‘好吧，既然你嫌这里东西太贵，生活过得很艰难，你又不能在京城等到你的问题解决，那么就由公家开销送你离开这里。传信使到这儿来，把他送回原籍。’信使就站在门外，他是一个两米多高的大汉，他那一只大手是专门对付马车夫的，总之，他是个效忠于主子的打手……他把科佩金这个虔诚的基督徒一把抓起来，塞进马车里拉走了。科佩金心里想：‘这倒好，我不用掏路费了，为此，我还得感谢他呢。’科佩金坐上信使的马车走了，他心里盘算着：‘将军说了，他让我自谋生路，好吧，我就自谋生路吧！’马车把他送到了一个地方，究竟是什么地方，谁也不知道。从此再也听不到有关科佩金上尉的消息，科佩金在人们的视野中消失了。不过诸位，这里有一个线索，可以说，我们的小说将从这个线索开始。前面不是已经说过了吗，谁也不知道科佩金到了什么地方，但是没有过两个月，梁赞的森林里出现了一伙强盗，这伙强盗的头目不是别人，正是……”

“不过，对不起，伊万·安德列耶维奇，”警察局长突然打断邮政局长的话，说道，“本来是你说的，科佩金上尉已经失去一只胳膊和一条腿，可乞乞科夫……”

“哎呀，我真是个笨蛋！”邮政局长惊叹道，并用手重重地拍了一下自己的脑门子，他竟然当着大家的面承认自己是笨蛋。他不明白，这种情况在他开始讲故事的时候怎么就没有考虑到呢，怨不得有一句谚语说得好：“俄罗斯人事后比谁都聪明。”但是没过一分钟，他立刻就想摆脱尴尬，为自己的判断错误开脱。他说，英国的机械制造相当发达，据报纸登载，一个人发明了一种机械木腿，只要想一下木腿上隐蔽的弹

“将军阁下，我是一个缺胳膊少腿的伤残人，我能有什么办法呢！”将军说道：“但是，我总不能自己掏腰包养活您吧……”

……没有过两个月，梁赞的森林里出现了一伙强盗，这伙强盗的头目不是别人，正是……

簧，木腿就可以把人送到很远的地方，到底送到什么地方，这只有老天爷知道，反正他永远从你的视野中消失了。

不过乞乞科夫是不是就是科佩金上尉，大家都持怀疑态度。大家认为，邮政局长硬把乞乞科夫和科佩金扯在一起，未免太牵强附会了。可是，大家也不愿意丢面子，大家听了邮政局长有趣的猜测，受到启发，也编造出更为离奇的故事。其中最有趣的故事，说出来能让你吓一跳，这个故事认为，乞乞科夫就是改换了衣服的拿破仑。英国人对俄国早就生出嫉妒之心。他们说俄国疆土太辽阔，俄国的老百姓太伟大。他们甚至多次出版了讽刺画，画面上俄国人正同英国人谈话，英国人牵着一条狗，当然，这条狗就是拿破仑，英国人说："你要当心噢，如果你不听命于我，我马上放狗咬你！"很可能英国人现在已经把拿破仑从圣赫列拿岛上放出来了，现在拿破仑已经潜入俄罗斯，从外表看，他好像是乞乞科夫，实际上他是拿破仑。

当然，官员们并不相信这是事实。可是他们经过思考，经过仔细观察，发现乞乞科夫的脸从侧面看，的确很像肖像画中的拿破仑。警察局长参加过 1812 年俄法战争，他看见过拿破仑，他不能不承认，拿破仑的个子绝不比乞乞科夫高，从拿破仑的体型来说，不能说他有多胖，但也不能说他有多瘦。也可能有的读者认为，这些说法都不可信。作者也愿意迎合这部分读者的看法，认为这些说法都不可信，不过遗憾的是我们所说的一切都是事实，更加令人惊叹的是我们居住的这座城市并不位于偏僻的地方，它离彼得堡和莫斯科相当近。但是还应该记住一点，这一切就发生在我们堪称光荣地把法国人赶出俄国后不久。这段时期内，我国的地主、官吏、商人、店铺伙计以及一切有文化的甚至没有文化的人至少有八年了都对政治发生了浓厚的兴趣。《莫斯科公报》和《祖国之子》在这些人们中间争相传阅，当传到最后一个人时，已经变成碎片了，无法再阅读了。人们见了面，互相之间不是问："老兄，燕麦卖多少钱一公斤？昨天这场雪下得好不好？"而是问："报纸上怎么说的，流放到荒岛上的拿破仑是不是又被释放了？"商人们最担心的就是这件事，因为他们完全相信一位预言家的预言。这位预言家在监狱里已经渡过了三年，谁也不知道他是从什么地方来的，他来时脚穿树皮鞋，身穿没有挂面子的皮袄，身上散发着一股臭鱼味儿。就是这位预言家告诉大家，拿破仑是反基督的，是基督的敌人，所以给他戴上石锁，把他关进高墙，周围全是大海，他插翅也难逃，但是早晚有一天，他会挣脱枷锁，征服全世界。这位预言家因为散布了这些言论，被投进监牢，但是他已经完成了自己的使命，搞得商人们整天坐立不安。即使是在能挣大钱的买卖最繁忙的时候，他们也要聚到小酒馆，边喝边聊，主要是议论反基督的拿破仑。很多官员和那些抱负不凡的贵族也无心中思考起这个问题来，他们也都受神秘主义的影响，大家知道，神秘主义在当时是很时兴的。很多信教群众通过各种计算途径推算出，拿破仑这个姓名就是《启示录》中所预言的那个反基督者的姓名。这样看来，官员们无意中把乞乞科夫当做拿破仑，就不足为奇了。但是他们很快就觉察到他们的这种猜测不对头，因为他们发现，他们的猜测太离谱了，太脱离实际情况了。他们左思右想，左考虑右考虑，最后还是决定，最好去问一问诺兹德廖夫。因为诺兹德廖夫是第一个提出买卖死农奴一事的人，另外，他和乞乞科夫的关系比较密切，所以他肯定了解乞乞科夫的一些情况，看来需要同诺兹德廖夫接触一下，看他会说些什么。

这些官员们也真怪，他们明明知道诺兹德廖夫是个谎话篓子，他说的每句话，做的每件事，都不可信，但是他们仍然决定去找他，希望从他那里挖掘到一点情况。说起来，人是最难了解的，也是最难对付的！他不信神，但他相信，如果鼻梁发痒，就必死无疑。他绝不愿意花时间看一位诗人的创作，虽然这位诗人的创作朴实无华，它宣扬崇高的思想和同心同德的意向，可他却追捧一位有胆无识之徒的作品，岂不知他的这些作品都是扭曲之作，都是毁灭人性之作，都是胡编乱造之作，他对这样的作品却趋之若鹜，他扯开嗓子嚷道："这才是揭示心灵秘密的力作！"他一辈子瞧不起医生，最后找了一位用咒语和唾沫治病的巫婆，后来他找到一种草药，把它煎成汤，他认为喝了这种汤，他的病就会好，不过能好不能好，只有天知道。当然，在一定程度上可以原谅这些官老爷，因为他们的境况确实很困难。据说，一个落水者看见一棵稻草，得赶紧抓住，因为此时此刻他没有时间考虑这棵稻草能不能承载他65公斤的体重，他哪里知道这棵稻草只能浮起一只苍蝇，在这生死关头，他根本没有时间考虑这么多，他认为只要抓住稻草就能活命。我们的这些官员们最终只好抓住诺兹德廖夫。警察局长立刻给诺兹德廖夫写了一张便函，邀请他晚上来参加聚会。于是警察分局局长脚穿高筒皮靴，手拿长剑，两颊透着红光，立刻朝诺兹德廖夫的住处飞奔而去。诺兹德廖夫正忙着做一件重要的事情，已经整整四天了他把自己关在屋子里，也不让任何人进入他的屋子，到了吃饭时间，他只从窗口接过给他送来的饭菜。总而言之，这个阶段，他消瘦了，脸色也发青了。他做的是一件细致、周密的工作，要求思想高度集中。他必须从好几副牌中选出两副牌，牌上做上明显的记号，这些记号就如同忠实的朋友，打牌时完全可以放心地利用。这件工作至少还得两个礼拜才能完成。在此期间，波尔菲里必须用一种特殊的刷子给米兰种小狗洗刷肚脐，一天要洗刷三次，还要用肥皂。这对诺兹德廖夫的工作有很大干扰，所以他心里窝着火，一听说警察分局局长来了，就马上把他轰走了。可是当他看完警察局长的便函后，他心里的气消了。他想，去参加聚会，肯定会玩牌，只要能玩牌，就有便宜可占，听说有一个玩牌的新手也去，那就更好了。于是他赶紧锁上家门，胡乱穿了一件衣服，直奔警察局长家去了。诺兹德廖夫提供的情况、证据和推测与官员们的看法完全不同。官员们最后的结论也被推翻了。他是一个很果断的人，任何事情到了他这儿决不会犹豫不决！官员们对事情的看法始终表现出犹豫不定和畏首畏尾。与之相比，诺兹德廖夫就不同了，他看问题坚定、自信。他一口气回答了官员们提出的所有问题，并声称：乞乞科夫买了数千卢布的死农奴，他自己也卖给乞乞科夫一些农奴，他认为没有理由不卖给他。有人问他，乞乞科夫是不是密探，他是不是千方百计刺探情报。关于这个问题，诺兹德廖夫回答说，他是密探，他和乞乞科夫是同学，他们上中学时，大家就管乞乞科夫叫告密者，因此大家，包括诺兹德廖夫在内，就曾经教训过他，把他打伤，需要在他的太阳穴上放上二百四十只水蛭止痛（他本来想说四十只水蛭，结果脱口说了个二百四十只）。有人问，乞乞科夫是不是假币制造者。他回答说，他是假币制造者，说到这里，他讲了一个相关的故事，这个故事反映出乞乞科夫有极强的应变能力。当局得知，在乞乞科夫的住房里藏有二百万假币，于是就查封了他的住房，并布置了警卫，每个房门安排了两名士兵把守，但是一夜之间，乞乞科夫就换走了这些假币，第二天，打开封条发现，所有的假币都变成了真币。有人问他，乞乞科夫是不是真的想拐走省长的女儿，他是不是参与了此事，并且还帮了忙。诺兹德廖夫回答说，他确实帮了忙，如果没有他的帮忙，他们的事情就不会成功，说到这里，他突然觉得自己说走了嘴，他认为，他完全没有必要撒谎，否则会给自己招来灾祸，可是他又管不住自己的嘴。问题是那些有趣的情景一幕幕不断地浮现在他的脑海，要是不把它们说出来，心里憋得慌，甚至举办婚礼的教堂在哪个村子，都能说得上来，这个村子就是特鲁赫马切夫卡。婚礼由西多尔神父主持。说好了给神父 75 个卢布的酬金，起先神父不同意，可是诺兹德廖夫对他说，他要不同意，就去揭发他，说他曾经给贩卖面粉的商人米哈伊尔和他的姘妇主持过婚礼，说他还把自己的马车让出来给他们用，还准备好在各驿站替换的马匹。诺兹德廖夫甚至连马车夫的名字都叫得出来。官员们还想问一问有关拿破仑的事，可话到嘴边又收回去了。因为他们意识到，诺兹德廖夫七扯八扯了一大通，一句真话没有，于是都叹着气走开了。只有警察局长还在继续听他讲，他想，他起码也能讲点实情吧，可是最后，警察局长摆了一下手，说道："鬼才晓得是怎么回事！"大家一致认为，从公牛身上是挤不出牛奶的。官员们的心情比先前更坏了，原因是他们根本了解不到乞乞科夫究竟是一个什么样的人。明说吧，人的个性往往是很难捉摸的，很难了解的。当问题只涉及别人而不涉及自己时，他无论遇到什么情况，都表现得有谋略，有智慧，有头脑，遇到困难，他也能提出正确而周密的建议！大家往往会赞叹说："多么聪明的头脑，多么坚毅的性格！"可是聪明人一旦遇到麻烦，一旦遇到挫折，他那坚毅的性格就不知道到哪里去了，男子汉大丈夫的那种坚定性也不见了，他变得又胆小、又柔弱、又卑微，就像诺兹德廖夫说的，变成了一个小人物了。

所以这些议论、看法和传闻，由于某种原因，对可怜的检察长产生了很大影响。乃至于他回到家里，思前想后，想着，想着，结果无缘无故就一命呜呼了。他患的是突发性心脏病，也可能是其他疾病。他本来在椅子上坐得好好的，突然仰面朝天滑溜到地上，就不省人事了。家人们吃惊地大声叫起来："哎呀，天哪！"他们赶紧派人去请大夫来给检察长放血，但是他们发现检察长已经变成一副没有灵魂的躯壳。大家怀着悲痛的心情追念他时，才知道死者原来是有灵魂的，他由于谦虚，从来没有显示自己的灵魂。那个时候，死亡出现在小人物身上和出现在大人物身上同样可怕。不久前，此人还行走在大街上，还在打牌，还在签发文件，还经常出现在官员们中间，大家也已经习惯于看到他那浓浓的眉毛和不停地眨巴的左眼，可是现在，他却躺在停尸台上，左眼不再眨巴了，但一边的眉毛微微扬起，好像有问题还没有来得及问。死者想问什么问题呢？是不是想问他为什么会死，或是想问他为什么会生？这样的问题只有老天爷能回答。官员们怎么能自己吓唬自己呢！他们怎么能制造这样的谎言，怎么能完全不顾事实呢！这未免太荒谬，太没有道理，太不可能了。要知道，甚至连小孩子都看得清是怎么回事！很多读者一定会指责作者写得太离奇，或是一定会把可怜的官员们叫做傻瓜。因为人们使用傻瓜这个称呼是不会吝惜的，他们非常乐意把“傻瓜”这个称呼赠给他们亲近的人，一天叫上几十遍都不嫌多。一个人做了十件事，只有一件事做得不好，那他也逃离不开傻瓜这个称呼，尽管那九件事做得不错。读者总是怀着平常的心态，居高临下地观察事物，所以下面的情况看得很清楚，也很容易作出判断，而身在下面的人呢，他只能看到离他近的事物。在人类的编年史中，有很多个世纪是无用的，是多余的，应该把这些世纪删除掉，否定掉。世界上曾经有过很多错误，现在连小孩子也不会犯这样的错误了。人类为了得到永恒的真理，曾经走过一条弯曲、狭窄和难以通行的道路，走过一条越走离目标越远的道路，然而在他们面前就横着一条笔直的道路，和通往富丽堂皇的皇宫的道路一样地笔直。这条路比其他路都宽阔，都美丽。这条路上白天洒满阳光，夜晚被灯光照得通明，然而人们却没有走这条路，他们错过了这条路，而是在黑暗中向前摸索。他们曾多次受到天意的启示，但不知为什么，他们竟然偏离了方向。大白天，他们却走到一处难以通过的荒野草滩。他们开始相互散布烟雾，迷惑对方的眼睛，结果他们只能凭借着星星点点的野火，步履蹒跚地向前移动。最终还是走到深渊的边沿，他们这才怀着恐怖的心情相互问道：以后这路该怎么走？大路在哪儿？现如今，当代人把事物都看得一清二楚，他们对前人的失误感到很惊奇，他们讥笑前人面对事物缺乏理性的态度。岂不知一部编年史是用天火写成，这部编年史中的每个字都发出呐喊的声音，每个字都是一个手指头，指向当代人。可是当代人仍然在讥笑前人，这些当代人也太自信了，也太傲慢了，结果是他们也犯了许多新的失误，这样一来，他们就给他们的后人留下了讥笑他们的笑柄。

乞乞科夫对于他背后发生的这些事，他一概不知。正是在那个时候，他患了感冒。好在不重，就是牙龈有点脓肿，咽喉有点发炎，这都是气候不好造成的，很多省城都流行这种病。他坚持保命哲学，因为他还没有后代，所以他决定把自己关在屋子里，三天足不出户。在这三天当中，他不断地用浸泡着无花果的牛奶漱嗓子，最后把无花果吃掉。他还拿一个袋子，往里面装上菊花和樟脑，然后把袋子敷在脸上。为了打发时间，他把买来的农奴重新编了一份详细的名单。他从箱子里翻出一本法国女作家让利斯的小说《拉瓦列尔公爵夫人》，看了其中的一章，然后打开那个精致小匣子，把里面的物品和书信、便条等都翻看了一遍，这可真是彼一时，此一时，现在再读这些东西，觉得乏味极了。他怎么也不明白，为什么省城的官员现在一个也不来看他。现在他病了，他们理应来探视他。就在不久前，他住的宾馆门前经常停着马车，不是邮政局长的马车，就是检察长的马车，要不就是民政局主任的马车，这说明不久前他们还经常来看他。他只是耸了耸肩，在房间里来回走了走。他感觉自己好多了，可以到户外呼吸呼吸新鲜空气了。此时此刻,他心里别提有多高兴了。于是他立刻行动起来,他打开小匣子,往杯子里倒上热水,然后取出小刷子和肥皂,准备刮脸。其实他早就该刮脸了,他用手摸了摸下巴,照了照镜子,自言自语道:“这胡子长得这么快,都成了一片林子了!”说实在的,林子么倒够不上,不过,起码可以说面颊和下巴上长了一片浓密的小草。他刮完胡子,立刻穿上衣服,两腿登进裤管,这些动作他做得麻利、快速。他穿戴好后,往身上喷上香水,然后围上围巾把自己裹得严严实实,走出宾馆的大门。这时,他作为一个久病初愈的人,来到户外,心里舒畅极了。他看到的一切都好像在对他微笑,房舍在对他微笑,过往行人在对他微笑,虽然有的人本来面带愠色,他可能刚打过自己的弟弟。乞乞科夫第一个想去拜访的人是省长。他一路走,一路上脑子也不闲着,各种各样的想法从他脑子里闪过,但是他思想上最割舍不下的就是金发女郎。他想着,想着,就有点想出了格,就有点想入非非了,并且开始自己取笑自己,开自己的玩笑。他得意洋洋地出现在省长官邸的大门口。他走近前厅,准备脱去外套,可是看门人走过来,说了句他意想不到的话,使他非常震惊。

“上面有话,不让接待您!”

“怎么?你说什么?难道你没认出我来?你仔细看看我是谁!”乞乞科夫对看门人说道。

“我怎么能不认识您呢,我又不是第一次看见您,”看门人说道,“上面有话,别人都可以进去,就是不让您进去。”

“怎么会这样!这是为什么?为什么?”

“上面有命令,就得执行,这还不清楚吗!”看门人说道,并且又补充了一句,“这里没有‘为什么’,只有命令!”此后,看门人就摆出一副颐指气使的架势。过去,每逢乞乞科夫到来,他忙着帮乞乞科夫脱大衣时,那种低首下心的媚态不知消失到哪里去了。他看着乞乞科夫,心里好像在想:“哼!既然老爷不让你进去,可见你不是一个好东西!”

“真让人不可理解!”乞乞科夫心里这样想。于是他决定立刻去找民政局主任。但是主任看到他以后,有点发窘,不知道说什么好,结果是东拉西扯,没话找话说,弄得二人都有点不好意思。乞乞科夫从主任家出来,一路上都在考虑刚才同主任的谈话,他特别想弄清楚主任说的那些话究竟是什么意思,应该做何理解,但是他始终也没弄清楚。接下来他又拜访了警察局长,拜访了副省长,拜访了邮政局长,不过他们当中,有的根本不接待他,有的虽然接待了他,但那态度也是别别扭扭的,他们的谈话也很不自然,而且谁也听不懂谁的话,都有些惘然若失,结果是瞎扯了一顿。乞乞科夫怀疑,这些人是不是脑子有病。乞乞科夫想再去拜访一位官员,至少能了解到这一

“上面有话,别人都可以进去,就是不让您进去。”

切发生的原因,但是他任何原因也没有了解到。乞乞科夫在城里漫无目的地和迷迷糊糊地游荡着。他不知道是他失去了理智,还是那些官员们失去了理智。这些个怪现象究竟是发生在梦里边,还是发生在现实中。天色已经很晚了,快黑了,他才回到宾馆。他从宾馆出来的时候,心情还不错,可现在一点情绪也没有了。为了排遣苦闷,他吩咐茶房给他倒茶来。此时他想起白天令他尴尬的遭遇,他的心情怎么也平静不下来。不过,他转念一想,想这些有什么用呢,算了,不去想了。当他拿起茶壶正要往杯子里倒茶时,突然房间的门开了,他万万没有料到,出现在他面前的竟是诺兹德廖夫。

“有一句谚语说得好:‘为了去看好朋友,多绕七里路也不嫌远。’”诺兹德廖夫一边脱帽子,一边说道,“我从这里经过,看见你窗户里亮着灯,我想你大概还没睡,就进来了。啊!你桌子上有茶,这太好了,我真高兴,我也喝上一杯,因为今天吃午饭时,乱七八糟塞了一肚子，现在感觉肚子里有点不舒服。让他们给我装上一袋烟，你的烟袋呢？”

“我从来不吸烟。”乞乞科夫冷冰冰地说道。

“算了吧，别人不知道我还不知道，你是个地地道道的烟鬼。哎，你的仆人叫什么名字来着，喂，瓦赫拉梅！”

“他不叫瓦赫拉梅，他叫彼得鲁什卡。”

“怎么回事？你以前的仆人不是叫瓦赫拉梅吗！”

“我从来没有叫瓦赫拉梅的仆人。”

“对了，瓦赫拉梅是杰列宾的仆人。要知道，杰列宾真走运，他姑妈和儿子吵个没完，因为儿子娶了个老婆是农奴，现在姑妈把全部财产都给了杰列宾。我心里想，如果我们也有这么一个姑妈，那多好啊！对了，你是怎么搞的，老兄？你怎么跟大家疏远了，为什么哪儿也找不到你？当然，我知道，你有时埋头于学术研究，你也爱看书（诺兹德廖夫根据什么说乞乞科夫有时埋头于学术研究，而且爱看书？应该承认，我们可不这么认为，恐怕乞乞科夫自己也不会这么认为）。哎呀，乞乞科夫老兄，你要是亲眼看到就好了，无论遇到什么事，你不是都喜欢说点俏皮话吗？这样一来，你就有了说俏皮话的材料了（谁也不知道乞乞科夫还有说俏皮话的才能）。你知道吗，老兄，我们在商人利哈乔夫家打牌，那才叫好笑呢！佩列片杰夫当时跟我是一家，他说：‘现在要是乞乞科夫在场就好了，他打得好！’（那时乞乞科夫根本还不认识佩列片杰夫）。老兄，你得承认，那回你对我太不够意思了。你还记得吧，我们俩下棋，那盘棋明明是我赢了……老兄，你真叫我下不了台。可是我呢，也不知道是怎么回事，我是从不会生气的。前几天我看到主任。哎呀，对了，真不得了，我应该告诉你，全城人都在议论你的不是，他们都说你在制造假币，他们都来追问我，我当然是全力保护你啰，我告诉他们，我和你是同学，我认识你的父亲，没有什么话可说，我就这样跟他们瞎扯呗！”

“说我制造假币？”乞乞科夫从椅子上欠起身来，吃惊地大声嚷道。

“你干吗要吓唬他们呢？”诺兹德廖夫继续说道，“我真不知道是怎么回事。他们都被吓蒙了，他们说你是强盗，说你是密探……检察长已经被吓死了，明天是他的葬礼。你参加不参加？说真的，他们害怕新到任的总督，你到底是什么人，他们心里没有底。我对总督的看法是，如果他妄自尊大，目中无人，他就对付不了这些贵族。贵族们要求和气相处，你说是不是？当然啰，他可以躲在自己的办公室里，无非是不让举办舞会，这有什么好处吗？结果是什么好处也没有。可是乞乞科夫呀，你却干了一件出格的、不体面的事。”

“说我制造假币?”乞乞科夫从椅子上欠起身来,吃惊地大声嚷道。

“我做什么不体面的事了?”乞乞科夫忐忑不安地问道。

“你打算拐走省长的女儿。说真的,这件事我已经预料到了,的确我已经预料到了!当我第一次看到你们一起出现在舞会上,我心里想,乞乞科夫这家伙一定有所图谋……但是你选错了对象,我觉得她一点也不漂亮。有一个姑娘,是比库索夫的亲戚,是他妹妹的女儿,那可真是个美人儿!可以说是个绝代佳人!”

“你尽瞎说些什么,我怎么会拐走省长的女儿?你这是怎么了?”乞乞科夫瞪大眼睛说道。

“行了,老兄,你这人真会装蒜!说真的,我来找你就是想帮你一把。这样吧,我来张罗你到教堂举行婚礼,马车和马匹都由我提供,不过有个条件,你先借给我三千卢布,我急用钱!”

就在诺兹德廖夫胡说八道的时候,乞乞科夫多次用手擦自己的眼睛,希望弄清楚,诺兹德廖夫说的这些事他是不是做梦时听到的。制造假币,拐骗省长的女儿,由于他的原因造成检察长的死,新总督的到任——这一切使他大为震惊。他心里想:“既然情况这么严重,一分钟也不能耽搁了,必须立刻离开这个地方。”

他设法把诺兹德廖夫尽快打发走,立刻把谢利凡叫来,吩咐他赶紧套车,把马车的各个部件都检查一遍，给车轴上好油，明天早晨六点钟必须离开这座城市。谢利凡应声说：“是，老爷！”但他又在门口一动不动站了几分钟。老爷立刻又吩咐彼得鲁什卡从床底下把箱子拉出来。箱子上已经落了厚厚的一层土。他亲自动手和仆人一起开始收拾行装。他们把袜子、洗过的和没洗过的内衣、楦头以及日历一股脑儿通通塞进箱子里……他决计晚上就把准备上路的事情都准备好，免得明天又发生什么变故，从而影响起程。谢利凡在房门旁站了两三分钟，终于慢慢腾腾地走开了。你真想象不到他走得有多慢，他迈着沉重的步子下了楼梯，他那湿漉漉的靴子在已经踩坏了的阶梯上留下一个个脚印，他一边走，一边用手不停地搔着后脑勺。他老是搔后脑勺是什么意思？也许是因为他本来打算明天同自己的一个伙伴（此人穿一件没有挂面子的皮袄，腰里系一条宽腰带）约好在一家豪华酒店聚会，可是马上要走了，就聚不成了，所以他不高兴；也许是他到了这个新地方，交了一位心爱的人，每当黄昏时分，当穿着红衣衫的小伙子给地主的家奴弹奏三角琴时，当劳累了一天的人们喋喋低语时，他和心爱的人站在大门口，很不好意思地拉着她白皙的手，可是马上要走了，他再也不能拉住她白皙的手了，所以他不高兴；也许是他太留恋厨房里的热炕头了，每逢晚上，他盖上皮袄，睡在火炉旁的热炕头上，别提多舒坦了，可是马上要走了，热炕头睡不成了，所以他不高兴；也许他留恋这里的菜汤和城里松软的馅儿饼，可是马上要走了，这些美食也吃不成了，所以他不高兴；也许他再也不愿意挣扎在梅雨和泥泞中，受那份旅途之苦了，可是马上又得踏上艰难的征程，所以他不高兴。俄罗斯人搔后脑勺到底是什么意思，谁也说不清，谁也猜不着。

第十一章

但是，事情并不像乞乞科夫预料得那么顺利。首先，他没有按时醒来，他醒来时已经过了他预定的时间，这是他的第一个不痛快。他起床后，马上派人去了解，看马车是否已经套好，其他要准备的事，是否都准备妥当。但是派去的人带回来的信息是，马车尚未套好，其他应该准备的事还没有准备好，这是他的第二个不痛快。乞乞科夫发火了，他打算揍我的朋友谢利凡一顿，他不耐烦地等着谢利凡进来，看他为自己的失责怎么辩解。过了一会儿，谢利凡出现在门口了，老爷指望从谢利凡的口中听到快要上路时仆人通常向主人报告的那些话。

“老爷，要知道，还需要给马钉掌子。”

“哎呀，你这蠢猪！你这没用的东西！为什么不早说？难道没有时间？”

“时间是有……可是，老爷，车轮也该修了，车带也需要换新的了。因为现在的马路特别难走，到处坑坑洼洼的……如果您让我说的话，老车跑起来前面老晃悠，这个问题要是不即时解决，恐怕它连两站地都跑不下来。”

“你这下流的东西！”乞乞科夫一边骂，一边举起手，朝谢利凡走过来。谢利凡害怕挨老爷的揍，往后退了几步，闪到一边。“你是不是打算打死我？啊？你想杀死我呀？你这强盗，你想在路上杀死我，你这该死的蠢猪，你这十恶不赦的海盗！我们在这里待了三个礼拜了，对吧？你早干什么去了，你为什么不早说，你昏了头了！现在马上就要走了，你才说！本来一切都应该预先准备好，坐上车就能走，对吧？可是你却制造了这么大的麻烦，啊？你应该是预先都知道的，对吧？轮子该修了，车带该换了……这些你预先是知道的，是不是？你回答我，你预先知道还是不知道？”

“知道。”谢利凡回答说，并低下了头。

“那你为什么不早说，啊？”

谢利凡没有回答这个问题，但是他低下头心里想：“知道是知道，但是没说，这有

“你这下流的东西！”乞乞科夫一边骂，一边举起手，朝谢利凡走过来。谢利凡害怕挨老爷的揍，往后退了几步，闪到一边。

什么大惊小怪的，干吗老纠缠这个问题！”

“你马上去把铁匠找来，限你在两个钟头之内把车修好，听见了吗？必须在两个钟头之内。如果两个钟头之内修不好，我可饶不了你！”我们的主人公确实气坏了。

谢利凡转身走向房门，准备照主人吩咐的去做，但是他又停住脚步，说道：“老爷，那匹花斑马特差劲儿，不好好干活儿，把它卖了算了，留着它只会碍事。”

“好吧，等我到市场上转一转，把它卖掉！”

“老爷，说真的，这匹马从外表看还说得过去，而实际上它特别狡猾，这样的马哪儿也……”

“少废话！我什么时候想卖，我就把它卖掉，用不着你啰嗦！我等着，如果你不马上把铁匠找来，不在两个钟头之内把车修好，小心我剥了你的皮……看你还有什么脸面见人！快去！快去！”

谢利凡走了。

乞乞科夫的情绪极坏。他拿起一把军刀，把它扔到了地上。这把军刀他一直带在身边，是为了吓唬人的。吓唬谁呢？他认为谁需要吓唬，就是吓唬谁的。他和铁匠们周旋了将近一刻钟才谈妥价钱。因为这些铁匠都是些出了名的坏蛋、地痞,他们发现这个活儿是个急茬儿,所以就漫天要价,结果多要了五倍的钱。乞乞科夫干生气,他骂他们是骗子,是贼,是强盗,甚至用控告吓唬他们。可是铁匠们根本不理他,他们完全耐得住性子,他们不仅在价钱上毫不让步,而且干活时还磨洋工,本来两个钟头应该干完的活儿,他们干了五个半钟头。在这段时间,他有机会体验一把所有旅居异地的人都熟悉的愉快的时光。这时,旅行箱已经装好,屋子里只堆放着一些绳子、废纸以及各种无用的东西。这时,他无法上路,老坐在一个地方又无聊,于是他走到窗口,看着马路上无精打采地走着的过往行人。他们边走边谈着一些琐事,有时也抬起他们那傻里傻气的眼睛,好奇地看上他一眼,然后又继续走他们的路,结果使我们这位迟迟不能上路的旅客更加不开心了。周围的一切的一切,包括窗户对面的店铺,包括住在对面房子里的老太婆(她也来到窗户前,她的窗户上挂着短窗帘,故而能透过窗户看见她),他都讨厌,他都憎恶,但他又不愿意离开窗口。有时,他站在那里发呆,好像在思考问题,有时,他又闷闷不乐地两眼盯着所有活动的和不活动的东西。这时,一只苍蝇嗡嗡地飞过来,正好在他面前往玻璃上乱撞,他心里很懊丧,所以一抬手把它拍死了。不管什么事情都有个终结,企盼的时刻到来了:该准备的都准备好了,马车跑起来前面也不摇晃了,车轮上也换上新车带了,马饮过水以后也牵过来了。那两位强盗铁匠点过钱,说了声“祝一路平安!”就离去了。马车终于套好了。把两个刚刚买来的热面包放到车里,谢利凡又不知往他的座位旁自己的袋子里塞进什么东西。我们的主人公终于坐到马车上。旅馆的茶房仍然穿着那件锦缎双排扣束腰衫,站在道旁挥动着帽子。其他旅店的仆役、车夫出于好奇,也都出来观看,他们很想知道在不同的场合和不同的环境下别的老爷是如何出行的。这辆只有光棍汉坐的马车在城里已经停留了很长时间,说不定读者已经腻烦它了,讨厌它了。现在这辆马车终于驶出旅店的大门了。“感谢上帝,一切还算顺利!”乞乞科夫一边心里想,一边马上抬起手在胸前画了一个十字。谢利凡扬起鞭子,彼得鲁什卡在踏板上站了一会儿,然后坐到车夫台上谢利凡的左侧。我们的主人公坐在格鲁吉亚毛毯上很舒服,他又把一个皮靠枕放在背后,并挤住两个热面包。这时马车又开始摇晃起来,这是马路坑洼不平所致。乞乞科夫看着道旁的房舍、墙壁、栅栏和街巷,有一种说不出的感觉,好像它们也在摇晃、跳跃和慢慢地向后移动。他想,他这辈子还有没有机会再一次看到这里的一切,只有天晓得。当马车需要拐到另一条街上时,不得不停下来,因为长长的送葬队伍把整条街都堵死了。乞乞科夫从车窗探出头,吩咐彼得鲁什卡打听一下,这是给谁送葬呢。打听到是给检察长送葬呢。乞乞科夫听到这个消息,心情马上沉重起来,他立刻躲到车厢的角落,把窗帘拉上。就在马车被迫停下来的这段时间,谢利凡和彼得鲁什卡十分虔诚地摘下帽子，仔细观察着送葬的都是些什么人，他们都穿着什么衣服，乘的什么车，此外，他们还数着人数，看送葬的一共有多少人。其中步行的有多少人，乘车的有多少人，老爷一再嘱咐不要让别人认出他们来，不要和认识的仆役打招呼。老爷透过镶嵌在皮窗帘上的玻璃也开始观察马车外的情况，他发现全体官员手里拿着帽子走在灵柩的后面。他心里直犯嘀咕，担心有人会认出他的马车。其实送葬的人中间有谁还会注意到某辆马车是谁的这种问题，他们一个个甚至默不作声，连话都不想说，而在通常的情况下，送葬的人群彼此之间总是会谈些居家生活的琐事。那么此时此刻，这些官员们究竟想什么呢。他们恐怕集中想一个问题：新上任的总督怎么样，他如何接手工作，他如何对待他们。步行的官员后面是马车，车里坐的都是妇女，她们都戴着丧帽。从远处听不见她们说话的声音，只看见她们的嘴和手不停地动，这说明她们正在热烈地交谈。她们谈什么呢？可能，她们也在谈论新总督到任的事，可能，她们在议论新总督到任后会举办什么样的舞会，可能，她们在讨论妇女的衣服装饰上什么样的花边和镶条最好。马车队过去，后面跟着几辆空马车，再后面就什么也没有了，马路腾出来了，我们的主人公可以走了。他拉开皮窗帘，长叹了一口气，感慨地说："检察长本来活得好好的，怎么就死了呢！这下报纸就有的可登了。报纸一定会说，检察长与世长辞了，最为悲痛的是他的下属乃至全人类，他是一位受人尊敬的人，是一位少有的父亲，是一位模范丈夫，等等，等等。另外还会补充说，很多孤儿寡妇是哭着送他到墓地的。可是认真分析一下的话，实际上，他除了那两撇浓眉之外，没有任何值得夸耀的地方。"乞乞科夫吩咐谢利凡赶快上路，同时他心里想："遇到出殡是件好事，人们常说：'遇到棺材好运来！'"这时马车驶上一条人烟稀少的道路，很快就看见一排长长的木栅栏延伸到前面去，这说明马车已经驶到城市的尽头。石头砌成的马路已经走完，拦路竿和城市迅即被抛到身后，马车继续奔驰在光秃秃的大路上。大路两边的路标、驿站长、水井、大车、灰色的村庄连同村子里的茶炊、农妇还有手捧燕麦风风火火从大车店里跑出来的大胡子店主一起迅速从眼前闪过。偶尔也能看到一两个步行的人，他们脚上的草鞋已经磨破，他们已经步行了八百多公里的路程，显得疲惫不堪。道旁还有仓促建立起来的一些村镇，镇子上有几家店铺，这里能看见装面粉的大桶、草鞋、白面包，还有其他货物。绘有黑白相间条纹的拦路竿、正在维修的桥梁、马路两旁一望无际的田野从眼前掠过，地主的轿式豪华马车飞驰在大路上，一个士兵骑着马奔驰而来，马背上还驮着一个绿色子弹箱，箱子上写有"某炮兵连"的字样。一块块狭长的绿色、黄色和刚翻耕过的黑色田地从眼前闪过。悠扬的歌声从远处飘来，松林隐没在雾霭中，教堂的钟声渐渐消失在远处。天空中黑压压一片，那是千万只乌鸦在空中盘旋，一望无际的地平线……俄罗斯呀，俄罗斯！我看着你，我从这奇妙而美丽的远方看着你：你贫穷，你涣散，你粗野；你那里的大自然一片荒凉，奇形怪状，就如同诡谲怪诞的艺术，毫无欣赏价值，不可能给人的心灵带来愉悦，那些宫殿都建在悬崖上，让人看着都有点悬心吊胆，茂盛的丛林和爬满墙头的爬山虎，都淹没在瀑布的轰响中，淹没在瀑布的水雾中；人们不敢回头仰望那高高地悬在头顶上的巨石；拱门的两边都被葡萄枝条和常春藤蔓以及无数的野蔷薇缠绕得密密匝匝，完全失去了光泽，远处的山峦在透亮的天空映照下，本应是线条清晰，光彩闪烁，可是透过拱门看过去，显得毫无生机。你那里的一切都是荒凉的，平淡的；你那里的城市没有高楼，也没有标志性建筑，很不起眼，难以被人发现，没有任何东西能吸引住人们的目光。但是，难道有一种不可思议的、神秘的力量吸引住我的目光，使我如此虔心地关注着你？为什么你那忧伤的歌声始终飘扬在辽阔的土地上，不停地在我耳边回响？这歌声倾诉着什么？这歌声在召唤谁？这歌声为什么如此泣血锥心？是什么声音近乎病态地萦绕在我的身旁，触摸着我的心灵？俄罗斯！你希望我为你做什么？我们之间存在着难以理解的联系？你为什么老看着我？你为什么对我充满期望？……还有，当我由于疑惑不解而发呆的时候，在我头上已经是乌云密布，预示着即将有大雨来临时，面对一望无际的疆土，我的思想麻木了。这广袤无垠的大地预示着什么？既然你的疆土没有边际，那么你是不是一定会产生出无穷的思想？既然你给勇士提供了自由驰骋的土地，难道你就造就不出勇士？我投入你强有力的怀抱，我的心灵被震撼了，我的双眼被一种超自然的力量擦亮。啊，俄罗斯！你是多么灿烂，多么奇妙！你有很多地方，我们至今还很生疏……

“快勒住马！快勒住马！傻瓜！”乞乞科夫冲着谢利凡大声嚷道。

“喂，你瞎了眼了，我一刀宰了你！”迎面飞驰而来一辆马车，上面坐着一位长胡子信使，他大声骂谢利凡道，“你没看见吗，该死的家伙，这是官府的马车！”他的话音刚落，他的马车已经轰轰隆隆消失在扬起的一片尘土中了。

旅途这个词包含着多么神奇、多么诱人、多么丰富的内容啊！旅途是多么令人向往啊！一个晴朗的日子，树叶已经变黄，秋天的空气散发着凉意……你把外套裹得紧一点，把帽子戴得低一点，蜷缩在马车的角落里，别提有多舒适了！最后把身子抖动一下，寒气立刻被驱走，身上暖和起来。马车在向前飞奔……你就会不由自主地打起了瞌睡，眼睛渐渐阖上了，在梦境中听到美妙的歌声，听到马打响鼻，听到车轮嘎吱嘎吱响，然后，你把身子靠在邻座旅伴的身上，便打起了呼噜。等到醒过来，马车早已跑过了五个驿站。此时，只见月亮、陌生的城镇、教堂以及教堂上那古老的木质圆顶和暗褐色的钟楼尖顶、一幢幢暗褐色原木搭建成的住房和白色石结构的住房迅速从眼前掠过。月亮把自己的光辉洒向大地，墙壁、大道、街巷仿佛披上了一条洁白的纱巾，不时有黑色的阴影从斜里穿插过来，把光亮撕成碎片，各家的木质屋顶被月亮照得透亮，仿佛这些屋顶用金属制成。街巷上连一个人影也看不见——一切都进入了梦乡。有的窗口透出灯火的亮光，难道在这深更半夜还有鞋匠在缝制鞋子，或是还有面包师在烤制面包？唉，管他们干什么呢！夜笼罩了整个宇宙，它是人类不可抗拒的一种巨大的自然力量。太空是多么辽阔，是多么深远，伸手不可及，仰望不见边际。它既有天籁之音，又有万道星光！……夜里的空气凉爽宜人，如此舒适的环境，使你不知不觉就想阖上眼睛，到梦中去寻找宁静。于是你打起鼾声，把邻座挤到角落，他不堪你的重压，气呼呼地翻了个身。当你醒来后，展现在你眼前的仍然是田野，仍然是草原，仍然是无边无际的大地——一切都尽收眼底。里程碑从眼前闪过，曙光已经降临到大地。天边呈现出一抹白色，衬托着一道金色的光线，寒风越刮越强劲，你无意中就会把大衣裹得更紧些！冷空气带来的是爽快，是惬意，使人不知不觉又进入梦乡！马车突然颠簸了一下，你又醒了。这时太阳已经高高地升上天穹。听见有人喊道："慢点！慢点！"马车正从一个陡坡上驶下，下面是一条很宽的拦水坝和一弯清澈的池水，在阳光照射下闪闪发亮，宛若一面镜子。村庄和农舍散落在山坡上，乡村教堂的十字架闪烁着光辉，像星斗一样，可以听到庄稼汉们闲聊的声音，肚子饿得已经难以忍受了……上苍啊！你有时是多么伟大，多么崇高啊！我脚下的路太遥远了！我在路上多少次遇到艰难险阻，多少次遭到灭顶之灾，但只要我求助于你，你每次都能张开你那有力的臂膀，拯救我于危难之中。在你那里产生过多少奇思妙想啊！在你那里产生过多少富有诗意的梦境啊！你给人们留下多少美好的印象啊！……此时此刻，我们的朋友乞乞科夫也受到周围美丽景色的熏陶，也沉浸在幻想中，但他毕竟是个讲究实际的人。现在我们看一看，他到底在想些什么。开始他什么也没想，只是不停地朝后边张望，看马车是不是已经驶出城，但是当他发现，城郭已经没有了踪影，包括城郭周围的铁匠铺、磨坊以及其他商铺等都看不见了，甚至教堂的白色圆顶也早已消失到地平线下面了，这时他才集中注意力欣赏道路两旁的景观。他时而往右看看，时而往左看看，至于省城呢，好像从他的记忆中已经完全消失了，他曾路经省城并在那里待了好几天这件事好像是很久以前的事了，是童年时的事了。路边的景色他终于看腻了懒得再看了，他睡眼惺忪地闭上眼睛，把头斜倚到靠枕上。应该承认，此时的作者非常高兴，因为他可以利用这个机会好好地谈一谈他的主人公了。在此之前，正如读者所看到的，我们的主人公没有一时的安宁，不断地有诺兹德廖夫啦，舞会啦，太太小姐们啦，省城的流言飞语啦，再加上各种琐事，打扰他，当然，这些琐事只有写进书里，才被看做是琐事，可是这些琐事一旦在上流社会传扬开来，就被看做是头等重要的事了。现在我们姑且先把这些所谓的琐事放在一边，直接切入正题吧。

读者对我们选择的这位主人公是不是喜欢，我持怀疑态度。我敢肯定地说，太太小姐们是不会喜欢他的，因为她们心目中的主人公一定是一位完美无缺的人，如果他的思想和外表有瑕疵的话，那他就要倒霉了。无论作者对他的内心世界窥视得多么深刻，无论作者把他的形象描写得多么儒雅，太太小姐们还是不赏识他。乞乞科夫已经是人到中年，而且也变得肥胖起来，这个年龄，这样的体型，对他非常不利，因为作为主人公，却原来是个胖子，这多么使人扫兴啊！许多太太小姐一看到他，就会扭过头去说："哼，真恶心！"这种情况作者心里明白，不过他不可能找一个完美无瑕的人做主人公。不过……在这部小说中，作者也许会传达出迄今为止尚无人拨动的另一种心弦；也许会出现俄罗斯广阔的精神世界；也许会看到一位具有忘我精神和正义感的真正的男人；或是会看到一位人品高尚、世上少有的俄罗斯女子——她不仅外表美，心灵也很美，她有宽阔的胸怀，她有舍己为人的高尚品格。和这样的男女相比，其他种族的优秀人物就显得逊色多了。这就像呆板生硬的书本语言和生动并富有活力的口头语言相比大为逊色一样。俄罗斯的精神风貌将会发扬光大……大家将会看到，从其他民族的性格中悄悄地溜走的那些优秀的要素在斯拉夫人的性格中却深深地扎下了根……不过，还没有写进书里的东西为什么要提前说呢？作者早已是一个堂堂的男子汉，作者经过严肃的审时度势的思考，经过更弦易辙的自新，再不会像少年时那样任性，那样忘乎所以了，否则有失体面。任何事情有一个发生的地点和时间以及和其他事情相比的先后顺序，毕竟不会拿一个完美无缺的人作小说的主人公。这是为什么呢？这是因为该让完美无缺的人休息一下了，他们太辛苦了；这是因为人们常常把"完美无缺的人"挂在嘴边，大家都听腻了；这是因为人们常常把"完美无缺的人"当马骑，所有的作家都要骑一骑这匹马，并且用鞭子或别的什么工具抽打它，赶着它奔跑；这是因为人们把"完美无缺的人"身上的精髓都榨干了，他们身上连一点完美无缺的影子都没有了，只剩下皮包骨了；这是因为人们把他们叫做"完美无缺的人"并不是出于真心；这是因为人们并不尊重"完美无缺的人"。

好了，现在是时候了，应该把我们的主人公拽出来，让大家看看他的嘴脸了。他是一个大骗子，这大家已经知道了。我们的主人公出身卑微，对他来说，这有点不大体面。他的父母是贵族，但是这个贵族是世袭的还是自封的，只有天知道。"他长得一点也不像他的父母"，这话是他们的一位亲属说的。他出生时，这位亲属在跟前。这位亲属个子矮小，人们通常都叫她"小个子"，她把孩子抱起来，放大嗓门说道："他的长相和我想象的完全不一样！他要是像外婆就好了，可是他谁也不像，正像一句谚语说的：不像爹，不像娘，倒像一个过路的少年郎。"生活最初给他留下的印象就是昏暗的和毫无生机的，就像透过糊满冰霜的浑浊的窗户看到的景色一样。他童年时没有朋友，也没有伙伴。一间小小的屋子，屋子里的窗户也不大，而且还老关着，不管是冬天还是夏天。父亲有病，他穿一件羊皮长大衣，光着脚，趿拉着一双编织的拖鞋，在房间里走过来走过去，并不停地叹着气，时不时往墙角的痰盂里吐上一口痰。我们的主人公总是坐在一条板凳上，手里拿一支鹅毛笔，手指头上和嘴唇上沾的都是墨水，他面前摆着一本《书写示范字帖》，只见上面写着“不撒谎，听长辈的话，积善于心”；房间里老有拖鞋踩在地上发出的啪嗒啪嗒的响声，主人公由于不停地在写字，终于写得厌倦了，他在一个字母后面加了一个钩或是一个尾巴，这时他就听见既熟悉而又严厉的声音：“你又胡闹了！”这话音刚落，就有长长的手指头从背后伸过来，揪住他的

……就有长长的手指头从背后伸过来，揪住他的耳朵，使劲拧，拧得他生疼。

耳朵，使劲拧，拧得他生疼。这种不愉快的惩罚简直就是家常便饭。他认为他的童年是不幸的，他不愿意再去品味那些已经淡忘的痛苦。但是生活不是一成不变的，它变化的速度是惊人的，很快就有了转机。有一天，是个初春的日子，太阳刚刚升起，冰雪已经融化，父亲带上儿子，坐上马车，出远门了，拉车的是一匹褐色花斑马，马贩子管这种马叫“喜鹊”。车夫的个子矮小，驼背，是父亲家的农奴。父亲就拥有车夫这一户农奴，车夫是这户农奴的男主人，他担负着主人家的各种职务。马车走得很慢，走了将近两天的时间，路上住了一夜，乘摆渡过了一条河，吃了冷馅儿饼和烤羊肉，第三

天早晨才进了城。我们的主人公看到城里这富丽堂皇、繁花似锦的街景,都看呆了。随后当马车拐进一条狭窄的胡同时,掉进了胡同口的泥潭里。胡同口的地势低洼,这里全是泥水,花斑马使出全身力气往前拉,马蹄子也拼命往后蹬,车夫不停地用鞭子抽,老爷也帮着吆喝,马车终于走出泥潭,拐进一个不大的院子。院子坐落在山坡上,院子里有一幢老房子,房前生长着两棵已经开花的苹果树,房后有一个小花园,花园里生长着一些矮小的楸树和其他树,还有一个棚房建在花园深处,棚顶用板条搭建而成,棚房上有一个很小的窗户,窗户上的玻璃模模糊糊,看不清棚房里头。他们的一位亲戚就住在这个小院里。这位亲戚已经是一个老态龙钟的老太婆,每天早晨她都步行到集市上去,回来后在茶炊旁烤干自己的袜子,她爱抚地拍了拍孩子的脸蛋儿,非常喜欢他那胖乎乎的样子。我们的主人公从此就生活在老太婆身边,每天到市立学校上学。父亲在这儿只过了一夜,第二天他就踏上了回家的路。临走时,父亲和儿子都没有掉眼泪。父亲给了他五十戈比做零花钱,更为重要的是,父亲说了许多大道理,教训了他一番。父亲说:"儿子,你听着,要好好学习,不要胡闹,不要走歪道,特别要讨好老师,还要讨好上司。即使你在学习上赶不上别人,即使老天爷不给你天赋,你仍然会一帆风顺,平步青云,仍然会出人头地。不要随便交朋友,你跟他们学不出好来。如果你要交朋友的话,也要交富家子弟做朋友,因为你遇到难处时,用得着他们。千万不要请别人吃喝,最好是让别人请你,你不要请别人,最重要的是把钱攒起来,因为在这个世界上,钱这东西是最可靠的。无论是同学还是朋友,他们都会欺骗你,当你遇到灾难时,他们首先要做的就是舍弃你,可是钞票却不会舍弃你。不管你遇到什么灾难,只要有钱,世上没有你办不成的事,没有你克服不了的困难。"父亲教训了儿子一顿之后,父子二人就分手了。父亲仍然坐上他那辆马车回家去了。从此以后,我们的主人公就再也没有看见自己的父亲,但是父亲教训他的那些话却深深地印在他的心中。

从第二天起,乞乞科夫就去上学了。他对哪一门功课都没有表现出特殊的才能,但是他勤于动脑,注重自身的整洁。他整天处心积虑想的是如何处世,如何待人接物,他把他的聪明才智完全用在这些方面了。他和同学相处和交往从不会吃亏,有时精得简直令人咋舌。平常都是同学请他吃饭,他没有请同学吃过一次饭。有时同学送他一件好东西,他把这件东西收藏起来,过一段时间,他再把这件东西拿出来卖给这位同学。他从小就养成了节俭的习惯,父亲给他的零用钱,他不仅分文未动,而且他的零用钱还越攒越多,就在父亲给他零用钱的那一年,他的零用钱已经开始增加了。他生来具有商人的素养,表现出那种非凡的钻营谋利的本事。比如他用蜡做成一只灰雀,涂上颜料,然后把它卖掉,结果获利匪浅。之后的一段时间,他又干起了别的投机买卖，他到市场上买了一些食品，回到学校，有意坐到富家子弟旁边，一旦发现某个同学表现出饥饿的迹象，他就故意露出自己座位上放着的蜜糖饼干或法式面包的一角让他看见，等到他饥饿难耐，特别想吃东西时，我们的主人公就把蜜糖饼干或法式面包高出买进价好多倍卖给他。他利用课余时间，用了两个月的时间在家里训练一只老鼠，他把老鼠关在小木笼里，教他做各种动作，老鼠终于学会了直立，根据人的口令躺倒和起来，之后，这只老鼠他卖了个大价钱。当他的钱攒够了五卢布，他把攒钱的袋子缝死，用另外一个袋子继续攒钱。在学校里如何对待教师，他也有自己的一套明智的办法。他坐在课堂上，身子总是挺得笔直，两眼决不斜视，从来不做小动作。需要指明一点的是，教师是一个喜欢静的人，他喜欢那些循规蹈矩的学生，却不能忍受爱说俏皮话好戏弄人的学生。他觉得他们背地里肯定说他的坏话和嘲弄他。他一旦发现哪个学生调皮捣蛋，发现该学生坐没坐样，站没站样，或是该学生无意中眨巴了一下眼皮，他立刻火冒三丈。他会立刻把该学生轰出教室，他处罚起学生来特别严厉。他对受处罚的学生说："老弟，我要打掉你的傲气！我已经看透你了，你这人太不知趣。你在这里跪着吧，你也体会体会饥饿是什么滋味！"这位可怜的学生把膝盖都跪疼了，还不知道罚他下跪是为了什么，他一天一夜没吃东西。教师经常说："才干和天赋算什么？都是扯淡，我只看重品行。一个学生可以什么也不懂，可是他表现不错，值得奖励，我照样给他的各门功课打满分。如果一个学生行为不端，好捉弄人，即使他学富五车，我也给他的成绩打零分。"教师很不喜欢克雷洛夫，因为克雷洛夫说过："依我看，喝酒无妨，只要懂行。"教师经常讲到他过去任教的那个学校的课堂情况。他说，上课时教室里鸦雀无声，甚至连苍蝇飞的声音都能听到，他说，整整一个学年下来，教室里没有一个学生咳嗽一声，没有一个学生擤鼻子，他还说，下课铃声拉响以前，你弄不清教室里有学生，还是没有学生。他每每讲到这些情况，总是喜形于色，表现出很大的满足感。乞乞科夫完全领会了教师的要求，他知道如何检点自己的行为，才能投教师所好。他在教室里总是坐得端端正正，连眼皮都不随意眨巴一下，不管背后的同学怎样拧他掐他，他都不予理睬。下课铃声一响，他抢先一步拿起教师的护耳帽，毕恭毕敬地递给教师，随后他最先走出教室，争取在路上与教师至少碰面三次，每次他都摘下帽子向教师致意。他的所作所为果然获得很大的成功。在学校学习期间，他的成绩优异，毕业时，他的各门功课都获得满分，拿到了毕业文凭，还获得烫金字的品学兼优证书。他走出校门时，已经成了一个年轻英俊的小伙子，下巴颏上的胡子也需要经常刮了。就在这时候，他的父亲去世了。父亲只给他留下四件破旧的毛衣、两件旧的羔羊皮外套以及数量不大的一笔钱。看来父亲一味地劝人攒钱，可他自己却没有攒下多少钱。乞乞科夫立刻卖掉了破旧的宅院和几亩薄田，只卖了一千卢布，然后让车夫一家也随他搬进城里，计划在城里安顿下来，再谋个职位。就在这时那位喜欢安静、喜欢循规蹈矩的学生的教师被学校炒了鱿鱼，也不知是由于他行为愚蠢还是由于别的原因，从此这位教师就陷入困难的境地。他遭此不幸后开始喝闷酒，结果把全部积蓄都喝光了，最后落得个贫病交加、食不果腹、孤立无助的境地，只能栖身在一间冰冷的、狭小灰暗的陋室里。他过去的学生，也就是他认为调皮捣蛋、桀骜不驯、行为乖戾的学生，知道他凄惨的处境后纷纷捐钱帮助他，有的人还把需要的东西卖掉换成钱周济他，只有乞乞科夫推脱说，他没有钱，只拿出五个镍币。同学们立刻把他的五个镍币掷给他，并指责他说："你呀，真是个吝啬鬼！"当可怜的教师知道了他过去的学生们的善举，双手捂住脸，眼泪立刻从黯淡昏花的眼睛里涌出来，哭得像个无助的孩子。"我都是快要死的人了，老天爷还让我哭一场！"当他知道乞乞科夫现在对他的态度时，他深深地叹了口气，用微弱的声音说道："唉，乞乞科夫他真是变了！他本来是个品行端正的学生，为人和气温顺，从不惹是生非，很听话！我被他骗了，他真会伪装自己……"

不过也不能说我们的主人公秉性冷酷、感情麻木，更不能说他毫无同情之心，毫无怜悯之心。可以说正的反的两面他都有，不能说他根本不想帮助别人，他也想向别人伸出援助之手，但条件是数目不是太大，不需要动用他缝死在钱袋里的钱。总之，他牢牢地记着父亲的遗训，就是把每一个铜板都要攒起来，以备日后使用。但他也不是守财奴，他和那些爱财如命之人还是有区别的。守财，这不是他的生活目的，他所追求的不是钱财本身，而是富裕的生活。他希望拥有豪华的马车，豪华的住宅，他希望每顿饭都有美味佳肴摆上餐桌。他早也盼，晚也盼，恨不得明天就过上这样的生活。为了有朝一日能够每天吃香的喝辣的，他才把每一个铜板都积攒起来，他不仅自己不舍得花，也不舍得给别人花。当他看到一个富翁乘坐的豪华马车从他面前飞驰而过时，他羡慕极了，竟然看呆了。等到他神志清醒过来后，他指着坐在马车上的富翁说道："他过去不就是个普通的职员嘛！他的头发仍然理成过去的那个锅盖发型！"富裕所造成的效果给他留下极其深刻的印象，简直令他不可思议。他从学校毕业后都没有打算休息一下，想尽快找到一份工作，但是，虽然他手握毕业文凭和品学兼优证书，还是费了很大劲才在税务局谋到一个职位。看来，就是在边远地区，要想找到工作，也得有门路才行。他的这份工作不是太体面，收入也不高，一年也就三四十卢布。但他还是决定全力以赴，把工作干好，准备迎接和战胜任何困难。确实，他在工作中表现了空前的献身精神，表现了极大的耐性，表现了自律的作风。他起早贪黑，不知疲倦地抄呀，写呀，整天埋头在公文堆里。下班后经常不回家，就睡在办公室的桌子上，有时和看门人一起吃饭。虽然如此，他仍然保持着整洁的仪表，体面的穿戴,不凡的举止,微笑的面孔。应该说税务局的官员们个个相貌丑陋。有的人的脸就像烤出的面包变了形,一边的腮帮子鼓起很高,而下巴颏却歪向另一边,上唇有点肿胀,还是个豁唇,总之,这样的形象真是其丑无比。他们说话老是那么声严色厉,好像准备打人似的。他们面对“酒神”简直崇拜得五体投地,这正说明在斯拉夫人的信仰中,除了基督教、伊斯兰教、佛教之外,他们当中还有不少人信仰“酒神教”。他们有时甚至喝得醉醺醺的才来上班,弄得办公室的空气污浊不堪。在税务局的众官员之间,乞乞科夫算是特殊的一位。他人长得比较帅气,说起话来和蔼可亲,和其他官员最大的不同就是他滴酒不沾。虽然如此,他前面的道路仍然十分艰难。他的科长是个顽固不化的老头子,为人冷酷无情,心高气傲,从未看见他笑过,更谈不上他关心人和体谅人了。他这种为人处世的作风从未改变过,无论是在办公室,还是在他家里。他从来没有对任何一个人表示过同情,他从来没有喝醉过,也从来没有酒后失控地大笑过,他即使遇到很高兴的事也从来没有狂喜过,在他的生活里这些情况都没有过。他既不是凶神恶煞之人,也不是大善人,其实这种人最可怕。他的面孔像用石头雕成,没有严重的缺陷,五官长得还算端正和对称。只是他的脸上布满了麻点儿,按老百姓的说法,这些麻点儿是魔鬼每天夜里到他脸上碾豆子碾出来的。看来,要想接近这样的人,要想博得他的好感和信任,实在是太难太难啦,但是乞乞科夫却要尝试一下。起先,他只是通过一些不起眼的小事讨好科长:比如他观察到科长用来写字的鹅毛笔需要经常削尖,于是他削好了好几支鹅毛笔准备着,一旦发现科长需要换一支削尖的笔时,他马上把一支削好的笔递到科长手中;他经常把科长桌子上的灰尘和烟灰吹掉和擦掉;他还准备了一块新抹布,用来擦科长的墨水瓶;他找到了科长的那顶样式过时的帽子挂的地方,快到下班时,他赶紧把帽子取下来,放到科长身旁;如果他发现科长的背上蹭上了墙壁上的白灰,他赶紧把科长背上的白灰掸掉。但是他为科长做的这一切有用吗,好像什么用也没有,这一切等于白做。后来他了解了科长的家庭情况,知道科长有一个姑娘,已经成年,姑娘长得像他的父亲,好像魔鬼每天夜里也在她的脸上碾过豆子。乞乞科夫打算通过这位姑娘打开突破口。他得知姑娘每逢礼拜天必去做祈祷,同时他也打听到了姑娘做祈祷的那个教堂。于是每逢礼拜天,他也穿戴得整整齐齐,还穿上挺括的西装坎肩,也到那个教堂去做祈祷,而且每次他都站在姑娘的对面。这一招果然有效,科长的铁石心肠被软化了,他邀请乞乞科夫到家里喝茶。当乞乞科夫的同事们还没有弄清楚是怎么回事时,乞乞科夫已经搬到科长家,成为科长家必不可少的成员了。事情的进展就是如此神速。什么买面粉啦买糖啦这一类体力活儿都由乞乞科夫一股脑儿承担下来。他已经视科长的女儿为自己的未婚妻,已经管科长叫爸爸了,并且常常吻科长的手。科里的同事们一致认为,二月底斋戒前,他们就要办喜事了。一向对人冷漠的科长开始到上司那里为乞乞科夫的提拔求情。没有过多久,乞乞科夫终于补了一个空缺,坐上了科长的交椅,这就是乞乞科夫亲近老科长的主要目的。目的达到后,他悄悄地先把箱子送回家。第二天,他就搬到另一个地方住了。他不再管老科长叫爸爸了,也不再吻老科长的手,办喜事的事根本就不提了,仿佛这一切都没有发生过。不过,他每次遇到老科长,总要亲切地握住老科长的手,邀请老科长到他家里喝茶。老科长虽然平时不管遇到什么事,总是采取不动声色的冷漠的态度,可是每次遇到乞乞科夫却不然,他总会摇摇头,压低声音说:"这个龟儿子! 我受他的骗了,我上他的当了!"

这是一个难以迈过的门槛儿,但是乞乞科夫迈过去了。从此以后,他的路就越走越顺,越走越好走。他成了一个大家所关注的人物。他处事圆滑,善于见风使舵,处理公务快捷,他所拥有的这些特点都是这个社会所需要的。他凭借自己的本事,在不长的时间里,又谋到一个有油水可捞的肥缺,他利用这个肥缺,大捞了一把。需要指出的是,这一时期,当局正在严厉查办受贿的不法行为。当局的查办并没有吓倒乞乞科夫,他审时度势,变换了一种受贿的方式,因此他在这方面表现了俄罗斯人在遇到外界压力时那种随机应变的能力。他的办法是:当一个人走进办公室要求办一件事,而刚要把手伸进衣袋里掏钱准备行贿时,乞乞科夫立刻朝申请人摆摆手,笑着说道:"别这样,您以为我会……不会的。这是我们的职责,这是我们的义务,这是我们应该做的,我们不接受任何形式的馈赠。在这方面,您尽管放心,您的事情明天就会办妥。请把您的住宅告诉我们,其他的一切您就不必操心了,等手续办好后,我们会把批件送到您的府上。"申请人听了乞乞科夫的这一番话,简直喜出望外,他回到家里,心情仍然平静不下来,他想:"竟然还有这样的好人,这样的人越多越好,这样的人简直就是贵人!"但是申请人回家等了一天,到了第二天,不见有人送批件来,到了第三天,还是不见有人来送批件。他到办事处一问,才知道事情还没有开始办呢。他亲自去找贵人想问个究竟。乞乞科夫握住他的双手,很有礼貌地说道:"哎呀,实在对不起,我们这里要办的事情太多了。明天一定给您办,明天一定办妥。我真是惭愧呀惭愧!"他一边说,一边还做出一种歉疚的表情。如果这时他的衣襟敞开了,他会赶紧用手把衣襟掩上。申请人回到家里足足等了三天,还是没有人送批件来。这时申请人就需要动一动脑筋了:这件事如果不送钱能办成吗? 他打听到的情况是:需要打点文书。"为什么不打点呢? 给二十五戈比还不行吗? 再加上二十五戈比,给五十戈比总该行了吧!""这不是给二十五戈比就行了的问题,而是需要给二十五卢布。""你说什么,每个文书要给二十五卢布!"申请人惊叹道。"这有什么大惊小怪的? 文书每人仍然得二十五戈比,其余的上司就装进自己的腰包了。"了解情况的人对申请人说道。申请人并不傻，他听了这话，马上就明白了事情的就里。他拍着自己的脑门子，把新的办事手续，把当局对受贿的追查，把官员们表面上是正人君子、实际上贪赃舞弊的虚伪面孔，骂了个狗血喷头。过去，你起码知道该怎么做，你只要塞给办事员十个卢布，事情就办成了。可是现在呢，现在要花二十五卢布，而且一个礼拜你都消停不了，需要左一趟右一趟地奔波。还说什么官员们都是大公无私的，都是光明正大的，通通是鬼话！申请人的这些指责当然是对的。但是现在，从表面看，官员们都不拿贿赂了，受贿的人没有了，所有的官员都是忠于职守、廉洁奉公的人，只有文书是坏蛋，因为他们还拿申请人塞给他们的钱。没有多久，乞乞科夫获得一个机会，为自己的活动开辟出更加广阔的领域。为了建设一项国家的重点工程，成立了一个工程建设委员会。乞乞科夫在这个委员会里占据了一个位置，成为这个委员会里活动能力极强的委员。委员会立即展开工作。大家为这项工程忙活了整整六年，但是基础打好后，这项国家的重点工程就进展不下去了，也不知是因为气候的原因而受阻，还是因为建筑材料没有备齐而受阻。不过与此同时，每个委员都在本市的其他地方为自己盖了一所漂亮的住宅，看来那些地方的土质比较好。委员们开始享受生活了，开始在新居中组织家庭。直到现在，乞乞科夫才摆脱了生活中的各种条条框框，不再用献身精神等这样的豪言壮语约束自己。他长期坚持的那种呆板的、安分守己的信徒式的生活方式最终结束了。原来他对享受呀寻欢作乐呀这些生活模式也并非完全陌生，只不过他在旺盛的青年时代善于克制自己而已。就这一点来说，别人和他无法相比。现在，为了享受，他要动真格的了。他请了一位名厨师，置办了几件做工精细的荷兰衬衫。他给自己买了呢料，这种呢料很稀有，还没有看见省里有谁穿着用这种呢料做的衣服，从此他就喜欢上了棕色的和浅红色带花点的呢料。他买了一辆双套马车，他拉住一根缰绳，让拉边套的马转圈子。他已经习惯于用海绵蘸上花露水擦身。他经常买高档香皂，为了促使皮肤更加光滑……

但是好景不长，当局突然派来一位新的上司，取代了原先那位草包领导。这位新上司是个军人，他对待下属特别严厉，他对贪污、受贿等歪风邪气恨之入骨。第二天，他就给众官员来了一个下马威，他要求官员们给他汇报情况。在汇报的过程中，他发现每笔账目的资金都有短缺。他对官员们进行了逐个审查，发现每个官员都为自己盖了豪华住宅。这些官员都被撤了职，他们的住宅被政府没收，交给医院和学校等公益机构使用。这批官员就这样彻底完蛋了，乞乞科夫比他们有过之而无不及。乞乞科夫的长相并不惹人讨厌，可是不知为什么，新来的上司就是看他不顺眼。这也难怪，他身上总是有让这位上司不喜欢的缺点，先不提这个，反正上司特别厌恶他，憎恨他。这个上司是一个铁面无情的人，官员们都怕他。但是正因为他是个军人，所以他不了解文官们玩儿的那些鬼花招，干的那些阴险的勾当。过了一段时间，他任用的一批新文官，由于他们诚实的外表和阿谀奉承的本领，很快就博得这位新上司的好感和宠信，于是这位将军就掉进了这伙更大的骗子设下的陷阱，而且他完全不认为这伙官员就是骗子，他甚至还很洋洋得意呢，他庆幸他选择了这批官员，他认为他的选择是明智的，他夸自己是一个知人善任的上司，他确实是这么认为的。官员们很快就摸透了上司的 脾性。他们在这位上司的领导下成为惩治贪污受贿的严厉的执行者，他们不放过任何一个坏蛋，不放过任何一件坏事，就像渔夫手持鱼叉追捕一条特大的肥鱼，他们的追捕获得很大的效益，在极短的时期内，他们每个人都捞到了数千卢布的外快。这一时期，原先被撤职的很多官员也走上了悔过自新之路，他们又重新被任用，唯独乞乞科夫除外，他虽然做了很大努力，他虽然削尖了脑袋往里钻，他虽然收买了上司的秘书（上司对他的秘书可以说是言听计从），让秘书替他说情，但最终事情还是没有办成。将军虽然常常让人牵着鼻子走（但那是在他不知情的情况下），可是如果在他的脑子里已经形成某种看法，这种看法就会像一只铁钉子深深地钉入他的头脑中，要想把这只钉子从他的脑子里拔出来，是绝对不可能的。他的秘书尽管是个聪明人，但他能够做到的也只是把乞乞科夫的那张记录着污点的履历表毁掉。做到这一点已经很不容易，这多亏了秘书的努力。秘书在将军面前活灵活现地描述了乞乞科夫一家的不幸遭遇，勾引起将军的恻隐之心后才办成这件事，庆幸的是乞乞科夫当时还没有成家呢。

“嗨，这有什么！”乞乞科夫说道，“钱已经捞到手了，事情吹就吹了呗。眼泪帮不了忙，就需要另起炉灶。”他决定重新做起，继续往上爬，他过去也曾经春风得意过，也曾经挟势弄权过，但是现在，他还是决定，需要收敛，需要忍让。他认为需要换个地方发展，于是他决定搬到另一个城市去住，在那里寻求出人头地的机会。可是事情进展得并不顺利。没有多长时间，他就换了两三个职务。因为这些职务低贱，不够体面。要知道，乞乞科夫是一个顾全体面的人，上流社会中凡是知道他的人也都这么认为。开始时，他虽然必须在下层社会混，但他心里还是保持着高雅的情趣。比如他喜欢在他的办公室里摆上涂了漆的光亮的桌子，其他的摆设也都要求高雅。他从来不说一句粗俗的话，也从来不用一个不雅的字眼，如果他发现别人说话时对他的官衔和身份不够尊重，他就会认为自己是受了侮辱。我想，我在这里谈一点他的生活细节，读者不会不想听吧。他每隔两天就要换一次衬衫，到了夏天，当天气炎热时，他甚至每天都换一次，因为衬衫上散发出的难闻的气味会使他大丢面子。正是由于这个缘故，当彼得鲁什卡每次给他脱衣服和脱靴子时，他总是用涂有香料的手巾捂住鼻子。在很多情况下，他的神经像女孩子的神经一样脆弱，一样敏感，所以当他重新混迹于醉汉和莽汉中间时,心里特别不舒服,感觉活得特别吃力。尽管他遇到逆境能忍耐,但是在这难熬的时光中,他消瘦了,脸色也变得难看了。他本来并不瘦,体形也还匀称,看起来很富态,读者当初认识他时,他就是这个模样。那时,他经常照镜子,经常编织美丽的梦:他想,要是有个温柔的老婆该多好啊,要是孩子们能有一间单独的玩耍的房间……他想着,想着,脸上堆满了笑。可是现在,当他偶然照一下镜子,不禁惊叹道:“我的天哪,我变成一个丑八怪了!”此后有一段很长的时间,他都不愿意再照镜子。我们的主人公耐心地等待着,等待着,他终于在海关谋到一个职位。应该说,这个职位是他很久以来做梦都想得到的。他看到,海关的官员们弄到许多高档进口货,如各种瓷器和衣料等,他们把这些东西分送给自己的教母、姑妈、姨母和众姐妹们。他不止一次深有感触地说:“海关真是个好地方,那里离边境很近,那里的人都很文明,都很开通,在那里买几件高档的荷兰衬衫是不成问题的!”需要补充一句的是,他还想起一种法国香皂。这种香皂有一种特殊的功效,它可以使皮肤增白,可以使面容增加光彩,但是这种香皂是什么牌子,谁也说不清,据他推测,在边境地区肯定能买到。总之,他早就想进海关工作,但是眼下他从工程建设委员会获取的各种利益影响他下此决心。他认为,海关就如同远水,它解不了近渴,要解近渴,还得靠工程建设委员会。他的这个考虑是对的。但是现在呢,他决定无论如何也要跻身于海关。他的目的终于达到了。进入海关后,他工作努力、勤勉。看来他命中注定就是干海关的料。他干事麻利,待人诚恳,眼光锐利,看问题透彻,像他这样有才干的人真是太少太少了,几乎没有见过,也没有听说过。他只用了两三个礼拜,就相当熟练地掌握了海关的业务,无论什么问题他都能解决。他凭借一张发票就能知道这块呢子或别的质地的衣料有几丈几尺;他把一包东西拿在手中掂一掂,马上就能说出,这包东西有多少克,所以他在检查旅客携带的货物时,不用尺子量,不用秤称。正像他的同事们说的,他在搜查违禁物品时,有狗一样的嗅觉。同事们看到,他在搜查的过程中,连一个纽扣都不放过。他有极大的耐心,他面对被搜查的人,态度冷静,而且有礼貌。当被搜查的人不耐烦了,发起火来,希望照他那胖乎乎的脸上抽嘴巴时,他仍然面不改色心不跳,仍然彬彬有礼地说:“能不能再麻烦您一下,请您站起身来?”或者说:“太太,能否请您到另一个房间去一下,那里有我们一位海关官员的夫人在等着您,她会给您解释清楚的。”或者说:“请允许我用刀片把您的大衣里子划开一个小口。”他说着,从这个小口里抽出一条条披肩和头巾。这时他的态度极为镇静,就像从自家的柜子里往外拿这些东西一样。甚至他的上司都惊讶地说,此人简直就是个人精。他连马车的车轮、车辕、马的耳朵都检查,就连任何一个作家都想不到而只有海关官员才能想到的地方,他都要仔细地检查。结果那些过境的旅客好长时间都缓不过神儿来,都平静不下来，他们擦干脸上身上的汗水，一边画着十字，一边嘴里嘀咕道："这样的检查，真让人受不了！"他们就像一个个从反省室走出来的小学生，校长把他们叫到反省室，本来是要训导他们一番，却突然在他们背上打了几板子。在不长的一段时间里，走私分子的日子很不好过。这当然是这位认真的海关官员造成的。所有波兰的犹太人都怕他，都陷入绝望的境地。他忠于职守，廉洁奉公，任何人都休想贿买他。但是有人认为，这一切他都是做给别人看的。有一部分没收的和扣留的走私物品并没有上交国库，而是留在了海关。其原因是：第一，它们的数量不多；第二，也是为了避免登记呀造册呀等繁琐的劳动。他对这些物品也不曾染指。他这种勤勤恳恳的工作态度和大公无私的工作作风赢得了普遍赞誉，最后传到了上司的耳朵里。他的官阶得到提升。随后，他提出一个一网打尽走私分子的方案，并请求把这个任务交给他。上司马上派了一个缉私队协助他，并授予他可以采取任何措施、进行任何搜查的无限权力。这正是他所希望的，也是他所需要的。那时，走私分子已经组成一个强有力的走私团伙，他们的组织系统非常严密，走私金额特别巨大，竟然达到数百万之多。关于这个走私团伙，他早有耳闻，这个团伙曾暗中派人来向他行贿，他拒绝了，他冷漠地说了一句"还不是时候"。现在他已经是大权在握，任何事情都是他说了算，所以他给走私团伙递过话去，让走私团伙知道"现在是时候了"。他的计划非常周密，可谓是万无一失。他一年内获取的外快他就是勤勤恳恳干上二十年也未必能挣来。过去他不愿意和他们联系，是因为那时他充其量只是一个俯首听命的小卒子，只能分到一点残羹剩饭。现在就不同了，现在情况发生了很大变化，他可以毫无顾忌地提出自己的条件。为了使他的罪恶勾当能够畅行无阻，他唆使他的一个同事和他搭伙一起干。此人也抵挡不住金钱的诱惑，虽然他已经是白发苍苍。二人和走私团伙谈妥条件后，走私团伙开始实施他们的计划了。一开始，他们干得得心应手。读者肯定听说过走私分子利用西班牙绵羊把走私物品运过国境线的故事，他们在绵羊身上又披了一张羊皮，把价值百万卢布的走私物品就藏在羊皮下面。这件事恰好发生在乞乞科夫在海关供职期间。如果乞乞科夫本人没有参与这种偷运走私物品的行径，那么世界上任何一个犹太人也休想干成这种走私的勾当。这些绵羊在国境线上往返三四趟之后，乞乞科夫和他的同伙每人就有四十万赃款装进自己的腰包。据说，乞乞科夫可不只是拿了四十万，他拿到的赃款超过了五十万，这是因为他下手狠，下手快。但是他们的好景不长，倒霉的日子接踵而来，否则天晓得他们这来路不明的钱财将会达到何等庞大的数字。魔鬼迷住了他们的心窍，真像人们常说的，老天爷让你完蛋，必先让你发狂，他们二人不知何故争吵得不亦乐乎。有一天，两人正谈得热火朝天。当时，乞乞科夫可能是多喝了点酒，他脱口而出，管他的同伙叫"牧师的儿子！"他的同伙确实也是牧师的儿子，但他的同伙不知为什么非常生气，也用非常激烈的言词回敬他道：“你简直是胡说八道，我怎么能是牧师的儿子，我是五品文官，你才是不折不扣的牧师的儿子！”他为了发泄心中的不满，又进一步刺激他道：“难道不是这么回事吗！”虽然他回敬了乞乞科夫，但这仍然不解他心中的怨气，于是他向上司告发了乞乞科夫的犯罪行为。据说，他们所以吵翻了脸，是为了争一个女人。这个女人年轻，极富风韵，体格强健，照海关官员的说法，她鲜嫩得像一根水淋淋的萝卜。另外有人说，他花钱雇用了一些人，趁着夜色，把乞乞科夫逼到昏暗的小胡同里，把他狠狠地揍了一顿。实际上，这两个人都被愚弄了。这个女人早已被一个叫沙姆沙列夫的上尉占为己有了。实际情况是不是这样，只有天知道。读者如果有兴趣的话，可以按照自己的想象，往下续写好了！关键的问题是他们和走私团伙的秘密交易完全暴露了。五品文官告发了乞乞科夫的罪行。难道他忘记了，他是乞乞科夫的同伙，他能摆脱完蛋的命运？两位官员同时被起诉到法庭，他们的非法所得全部被查封、没收和充公。对他们来说，这一切来得如此突然，简直就如同晴天霹雳。等他们回过神儿来，他们才发现，他们干的这些事，想起来还后怕呢！那位五品文官从此一蹶不振，整天沉湎于酒醉之中，但是乞乞科夫却没有彻底垮掉。他巧妙地隐瞒了一部分钱财，虽然前来办案的官员查抄得很仔细。乞乞科夫是一个能屈能伸的人，他非常善于见机行事，他对办案官员弯着腰躬着背，赔着笑脸，尽说些阿谀奉承的话，并且还塞给他们钱——总之，他的目的很明确，一定要使大事化小，小事化了，决不能像五品文官那样，把自己搞了个身败名裂，一定要避开刑事审判。但是，无论是钱财，还是那些进口货，当然都被没收了，不过它们又装进另一些官员的腰包，因为这些官员同样是见物心动之人。他隐藏在暗处的那一万卢布保住了，这笔钱日后遇到困难时可以使用。此外，那两打荷兰衬衫，那辆单身汉乘坐的简陋的四轮马车，还有那两个家奴——一个是车夫谢利凡，另一个是仆役彼得鲁什卡——没有被没收。还有，来查抄的海关官员看到乞乞科夫如此屈从，如此甘心，也动了恻隐之心，于是又给他留下五六块可使皮肤增白、可使面容增光的香皂。这就是查抄官员给乞乞科夫留下的全部财产。总之，我们的主人公又陷入多么困难的境地，大家就可想而知了！巨大的灾难猝然落到他的头上。这就是他说的，他是为了坚持真理，在工作岗位上受到打击。现在我们可以肯定一点的是，我们的主人公经历了疾风暴雨的摧残，经历了世事的考验，尝尽了命运的任意摆布，体验了痛苦的生活之后，他一定会带着仅剩下的一万卢布远走他乡，到一个小县城，找一个偏僻的地方住下，每天穿上花布长衫，坐在窗口前打发时光，每逢星期日，当农民们在窗前打架争吵时，他扮演劝架的角色。为了调节情绪，振作精神，他到鸡笼那边转了转，亲自摸了摸母鸡，看它够肥不够肥，因为不久要用它炖鸡汤。如果就这样平平淡淡地了此一生，从某种意义上说，也不是没有好处。但他不这么想。他这人从来不认输，他相信自己还能东山再起。他一路走来，经历了那么多的苦难和挫折，如果是别人，即使没有寻死觅活，也早已心灰意冷，萎靡不振，从此消沉下去了，可是乞乞科夫却不然，他那种令人不可思议的对目标穷追不舍的劲头儿并没有消退。他痛苦过，懊丧过，他抱怨过世道的不公，抱怨过命运的不公，他为人们的那种丧失理性的行为而愤怒过，但是，他没有放弃重新出头的任何一个机会。总而言之，他这人很有耐性，但是他的耐性不同于德国人的那种呆板的耐性，德国人的耐性是由于他们身体里的血液流动得迟缓而造成的。乞乞科夫却相反，他身体里的血液在急速流动着，他需要更多的理智来控制那些希望能自由驰骋、自由翱翔的思想。他反反复复地思考，他的某些想法也是对的："为什么灾难偏偏落到我的头上？现在在位的人有哪个是清白的？谁也不愿意错过机会，大家都在拼命地捞嘛！我没有干过任何伤天害理的事，我没有抢劫过寡妇，我没有把谁搞得一贫如洗，我只不过拿了一点多余的东西。我不拿别人也会拿，我不享用别人也会享用。同样的情况，为什么别人在享福，而我却被人踩在脚下？我现在已是一败涂地，已经成了一个废物。面对那些有头有脸的父亲，我这个父亲简直不称职，简直当得窝囊。如果我意识到，我是白白在这个世界上走了一趟，我内心是多么难受。将来我的子女会怎么说我呢？他们一定会说，他们的父亲是一只猫、一只狗，没有给他们留下任何财产。"

大家已经知道了，乞乞科夫非常看重自己的后代儿孙。这是人之常情嘛！另外，他如果不是考虑到"子女们将来会说什么？"如果不是这个问题困扰着他，他很可能也不会把手伸得老长，到处去捞外快。这位未来的父亲像一只谨小慎微的猫，一方面斜着一只眼睛往旁边瞅着，提防自己的行动被主人发现，另一方面，他把那些伸手可取得的东西匆匆忙忙地往自己腰包里装，比如什么肥皂呀，蜡烛呀，腌肉呀，金丝雀呀，总之，看见什么拿什么，一样也不放过。我们的主人公一方面在抱怨，在伤悲，另一方面他头脑里的活动一刻也没有停止，在他的头脑里，要做的事已经想好了，就等着制定出一个计划。他又重新过起了节衣缩食的艰苦生活，他从整洁优雅的环境，过渡到邋遢低俗的环境，这是多么大的变化啊，这简直是天渊之别。在良机到来之前，他不得不当了一名代办。所谓代办，顾名思义，即代人办事。这个职业当时在我国还没有得到社会的普遍承认，而且代办常常被人当做皮球踢，连小小的衙役甚至委托人，都没有把代办放在眼里。代办的身份非常低下，他常常低声下气地在别人家前厅等候召见，而且还受到粗鲁的对待，但是为生计所迫，他什么工作都得硬着头皮干。顺便说一句，有一次有人委托他办一件事，即把几百个农奴典押给救济委员会。地主的田庄彻底败落了，败落的原因是：大批牲畜染上瘟疫而死去，管家中饱私囊，庄稼歉收，疫病流行，大批能干的农奴病死，再加上地主一味追求享受，他们为了按时新样式装修莫斯科的住宅，花掉了全部家当，他们连吃饭都成了问题，因此，才需要把剩下的农奴典押出去。当时把农奴典押给公家，这还是一件新鲜事，所以做起来总觉得心里没有底。乞乞科夫作为代办，他要做的首先是打通关节。大家知道，如果不预先打通关节，无论办什么事都办不成。打通关节就需要打点，即使送上一瓶葡萄酒也好。总之，需要打点的人，乞乞科夫都打点了，他顺便向有关人讲了一个情况，即一半的农奴已经死了，这会不会成为问题。

"他们的名字是不是已经从纳税人花名册中划掉了？"秘书问道。

"没有划掉。"乞乞科夫回答说。

"那你担心什么？"秘书说道，"就当他们还活着就是了，他们不同样可以干活儿吗！"

这位秘书说话还挺幽默。可是我们的主人公却从秘书的幽默中得到启发，在他的头脑中马上形成一个想法。"唉，我这人也真够笨的，"他自言自语道，"我到处寻找发财之路，可发财之路就在眼前！对呀，我把那些还没有从纳税人花名册中除名的死农奴都买下来，假如我买了一千个死农奴，按每个农奴二百卢布的价钱抵押给救济委员会，那么二十万卢布就到手了！现在正是买死农奴的好时机，前不久流行过一场传染病，谢天谢地，农奴病死了不少。地主们整天过着嗜赌纵酒、挥金如土的生活。他们都到彼得堡供职去了，把田庄扔下，随便交给一个什么人管理，连每年的人头税交起来都很困难，这样一来，他们都愿意把死农奴让价出售给我，因为他们就不需要交这部分农奴的人头税了。说不定有的人还会倒贴给我钱呢。当然，这种事干起来也有一定的难度，不仅需要到处奔波，还得担风险，也许有人会挑起事端，也许有人会故意找碴儿。不过人是智慧的动物，总会想出办法的。好就好在这种事情非常特殊，一般人是想不到的，而且也不相信还有这种事。说真的，如果我没有土地，即使买下农奴也没用，因为不可能把他们典押出去。但是我也有办法，我买下农奴，然后把他们迁移到外地去，现在塔夫里塔省和赫尔松省有的是土地，而且是白给，谁占着就是谁的。我把农奴都迁移到那里，都迁移到赫尔松省，让他们在那里定居下来。迁移的手续我可以通过合法途径在法院办理。如果有人想验证一下农奴的名单，我二话不说，马上同意，因为我可以出示警察局长亲笔签发的证明。这个移民村就叫做乞乞科夫村吧。"这样一来，我们的主人公的头脑里就形成了这么一种别出心裁的想法。为此，读者会不会感谢他，我不知道，但是我作为这本书的作者，我非常非常感谢他，因为说一千道一万，如果乞乞科夫的头脑里没有产生这个念头，我的这本书也就写不出来，更谈不上问世了。

“我到处寻找发财之路，可发财之路就在眼前！”

按照俄罗斯人的习惯，乞乞科夫在自己胸前画了个十字，预祝自己好运，之后，就开始实施他的计划了。他找了一个借口，说是要为自己选择一个居住的地方，也找了别的借口，就到我国的各个地方走了走，看了看，他特别察看了那些灾情严重、庄稼歉收、大批农奴死亡的地方。他认为在这些地方，他一定能够用低价买到死农奴而又不会遇到什么麻烦。他在选择交易的对象时，也不是随意找一个地主就行，他所选择的地主都是容易被他说服、又不会刁难他并心甘情愿和他做成这笔买卖的地主。他首先和他们交朋友，博得他们的好感，他尽可能靠交情办成这件事，而不是单纯地靠我出钱你卖农奴的买卖关系。总之，如果到目前为止书中出现的人物都不合乎读者的口味，这不能怪作者，要怪只能怪乞乞科夫，因为他是个大活人，我们不能限制他的行动。真的，要是有人责怪我们，说我们塑造的人物和性格太贫乏，太丑陋，我们只能回答说，开始一个阶段，往往看不到事物的广度和深度。我们无论走进哪座城市，即使是走进京都，出现在我们面前的景色总是平淡无奇的，总是单调乏味的。首先看到的是被烟雾熏得黑乎乎的工厂，然后才能看到六层的高楼、商店、招牌、宽阔笔直的大街以及钟楼、圆柱、雕像、塔楼，还能看到城市的繁华和喧闹，还能看到人的双手和智慧所创造的一切。乞乞科夫做成几笔交易的全过程，读者都看到了，至于事情下一步将如何发展，我们的主人公还会获得哪些成功和遭遇到哪些失败，他将如何克服面临的更大困难，正面形象将如何出现在我们面前，小说的情节将如何进一步展开，小说的视野还会扩展到多远，整本小说将如何保持严肃的抒情倾向，所有这些问题，读者将会在小说的以后篇幅中得到解答。由一位中年的光棍汉老爷乘坐的四轮马车、仆役彼得鲁什卡、车夫谢利凡和拉车的三匹马（即拉辕的枣红马、拉右边套的狡猾的花斑马、人们称作陪审官的拉左边套的淡栗色马）组成的队伍还有很多路要走。总之，我们主人公的心路历程、为人处世、脾气品性都已呈现在读者面前，他是一个怎样的人，读者已经了解了。不过也许有人会要求作者就主人公的道德品质能否做一个概括性的结论。这么说吧，我们的主人公不是一个完美的人，也不是一个高尚的人，这是显而易见的。那么他是一个什么样的人呢？难道他是一个卑鄙小人吗？干吗要把话说得这么难听，为什么要对人这么苛刻？现在我们这里没有卑鄙小人，我们这里的人都有一副好心肠。人们对他们都怀有好感，至于那些没皮没脸、遭众人唾骂的人不是没有，也有，但不过两三个人而已，就是这种人现在也在大谈高尚品德呢。那么我们的主人公算哪一种人呢，给他起个什么名号合适呢？我看就叫他发财迷吧。敛财——是一切灾祸的根源，以敛财为目的而发生的一切行为，世人称其为肮脏的行为。确实，这种秉性的人很遭人厌恶。读者在生活中很可能和这种人交上朋友，并互相杯酒言欢，很是投缘，可是一旦发现此人原来是一部戏剧或一部小说的主人公，马上就向他投去愤懑的目光。但凡是有点头脑的人都不会鄙弃任何性格，而是用审视的目光关注它，研究它，直到弄清楚产生这种性格的根源。一个人始终在迅速发生着变化，一眨眼的工夫他的身体里就会长出一条可怕的虫子，它肆无忌惮地把人身上全部生命的汁液都吮吸光。我们不止一次地发现，有的人心怀伟大的抱负，从他们身上不仅能看到洋溢的激情，也能看到他们对区区小利的追求，正因为这样，他们往往忘记了他们所肩负的伟大而神圣的职责，他们错把区区小利当成了伟大而神圣的事业去追逐。人们的欲望是没有穷尽的，就像海里的沙子，人们的欲望也各不相同，有庸俗的，也有美好的，有卑劣的，也有崇高的。最初人们还可以控制自己的欲望，可是时间一长，欲望就成了人们可怕的主宰者了。从所有的欲望中，只选择最美好的、最崇高的欲望，这样的人是非常幸福的，随着时间的推移，他那种无限的幸福感就会不断加强，他从而就迈进自己心灵的无限王国。但是有些欲望人是不能选择的，它们是人出生后伴随着人一起来到这个世界上的，人没有力量回避它们，躲开它们。它们是由老天爷安排的，它们具有永恒的吸引力，它们将伴随着一个人走过一生。人世间的一切活动都是由各种欲望实现的，不管这些欲望通过什么形式表现出来。它们可能通过忧郁的形象表现出来，也可能通过乐观向上的光辉形象表现出来，它们都是因为人类尚不了解的利益而被呼唤出来的。乞乞科夫也许与生俱有一种欲望，他是不会割舍这个欲望的，他处人对事所采取的冷淡而无情的态度定会毁了他，使他屈从于上天的明断。为什么这样一个人物会出现在即将问世的这部小说中呢，这恐怕还是个秘密。

但是，使作者感到难受的并不是读者厌恶我们的主人公，使作者感到难受的是作者深信，读者对我们的这位主人公，也就是对乞乞科夫，非常满意。如果作者不去窥探乞乞科夫的内心世界，不去触摸和挖掘他心灵深处那些见不得人的肮脏的东西，不去暴露他那些隐藏在内心深处不敢告人的思想，只把他描写成全城人以及马尼洛夫等人眼中的正人君子，那么大家都会接纳他，都会喜欢他。如果他的容颜和他的整个形象在人们眼前显得很呆板，毫无活力，这算什么。正因为如此，当读者读完这部小说后，心灵不会受到任何惊扰，又会回到牌桌旁打牌去了，这是俄国人最喜欢干的营生。心地善良的读者，你们不愿意看到一个人被作者描写成精神生活贫乏、思想空洞、一心一意追逐钱财的人。你们会说，为什么要这样描写这种人呢？难道我们不知道生活里有很多可鄙的人和愚蠢的人吗？如果我们经常看到这样的人，那不等于老往心里添堵吗！最好还是多描写正面人和正面事，让我们永远生活在幻想中，永远生活在忘怀中，那才好呢！一位地主对管家说："老兄，你干吗告诉我田庄上的农事搞得一塌糊涂呢？老兄，这些情况你不说我也知道。除了这些情况，你就没有别的情况可说了？你是怎么搞的，啊？你以后在我面前别提这些情况，好不好？这些情况我都不知道，我不是也过得挺好吗？”他这么说，那他就无需把钱用在改善农事经营上，而是用在牌桌上，用在花天酒地上。一个聪明人本可以找到一个挣大钱的机会，但他却把农庄拍卖掉了，自甘沉沦，干些个卑鄙的勾当。要是以前，他会为他的所作所为而汗颜的。

有些所谓的爱国主义者，他们指责作者，他们过着游手好闲的生活，干着与爱国完全不相干的事，积累着资金，靠损害别人得利益，安排着自己的命运。如果他们认为，一旦发生了有辱祖国的事，比如出现了一本书，书中说的往往都是痛苦的真理，他们就像蜘蛛冲向粘在网上的苍蝇一样，就会立刻从各个角落冲出来，大声喊道：“这种事公之于世好吗？有必要把它们暴露出来吗？要知道，你书中描写的都是我们国内的情况，你这样描写好吗？外国人会怎么说呢？你听到他们的反面意见，你心里能舒服吗？他们心里会想，难道我们能不为书中所描写的人和事而感到悲哀吗？他们心里会想，难道我们还是爱国主义者吗？”对于这些很有见数的意见，特别是对于外国人的意见，坦白地说，我无法答对。我只能说个故事给大家听。在俄罗斯一个边远的地方住着两个人。一个人在家里是父亲，名叫基法，他性格温和，但却懒散得很。他从不照料和关心自己的家庭，整天生活在虚无缥缈的空想中，用他的话说，他正在研究一种深奥的哲学问题。他在屋子里边踱着步，边心里想：“比如野兽，它生下来是光着身子的。为什么它要光着身子呢？为什么它不能像鸟一样？为什么它不从蛋壳里孵化出来？大自然就是这样，你研究得越深，越弄不懂！”基法就是这样思考问题的。但主要问题还不在这里。另一个叫莫基的人是基法的儿子。俄罗斯管这样的人叫大力士。当他父亲正在研究野兽的出生问题时，这个二十岁的宽肩膀小伙子竭力想施展一下自己的本事，结果，因为他下手太重，不是谁的胳膊被扭伤了，就是谁的鼻子被打肿了。无论是他家的还是邻居家的侍女和看家狗，只要一看见他，就远远地躲开去。他甚至连自己睡觉的床也弄得稀里哗啦。莫基就是这样一个人，不过他心地倒很善良。但主要的问题不在这儿。主要的问题是，自家的和邻居家的仆人都对他父亲说：“基法老爷，您行行好吧！您的儿子莫基是怎么了？他尽欺负人，把我们都欺负遍了。我们整天提心吊胆的，没有安宁的日子过。”父亲总是回应说：“这孩子也太不像话了，胡闹得也太出格了。可是怎么办呢，揍他一顿吧，他那么大个子，我也揍不动。再说了，别人会说我对儿子太狠心。他这人虚荣心极重，如果我当着别人的面骂他一顿，他可能会收敛一下，可是大家都了解他，情况会更糟！全城人都会认识他，都不叫他的名字了，都叫他狗东西，都叫他畜生。我听到人们这么叫他，心里能好受吗？要知道，我是他的父亲呀！我整天研究哲学，有时疏于管教儿子，因此，难道我就不是他的父亲了吗？我是他的父亲，这是任何情况都改变不了的事实。我永远是他的父亲，说我不是他父亲的人亏心不亏心！莫基是我的心肝宝贝！”基法说到这里，心情非常激动，他用拳头使劲捶了一下自己的胸脯。“如果有人一定要叫他狗东西，叫他畜生，我也没办法，但是绝不是从我的嘴里听到的，更不是从我嘴里叫出去的。”他表达了这种父亲的情怀后，仍然继续让其子施展着大力士的威风，自己仍然研究他心爱的课题。他突然又提出这样一个假设：“如果大象是从蛋壳里孵化出来，那么大象蛋的蛋壳一定很硬，也一定很厚，可能炮弹都打不透，需要发明一种新式的火炮。”父子二人就在这宁静的角落里打发着日子。只是在这部小说快结尾时，他们才从小窗口偶尔向外张望了一下，其目的是为了客气地回应那些狂热的爱国主义者的指责。这些爱国主义者直到现在还在心安理得地研究哲学，或者靠他们心爱的祖国发大财。这些爱国主义者心里所想的并不是保证他们今后绝不做坏事，他们心里所想的是他们绝对不能说他们正在做坏事。所以爱国主义和爱国情感并不是那些所谓的爱国者指责作者的真正原因。真正的原因你们则避而不谈。你们隐瞒真正的原因，其目的何在？除了作者，谁还有义务揭示真实情况呢？你们害怕用深刻的目光观察事物，你们也不敢把注意力集中到某个问题上，你们观察问题总是浮皮潦草，懒得动脑筋。你们甚至从心底里看不起乞乞科夫，嘲笑乞乞科夫，你们甚至会夸奖作者。你们会说：“不过他观察事物很是精明，他应该是个乐天派。”说过这话后，你们会加倍感到自豪，你们的脸上会流露出得意的笑容，你们还会补充说：“应该承认，在某些省市，确实能遇到一些古怪的、滑稽可笑的人，他们当中骗子呀坏蛋呀，可不少！”可是你们当中哪一个敢用耶稣那种谦虚自责的精神平心静气地对自己的灵魂进行一次深刻的自我解剖，然后自己问一问自己：“我身上是否有乞乞科夫的影子？”这恐怕是一个难以回答的问题。可就在这时，一个熟人恰好从他身边走过。这个熟人是一个品级不高也不低的官员，他马上就会悄悄地扯一下和他同行的人的衣袖，用嘲弄的口气对同行的人说：“你瞧，这人不就是乞乞科夫吗？乞乞科夫走过去了！”此时，他完全忘记了礼貌，也忘记了自己的身份和年龄，他像一个无知的孩童，紧随那位官员身后，边跑边挑逗性地喊道：“乞乞科夫！乞乞科夫！乞乞科夫！”

但是我们说话的声音太高了，我们忘记了，当我们讲述我们主人公的故事时，他在睡觉，可现在他已经醒了，他一定听到了在我们的谈话中不断重复着他的名字。他是一个心胸狭窄的人，如果他听到有人说他的坏话，他会生气的。对于读者来说，乞乞科夫是否会生他们的气，这是无所谓的事，可是对于作者来说就不然了，他绝对不能和自己的主人公闹翻，因为他们前面还有一段很长的路，需要他们二人携起手来沿着这条路走下去。本书还有两大部分需要写，这可不是小事。

“哎,哎!你是怎么搞的?”乞乞科夫冲着谢利凡说道,“你听见了吗?跟你说话呢?”

“您说什么?”谢利凡慢条斯理地回应道。

“你这家伙,你是怎么赶得车?马怎么不走呀!赶快点儿!”

实际上谢利凡早就困得不行了,眼睛都快睁不开了,他只是偶尔迷迷糊糊地抖动抖动缰绳催促马快走,可马也困乏极了。彼得鲁什卡的帽子早就不见了,不知在什么地方被风吹跑了,他的身子朝后仰着,他的头正好枕到乞乞科夫的膝盖上,乞乞科夫立刻用手指弹了一下他的脑壳。谢利凡打起精神来,朝花斑马抽了几鞭子,花斑马迈着小碎步,快跑起来。接着谢利凡又朝其余的马虚晃了一鞭,嘴里像唱歌似的吆喝道:“别害怕哟!”马也来精神了,驾着轻快的马车飞奔起来。谢利凡一边挥舞着鞭子,一边口中喊着:“驾!驾!驾!”他的身子随着马车的摇晃而平稳地摇晃着,因为这条大道穿过丘陵地,所以马车必须驶过很多斜坡。乞乞科夫脸上堆着笑,身子在皮垫上摇晃着,因为他喜欢坐快车,车跑得越快,他越开心。哪一个俄国人不喜欢坐上马车兜风呢?他们喜欢那种纵横驰骋、天旋地转的生活。他们有时还会说:“真刺激!”当你乘坐的马车飞驰起来,你的情绪立刻就会被调动起来,一种兴奋的、奇妙的感觉就会融化至你的全身,如果这时有人问你,你喜欢不喜欢驾车飞驰,你能说不喜欢吗?马车,仿佛有一种神秘的力量给你装上了翅膀。你飞起来了,周围的一切也都飞起来了,路标飞起来了,商人乘坐的带篷马车迎面飞来,道路两旁那黑压压的杉树林和松树林飞起来了,树林里传出的斧子砍伐的声音和乌鸦的叫声也跟着飞上了天空,大路也飞起来了,一直飞向远方,什么地方是他的归宿,不得而知,周围的景物迅速闪现,又迅速消失,这在人的心理上会产生一种畏惧感。是的,只有天空以及浮云和透过云层显露出的月亮好像纹丝不动。三套马车真是轻如飞燕,是谁把你制造出来的?应该肯定的是,只有勇敢和智慧的人民才能造出这样的马车,只有在这个占世界一半的平坦的土地上,马车才能飞快地奔驰,这话我可不是随便说的。马车的结构并不复杂,整个马车连一个铁螺钉都没有用,而是雅罗斯拉夫尔城的一个聪明能干的农民仅仅用一把斧子和一把凿子没有费多大工夫就装备好了的。车夫蓄着大胡子,戴着并指手套,没有穿德国长筒靴,坐在不知是用什么材料做的垫子上,他欠起一点身子,挥动了一下鞭子,嘴里哼起了小曲儿,马就像旋风似的狂跑起来。车轮飞快地转动着,看似一个圆盘,连辐条都辨别不出来了,只觉得大路在抖动。站在道旁的行人惊慌地叫起来,马车不停地向前飞奔,向前飞奔……从远处能看到,马车后面扬起一片尘雾,马车的轰隆声划破了天空。

俄罗斯啊!你不也像一辆三套马车,在勇往直前地飞奔吗?有谁能追上你呢?

大路在你的轮子下扬起烟尘，桥梁在你的轮子下发出轰鸣的响声，你永远向前飞去，一切的一切都被你甩在后边。旁观的人停住脚步，看着这飞奔的马车都惊呆了，他们想，这难道是从天上降下来的一道闪电？这种使人产生恐怖感的飞奔意味着什么？这神秘莫测的快马蕴含着多么巨大的力量啊？嗨，快马呀，快马，你们简直是神马！难道你们的鬃毛能生出旋风？难道灵敏的耳朵长遍了你们的全身？你们一听到从天上飘下来熟悉的歌声，你们就会齐心协力地立刻挺起钢铁般的胸膛，奋蹄而起，朝着一个目标，在神的激励下，腾空飞去！……俄罗斯啊，你究竟飞向何方？请你回答我。它是不会回答的。马车的铃铛发出美妙的声音，大气受到马车的冲击和撕扯，打着唿哨，大地上的一切都从它身旁闪过，别的国家和民族站到大路的旁边，给它让开路，并用怀疑的目光看着它。

第二卷

第一章

为什么一定要从我国的偏僻地区、荒野角落去挖掘人物呢？为什么一定要描写我国生活中的贫穷现象和不完美现象呢？唉，这有什么办法呢。这是作者的性格使然，因为作者本人就不是完美之人，所以他除了从我国的偏僻地区、荒野角落挖掘人物，除了描写我国生活中的贫穷现象和不完美现象，他不可能描写别的什么。我现在又来到这偏僻地区，又偶尔来到了一个荒野角落。

但是，这里是一个怎样的情景呢！

群山绵亘一千多公里，就像一堵蜿蜒起伏的围墙，围在一座看不见边的城堡周

在山崖的高处，在山崖的背阴处，透过茂密的树丛，可以窥见一处地主宅第的红屋顶……

围，上面有炮口，也有雉堞。它们耸立在广阔的平原大地上，十分壮观。它们有的地方是陡峭的悬崖绝壁，呈现出灰褐色，上面布满被雨水冲刷出的一条条沟壑；有的地方分布着一个个圆圆的土包，土包上的树木被砍伐过，因此长出许多灌木的嫩芽，看起来像覆盖着一张张羊羔皮；有的地方分布着一片片黑压压的树林，这些树林竟然没有被砍伐过，这不能不说是个奇迹。一条河流沿着弯弯曲曲的河岸流向前方，有时漫出河岸，流到草地上。在这里它可以自由自在地流淌，不受任何约束，它分成许许多多的支汊，在阳光照射下，闪闪发光，接着它又钻进了桦树、杨树和赤杨树丛生的密林中，然后又哗哗啦啦地从密林中流出来。沿着河流分布着许多桥梁、水磨和水坝，它们好像在紧紧地跟着河水往前流动。有一处山峦特别陡峭，特别险要，这里绿树成荫。这里的峡谷由于地势高低不平，所以人工种植了许多树，有生长在北方的树，也有生长在南方的树，如：橡树、杉树、梨树、槭树、樱桃树、李子树、鸡冠树，还有被藤条缠绕着的楸树……它们虽然能互相促进生长，但也互相淹没美丽，它们沿着山体从低处向高处攀爬。在山崖的高处，在山崖的背阴处，透过茂密的树丛，可以窥见一处地主宅第的红屋顶，地主宅第的后面是农民的住房，但是它们完全被树木遮挡住了，只能看到马头形木雕装饰物和屋脊，也能看到地主宅第的顶楼和顶楼上的阳台以及半圆形大窗户。在树丛和红屋顶的上面，高耸着一座古老的乡村教堂，教堂上方五个金光闪闪的大圆顶放射出灵光，每个圆顶的顶端都竖立着镂雕的金十字架，并用镂雕的金链把十字架固定在圆顶上，远远望去，就像十字架没有任何东西支撑，完全悬浮在半空中。树丛、屋顶、十字架倒映在下面的河水中。满身疮痍的柳树有的生长在岸边，有的生长在水中，它们低垂下枝叶，仿佛在观看这奇妙的景象，漂浮在水面上的黏糊糊的水藻和黄色睡莲并没有妨碍它们观赏。

这里的风景十分美丽，如果站在高处，从上往下看，从上往远处看，那风景就更加美丽了。任何一个客人和来访者站在地主家的阳台上往下看，那心情是不可能平静的。他会很激动，他会惊讶地赞叹道："我的天哪，这个地方真开阔！"这个地方给大自然提供的空间无边无际。一眼望去，前面是一大片草地，草地那边是一大片阔叶林和一座座水磨，再过去是一片绿色的林子；树林那边，透过昏暗朦胧的雾幕，看见一片黄沙，和黄沙为邻的又是树林，它们像漫出海岸的海水，或者像弥漫在大气中的雾霭；又是一片黄沙，虽然比先前白了许多，但仍是黄色的。在遥远的天边，横亘着一座白垩山，它闪闪发着白光，即使在阴雨天，就像有一个永恒的太阳终年照射着它似的。在白垩山的山脚下，透过耀眼的白光模模糊糊地显现出一些冒着炊烟的斑点，那是远处的村庄，但是人们用肉眼已经看不清它们了。不过远处金色的教堂圆顶在阳光照射下闪出的光亮告诉我们，我们看到的斑点一定是一个不小的村庄。这一切都沉浸在寂静之中,空中有小鸟飞翔,虽然它们渐渐地消失在空旷的地方,但尚能听到它们啼叫的余音,可这也没有打破周围的宁静。站在阳台上的客人观赏了两个钟头以后,什么也没说,只说了一句:“我的天哪,这个地方真开阔!”

这个村庄像一个难以攻克的城堡,从这里没有直通城堡的路,需要绕道走。橡树纷纷张开它那又粗又长的枝条,仿佛敞开胸膛,热烈地迎接着客人,然后陪着客人去会宅第的主人。我们曾经从远处看见过这所住宅的房顶,现在我们看到这所住宅的全貌了。宅第的一边是农民的住房,我们曾经从远处看见过农民住房上面的马头形木雕装饰和屋脊,宅第的另一边是教堂,我们曾经从远处看见过教堂上方五个金光灿灿的大圆顶和用金链固定在圆顶上的金十字架。这个村子里住的是什么人?谁是这个村子的主人?这个隐秘的地方究竟属于哪个幸运者?

幸运者是特列玛拉罕斯克县的一个地主,他的名字叫坚捷特尼科夫,现年三十三岁,尚未结婚。

此人是个什么样的人?品格如何?是什么秉性?关于这些问题,诸位女性读者,你们应该去问他的邻居,就能得到答案。他的一位邻居是封锁船上的校官,不过现在已经退役,他为人圆滑,按照他的说法:“坚捷特尼科夫是个十足的畜生!”住在十俄里以外的一位将军说:“这个年轻人倒很聪明,就是自认为了不起。我本来是可以助他一臂之力的,因为我在彼得堡还有点关系,甚至……”将军没有把话说完。县警察局长说的很具体:“这个人官衔儿并不大,可是人头儿特别次,他欠的税款至今不交,明天我就找他去催要!”

有人问他的村子里的农民,你们老爷怎么样,他们都不说话,可见农民对他的反应并不好。

说句公道话,他这人并不坏,就是好吃懒做。在我们的生活里,这样的人并不少,他们整天游手好闲的,为什么坚捷特尼科夫就不能游手好闲呢?我们随便挑出一天来,看看他这一天的生活是怎么过的,读者据此就可判断出,他这人怎么样,他和他周围的环境是否有不协调的地方。

他每天早晨醒得很晚,醒来后要在床上坐很长时间,为了搓揉他的眼睛,可惜的是他的眼睛太小,需要搓揉很长时间。就在这时候,门口站着一个人,手里拿着洗脸盆和毛巾。此人就是可怜的侍仆米哈伊洛,他站了一两个钟头之后,到厨房去了一趟,然后又回到老爷的房门口,老爷仍然坐在床上搓揉他的眼睛。最后,老爷终于下了地,洗了脸,穿上睡袍,然后来到客厅喝茶、喝咖啡、喝可可,甚至还要喝刚挤出仍然冒着热气的牛奶,但每一样喝上两三口就撂下了。他生活中有许多不良习惯,比如吃面包时,把面包碎屑弄得到处都是,抽烟时随地磕烟灰。吃一顿早茶,他可以消耗掉两个钟头。这还不算,他经常端上一杯凉茶走到窗户跟前,因为每天这个时候,窗外总会发生点什么事。

首先听到的是在餐厅工作的仆人格里戈里正在大声嚷嚷,他冲着管家婆佩尔菲利耶夫娜扯着嗓子骂道:“你的心眼儿怎么这么坏!真是一个小人,太卑鄙了!闭上你的嘴!”

“你这个下流东西!真不是玩意儿!”佩尔菲利耶夫娜嚷嚷道,并伸手做了一个藐视的动作。这个婆娘真够粗鲁、真够厉害的,可以称得上是个铁婆娘,这跟她喜欢吃葡萄、软糕、甜食等这些软食品形成了多么大的反差。

“你去和总管也吵上一架,看会怎么样。你一个小小的仓库保管员,真是不知天高地厚!”格里戈里嚷嚷道。

“总管怎么着,还不是和你一个样,也是小偷!你以为老爷不知道你们的情况呢?岂不知老爷就在这里,你们的情况他都了解。”

“老爷在哪儿?”

“瞧,老爷就坐在窗口,他什么都看得见。”

的确,老爷就坐在窗口,他什么都看见了。

这里的争吵正如火如荼的时候,就听见一个家奴的孩子哭叫起来,因为他妈打了他一个耳光;一条蹲在地上的公狗也跟着狂叫起来,那叫声特别凄惨,因为厨师从厨房探出头来,把一盆滚烫的开水泼到了它的身上。总之,院子里一片哭声、叫声、吵声、骂声,叫人听了实在无法忍受。这一切老爷都看在眼里,听在耳里。当这种嘈杂的声音到了令人难以忍受的地步,甚至吵得别人都无法干事了,老爷才派人去告诉吵闹的人,让他们小声点。

离吃午饭还有两个小时,他进了书房,他要认真撰写一部著作。这部著作应该囊括俄罗斯各个方面的问题——民事问题、政治问题、宗教问题、哲学问题,应该解决时代对俄罗斯提出的各种任务,应该对俄罗斯的未来有一个明确的展望,总而言之,这些问题,这些任务,都是当代人最感兴趣的、最关注的。不过他这个庞大的写作计划暂时还停留在构思阶段,因为鹅毛笔已经咬坏了好几根,纸上一个字还没有写,只是胡乱画了许多画儿,然后把这些东西都推到一边,又捧起一本书来读,一直读到吃午饭。他一边读着书,一边喝着汤,一边读着书,一边吃着馅儿饼。有的菜顾不上吃放凉了,有的菜动都没有动过。然后开始边抽烟边喝咖啡,一个人下象棋。晚饭前他还做什么了,很难说,好像他什么也没有做。

这位三十二岁的年轻地主就是这样打发时间的。他经常是穿个长袍,也不扎领带,独来独往,大部分时间都是待在家里,从不走出家门活动活动。他从不散步,甚至楼梯都懒得登,也不愿意打开窗子给房间换进点新鲜空气。任何一个来访者对这里的美丽景色无不赞叹不已,可是对于老爷来说,这里的景色好像根本不存在似的。读者从 坚捷特尼科夫的生活可以看出,他就是过去被人们呼为“睡虫”、“懒鬼、”“废物”的一类人。这种人现在在俄罗斯尚没有绝迹,但是现在人们怎么称呼他们,我就不知道了。他们的这种德性是先天从娘胎里带来的,还是后天养成的?或者是周围严酷而恶劣的环境造成的?为了弄清这个问题,我们最好还是先讲一讲他的童年和他从小所受的教育。

他小的时候,好像一切办法都是为了把他培养成一个有头脑的人,一个有用的人。他十二岁时,就已经是一个聪颖的、十分敏感的、善于思考的孩子。他后来进了学校,当时学校的校长是亚历山大·彼得罗维奇,此人非等闲之辈。青年们把他当做偶像,都很崇拜他,教师们把他当做奇人,都很喜欢他。他最大的特点就是有惊人的识别力,他不管和谁接触,马上就能分辨出此人是什么秉性。他太了解俄罗斯人的特性了,他太了解孩子了,他最善于调动人的积极因素。淘气的孩子一旦犯了错误,都会主动来到他面前,向他承认错误,这还不算,当他们受到校长的严厉批评离开校长时,他们一点也不气馁,反而是受到很大的鼓舞,似乎有人在鼓励他们说:“要不断进步!虽然你栽了跟头,但要尽快站起来!”校长从不对学生说什么样的操行可以打五分,他平常只是说:“我不要求别的,我只要求你们要有头脑,要善于动脑筋,但是如何成为一个有头脑、善于动脑筋的人呢,这就要求你们要好好地想一想了。这样一来,你们也就无暇去淘气了,淘气自然而然就消失了。”确实没有人淘气了。谁的表现不好,谁就会遭到同学们的白眼,遭到同学们的鄙视。比如低一班的学生往往会给高一班的学生起外号,叫他们“笨驴”。这种外号带有一定的侮辱性,但高一班的学生也只好忍着,并不敢怎么样,甚至连一个手指头都不敢碰一下起外号的学生。不过很多人都说:“这太过分了!聪明人将来变得谁都看不起了,变得傲慢不逊了。”校长却说:“这绝对不过分,没有才能的学生我是不会久留的,让他们学满一个学程就足以了,至于有才能的学生,我可以让他们在我这儿再学一个学程。”确实如此,有才能的学生在他那里又学了一个学程。对于那些活泼好动的学生,他从不加以限制,因为他在他们身上发现了个性发展的萌芽。他说他需要这样的学生,就如同医生需要斑疹一样,因为医生从皮肤上出的斑疹就可以判断出人体内部究竟发生了什么变化。

学生都喜欢这位校长,他们对自己的父母也没有这样依恋过。一个人到了疯狂追求爱情的疯狂年龄,他那种经久不衰的激情是非常强烈的,但也比不上他对校长的爱那么强烈。学生们对校长都怀着终生感激的心情,当到了早已过世的好校长忌辰的日子,他们举起酒杯,总会闭上眼睛,流出眼泪。校长的哪怕是极微小的鼓励都会使学生的心灵受到震撼，都会使学生兴奋起来，激动起来，使他们下决心要超过别人，要为荣誉而奋斗。对于那些没有什么才能的学生，他不会让他们在学校待很长时间，他为他们开设了短期学习班，但是有才能的学生在学校里必须修满两个学程的功课。为选拔出来的优秀学生开设的高班完全不同于其他学校开设的高班。只有在这种高班，他才要求学生成为一个思想敏锐、智力超常、能完全融入社会的人（而有些教师却极不明智地要求低班儿童成为这样的人），也就是说他要求高班学生将来不会嘲笑别人，但却能忍受别人的嘲笑，能宽恕人的愚蠢行为，遇事能沉着冷静地应对，在任何情况下都不会采取报复手段，经常能保持平和的心态。把一个普通人培养成人杰的各种方法在这里都用上了。在这方面，他和学生们一起进行着不断的探索、不断的实验。大家看呐，他是多么谙知培养人这门学问啊！

在他的学校里教师并不多。大部分课程都由他亲自讲授。他从不使用概念模糊的专门术语，也不阐释完全脱离实际的见解和观点，他总是把学科的精华讲给学生。就连年幼的学生都明白，老师讲的内容对他们非常有用。学科的门类很多，他只选择能把人培养成国家主人的那些学科。课程的大部分内容都告诉青年，光辉的前程和重要的任务在等着他们呢。他非常善于描绘未来的图景，所以学生们虽然身在教室，但他们心里想的却是如何把自己的才华和精力献给国家。他从不向学生隐瞒问题，比如一个人在他人生的道路上一定会遇到各种各样的困难、障碍和痛苦，一定会遇到各种各样的诱惑和勾引，他把这一切都全盘端给学生，都如实地告诉学生，仿佛他亲身经历过这一切的考验。难道是由于追求功成名就的思想在学生的头脑中生了根，难道是由于这位不平凡的老师向年轻人发出“前进！”的号召（“前进”这个词对俄罗斯人来说，再熟悉不过了，它会在俄罗斯人敏感的性格中产生奇迹），果真年轻人从一进入这个高班就表现不凡。他们主动寻求困难并去克服，他们渴望到最困难的地方去，到障碍最多的地方去，到能够施展他们才华的地方去工作。从高班走出来的学生不多，但他们都是经过锻炼的人，都是经过考验的人。他们到了工作岗位上，虽然职位变故很大，但他们能站稳脚跟，坚持下来。可是很多人，包括比他们聪明得多的人都没有坚持下来，他们为了个人的一点小小的不愉快，把正事都抛弃了，或是从此灰心丧气，百无聊赖起来，完全丧失了理智，结果走上堕落的道路，变成了贪腐分子和骗子手中的一名卒子。可是从高班走出来的学生一点也不会动摇，他们太懂得生活的复杂性了，他们太了解人的复杂性了，他们有丰富的生活经验，他们有正确思想的指导，他们甚至对那些道德观念极差的人都能施加有效的影响。

爱好荣誉的孩子们一想到他们即将升到这个班，他们就兴奋不已。在我们的坚捷特尼科夫看来，这位老师是最好的老师！但是，正当他升入这个优秀生班的时候

(这是他朝思暮想的),这位不平凡的老师猝然辞世了！这对他是一个沉重的打击,是一个很大的损失！学校的一切都发生了变化。费奥多尔·伊万诺维奇接替了亚历山大·彼德罗维奇的职务。他立刻建立了一些表面的秩序。他要求学生也能做到成年人才能做到的事。学生们已经养成了自由自在和无拘无束的作风,他却认为这是放肆行为,这是没有规矩的表现。他好像故意和前任校长作对似的他上任的第一天就向大家宣布,他看重的是良好的品行,至于智力的高低和成绩的好坏,在他看来,都没什么意义。可也奇怪,费奥多尔·伊万诺维奇在学生中并未建立起良好的风气。学生们的胡作非为都转入了“地下”,白天他们尚知道收敛,尚能循规蹈矩,一到了晚上,他们就不是他们了,他们就纵酒作乐起来。

在教学方面也出现了不可思议的现象。学校招聘了一批新的教师。他们的观点新,立论新,分析问题的角度新。他们甩给学生大量的新术语和新词汇;他们论述自己的观点时,很注意事物的逻辑关系,也表现了他们对学科的狂热性,可是他们所热衷的学科却没有一点活力。这样的学科通过他们的嘴巴散发着一种腐败气。总之一句话,其结果完全相反。学生对领导和当局已经不那么崇敬了,他们开始嘲笑老师,给校长起外号,管校长叫“白面包”。道德败坏之风在学生中刮起来。结果学校不得不把很多学生逐出校门。两年之内学校已经变得面目全非了。

坚捷特尼科夫生来就好静不好动。无论是同学们夜间的纵酒作乐(这种活动都是一个女人在校长住所的窗前搞起来的),还是他们亵渎神明(只是因为来了一位不太聪明的教士),对他来说都不感兴趣。他从心里感知,他的生命是上帝赐给他的。虽然同学们的所作所为对他不可能有什么吸引力,但他还是有失落感。争强好胜的思想又在他的心中复苏了,可是他连活动的舞台都没有,所以还不如不复苏的好。他听着教授们在讲台上的激烈言词,却回想起过去的老校长。过去的校长讲课时言词并不激烈,但他能把问题讲清楚。坚捷特尼科夫听过很多课程,什么医学啦,化学啦,哲学啦,甚至法学啦,还有世界通史,他都听过。世界通史的内容庞杂,篇幅浩繁。教授用了三年时间仅仅讲完了绪论和德国某些城市公社的发展状况。天晓得,他什么课没听过呢！但是所有这一切在他头脑里只留下一些零零碎碎的片段。他认为这样授课是不行的,这是他亲身的感受,可是应该怎样授课呢,他也说不上来。他常常想起过去的校长,心里很是苦闷,他怎么也摆脱不开这种苦闷。

好在他还年轻,他还有未来,所以他还是幸运的。随着毕业的日子一天天临近,他的心情越来越不平静。他心里想:“现在的生活还不是真正的生活,现在只是为将来的生活做好准备。将来到了工作岗位上,那才叫真正的生活呢！那时就可以干一番事业了！”他顾不得欣赏家乡的美景(来客对这里的景色还真赞不绝口),他也顾不得到父母坟前拜祭，像所有追求功名的人一样，而是直奔彼得堡而去。大家都知道，我国的青年人都是满怀激情地从俄罗斯各地奔向彼得堡，希望在这里能找到一份工作，从而能大显身手，能得到上司的赏识和提携，或者纯粹是为了皮毛地学点平庸的、虚伪的、应酬性的处事之道。坚捷特尼科夫的追求一开始就受到叔父奥努夫里的阻拦。叔父是个四品文官。他说，主要的问题是要写得一笔好字，所以首要的任务是把字写好。

他费了很大劲，叔父还私下托了人，才在某个司局级机关里谋到一个职位。他被带进一个富丽堂皇的大厅，大厅里铺着木地板，摆着一张锃光瓦亮的写字台，好像国家的高官们就是在这个大厅里召开会议，讨论着涉及整个国家命运的大事。他走进大厅，看见许多衣冠楚楚的先生们坐在桌旁歪着脑袋，不知他们在抄写什么呢，只听见鹅毛笔发出沙沙的响声。他也被安排到一张桌子旁，被要求抄写一份文件。这算什么文件，一点重要内容也没有，只涉及三个卢布的事，却来回传递了半年之久，这对于一个刚刚步入社会的青年来说很难理解。他心里顿生出一种感觉，就好像他做错了事，把他从高班一下子降到低班时的那种感觉。他觉得坐在他周围的那些先生一个个都像小学生。此外，他们当中有些人不是在工作，而是偷偷摸摸地看并不高明的翻译小说。他们用办公用纸做掩护，装出正在处理公务的样子，可是只要上司一出现，他们就会吓得打哆嗦。总之这里的一切对他来说都是不可思议的，他觉得还不如再回到学校去学习呢，学校的学习比现在的公务有意义得多。学习是为今天的公务做好准备，可是这算什么公务呢，他真想再回到学校去。校长亚历山大·彼德罗维奇像复活了一样，突然浮现在他的眼前。他几乎哭出声来，霎时间觉得天旋地转起来，眼前一片漆黑，官员和桌子都分不清了，好半天才缓过神儿来。当他神志清醒过来后，他心里想："公务我还是要干的，尽管开始时它显得很琐碎！"他鼓足了勇气，狠下心来，决定以别人为榜样，接受这个职务。

乐趣无处不在！他们住在彼得堡，这座城市从外表看，显得很是庄严、肃穆。户外的温度已达到零下三十度，大地都快被冻裂了。北方特有的暴风雪刮起来，像个恶婆子，怒吼着，咆哮着。白雪盖住了人行道，白雪晃得人们的眼睛都难以睁开。白雪落在人们的领子上，落在人们的胡子上，落在牲畜那毛乎乎的嘴脸上。但是透过飞旋的雪片，可以看见高处有柔和的亮光在闪烁，原来是四层楼上有一个舒适的房间，房间里点着几支普通的硬脂蜡烛。茶炊发出咝咝的声音。几个志同道合者正在进行推心置腹的交谈，他们有时也朗读俄罗斯那位才情横溢的诗人的光辉诗篇。这样的诗人是上帝恩赐给俄罗斯的，年轻诗人的一颗炽热的心在熊熊燃烧，在剧烈跳动，可是在南方的天空下，这颗心却受到索缚。

坚捷特尼科夫很快就习惯了自己的工作。但是这份工作并没有像他开始希望的那样,成为他生活中的第一需要,也没有成为他的最终目标,这份工作在他生活中只是第二位的。他把一天的时间分为上班时间和下班时间,他特别珍惜下班的时间。作为四品文官的叔父开始认为,侄子有了这份工作,也就有了不错的前途。可是叔父万万没有想到,侄子却遇到了麻烦。坚捷特尼科夫有很多朋友,其中有两位朋友性格古怪,经常表现出抑郁寡欢的样子。他们容不下任何不公正的行为,在他们看来,凡是违反宫里的事,他们都反对。他们生性善良,但在作风上却有点随心所欲。他们要求别人对他们要宽容,可他们由于心胸狭隘,看待别人往往过于偏执。他们发表意见时那种激烈的言词,他们对社会表达愤怒时的方式,对坚捷特尼科夫都产生了很大影响。他们激发了他的那股易于激动、易于发怒的敏感神经。以前他对很多琐事根本不关心,不在意,可是现在关心了,在意了。就在他上班的这个富丽堂皇的大厅里有一个科,这个科的科长列尼岑突然引起了他的反感。他发现这位科长身上有很严重的缺点。他发现,这位科长和上司说话时,极尽阿谀奉承之能事,让人看着又肉麻又恶心,可是他和他的下属说话时,经常吹胡子瞪眼睛。他是一个卑鄙的小人,如果他家里有什么喜庆事,有人没有任何表示,也没登门到他府上的签名册上签上自己的姓名,他将对这样的人怀恨在心,而且一定要寻机报复。坚捷特尼科夫对这位科长极其厌恶。正是这种厌恶心理促使他做出一个令科长列尼岑不愉快的决定。他一直在等机会,机会终于等来了,他从心底里高兴。事情的经过是这样的:有一次他和科长谈话,他的言词比较粗鲁,对上司大为不敬,结果科长作为他的上司,要求他承认错误,并向科长赔礼道歉,否则就让他辞职走人就他,真的递了辞职书,决定不干了。作为四品文官的叔叔却着了急,他找到侄子,恳求侄子道:

“看在耶稣的分上,我的好侄子,你可千万不能这么做!难道只是为了一个你不如意的上司,你就轻而易举地放弃了你美好的前程!真不明白你是怎么想的。如果大家都像你这样,衙门里就一个人也留不住了。多动脑筋想一想,丢掉你的骄傲和自尊心吧,去向他认个错,道个歉!”

“叔叔,问题不在这儿,”侄子说道,“我给他道个歉,这并不难。问题是,我的错误就在于他是上司,我不应该这样跟他说话。这是问题的关键。我还有别的事要做,我有三百个农奴,可是田庄管理得一塌糊涂,管家是个蠢货。如果有人顶替我在这里抄写文件,我去管理田庄,我就能按时把赋税交上,国家的损失还不大。如果三百农奴不能按时交纳赋税,那国家的损失可就大了。您是怎么想的?要知道,我可是个地主呀。我不能当挂名的地主。如果我能把托付于我的三百名农奴管理好,保护好,使他们的 生活和劳动条件得到改善,我就能为国家输送三百名勤劳肯干、不饮酒的劳动者。我做的这一切难道还不如列尼岑这位科长所做的一切吗?”

四品文官听了侄子的这一番话感到十分惊讶。他没有想到侄子会说出这种道理,他考虑了片刻,说道:

“可是……你考虑过没有?你怎么能躲到乡下去呢?整天和乡巴佬混在一起能有什么出息?在这儿可就大不相同了。随便在大街上走一走,就能碰见什么将军啦,公爵啦。这里有煤气照明灯,这里有欧洲的工业。可你到了乡下,整天看到的不是庄稼汉,就是村妇。难道你一辈子就心甘情愿和这些举止低俗、言谈粗鲁的人打交道吗?”

叔叔这些劝导的话无疑是令人信服的,可是对侄子一点作用也没起。在他的侄子看来,乡村是广阔的、自由的生存天地,乡村是孕育思想和意向的场所,乡村是从事有益活动的唯一舞台。他已经找到了好几本有关农业经济方面的新书。总而言之,和叔叔的这次谈话后过了两个礼拜,他已经来到了他度过童年的地方。这个地方离风景区不远,所以客人和来访者都非常欣赏这个地方。他来到这里后,情感突然发生了变化,以前曾经出现但很久没有再出现的印象和感受现在在他脑子里又出现了。已经有很多地方他完全忘记了,毫无印象了。现在他像是新来这里的人,怀着极大的兴趣和好奇心观赏着这里美丽的景色。他的心不知为什么突然怦怦地跳起来。当他沿着大路,穿过峡谷,走进一大片荒芜的密林中时,他看见一棵又粗又高有三百年树龄的橡树,需要三个人才能合抱住它。此外,他还看见林子里还长着不少其他树种,如冷杉、榆树、黑杨,其中还有矮小的白杨。于是他问道:“这是谁家的林子?”得到的回答是:“这是坚捷特尼科夫家的林子!”随后,大路离开林子,蜿蜒在一大片草地上,它经过一片杨树林和柳树林,一直延伸到远处的高地上,接着它跨过一座桥梁。又跨过同一条河的另一座桥梁,河水时而从大路的右边流过。时而从大路的左边流过,这时他又问道:“这是谁家的草场?”得到的回答是:“这是坚捷特尼科夫家的草场!”顺着道路走上一片平坦的高地,从高地往下看,一边是尚未收割的小麦,黑麦和大麦,高地的另一边是刚才经过的地方,但是那里的景物好像缩小了很多,这大概是由于离得远了的缘故吧。大路再一次通到林子里,所以越往前走,光线越暗。大路两边是枝繁叶茂的大树,它们把阴影投到大路上,树和树之间绿草如茵。走出树林,一个村庄呈现在眼前。这里有农家的小木屋,有地主家的石砌住宅和红屋顶,有高大的楼房,有古老的教堂和那金光闪闪的大圆顶。他不需要问别人,他猛烈跳动的心就说明,他自然知道现在来到的这个村子是什么地方。此时此刻,他百感交集,他怎么也抑制不住激动的情绪。他说道:“我这人简直就是个傻瓜,难道不是吗?这个人间天堂本来是属于我的,我是这个天堂的主宰,可是我却整天埋头于抄抄写写的差事,做着程式化公文的奴隶。我上过学，念过书，我是一个有文化、有知识、有教养的人，我积累起来的知识其目的是用于在我所管辖的人们中间传播大爱，用于改善我们这个地区的状况，用于履行地主的各项职责。因为地主既是审判员，同时又是制度的执行者和维护者。可是我却把这些事托付给一个没有什么文化的管家去做，而我自己却在当事人缺席的情况下为他们草拟各种诉状。我根本没有跟这些当事人谋过面，连他们的秉性和品格都一概不知。丢下自己该管的事不管，却跑到千里之外的省份，整天埋头在纸堆中，进行着所谓管理，要知道，那些省份我从来没有去过，对那里的情况非常陌生，所以到了那里，我只能干出一些不符合实际的、愚蠢的事！”

此时，出现了一幕令他意想不到的情景。庄稼人听说老爷回来了，就都纷纷聚到门廊前来。他们当中有头上包着头巾的妇人，也有蓄着美髯的老汉，他们把老爷团团围住。有人高喊道：“老爷，您还记得我们！”有些上了年纪的人想起了老爷的爷爷和祖爷爷，情不自禁地抽泣起来，这时的坚捷特尼科夫也忍不住掉下了眼泪。他心里想：“他们对我如此挂心，究其缘故，还不是因为我从未回来过，从未关照过他们。”他发誓一定要和他们一起劳动，一起把农事搞好。

他开始把田庄管理起来。他减少了农民无偿为地主劳动的时间，从而使农民能有更多的时间为自己劳动。他解雇了愚蠢的管家。农业生产的一切环节他都亲自过问，亲自参与。他的身影经常出现在耕作的田里，出现在打谷场上，出现在谷物烘干房里，出现在磨坊里。当往船上装卸货物时，他一准出现在码头上。由于他事必躬亲，致使那些懒汉也不敢怠慢，不敢磨洋工了。但是这种情况持续了没多久。庄稼人都是有心计的人，他们很快就明白了，老爷虽然很精明，想把各项工作都抓起来，但是具体怎么抓，他心里并没有底，他说起话来咬文嚼字的，常常是想到哪儿，就说到哪儿，没个准头儿。结果是老爷和农民很难想到一起，很难互相沟通，他们各有各的心事，各有各的打算。坚捷特尼科夫开始发现，地主田里的庄稼不如农民田里的庄稼长得好。这是怎么回事。他播种得还比较早，可是出苗却比较晚。农民们给他干活儿还是很卖力气的，再说了，他还亲临现场指导，并吩咐，如果干活儿努力，还每人赏给一杯伏特加。可情况是，农民田里的黑麦早已抽穗，燕麦已经成熟，黍子已经生出新枝，可是他的田里的庄稼刚刚开始拔节，谷穗还没有完全成熟，还正在灌浆。总而言之，他发现，虽然他对他们很优待，可他们个个都很奸猾。他也责备过他们，可他们却回答说：“老爷，我们怎么能不关心，不维护老爷的利益呢！耕地和播种那会儿我们是多么地卖力气呀，这些情况都是您亲眼所见，您还赏给我们每人一杯伏特加呢！”听了他们的这番话，老爷简直无言以对！可是老爷还是诘问道：“可是现在我田里的庄稼为什么长得这么糟糕？”“谁晓得是怎么回事？看来是虫子把麦根都吃掉了。再说了，今年夏天旱得很，一场雨也没下。”可是老爷发现，虫子就没有吃掉庄稼人田里的麦根，另外，雨也下得奇怪，好像是按区域下的，它只往庄稼人的田里下，不往老爷的田里下，一滴也不往老爷的田里下。

至于那些娘儿们，他就更难对付了。她们今天也告假，明天也告假。她们抱怨说，劳役的负担太重了。这可真是怪事，因为他已经完全取消了如浆果、手工织的麻布、蘑菇、核桃等这些实物贡赋，还减少了她们一半的劳动量。他考虑到，这样一来，婆娘们就有时间搞一搞家务，给丈夫们缝缝补补，洗洗涮涮，还可以扩大菜园子，多种点菜。而实际上，满不是这么回事。她们不仅游手好闲，好吃懒做，而且还喜欢搬弄是非，更有甚者，她们相互视对方为仇人，常常厮打在一起。她们的丈夫经常找老爷诉苦说：“老爷，您管一管我那鬼婆娘吧！真让人受不了，简直没法儿跟她一起过！”

他本来想采取一点严厉的措施，这也是不得已而为之，可是他看见这些婆娘儿们个个哭丧着脸，病歪歪的，身上穿着破衣烂衫，散发着一股难闻的气味，他怎么能严厉得起来呢！那些破衣烂衫谁晓得是从哪里捡的！“你们走吧！别让我再看到你们！你们爱去哪儿去哪儿！”可怜的坚捷特尼科夫说道。他的话音刚落，就看见一个婆娘刚走出大门，为了争一根萝卜，和身旁的一个婆娘扭打在一起。结果打断了这个婆娘的两根肋骨，应该说，一个壮汉也未必有这么大的力气。

他本来想试着为农民开办学校，学校办起来了，可是却办得一塌糊涂，他大为失望，还不如不办呢！农家的孩子哪里有时间来上学！男孩子从十岁起就帮助家里干活儿了，根本谈不上受教育。

关于如何判断和辨别是非，哲学教授们讲授的那些精辟的法学理论一点也用不上。一方在撒谎，另一方也在撒谎，你怎么判断谁是谁非？让魔鬼去判断吧！他认为，通过生活认识一个人、了解一个人，这比那些法学著作和哲学著作所阐述的精辟理论更重要。他发现，他自身也缺少很多知识，到底缺少哪方面的知识，他自己也不清楚。结果造成这样一种情况，常常是农民不理解老爷，老爷不理解农民，双方形成了对立的局面。老爷的热情也就冷却下来了。他对田庄的管理也就不那么在意不那么上心了。草场上是否传来镰刀割草的刷刷声，割倒的草是否已经码成垛，眼前的收割是否进展顺利，他都不理不睬，都没有放在心上。他的眼睛老是看着远处，那边的活儿进展如何，他根本没注意。他东看看，西看看，也不知道他是看什么呢。也许是看那条弯弯曲曲的小河吧，因为河岸上有一只红嘴红腿的鸥燕在来回走动。他看鸥燕干什么呢，鸥燕只是一只鸟，又不是人。他好奇地看着这只鸥燕在岸边抓住一条鱼，把鱼横叼在嘴里，看样子它正犹豫着是吃掉还是不吃掉这条鱼，同时它的两眼还盯着河水的远处，因为那里也有一只鸥燕，它还没有抓到鱼，它眼巴巴地瞅着抓到鱼的鸥燕。接着,他眯缝起眼睛,仰起头,看着辽阔的天空,尽情地呼吸着田野的草香味儿,倾听着在天空中飞翔的鸟儿们的啼唱。鸟儿们从天上,从地上,从四面八方飞到这里来,加入这里的大合唱。它们的歌声和谐、协调。鹌鹑在黑麦地里歌唱,它的声音很有节奏;秧鸡在草上歌唱,它的嗓音尖细;朱顶鹤唱着歌在空中飞翔,它的声音清脆、嘹亮;田鹬唱着歌,腾空飞上蓝天,它的声音像羊叫;百灵鸟展开歌喉,声音像银铃,很快消失在强烈的阳光里;鹤群唱着悦耳的歌声,排成三角形的队伍,从空中鱼贯向前飞行。四面八方对鸟儿们的大合唱做出回应。造物主啊,你把一个密林深处的世界,你把一个远离肮脏的大马路和大城市的小小村庄,缔造得多么美妙啊!但是,坚捷特尼科夫对这个世界也感到厌烦了。没有多长时间,他就不到田里去了,而是整天躲在房间里,甚至拒绝接见有事禀报的管家。以前还有邻居常常到他这里来串门。如已经退伍的骠骑兵,这是一个浑身散发着烟味儿的烟鬼。还有一个学识浮浅但却思想激进的大学生,他那些知识都是从当前出版的一些小册子和报刊上得来的。他渐渐地对这样的客人也不感兴趣了。他开始觉得他们的谈话太浮浅,往往带有欧洲人说话时的那种随意性,他们的作风轻浮,交谈时随便拍别人的膝盖是常有的事,他们要么低三下四,要么言狂意妄,他们的言谈举止十分露骨,丝毫不加掩饰。他下了很大的决心不再和他们来往了,他一点情面都没给他们留。请看事实,上校维什涅波克罗莫夫是一个最能夸夸其谈的人,他自认为是先进思想的代表。有一次,他来找坚捷特尼科夫,打算同他就政治、哲学、文学、道德,甚至英国的财政状况等问题交换意见。可是坚捷特尼科夫派人出来告诉维什涅波克罗莫夫,说他不在家,同时,他又故意在窗口露了一下面。客人和主人的眼光碰到了一起。一个咬牙切齿地骂对方是"畜生",另一个也气呼呼地骂对方是"猪猡"。他们的关系就这样崩了。

从此以后,谁也不到他家串门了。这正是他乐于看到的,这正是他所希望的,他就可以完全静下心来,潜心思考他将要写的一部论述俄罗斯的鸿篇巨制。他是如何构思这部著作的,读者已经看到了。他确立了一种奇怪的、紊乱的研究方法。但也不能说,他没有从梦幻中清醒过来的时候。当邮局给他送来报纸杂志,他在报刊上发现了他的一位老同学的名字。此人一定是官运亨通,已经坐上国家官员的交椅,也许他为科学和国际事务作出过很大贡献。他想到这里,一种伤感的情绪悄悄地涌上他的心头,他痛苦,他心烦意乱,他抱怨自己东奔西撞,却落得一事无成。他开始憎恨他的生活,厌恶他的生活。他突然回忆起过去的学生时代,回忆起过去的校长亚历山大·彼德罗维奇,校长好像还活着,好像突然出现在他的眼前……他的眼泪像泉涌般从眼眶流下来,他几乎哭了一整天。

他的哭意味着什么?是不是他病态的灵魂暴露了他伤痛的隐秘?是不是崇高的

他抱怨自己东奔西撞，却落得一事无成……他的眼泪像泉涌般从眼眶流下来，他几乎哭了一整天。

思想在他内心深处已经萌发，但尚未成熟，尚未得到巩固？是不是他从年轻时起就没有积累同失败作斗争的经验，从而他面对前进道路上的困难和障碍表现得束手无策？是不是他丰富的感受和体验像一块烧红的铁，还没有经过最后一道工序——淬火，就消失了？是不是对他来说那位卓越的老师过世得太早？是不是现在人世间没有一个人能够振作起他那永远摇摆不定的力量和失去韧性的薄弱意志？是不是没有一个人会向着心灵大声喊出“前进！”这个振奋精神的字眼？要知道，这是所有的俄国人——不管他们在什么地方，不管他们的地位高低，不管他们属于哪一个阶层，不管他们头上顶着什么爵号，不管他们从事的是哪一个行业——都渴望听到的字眼。

能够用我们俄罗斯人的语言对我们说“前进！”这个无所不能的字眼的人在哪里呢？了解我们俄罗斯人的性格中所蕴含的力量，所具有的特质和深度，并且魔手一挥就能指引我们奔向崇高生活的人在哪里呢？知恩必报的俄罗斯人用什么样的眼泪和什么样的情感来报答他呢？可是一个世纪接着一个世纪过去了，千千万万的懒汉都在睡大觉，能够喊出“前进！”这个强有力字眼的勇士在俄罗斯实在少得可怜。

一件事情几乎把他从沉睡中唤醒，几乎改变了他的性格。这件事情有点像恋爱，不过最后落得个一场空。在离他的村子大约十来里的地方也有一个村子，那里住着一位将军。我们已经发现，这位将军对坚捷特尼科夫并没有什么好感。这位将军很有派头。他很好客，喜欢邻里们来拜访他，向他表示敬意，可他却从来不回访，他说起话来声音嘶哑，看了不少书，膝下有一女，是一个从未见过的怪人。她因为没有脱离开生活，所以好在还有点活力。她的名字叫乌琳卡。她受的教育也有点令人不可思议。她的家庭教师是一个根本不懂俄文的英国女人。她童年时就死去了母亲，父亲没有时间管她，可是他宠爱女儿，因而只是一味地娇惯她。她从小就很任性，养成了怪僻的性格。如果有人看到她眉头紧锁，面孔紧绷，满脸怒气的样子，如果有人看到她和自己的父亲争吵，毫无疑问他会认为，这正是对她娇生惯养的结果。不过她发怒是有条件的，当她看到不公平的事，当她看到有人粗暴地对待别人，她就怒不可遏。但是她从来不为关涉到自己的事发怒，从来不为自己的事跟别人争吵，从来不为自己辩解。如果她发现，她所憎恨的人遇到了不幸的事，她的怒气马上就消失了。如果有人请求她的周济，她会毫不犹豫地把自己的钱袋子赠给此人，也不管 钱袋子里装着多少钱。她是个热心肠的人。她说话的时候，她的面部表情，她的语气，她的手势，紧随她说话的内容在变化。她衣裙上的褶儿好像也跃跃欲试，好像紧追她的话语要飞走似的。她这人赤诚一片，毫无隐秘而言。她无论对谁，都敢于暴露自己的思想。当她一定要发表自己的观点时，任何势力休想让她沉默。她走起路来，步态独特、优美，步伐自然、坚定。所有的人都会情不自禁地为她让路。心术不正的人看到她立刻变得窘迫起来，连大气儿也不敢出，简直变成哑巴了。而举止随便、胆大妄为的人看到她却语无伦次，连一句完整的话都说不好。性格腼腆、举止斯文的人看到她立刻谈吐风生，好像他从来没有跟谁谈过话似的，刚交谈了几句，他就感觉到，他什么时候在什么地方看见过她，认识她，这一切好像发生在遥远的童年时代，那时，在一个亲戚家里，一群孩童在做游戏，从那以后，过去很长时间，人已经摆脱了孩童的幼稚和天真，变得明白事理了，可是日子也变得枯燥乏味了。

坚捷特尼科夫和她就是这样遇到一起的。他心里产生了一种新的莫名其妙的感觉。他的枯燥乏味的生活顿时透出了光彩。

开始时。将军接待坚捷特尼科夫还很热情。但是两人很不相投，他们的交谈往往是以争辩得不可开交而结束，结果双方都不愉快。因为将军不喜欢不同意见，而坚捷特尼科夫又是个好面子的人。当然，父亲为了女儿做出了许多让步，所以他们仍然保持着和睦的关系。

但是当将军的两位亲戚到将军府上做客以后，情况有了变化。这两位亲戚是：伯爵夫人博尔德列娃和公爵夫人尤贾金娜。她们原先是宫廷女官，现在和宫廷仍然保持着一定的关系。因此将军在她们面前，竭尽阿谀奉承之能事，活脱脱是她们的奴才。从这两位夫人到来以后，坚捷特尼科夫觉得，将军对他开始冷淡了，也不怎么理睬他了。将军对待他就像对待一个唯命是从的下人，对他呼来喝去的，一点也不把他放在眼里，并称呼他“伙计”、“老弟”，用命令的口气对他说“你听着！”甚至不客气地称呼他“你”，而不称呼他“您”了。这下可惹火了坚捷特尼科夫，他气得脸涨得通红，怒火在胸中燃烧，可是他强压住心中的火气，极不情愿地用恭敬、和气的语调说道：“将军，谢谢您的好意，您称呼我‘你’，以此来表示我们之间亲密的友谊，那么我也不得不称呼您‘你’了。不过我们之间年龄相差这么大，不宜于如此不顾礼数吧。”

将军听了这番话后，挺不好意思，他想了半天，才想出下边的话，虽然他的话语无伦次。他说道：“我说的‘你’并没有那个意思，再者，老年人有时是可以称呼年轻人‘你’的（还好，他倒没有提到自己的官衔）。”

当然从此以后，他们就不再交往了，刚刚开始的恋爱也就此中断了。灯火只亮了一会儿就熄灭了，紧接着是一片漆黑。他又过起了像读者在这一章的开头所看到的那种生活，即整天躺着，无所事事。屋子里又脏又乱。房间里有地板刷，但是整天没人用，上面落满灰尘。裤子竟然放到客厅里。沙发前一张漂亮的桌子上放着一副油污斑斑的背带，好像是用来招待客人的美食似的。他的生活变得如此邋遢，如此消沉，不仅他家的下人不再尊重他，就连他家饲养的鸡也会啄他。他会拿起鹅毛笔接连好几个钟头在纸上乱涂乱画，画个钩子啦，小房子啦，茅草屋啦，大车啦，马车啦，等等。不过有时候鹅毛笔也不听作画人的使唤，竟然画出一个人物的头像，线条很纤细，一双灵活的眼睛射出犀利的目光，一绺卷发微微向上翘起。作画人惊奇地发现，任何一位著名的画家绝对画不出这样的女性肖像。他的情绪更加忧郁了。他相信，在这个世界上是没有幸福的。他从此变得情绪低落，意志消沉。

这就是坚捷特尼科夫的思想状态。

有一天，他像平常一样，手里拿着烟袋和茶杯，走到窗口。这时他突然听到院子里有动静，有忙乱的声音，他看见厨房的学徒工和擦地板的女仆正跑去开大门。大门口出现了三匹健壮的马，它们真像凯旋门上所塑造的那种马。三匹马并排走进来，马车的前座上坐着车夫和仆役，仆役穿一件肥大的长衫，腰里系一条手帕。老爷坐在他们后面，他头戴便帽，身穿外套，脖子里围一条彩色三角巾。当马车在门廊前停下来时，才发现这辆马车不是别的马车，正是那辆带弹簧的轻便四轮马车。这位老爷从外表看，文质彬彬的，他立刻从马车跳上门廊，他的动作像军人一样敏捷。

坚捷特尼科夫看到这架势，心里还真有点发毛。他把来人当成政府高官了。需要说的是，他年轻的时候，曾经牵连进一桩不光彩的事件中。两个出身骠骑兵并读了许多小册子的哲学家，一个没上完大学的美学家，一个把钱财输得精光的赌徒——这四个人凑在一起策划成立了一个慈善协会。他们推举一个能言善辩的人做了协会的会长，此人是个共济会会员，是个老滑头，也是个好玩儿牌的赌徒。协会的宗旨是：要为从泰晤士河到堪察加半岛的所有人谋求永久的幸福。这需要一大笔资金。协会从会员那里募得一大笔款子。会员们个个慷慨解囊，捐出的钱，数目大得惊人。这么多钱都花到哪里去了，只有会长一人知道。坚捷特尼科夫被两个朋友硬拉进这个协会。这两个人平常郁郁寡欢，但他们心地善良，他们经常以科学的名义，以教育的名义，以将来为人类服务的名义频频举杯，后来终于蜕变成酒鬼。坚捷特尼科夫很快就醒悟了，于是他离开了这些人。后来协会又参加了其他的对贵族不怎么体面的活动，结果惊动了警察局……所以毫不奇怪，坚捷特尼科夫虽然与他们断绝了任何关系，但是他的心情始终不能平静。从良心来说，他总觉得过意不去。他现在看着打开的大门，心里犯着嘀咕。

可是当来客举止斯文、礼数周到、谈吐文明时，他紧张的心情一下就舒缓下来了。来客说，由于需要，也是由于求知的渴望，很长时间，他一直在俄罗斯各地漫游；来客说，我们国家有丰富的资源，至于物产之丰富，土壤之多样，那就更不用说了；来客说，他非常喜欢他的田庄，因为那里的地理环境优美如画；来客说，要不是春汛期河水暴涨，要不是道路泥泞难走，要不是马车突然出了故障，他也不敢在这种不合时宜的时候来打扰他；来客说，退一步说，即使他的马车没有出故障，他也不会放弃这个向他表示敬意的机会。

客人说完这番话后，两脚一磕，并拢起来，行了一个优雅而令人愉悦的礼。他穿一双极其考究的半高统皮靴，靴鞡上缀着一排珠母纽扣，客人虽然体格肥胖，但动作轻快、敏捷，走起路来像皮球往前滚。

坚捷特尼科夫冷静下来后，认为这位客人一定是一个好学的教授，他走遍了俄罗斯，可能是为了采集植物标本或矿物标本。他马上告诉来客，他愿意协助他的工作，请来客随便使唤他家的工匠、制轮匠和铁匠，请来客在他家安心住下来。他请来客坐在高背圈手椅上，他准备听来客讲述自然科学的故事。

但是来客却谈了一些个人的经历。他把自己的生活比做是在大海中漂流的一只小船，被险恶的风暴任意驱赶，他还说起他曾多次更换职务，他为了维护真理，曾遭受迫害，甚至他的生命不只一次地受到敌人的威胁。他还说了许多自己的事情，这表明他是一个求真务实的人。说到最后，他掏出白麻纱手帕，擤了一下鼻涕，那声音之大，是坚捷特尼科夫从未听到过的。有时候，一个乐队里有一把怪号，它霍然被吹响了，这号声好像不是来自乐队，好像就来自你的耳边。在这宁静的住宅里，也有一种声音，随着这声音闻到一股香水味儿，那是来客抖动他那白麻纱手帕时发出的声音，这股香水味儿就是从手帕里散发出来的。

读者可能已经猜到了，这位客人不是别人，正是我们好长时间没有提起的可敬的乞乞科夫，他看起来苍老了许多，显然，这段时间，他也是从风浪中走过来的。他身上的那件燕尾服显得又旧又破，他乘坐的四轮轻便马车以及挽具都严重老化，到处都有磨损的痕迹；马匹、马车夫和仆役都累得精疲力竭，大大地伤了元气。他的经济状况也不是太好。但他仍然像过去一样彬彬有礼、斯文有加，言谈举止变得更加谦和，更加平易近人。当他坐到圈手椅上时，他总是灵敏地把一只脚交叉着放在另一只脚后面。他说起话来柔声细语，用词很审慎，他极善于和人友好相处，待人接物很有分寸。他身上的衣领和衬胸非常干净，像雪一样白，他虽然经过长途跋涉，但是他的燕尾服上连一粒灰尘都没有，如果现在有人马上邀请他出席命名日的午宴，他用不着换装，立刻就可以前往。他把面颊和下巴刮得光溜溜的，只有盲人才欣赏不到这副漂亮的尊容。

这里的房间情况马上就发生了变化。原来，半数房间的窗户都是用木板钉死的，光线根本透不进来，这下好了，把木板拆掉了，把窗打开了，阳光射进来了。当然是先安排几个变得亮堂的房间，每个房间做什么用，很快就定下来了：一个房间做卧室，房间里放上睡衣、梳洗用具、镜子等；另一个房间做书房……但是先应该知道的是，这个房间里有三张桌子，放在沙发前的桌子做写字台，放在两扇窗户之间和镜子前的桌子是牌桌，放在通向卧室门和通向不住人的客厅门之间的桌子是角桌。客厅里摆放着一套残缺不全的家具，这个客厅现在当做前厅使用，已经有一年多了没有任何人进去过。角桌上放着从箱子里拿出来的衣物，它们是：一条和燕尾服配套的裤子，一条新裤子，一条灰色裤子，两件丝绒马甲，两件缎子马甲，一件双排扣束腰衫和两件燕尾服。这些衣物都被一件一件叠好，摞在一起，上面盖了一块丝质围巾，看起来真像一座小金字塔。在另外一个角落，在门和窗户之间，整齐地放着一排鞋子：一双半新不旧的高靿靴子，一双全新的高靿靴子，一双半高靿的漆皮靴，一双便鞋。这些靴子仿佛羞于见人，也用一块丝质围巾盖起来，如果不注意，还真看不出来那块地方还放着一排靴子。写字台上也很快放上了东西：一个存放贵重物品的小匣子，一瓶香水，一本日历，两本小说（两本都是第二卷）。这些东西都放在它们应放的地方。干净的内衣都放在卧室的五屉橱里，需要交洗衣工洗的内衣都包成一包，塞到了床底下。他把腾空的箱子也塞到了床底下。他把一路上随身携带的一把马刀挂在墙上离床近一点的地方。这把马刀是他用来吓唬贼人的。一切都显得那么干净，一切都安排得有条不紊。屋子里连一片碎纸、一根羽毛、一粒尘土都找不到。生活环境发生了很大变化，屋子里充满一个健康的、生机勃勃的男子散发出的好闻的气味儿，因为该男子经常更换内衣，经常到澡堂洗澡，而且每逢礼拜天还要用海绵擦身。前厅里本来已经能闻到仆役彼得鲁什卡难闻的气味了，不过彼得鲁什卡很快就被打发到厨房去了，那才是他应该待的地方。

开始几天，坚捷特尼科夫还真有点担心呢，担心他的生活会受到影响，他的生活会不自由，他的生活方式会被改变，他已经习惯了的作息时间会被打乱，不过这种担心是多余的。我们的乞乞科夫有很强的适应能力。他称赞主人有哲学家的气度，能像哲学家那样遇事不慌，沉着应对，他说，这样的性格能使人长寿。他对主人的离群索居也发表了自己的高见，他说，离群索居的生活给人创造了培育伟大思想的条件。他看了一眼主人的藏书，对书赞扬了一番，并说，书能使人摆脱游手好闲的生活。他的话虽不多，但很有分量。他在行动上也能很好地掌握分寸。该来就来，该走就走，绝不犹豫。当主人懒得答话时，他决不多问，决不为难主人。他很乐意和主人下棋，也很乐意长时间不说一句话。当他们当中的一个点上一袋烟，喷云吐雾的时候，另一个人虽然不抽烟，但是他也有办法应对：他从衣袋里掏出乌银鼻烟盒，用左手的两个手指头把它捏住，然后用右手的手指头迅速拨弄它，让它旋转起来，就像地球绕着轴心旋转一样，或是用手指头敲击鼻烟盒，口里还吹着口哨。总之，他并没有妨碍主人。坚捷特尼科夫心想："我第一次看到一个我可以和他生活在一起的人。总之，我们太缺少这方面的能力了。我们当中有很多聪明人，有很多有教养的人，有很多好心人，但能和气待他人,能和他人平等相处,并能和他人生活一辈子不吵架的人,我不知道这样的人在我们中间是否能找到很多。但是坐在我面前的这个人是第一人。”坚捷特尼科夫这样评价自己的客人。

乞乞科夫从自己这方面来说,能暂时栖身于这位平和、斯文的主人家,是很高兴的。他已经厌倦了那种流浪式的生活。现在住在这美丽的村庄,观赏着这初春的田野,能休息一段时间,哪怕休息一个月呢,甚至对痔疮都是有好处的。

很难找到比这里更好的休息的地方。漫长的严寒已过去,春天马上就生机勃勃地降临到人间,生活到处沸腾起来。林中的幼树已经抽芽,嫩草像闪闪的绿宝石,衬托着金黄色的蒲公英,白里透红的银蓬花压弯了娇柔的枝干。一团团的蚊子,一堆堆的虫子出现在水洼中,一只水蜘蛛在它们后面紧追不舍。各种鸟儿从四面八方飞来,落在干枯的芦苇丛中,它们盯上了水蜘蛛。不管是飞禽还是走兽,都想凑到一起,为的是相互都能看见。大地突然热闹起来,树林、草地都已经甦醒过来。村子里的人们跳起了圆圈舞。这里有广阔的天地供人们游玩。这里的绿草多么鲜亮!这里的空气多么清新!花园里的鸟叫声多么嘹亮!这里是天堂,这里的人们欢腾雀跃。村子里充满欢声笑语和 歌声,好像村子里正在举行婚礼。

乞乞科夫走了很多地方,他可以在这广阔的天地自由徜徉。他时而登上高高的山岗,从平坦的山岗上俯瞰下面的谷地以及谷地上由于春汛而形成的湖泊,湖泊中还有几个突起的小岛,小岛上还生长着一片片黑黝黝、光秃秃的小树;他时而又走进密林中,走进林谷中,这里的树木生长得十分茂密,树上筑满了鸟巢,这里是不停地呱呱叫的乌鸦的天下,它们在上空展翅盘旋,形成了遮天蔽日的壮观景象。沿着干旱的土地可以一直走到码头,装满豌豆、大麦和小麦的船只正在起锚。水磨在水流的冲击下迅速旋转着,发出震耳欲聋的响声。他察看了春耕、春播的工作,他看到,犁头刚刚从绿色的土地上划过去,它后面马上就出现了一条深深的沟,播种的农夫不停地敲击着挂在胸前的播种筛,让种子均匀地和不偏不倚地撒在垄沟里。

乞乞科夫到各处都走走,看看,他找管家谈谈,找庄稼人谈谈,找磨坊工人谈谈。他什么都想知道,什么都打听,他打听田庄经营得怎么样,粮食能卖什么价儿,春秋两季选择什么原粮磨成面粉,某某农民叫什么名字,谁和谁有亲属关系,什么地方能买到耕牛,用什么饲料喂猪,等等,等等。总之一句话,他什么都问。他也打听过农民死了多少。原来死得不多。他是聪明人,他很快就发现坚捷特尼科夫把庄园经营得并不怎么样。玩忽职守、疏忽大意、盗窃欺诈等行为时有发生,酗酒的人也不少。他心想:“坚捷特尼科夫真是个十足的笨蛋!这么好的庄园竟然搞成这个样子!本来一年可以有五万卢布的进项呢!”

乞乞科夫一边闲逛，一边心里不止一次地想到，如果有朝一日，当然不是现在，他的倒卖死农奴的事收到一定的效果，他手中有了资金，他一定要置买这样一个庄园。随之，他脑子里马上就出现了一个年轻、貌美、皮肤白嫩的女人，她出身于商人家庭或者她是富家女子都可以，但她必须懂得音乐。他还想象到他的下一代，他们一定会给乞乞科夫家族增光添彩，使这个家族能流芳百世。他要是有一个欢蹦乱跳的男孩和一个漂亮的女孩，或是有两个男孩和两三个女孩，都行。他要让所有的人都知道，他乞乞科夫曾经在这个世界上确实生活过，确实存在过，而不是像幻影那样，很快就从大地上消失了。这样一来，他面对祖国才不会感到羞愧。这时，他甚至觉得能把他的官职提高提高，也是件不错的事，比如说五品文官就是一个受人尊敬的官职。当他一个人闲逛的时候，他的脑子也是闲不住的，他的脑子里会产生各种各样的幻想，这些幻想往往能使他忘掉眼前枯燥的生活，这些幻想能给他带来乐趣，带来对未来的憧憬，尽管他自己也相信，他的这些幻想是永远不能实现的！

乞乞科夫的两个仆人也喜欢上了这个村子。他们和他一样，在这个村子里待惯了。彼得鲁什卡很快就和餐厅的侍仆成了朋友，虽然开始时两个人还互相摆架子，互相瞧不起呢！彼得鲁什卡哄骗格里戈里说，他去过很多地方。格里戈里说，他去过彼得堡，他知道彼得鲁什卡没去过彼得堡，所以他在彼得鲁什卡面前故意显摆一下。此时，彼得鲁什卡为摆脱被动，就说他去过很远很远的地方，他想这么远的地方，格里戈里肯定没去过。可是格里戈里也不示弱，他说他去过的地方，远得连任何一本地图上都找不到，他还说，这个地方离这儿有三万多俄里呢！彼得鲁什卡说不过格里戈里，结果招来其他仆人的嘲笑。他们相互吹了一顿牛皮之后，他们的友谊更加密切了。秃顶皮缅(村里人都叫他大叔)开了一家酒馆，酒馆的名称叫“阿库利卡”。你无论什么时候到酒馆去，总能碰上他们二人。他们成了酒馆的常客，照老百姓的说法，他们是酒馆的老主顾。

谢利凡则另有兴趣。村子里的人们每天晚上都聚在一起唱歌跳舞。这里的姑娘们个个身体健康，体态苗条，现在在大村子里很难看到这样美丽的姑娘了。谢利凡被这些姑娘们吸引住了，他能好几个钟头看着她们发愣。很难说哪个姑娘更漂亮，其实都漂亮，她们个个生着雪白的胸脯和雪白的脖颈，她们个个眼闪秋波，含情脉脉，她们个个步态轻盈，宛如孔雀，她们个个的发辫都垂到腰间。他的双手拉着姑娘们白皙的手，随着姑娘们慢慢地移动着脚步，跳着圆圈舞，或者是他和其他小伙子排成一排，像一堵墙一样，横着向姑娘们跳过去，姑娘们也排成一排，像一堵墙一样迎着小伙子们跳过来，一边还笑着，并大声唱道：“傧相，让我们看一眼新郎吧！”天色渐渐地暗下来，忧郁的歌声传到河的对岸，回音久久地缭绕在上空，谢利凡完全陶醉了。从此以

村子里的人们每天晚上都聚在一起唱歌跳舞。

后，他无论是做梦还是醒着，无论是早晨还是黄昏，他总觉得自己的两只手老是拉着姑娘们那白皙的手，和她们一起翩翩起舞呢。他摆了一下手，说道："这些个姑娘们个个是妖精！"

乞乞科夫的马也喜欢上了这个新地方。无论是辕马，还是外号叫陪审员的拉套的马，还是花斑马，都认为住在坚捷特尼科夫的庄园里一点也不寂寞。吃的是上等的燕麦，住的地方很舒适。每匹马都有自己单独的马栏，虽然它与别的马栏是隔开的，但是从隔板上面仍然能看见别的马，所以就会有这样的情况，如果有一匹马，即使是最边上的一匹马撒赖而嘶叫起来，别的马立刻就会响应，也跟着嘶叫起来。

总而言之，在这里就像在家里一样，已经过惯这里的生活了。乞乞科夫为了购买死农奴，曾经走遍了俄国，不过现在他对待此事谨慎多了。如果现在坐在他面前的是一个十足的傻瓜，他将和这个傻瓜打交道，他也不会贸然把买死农奴的事马上端出。不管怎么说，坚捷特尼科夫毕竟读了很多书，是一个有头脑的人，无论什么事，他总要刨根问底，弄个水落石出。看来马上进入正题是不行的，必须设法先从别的问题入手，他这样想。他经常和下人们无事闲聊，他从他们口中偶尔了解到，从前老爷经常到一位住在邻近的将军家串门，将军有一位女儿，老爷对这位小姐很用心，小姐对老爷也有点意思……但后来，不知为了什么，老爷和将军突然翻了脸，老爷再也不去将军家了。乞乞科夫也发现，坚捷特尼科夫老用铅笔和鹅毛笔在纸上画一个女子的头像，画了好几个。

有一天，吃完午饭，像往常一样，乞乞科夫用手指拨弄着银鼻烟盒，对主人说道：

"坚捷特尼科夫，您什么都有，就是缺少一样东西。"

"缺什么？"坚捷特尼科夫吐了一口烟，问道。

"缺一个生活中的伴侣。"乞乞科夫说道。

坚捷特尼科夫没说什么，谈话就此结束。

乞乞科夫并没有觉得不好意思，他找了另一个机会。有一天，吃完晚饭，他们又闲聊起来，乞乞科夫突然说道：

"坚捷特尼科夫，真的，没有什么能妨碍您结婚吧。"

坚捷特尼科夫又是一句话也没说，好像一谈到此事，他就不愉快。

乞乞科夫并没有觉得难为情。晚饭后他第三次找到机会说结婚的事，于是他说道：

"别看我的到来使您的生活发生了变化，可我仍然发现您需要结婚，否则您会得忧郁症的。"

这一次，也许是乞乞科夫的话很有说服力，也许是这一天他的情绪特别好，他愿意口吐真言。于是他吐了一口烟，叹了一口气，说道：

“乞乞科夫，不管做什么事都得靠运气。”接着，他把和将军怎么结交后来又怎么决裂的全过程讲述了一遍。

……他吐了一口烟，叹了一口气，说道：“乞乞科夫，不管做什么事都得靠运气。”

乞乞科夫很认真地听完了坚捷特尼科夫的话，了解了事情的全过程，他发现，仅仅为了称呼的问题，就把事情闹得这么大，甚至到了决裂的地步，真是不可思议。他盯着看了坚捷特尼科夫好半天，真不知道怎么说他。他的结论是：此人不是糊涂虫，就是脑子有毛病。最后，他抓住坚捷特尼科夫的双手说道：

“您呀，真是的！什么是侮辱？没有称呼‘您’而称呼‘你’，这就是侮辱了？”

“‘你’这个称呼并不带有侮辱的性质，”坚捷特尼科夫说道，“问题在于说话人的态度，从他的态度就可以看出来他瞧不起人，他称呼‘你’就意味着：‘记住，你是个微不足道的小人物，我接待你，是因为眼下还没有大人物登门造访，现在尤贾金娜公爵夫人来了，你就应该识相，就应该靠边儿站。’这就是他称呼我‘你’的真正含意。”一向性格温和的坚捷特尼科夫说到这里，两眼闪着凶光，声音里流露出受辱后的气忿。

“照你的说法，他就是有意侮辱喽。不过这有什么大不了的？”乞乞科夫说道。

“怎么？您是说在他侮辱我之后，我还继续去他家串门？”

“这算什么侮辱！这根本谈不上是侮辱！”乞乞科夫冷静地说道。

“这还不算侮辱？”坚捷特尼科夫惊讶地问道。

“这是将军的一种习惯，谈不上侮辱，因为他称呼任何人都称呼‘你’。话说回来，他是国家的有功之臣，受到人们的尊敬，他为什么不可以这样称呼别人呢？……”

“这是另一码事，”坚捷特尼科夫说道，“如果他是年迈之人，如果他是不幸之人，如果他不是将军，不傲慢，不妄自尊大，我会让他称呼我‘你’的，我会尊敬他的。”

“他这人真不开窍，”乞乞科夫心里想，“他能让贫贱之人称呼他‘你’，却不能允许一位将军称呼他‘你’！……”

“那好，”乞乞科夫说道：“我们设想，就算他侮辱了您，可是您也报复了他，你们谁也不欠谁的，应该是扯平了。你们为了一点个人琐事就闹得不可开交，就断绝了来往，这也太过分了……一个人既然确定了目标，就应该坚决果断地为目标而努力。有人好摆架子，您也不必在意。实际上每个人都有架子，这是人的天性。在这个世界上，不摆架子的人是没有的。”

“这个乞乞科夫真是个怪人！”坚捷特尼科夫心里想，此时他有点困惑不解，他被乞乞科夫的一席话说糊涂了。

“这位坚捷特尼科夫够古怪的！”乞乞科夫也这样想。

“坚捷特尼科夫，我跟您说的可是掏心窝子的话。您这人涉世太浅。这件事让我去办吧，我一定能把它办妥。我亲自去见将军阁下，我就说，你们之间发生的事，从您这方面来说，纯属误会，而且您还年轻，刚涉足社会，不懂得人情世故。”

“我不会逢迎他，讨他的好，”坚捷特尼科夫心怀怨气地说道，“我也不能把这件事完全委托给您去办。”

“我不会去迎合他，讨好他，”乞乞科夫心怀委屈的情绪说道，“如果我在某一方面犯了错误，我一定会认错的，这是情理之中的事，然而让我卑躬屈膝，我是决不会干的……坚捷特尼科夫，请您原谅我，我的愿望是好的，我没想到我的话会使您听了不愉快。”这些话他是严肃认真地说的。

“请您原谅，是我不对！”深受感动的坚捷特尼科夫抓住乞乞科夫的两只手，急切地说道，“我并不想使您难堪。我发誓，您的善意和同情对我是非常宝贵的！不过我们现在不要谈这个话题了。从此以后，我决不会再谈此事了。”

“那我还是去一趟将军那儿吧。”

“干吗去？”坚捷特尼科夫看着乞乞科夫，疑惑不解地问道。

“礼节性的拜访呗！”

“这个乞乞科夫真是个怪人！”坚捷特尼科夫心里想。

“这个坚捷特尼科夫真是个怪人!”乞乞科夫心里想。

“坚捷特尼科夫,我明天上午十点钟左右去他那里。我认为,我这次礼节性的拜访越早越好。因为我的马车还没有修好,请把您的马车借我用一下。”

“何必这么客气?您也是这里的主人。别说马车,这里的所有东西都听凭您支配。”

这次谈话之后,他们互相道了别,各自回屋去睡觉了,至于他们互相都认为对方是怪人,这个想法恐怕还得继续萦绕在他们的头脑里。

可是,说来也奇怪。到了第二天,马车已经备好,乞乞科夫穿上崭新的燕尾服和白色的马甲,打上白色的领带,像军人一样敏捷地跳上马车出发去礼节性拜访将军的时候,坚捷特尼科夫的心情很不平静,很是激动。他很长时间没有这样的体会了,因为他的思想早已麻木了,早已枯竭了,可是现在突然被激活了,各种想法如潮水般涌进他这个一向无所事事的懒汉的头脑中,他的精神为之一振。他时而坐到沙发上,时而走到窗口,时而拿起一本书,他很想审视一下自己的过去,但是他的思想怎么也集中不起来,他努力什么也不想,但是他的努力是徒劳的。一些零碎的思想,一些有头无尾或有尾无头的思想从四面八方涌进他的头脑。“怎么搞的?真是怪了!”他说着又来到窗口,望着穿过一片橡树林的大路,大路的尽头仍然能看见马车扬起而尚未散落的灰尘。现在我们暂时不表坚捷特尼科夫,让我们追着乞乞科夫乘坐的马车去看个究竟吧!

第二章

三匹良马仅仅用了半个多钟头，就拉着乞乞科夫奔驰了十俄里的路程。先穿过一片橡树林，然后从一片庄稼地里驶过。这片庄稼地刚刚耕过，但已经隐现出绿色，从这里可以欣赏到周围的景色。然后又通过一条林荫大道，大道两旁生长着茂密的菩提树。他的马车沿着这条林荫大道直接来到村子的中心，从这里向右拐了一个弯，眼前出现了一条街。街道的两旁栽种着整体形状似椭圆形的白杨树，每颗白杨树都用编织的围栏围起来，街道的顶头有一道铁栅栏门，透过铁栅栏门首先看到的是将军宅第的上方那雕刻精美的三角形楣饰和宅第前檐耸立着的八根希腊式圆柱。到处都

透过铁栅栏门首先看到的是将军宅第的上方那雕刻精美的三角形楣饰和宅第前檐耸立着的八根希腊式圆柱。

能闻到油漆的气味，新刷的油漆使整座住宅焕然一新，连一点陈旧的痕迹都看不见。院子里非常干净，就像铺上了地板。乞乞科夫心里怀着敬意从马车上下来，吩咐门房向将军通报一声，就说乞乞科夫来拜访了。后来他就被直接带进将军的书房。将军显得很高傲，很有派头。这使乞乞科夫感到意外。将军身穿一件紫红色缎子睡袍，睡袍上的绗线清晰可见。他目光透着真诚，面容带着一股英武之气，须发已经花白，脖后的头发剪得很短，脖子粗壮，后脑勺下面的赘肉打成了三个褶儿，形成两条很长的缝隙，总而言之，他是画在画上的那些1812年众多著名的将军之一。别特里谢夫将军也像我们很多人一样，有许多优点，也有许多缺点。无论是优点还是缺点，在他身上，也像在所有俄罗斯人身上一样，是混杂在一起的。在决定性的时刻，他可以舍己为人，他可以英勇战斗，他可以表现得慷慨大度，他可以表现得才智过人，可是就在这些优点中也夹杂着贪图功名，以及每个俄罗斯人都具有的那种个性的缺点。他不喜欢升迁比他快的人，遇到这样的人，他就嘲讽他们，挖苦他们。他以前的一位同事正好就是这样的情况。论才智，论能力，都不如他，可是却越过他，已经被提升为两省的总督。好像是有意为难他，因为他的地产恰恰就在这位总督管辖的省内，结果他不得不受制于这位总督。他心里很不服气，于是他就利用一切机会指责和抨击总督发布的政令，认为总督所实行的一切措施和办法都是不合理的。他是一个很怪的人，是一个令人难以理解的人。他很喜欢表现自己，他喜欢知道得比别人多，如果有人知道得比他多，那么此人就成了他不欢迎的人，总而言之，他这人很喜欢夸耀自己的聪明才智。他受的教育是半洋式的，可是他却喜欢做俄罗斯老爷。他既然在思想上老是存在着一种不平衡感，老是存在着一种不可调和的对立情绪，他必然在机关遇到很多不痛快、不如意的事，最后他选择了隐退。他总是指责对立面如何如何不好，但从不反思自己有什么问题，他也没有这点肚量。隐退以后，将军仍然保持着威严的气势和高雅的风度。不管他是穿着便服，还是穿着燕尾服或睡袍，他都要摆出一副将军的架子。从他说话的语调，到他的一举一动，都表现出他的威严和他的主导地位，使那些下级官吏不能不崇敬他，至少是不能不畏惧他。

而乞乞科夫却是二者都有，他既崇敬将军，又畏惧将军。乞乞科夫毕恭毕敬地把头侧到一边，向另一边张开双臂，好像要用双手托起放有茶具的托盘，然后十分敏捷地弯下身子，说道："我认为我来拜访将军阁下，是我的天职。我对于在战场上拯救过祖国的英雄怀着深深的敬仰之情，所以我今天来拜访阁下，我认为这是我的荣耀。"将军看来很喜欢这样的开场白。这番话立刻使将军对来客产生了好感，他向乞乞科夫点了点头，说道：

"很高兴和您结交。欢迎！欢迎！请坐！您在什么地方供职？"

乞乞科夫坐到圈手椅上，但他没有坐到椅子中央，而是用一只手扶住扶手，侧身坐到椅子边上，然后说道：

“阁下，我开始是在税务局供职，后来在很多机关供过职，在地方法院，在建设委员会，在海关，都供过职。阁下，我的这一生就像一只小船，在风浪中颠簸、漂泊。我是从忍耐中走过来的，这么说吧，我就是忍耐的化身……仇恨我的人想陷害我。我所受到的伤害实在是一言难尽呀，我现在已是垂暮之年，我只想找一个舒适的地方安度我的余生。我现在暂时住在您的邻居家……“

“邻居家！那是谁家？”

“是坚捷特尼科夫家，阁下。“

将军皱了皱眉头。

“阁下，他非常后悔，后悔没有向您表示应有的敬意……“

“干吗要表示敬意？“

“阁下，是向您所建立的功勋表示敬意，但他找不到适当的言辞。他说：‘我要有机会能为将军效力就好了……因为我确实非常敬仰拯救过祖国的英雄。’“

“我怎么会生气呢！我没生气！”将军和颜悦色地说道，“我从心底里喜欢他，我相信，他一定能成为一个有用的人。”

“阁下，您说得对，他会成为一个真正有用的人，他很有口才，擅长写作。”

“他是不是尽写些消闲的东西，比如写点诗什么的？”

“阁下，他写的可不是消闲的东西……他写的东西都有实际意义……他正在写一部历史。”

“一部历史？什么历史？”

“是的，阁下，他正在写一部……”乞乞科夫说到这里，停顿了一下，可能是他意识到他面前坐着的是一位将军，也可能是他想把这部历史书的重要性强调一下，于是他补充说，“他正在写一部《将军史》。”

“一部《将军史》？哪些将军的历史？”

“所有将军的历史，阁下，是概括性的，其实就是我国将军的历史。”

此时的乞乞科夫已经魂不守舍，不知说什么才好，他真想自己打自己一个嘴巴。他心中暗想：“我的天，我这是瞎说些什么呀！”

“请原谅，我不太清楚……这部历史是一部断代史呢，还是一部将军的个人传记呢？是所有将军的传记呢，还是仅限于参加过1812年卫国战争的将军的传记呢？”

“阁下，是仅限于参加过1812年卫国战争的将军的传记。”他一边说，一边心里想：“就是打死我，我也说不清楚。”

“既然是这样,那他为什么不来找我?我可以给他提供不少有意思的材料。”

“阁下,他不敢来打扰您。”

“这是什么话!为了一两句话就不来了?我们之间并没有发生什么事……我可不是这样的人。我还准备去拜访他呢。”

“那他可担当不起,他自己会来的。”乞乞科夫说道。此时,乞乞科夫似乎从稀里糊涂的状态中清醒过来了,他振作了一下精神,心里暗暗想到:“真是想不到的事,《将军史》是我一时兴起,随口瞎诌的。”

书房里的人突然听到衣裙的沙沙声,胡桃木雕花门轻轻地打开了,一位姑娘手扶着门上的铜把手站在门口。如果一个昏暗的房间里挂着一幅透明的画,画的背面突然有灯光射过来,这肯定会引起人们的惊讶,可是这也比不上这个姑娘突然在门口引起人们惊讶的程度,因为这个姑娘生得光彩照人,她的出现把整个房间都照得通亮,好像她把阳光带进来了。将军的书房原来好像是愁眉不展的,现在突然开怀大笑起来。乞乞科夫一开始还弄不清这是怎么回事,出现在他面前的是个什么人,他甚至怀疑她是不是从天上掉下来的仙女。到哪儿去找这样美丽、纯净、气度高贵的姑娘?也能找到,那就是古代的玉石雕像。她身材苗条,走起路来轻盈、敏捷,如射出的箭。她的个子很高,看起来比别人都高。但是这只是一种感觉,实际上她的个子并不高,人们所以觉得她高,是因为她身体的各个部位的关系都非常协调,非常匀称。她穿的衣裙也非常合身,好像是几位最好的裁缝在一起商量好,要好好地打扮她一下。但是这也只是一种感觉,其实她的穿着是很随便的,她并没有刻意打扮,无非是拿一块单色布料,用针在两三个地方缝上几针,加以固定,然后转圈打上褶儿,一件衣裙就完成了。如果她穿上这样的衣裙,然后把她画到画布上,所有那些打扮入时的小姐和她一比,就相形见绌了,因为她们身上穿的衣裙就像是卖布的货主用五颜六色的布块拼凑而成。如果有人用大理石把她的形象雕塑出来,人们一定会认为这件作品是天才雕塑家的作品。

“这是我的女儿,她从小受到父母的宠爱,比较任性!”将军对乞乞科夫说道,“不过您的尊姓大名我还不知道呢。”

“一个毫无英雄业绩的人,难道他的尊姓大名也值得让人知道吗?”乞乞科夫歪过脑袋,谦逊地说道。

“那还是应该知道的。”

“阁下,我叫乞乞科夫。”乞乞科夫说着几乎像军人一样敏捷地朝将军鞠了一躬,并且像皮球一样轻巧地向后跳了一步。

“乌琳卡!”将军朝着女儿说道,“刚才乞乞科夫告诉我一个很有意思的新闻。我

她是不是从天上掉下来的仙女。到哪儿去找这样美丽、纯净、气度高贵的姑娘……

们的邻居坚捷特尼科夫根本不是一个蠢人，是我们错看他了。他正在干一件非常有意义的事，他正在写一部1812年的《将军史》。”

“是谁认为他是蠢人了？”她很快回应道，“也许只有你所信赖的那个维什涅波克罗莫夫才是蠢人呢。他既浅薄，又低俗！”

“他低俗吗？他浅薄倒是真的。”将军说道。

“他不光是浅薄，还是一个卑劣的小人。他欺负自己的弟弟，把亲妹妹赶出家门。所以说他是卑劣的小人，一点也不冤枉他。”

“只是人们这么说。”

“人们不会平白无故地这么说他。父亲，你是一个善良的人。我不明白你为什么要接待一个和你有着天壤之别的卑劣小人呢？因为你是了解他的。”

“您看见了吧，”将军笑着对乞乞科夫说，“我和她经常争论。”然后又转身对女儿继续说道，“我的宝贝儿，我总不能把他撵走吧？”

“为什么要撵走呢？可是为什么对他那么殷勤呢？为什么那么喜欢他呢？”

乞乞科夫听了他们的话，认为有必要谈谈自己的看法。

“小姐，人人都要求别人爱他，”乞乞科夫说道。“有什么办法呢？就连畜生都喜欢人们抚摸抚摸它，为了让人们能摸到它，它把头有意从圈栏里伸出来，让人们抚摸。”

将军哈哈大笑起来。

“说的是嘛，它把头伸出来，让人抚摸抚摸。哈，哈，哈，真有意思！它们在圈栏里待得太久了，所以要求人们的慰勉……哈，哈，哈！”将军笑得前仰后合。曾经佩戴过肩章的肩膀抖动个不停，仿佛现在还佩戴着沉重的肩章。

乞乞科夫也笑了，不过他为了表示对将军的尊重，他没有哈哈地大笑，只是有收敛地嘿嘿地小笑。他的肩膀也在晃动，但没有大幅度的抖动，因为他没有佩戴过沉重的肩章。

“这个骗子，他把国库都盗空了，还要求奖赏呢！他还说一定要奖赏他，因为他是付出过劳动的……哈，哈，哈，哈！”

姑娘那副善良、可爱的面容流露出痛苦的表情。

“嗨，爸爸，我不明白你怎么能笑得出来！我听到这种欺骗行为，只有灰心丧气的份儿，不会有别的想法。当我发现他们的欺骗行为是在众人的眼皮底下进行的，但却没有受到人们的唾弃，没有受到应有的惩罚，我心里就受不了。我非常痛恨这样的行为，我就想……”她几乎哭出声来。

“不过你不要生我们的气，”将军说道，“我们并没有犯错误，对不对？”他转过身去对乞乞科夫说道。“吻吻我,回你自己房间去吧。我马上换衣服,然后去吃午饭。那么你呢,”他看了一眼乞乞科夫,说道,“你是不是愿意在我们这儿吃午饭?”

“阁下,只要……”

“不必客气!谢天谢地,让人吃饱肚子还是毫无问题的,白菜汤总还是有的。”

乞乞科夫迅速伸出双手,激动地和毕恭毕敬地弯下腰低垂下头,此时房间里的东西他一概看不见了,他只看见他的半高鞫皮靴的尖头。他这样的姿态维持了一会儿,当他抬起头来的时候,他已经看不见乌琳卡了。她已经离去了。乌琳卡站过的地方,现在站着一个身体壮实的大胡子侍仆,他手里端着银水盂和脸盆。

“我当着你的面更衣,你不介意吧?”

“阁下,您不仅可以当着我的面更衣,也可以做您乐意做的其他事。”

将军脱去睡袍,挽起衬衫的袖子,开始洗脸。他呼哧呼哧地洗着,脸盆中的水四处飞溅着,就像鸭子戏水。肥皂水溅得满屋子都是。

“人们都喜欢听好听的,”他边说,边用毛巾转圈儿擦着自己的脖子,“抚摸抚摸他吧!要知道,没有鼓励,也就没有侵吞公家财物的行为了!哈,哈,哈!”

乞乞科夫的心情特别好,他突然产生了一个念头:“将军是一个性格开朗、心地善良的人,我是不是可以试探一下呢?”他心里这样想,这时他看见侍仆拿着水盂出去了,他就大声说道:

“我向您提一个大的请求。”

“阁下，因为您对任何人都是仁爱为怀，都是关心备至，我向您提一个大的请求。”

“什么请求？”

乞乞科夫往周围看了看，然后说道：

“阁下，我有个年老体衰的叔父，他有三百农奴和两千俄亩土地，除了我，没有别人继承他的财产。他由于年老体衰，已经无力管理田庄，可是他又不肯把田庄交给我管理。他提出的理由也很怪，他说：‘我不了解我的侄子，他可能是个挥霍无度的人。他必须用事实证明，他是一个可以信赖的人，他必须经过自己的努力，首先手中能握有三百个农奴，到那时，我才能把自己的三百个农奴交给他。’”

“这话怎么说的，他这人傻呀？”将军说道。

“他要是傻，这只是他个人的事。但是阁下，他的事跟我有关。他身边有一个管家婆，而管家婆有一群孩子，瞧着吧，他的财产总得落到这群孩子手中。”

“该怎么说他呢，这个糟老头子真是昏聩到了极点，”将军说道，“可是在这件事情上，我怎么帮你呢？”将军诧异地看着乞乞科夫说道。

“我想出一个办法。如果您能把您已经死去的农奴当做活农奴转到我的名下，然后我们签一个买卖契约，我就可以把买卖契约交给老头子，他就会把财产移交给我了。”

将军突然爆发出一阵大笑，笑得都站不住了，于是顺势倒在椅子上。恐怕没有人像他这样笑过。他把头仰在椅背上，笑得上气不接下气。他的笑声惊动了全家人。侍仆很快就赶来了。女儿也惊恐万状地跑来了。

“父亲，你怎么了？”女儿惶恐地问道，并困惑不解地看着父亲。

但是将军好长时间说不出话来。

“没什么，我的好女儿，没什么，回你的房间去吧。我们马上要吃饭了。你放心吧！哈，哈，哈！”

将军笑得好几次喘不上气来，他洪亮的笑声从前厅一直响到后厅。

乞乞科夫很是不安。

“这个叔叔呀，受人捉弄，真的要当傻瓜了！哈，哈，哈！老头子到手的不是活农奴，而是死农奴！哈，哈！”

“又来了！”乞乞科夫心里想，“笑上个没完了。”

“哈，哈！”将军继续笑着说道，“老头子真是个蠢驴，竟然想出这么一招：‘先要求拥有三百农奴，然后才交出三百农奴！’难道他还不是蠢驴吗？”

“阁下，他是蠢驴。”

“你也够鬼的，你打算用死农奴去糊弄老头子！哈，哈，哈！我真想亲眼看一看你是怎样把买契放在老头子眼皮底下的。他怎么样？看起来是不是很老了?”

“八十岁了。”

“不过还能活动吗？精神还好吗？他的身体应该是很结实的,因为他身边有个管家婆照顾他。”

“谈不上结实了,他已经老态龙钟了。将军阁下!”

“他真是个傻子,你说对吧?”

“阁下,他是个傻子。”

“他还经常出门吧？还经常出入社交界吧？腿脚还利落吧?”

“行动还行,但是已经有困难了。”

“地地道道的傻瓜！但是身体还壮实吧？牙齿没掉吧?”

“就剩下两颗牙齿了。阁下。”

“真是一头蠢驴。老弟,你不要生气……虽说他是你的叔叔,可他还是一头蠢驴。”

“阁下,他是一头蠢驴,虽说他是我的叔叔,我这么说他心情也不好受,可是有什么办法呢!”

乞乞科夫根本是在撒谎,他这么说他叔叔,并没有什么不好受,更何况他根本就没有这样一个叔叔。

“那么阁下,请把您的死农奴卖给我吧!”

“就是说把那些死农奴通通转让给你？你的想法不错,那我就把土地和住房一并都转让给你！连同墓地你也一块儿买去！哈,哈,哈！这个老头子呀真傻！哈,哈,哈！世上竟然有你叔叔这样的傻瓜！哈,哈,哈！……”

将军的笑声又重新响彻在将军府第的前厅后厅。

第三章

“如果科什卡列夫确实是个疯子，这并非坏事。”乞乞科夫说道。他的马车又出现在一片广阔的田野上，四周的一切都消失得无影无踪了，只剩下天空和天空中的两朵白云。

“谢利凡，你问清楚了没有，到科什卡列夫上校家到底怎么走？”

“您都看见了，我整天围着马车忙得团团转，哪有时间去问路呢！不过彼得鲁什卡问过车夫了。”

“你呀，真不中用！我说过，彼得鲁什卡又蠢又糊涂，什么事都别指望他，他经常喝得烂醉如泥，说不定现在还没有从酒醉中醒过来呢。”

“你们太小看人了！”彼得鲁什卡半转过身斜着眼睛说道，“这还不容易，从土岗上一直下去，穿过一片草地就到了。”

“你没喝别的酒，就喝了点酸酒？真不简单，太好了！你呀，真了不起，你快轰动欧洲了！”乞乞科夫边说，边用手摸着自己的下巴，心里想：“受过教育的文明人和没有受过教育的下人，他们之间的差别太大了。”

马车开始下坡了，牧草和刚栽上的一大片山杨树林展现在眼前。

舒适的马车轻轻地摇晃着，慢慢悠悠地朝坡下驶去，它驶过一盘盘水磨，跨过一座座木桥，最终驶上一条软绵绵的高低不平的土路。幸亏一路上没有遇上一个土包，没有遇上一个草头墩子，要不然总得把老爷颠个够呛！远处出现一片沙地，沙地边上种着一排柳树、赤杨和白杨，它们迅速从马车旁掠过，它们的枝条时不时地抽打在谢利凡和彼得鲁什卡的身上，经常就把彼得鲁什卡的帽子刮掉了，惹得这位火暴脾气的仆人常常从驭座上跳下来，骂上一顿树，再骂上一顿栽树的人，但是他并不打算把帽子上的带子系紧，也不想用手把帽子扶住，只是希望今后不要再有这种事情发生。在这些树的中间很快又栽上了白桦和云杉，结果形成了根连着根、树挨着树的盘根错节的景观。林中还生长着绿色的沼地草和黄色的郁金香。无边无际的林子看起来黑压压一片,好像夜幕即将降临。突然有一片亮光一闪一闪的,仿佛一面明亮的镜子。树木逐渐稀疏起来,亮光越来越强劲。一片湖水出现在他们面前,湖面的直径足有四公里。湖的对岸散落着许多用圆木筑成的农舍,原来那是一个村庄。从湖水中传来喧闹的声音,有二十多人站在湖水中,湖水没到了他们的腰部、肩部、颈部,他们扯着一张大鱼网,朝对岸移动过去。这时候,发生了一件意外之事:一个大胖子和鱼一起被渔网缠住了。这个大胖子横着躺下和竖着站起来一样高,他活脱脱像个大西瓜,或是像个大木桶。他怎么也松不开渔网的缠绕,于是他放开嗓门儿大喊大叫道:“丹尼斯,你真是个笨蛋,你把网绳交给科济马吧!科济马,你接过丹尼斯手中的网绳!你们不要挤在一起。大福马,你到小福马那儿去!你们这些鬼东西,我说话你们又不听,你们准得把渔网扯破。”看来大胖子并不担心自己会被淹,因为他不可能沉到水底,由于他肥胖,即使他想潜入水底,也潜不下去,水会把他托到水面上。如果在他背上坐上两个人,他就像浮力很大的气囊,也会浮在水面上,只不过多换几口气,多呼出一些气泡而已。但是他最担心的是千万别把渔网扯破,千万别让鱼儿逃走。除了水里的人,岸上还站着好几个人,他们抛下绳索,用力拽胖子。

从湖水中传来喧闹的声音,有二十多人站在湖水中,湖水没到了他们的腰部、肩部、颈部,他们扯着一张大鱼网,朝对岸移动过去。

“他一定是上校科什卡列夫老爷。”谢利凡说道。

“你怎么知道的?”

“你们注意到了没有,他的皮肤比别人白,他腰圆膀宽,四肢粗壮,一看就是位老爷。”

就在这时,被网缠住的老爷已经快被拽上岸了。他感觉脚能够得着河底了,就马上站了起来。这时,他看见从斜坡上下来一辆马车,马车里坐着的正是乞乞科夫。

老爷淌着水走到岸边,他的身子仍然被渔网缠绕着,他刚捕到的鱼也给他抱过来了,他大声喊道:

“吃午饭了吗?”

他的一只被渔网缠住的胳膊很像夏天里的太太戴着网眼手套的胳膊;他的一只手搭在眼睛上遮住阳光,另一只手按住下边的衣裤,颇有点像古希腊神话中的爱神维纳斯浴后的风姿。

“还没有呢!”乞乞科夫说着用手拿起帽子,从马车上点头哈腰地打着招呼。

“那就得感谢上帝啦!”

“怎么回事?”乞乞科夫好奇地问道,手中的帽子仍然没有戴到头上。

“是这么回事。小福马,你放下渔网,把鲟鱼从盆里抱起来!笨蛋科济马,你去帮把手!”

两个渔夫从盆里把一个怪物的头抱起来。

“瞧呀,这家伙个儿真不小!它是从江中溜达到湖中来的!”胖老爷大声说道,“到我家去吧!车夫,顺着马路往下走,穿过菜园子。大福马,快往前跑几步,把隔离板挪开!”“他给您带路,我马上到。”

长腿大福马像过去一样,赤着脚,光脊梁穿一件衬衣,赶在马车前,跑过整个村子(村子里家家户户房屋的墙上都挂着渔网和鱼篓,这里的庄稼人都是打鱼的),然后把菜园的隔离板挪开。马车穿过菜园,来到离村教堂不远的广场上,教堂那边的远处,可以看到老爷住宅的屋顶。

“这个科什卡列夫,真是一个古怪的人。”乞乞科夫心里想。

“这儿就是我的家!”一个人从旁边说道。乞乞科夫扭头一看,胖老爷已经和他并排走着了。老爷上身穿一件草绿色土布双排扣束腰衫,下身穿一条黄色裤子,脖子里没有扎领带,颇有点希腊神话中爱神丘比特的风度。他侧身坐在马车里,他的身子把整个马车都占满了。乞乞科夫本来还想跟他说点什么,可是转眼间胖子已经不见了踪影。他的马车又来到刚才网到鱼的地方。又听见他的声音:“大福马和小福马,科济马和丹尼斯!”当乞乞科夫的马车驶到住宅的门廊跟前时,使他大为惊讶的是,胖

老爷淌着水走到岸边，他的身子仍然被渔网缠绕着，他刚捕到的鱼也给他抱过来了……

老爷已经在门廊上等候着他的到来,并把他一把揽在怀中。他的行动如此神速,真是不可思议。他们二人按照俄罗斯古老的习俗,互相亲吻了三次。胖老爷属于那种旧派人物。

“我带来了将军阁下对您的问候。”乞乞科夫说道。

“哪一位将军阁下?”

“别特里谢夫将军阁下,他是您的亲戚!”

“别特里谢夫是什么人?”

“别特里谢夫是位将军。”乞乞科夫有几分惊讶地回答说。

“我不认识他。”主人同样惊讶地说道。

乞乞科夫觉得太不可思议了。

“怎么会是这样呢? ……我原以为站在我面前的一定是科什卡列夫上校,我现在正在跟科什卡列夫上校交谈呢!”

“您弄错了。这里是我的家,而不是科什卡列夫上校的家。我叫佩图赫。”主人说道。

乞乞科夫愣住了。

“怎么搞的?”他冲着两个仆人说道。这时两个仆人一个坐在驭座上,另一个站在马车的车门旁,他二人也都张着嘴、瞪着眼发起呆来。“你们怎么搞的? 都是些笨蛋! 你们不是说我们是到科什卡列夫上校家去吗? ……可这儿是佩图赫家……”

“年轻人干得不错! 到厨房去吧,那儿会招待你们一人一大杯伏特加,”佩图赫说道,“把马卸了套,到下房歇着去吧!”

“我真不好意思,这个错误太意外了……”乞乞科夫说道。

“这算什么错误! 您先品尝品尝午饭的滋味,然后您再说这是不是一个错误! 请吧!”佩图赫说着挽住乞乞科夫的胳膊,一起走进房子里边去了。从里边迎着他们走出来两个年轻人,他们都穿着夏装双排扣束腰衫,都是细高挑个儿,比父亲高出许多。

“这是我的孩子,都上中学了,现在学校放假……尼古拉,你陪客人坐一会儿,阿列克萨,你跟我来。”主人说着走出去了。

乞乞科夫同尼古拉攀谈起来。看来尼古拉将来也成不了什么气候。他一开始就对乞乞科夫说,在省立中学学习一点好处也没有,他和弟弟想去彼得堡,因为在外省住着一点意思也没有……

“我明白了,”乞乞科夫心里想,“最后还是归结到吃喝玩乐上……”

“你父亲的庄园经营得怎么样?”他问道。

“典当出去了,”说这话的是他的父亲,因为他父亲已经回到了客厅,“都典当出去了，”

“糟糕，”乞乞科夫心里想，“要不了多久，一块土地也剩不下了，需要赶紧下手。”

“实在没有必要，”他表现出同情的样子，说道，“典当的事办得太急了。”

“无所谓，”佩图赫说道，“人们都说，把土地典当出去，很划算。大家都典当，我干吗要落在别人后头呢？再说了，在这儿也住腻了，不妨搬到莫斯科住一住。儿子们也一再要求，他们想到京城受教育。”

“这人真愚蠢！”乞乞科夫心里想，“他会把家当都折腾光，他会把子女培养成挥金如土的败家子。庄园也还不错。农民的生活也还说得过去，他们的生活过得挺好。不过整天下饭馆，整天看大戏，这受的是什么教育，真是见鬼了！像他这样的愚夫，还是待在乡下好。”

“我知道您在想什么。”佩图赫说道。

“您说我在想什么？”乞乞科夫不好意思地问道。

“您一定认为：‘这个佩图赫是个愚蠢的家伙，请人来吃饭，可是还不见饭菜的影子。’老兄，饭菜快准备好了，大概需要一个短发小姑娘编好辫子的时间，饭菜就准备好了。”

“爸爸，普拉把诺夫来了！”阿列克萨看着窗外说道。

“他骑着一匹枣红马！”尼古拉往窗外弯了一下身子，接着阿列克萨的话说道。

“在哪儿？在哪儿？”佩图赫走到窗口跟前，大声问道。

“这个普拉把诺夫是什么人？”乞乞科夫问阿列克萨。

“普拉把诺夫是我们的邻居，他人很好，很出色。”佩图赫说道。

就在这时，普拉把诺夫走进了房间，他人长得很英俊，身材匀称，一头的淡褐色卷发，乌黑的眼睛。跟着他进来的是一条凶悍的肥头大耳的狗，狗的名字叫亚尔布，它脖子上的铜圈发出哗啦啦的响声。

“吃饭了吗？”主人问道。

“吃过了。”

“您是不是看不起我呀？您既然吃过饭了，干吗还来找我？”

客人笑着说道：

“我说句宽慰您的话吧，我什么也没有吃，一点胃口也没有。”

“我今天捕到了很多鱼，您要能亲眼看一看那壮观的场面就好了。一条大鲟鱼自己闯进了渔网！还捕到很多鲫鱼，很多鲤鱼，个头都不小！”

“听您说得这么热火朝天，我怎么就高兴不起来。您为什么总是这么高兴？”

“有什么必要整天愁眉苦脸的？实在没有必要！”主人说道。

“是没有必要，但就是高兴不起来。”

“那是因为您吃得太少了。您试着美美地吃上一顿饱饭。郁闷这两个字不知是谁最近才发明的，以前人们从来不知道郁闷。”

“行了，别说大话了！好像您从来没有郁闷过！”

“从来没有！我根本不知道什么叫郁闷，也没有时间郁闷。每天早晨一醒来，厨师马上就来了，我需要吩咐午饭吃什么。然后是喝茶，过一会儿管家来了，过一会儿又该去捕鱼了，过一会儿又该吃午饭了。午饭后，连个盹儿都来不及打，厨师又来了，又需要吩咐晚饭吃什么。哪里还有时间郁闷呢！”

在谈话的过程中，乞乞科夫一直关注着来客。他那英俊的面庞，他那匀称的身材，他那生动的青春年华，他那坦诚的性格和纯真的气质，都使乞乞科夫大为赞叹。他的脸上从未流露出贪欲、痛苦，甚至激情和不安。他的脸光滑亮堂，但同时也缺少活力。他的脸始终表现得那么沉寂，只有它露出讥讽的笑容时，才显示出些许活力。

“如果让我说，”乞乞科夫说道，“我也不能理解，因为从外表看，您和郁闷怎么也联系不到一起。当然了，如果手头拮据，或者是遇到仇人（有时是会遇到的），他们往往会置你于死地……”

“您信不信，”客人打断他的话说道，“为了使生活不至于太单调，我有时甚至希望生活中发生什么意外的事来使我的情绪失控。比如有人寻机会有意气我……可是这样的事没有发生过，所以我的生活始终是在郁闷中度过的。”

“是不是因为您觉得您的土地太少，您的农奴也太少？”

“不是因为这个。我和弟弟总共有一万亩土地，我们拥有一千多个农奴。”

“那就奇怪了，那我就更不理解了。是不是因为庄稼歉收，疾病流行？是不是因为男性农奴死得太多？”

“都不是，农庄管理得井井有条。我弟弟是个精明强干的主人。”

“那您还郁闷什么，这我就不明白了。”乞乞科夫说着耸了耸肩。

“那就让我们立刻把这郁闷赶走吧，”主人说道，“阿列克萨，快跑上几步，到厨房去，告诉他们快把馅儿饼端上来。马大哈和骗子到哪里去了？为什么还不上冷盘儿？”

这时门开了。马大哈和骗子走了进来，他们给餐桌铺上台布，把一个托盘放在餐桌上，托盘里放着六只盛着不同颜色露酒的长颈酒瓶。在托盘周围很快就摆了一圈盘子，盘子里盛的都是各种诱人的美味佳肴。侍仆们麻利地来回走动着，不断地端上来加了盖子的盘子，从盘子里不停地传出来牛油发出的吱吱的响声。马大哈和骗子的工作干得很出色。给他们起外号只是为了勉励他们。老爷并不是那种随意骂人的人，老爷是个大善人。不过俄罗斯人喜欢冷嘲热讽，就如同需要喝一杯伏特加酒有助于肠胃消化一样。有什么法子呢？这是俄罗斯人的天性，他们不喜欢任何寡淡无味的东西。

冷盘之后是正餐。一向善良的主人现在变得非常霸道。他只要发现谁的盘子里只剩一块烤肉了，他马上给其添上第二块，嘴里还念念有词地说道："无论是人，还是鸟，都是成双成对活在世上。"如果谁的盘子里剩下两块烤肉，他马上给其添上第三块，并且嘴里还念念有词地说道："'二'算个什么数字，上帝喜欢'三'。"当客人的盘子里剩下三块烤肉时，他又有话说了："哪有三个轮子的马车？谁造出过三个墙角的房子？"对"四"他也有说法。对"五"他还有说法。乞乞科夫一连吃下差不多十二块烤肉，他心想："现在主人想不出什么新花样了吧。"可是事情完全出乎他的意料，主人一句话没有说，把一串小牛的通脊肉放到他的盘子里。肉是串在铁杆上烤制而成的，铁杆上除了串着小牛肉，还串着牛肝和牛腰子。

"这头小牛我用牛奶整整喂了它两年，"主人说道，"我照料它就像照料自己的孩子一样尽心尽力！"

"我吃不下了。"乞乞科夫说道。

"您试着先吃上几口，然后再说吃不下！"

"胃里没有地方了，容纳不下了。"

"您知道吗，有一回教堂里挤得水泄不通，也说没有地方了，可是县警察局长一到，就有地方了。可是原先挤得人挨人，连一只苹果都没地方掉呢。您试着吃上几口，就把这串肉当做是警察局长。"

乞乞科夫试着吃了几口，果然把这串肉吃下去了。这串肉就如同警察局长，在乞乞科夫的胃里找到了自己的位子，可是乞乞科夫原来还说，他的胃里没有容纳这串肉的地方呢。

"这样一个人，还能去彼得堡或莫斯科？像他这样好客的人，像他这样慷慨大方的人，到了那里，就会把过不了三年，兜儿里的钱花个精光！"也就是说，他还不知道，现在的情况和过去大不相同了，即使你不慷慨待客，你的钱可不是过不了三年，而是过不了三个月，就会花得分文不剩。

主人不断地往客人杯子里斟酒。客人根本喝不下这么多酒，结果全让阿列克萨和尼古拉代喝了，弟兄二人咕嘟咕嘟地把酒一杯接着一杯灌进肚里。从这种情况可以预料，弟兄二人到了京都彼得堡后，会把精力投向人类生活的哪一部分，就可想而知了。客人们实在坚持不住了，他们摇摇晃晃地来到阳台上，摸了把椅子坐下来。主人一屁股坐到他那把可容纳四个人坐的椅子上，立刻睡着了。他那肥胖的身躯立刻变成了炼铁炉上的风箱，各种各样的音响从他张开的口中，从他鼻孔中，传送出来。这些音响是一个新派作曲家很难想象出来的，其中有鼓声，有笛声，还有一种时断时续像狗叫一样的汪汪声。

"听，他又开始演奏了！"普拉托诺夫说道。

乞乞科夫笑了。

"当然喽，如果吃了睡，睡了吃，郁闷从何而来？您说对不对？"

"对呀！不过我还是不理解，一个人怎么会郁闷呢！克服郁闷的办法多得很。"

"什么办法？"

"如果是年轻人，那办法多得很。比如可以跳舞，可以学一种乐器，再不然，还可以结婚。"

"跟谁结婚？"

"好像你周围连一个漂亮的富有的姑娘都没有似的？"

"是没有。"

"可以到别的地方去找嘛。"乞乞科夫一向善于想象。他说道："有一个很好的办法。"他这话是冲着普拉托诺夫说的。

"什么办法？"

"旅行。"

"到什么地方去旅行？"

"如果您有时间的话，请跟我一块儿走吧。"乞乞科夫说道，他心里暗自盘算着："这多好啊，花销可以由我们二人均摊，马车的修理费可以由他负担。"

"您打算到哪儿去呢？"

"我出行主要还不是出于我自己的需要，主要是受朋友的委托。别特里谢夫将军是我的好朋友，也可以说他是个大善人，他请求我看望几位亲戚……当然喽，看望亲戚归看望亲戚，不过这种走亲串戚的活动对我来说也大有好处，因为我可以多见见世面，可以接触到各种各样的人，不管他们是干什么的，也不管他们说了什么。总之，这是一部活的生活教材，是一部相当重要的生活教材。"乞乞科夫一边说，一边心里想："这下就好了，一切费用都可以由他出，甚至马车上可以套他的马，这样我的马就可以留在他的庄子里，用他的草料喂养一段时间。"

"为什么不出去漫游漫游呢？"此时的普拉托诺夫心里想，"我在家里待着也是待着，田庄上的事有弟弟管着，因此我出门远行并无大碍，我干吗不出去漫游一趟呢？"

"您是否同意到我弟弟那里做客，待上两天？否则他不会放我走。"普拉托诺夫大声说道。

“那敢情好,待上三天也行。”

“好,那咱们就说定了！ 咱们走吧!”普拉托诺夫说道,他来情绪了。

他们相互拍了一下巴掌,说道:“我们走吧!”

“你们到哪儿去?”主人被吵醒了,两眼瞪着他们,大声问道,“两位老爷,走不了了！ 马车轮子已经吩咐卸下来啦。普拉托诺夫老爷,您的马也被卸了套,放牧到十五里以外的地方去了。你们今天再住一宿吧,明天早一点吃午饭,吃过午饭你们再动身。”

佩图赫的话不能不听呀,只好留下吧。不过这样一来,他们度过了一个春天里美丽而神奇的夜晚。这是大自然给予他们的馈赠。主人安排他们到水上去泛舟。十二名桨手划着二十四把桨,嘴里还唱着歌。游船载着他们在明亮如镜的湖面上飞速划过。他们的船顺着湖水划进一条广阔无垠的大河中,河的两岸分布着缓坡,游船经常碰上横在河面上用来捕鱼的网绳。河水不断地泛起涟漪。两岸的景色悄无声息地一幕接一幕出现在他们的视线中,一片片丛林交替闪过。他们欣赏着那些千姿百态的树。桨手们把二十四把桨突然同时用力划动了一下,然后把桨立刻举出水面,游船就像一只鸟,在平静的水面上,轻盈地向前漂去。坐在舵手后面第三个位子上的一个宽肩壮膀的小伙带头唱起了歌,他的声音纯净、嘹亮,把歌曲的引子唱得委婉动听,简直可以和夜莺的啼啭比美。随后五个桨手也跟着唱起来,又有六个桨手也加入到这大合唱中,他们高亢的歌声穿透夜空,传遍四方,传遍这辽阔广大的俄罗斯。佩图赫受到这歌声的感染,也兴奋起来了,当大家的歌声有点低沉时,他就帮腔吼上两嗓子,以增加歌声的力度。所以乞乞科夫感觉到,此人表现了俄罗斯人的个性。这时只有普拉托诺夫心里想:“这种悲凉凄婉的歌声能产生什么效果? 还不是使人的内心产生更大的郁闷。”

当他们的游船往回划时,天色已经很晚。在黑暗中,只听见船桨划水的声音,已经看不见天空在水中的倒影。他们摸着黑,把船停靠在岸边,岸上散落着一堆堆篝火,渔夫们正在三条腿儿的架子上用活鲈鱼煮鱼汤。庄子上的人都回家了,牲口和家禽都已经被赶回圈棚,它们扬起的灰尘也已散落在地上。牧人们都站在大门口,等着赏给他们一碗牛奶和邀他们分享鱼汤。在黑暗中还能听见嘈杂的人声,还能听到邻村的狗叫声。月亮已经升上天空,她开始照亮了四周的景物,最终照亮了整个大地。这是多么美妙的景色,但却无人欣赏。按说在这样美丽的夜晚,尼古拉和阿列克萨应该骑上剽悍的骏马,互相追逐嬉戏,可他们却没有这个兴趣,因为他们老是惦记着莫斯科,惦记着那里的糖果店和大剧院,最近从首都来的一位军校学生把那里的情况对他们说了个详细。他们的父亲现在心里所想的却是怎样款待客人。普拉托诺夫打起

主人安排他们到水上去泛舟。十二名桨手划着二十四把桨，嘴里还唱着歌，游船载着他们在明亮如镜的湖面上飞速划过。

了哈欠，犯起困来。乞乞科夫仍然精神饱满。“说实在的，赶明儿我也买上一处田庄！到时候我就会有老婆了，我就会有很多个小乞乞科夫了！”乞乞科夫心里美滋滋的。

晚饭时，大家又饱餐了一顿。当乞乞科夫走进安排他睡觉的房间，躺到床上时，他摸了摸自己的肚子，自言自语道：“简直像面鼓，什么样的市长也容纳不下了！”说来也很凑巧，隔壁就是主人的书房。墙壁很薄，那边说话，这边听得清清楚楚。主人正在吩咐厨师明天早餐吃什么。说是早餐，可是那菜赶得上午餐的水平了。主人一道道菜点下来，如果死人听见这些菜名儿，也会胃口大开的。

“馅儿饼要做成长形四角的，”他一边说，一边咂吧着嘴，“一个角里塞上鲟鱼的腮肉和鱼脊筋，另一个角里放一些荞麦糊、蘑菇、葱头、甜乳和牛脑，反正你认为还有什么要放的，尽管放进去……不过你记住，馅儿饼的一面要烤得又黄又焦，另一面要烤得软嫩，馅儿要结成团儿，不要散了，要烤得流油，要让它像雪一样吃到嘴里就化。”佩图赫一边说，一边吧嗒吧嗒地咂着嘴。

“馅儿饼要做成长形四角的。”他一边说，一边咂吧着嘴。

“真见鬼了，简直不让人睡觉。”乞乞科夫自言自语地说着。用被子把头蒙住，不想听隔壁说话，但是透过被子仍然能听见隔壁说话的声音：

“鲟鱼的肚子里要放上甜菜丁、脱脂乳、蘑菇、萝卜、胡萝卜和豆子，要多弄几个配菜，至于用什么做配菜，这你当然知道。往猪肉馅儿里放点冰，让馅儿膨胀起来。”佩图赫还继续点了许多菜。只听见:“要煎焦,要烤透,要煮熟!”乞乞科夫一直听主人说到火鸡的时候,才入睡。

到了第二天,普拉托诺夫因吃得太饱,无法骑马上路。他的马让佩图赫的马夫牵到马圈去了。他和乞乞科夫一块儿乘马车走了。大头狗懒洋洋地跟在大车后面,因为连它也吃得过饱。

“这么个吃法也太过分了。”当马车驶出院门后,乞乞科夫说道。

“他倒一点也不难受,真不舒服!”普拉托诺夫说道。

“如果我和你一样,一年有七万卢布的进项,”乞乞科夫想,“我才不会郁闷呢。有个叫穆拉佐夫的承包商,他的进项少说也有一千万,这是一个多么大的数字啊!”

“咱们中途停一下怎么样,因为我想跟我姐姐和姐夫告个别。”

“好吧!”乞乞科夫回应道。

“如果您对经营田庄感兴趣的话,”普拉托诺夫说道,“您一定喜欢同他结识。你很难遇到像他这样能干的庄园主。他用了十年的时间把田庄的收入由三万卢布提升到二十万卢布。”

“啊,真了不起,他真是一位可敬的人!跟这样的人结识一定大有益处。他的尊姓大名?”

“他姓科斯坦若格洛。”

“他的名和父名怎么称呼?”

“康斯坦丁·费奥多罗维奇。”

“那他的全名就是康斯坦丁·费奥多罗维奇·科斯坦若格洛。很高兴和他认识。认识这样的人是大有好处的。”

普拉托诺夫给谢利凡指引着前行的路线。这很有必要,因为谢利凡在驾驶座上老是东倒西歪地坐不稳。彼得鲁什卡曾两次从驾驶座上栽下来,倒在地上,最后不得不用绳子把他绑在驾驶座上。“这两个畜生,醉成这个样子!”乞乞科夫只是嘴里不停地骂。

“您看,从这儿开始,就是科斯坦若格洛的土地了,”普拉托诺夫说道,“这里完全是另一番景象。”

确实如此,田里种的全是树,一棵棵树枝叶繁茂,枝干挺拔。这里的树林整齐划一,一片林子挨着一片林子,先是幼树林,然后是老树林,中间地带仍然被茂密的树覆盖,然后又是幼树林,又是老树林,一眼望去,这些林子错落有致,生长有序。他们三次从树林中穿过,就像穿过厚实的高墙。

“他的这些树只用了八年或十年的时间就成林了,如果由别人管理,恐怕用二十年也成不了林。”

“他是怎么做到的?”

“您问他本人吧,无效益的事他是不会干的。他是个地理学家,他对土壤的品质了如指掌,他知道在什么庄稼旁边需要种什么树。他无论采取什么举措,总要让它达到一举三得甚至一举四得的目的。他种树除了为生产木材以外,还为了给农田增加水分,还为了让落下来的枯叶变成土地的肥料,还为了树能产生阴影。当周围的土地发生干旱时,他的土地不会干旱,当周围的庄稼歉收时,他的庄稼不会歉收。他的办法可真多,一套一套的,可惜我知道得不多,不能给您说个详细……大家给他起了个绰号,都叫他魔法师。”

“此人真了不起,”乞乞科夫心里想,“可惜的是这个年轻人只了解一些皮毛,深层次的东西他就讲不出来了。”

终于看到了村庄。村庄像个城市,无数的农家木屋分布在三个高地上,每个高地上耸立着一座教堂,到处是大堆大堆的干草垛和麦秸垛。乞乞科夫心里想:“这儿的主人够得上农业巨头了。”房舍很坚固,道路都很平坦;无论什么地方有大车停着,这大车肯定是又新又结实;庄稼人的脸上都透着精明;牲畜都是优良品种,连农家养的猪看上去都显得高贵。很明显,正像歌中唱的,这里的农民过的是掘金挖银的生活。这里没有精心建造的英国式的花园和草坪。按照老的传统,一条大道直通老爷的宅第,谷仓和各种作坊分布在大道两旁,老爷一眼就可以看到这些地方工作的情况。除此之外,在宅第的上方还吊了一盏灯,它可以照亮周围十五里开外的地方。门廊下面有几个仆人,他们行动麻利,和老是喝得醉醺醺的彼得鲁什卡相比,大不一样,虽然他们并没有穿什么礼服,只是穿着一种哥萨克人常穿的那种家造粗呢褂子。

女主人亲自来到门廊上。她脸色润泽,白里透红。她很漂亮,长得很像她弟弟,二人好像是用一个模子刻出来的。他们的区别只在于她乐观,健谈,一点也不像她弟弟,她弟弟却老是萎靡不振的。

“你好,弟弟!见到你我真高兴!科斯坦若格洛不在家,不过他很快就会回来。”

“他到哪儿去了?”

“他去村子里了,和几个买主谈生意。”她边说,边把客人领进屋子。

乞乞科夫怀着极大的好奇心仔细观察着这所住宅,因为这是有着二十万进项的不平凡的人的住宅,他想透过主人的住宅发现主人的特点。就像根据贝壳的情况来判断曾经在贝壳里栖居过并留下自己印迹的牡蛎和蜗牛的形态一样。但是,没法儿做出任何判断,因为所有的房间布置得都很简单,甚至没有什么摆设和装饰。既没有水彩画和油画,也没有青铜器和鲜花,更没有摆放瓷器的多宝橱,甚至连书也没有。

总之一句话，这里的主人绝不是仅仅生活在这四堵高墙包围的房间里，而且生活在田地里。他的思想也不是当他舒舒服服地坐在壁炉前的安乐椅上时，在他脑子里产生的，而是当某个事件发生他又亲历其中时，就在他的脑子里应运而生，并付诸实践。乞乞科夫在房间里只能看到这里的家务全由妇女操持。比如桌子上和椅子上放着一些干净的木板，木板上晾着许多准备晾干的花瓣儿。

“姐姐，你晾这些东西干什么？”普拉托诺夫问道。

“这些东西可有用呢！”女主人回答说，“它们是治疗疟疾最好的药。去年我们就是用这种花瓣治好了所有庄稼人的疟疾。这些是用来做露酒的，这些是用来做果酱的。你总是嘲笑我们熬制果酱，嘲笑我们腌制咸菜，可是当你吃到这些东西时，往往又赞不绝口。”

普拉托诺夫走到钢琴旁，伸手弹了几个音。

“啊呀！老掉牙的钢琴了，还留它干什么！”他说道，“姐姐，你也太那个了！”

“唉，弟弟，我也没有必要辩解，我根本没有时间弹琴。我女儿已经八岁了，我要把她教育好。如果我还要抽时间搞点音乐，那就必须把女儿交给家庭教师管。但是弟弟，我不会这么做的，这你要理解。”

“姐姐，这样一来，你的生活太单调了！”弟弟说着，走到窗户前。“瞧，他回来了！”普拉托诺夫说道。

乞乞科夫也赶紧走到窗前。一个四十开外的人朝门廊走来，他显得很有朝气，皮肤晒得黝黑，穿一件驼毛呢外套。他这人从不考虑自己的衣着。他头戴一顶呢绒便帽。他身旁跟着两个人，是下层人，他们一边一个，走到他身边，摘下帽子，和他说着什么。其中一个是普通的庄稼人。另一个是外来的商贩，他穿一件蓝外套，是个奸诈的家伙。因为他们老是站在门廊旁说话，所以屋子里的人能听到他们在说些什么。

“最好的办法是，你们先到你们老爷那儿去赎身。我可以借给你们钱，之后你们给我干活，用你们的劳动抵偿债务。”

“科斯坦若格洛老爷，我们干吗要赎身呢？您把我们买下来不就行了。不管谁，到了您这儿，都会变得聪明起来。像您这样聪明的人世上少有啊！现在最大的问题是我们无法自我保护。现在酒馆里卖的都是劣质酒，一杯喝下去，肚子就像针扎似的痛，恨不得喝上一桶凉水。往往是人还没有反应过来呢，手里的钱就都花光了。诱惑人的东西太多了。这世界总是让魔鬼给搅和坏了。庄稼人好像着了魔似的，都往邪道上走，吸烟的，喝酒的……科斯坦若格洛老爷，您说怎么办？人哪，要想管住自己，很不容易。”

“你们听我说，问题是你们在我这里也没有自由。当然了，一开始我什么都会给你们，可以给你们牛，可以给你们马，不过我对庄稼人的要求跟别的地方比没有什么两样。到了我这儿，头一条就是必须干活，不管是给我干，还是给你们自己干，反正我不允许任何人整天无所事事待着。我自己也在拼命地干活，庄稼汉也一样。老弟，我可是有亲身体会，一个人如果不干活，邪门歪道就会侵入他的思想。关于这个问题你们一起考虑一下，商量一下。”

“……老弟，我可是有亲身体会，一个人如果不干活，邪门歪道就会侵入他的思想……”

“科斯坦若格洛老爷，这个问题我们已经商量过了。老人们都说，在您这里干活的庄稼人都富起来了，这话可不是凭空说的。这里的神甫都如此富有怜悯心，可是在我们那里，神甫都被派去当差了，人死了，都无人操持葬礼。”

“你还是回去吧，多和别人谈谈。”

“好吧！”

“科斯坦若格洛老爷，您费心了，还是把价钱降一降吧！”走在另一边穿蓝色外套的外来商贩说道。

“我已经说过了，我不喜欢讨价还价。你们总是在地主应该还清银行贷款的期限到来时，去买地主的东西。我可不是这样的地主，我和这样的地主不一样。我了解你们，你们手中都有一个名单，上面记载着谁应该在何时偿还贷款。这一点也不奇怪，因为他急需用钱，你出半价买他的东西，他也肯卖。而我就不然了，我并不等着钱用。我的东西即使三年不出手，也无所谓，因为我不欠银行的贷款。”

“科斯坦若格洛老爷，您说得很对。我只是为了今后和您保持联系，不是为了获得利益。这三千卢布是定金，请您收下。”商贩从怀中掏出一叠沾有油污的钞票。科斯坦若格洛冷漠地接过钱，也没有点数，就塞进外套的衣兜里。

“啊呀，就像往衣兜里塞进一块手绢。”乞乞科夫心里想。

科斯坦若格洛出现在客厅的门口。他那黝黑的脸庞，他那粗硬的花白头发，他那炯炯有神的眼睛，他那充满朝气的面貌，都给乞乞科夫留下深刻印象。他不是纯俄罗斯人。他自己也不知道他的祖先是从什么地方移居过来的。他没有考察过自己的家族史，他认为这和自己管理田庄没什么关系。他甚至相信，他是地地道道的俄罗斯人，因为他除了懂俄语，什么语言都不懂。

普拉托诺夫把乞乞科夫介绍给科斯坦若格洛，于是他们互相拥抱在一起，互相亲吻了一番。

“我决定到各省去走走，看看，”普拉托诺夫说道，“借此机会排解一下心中的郁闷。乞乞科夫建议我同他一块儿走。”

“那太好了。”科斯坦若格洛说道。“你们打算去哪些地方？”他和蔼地冲着乞乞科夫说道，“眼下你们去哪儿？”

“坦率地说，”乞乞科夫把头侧向一边，同时用一只手抚摸着圈手椅的扶手，说道，“我这次外出暂时还不是出于我自己的需要，而是出于我的好友别特里谢夫将军的需要。别特里谢夫可以说是个大善人，他委托我代为拜访几位亲友。当然喽，亲友归亲友，不过从另一方面来说，对自己也有利，我可以多接触社会，可以广交朋友，这可是一次生动的学习机会，是一部活的教科书。”

“也不妨到别的地方看一看。”

“您的建议太好了，确实应该到别的地方看看。到了那些地方，一定会看到没有看到过的东西，也一定会遇到没有遇到过的人。有时别人的话往往比黄金还贵重，比如现在，就是个机会……尊敬的科斯坦若格洛，我正要向您求教呢，希望能得到您的教诲，希望您能用您的真知灼见浇灌我这干枯的心田。我企盼着您的珠玉之论，如大旱之望云霓。”

“但是我教您什么呢？……教您什么呢？”科斯坦若格洛很不好意思地说道，“我自己也是勉勉强强地受了点教育。”

“教会我们好的办法呀！好的办法！比如用什么办法管理农业生产？比如用什么办法才能获得可靠的收入？又比如用什么办法才能积攒起雄厚的而不是空头的资

金。如果把这些事情办好了，既履行了公民的义务，又赢得同胞的尊重。”

“这样吧，”科斯坦若格洛若有所思地看着他说道，“您在我这里待上一天，看一看我是怎么管理田庄的，我会毫无保留地把一切都展示在你的面前。”

“当然了，您必须留下来，”女主人说着又转过身去冲着弟弟补充说道，“弟弟，留下来吧，你又没什么重要的事情需要急着去办！”

“我无所谓，不知乞乞科夫觉得怎么样？”

“我也很乐意留下……不过有这样一个情况，就是别特里谢夫将军的一个亲戚，科什卡列夫上校……”

“这个人呀，这个人是个疯子。”

“是这样，他是个疯子。我本不愿意到他那里去，但是别特里谢夫将军是我的好朋友，可以说是一个大善人……”

“既然是这样的情况，”科斯坦若格洛说道，“那您就去吧，从这里到他那里不到十里的路程。我这儿有套好的马车。现在就可以动身。吃饭前，您就能赶回来。”

“好主意！”乞乞科夫说着抓起帽子。

他坐上马车出发了，将近半个钟头，他已经来到上校的田庄上。上校的田庄显得十分凌乱，原来这里正在大兴土木。大街上到处堆放着石灰、砖瓦和木料。有几栋房子已经完工，看起来不像是住房，很像公共用房。在一栋房子的门楣上方用金色大字写着“农具库房”，在另一栋房子的上方写着“会计处”，此外还有“田庄事务委员会”、“农村师范教育中学”。总之，从这些房屋的用途可以看出，田庄的公共设施还是很齐全的。

上校正坐在账桌前，嘴里咬着一支鹅毛笔。他很热情地接待了乞乞科夫，看样子他是一个和蔼可亲、遵循礼仪的人。他一看到乞乞科夫就侃侃而谈起来，他说，为了能使田庄走上今天繁荣富裕的道路，他花了不少心血，付出了艰苦的劳动。他不无遗憾地抱怨说，一个人如果受到艺术的熏陶，就能产生崇高的激情，要想把这个道理灌输给农民，实在是太难太难了。他说，直到现在，他也没能说服妇女们都穿紧身胸衣，可是在德国(一八一四年他随军队在那里驻扎过)，连磨坊主的女儿都会弹钢琴。他还说，没有文化，没有知识，这是农民的一个顽症，很难治愈，但是他一定要他们村子里的农民不仅会扶犁，而且也会读书，会读美国科学家富兰克林论述避雷针的书，会读古代罗马诗人维琪尔的《农耕诗》，或是会读《土壤的化学研究》。

“这样的要求未免高了点，”乞乞科夫心里想，“就我来说，一本《拉瓦利耶尔伯爵夫人》我至今还没读完，总没时间。”

上校就如何使人们富裕起来，谈了很多看法。他身上的这套西服就有着非凡的意义，他用脑袋担保 ，如果让半数的俄国农民都穿上德国式的裤子，科学就会繁荣起来，商业就会兴旺起来，俄国的黄金时代就会到来。

乞乞科夫仔细端详了一下上校，心里想：“看来，和此人不必再周旋下去了，还是开门见山的好。”于是他马上声称，他需要买一批农奴，为此需要订立过户契约，还需要完成其他手续。

“从您的话中我听出来了，”上校毫不犹豫地说道，“这件事需要申请，是不是?”

“是的!”

“既然是这样，那您就写一个申请书吧！申请书先交到收发室，收发室将申请书进行登记和编号后就交到我的手上，我把申请书再交到田庄事务委员会，田庄事务委员会再批转给总管，总管将会同秘书……”

“啊呀，手续这么繁琐!”乞乞科夫吃惊地大声说道，“这得拖多久呀！再说了，这种买卖怎么能写在纸上呢？这种买卖有其特殊性，因为买卖的农奴都是……死农奴。”

“那好呀，您在申请书上就写上买卖的农奴是死农奴。”

“把死农奴写在申请书上？不行！申请书上可不能这么写。这里是死人当活人买卖，农奴虽然已经死了，但必须让别人感觉到，这里买卖的是活农奴。”

“好吧，那您就这么写：‘需要或是希望让别人感觉到，这里买卖的是活农奴。’如果没有书面的东西，不经过一定的程序，这件事可办不成。英国，甚至拿破仑本人，都是榜样。我可以给您派一个向导，让他带您到各部门看一看。”

他摇响了呼叫人的铃铛，应声来了一个人。

“秘书，叫向导到我这儿来!”向导很快就出现在面前，他既不像农民，也不像办公务的人。“现在由他陪您到相关部门熟悉一下情况。”

乞乞科夫出于好奇，决定跟随这位向导到各部门走一趟。他们来到收发室门前，门的上方木板上写着收发室三个大字，可门是锁着的。收发室的主管赫鲁廖夫被派往新成立的田庄建筑委员会了，他的位子由侍仆别列佐夫斯基取代，但是别列佐夫斯基又被建筑委员会派去出差了。他们迈进了田庄事务部的门坎儿，发现里面正在装修。他们叫醒一个喝得酩酊大醉的人，可是从这个人的口中什么情况也了解不到。“您瞧我们这里有多乱，”向导终于对乞乞科夫说道，“大家都在愚弄老爷，都在欺骗老爷。我们这里的大小事情都得听建筑委员会的，建筑委员会说了算，它不让人干本职工作，把大家调来调去，想调哪儿调哪儿。我们这里，只有建筑委员会能赚到钱。”看样子，他对建筑委员会很不满。乞乞科夫也不想再接着往下看了。回来后，他对上校说，他都去了哪儿，都看到了什么，他说，他的田庄简直是乱糟糟一锅粥，这样的田庄不会产生任何效益，他还说，根本就没有什么收发室。

上校听了乞乞科夫讲的情况，非常生气，他紧紧地握住乞乞科夫的手以示谢意。他立刻拿出纸和笔，写了八条极其严厉的质问：建筑委员会怎么能擅自支配不属于它管辖的人员；总管怎么能允许收发室代理主任没有移交工作就外出调查；田庄事务委员会对于收发室的任意关门停业怎么能熟视无睹。

“哼，这又有什么用？”乞乞科夫心里想，他打算告辞后就走了。

“不行，我不让您走。现在，我的虚荣心在作祟，我一定要证明，建立起相互有关联的系列性机构，对于田庄的管理绝对有利。您的事我将托付给一个能干的人去办，他办事的效率超过所有的人，他是个大学毕业生。您看，我的农奴中，有才干的人不少……为了不浪费宝贵的时间，我恳请您在我的书房里稍坐片刻。”上校说着打开一扇侧门，“这里有书，有纸，有鹅毛笔，有铅笔……这些东西您尽管用，因为您是主人。文化的窗口应该向一切人打开。”

科什卡列夫上校说着把乞乞科夫带进藏书室。这是一间很大的房子，房子里从下到上放满了书，甚至还存放着许多动物标本。书籍一律分类摆放，有林业类图书，有畜牧业类图书，有养猪业类图书，有园艺类图书，还有许多专业类刊物，都是主人订阅的，但是这些刊物放在那里，好像没有人读过。乞乞科夫发现，这里所有的书都不是为了能轻松地消磨时间而读一读的书。他转身看另一个书柜，这个书柜更使他感到吃惊，原来里边放的全是哲学著作。一套六大卷的著作出现在他的眼前，这套著作的名称是：《思维领域探究》、《论同一性、综合性和本质》、《阐释社会生产率双重化原理》。乞乞科夫随便拿起一本书翻看着，但是不管翻到哪一页，满篇都是“表象”啦、“发展”啦、“抽象”啦、“封闭”啦、“密集”啦等等难懂的词语。“我对这方面的书兴趣不大。”乞乞科夫说道，然后他走到第三个书柜跟前，这里放着的都是艺术类书籍。他立刻抽出一本又大又厚的书翻看起来，里面有很多不大雅观的、充满神话色彩的图片。一些中年光棍汉喜欢看这一类图片，有些老头子也喜欢看，他们常常到芭蕾舞中，到香艳小说中，寻找刺激。翻看完这本书之后，乞乞科夫刚想抽出另一本同类的书看。这时，科什卡列夫上校手里拿着一张纸，喜形于色地走过来了。

“手续都办妥了！办妥了！我跟您提到过的那个人确实很能干，办事很果断。我将来一定要提拔他，让他的职位高于所有的人。为他一个人就需要设置一个部。您瞧瞧，他的脑子真灵，没有用多少时间，他就把问题都解决了。”

“谢天谢地了！”乞乞科夫心里想，他很想听一听关于他的事文件里是怎么写的。上校开始念道：

“我受阁下委托，经过认真考虑，现在不胜荣幸向您做如下报告：

……他很想听一听关于他的事文件里是怎么写的。上校开始念道……

第一,六品文官、勋章获得者乞乞科夫在他的申请书中不慎将纳税农奴误称为死农奴。这里所说的死农奴是指濒临死亡的农奴,而并非真正的死农奴。所以这称呼本身就说明,研究学问偏于经验主义,可能受教会学校的影响,因为灵魂是不朽的嘛。"

"这个鬼东西!"科什卡列夫停顿了一下,有点洋洋得意地说道,"他这是在讥讽您呢。不过不得不承认,他看问题还很尖锐!"

"第二,田庄上的所有农奴,包括濒临死亡的农奴,都毫无例外地抵押出去了,而且每个农奴还加了一百五十卢布,只有古尔玛依罗夫卡村除外,因为这个村子为了一块有争议的地段,正和地主普列季谢夫打官司呢,因此这里的农奴还不能擅自出卖,此项决定已公布在《莫斯科公报》第四十二期上。"

"这个情况您为什么预先不告诉我呢?我要是知道这个情况,我就不会在这里待到现在。"乞乞科夫气愤地说道。

"把事情用文字写在纸上,有什么不好?您可以通过书面的形式看到事情的方方面面，就会增强解决问题的自觉性。”

乞乞科夫也顾不得礼貌了，他气呼呼地抓起帽子，三步并做两步跑出房间，跑出大门。他这回可真是气极了。车夫和马车仍然等在大门口，马没有卸套，也没有喂料，车夫知道，要弄到马料，必须先写个书面申请，等到调拨马料的批文下来后，也已经是第二天了。尽管乞乞科夫如此粗鲁，如此失礼，可是科什卡列夫并没有计较，他仍然彬彬有礼地和客客气气地跟在乞乞科夫身后走出来了。他紧紧地握住乞乞科夫的手，把他的手贴到自己的胸口，一再地对他表示感谢。他说，因为他给他机会通过这件事看到办理手续的全过程，他说，训斥是非常必要的，因为一切事物都有惰性，管理的发条也会生锈，也会渐渐失去弹性，他还说，通过这件事，他有了一个好的想法，那就是需要建立一个新的委员会，这个委员会就取名叫监督建筑委员会的委员会，这样一来，谁也不敢从事偷窃活动了，谁也不敢侵吞公有财物了。

蜡灯早就点上了，乞乞科夫才怀着满腔的不满，怀着满腔的愤怒，回到普拉托诺夫的姐姐家。

“您怎么这么晚才回来？”当乞乞科夫出现在门口时，科斯坦若格洛问道。

“您在他那儿待了这么久，都跟他谈论什么了。”普拉托诺夫问道。

“我有生以来还没有见过这么愚蠢的人。”乞乞科夫说道。

“这还不算什么，”科斯坦若格洛说道，“科什卡列夫是一个供人们寻开心的人。我们需要这样的人，因为在他身上反映了我们所有聪明人的愚蠢的一面。他这人十分滑稽可笑，对他的所作所为毫不掩饰。他们这种人不做调查研究，而是把外国的那些愚蠢的想法和愚蠢的做法通通照搬过来。于是现在就出现了这样一些地主，他们设立办事处，开作坊，办学校，成立委员会……天晓得他们还能想出什么新花样。这就是我们的聪明人要干的事。1812 年法国人被赶走以后，我们曾清醒过一阵子，可现在呢，又搞得一塌糊涂，比法国人搞得还糟。听说现在有一个叫佩图赫的地主，他还算搞得不错。”

“可是要知道，他把田庄也抵押给信贷银行了，”乞乞科夫说道。“是的，全抵押给信贷银行了，什么都会抵押给信贷银行。”科斯坦若格洛有点愤愤不平地说道，“瞧吧，又是帽子工厂，又是蜡烛工厂，还从英国请来了制造蜡烛的能手。大家都变成了生意人了。地主本来是很受尊敬的，现在却当起了作坊主，当起了工厂主！他们用纺纱机纺出来的薄纱都装扮了城里的那些骚娘儿们了。”

“可是，您也开办了工厂。”普拉托诺夫说道。

“不是我开办了工厂，而是工厂自己冒出来的！我手上积压了很多羊毛，卖不出去，于是我把它们织成呢子，当然是那种最普通不过的粗呢子，我把它们拿到我们村的市场上，一下就卖光了，因为价格便宜，庄稼人也需要。再说鱼鳞的事，工厂主一连六年把鱼鳞都堆放在我们村的河岸边，我怎么处理这些鱼鳞呢？我把它们熬成胶，结果我挣了四万卢布。我的工厂就是这么办起来的。”

“这个人真精明！”乞乞科夫两眼盯着他，心里想，“他可真会搂钱。”

“我所以能办起工厂，还因为我招募了许多逃荒的农民。这和灾荒年有关，和那些错过播种期的工厂主也有关。老弟，这样的工厂我办了好多个。每年都可以办一个工厂，这取决于能积蓄多少废料。只要仔细看看自己的田庄，任何废料都能生钱，可是有人却把它们丢弃了，而且还说不需要。要知道，我是不会造一座宫殿来存放这些废料的。”

“这太了不起了，更为了不起的是这些废料还能变成钱！”乞乞科夫说道。

“可是哪有那么容易！本来事情很简单，该怎么办就怎么办，可是偏偏有人把简单的事情搞复杂了，所以他们非要去一趟伦敦不可，问题就在这儿。真是愚蠢透顶！”科斯坦若格洛用鄙视的口吻说道，“要知道，他们从国外回来后，就更愚蠢了，比以前还要愚蠢。”

“啊呀，科斯坦若格洛，你又生气了。”他的妻子不安地说道，“你知道吗，老生气对你的健康有害。”

“怎么能不叫人生气呢？如果事不关己，倒也罢了，可是这种事情和我密切相关，我心里实在是搁不下。令人恼火的是俄罗斯人的性格变坏了。在俄罗斯人中间，也出现了堂吉诃德式的人物，这样的人以前是从来没有出现过的！他们头脑一热，想办教育了，结果办成了堂吉诃德式的教育。他们办的学校严重脱离实际，从这种学校出来的学生一点用处也没有，哪儿都不要，不仅农村不要，城里也不要。结果他们只能整天喝酒，他们的自尊心还挺强，放不下架子。有的人倾心于慈善事业，他们搞的也是堂吉诃德式的慈善事业。他们花了上百万卢布，盖了许多不切实际的医院，创建了许多慈善机构，结果都破产了，倒闭了，使大家都沦为乞丐。这就是他们所从事的慈善事业。”

乞乞科夫对教育根本不感兴趣，他特别想知道，如何才能把废物变成钱，他想问，可老是插不上嘴，因为科斯坦若格洛不给他机会，他那愤怒的话从他嘴里源源不断地倾泻而出，他想扼制也扼制不住。

“有人总在考虑，如何使庄稼人受到教育。但是你首先要让他成为一个富有的体面的当家人，到了那个时候，他自己就会主动地学习。现在，全社会都变得愚蠢了，这一点你是很难想象的。那些所谓的作家现在都写什么呢！一个乳臭小儿出了一本小册子，大家马上捧读起来。他们说：‘农民们都过着简朴的生活，应该让他们开开眼，见识见识奢侈品，使他们产生超出现状的需求……'而他们自己呢，由于他们整天过着花天酒地、醉生梦死的生活，所以一个个都成了废物。他们染上了各种各样的赖病。一个十八岁的孩子，就已经尝试做了各种各样的坏事，结果牙齿掉光了，头发掉光了，头秃得像个玻璃灯罩。他们希望庄稼人也染上这些赖病。谢天谢地，我们还保留了一个健康的阶层，他们还没有接触到这些个伤风败俗的事。为此我们真应该感谢上帝。在我们这里，庄稼人是受到尊敬的，干吗要打他们的主意呢？上帝保佑，让大家都成为庄稼人才好呢！"

"您是不是认为，种庄稼是个盈利的工作？"乞乞科夫问道。

"种庄稼是个正当的工作，而非盈利的工作。人们常说，耕种土地是要流大汗、出大力的，投机取巧是不行的。世世代代的经验证明，拥有农民这个称号的人都是有道德的人，纯洁的人，光明磊落的人，高尚的人。我不是说不要从事别的工作，但是，种庄稼是一切工作的基础，这个思想非常重要。工厂的出现是水到渠成的事，不必特意去创办。当然这样的工厂所生产的产品一定是老百姓所需要的，但它们决不会生产毒化老百姓的产品 。有一种工厂决不能办，它们为了避免倒闭，为了打通销路，不惜采取卑鄙的手段，它们用产品毒化和腐蚀不幸的老百姓。我绝对不会听信一些人的花言巧语，去开办专门生产烟草和蔗糖这种紧俏商品的工厂，我就是损失上百万的卢布也认了。即使社会日益走向腐化，那也不是我造成的。面对上帝，我敢说，我走得正，站得直。我二十年来和老百姓生活在一起，我知道由此会产生什么结果。"

"令我感到惊讶的是，只要有了合理的管理，废物也能得到充分利用，也能变成钱。"

"哼！好个政治经济学家们！"科斯坦若格洛不听他，脸上流露出讥讽的表情说道，"这些个政治经济学家们真行！他们是一群笨蛋，是一群草包，他们目光短浅。本来是蠢驴，还要戴上眼镜，登上讲台……真是愚蠢透顶！"他气愤得不行，又啐了一口吐沫。

"你说的都是事实，你说的都对，只是我求求你，别动气。"他的妻子说道，"好像一谈到这个问题，就非要发火，为什么就不能平心静气地谈。"

"科斯坦若格洛老兄，这么说吧，我们听了你的话，对于生活的意义有了更为深入的理解，而且接触到事情的核心。但是我们现在先不谈涉及全人类的问题，让我们把注意力先集中到个人问题上来。比如说吧，我已经是个地主了，我想在不长的时间里富起来，正像通常人们说的，只有富起来，才算尽到一个公民的义务。那么我的问题是，我该怎么做？"

"您的问题是，为了富起来，应该怎么做？"科斯坦若格洛回应道，"那好办，应该……”

“我们去吃晚饭吧。”女主人说道。她从沙发上站起来，走到房间中央，用披巾把自己冷得有点发抖的年轻的身体围起来。

乞乞科夫也从椅子上站起来了，他的动作十分敏捷，很像个军人。他挽住女主人的胳膊，好像去参加什么隆重的集会，煞有介事地和女主人并肩走过两个房间，来到餐厅。餐桌上已经摆上了汤盘，汤盘的盖子是打开的，盘子里的汤中放了许多新鲜的绿叶蔬菜和春季头茬菜根，所以菜汤散发出一股浓香的气味。大家都在桌旁坐定。仆人们迅速地把所有菜肴和其他刀叉之类的餐具通通摆上餐桌，然后立刻离去。科斯坦若格洛不喜欢仆人们听老爷们说话，尤其不喜欢仆人们看他吃饭时的样子。

乞乞科夫喝了汤，又喝了一杯上等的葡萄酒，之后，他对主人说道：

“阁下，让我们再回到刚才中断了的话题上来。我问您的问题是：我该怎么做?”

（注：以下缺两页手稿）①

“那处田庄，如果他四万卢布肯卖的话，我马上掏钱买下来。”

“嗯!”乞乞科夫考虑了一下，然后有点不好意思地问道，“那您为什么不把它买下来呢?”

“任何事情都有个限度，在这个问题上头脑应该清醒。我现有的田庄都让我整天忙得不可开交。再说了，我们的那些贵族们已经在指责我了，他们说我好像在利用他们濒临破产的处境，尽量压低价格购买他们的土地。这些人真该死，他们说的这是什么话，我真是厌烦透了”

“造谣生事是人的本能!”乞乞科夫说道。

“我们省里是什么情况，您是难以想象的！他们管我叫头号守财奴，他们说我贪得无厌。他们只会编排别人的不是，而他们自己却没有不是。有人说，我一定是把家当都挥霍掉了，但是这也有个原因，因为我有一个生活的崇高愿望，我把钱都支援那些企业家了。实际上他们是一伙骗子，看来我大概只能过猪猡一样的生活了，如现在的科斯坦若格洛。”

“如果我能过上猪猡一样的生活，那是我的造化!”乞乞科夫说道。

“这一切都是骗人的鬼话，什么是崇高的愿望？他们骗谁呢？虽然他们也买书，

① 《死魂灵》第二卷部分手稿被作者烧毁。

但是他们从来不看书。到头儿还不是整天在牌桌上度过,在酒馆中度过。这一切都是由于我没有宴请他们,没有借钱给他们。我所以没有宴请他们,是因为这种事对我是一个很大的负担,我不习惯做这种事。如果有人愿意到我这儿来吃顿家常饭,我吃什么他吃什么,那我是非常欢迎的。说我不愿意借钱给人,那是胡说八道。如果有人来找我借钱,他确实需要钱,又能详细说明,他如何支配我借给他的钱,如果我从他的话里了解到,他把借来的钱用得合理,这些钱确实能给他带来明显的利润,我不仅不会拒绝,甚至连利息我也不要。"

"这还得看事实。"乞乞科夫心里想。

"这样的人跟我借钱,我从不拒绝,"科斯坦若格洛接着说道,"但我是不会把钱不当钱随意扔掉的。这一点请大家包涵!如果有人打算宴请姘头,如果有人打算购置新家具装饰住宅,以此来摆阔,如果有人打算同荡妇去参加什么化装舞会,如果有人打算参加什么纪念会纪念他白活了一辈子,要是这些人打算跟我借钱,那他们痴心妄想!……"

科斯坦若格洛说到这里又啐了一口吐沫,他差点儿当着妻子的面骂出难听的脏话来。郁闷像一片阴云笼罩着他的脸。紧锁的眉头说明,痛苦和愤怒的情绪在他的内心翻腾。

"阁下,您是我十分敬重的人,我请您重新恢复我们已经中止的话题,"乞乞科夫说着又喝了一杯上等的葡萄酒,"假如我买下您提到的那处田庄,我怎么能够尽快地富起来……"

"如果您想尽快富起来,您永远也富不起来,"科斯坦若格洛怀着满腔的不高兴,严肃、果断地说道,"如果您想富起来,但不考虑时间的长短,您反而能很快富起来。"

"原来是这么回事。"乞乞科夫说道。

"是的,"科斯坦若格洛似乎有点生乞乞科夫的气,他果断地说道,"应该爱劳动。如果不劳动,什么事情也干不成。应该喜欢农事,要相信,干农活儿并不枯燥。有人信口开河说,乡村生活一点意思也没有,在那种环境下,人都会憋闷死的。岂不知如果让我在城里哪怕生活上一天,到那些无聊的俱乐部、酒馆、剧院去打发时间,那我可真要郁闷死了。这些人真是一伙愚蠢的傻瓜,一伙蠢驴!田庄的主人却没有闲工夫郁闷。他们的生活中没有一点空白,都填得满满的。要知道,农事是丰富多彩的,农事是一种神圣的崇高的事业。不管怎么说,在农村,人永远和大自然并肩同行,和一年四季并肩同行,人是一切创造活动的策划者和参与者。现在我们来观察一下全年农活的安排。春天尚未来临,大家就已经严阵以待,等候春天的来临了。春天到来之后,先是备好种子,然后查看一遍粮库,把粮食过了秤并晾晒干。还要定出新的赋税标准。对于全年的工作要有一个展望,要预先做出详细的规划。等到冰一化,河一开,泥土变松软了,铁锹、木犁、钉耙就忙碌起来了。菜园里,农田里,林区里,一片繁忙景象。有的地方犁田,有的地方刨地,有的地方播种,有的地方栽苗。庄稼人家都在干什么,您懂吗?难道他们干的是无关紧要的小事吗?他们在播种收成!他们在播种人类的幸福!他们在播种千百万人赖以生存的粮食!夏季来临了,这是割草的季节,也是庄稼成熟的季节。黑麦先成熟,紧接着小麦、大麦也都成熟了,最后燕麦也成熟了,于是收割庄稼的工作热火朝天地开展起来,一分钟也不能延误,一分钟也不能懈怠。如果你长着二十只胳臂,也得把他们全调动起来。庄稼人把收获的季节看做是盛大的节日。他们把收割的庄稼都运到打谷场上,并且码成垛。冬耕的工作,修理谷仓和干燥棚的工作,修理牲口圈的工作,都同时有序地开始了。与此同时,也关注着妇女们干的活儿,对于各种工作要进行总结,检查哪些工作完成了,哪些工作尚未完成……冬季到了,脱粒的工作在各打谷场上全面展开,把原粮由干燥鹏运到粮仓。你可以到磨房看看,你可以到工厂看看,你可以到作坊看看,你也可以去看看农民,到处是一片繁忙景象。有一次,我看到一位木匠正在做木工活儿,他正在用斧子砍木料,看到他那熟练的技术,我有两个钟头站着看他干活儿,我由衷地佩服他。当你看到,人们为了一个崇高的目的而在创造生活,当你看到,收获的果实在不断地增加,收获的财富在不断地增加,你那激动的心情真是难以用言语表述。这倒不是因为钱逐渐多起来,钱归钱,主要是因为这一切都是你用双手创造出来的,你亲眼看到,没有你,就没有这一切,你是这一切的创造者,你像一个神奇的魔法师,把财富洒向人间。这种乐趣,这种满足感,您到哪儿去找呀?”科斯坦若格洛说道,这时他昂起头,他脸上的皱纹消失了。此时此刻,他就像一位新登基戴上皇冠的国王,他的脸上闪烁的光芒,把周围的一切都照耀得通亮。“您就是到全世界也寻找不到这种乐趣!只有在我们这里,人们才真正把上帝作为自己的榜样。上帝把创造世界作为自己的使命,作为最大的乐趣,他要求人也要做到这一点,要求人应该为周围的人创造幸福的生活。可有人把创造活动称作是枯燥乏味的事情!……”

乞乞科夫听主人这些动听的话语,就像听天堂中极乐鸟的鸣叫,都听得出神了。他嘴里不停地咽着口水,眼里闪射着光芒,这表现了他的满足感,但是他还没有听够。

“科斯坦若格洛,该离席了吧!”女主人说着从椅子上站起来。

大家都站起来了。乞乞科夫仍然挽住女主人的胳臂,准备返回客厅。可是一路上乞乞科夫好像心不在焉似的,因为无穷的思绪在他头脑中萦绕,他不断地回味着科斯坦若格洛说过的话。

“不管您说得多么天花乱坠,无聊就是无聊。”走在他们后面的普拉托诺夫说道。

“客人并不愚蠢，”主人心里想，“他出言还是有分寸的，也不属于那种不入流的文人。”他这样想着，心情更加愉快了，他仿佛从自己的话语中获得激情，他庆幸他找到一位善于倾听意见的人。

后来大家来到一个舒适的房间，房间里点着好几支蜡烛，房间的对面是阳台和通向花园的玻璃门，星星在沉睡的花园上空闪烁，并从那里窥视着房间里的人们。此时的乞乞科夫感到很舒坦，很惬意。他很长时间了没有这样舒坦过，没有这样惬意过。他仿佛经过长途跋涉、四处漫游之后，终于回到故乡的屋檐下，他仿佛经过艰苦卓绝的努力，终于得到了希望得到的一切，并且还甩掉了漂泊时用的拐杖，还对拐杖说：“拜拜了！”乞乞科夫听了好客的主人那充满理性的谈话，内心立刻升腾起对这位主人的倾慕和敬佩之情。人人都有喜欢听的话，这样的话听起来比别的话亲切，比别的话合乎心意。常常在那偏僻的、被人遗忘的、荒无人烟的地方，你意外地会遇到一个人，他那充满激情的谈话，往往使你会忘掉一切——忘掉崎岖难行的道路，忘掉条件极差的旅店，忘掉污言秽语的噪音，忘掉那些个欺天诳地的恶行。因此，今天度过的这个晚上将永远铭刻在他的心中，他将永远记得在座的都有谁，他们都坐在哪个位子上，他们手中都拿着什么，甚至屋子里的每件摆设，每件饰物他都记得一清二楚。

因此，乞乞科夫记住了这天晚上的一切。他记住了那个温馨的朴实无华的房间；他记住了主人智慧的脸上那温和的表情；他甚至记住了房间里壁纸上的花纹；他记住了普拉托诺夫从别人手上接过的带琥珀烟嘴的烟斗；他还记住了普拉托诺夫朝小狗亚尔布的胖脸上吐过去的一团烟雾和亚尔布发出的嗤鼻子的声音；他还记住了可爱的女主人的笑声，后来这笑声被“行了，别为难他了”的话所打断；他还记住了明亮的烛光、墙角的蟋蟀、玻璃门以及从门外窥视他们的挂在树梢上的春天的夜空；他还记住了缀满夜空的星星和从绿荫深处传出的夜莺那清亮的鸣叫声。

“尊敬的科斯坦若格洛！”乞乞科夫说道，“您的一席话使我茅塞顿开。我可以说，走遍俄罗斯，也找不到一位像您这样智慧超群的人。”

科斯坦若格洛笑了笑，他觉得这话说过头了。

“您这话可说错了，如果您想结识聪明人，我们这里确实有一位，他才是名副其实的聪明人呢，我比他差远了。”

“此人是谁呢？”乞乞科夫惊讶地问道。

“这就是我们的承包商穆拉佐夫。”

“我这是第二次听到他的名字了！”乞乞科夫提高嗓门说道。

“这个人不仅能管理地主的田庄，而且能管理整个国家。如果国家的事我能做主，我马上让他当财政部长。”

“据说,此人的钱多得令人难以想象。有人说,他已经积攒下一千万卢布的家业。”

“岂止一千万!都超过四千万了。用不了多久,半个俄罗斯就在他的掌控之下了。”

“怎么能这么说呢!”乞乞科夫说这句话时眼睛瞪得圆圆的,嘴巴张得老大。

“确实如此。这已经不算什么秘密了。一个人如果手中只有数十万卢布,他想富起来,就需要很长时间;一个人如果手中已经掌握了数百万卢布,由于这个基数很大,如果他的钱增长两倍甚至三倍,他拥有的资金就相当可观了。他的实力如此雄厚,他不可能有竞争对手了。没有人能竞争得过他。他对商品定下什么价,就是什么价,没有人会压价。”

“我的天哪!”乞乞科夫说着在胸前画了一个十字。他看着科斯坦若格洛,由于过分激动,几乎喘不上气来。“这可真是叫人无法理解!叫人想都不敢想!人们非常佩服那些把昆虫作为研究对象的人,因为研究小小的昆虫实在是很难的事,可是我却非常佩服这个人,因为他手里掌控着数额如此巨大的一笔钱。不过请允许我问一个问题:开始的时候,他的这些钱是不是通过合法的手段获得的?”

“这一点毫无问题,他是通过合法的手段获得的。”

“这可不是小数,是数千万的大数,真是令人难以置信……”

“说得也是,有时候为了获得几千卢布,往往就走上了犯罪的道路,可是挣得几千万卢布倒是轻而易举的事。百万富翁不需要走歪门邪道,他的财富都取之有道。可是别人呢,他们由于经济实力低下,所以他们竞争不过他。我前面已经说过了,百万富翁由于掌控的资金数目巨大,如果他的钱增长两倍或三倍,那么他手中的卢布就会以百万计,以千万计。可是你手中只有一两千卢布,即使你的钱翻上一番两番,你也只有数千卢布。”

“令人更为不可思议的是,百万富翁也是从几个戈比起家的!”

“那是当然的。大家都是这么走过来的。”科斯坦若格洛说道,“一个人如果一生下来就带着万贯家产,那他一生只能过着衣来伸手饭来张口的养尊处优的生活,他什么事情也干不来。干事情只能从积攒戈比开始,而不是从积攒卢布开始,干事情只能积少成多。只有这样,你才能逐步了解人,逐步熟悉生活,因为你要和人要和生活打一辈子交道。一个人必须亲身体验积累财富的艰辛,只有这样,他才会懂得一个铜板必须掰成两半儿花,他才会跨过前进道路上的重重障碍,他才会变得聪明起来,他才会得到锻炼,增长才干,只有这样,他才不会在做出决策时失误,才不会在事业上摔跟头。请您相信,这是一条真理。跑步要从起点开始,绝不能从半途中跑。如果有人对我说：‘请借给我十万卢布，我立刻就能富起来。’我不相信他的话，因为他只能像无头的苍蝇，到处瞎撞，一点把握也没有。事情还是要从一个戈比开始。”

“要是这么说，我也会富起来。”乞乞科夫说道，他无意中想到了死农奴，因为他确实是白手起家。

“科斯坦若格洛，该让乞乞科夫休息了。”女主人说道，“你呀，话匣子一打开，就停不住。”

“您一定会富起来，”科斯坦若格洛没有理睬女主人，仍继续说道，“财源会向您滚滚涌来，您的钱会多得没地方放。”

乞乞科夫好像着了魔似的坐着一动不动，他现在做起了黄金梦。他想，大把大把的黄金就要流入他的口袋，他好像看见了到处都有黄金在闪烁，到处都有黄金在向他招手，他无比地激动，他的心都要燃烧了。

“科斯坦若格洛，乞乞科夫真的该睡了。”

“你催什么！你想睡你去睡呗。”男主人说到这里不往下说了，因为普拉托诺夫正在打呼噜呢，而且打得特别响，可是小狗亚尔布的呼噜打得更响。他发现确实该睡觉了，于是他推醒了普拉托诺夫，对他说：“你的呼噜打够了吧！”然后他和乞乞科夫互道了晚安。他们各自回房睡觉去了，很快都进入了梦乡。

但是唯独乞乞科夫睡不着，因为他的思想还处于兴奋状态。他反复考虑一个问题，就是他如何才能成为一处田庄的地主，是名副其实的地主，而非代理地主。通过和男主人的交谈，他心里亮堂多了。他认为发家致富的可能性显然是存在的。管理田庄本来是一件很困难的事，可是现在觉得不困难了，觉得思想上开窍了，觉得他完全可以应对了！只要把这些死农奴抵押出去，然后购进一处田庄。他认为自己真的已经成为一个田庄的所有者和管理者了，正像科斯坦若格洛教诲的那样，无论办任何事都要周密、审慎，旧的管理模式没有吃透，就不要采用新的管理模式；事必躬亲，每个农民的情况都要摸清楚，生活要有节制，要把全部精力都投入到劳动中，投入到田庄的管理中。他已经预先感受到了管理田庄的乐趣，因为严整的管理模式即将产生，这架管理经济的机器运作灵敏，各部件相互配合有序。大伙儿即将热火朝天地干起来，任何无用的东西即将通过人们的劳动变成钱，就像麦粒通过高速转动的石磨变成面粉一样。能干的男主人每时每刻都站在他的面前。这是整个俄罗斯他最尊敬的第一个人。在这以前，他也佩服过人，但他们不是达官就是巨富。他还没有佩服过哪一个才智超群的人，而科斯坦若格洛是第一个这样的人。和这样的人相处，必须采取老实态度，来不得半点虚假。他打算把赫洛布耶夫的田庄买下来。他自己有一万卢布，他试图向科斯坦若格洛再借上一万五千卢布，因为科斯坦若格洛曾经说过，他愿意帮助任何一个想富起来的人。除此以外,还缺一部分钱,这笔钱怎么筹措,一个办法就是到银行借贷,还有一个办法就是延期支付,即拖。拖是可能的,因为如果想通过法院解决问题,那就让他去告好了,要知道,法院是一个你就是磨破鞋也不解决问题的地方。关于这些问题,他想了很长时间。最后,美梦把全宅子的人揽入自己的怀抱已经四个钟头了,现在也要把乞乞科夫揽入自己的怀抱了。于是乞乞科夫沉入了梦乡。

第四章

到了第二天，事情进展得很顺利。科斯坦若格洛很高兴地借给他一万卢布，而且还不要利息，也不要找人担保，打一个借条就行。他用这个办法帮助许多人获得资金。他让乞乞科夫参观了自己的田庄。这里没有虚假的东西，这里的一切都实实在在，这里的一切都安排得合情合理！农民们干活都很卖力，都很认真，没有白白地浪费时间，没有人偷懒耍滑。地主长着一对敏锐的眼睛，如果有人偷懒，他马上提醒，所以在这里没有懒汉。

令乞乞科夫大为惊讶的是，这个人并没有编制能使全人类得到幸福的什么计划呀和方案呀，而是默默无闻地做了许多实实在在的事。可是那些居住在京都的达官和阔佬们，那些喜欢向女人献殷勤、整天搂着女人在木地板上旋转的游手好闲的人，那些居住在边远地区的一间狭窄的小木屋里却在口授施政方案和施政要略的空谈家们，他们干什么了，他们什么也没干，他们白白地浪费着自己的生命。乞乞科夫完全处在一种兴奋的状态中，他特别想成为一个地主，这个思想在他脑子里越来越牢固。科斯坦若格洛除了让他参观了自己的田庄，还准备带他去参观赫洛布耶夫的田庄。这正中乞乞科夫的下怀。他们饱餐一顿之后就出发了。他们三人都坐上乞乞科夫的马车，主人的马车空着跟在他们后面。小狗亚尔布跑在马车前面，追赶着沿途的小鸟。科斯坦若格洛的林子和田地绵延十五公里。林区之间常常有牧场出现。这里的每棵草都有用，这块地方宛若天堂，这块地方就像一个大花园。可是一踏上赫洛布耶夫田庄的土地，就不由得无话可说了，因为这里的树林完全消失了，代之而出现的是被牲畜啃得光秃秃的灌木，以及被杂草缠绕而勉强露出头的纤细的黑麦。终于看到了一些破旧的农家小木屋，一座座小木屋孤零零的，周围连个篱笆墙都没有。在这些小木屋中间耸立着一座尚未完工因而尚未住人的大宅子。这座大宅子显然还没有封顶,房顶上只暂时用麦秸遮盖,整个宅子由于尚未粉刷,所以显得黑漆漆的。主人住在另一处平房里。他身穿一件破旧的双排扣束腰衫,脚蹬一双有破洞的长筒靴,出来迎接客人。他好像刚睡醒,耷拉着眼皮,不过脸上流露出善意。

他看到客人非常高兴,就像看到久别重逢的兄弟。

这座大宅子显然还没有封顶,房顶上只暂时用麦秸遮盖……主人住在另一处平房里。

“科斯坦若格洛！普拉托诺夫！承蒙各位光临寒舍,我非常感激！让我好好地看看你们。我真的曾经想到,不会再有人来看我了。人们都躲着我,好像躲避鼠疫似的。他们想,我肯定会开口向他们借钱。唉,困难哪,困难！科斯坦若格洛,搞成这个样子,都怪我！都怪我！有什么办法呢？日子过得连猪狗都不如。诸位,请多多包涵,瞧我穿着这破衣烂衫来接待各位,真是有失体面。让我用什么来款待诸位呢?”

“请不必客气。我们来是有事和您谈。这位是乞乞科夫,他准备买您的田庄。”科斯坦若格洛说道。

“很高兴和您认识。请让我握握您的手。”乞乞科夫向他伸出双手。

“尊敬的乞乞科夫,我非常愿意让您看看我的田庄,也值得一看……不过,诸位,请让我问一声:诸位吃过午饭了没有?”

“吃过了,吃过了!”科斯坦若格洛想敷衍过去,所以这么说,“我们还是抓紧时间,现在就去看吧。”

“那我们走吧!”赫洛布耶夫说着拿起了帽子。

客人们也都戴上帽子，大家顺着村子里的街道走去。

他们看到道路两旁散落着一些简陋的茅草房，上面的窗户都用包脚布堵着。

“我的田庄混乱不堪，糟糕透了，你们看了就知道了。”赫洛布耶夫说道，“当然，你们说你们已经吃过午饭了，这太好了，科斯坦若格洛，不瞒您说，我现在家里连只鸡都没有。您看，我的生活竟然落败到如此地步！”

他叹了口气，他似乎觉得，科斯坦若格洛并不同情他的处境，所以他挽住普拉托诺夫的胳膊，走到前面去了。他的身体紧紧地靠着普拉托诺夫。科斯坦若格洛和乞乞科夫也挽着胳膊，远远地跟在他们后头。

“普拉托诺夫，困难哪！真困难！”赫洛布耶夫说道，“您很难想象，我有多困难！缺衣少食、缺少钱花的日子真难过。我这话您可能都不信。如果我还年轻，如果我还是单身，遇到这样的情况，我是不会在乎的，我都能应对。可现在我已经这把年纪了，身边又有妻子和五个子女。这种苦日子熬到什么时候是个头呢，真叫人愁死了……”

“如果您把田庄卖掉，您的日子是不是就好过多了？”普拉托诺夫问道。

“也好过不了多少？”赫洛布耶夫摆了一下手，说道，“卖下的钱都得拿去还债，剩下的连一千卢布都不到。”

“那您怎么办呢？”

“只有天晓得！”

“要想摆脱这个困境，总能想出办法，您怎么能什么办法也不想呢？”

“有什么办法呢？”

“您是不是可以找份差事干干？”

“我只是个十二等文官，能找到什么好差事呢？最多当个小小的公务员，每月也就五百卢布的薪俸。可是要知道，我还要养活老婆和五个孩子呢！”

“去当管家好了。”

“可是有谁会把田庄交给我管呢？他们信不过我，因为我把自己的财产都挥霍光了。”

“如果受到饥饿和死亡的威胁，总得想办法吧。我了解一下，看家兄能不能通过什么关系在城里为您谋到一份差事。”

“普拉托诺夫，您不必费心了。”赫洛布耶夫说道，并叹了一口气，然后紧紧地握住普拉托诺夫的手，“现在我已经成了一个无用之人。我是未老先衰，由于过去行为不够检点，留下了腰疼的毛病，另外我还患有肩周炎。我是什么也干不了了！不要白白浪费国家的钱粮吧！现在是僧多粥少，肥缺只有一个，等的人却一大堆。可不能为了给我发薪水而增加贫苦百姓的赋税。”

“这就是行为不够检点造成的后果，”普拉托诺夫心里想，“这比我偷懒贪睡糟糕多了！”

赫洛布耶夫和普拉托诺夫就这样边走边交谈着，科斯坦若格洛和乞乞科夫走在他们后面。看出来科斯坦若格洛心情很不好，老是气呼呼的。

“您看，”科斯坦若格洛用手指向一个地方，说道，“把庄稼人弄得这么穷！他们既没有大车，也没有马。由于瘟疫的蔓延，牲畜都死光了。这种时候，还死抱住财产不撒手就不应该了，应该赶快把值钱的东西卖掉，为农民买来牲口，因为农民一天也离不开能干活的工具。就目前看，田庄已经败落到如此程度，要想恢复元气，可不是一两年能做到的。庄稼汉已经懒惯了，已经逍遥惯了，整天抱着酒坛子消磨时间。只要有一年不让他们干活儿，他们从此就消沉下去了，因为他们已经习惯于那种穿得破破烂烂到处游荡的生活。土地怎么样？您仔细看看那片土地。”他指着茅草房后面的那块草地，说道，“那是春汛时期曾被淹没过的一片地，肥沃得很。如果我在那里种上亚麻，起码也能收入五千卢布，我要是种上大头菜呢，也能赚四千多卢布。您瞧，前面坡地上长出许多黑麦，那不是人们有意种的，是它自生自灭的。他是不种粮食的，这我知道。瞧，这儿是谷地，我在这里肯定会栽上高大的树木，鸟儿也很难飞到它的顶部。土地是农家的宝，可是他把这个宝抛弃了。如果没有牲口耕地，还可以用铁锹翻地嘛，可以开辟个菜园子，靠种菜也能挣钱。亲手拿起锹把子，叫上老婆、孩子，还有仆人，一起干。不要整天游手好闲地什么也不干，就是死也死在干活儿的土地上，而不要像猪猡一样，撑死在食槽旁。”科斯坦若格洛说到这里，啐了一口吐沫，愤怒的情绪显示在他阴沉的脸上。

他们又往前走了一段路，在一片长满金鸡草的陡坡上停下来。远处有一条闪亮的弯弯曲曲的小河，小河那边横亘着起起伏伏幽暗的山峦。在不远处，隐约可见一处住宅，它躲藏在密林深处，原来它是别特里谢夫将军的府第，府第后面是一片草木茂密的土岗，马蹄扬起的青灰色尘雾弥漫到很远的地方。乞乞科夫突然看出来了，这个地方应该是坚捷特尼科夫的地盘。他说道：

“如果这里能造出一片树林，那景色就更美了……”

“听您这话，您很喜欢风景？”科斯坦若格洛突然严厉地瞅了他一眼，问道，“等着瞧吧，您如此贪恋风景，结果是您将来连肚子都填不饱，还有什么心情欣赏风景！对于一个经营田庄的人来说，首先是看收益好不好，不是看这里的风景美不美。美丽的风景不需要刻意去营造。比如一座漂亮的城市是自然而然形成的，这个城市里的每个人都是按照自己的需要和喜好营造自己的生活。要是每个人都按照规定建造整齐划一的房舍，那是兵营，而不是城市。还是把风景放到一边吧，重要的是看收益……”

“遗憾的是需要等很长时间。我多么希望亲眼看到我所希望看到的那种景象啊!”

“您这是怎么了,难道您还是一个二十五岁的愣头小子?难道您是那种轻狂的人?难道您是彼得堡的高官?真是奇了怪了!干事要有忍性。要不间断地干上六年,什么活儿都干一干,栽培、播种、翻地都要干,一分钟也不能懈怠。困难当然是有的。可是以后,当您唤醒了土地,当您激发起土地的积极性,土地就会主动地帮助您。到了那时候,您的家产可就不是以百万计了,为您干活的人可就不只是数十人了,而会达到数百人。总之,所有的数字都会翻上十倍。现在,无论什么活儿都不要我亲自动手,所有的活儿都有人干。是啊,大自然是喜欢忍性的,这也是上帝赋予大自然的规律,上帝是会扶植有忍性的人的。”

“听您这一席话,觉得浑身增添了力量,精神也振作起来了。”

“您瞧瞧,他的这地是怎么种的!”科斯坦若格洛指着一块山坡地用一种讥讽的语调说道。看得出,他此时的心情特别难过。“我在这里实在待不下去了,当我看到这里的景象这么荒凉,这里的人事如此混乱,我心里就受不了。您现在没有我的参与也可以同他把事情谈妥,您赶快把这个宝物从这个愚人手里夺过来。他只会亵渎上帝的恩赐。”科斯坦若格洛说这话时,只见他一脸的怒气,情绪非常激动。他同乞乞科夫告了别,又快走了几步,来到主人跟前,也要和主人告别。

“科斯坦若格洛,哪能就这样走呢!”主人惊讶地说道,“刚来了就要走?”

“我不能再待了,我急需回家一趟。”科斯坦若格洛说道。他和主人告了别,坐上自己的马车走了。

看来,赫洛布耶夫知道他走的原因。

“科斯坦若格洛看到这儿的情况,有些受不了了。”他说道,“像他这样的一位地主,看到这儿的管理如此不合理,如此混乱,他心里肯定不高兴。乞乞科夫,告诉您吧,我今年连粮食都没种,我说的是实话,根本没有种子,没有种子,怎么种地呢!普拉托诺夫,听说令兄是一位出色的地主,至于科斯坦若格洛,那就更不用说了,他简直就是转世的拿破仑。确实,我常常想:‘为什么把智慧全给了一个人?把他的智慧哪怕分出一滴来给我这个笨人也好呀!’两位,过桥时请小心点,注意不要掉到水洼里。春天时我就关照过了,叫他们把桥上的木板修一下。我最同情那些贫苦的庄稼人了,他们需要一个带头人,可是我带不了这个头!你们说该怎么办?乞乞科夫,还是你把他们买去吧,还是你管理他们吧。我就是一个生活没有条理的人,我怎么能教会他们生活要有条理呢?我早就想给他们自由了,可是这么做会有效果吗?我发现,对他们来说,首要的是必须学会如何生活。看来需要一个严谨的、正直的人,他能够长期和庄稼人生活在一起，能够用自己孜孜不倦的劳动影响他们。我根据自己的经验发现，俄罗斯人都有一种惰性，需要别人督促，需要别人强制，否则他们就会消沉下去，颓废下去。”

“说也奇怪，”普拉托诺夫说道，“俄罗斯人为什么就这么容易消沉，就这么容易颓废。一个普通的俄罗斯人，如果不加以管束，就会成为酒鬼，就会成为恶棍。”

“这都是缺乏教育的结果。”乞乞科夫指出。

“天晓得是什么原因造成的。就拿我们来说吧，我们也都受过教育，也上过大学，但是我们学会什么本事了？就说我吧，我学会什么了？什么也没有学会，倒学会了乱花钱，花大钱，只要看到时髦的、精致的、名牌的商品，不管多贵，都要把它们买到手。只学会花钱买舒适，花钱买享受。是不是因为我们学习的知识太片面，太狭窄？也不是，其他同学也是这么学的。只有两三个人获得真正的益处。也许因为他们聪明过人，而其他人只是努力寻找那种有害健康的娱乐手段和能骗到钱财的手段。真的，有时我在想，俄罗斯人是不是都无可救药了？什么都想做，什么都不可能做成。有人夸口说：从明天开始我要过新的生活了，从明天开始我要节制饮食了。而实际怎么样，就在当天晚上，他们就海吃海喝起来，结果大家都吃撑了，眼睛也发呆了，嘴也合不上了，舌头也变硬了，大家大眼瞪小眼，干坐着。”

“是的，”乞乞科夫笑着说道，“这种情况是常有的。”

“我们总是不能用理智支配我们的行为！我不相信我们当中有谁是富于理智的人。即使我发现有一个人能用理智约束自己，手中攒了很多钱，但我也不相信他能坚持下去，因为当他老了的时候，他就会鬼迷心窍，把积攒下的钱一下子花得精光。确实不管是受过教育的人，还是没有受过教育的人，都是如此。在他们的思想中究竟缺少什么呢，是不是缺少理智，我也说不清。”

他们就这样一边说着话，一边绕过了一片农家的茅草房，然后坐上马车，向牧场驶去。如果牧场的树木不被砍光的话，这个地方的风光一定是很美的。一眼望过去，所有的景色尽收眼底。一边是一片丘陵地带，在蓝天的映照下闪着蓝光，乞乞科夫不久前去过这个地方，从这里既看不到坚捷特尼科夫的田庄，也看不到别特里谢夫将军的田庄，因为它们被山峦遮挡住了。他们的马车驶下土坡，驶到牧场上，这里只生长着一些矮小的柳树和杨树，高大的树木都被砍掉了。他们看了一座水磨坊，水磨坊的配置很差。他们还发现了一条小河，这条小河本来是可以漂送木材的，但是现在没有木材可漂送。偶然可以看到放牧的畜群，但牲畜个个都很瘦弱。他们没有下车，只是乘车大致浏览了一下，就又返回到村里。他们在村子里的街上遇到一个庄稼人，他用手挠了挠后背下面的腰部，然后张大嘴，打了个哈欠，倒把领头的火鸡吓了一跳。其实这里的破旧的房舍都有张嘴现象，房顶也有张嘴的。普拉托诺夫看着这种现象，不由得也张大嘴，打了个哈欠。乞乞科夫发现一座茅草房的上面没房顶，而是把一块门板盖在上面当房顶了。他心想："这可真是拆东墙补西墙的办法。"原来田庄的管理采取的就是"拆东墙补西墙"的办法，也就是剪下袖口和后襟补到胳膊肘上的办法。

"你们看到了吧，这就是我这里的情况。"赫洛布耶夫说道，"现在到我的住房去看看。"他把他们带到自己的住处。

乞乞科夫心想，他的住处肯定也是凌乱不堪，屋里的东西既陈旧，又肮脏，叫人看了一定会顿生恶心之感。可是令人吃惊的是，他的房间收拾得整整齐齐，干干净净。屋子里的布置虽然很简陋，但还有点品位，也陈设着几件入时的闪闪发亮的小摆件。墨水瓶盖上有一尊雕像，很像莎士比亚。桌上放着搔背用的精致的象牙痒痒挠。穿着入时的女主人接待了他们。四个孩子穿得也很好，他们还有家庭女教师。他们都挺可爱的，不过如果让他们穿上粗布裙和普通的衣服，能和农家的孩子融合在一起，在院子里自由地玩耍，那就更好了。很快就有一位女客来拜访女主人，这位女客是一个快人快语、喜欢闲扯的人。女主人陪着客人到自己房间去了。孩子们也跟在他们身后跑出去了。屋子里就剩下几个男人。

"怎么样。您开个价吧！"乞乞科夫说道，"说真的，我想听一听您的最低价是多少，因为您的田庄比我预想的要糟得多。"

"乞乞科夫，您说得对，是很糟，"赫洛布耶夫说道，"但是，还有更糟的，我登记在案的一百个农奴，现在活着的只有五十个。我们这里闹过一次霍乱，其他五十个没有带身份证就都跑了，所以我们就算他们死了。如果通过法院把他们追回来，恐怕我的田庄也要归法院了。所以我的田庄只卖三万五千卢布。"

乞乞科夫当然要讨价还价了。

"三万五？这个价太高了吧！这样的田庄值不了这么多钱，我给您两万五吧！"

普拉托诺夫听到乞乞科夫给出的价，心里很是为难，于是说道：

"乞乞科夫，三万五买下吧！买一处田庄总是需要出这个价的。如果您不肯出三万五，那么我的兄长愿意出三万五把它买下来。"

"好吧，好吧，三万五就三万五！"乞乞科夫有点慌了神儿，他赶紧说道，"不过我只能先付一半，另一半一年以后付清。"

"乞乞科夫，这可不行，这个条件我无论如何不能接受。现在付一半，十五天后必须付清另一半。因为十五天以前，银行会给我贷出这笔款子，我必须用这笔款子打点那些吸血鬼。"

"说真的，我也不知道该怎么办，我现在手头只有一万。"乞乞科夫说道。他实际上是撒了一个谎，他现在手头应该有两万，包括他从科斯坦若格洛手上借来的一万，但是他舍不得一次交付这么多钱。

“哎呀，乞乞科夫，一万可不行！说真的，我现在急需一万五千卢布。”

“我借给五千！”普拉托诺夫说道。

“那敢情好！”乞乞科夫说道。他心里想：“他此时肯借给我钱，这不是正中下怀吗！”

乞乞科夫让人从马车上把他的小匣子拿来，他立刻打开小匣子，取出一万卢布给了赫洛布耶夫，还有五千卢布他答应明天给。他答应是答应，可是心里却盘算着明天先给三千，其余两千再拖上两天或三天再给，如果有可能的话，那就再拖上几天。乞乞科夫好像特别不喜欢把攥在手中的钱交出去。好像不到万不得已，他总是把今天应该交的钱一定要拖到明天。其实我们也不用说他，我们也一样。如果有人来找我们，有事求我们，我们总是让他在接待室无休止地等着。我们把这种故意刁难人看成是一种乐趣，好像他就不能再等上一等似的。也可能每一分钟对他来说都是宝贵的，也可能他对我们的刁难到了不能容忍的地步，可是这一切跟我们有什么关系，我们仍会对他说：“老弟，明天来吧，今天我没有空。”

“您把田庄卖了，那您住哪儿呀？”普拉托诺夫问赫洛布耶夫，“您是不是还有另一处田庄？”

“准备搬到城里去住，我在城里有一处住房。这主要是为了孩子们，需要给他们请教师。在这里，大概还能请到神学教师，可是音乐教师和舞蹈教师，你花多少钱也请不到。”

“连肚子都填不饱，还要让孩子们学跳舞！”乞乞科夫心里想。

“真让人不可思议！”普拉托诺夫这样想。

“我的交易做成了，我们还是应该庆贺一下。”赫洛布耶夫说道，“喂，基留什卡，拿一瓶香槟酒来！”

“连一块面包都没有，却有香槟酒。”乞乞科夫心想。

普拉托诺夫却不知道如何看待这种现象。

赫洛布耶夫购买香槟酒完全是出于不得已。他曾经派人到城里去买酒，可是小铺子卖酒不赊账，连克瓦斯都不赊给他，有什么办法呢，他又常犯酒瘾。不久前彼得堡来了一位法国佬，他带来一批甜酒，其中有香槟酒，不管谁买他的酒都可以赊账。赫洛布耶夫没有办法，只好赊了一瓶香槟酒。

香槟酒拿来了。他们每人开怀畅饮了三大杯，心里别提有多痛快了。此时，赫洛布耶夫的情绪完全松弛下来了。现在才发现，他这人很可爱，也很聪明，他装着一肚子的奇闻趣事,装着一肚子的笑话。从他的言谈话语中可以看出,他这人很通晓世道人情。他对很多事情的看法都是正确的,他用几句话就能把附近田庄上几位地主的特点勾画得十分准确。他对他们每个人的缺点和失误看得很清楚。他很了解地主的破产史。他们为什么会破产,他们的破产经历了哪些过程,他都有透彻的观察和研究。乞乞科夫和普拉托诺夫听他讲故事都听得入迷了。他们一致认为,他是一个绝顶聪明的人。

"像您这样一个聪明人,"乞乞科夫说道,"怎么能找不到摆脱困境的办法呢? 我真是不理解!"

"办法是有的,"赫洛布耶夫说道,并马上列举出一大堆不切实际的和无法实施的办法。这办法完全是他凭空想出来的,都是一些极其荒唐的、离奇古怪的办法,它们不是产生于人们对事物的正确认识。人们听了他说的所谓办法,只会耸耸肩膀说道:"天哪,正确认识事物和善于利用这种正确认识,原来是两码事!"他说的所有办法的前提是不管从什么地方,必须马上弄到十万或二十万卢布。只要有了这笔钱,在他看来,一切就都好办了。田庄就会发展起来,亏空就会补上,收益就会增加三倍,所有的债务都可能还清。他最后说道:"可是你们说说,叫我怎么办? 没有一个好心人肯借给我二十万卢布,哪怕借给我十万卢布也行呀。看来,上帝不愿意帮我的忙。"

"上帝才不会把二十万卢布送到这个笨蛋手上。"乞乞科夫心里想。

"我有一个姑妈,她大概有三百万的资产。"赫洛布耶夫说道,"老太太是一个虔诚的教徒,她常常捐钱给教堂和修道院,但是却不肯帮助亲戚。姑妈是从旧时代过来的人,还是应该常去看看她。她光金丝雀就养了四百多只,她还养着一群哈巴狗,还养着白吃饭的门客和一群仆役。仆役中年龄最小的也快六十岁了。现在哪有这么老的仆役,可是她呼叫他们时,仍然叫他们'小伙子'。如果某个客人在什么方面有失检点,那么吃饭时,她就吩咐仆人不给这个客人上菜。仆人真的就不给他上菜。您说这个老太太古怪不古怪!"

普拉托诺夫笑了笑。

"她姓什么? 住在哪儿?"乞乞科夫问道,

"她就住在我们这个城里,她姓哈纳萨洛娃。"

"您为什么不去找她,求她帮助您呢?"普拉托诺夫带着几分同情心说道,"我觉得,如果她了解了你们家的处境,她一定会帮助您的。"

"那倒不见得。姑妈是一个很固执的人,脾气倔强。普拉托诺夫,您知道,有很多人巴结她,讨好她,整天围着她转。有一个人瞄准了省长这个肥缺,于是他就和姑妈套近乎,攀亲戚。您是不是也赏个光,"他突然冲着普拉托诺夫说道,"下个礼拜我打算设宴招待全城的高官显贵……”

普拉托诺夫把眼睛瞪得老大，他觉得莫名其妙，他还不知道在俄罗斯，在城里，包括在京城，有很多能干的怪人，他们的生活完全是一个无法解释的谜。从表面看，他们不仅花完了所有的钱，而且还债务缠身，他们不可能再筹措来钱了，可是他们照样设宴请客。来赴宴的人都说，这是最后一次吃请了，因为明天主人就会被强行抓走，关进牢房。这以后又过了十年，这种怪人依旧活在世上，他欠的债比以前还多，可是他依旧设宴请客。在宴席上，吃请的人心里想，这是最后一次吃请了，大家都相信，明天就会把主人关进监牢。

赫洛布耶夫在城里拥有一处住房，这可是一个特别的现象。今天神甫披着袈裟在他家里做祈祷，明天又有法国演员在他家里演戏。可是不一定哪一天，他穷得从家里连面包渣儿都找不出来，可是又有一天，慷慨好客的主人又宴请所有的演员和艺术家，并赏给每人一份赏银。有时候，他的日子过得十分艰难，要是别人遇到他这样的处境，早就上吊或开枪自杀了，可是由于他对上帝虔诚信仰，每次都是上帝救了他。奇怪的是他一方面信仰上帝，一方面又过着腐化堕落的生活，这两个方面好像互不干扰。每当他的生活苦不堪言时，他就读《圣徒传》和《苦行僧传》，用他们那种潜心修炼和超脱痛苦的思想激励自己。这种时候，他的心肠变软了，他的心里顿生出怜悯和慈悲的情怀，他的眼里充满了泪水。说来也奇怪，只要他一祈祷，他总是能从什么人那里得到意想不到的资助——或者是他的一位老朋友记起了他，给他汇来一笔钱；或者是一位过路的素不相识的女士无意间听到了他的处境，怀着女性的那种舍己为人的思想，给他汇来丰厚的赠金；或者是他从来没有听说过的一桩官司胜诉了，给他带来好处。每逢这种时候，他认为这是上帝赐给他的无限的仁慈。于是他就举行一次隆重的祈祷活动，过后，他又开始过他那挥霍无度、享乐至上的生活。

“他这人很可怜，我确实很可怜他。”当普拉托诺夫和乞乞科夫同赫洛布耶夫告过别，他们的马车驶出他家的大门后，普拉托诺夫对乞乞科夫说道。

“一个地地道道的败家子！”乞乞科夫说道，“这种人不值得同情。”

他们二人很快就不去想赫洛布耶夫了。普拉托诺夫不再想赫洛布耶夫，是因为他看待人的处境，就像看待世界上的一切事物一样，采取的是事不关己，高高挂起的态度。他看到别人受苦，心里也不好受，也很压抑，可是过不了多久，这一切就从他的脑子里消逝了。他不再去想赫洛布耶夫，是因为他连自己也很少想。乞乞科夫不再想赫洛布耶夫，是因为他现在脑子里只装着刚刚买下的田庄，他确实没有工夫想别的。他经常愣着神儿想问题。对未来的设想，对未来的计划，老在他的脑子里转，他变得实际了，不再空想了。“要持之以恒！要付出艰辛的劳动！这些要求对我来说都不是问题，正像人们常说的一句话，我还在襁褓中就熟悉它们了。它们对我来说已不新鲜。但是现在我已是这把年纪，要做到上述要求已经不如年轻时那么容易了！”不管怎么样，不管从哪一方面来看，在任何情况下，田庄都会带来收益。可以把好地卖掉，然后把田庄抵押出去，也可以自己把田庄管起来，作为邻居和好心人的科斯坦若格洛提了很多好建议，可以吸取他的建议，做一个像他那样的地主。当然了，如果自己不想经营田庄，可以把田庄转手卖掉，只留下逃走的农奴和已死去的农奴，这么做，还有一个好处，那就是可以从这个地方偷偷地走掉，借科斯坦若格洛的钱就可以不还了，就可以赖掉了。真是个奇怪的想法！这并不是乞乞科夫自己想出来的，而是这想法突然自己冒出来的，它在戏弄他，嘲笑他，冲着他眨巴眼睛。你怎么这么下流！你怎么这么坏！可是话又说回来了，是谁制造出这些想法的呢？乞乞科夫现在心里充满了满足感，因为他现在已经成了地主了，不是那种只是挂在口头上的想象中的地主，而是名副其实的地主。他现在拥有土地，拥有牧场，拥有奴仆，这些奴仆可不是存在在他的想象中，他们是一个个活着的人。他在马车里开始不安静了，他一会儿耸耸肩，一会儿搓搓手，一会儿丢个眼色，一会儿把手握成喇叭状放在嘴边，吹起了进行曲，一会儿又自言自语地说上几句自己鼓励自己的话。

但是后来，他突然想起来马车里还坐着别人呢，于是他尽量压低了声音，尽量克制住激动和喜悦的心情。普拉托诺夫听到说话的声音，以为是乞乞科夫跟自己说话呢，于是问他道：“您说什么？”他回答说：“我什么也没说。”

此时，他朝周围看了看，发现他们已经走进一片茂密的树林，道路两旁是亭亭玉立的白桦树。它们排列有序，仿佛两排白色的栅栏，它们那挺拔而轻盈的枝干直插云霄，它们的脚下铺满了不久前散落的绿叶。夜莺在密林中争先恐后地大声鸣叫。郁金香在林中的草地上争相开放。乞乞科夫弄不明白，刚才还是一片开阔的农田，怎么一下子就到了这个美丽的地方。在大树之间，显现出一座白色的石结构教堂。在另一边，从树林中露出一道栅栏墙。大街的尽头出现了一位老爷，他迎着他们走过来。这位老爷戴一顶便帽，手里拄着一根多节的拐棍，一条英国种的狗跑在他的前面，狗的腿又细又长。

“这就是家兄，”普拉托诺夫说道，“车夫，停车！”普拉托诺夫从马车上下来了。乞乞科夫也下了马车。

这时候，两只狗已经互相亲吻过了。机灵的细腿阿佐尔用舌头迅速舔了一下亚尔布的脸，然后舔了一下普拉托诺夫的手，接着跑到乞乞科夫跟前，舔了一下他的耳朵。

兄弟俩拥抱在一起。

“普拉托诺夫,你可真行,你怎么这样对待我?”站在面前的哥哥说道。哥哥的名字叫瓦西里。

“我怎么对待你了?”普拉托诺夫心平气和地问道。

“这还用我说,事实摆着呢。三天了没有你的一点消息,马夫把你的马从佩图赫家牵回来,他说你和一位老爷走了。你倒也说一声呀,你到哪儿去了?有什么要办的事?去多久?真有你的,弟弟,你怎么能这样行事?只有天知道这三天我是怎么过的,我的心一直悬着。”

“这有什么办法,我搞忘了,”普拉托诺夫说道,“我们去拜访了科斯坦若格洛,他问你好,他姐姐也问你好。乞乞科夫,我给您介绍一下,这是我哥哥瓦西里。哥哥,这位是乞乞科夫。”

两位刚结识的人互相握了握手,并且摘下帽子,互相亲吻了一下。

“这个乞乞科夫是个什么样的人呢?”瓦西里心里想。

“弟弟与人结交一向不加选择。”他不失礼地打量了一下乞乞科夫,看得出,这人从表面看,还是蛮善良的。

乞乞科夫也不失礼地打量了一下瓦西里。他看出,这位哥哥的个子比普拉托诺夫矮,头发的颜色比弟弟的头发要黑一些,脸并不漂亮,但是可以看出,这是一张久经生活锤炼,充满激情和善良的脸。看得出,他是一个奋发有为的人。

“哥哥,我决定同乞乞科夫一块儿去周游我们神圣的俄罗斯,说不定这能排遣我心中的郁闷。”

“你这个决定做得也太突然了……”有点不知所措的哥哥说道,他差点儿没有说出,“你同一个刚刚结识的人出远门,怎么能叫人放心呢!说不定此人是个坏蛋!鬼晓得他是个什么人!”他满腹狐疑地从旁打量着乞乞科夫,看得出,他是个彬彬有礼的正人君子。

他们朝右走,拐进了大门。院子是老式的,房子也是老式的。现在已经不建这种老式房子了,这种老式房子都带遮阳棚。两棵高大的菩提树长在院子中央,树荫几乎笼罩了半个院子。树荫下摆了很多木凳。绽放的丁香花和李花把院子周围的栅栏遮盖得严严实实,它们就像一串项链,环抱着庭院。老爷住的房子完全被大树遮盖,只有房子的门和窗户透过大树的枝叶,窥视着外面。透过挺拔的树干,隐约可见厨房、仓库和地窖。周围一切都被浓密的树林包围。在这样的环境中,一种愉悦的平静的心态就会油然而生。当大家都能和睦地和友好地生活在一起时,当生活变得既单纯又容易时,我们的一切忧虑、一切怨气、一切郁闷就会烟消云散。瓦西里请乞乞科夫坐下。大家都坐到菩提树下的木凳上。

一个十七岁的年轻人，身穿一件漂亮的玫瑰红褂子，拿来几瓶颜色不同的水果克瓦斯，放在他们面前。有的克瓦斯浓得像奶油，有的克瓦斯发出咝咝的声音，像柠檬汽水。年轻人放下长颈瓶，拿起靠在树旁的铁锹，就到花园里去了。普拉托诺夫兄弟也像科斯坦若格洛一样，没有专门做某种活儿的奴仆，因为这些奴仆实际上都是园丁，准确地说，他们是奴仆，他们轮流履行花匠的职务。瓦西里始终坚定地认为，奴仆不是一个阶级，端茶倒水的活儿任何人都可以干，不必养上一批专门干这种活儿的人。俄罗斯人好像只要穿上衬衫和无领衫，干起活来既积极，又麻利，从不偷懒，可是当他们一旦换上德国人的双排扣束腰衫，马上就变得笨拙起来，迟钝起来，也学会偷懒了，他们从此也不换衣服了，也不洗澡了，经常穿着衣服睡觉，结果身上招来很多臭虫和跳蚤。在这方面，他的看法也许是对的。他们村子里的庄稼人是很讲究穿戴的，妇女帽子上的图案都是用金线绣的，衬衫的袖口上都镶着漂亮的花边。

"这是我们家自制的克瓦斯，一向受到人们的青睐。"瓦西里说道。

乞乞科夫从第一个长颈瓶里倒了一杯。这是地道的椴树蜜酒，他曾经在波兰喝过这种酒，泡沫多得像香槟酒，那股香味扑鼻而来，沁人心脾。

"这酒赛过甘露！"乞乞科夫说道，他从另一个长颈瓶里给自己斟了一杯，"这杯更佳！"

"味道真好！好极了！"乞乞科夫说道，"我可以说，在您的姐夫、令人尊敬的科斯坦若格洛府上，我品尝了上等的果子露，在您府上我品尝了上等的克瓦斯。"

"果子露也是从我们家传过去的，是我姐姐带过去的。我母亲的祖籍是乌克兰，来自波尔塔瓦。现在大家都不亲手操持家务了。您这次出门，打算去哪些地方？"瓦西里问道。

"我这次出门，"乞乞科夫说道，他在凳子上轻轻晃动了一下身子，用一只手搓着自己的膝盖，"倒不是我有什么需要，而是受人之托。别特里谢夫将军是我的好朋友，他可是个大善人，他托我拜访他的几位亲友。当然，这次出行的主要目的是拜访亲友，但是从某种程度上来说，对我自己也是大有好处的，除了能缓解痔疮造成的病痛，还能见识世面、广交朋友，这比坐在书斋里读死书、坐在讲堂里听说教强多了。"

瓦西里听了乞乞科夫的话，沉思起来。"这人倒挺会说话的，但是他的话有道理。"他心里想。他沉默了片刻，然后对普拉托诺夫说：

"普拉托诺夫，我开始想，旅游能使人精神振奋起来。你这人老是暮气沉沉的，总打不起精神来，就像睡着了似的。这倒不是由于你吃得过饱或是由于你过度疲倦而想睡觉，而是由于你内心空虚所致，由于你缺少对新生事物的直接体验和感受所至。而我却相反，我希望对任何事情都不要过于在意，不要往心里去，不要太动感情。"

“如果什么事情都往心里去，”普拉托诺夫说道，“那你只会招来烦恼，只会给自己制造忧虑。”

“生活里难免会遇到不愉快的事，那怎么办？”瓦西里说道，“你听说了吗，你不在的时候，列尼岑搞的什么鬼？他把那块荒地占了。那怎么行！第一，这块荒地不管谁给什么价儿我都不卖。我们村里的农民每年春天在这里举行庆祝复活节的活动，所以一谈到村子的情况，必然会谈到这片荒地。对我来说，传统是很神圣的，为了保住这片荒地，我愿意不惜任何代价。”

“他不了解情况，所以占了地，”普拉托诺夫说道，“他是新来的，刚从彼得堡来，需要把情况向他说清楚，解释清楚。”

“他不是不了解情况，他很了解情况。我派人去告诉他了，可是他的态度十分粗暴。”

“你需要亲自去找他一趟，跟他好好谈一谈，把问题说清楚。”

“我不去，他简直狂妄得不得了。我不去找他。你愿意去你去吧！”

“我倒是可以去，不过我一向不参与这种事……他会不会蒙我，骗我？”

“如果没有什么不便，我倒可以去一趟，”乞乞科夫说道，“请把事情的原委告诉我。”

瓦西里瞅了一眼乞乞科夫，心里想：“此人倒是挺愿意管闲事的！”

“您只要告诉我此人是个什么样的人，这件事的前因后果，就行了。”乞乞科夫说道。

“真是过意不去，把这么难办的事让您去办。据我看，他这人不怎么样，简直就是个无赖。他是我们省一个普通的小地产贵族，在彼得堡供职并得到上司的赏识，他的妻子是彼得堡一个什么人的私生女。他这人自认为自己有多了不起，目中无人，为所欲为。他以为彼得堡是个时尚的城市，他就拿这个招牌吓唬我们，岂不知我们这儿的人是不会买账的。彼得堡有什么了不起，他又不是教堂。”

“那是当然的。”乞乞科夫说道，“那么究竟发生了什么事？问题的关键在哪儿？”

“您知道，他确实需要一块地。如果他能够采取正确的行动，我会从另一个地方拨出一块地给他，不仅会白白送给他，而且这块地要好于那块荒地。可是现在……喜欢挑剔的人就会认为……”

“我认为，应该好好地跟他谈一谈，好说好商量，问题就好解决。我受人委托也曾经处理过一些棘手的事，最后双方都很满意。我也曾经受别特里谢夫将军的委托……”

“但是我总是过意不去，因为您所面对的是这样一个人…………”

(原稿中此处有遗漏)

“……一定要严守秘密”乞乞科夫说道，“因为犯罪固然有害，可是诱使犯罪就更加有害。”

“说得对，说得对。”列尼岑把头歪到一边，说道。

“彼此观点一致，这有多开心呢！”乞乞科夫说道，“我也有一笔交易，它是合法和不合法搅和在一起的。从表面看是不合法的，实际上是合法的。我需要用人做抵押，我收买一个活的农奴要支付两个卢布，但是我不愿让任何人为此而承担风险，也可能我会破产——但愿不要发生此事——那个卖农奴的农奴主也会受到牵连，也会倒霉，所以我决定利用一下尚未从纳税人的花名册上注销的那些逃走的和死去的农奴，这样一来，我既做了一件积德的事，又使那些不太富裕的农奴主摆脱支付人头税的重担。我们只需要在我们之间签订一个形式上的买卖合同就行了。”

“可是这种交易太特殊了。”列尼岑心里这样想，他把他坐的椅子往后挪了挪。

“不过这种交易的性质……”他的话刚开了个头。

“但这不是诱使别人犯罪，因为这交易是秘密进行的，”乞乞科夫回答说，“再说了，这些人也都是奉公守法之人。”

“但是这种交易毕竟有点……”

“这种交易没有任何问题，”乞乞科夫理直气壮地回答说，“就像我们刚才说的，参与这种交易的人都是奉公守法之人，都是明理之人，也都是有头有脸之人，而且这种交易又是秘密进行的。”他说这话时，看着对方的眼睛，表现出坦然自若的心态。

列尼岑尽管是个应变能力很强的人，尽管他对官府受理合同、契约等一套手续很熟悉，但他现在是一头雾水，稀里糊涂地掉进了自己给自己挖的陷阱中。他是一个不善于背地里操作的人，他也不愿意背地里操作，他喜欢无论什么事都拿到桌面上来解决。“这种交易太特殊了！”他心里想，“不是说要跟好人交朋友吗？这下可要你的好看了！”

但是命运和环境好像有意关照乞乞科夫似的。就在这时，年轻的女主人，列尼岑的夫人，走进了房间。她脸色苍白，身材瘦瘦的，个子不高，但穿戴很入时，完全是彼得堡的气派，她特别喜欢有风度的人，她的到来好像就是为了解决眼下这一棘手的交易。在她身后，保姆抱着一个婴儿也跟着进来了。这个孩子是列尼岑夫妇的第一个孩子，是他们不久前结为伉俪后，他们缠绵爱情的结晶。乞乞科夫那轻盈的步态和彬彬有礼的作风吸引了这位彼得堡太太的眼球，简直把她迷住了。孩子看到乞乞科夫，大概是由于认生吧，刚要放声大哭，乞乞科夫赶紧哄他说：“宝贝儿，别哭，别哭！”然后冲着他打响指，并且拿出怀表链子上的红宝石印章哄他玩儿。孩子终于让乞乞科夫抱了。乞乞科夫把他举得高高的，孩子高兴得咯咯地笑起来，把父母亲也惹得笑了。可是，也许是由于意外的过分兴奋吧，也许是由于别的原因，孩子突然做起了有失体面的事。

“哎呀，我的天哪！”列尼岑夫人惊叫道，“他把您的衣服弄脏了吧！”

乞乞科夫看了看他换上的这套崭新的燕尾服，结果是整个一条袖子都弄脏了。“这个淘气鬼真该死！”他心里这样想。

男主人、女主人、保姆——全都跑去拿香水，大家七手八脚地给他擦衣服。

“没关系，没关系，一点关系也没有！”乞乞科夫说道。他脸上尽量装出高兴的样子。“孩子这么小，怎么能弄脏衣服呢！”他反复说这句话，可是他心里想的是：“这个小坏蛋，把他扔出去喂了狼才解气呢！专捡这个地方撒尿，真缺德！”

这个生活中小小的插曲使主人深受感动，这件事情的发生非常有利于乞乞科夫的交易。怎么好意思拒绝这样一位客人的要求呢，他给了孩子这么多真诚的爱，孩子虽然把他的燕尾服弄脏了，可是他一句怨言也没有，真够朋友！为了不留下不好的先例，他们决定还是秘密进行交易，因为诱使他人犯法比秘密交易更有害。

“既然你帮助我做成了这笔交易，我一定要回报您，我也要为您效劳。我愿意充当您和普拉托诺夫兄弟之间纠纷的调解人。您需要土地，是这样吗？”

《死魂灵》第二卷前四章到此中断

最后几章中的一章

在这个世界上，人人都为自己的事操劳、奔忙，由于他们的需要不同，所以他们达到目的的手段、方法和途径也各不相同。乞乞科夫不惜长途跋涉，到处去探访，到处去调查农奴的死亡情况，终于大获成功。他的小匣子里积攒了不少购买死农奴的合同。这是他敏于事，慎于行的结果。乞乞科夫并不是要占有这些农奴，而只是暂时利用他们一下，从而骗得钱款。我们当中不乏这样的人，他们也会制造口实，达到欺骗的目的，有的人骗得公家的林木，有的人骗得建设资金，有的人为了巴结外国的女演员，骗得子女的钱财，有的人为了买高档家具或豪华马车，骗得农民的血汗钱。如果世界上存在着这么多的诱惑，那有什么办法呢？贵得出奇的高档餐馆是诱惑，化装舞会是诱惑，游园会是诱惑，吉卜赛女郎的跳舞会是诱惑，还有许许多多诱惑。要是大家都被这些诱惑所驱使，都被追赶时尚的风气所驱使，要想抵挡住这些诱惑是很难很难的，你来抵挡抵挡试试看。人不可能总是把神经绷得很紧，人又不是神。乞乞科夫和那些衣来伸手、饭来张口的人一样，总是千方百计和不择手段地攫取财富。当然，现在应该离开这个城了，可是路不好走。再说了，城里有一个集市准备开张，是一个贵族化的集市。原先的集市主要是买卖牲口的马市，也附带买卖原材料和各种农产品，这里的货物都是牲口贩子和商贩们贩运来的。现在的集市主要是买卖布匹和衣料，这些商品都是布商从下城贩运到这里的。商贩们打算掏空俄罗斯人的钱袋，所以一窝蜂拥到这里来。法国商贩带来化妆品，法国女商人带来法式女帽。埃及商人是一群吸血鬼，用科斯坦若格洛的话说，他们除了吞噬俄罗斯人用血汗和劳动换来的钱，还要在这里下蛋，并把蛋埋在土里才肯离去。

只要歉收和灾荒年，地主们就待在乡下，不到城里来。可是官员们就不同了，歉收不歉收和他们没有关系，他们照样享受生活，照样寻找欢乐，糟糕的是他们的老婆们也都效仿他们。他们阅读了最近一个时期出版的各色书籍。这些书籍的目的无非是唤起人们对生活的新需求，于是他们就渴望着体验新的休闲方式，新的享受。一个法国佬开了一家新店，是个娱乐场所，全省还不曾听说过这样的娱乐场所，据说那里的价格十分便宜，并且兼供晚餐，可以只交一半的钱，另一半可以赊账。那些科长们，包括那些科员们，指望着从求他们办事的人手中拿到贿赂，就可以满足这个场所的条件，就可以到这里娱乐一把。人们之间产生了一种互相攀比的欲望，甚至拿马和车夫攀比。这个娱乐场所成了各阶层人士为了寻欢作乐而聚会的地方。尽管天气恶劣，尽管道路泥泞，但是豪华的马车照样来来往往，络绎不绝。这些马车从哪儿驶来，只有天晓得，但是就是在彼得堡，这些马车也是很气派的。掌柜和伙计迅速把帽子举上头顶，邀请太太小姐们光顾他们的店。很少能看到蓄着大胡子、戴着水獭皮帽子的男人。大家都是欧式打扮，下巴刮得光光的，个个弱不禁风，牙齿都是黄的。

尽管天气恶劣，尽管道路泥泞，但是豪华的马车照样来来往往，络绎不绝。

“老爷！请！请到小店看看！”就听见有的店铺的小伙计在门口打着招呼。

去过欧洲的中间商们根本瞧不起这些小店，他们有时趾高气扬地说：“挪开，别挡道！”或是说：“我们家有上等的呢料，各种浅色的和黑色的都有！”

“有橘红色带亮点的呢料吗？”乞乞科夫问道。

“有上等的呢料。”商人把一只手举得高高的，另一只手指向店铺，说道。

乞乞科夫走进店铺。商人麻利地抬起柜台上的活动隔板，进到柜台后面，柜台里的布匹从地上一直码放到天花板，商人背对商品面朝顾客站定，把双手撑在柜台上，微微摇动着身子，说道：

“您要什么样的衣料？”

“橄榄色带亮点的，或是深绿色带亮点的，都要有点接近橘红色。”乞乞科夫说道。

“我可以说，您在我这里买到的肯定是最上等的呢料，如果您还想买更好的，那只能到京城去买，那里高档东西多。伙计，从上面把那匹三十四号的呢料拿下来。老弟，怎么搞的，不是这匹，你怎么不动脑筋，什么事儿也干不了！把那匹扔过来。请看这匹呢料！”商人说着把卷着的呢料打开，放在乞乞科夫的眼皮底下。乞乞科夫不仅能用手摸到呢料，而且还能闻到呢料的气味，他觉得这块泥料摸上去手感挺好，呢料的光泽度也不错。

“请看这匹呢料！”商人说着把卷着的呢料打开，放在乞乞科夫的眼皮底下……

“好是好，但这还不是我要的那种。”乞乞科夫说道，“你知道吗，我在海关供过职。我要质地最好的那种，偏向于红色，不是深绿色，接近淡紫红色。”

“我明白了，您需要的颜色止是现在彼得堡的流行色。我这里有一种质地最好的呢料。不过话说在前头，一分价钱一分货，这种呢料当然价格也不菲。不过质地是上等的。”

欧洲商人爬到高处拿呢料，他扔下来一匹呢料，然后按照老习惯把卷着的呢料打开，他甚至忘记了他已经是现代化的一代人。他把呢料拿到亮处，甚至拿到店铺外展示给众人，他眯缝着眼睛，说道：“瞧这块呢料，是暗红色的，多时尚的颜色，是当今的流行色。”

乞乞科夫选中了这块呢料，并谈好了价格。实际上价格是商人定的，乞乞科夫没有还价。商人用他那一双灵巧的手把需要的呢料喇啦一声扯下来，然后手疾眼快地把料子按俄罗斯的方式卷起来，用纸包好，用麻绳捆好，然后手拎着麻绳让纸包转了几个圈，把麻绳打了个结。所有这些程序完成以后，就把纸包放进乞乞科夫的马车里。

“拿出黑色的呢料看一看！”有一个人说道。“这不是赫洛布耶夫吗，真见鬼！”乞乞科夫心里暗自说道，然后转过身去，想躲开赫洛布耶夫，他认为向赫洛布耶夫说明遗产问题，从自己这方面来说，是不明智的。可是赫洛布耶夫已经看见他了。

“这不是乞乞科夫吗，您干吗故意躲着我？我到处找您，也没有找到您，问题是我们必须郑重谈一谈。可实在抽不出时间。”而此时他心里想的却是：“见你的鬼去吧！”他突然看见穆拉佐夫走进了店铺。“哎呀，穆拉佐夫，真没想到是您，近来身体可好？”

“您怎么样？”穆拉佐夫说着很恭敬地摘了一下帽子。

商人和赫洛布耶夫也摘了一下帽子。

“就是有点腰疼，睡觉也不太好，是不是因为活动得少……”

但是穆拉佐夫没有进一步问乞乞科夫为什么会腰疼和为什么睡不好，就和赫洛布耶夫说话去了。

“赫洛布耶夫，我看见您进了商店，我就跟在您身后进来了。我有话要跟您谈，您想不想到我家去？”

“怎么不想呢！”赫洛布耶夫说着就立刻跟着穆拉佐夫走出商店。

“他们会谈什么呢？”乞乞科夫心里想。

“穆拉佐夫是个可亲可敬、通情达理的人，”商人说道，“而且精通自己的业务，只可惜文化水平不高。要知道，商人可不是单纯的做买卖，商人应该成为贸易的代理人。与贸易活动有着密切关系的那就是：要有防范意识，要能适应市场的变化，要有应对能力，否则就会赔得精光，成为一无所有的乞丐。”

乞乞科夫挥了一下手。

“乞乞科夫，我到处找您。”这是从乞乞科夫背后传来的列尼岑的声音。

商人恭敬地对列尼岑摘了一下帽子。

“哎呀，原来是列尼岑！”

“看在上帝面上，请您到我们家去一趟吧，因为我需要跟您谈谈。”列尼岑说道。

乞乞科夫看了列尼岑一眼，顿时面如土色，他赶紧付了商人的呢料钱，就走出了店铺。

“赫洛布耶夫，我等着您呢。”穆拉佐夫看见走出来的赫洛布耶夫，于是说道，“请到我的住房去。”他把赫洛布耶夫带到自己的住房，这个住房读者已经熟悉了，是相当简陋的，这么说吧，一个年俸只有七百卢布的官员的住房，也比不上这个住房简陋。

“现在您该告诉我了吧，我认为，您的境况是不是有所改善？您的姑妈过世之后，您总能分到一定的遗产吧。”

“穆拉佐夫，我怎么对您说呢，我不知道我的境况是不是有所改善。我分到了五十个农奴和三万卢布，这三万卢布还不够我还债的，只还上一部分，之后，我又身无分文了。主要的问题是，这份遗嘱引发的一场官司相当地肮脏。穆拉佐夫，他们设计了一场大骗局。我现在就告诉您是怎么回事，您一定会大吃一惊的。这个乞乞科夫……”

“赫洛布耶夫，在谈乞乞科夫之前，先谈谈您自己的事。请您告诉我，在您看来，为了完全摆脱困境，您需要多少钱？”

“我的处境相当困难，”赫洛布耶夫说道，“要想摆脱这种困境，并还清所有的欠债，还能维持中等的生活水平，我至少需要十万卢布，可是对我来说，要弄到这么多钱，简直就是白日做梦，根本不可能。”

“可不能把话说死，要是您有了这笔钱呢，您打算怎么安排您的生活？”

“我就租一套房子，然后住进去，好好地培养和教育子女。至于我自己呢，用不着多考虑了。我也不可能再指望什么升迁，我的仕途已经到了尽头，我已是一个无用之人。”

“到时候生活肯定很空闲，一定会整天无事可干，各种各样的诱惑就会找上门来。但是一个有工作在身的人就不会沉湎于这些诱惑中。”

“我已经心灰意懒，什么也干不了，再加上疾病缠身。”

“不过，一个人活着怎么能不工作呢？一个人活在世上怎么能没有职务、没有自己的位置呢？您应该振作起来，万物都是上帝创造的，任何一件都是有用的，甚至一块石头也是为了日后有用才存在。人是智慧和理性的化身，如果他整天游手好闲，不能给大家带来任何利益，难道允许这样的现象存在吗？”

“但是,我并不是没有事情做,我可以教育子女嘛。”

“赫洛布耶夫,说到教育,这可是一件比什么都困难的工作。连自己都没有教育好的人,怎么能把子女教育好呢?教育子女最好的办法就是要以自身为榜样。而您配做他们的榜样吗?难道让他们学会整天游手好闲地虚度光阴,整天坐上牌桌输掉钱财?赫洛布耶夫,您还是把孩子交给我教育吧,您只会害了他们。您认真考虑一下,是不是游手好闲把您毁了。我看是。您应该立刻抛弃掉游手好闲的恶习。一个没有信念、没有指靠、没有寄托的人怎么能生活在人世间?一个人总应该履行一种责任,不管什么责任。即使是一个小时工,他也在履行自己的责任。他吃的面包是用两个戈比换来的,也就是说是用他的劳动换来的,他亲身感受到了自己的劳动成果。”

“穆拉佐夫,您说得对,我也曾经试过,我也努力克服过。但是有什么办法呢,我老了,不中用了。那么,我该怎么办呢?难道我还需要再找一份差事干干?我已经四十五岁了,我怎么能和那些刚刚当差的科员们同桌办公呢?再说了,我又不可能接受贿赂。这样一来,我既影响到自己的发展,也影响到别人的前途。现在各个部门拉帮结派的风气很盛行。穆拉佐夫,我考虑过,我试过,我把所有的职位都考察了一遍,没有一个职位适合我。看来,我只能进养老院了……”

“养老院是为那些曾经劳动过的人开办的,而那些年轻时恣意寻欢作乐的人只会听到蚂蚁对蜻蜓说的一句话:‘跳你的舞去吧!’养老院里的人也劳动,也干活儿,他们并不是整天坐在牌桌上赌钱。赫洛布耶夫,”穆拉佐夫两眼盯着他的脸说道,“您在欺骗您自己,也在欺骗我。”

穆拉佐夫凝视着赫洛布耶夫,但此时的赫洛布耶夫知道自己理亏,有点不知所措。穆拉佐夫开始可怜他了。

“您听我说,赫洛布耶夫,您毕竟还做祈祷,您毕竟还去教堂,据我所知,您没有落过一次晨祷和晚祷。您虽然爱睡懒觉 ,可是您清晨四点钟就起来到教堂去了,这时候,大家还在梦乡中呢。”

“穆拉佐夫,这是另一码事。我知道,我这么做,并不是为了大家,而是为了上帝,是他让我们成为世界的主宰。怎么办?我相信,上帝对我是仁慈的,我虽然招人怨,讨人嫌,可是上帝会宽恕我,会接纳我的,而人们却用脚把我踹开,我最好的朋友却把我出卖,并且过后他还说,他出卖我是为我好。”

看得出,赫洛布耶夫此时心里十分难过,他由于过分激动,眼泪夺眶而出,但他没有说一句抱怨的话。

“既然上帝对您如此仁慈,您就为上帝效力好了,上帝喜欢祈祷,上帝也喜欢劳动。您可以选择一项工作去做,你把做这项工作当做是为上帝服务,而不是为世人服务。这么说吧，您就是在石臼里捣水也行，只要您心里想着您这么做是为了上帝。这对您大有好处，因为这样一来，您就没有时间干蠢事，干坏事，没有时间去赌钱，没有时间去吃喝玩乐，没有时间去享受那种世俗的生活。对了，赫洛布耶夫，波塔佩奇这个人您认识吗？”

“我认识，我很敬重他。”

“是啊，他本来是个很能干的买卖人，挣下了五十万资产，他发现钱太容易挣了，于是就拿钱不当回事儿，走上了挥金如土的道路。他开始让儿子学法语，他把女儿嫁给一位将军。从此他不再去小店铺或街摊儿上喝茶了，如果遇到朋友，他定要拽着朋友到大饭店去喝茶。整天整天的喝茶，终于把挣下的钱喝光了。上帝又降下灾祸，把他的儿子也夺走了。您发现没有，现在他在我这里当伙计。一切从头做起。后来他的生意有所复苏，他又可以做五十万资金的生意了。‘我曾经当过伙计，现在还想当伙计，一直当到死。’他说。‘现在我的身体很好，精力旺盛，可那时候，我大腹便便，还得了水肿病。这样下去可不行。’他说。现在，他不再喝茶了，只喝菜汤和粥，不吃别的。他做祈祷非常虔诚，我们谁也比不上他。他救济穷人非常热心，我们还是谁也比不上他。有的人也乐于帮助穷人，可是他拿什么帮助呢，他的钱都被他挥霍光了。”

身无分文的赫洛布耶夫陷入沉思中。

穆拉佐夫握住他的双手。

“赫洛布耶夫，您应该知道，我是多么地同情您。我时时刻刻都想着您。现在我给您讲一个情况，您知道，修道院里有一个隐士，他很少露面，谁也没有见过他。此人聪明绝顶，没有人比他更聪明。我开始对他讲，我有一个朋友，我没有说姓名，他有许多烦心事。我刚说了两句，他突然打断我的话，说道：‘教会的事和个人的事比起来，教会的事永远是大事，现在正在修建教堂，但缺少资金，需要为教堂募集资金。’他说完，就把门砰的一声关上了。我想，这是什么意思呢？看来，他是不愿意提出自己的建议。我就去找我们的修士大司祭。我刚走进门，他就问我，认识不认识这样一个人，他能为教堂募集到善款，他出身贵族或是出身商人都行，但是要比别人更有素养，他把做这件善事看做是拯救自己的灵魂？我听到这话，马上心里就想到：‘我的天哪，这分明是修士大司祭把这个职务委托给赫洛布耶夫了。这个职务太适合他了，这个职务能彻底改变他的生活。他拿着募捐簿从地主家走到农民家，再从农民家走到市民家，这样一来，他就可以了解到社会各阶层的生活状况，了解到他们有没有什么需求。当他走遍几个省回来的时候，他对这些省的各个地方的了解远远胜过那些居住在城市里的市民……这样的人现在很需要。’一位公爵告诉我，他愿意出重金聘请一位官员，他解决问题和处理事情不是根据一纸公文，而是根据事实，根据实际情况，因为从公文上很难弄清楚问题的来龙去脉,很容易使问题变得复杂化。”

“穆拉佐夫,我听了您的这一番话,心里很是不安,不知怎么办才好。”赫洛布耶夫诧异地看着穆拉佐夫说道,“我甚至怀疑您对我说的情况是否符合实际。真的需要这样一个人,他一定是活动能力很强,而且能全身心投入这项工作。可是您知道,我怎么能抛下老婆孩子不管呢?他们连吃饭都成问题。”

“您不必为夫人和孩子担心,我照顾他们好了,孩子会有老师的。您与其背上布口袋为自己乞求施舍,不如为上帝乞求施舍,因为为上帝乞求施舍是一件高尚和光彩的事。我给您一辆普通的带篷马车,不要怕颠簸,这对您的健康有好处。我给您一笔钱,您路上用,您可以顺便帮助那些最需要帮助的人。您一路上可以做很多好事。只要不帮错人就行了。您这次出行是很有意义的,您可以了解到社会各阶层人们的生活状况,可以了解到他们在想什么,他们需要什么。您和政府的官员不一样,大家见了政府官员都害怕,都不敢跟他讲实情,可是大家知道,您是为教会募集善款,所以他们有话都愿意跟您讲。”

“我发现,这是一个好的想法,我一定要努力实现这个想法,即使不能全部实现,实现一部分也是好的,但是我总觉得,这不是我力所能及的事。”

“那么,什么事才是我们力所能及的事?”穆拉佐夫说道,“实际上,根本就没有我们力所能及的事。所有的事都超出我们的能力。如果没有别人的帮助,什么事也干不成。但是祈祷上苍可以使人增添力量。一个想渡过河去的人在胸前画着十字,口里念着:‘上帝啊,保佑我吧!’他用手划呀划呀,结果游到了对岸。关于这项工作没有必要再犹豫了,就把这项工作当做是上帝的安排。马车马上就套好了,您快到神父那里拿上募捐簿并领受他的祝福,然后就起程吧。”

“好吧,恭敬不如从命,我把这项工作就当做是上帝的安排。”“上帝呀,赐福给我吧!”这个声音是从他内心深处发出的。他觉得,此时此刻,他浑身充满勇气,充满力量。他原先就有的智慧现又重新被激活了,他憧憬着有朝一日他一定会摆脱这种无尽头的悲惨处境。现在这种憧憬快实现了,亮光已经开始在远处闪烁。

现在我们暂不表赫洛布耶夫了,让我们来表一表乞乞科夫吧。

当时,诉求的状子确实如雪片般递到法院。不知怎么着一下子闹出来很多谁也没有听说过的亲戚。大家就像秃鹫争抢腐尸一样,都来争抢老太婆身后留下的无以计数的财物。有告乞乞科夫的诉状,有告伪造最后一份遗书的诉状,有告伪造第一份遗书的诉状,有告盗窃和隐瞒钱款的诉状,甚至有人告乞乞科夫购买死农奴的诉状,告乞乞科夫在海关任职期间从事走私活动的诉状。乞乞科夫过去的历史被调查得清清楚楚。天晓得他过去的情况是怎么打听到的,是怎么了解到的。乞乞科夫心想,这些事他都是背着人干的，不可能有别人知道，可是竟然有人举证他的这些罪行。当一些举证还是司法秘密，还没有传到乞乞科夫的耳朵里时，他很快就收到法律顾问给他写来的一张便条，便条给他通风报信说，事情有点麻烦。便条是这样写的："我有急事相告，案子有点麻烦，不过记住，万万不可惊慌失措，重要的是要沉住气。我们一定会设法应对。"乞乞科夫看了这张便条，心里有了底，一块石头落了地，他心想："此人真乃神人！"除了这个好消息，此时，裁缝又给他送来了衣服。他急切地想穿上这身新的古铜色燕尾服照照镜子。他先穿上裤子，裤子紧紧地绷在双腿上，跟画像中画的一样，使得双腿形成了奇特的曲线。大腿的肌肉和小腿肚子都被厚厚的呢料裹得紧紧的，看起来更具有弹性。他把后身上的扣袢拉得很紧，结果肚子突现出来，简直像面鼓。他用衣刷敲了两下肚子，自言自语道："虽然显得笨拙，但是很有风度！"上衣穿起来比裤子更合适，整个上衣十分平展，一个褶儿也没有，并紧紧地贴着身子，到腰部向里收缩，形成明显的曲线。乞乞科夫提出，右边腋下有点紧。裁缝只是笑了笑，他认为腋下紧一点，更能突显出腰部。"请放心，至于做工，那是一点问题也没有，您只管放心！"裁缝很自豪地说道，"除了彼得堡，哪儿也没有这么好的做工。"这个裁缝就来自彼得堡，可是在他的招牌上却赫然写着："外国裁缝，来自伦敦和巴黎。"他不喜欢开玩笑，他只是想用这两个城市一下子就堵住所有其他裁缝的嘴，以后就不再有人打这两个城市的旗号了，至于他们想打哪个城市的旗号，那就是他们的事了，他们可以打"卡尔斯鲁厄"的旗号，也可以打"哥本哈根"的旗号。

乞乞科夫没有讨价还价，如数支付了裁缝的礼服钱。当屋子里只剩下他一个人时，他闲着无事可做，就开始照镜子，从镜子里欣赏自己的形象，像个演员似的。他发现自己的形象有很大变化，比以前好看多了。两个脸蛋透着喜气，下巴极具诱惑力。雪白的衣领衬托着两颊，蓝色的缎领带又衬托着衣领，胸衣上时髦的褶儿又衬托着领带，而富丽的丝绒坎肩又衬托着胸衣，古铜色的燕尾服像丝绸一样闪闪发亮，它把全身衬托得漂亮无比。他把身子转向右边，很漂亮；他把身子转向左边，更漂亮。论他的身段，论他的风度，很像宫廷的御用侍从，或是很像一位爱说法国话的绅士（这位绅士甚至生气时，都不用俄语骂人，而是用法国方言骂人，他即使是在骂人，那语气听起来也是软绵绵的。他试着把头歪向一边，摆出一个姿势，好像他是在向一个新派中年妇人献殷勤，瞧，这不就是一幅画吗！喂，画家，赶紧拿起画笔，把这美妙的形象画下来！他得意之余，把身体跃起，两脚互相拍了两下，像是跳芭蕾。五屉橱颤动了一下，香水瓶啪嗒一声滚落到地上，但是这丝毫没有影响他的情绪，他只是狠狠地骂了一句："该死的香水瓶！"此时此刻，他心里想的是："现在应该先去拜访谁呢？最好……"突然从前厅传来皮靴踏在地板上发出的咚咚咚的声音，一名全副武装的宪兵出现在他面前，气势汹汹地说道："有命令，让你立即去见总督大人！"乞乞科夫一听就惊呆了，手脚都麻木了。他看着站在他面前的这个怪物，简直吓坏了，此人蓄一撮小胡子，头盔上插着一缕马尾，肩带从双肩跨过，腰间挎着佩刀。他觉得此人腰部的另一边还带有兵器，不知道是什么兵器。总而言之，此人是一名武装到牙齿的宪兵。乞乞科夫本来想表示一下自己的意见，可是这个可怕的人粗暴地说道："命你立刻前往，一分钟也不能耽搁！"他透过房门看见前厅还有一个宪兵，往窗外看了一眼，看见窗外停着一辆马车。怎么办呢？他只好穿着这身新做的古铜色的燕尾服，战战兢兢地坐上马车，由宪兵押着，去见总督大人。

他刚走进接待室，情绪还没有镇静下来，值日官就说："进去吧，公爵大人等着您呢！"他眼前看到的东西好像都蒙了一层雾，他迷迷糊糊地走过接待室，看见信使正在整理公函，然后他又迷迷糊糊地走过大厅，他边走边心里想："这下可好，没有通过任何法律程序就把我抓来了，然后就把我直接发配到西伯利亚！"此时他太紧张了，心跳也加快了（炉火燃烧的情人的心跳也没有他快）。那扇不祥之兆的门终于打开了，里面就是办公室，办公室里有公文包，有橱柜，有书籍，还有怒容满面的公爵大人。

"这个杀人不眨眼的恶魔，"乞乞科夫心里说，"他杀掉我，就像狼扑食羔羊那么容易！我算是完了，彻底完了！"

"本来你是应该去坐牢的，可是我饶恕了你，允许你继续留在本市，谁知你不知悔改，又干起了诈骗的勾当。你真是个无耻之徒！"公爵大人说到这里，气得嘴唇都抖动起来。

"大人，我究竟干了什么诈骗的勾当？我究竟干了什么不光彩的事？"乞乞科夫战战兢兢地问道。

"一位妇人，"公爵大人朝乞乞科夫走近了两步，逼视着他的眼睛，说道，"一位妇人在你的口授下写了一份遗嘱，她已经被关进牢房，她要和你当面对质。"

乞乞科夫感觉一阵眩晕。

"大人，我把全部实情都供述出来。我有罪，我确实有罪，但是我的罪过没有那么严重，是我的仇人在诽谤我。"

"没有人会诽谤你，你这人太卑鄙了，你干的那些坏事是别人难以想象的。我认为你这一辈子也没有干过一件好事。你手中的每一分钱都是靠不正当的手段获得的，都是偷来的和骗来的，因此你应该受到鞭刑，应该把你流放到西伯利亚！你现在说什么都无用了！从现在起，你就要被关进监牢，你将和那些强盗和土匪一起，听候对你的命运的判决。我们对你够宽大的，因为你比他们更为恶劣。他们都是些粗人，你看看他们穿的什么，他们穿的是粗布衫，麻布袄，而你穿的什么，你穿的是高档的燕尾服。”这时公爵大人拿住铃绳，拉响了呼叫人的铃铛。

“公爵大人！”乞乞科夫声嘶力竭地喊叫道，“您发发慈悲吧！您可怜可怜我的老母亲吧！”

“你撒谎！”公爵大人愤怒地大声喝道，“过去你曾打着妻子儿女的旗号请求宽恕，可是你根本就没有妻子儿女，现在你又打出母亲的旗号。”

“大人，我该死，我是一个顶坏顶坏的大坏蛋，”乞乞科夫说道，“我确实撒了谎，我既没有子女，也没有妻子。但是老天可以作证，我早就想娶妻生子了，为了尽一个人应尽的责任，一个公民应尽的义务，这样一来，我就能真正得到人们的尊重，特别是上司的尊重。但往往事与愿违，倒霉的事，艰难的事，全让我赶上了！大人，我为了争取到基本的生存条件，往往要付出血的代价。每走一步，都会遇到各种各样的诱惑，每走一步，都会遇到仇人，他们诋毁我的声誉，掠夺我的财物。我的一生是在狂风暴雨中度过的，我的一生就如同风浪中的一叶扁舟，随着风浪飘荡。大人，我也是一个堂堂正正的人哪！”

眼泪突然从他的眼眶中涌出，他匍匐到公爵大人的脚下，此时的他穿着崭新的燕尾服，穿着丝绒坎肩，系着蓝色的丝绸领带，穿着紧紧地裹在腿上的瘦腿裤，头发梳得锃光瓦亮，并散发着香水的香气，这一切都和他一起趴在了地上，他已经颜面扫地了。

“给我滚开！快叫士兵来，把他带走！”公爵大人对进来的人说。

“大人呀！”乞乞科夫两手抱住公爵大人的一条腿，大声喊道。

公爵感觉到全身都在发抖。

“快走开！你听见了没有！”公爵边说，边用劲想把自己的腿从乞乞科夫的双臂中抽出来。

“大人！如果我得不到您的宽恕，我就不起来。”乞乞科夫说道，他仍然紧紧地抱着公爵的一条腿，跟着公爵的移动，他在地板上爬行了几步，他那件崭新的燕尾服也跟着从地板上擦过。

“快走开，你听见了没有！”公爵怀着强烈的厌恶感说到（一个人看见一个极其丑陋的虫子，又没有勇气用脚踩死它时，就会产生这样的厌恶感）。

公爵的腿抖动了一下。乞乞科夫感觉到是公爵的皮靴朝他的鼻子、嘴唇和圆圆的下巴踢了一下，但他并没有松开胳臂，相反，他把公爵的腿抱得更紧了。两个强壮的宪兵抓住他的胳臂，用力把他拽开，带着他穿过一个个房间。他脸色苍白，心情沮丧，他已经掉进了麻木的、极度痛苦的深渊。一个人当死期临近时才会有这样的心态。本来嘛，死亡是一个可怕的怪物，它是违反我们的本性的。

当乞乞科夫被宪兵押着来到楼梯口，一眼看见了穆拉佐夫。一线希望立刻从他

……乞乞科夫说道，他仍然紧紧地抱着公爵的一条腿，跟着公爵的移动，他在地板上爬行了几步……

的脑子里闪过。刹那间，他使出浑身力气从 两名宪兵的手中挣脱出来，扑到穆拉佐夫的脚下，穆拉佐夫惊呆了。

“乞乞科夫，您这是怎么了？”

“救救我吧！他们要把我关进监牢，要置我于死地！”

这时，宪兵一把抓住他，把他带走了，甚至不让他听对方说话。

潮湿的、散发着霉味的小屋，警备队士兵们的鞋袜散发出的臭气，一张没有上油漆的桌子，两把摇摇晃晃的椅子，钉着铁栅栏的窗户，到处开裂的壁炉，从裂开的缝隙中只往外冒烟，不往外冒热气，这就是我们这位穿着崭新燕尾服的主人公的栖身之所。可是要知道，他可是刚刚开始品味美好的生活，刚刚开始被国人关注的呀。甚至都没有让他带上必要的用具，带上他的小匣子，小匣子里有钱，有文书，有购买死农奴的契约。现在这些东西都落到官员们手里了。他倒在地上，难以释怀的悲哀和沮丧不断地折磨着他，像蛀虫一样噬咬着他的心。他的心在滴血，他现在是叫天天不应，叫地地不灵。如果这种悲惨的日子再过上一天，很可能他就一命呜呼了。但还是有人向乞乞科夫伸出援助之手。大约过了一个小时，牢房门打开了，穆拉佐夫走了进来。

可怜的乞乞科夫看见穆拉佐夫进来，他的精神马上振作起来，兴奋起来。一个经过旅途劳顿、受酷暑煎熬、口渴难耐、疲惫不堪的人，这时如果有人递给他一杯清凉甘洌的泉水，他那喜悦的程度也比不上此时此刻的乞乞科夫。

“我的救星来了。”乞乞科夫说着，突然从地上爬起来——他刚才可是悲痛欲绝地倒在地上的，抓住穆拉佐夫的手吻了又吻，然后把手贴在自己的胸口上。“上帝会奖赏您的，因为您来探望一个不幸的人！”

他的眼泪夺眶而出。

穆拉佐夫看着他，心里很难受，只说了一句话：

“唉，乞乞科夫，您都干什么坏事了！”

“有什么法子呢！那个该死的妇人坑了我了，把我毁了！我不知道收敛，我要是不继续干，也就没事了！该死的魔鬼引诱我离开人的理智和良知。我是犯了法，我有罪！不过怎么能这样对待我呢？不经过调查，不经过审讯，就把一个贵族投进监牢？穆拉佐夫，我好歹是个贵族呀！他们怎么能不给我时间，让我回家一趟，去整理一下我的东西呢？现在我的家完全没有人照管了。穆拉佐夫，我有一个小匣子，我的全部家当都在那个匣子里。我的家产是我用心血，用多年的辛勤劳动，用节衣缩食换来的。穆拉佐夫，我的小匣子，我的一切的一切，都会被他们偷走，都会被他们瓜分掉！我的天哪！”

他无法排解重新涌上心头的怨恨，他大声恸哭起来。他的哭声透过监牢的厚墙，传得很远。他用一只手抓住领子，另一只手上去把缎子领带从脖子上扯下来，他把身上崭新的燕尾服撕成碎片。

“哎呀，乞乞科夫，那些钱财对您的诱惑就那么大，竟然把您搞得晕头转向，难道您就没有发现您的处境非常危险？”

“我的恩人，您救救我吧！”可怜的乞乞科夫大声喊着、叫着，他爬到穆拉佐夫的脚下，“公爵喜欢您，他会给您面子的。”

“乞乞科夫，我很想帮您，也愿意帮您，但是我帮不了您。您触犯了法律，而法律是无情的，不是某个人能左右的。”

“世上的坏蛋、骗子、无赖太多了，他们坑害了多少人啊！”

他用头撞墙，用拳头击打桌子，把拳头都打出了血，但他根本感觉不到疼。

“乞乞科夫，要冷静，要好好考虑一下，无论做什么事都要符合上帝的要求，而不是符合某些人的要求，要认真反思一下自己。”

“穆拉佐夫，难道我就命该如此吗？我真不服气！可以说，我的每一分钱都是用血汗挣来的，都是用辛勤的劳动换来的，我并没有像有的人，残酷地掠夺他人的财产，或是侵吞公家的财产。我为什么还要攒钱呢？无非是想在有生之年给子女留下一点产业，我非常想有自己的子女，这是为了幸福，也是为了祖国的需要。这就是我想要孩子的目的。我承认，我是昧着良心干了坏事，可是又有什么办法呢？我发现，走正道往往走不通，而走斜道能走通，我就生出了走斜道的邪念。但我还是付出了劳动，费尽了心思。如果我赚了钱，可我挣的是富人们的钱。可是有些坏家伙，他们往往通过所谓合法的手段掠夺公有财产，勒索那些不太富有的人群，他们甚至从那些一无所有的人手中抢走最后一个铜板。您说说，什么是倒霉，一个人刚开始收获了成功，但是突然暴风雨降临了，航船撞上了暗礁粉身碎骨了，成果成了泡影，您说我倒霉不倒霉。我也曾经拥有三十万的资本，我已经拥有一所三层的小楼，我有两次想购买田庄。唉，穆拉佐夫，我可真是时运不佳，命途多舛！我受的打击也太大了！我这一生就如同一只小船在风浪中颠簸！我这人很有毅力，很有韧性，可是这又能怎么样？能得到回报吗？还有没有天理？我曾经三次失败，三次又从头开始。有时甚至手中连一分钱也没有，成了一无所有的穷光蛋，但我还是振作起来了。要是别人，早就陷入绝望的境地，整天泡酒馆，整天用酒麻痹自己，从此沉沦下去了。可是我呢，我需要战胜多少困难呀！我需要忍受多少痛苦呀！可以说每一分钱都是我用全部精力和心血挣来的！我始终不敢有半点懈怠，这一点上帝可以作证。所以对我来说，每一分钱都是宝贵的，我都不敢随意花掉。”

他还没有把话说完，就失声恸哭起来，因为他实在忍受不了内心的痛苦。他倒在椅子上，把撕破的燕尾服的前襟扯下来，扔得远远的。他把两只手插进头发里，使劲抓挠他的头发，把头发抓挠得乱七八糟（过去他总是把头发尽量梳理得油光油光的），故意制造疼痛刺激自己，他想用这个办法来缓解内心的痛苦。

穆拉佐夫默默地坐在他面前坐了很久，看着他这种非同寻常的哀恸，他还是第一次看到他这样哀恸。不久前，他还是个文雅的绅士，还是个正人君子，还活跃在上流社会，而现在却完全陷入狼狈的境地，他像个可怜虫，也像个疯子，他穿着撕得破碎的燕尾服，裤子上的裤扣也不系，手上破的地方还流着血，嘴里不干不净地骂着人。

“唉，乞乞科夫，有时我在想，如果您能怀着美好的目的，把您的毅力和韧性用来从事一种有益的劳动，您一定会成为一个了不起的人。您做的好事一定会无以数计！遗憾的是，您把您的全部心思、全部精力、全部时间都用在聚敛财富上。如果您能把精力都花在做好事上，如果为了做好事，您能牺牲自己的尊严和功名，那我们的这块土地将会怎样的兴旺，将会怎样的阔绰啊！令人惋惜的不是您面对别人有罪，令人惋惜的是您面对自己有罪。您完全辜负了上帝赋予您的充沛的精力和才华。上帝赋予您的使命是让您成为一个伟大的人物，可是您却埋没了自己，毁了自己。”

每个人的灵魂都蕴含着自己的秘密。一个误入歧途的人，不管他离康庄大道有多远，一个不可挽救的罪犯，不管他变得多么残酷无情，不管他的生活堕落到何种地步，你只要向他大喝一声，指出，他是人，他应该恢复做人的尊严，他不应该自暴自弃，他就是铁石心肠，他的思想也会波动，他的灵魂也会震荡。

“穆拉佐夫！”可怜的乞乞科夫用两只手抓住穆拉佐夫的双手，说道，“如果我能够获得自由，如果能把我的财产归还给我，那我可要谢天谢地了！我对您起誓，从现在起，我要过一种全新的生活！好心人，救救我吧！”

“我该怎么办呢？难道要我去做违背法律的事！即使我决定去做，公爵这一关也过不去。他是一个秉公执法的人，他是绝不会让步的。”

“好心人！您想做什么定能做成。我怕的不是法律，我有办法对付法律。问题是我无辜地被关在这里，我会像一条狗死在这里。可是我的财产呢？我的那些契约呢？我的小匣子呢？难道就这样全完了？……救救我吧！”

他抱住穆拉佐夫的双腿，痛哭起来，眼泪掉在穆拉佐夫的裤腿上。

“哎呀，乞乞科夫！”穆拉佐夫摇着头说道，“财产简直把您搞得晕头转向了！为了财产，您连自己可怜的灵魂都不打算要了。”

“我会考虑我的灵魂的，不过当务之急，您要救救我！”

“乞乞科夫！……”穆拉佐夫停顿了一下，说道，“您自己明白，我救您难度很大，因为我手中没有权。但是我会努力的，我请求当局能让您少受点苦，最终能够释放您。我不知道这个目标能否达到，但我一定尽力而为。万一我没有白努力，那么乞乞科夫，我要求您一定要放弃聚敛财富的欲念。我老实告诉您吧，我的财富比您多得多，但是我有朝一日丧失了我的财富，我是不会掉一滴眼泪的。真的，问题不在于这些财富，我的这些财富完全可能被没收，问题在于今后不再有人用非法的手段聚敛财富了。您在世上已经生活了大半辈子，您把您的一生比作是风浪中的一叶扁舟。您的后半辈子有吃有喝。您最好搬到一个僻静的地方去住，要离教堂近一点，离普通老百姓也近一点。如果您实在想传宗接代，那您就找一个穷人家的姑娘结婚，她一定会是一个善良的、过惯了艰苦生活的姑娘。忘掉这个喧闹的花花世界和那些诱人的享乐方式。让这个世界也忘掉您，在这个世界里没有安宁。您已经看到了，在这个世界上，到处都有虎视眈眈盯着别人的人，到处都有诱骗人走邪路的伪君子，到处都有背叛自己誓言的变节者。”

“我一定照您说的做！一定！我本来是打算本本分分地过日子的，还想经营田庄，也想过一种节俭的生活。可是魔鬼又骗我走上了歧途，撒旦呀，鬼怪呀，妖魔呀统统是害人精！”

乞乞科夫所以走上歧途，这和他的家庭出身有关，和他从小受的教育有关。乞乞科夫的童年是在家长的严厉、刻板的训诫中度过的，是在家庭成员之间那种彼此冷漠的、毫无亲情可言的关系中度过的。他从小养成了孤僻、偏执、自私的秉性。命运也没有很好地光顾他，而是经常把他抛到冰雪中和风浪中受煎熬。现在情况有变，他听了穆拉佐夫的一席话，一种他很陌生的和难以理解的情感在他脑子里生成，他好像昏昏沉沉睡了一大觉，现在开始苏醒过来了。他好像想冲出布满陷阱的樊篱，奔向自由的天地。他用两手捂住脸，他现在痛苦万分，他伤心地说道：

“您说得对！您说得对！”

“守法，这是个前提，如果没有这个前提，那么托人情，靠历练，都没有用。如果有守法这个前提，那么事情就好办了！……唉，乞乞科夫，您为什么要毁掉自己呢？现在回头还不晚，还有时间。”

“不，已经晚了，晚了！”他叹息着说道，穆拉佐夫听到他的叹息声，心里特别难受，“我开始意识到我走错了路，而且在错误的路上越走越远，我背离了正道，现在是积重难返了！我也没有受到良好的教育，父亲老让我死记硬背那些劝人行善的戒条，还让我无休止地抄写那些道德守则，可是他却当着我的面偷窃邻居的木料，还让我帮他的忙。他还陷入一桩不光彩的官司中，他奸污了一个他所监护的孤女。榜样胜过那些个戒条和守则。穆拉佐夫，我已经认识到，我过得是一种背叛人的天性的生活。我没有摒弃罪恶，我的天性变得冷酷了，我不喜欢做慈善事业，可是做慈善事业可以改变人的天性，可以成为人们的习惯。做善事和聚敛财富这两者之间让我选择的话，我当然选择聚敛财富，我说的是心里话，有什么办法呢！”

穆拉佐夫深深地叹了口气。

“乞乞科夫，你这人不仅有毅力，而且有韧性，你是一个很坚强的人。药是苦的，但病人都要吃，因为他们知道，不吃药，病就好不了。您不喜欢做善事，那您就强迫自己去做。您不喜欢做善事而做了善事，比那些喜欢做善事而做了善事的人的功劳更大。您做上几次善事以后就喜欢做了。您要相信，没有做不成的事。上帝告诫我们：‘天国是努力进入的。’首先要下决心进天国，然后就是强制自己一步一步往天国走，最后强制自己走进天国。乞乞科夫，您可知道，您拥有别人不拥有的毅力，您还拥有韧性，您还有什么艰难险阻不能克服的？我觉得，您本来就是一个勇士。要知道，现在的人们，意志都很薄弱。”

很明显，这一番话已经深深地印入乞乞科夫的脑海中，而且激发了他追求荣誉的渴望。看样子他决心已定，这从他的眼神中可以看得出。

“穆拉佐夫，”他语气坚定地说道，“只要您能求他们放我出去，让我带上一些日常生活用品离开这个地方，我向您保证，我一定开始过另外一种生活。我买上一处田庄，把它经管起来，我会积攒下很多钱，但不是为我自己用，而是为了帮助别人，为了做善事。我一定会抛弃我的过去，我一定会抛弃城里那种花天酒地、醉生梦死的生活，我要过一种简朴的、清醒的生活。”

“上帝定会赋予您力量，支持您实现自己的愿望！”穆拉佐夫高兴地说道，“我一定尽全力求公爵放您出去，但是成功不成功，这要看您的运气了。不管什么情况，您肯定会时来运转的。怎么样？拥抱我吧，也允许我拥抱您！真的，我看到您的变化，非常高兴！好吧，上帝保佑，我马上去见公爵。”

牢房里又剩下乞乞科夫一个人了。

他的认识有了一些提高，思想也有了一些变化。是的，金属中硬度最强、燃点最高的白金也会融化，只要把锻炉中的火力加大，再用风箱一吹，再硬的金属也会化为液体。把一个硬汉子放进苦难的大熔炉中去锻炼，他经过苦难的锤炼和考验，他的性格就会变得更加坚强。

“我自己昏聩无能，但我要竭尽全力让别人心明眼亮；我自己德薄才疏，往往逆德而行，但我要竭尽全力让别人能用道德标准规范自己的行为；我是一个离经叛教的基督徒，但我要竭尽全力让别人做一个遵守教规的好教徒。我一定要到农村参加劳动，我一定要在那里出大力，流大汗，我一定要老老实实地做事，以求对别人产生好的影响。我不会成为一个完全无用的人。我有能力把田庄管理好，作为一个管理者，我一定做到：勤俭节约办田庄；做决策时果断，不拖拉；解决问题时要多思考，避免武断；遇到困难时决不退缩。只要下定决心，没有干不成的事。”

乞乞科夫就是这样想的，他就靠他这点已有的觉悟，他已经触摸到问题的本质。他好像已经模模糊糊地认识到，人世间存在着一种人们需要履行的责任，这种责任到处都存在，它不受环境的影响，无论是动荡的环境，还是变革的环境。乞乞科夫憧憬着热爱劳动的生活，憧憬着远离城市喧嚣的生活。他多么希望摆脱城里那个花花世界中的各种诱惑啊，要知道，那些诱惑都是那些不劳而获而又闲得无聊的人们想出来的。此时此刻，他几乎忘记了目前自己这种不愉快的处境，甚至为了这一沉重的教训他要感谢上苍了，如果能把他放出去，再让他带上一些日常用品……但是……这时突然有人推开了这间肮脏牢房的单扇门，走进来的是一位官员。此人叫萨莫斯维斯托夫，他膀宽腿长，身材剽悍，是个了不起的人物。他贪图享乐，过惯了寻欢作乐的生活，喜欢吃吃喝喝，用他的同伙们的话说，他为人奸诈。如果是在战争年代，这个人肯定能创造奇迹。比如派他去穿越难以通行的危险地段，在敌人的眼皮底下，盗走一门大炮，这个任务对他来讲，易如反掌。在战争这个舞台上，他可能成为一个令人尊敬的人，可是由于没有发生战争，由于他施展才能的舞台不存在，于是他尽干些坏事，尽干些祸国殃民的事。真是令人费解！他有自己的一套古怪的信念和准则，他对同伙特别友善，他从不出卖自己人，无论什么问题，他说到做到，决不退缩。但是他把自己的顶头上司却看做是敌人的炮台，必须利用敌人防备薄弱的地段，利用敌人的缺口或疏漏冲过去。

这时突然有人推开了这间肮脏牢房的单扇门，走进来的是一位官员。

“您的情况我们都了解，都听说了，”他看到身后的门紧紧地关上了，才开口说道，“没什么了不起的！您不必紧张，问题终归会解决的。大家都在为您的案子奔走，只需三万卢布打点他们，三万足够。”

“真的吗？”乞乞科夫几乎叫起来。“难道能宣告我无罪吗？”

“是的，不仅会宣告您无罪，还会补偿您的损失。”

"可是酬金怎么办？……"

"三万，三万足够打点了，需要打点的人有我们这边的人，有总督衙门里的人，还有秘书。"

"可是不行呀，我没有钱呀！我的全部财产，我的小匣子，都被查封和没收了。"

"过一个小时，凡是您的东西，包括小匣子，都会归还给您。击掌为定，怎么样？"

乞乞科夫伸出了手，他的心嘣嘣直跳，他不相信击掌能起多大作用。

"我先走了，咱们二人都认识的一个朋友让我转告您，主要的问题是要沉住气，要镇静。"

"嗯！"乞乞科夫考虑了一下，"我明白，法律顾问！"

萨莫斯维斯托夫走了，牢房里只剩下乞乞科夫一个人。他还是不相信萨莫斯维斯托夫的话，可是他们谈话后还不到一个小时，就有人给他送来小匣子、文件材料和钱，这些东西原封未动，保存完好。萨莫斯维斯托夫以上司的身份，把当班的哨兵训斥了一顿，说他们监管不严，缺少警惕，要求增加岗哨，加强监督，这时，萨莫斯维斯托夫不仅拿到了小匣子，而且要走了有可能损害乞乞科夫名声的全部材料，他把小匣子连同这些材料打成包，加上封条，吩咐一名士兵立刻给乞乞科夫送去，同时还送去夜间睡觉时所必需的被褥，以便盖住乞乞科夫那副腐朽之躯，送被褥是为了遮人耳目。乞乞科夫万万没有想到这一切来得这么快，他心里十分高兴。他心中产生了一种强烈的愿望，诱饵又向他招呼，吸引他上钩了，精彩的戏剧演出，他曾经追求过的舞女，又都浮上他的心头。宁静的乡村生活对他来讲已经兴趣不大了，而城里的花花世界越来越突现在他的面前。

与此同时，法院正在审理一桩大案。录事的鹅毛笔刷刷刷地写着，审案的老练的法官们时不时地闻闻鼻烟，翻看着案卷，倒像艺术家，欣赏着案卷上歪歪扭扭的字迹。法律顾问像一个隐蔽的魔法师，实际上操纵着整部法律机器，牢牢地控制着每个参与审理案件的人，把案件搅得越来越复杂。萨莫斯维斯托夫在法律这块领域里什么都敢干，他的胆量越来越大，显示出人们意想不到的才干。当他了解到那个被抓获的妇人关押的地方，他摆出一副上司的架势，直接来到关押妇人的牢房。哨兵立刻挺直身子，向他行了个军礼。

"你在这儿站了很久了吗？"

"报告长官，从早晨站到现在！"

"什么时候换岗？你还要站很久吗？"

"报告长官，还要站三个钟头！"

"我需要你去完成另一个任务，回头我去和你的带班军官说一声，让他派另外一名哨兵接替你。”

“是，长官！”

为了掩人耳目，为了不让任何人插手此案，他先回到家里，把自己化装成一个宪兵，他把脸上粘上假胡子，这样一来，谁也认不出他来了。他来到关押乞乞科夫的监狱，带走了先抓获的那个妇人，把她交给两名干练的年轻官员，然后，脸上长着胡子、手里拿着枪的他直接来到哨兵跟前，对哨兵说：“长官派我来换你的岗，你可以下岗了。”于是他手里拿着枪，接替了哨兵的岗位。

这么做是完全需要的，与此同时，先抓获的那个妇人被带走后空出来的牢房，又关进来另一个妇人，这个妇人是个不知情者，她什么情况也不知道，什么情况也不了解。他们把原先的那个妇人藏起来了，但不知藏到什么地方去了。正当萨莫斯维斯托夫冒充军人展开活动的时候，法律顾问却在非军事领域创造了奇迹。他通过别人让省长知道，检察长正在写密信告发他；让宪兵队长知道，一个住所保密的官员正在写密信告发他；这位住所保密的官员还证实，还有一个官员也在写密信告发宪兵队长。结果他把省长和宪兵队长搞得特别紧张，最后只好求救于他，让他帮着想应对之策。告密信一封接着一封，堆成堆，揭发的事情五花八门，有些事情甚至是虚构出来的。都是些什么事情呢，比如某某人是私生子啦，某某人有情妇啦，某某人的老婆有外遇啦，凡此种种，不一而足。这些丑事都和乞乞科夫有关，都和死去的农奴有关，这样一来，就很难弄清楚，哪些事情可以立案，哪些事情不能立案。最后，档案卷送到总督手上时，无助的总督犯了愁，他连一个案子也没有弄清楚。他委派一位精明能干、善于动脑的官员写一份案情简报，可是这位官员竭尽全力也没能捋清案子的来龙去脉，这些案子在他脑子里简直就是一锅粥。这时，总督手头有许多事情需要处理，这些事情一件比一件烦人，一件比一件棘手。本省的一个地区发生了饥荒，被派去发放粮食的官员没有按照规定办事，在那里胡作非为。本省的另一地区，分裂派教徒活动猖獗，有人在他们中间放出消息说，基督的敌人已经出现，他连死人也不放过，他正在四处购买已经死去的农奴。这些分裂派教徒也经常忏悔，但也经常干些违背教规的事，比如他们打着捉拿基督的敌人的旗号，打死了不少人，其实这些人并不是基督的敌人。本省的另一个地区，农民起来造反了，他们造地主的反，造县警察局长的反。有流浪汉在农民中间散布谣言说，一个新的时代已经到来，农民应该成为地主，应该穿上燕尾服，而地主应该成为农民，应该穿上农民的粗布衣，因此，全乡的农民拒绝缴纳任何赋税，他们没有想到，他们都变成了地主或县警察局长，那么应该缴纳赋税的就没几个人了。当局不得不对他们采取强制手段。无助的总督，情绪特别低落。此时，有人向他禀报说，穆拉佐夫来访。

“让他进来吧!”公爵说道。

穆拉佐夫走了进来。

“瞧瞧这个乞乞科夫,您总是护着他,为他辩护。现在他牵扯到一个案件中,这么说吧,一个最坏的盗贼都没有陷入这起案件中。”

“公爵大人,请允许我问一句,这是一个什么案件?”“伪造遗嘱,这问题还不严重吗! 应当把该罪犯押解到广场上,当众鞭笞他。”

“公爵大人,我并不想为乞乞科夫辩护,但是现在这个案子还缺乏证据。现在还在调查和取证。”

“有证据,那个冒充死者的妇人已经被抓获。我有意当着您的面亲自审问她。”公爵拉响了呼叫人的铃铛,吩咐士兵把那个妇人带到这里来。

穆拉佐夫没有吭声。

“这件事太丢人了! 问题是本市的一些主要官员,包括省长在内,都参与了此事。一说到这一情况,真让人无地自容。作为一个省长,怎么能和那些小偷、无赖搞在一起!”公爵气愤地说道。

“省长也是继承人,他有权继承遗产,他提出自己的要求是应该的。那么其他人呢,他们突然从四面八方冒出来,两眼盯着这份遗产。公爵大人,我认为这是可以理解的,人嘛,都有私心,一个富婆死了,她生前对自己的财产没有进行合理分配,所以那些贪财的人都从四面八方跑来,想捞点财物,这一点也不奇怪。”

“他们也太下作了! 都是些无耻之徒!”公爵愤怒地说道,“我这里的官员没有一个好东西,通通是坏蛋!”

“大人,难道我们都那么完美,就没有一点缺点? 我们这里的官员也都是人,他们都有优点,都很能干,但他们也有缺点,也有过失。”

“穆拉佐夫,我知道您是一个正直的人,可是请您告诉我,您为什么热衷于为那些坏蛋辩护呢?”

“大人,”穆拉佐夫说道,“您所说的那些坏蛋不也是人吗! 他们做了坏事,主要是由于他们愚昧无知,这大家都知道。鉴于这种情况,能不为他们辩护吗? 要知道,我们随时随地都可能做错事,都可能犯错误,甚至由于我们处理事情不当,还会给别人造成不幸。大人,您也有处理事情不当和不公正的时候。”

“您说什么!”公爵惊叫起来,他完全没有料到穆拉佐夫会说出如此令他吃惊的话。

穆拉佐夫好一阵子没有吭声,好像他在思考什么问题,最终,他说道:

“我们就拿坚捷特尼科夫的案子来说吧。”

“穆拉佐夫，您可知道，反对国家的根本大法就是犯罪，就是背叛国家。”

“我不会为他辩护。不过，一个年轻人因为年幼无知，又因为受了别人的诱惑和教唆，而犯了罪，在判刑的时候却判他和主犯同罪，您说这样判公正吗？结果判坚捷特尼科夫和无赖沃罗诺伊同罪，可是他们犯的罪是不同的。”

“关于这起案子，您还知道些什么情况，请您一定告诉我。”公爵怀着一种焦急的心情说道，“不久前，我直接给彼得堡呈递了报告，要求减轻对他的判决。”

“不，大人，关于这个案子，我不是说有些情况您还不知道，而我知道。虽然有一个情况对他是有利的，但是他本人不同意说出去，因为如果把这个情况公之于世，会伤害到别人。我只是考虑当时您处理此案是不是过于匆忙。大人，请您别在意，我是个粗人，我的判断不一定对。您多次提醒我，说话要直来直去。我做上司的时候，我手下也管着很多人，他们当中什么人都有，有好的，也有坏的。我们要学会关心人，体贴人，如果你对待人老是板着面孔，冷冰冰的，一见面就对他们吹胡子瞪眼睛，你就会把人吓住，结果是真实的情况你一点也了解不到。如果你同他谈话，就像兄弟之间谈话一样，既和颜悦色，又抱着感同身受的态度，他就会主动地和毫无保留地把所有的情况全盘托出，他甚至不会要求减轻判决，也不会怨恨谁，因为他心里明白，要惩罚他的不是我，而是法律。”

公爵陷入沉思中。这时，走进来一个年轻的官员，他拿着公文包毕恭毕敬地站在一旁。他的操劳，他的忙碌，都写在他那年轻的、富有青春活力的脸上。显然，他出色地完成了上司委派给他的任务。他是不多的几位验收、审核、处理公文的官员之一。他不追求功名，不贪图私利，也不追随某个人，他所以担任这个职务，是因为他相信，这里需要他，这里的工作需要他，他好像就是为了这个工作而生的。他的任务就是追踪、调查和分析一些复杂的案子，抓住案子的各种线索，把它们理出个头绪来，使案情明朗化。当案情开始有了一点眉目，当案子的深层次原因已经显露，当他觉得用简短的几句话就能把案子的来龙去脉说清楚，使任何人一听就能对案情有一个明确的了解，那么他认为，他所付出的劳动和努力，他所付出的无数个不眠之夜，就得到了丰厚的回报。可以这么说，每当他查明一件复杂的案子时他那种喜悦的心情远远超过一个学生弄懂一个疑难句子和发现一个作家的思想的真正意义时的喜悦心情。但是

（手稿此处有删节）

“……有些地区发生了饥荒，我比官员们更了解那里的情况，我可以亲自去考查一下，看哪些人需要救济。大人，如果您同意的话，我可以找分裂派教徒谈一谈。他

们更愿意跟我们这些普通老百姓谈。也许我能起到打通关系、弥合裂痕、和他们和好的作用。此事若让官员来办，肯定办不好。开始他们只是写一写公函，随后他们就埋头在公文堆中，眼睛只盯着公文，而疏漏了要办的事情。您不用给我钱，因为在很多人还挣扎在饥饿的死亡线上时，我还想到个人利益，还想到赚钱，这也未免太可耻了。我有粮食储备，刚才我还拨送了一批粮食给西伯利亚，到夏天，又会有新的粮食入库。”

“穆拉佐夫，那就让上帝嘉奖你的无私捐助吧！我就什么话也不说了，实际上您也会感觉到，任何话都难以表达我对您的感激。但是我有问题需要向您请教：我有没有权利丢下这个案子不管？我要是宽恕了这些坏蛋，我有正当的理由吗？我想听听您对这些问题的看法。”

“大人，说真的，不应该这样称呼他们，更何况他们当中的很多人并不是坏人。大人，人的处境是很难的，常常有这样的情况，有的人从表面看，有错，可是经过深入了解，犯错的不是他。”

“如果我宽恕了他们，他们会怎么说我呢？他们就会觉得自己了不起，就会把尾巴翘到天上去。他们甚至会认为，我害怕他们。他们就会瞧不起我……”

“大人，我给您出个主意。您把他们召集在一起，让他们知道，您对他们的情况了如指掌。您把您的情况，您的处境，完全摊开在他们面前，就像刚才您把您的情况摊开在我面前一样，然后您让他们每个人都说一说，如果他们在您的位子上，他们将会怎么办？”

“您以为他们从此就会改恶从善，就不再搞阴谋诡计，就不再发不义之财了吗？请您相信，他们肯定会讥笑我。”

“我不这么认为，大人。俄罗斯人，即使是比较差劲的俄罗斯人，也是有正义感的。除非是犹太人，而不是俄罗斯人。大人，您没有什么需要隐瞒的。您不是把实情都告诉我了吗，您也要把实情告诉他们。您知道他们背后骂您什么吗？他们骂您沽名钓誉，骂您看不起别人，骂您听不得不同意见，还骂您过于自信。那您就把实际情况摆出来给他们看。您觉得怎么样？要知道，您的所作所为都是正确的，都是无可非议的。您对他们说话时，就当不是面对着他们，而是面对着上帝，是在上帝面前作忏悔。”

“穆拉佐夫，”公爵边思考边说道，“关于这个问题，我再想一想。不过我还是要感谢您，因为您给我提了那么多的建议。”

“大人，您下令释放了乞乞科夫吧。”

“您告诉乞乞科夫，让他尽快离开此地，走得越远越好。我永远也不会宽恕他。”

穆拉佐夫辞别了公爵，就直接来找乞乞科夫。这时的乞乞科夫，情绪已经稳定。他正在安静地吃午饭，饭菜挺不错，是装在陶瓷饭盒里送来的，饭菜肯定出自高级厨师之手。穆拉佐夫和乞乞科夫刚交谈了几句，就立刻发现，乞乞科夫已经和经管此案的官员谈过话，他甚至还弄清楚，那位精通法律的法律顾问也暗中参与了此案。

“乞乞科夫，您听我说，我给您带来了自由，但条件是您必须马上离开这个城市。您赶紧收拾东西，一分钟也耽误不得，因为事情还要糟糕。我知道，这里有人在挑唆您，我告诉您一个秘密，有一个案子马上就要披露了，任何权势也挽救不了这个案子的案犯，当然，该案犯希望有更多的人牵扯到此案中，这样一来，他就有人陪着了，就不孤单了。案子马上就要了结。上次我离开您的时候，您的情绪很好，比现在好。我郑重地劝您几句。说真的，财产算什么，可是人们为了财产吵得不可开交，甚至动起武来，酿成互相残杀的悲剧。仿佛财产是幸福的象征，没有财产就没有幸福，岂不知，还有另一种幸福。乞乞科夫，您信不信，人们为了争夺物质财富，往往打得不可开交，甚至头破血流，人们只看重物质财富，而不重视精神财富，实际情况是，物质财富如果没有精神财富的支撑，也是不稳定的。饥饿和贫困早晚会降临到每个人的头上……这是显而易见的。不管怎么说，肉体总是要受思想的支配，否则，社会就会乱成一锅粥。您还是多检查多清理一下自己的思想吧，别在那些已经死去的农奴身上动脑筋了，别再走老路了，改弦更张走正道吧！明天我就要离开这里了。您也赶紧走吧！如果您没走，出了问题，谁管您呢！”

穆拉佐夫说了这一番话后就走出去了。乞乞科夫左思右想起来，生活的意义又显得相当重要了。“穆拉佐夫说得对，”乞乞科夫心里想，“该走正道了！”这时，乞乞科夫走出监狱的大门，两个哨兵跟在他的身后，一个哨兵替他拿着小匣子，另一个哨兵替他拿着衣物。谢利凡和彼得鲁什卡看见老爷从监狱出来了，非常高兴。

“好了，伙计们，”乞乞科夫冲着他们二人和气地说道，“收拾一下行装，起程吧！”

“老爷，我们该走了。”谢利凡说道，“雪已经下过去了，路不会太难走。说实在的，真不想在城里待下去了，都待腻了，甚至连看它一眼都懒得看。”

“去找修车的，让他们在马车上装上滑木。”乞乞科夫说道，然后他就进城去了，但是他并不打算跟认识的人辞行。这次的不幸遭遇以后，他觉得在人们面前抬不起头来，更何况城里还流行着许多不利于他的传言。他避开了熟人，悄悄地来到卖布料的商铺，又买了四米做燕尾服和裤子所需要的古铜色呢料，然后又去找上次给他做衣服的裁缝。他让裁缝连夜把他的衣服赶制出来，他答应给双倍的手工钱。裁缝接受了他的条件，他动员起所有的伙计，管缝制的、管熨烫的、管锁边的伙计——挑灯夜战，用了一夜的时间，把衣服做好了，虽然交活儿的时候，稍晚了一点。马车已经套好，等着他呢，可是他还要把新做的衣服穿到身上试一试，看合身不合身。试的结果，他非常满意，他认为这套衣服和上次那套衣服没什么区别。但是这时，他突然发现，

谢利凡和彼得鲁什卡看见老爷从监狱出来了，非常高兴。

他头上秃了一块，白色的头皮都露出来了，他心里有一种说不出的酸楚。他想："当时干吗那么伤心呢！真不应该揪自己的头发！"他付了裁缝的工钱，坐上马车，往城外去了。当他最终要离开这个城市时，他是一种什么心情呢，恐怕连他自己也说不清。乞乞科夫已经不是过去的乞乞科夫，仿佛过去的乞乞科夫已经变成了一片废墟。如果我们可以把他的灵魂、他的思想比作一座已经拆除的建筑物，拆除的目的是为了在它的废墟上建立起一座新的大厦。不过新的大厦还没有开始建，因为建筑师还没有拿出大厦的设计方案。因此工人们还无法动工，只好等着。在乞乞科夫动身前一个小时，穆拉佐夫和波塔佩奇乘坐席篷马车走了，而当乞乞科夫走后一个小时，公爵下达了命令，说他要去彼得堡，去以前，他想和全体官员们见个面。

全市的官员，从省长到九级文官，都集中到总督府的大厅里。官员中有主任、参事、陪审官，有基斯洛耶多夫、克拉斯诺诺索夫、萨莫斯维斯托夫，还有接受过贿赂的官员和没有接受过贿赂的官员，还有昧着良心干事、半昧着良心干事和凭良心干事的官员，大家都怀着激动和忐忑不安的心情，等着总督的出现。公爵终于出现在大厅里了，他绷着脸，神情凝重，目光锐利，步态坚实。官员们纷纷向他鞠躬致意，很多官员的腰弯到九十度。公爵向大家微微点了点头，然后开始说道：

"我马上就要去彼得堡了，去以前我认为有必要跟大家见个面，有些事情需要向大家说清楚。我们这里有一桩非常不体面的案件，我认为现在在座的多数人都知道我说的是哪一桩案件。在审理此案时，又牵出其他案件，这些案件同样是不体面的。问题是我一向认为诚实、正派的官员也陷入到此案中。我甚至知道，他们怀着一个不可告人的目的，就是把水搅浑，让案子不能按正常程序审理下去。我甚至还知道谁是主要指使人……虽然他伪装得很巧妙。但问题在于我不打算按正常的审案程序审理此案，我要采用战时审案的办法，速审速决。我希望，当我把案情奏明皇上时，皇上能给我这个权力。现在已经没有可能按照民法程序审理此案，有大量的材料堆在那里亟待处理，围绕案情出现了许多伪证和诬告的材料，有人企图用这种手段把本来就很复杂的案件搅得更加复杂，在这种情况下，我认为，只能让军事法庭来审理此案，我希望听听你们的意见。"

公爵说到这里停下来，好像在等大家的回答。可是在场的人都低下头看着地，有很多人的脸色变得刷白。

"我还知道一个案子，虽然审理此案的人完全相信，没有别人知道这个案子。但是这个案子已经不可能按照案卷材料进行审理了，因为我要亲自充当原告和起诉人，并提出确凿的证据。"

官员中有人打了个哆嗦，有些胆小的官员也惊慌不安起来。

"当然，对本案的主犯，必须革去其官职，没收其全部财产；对本案的从犯，也必须撤掉其职务。在他们当中，肯定也有许多无辜者，他们蒙受了冤屈。可是有什么办法呢？案犯太狡诈，又必须治他们的罪。虽然我知道，其他人是不会从中吸取教训的，因为贪官被赶下台后，取而代之的官员一个时期之内还是清正廉洁的，还是值得信赖的，可是他们很善于伪装自己，你很难识破他们的真面目，后来他们也都变成了贪官了，虽然有这种情况，我还是应该严厉执法，因为人们普遍要求公正的裁判。我知道，人们会指责我 ，说我办案太严厉，但是我知道，人们还会……"

（手稿此处有删节）

"因此，我必须成为执掌法律的一个无情的工具，我必须成为劈在罪犯头上的一把利斧。"

从官员们脸上的表情可以看出，他们听了公爵的这一番话，个个胆战心惊。

公爵的情绪十分平静，从他脸上的表情就知道，他并没有义愤填膺，也没有激动万分。

"大家知道，很多人的命运都掌握在我的手中，我一向执法如山，无论谁向我求情都无济于事。可是现在，我却低首下心，有求于诸位了。如果你们能满足我的要求，我会替你们讲情，一切问题都可以抹掉，都可以不予追究，都可以一笔勾销。下面谈谈我对你们的要求。我知道，任何办法，任何威吓，任何惩罚，都根除不了贪腐这一顽疾，因为它的根扎得太深。贪腐本来是那些无耻之徒干的勾当，可是那些生来并不卑劣的人也陷入贪腐的泥淖中。我知道，很多人无法抗拒这股恶流。可以说，现在已经到了国家需要拯救、每个公民都需要为国家的振兴做出牺牲的关键而神圣的时刻，我要大声疾呼，唤醒那些还能理解什么是'高尚情操'的真正的俄罗斯人。现在我们来谈论这种局面是谁的责任造成的，已没有什么意义！也许我的责任更大些。也可能一开始我对你们太严厉了，也可能由于我疑心过重，把你们当中真心想成为对我有用的人推开了。虽然从我这方面来说，我也可能指责过他们。如果他们真正能把公平、正义、善良这些美德作为他们的行动准则，他们就不应该计较我对他们的态度，就不应该因我的傲气而感到委屈，他们就应该扼制自己的虚荣心，就应该牺牲个人利益。当然，我也发现了他们身上所具有的那种自我牺牲精神和对善良的那种崇高的爱，我也采纳了他们提出的好的、有益的建议。总之，下属应该摸透和适应上司的脾性。这么说是合乎情理的，做起来也比较容易，因为多数人适应一个上司比较容易，而让一个上司去适应数百名下属比较难。但是现在我们先不谈谁的责任更大的问题。现在的问题是，到了拯救我们国家的时候了，我们的国家面临着亡国的威胁，这种威胁不是来自拿破仑军队的入侵，而是来自我们自己。现在，在我们的政府里，除了合法的管理体制和办事体制之外，还形成了另外一种体制，这种体制比合法体制的生命力要强大得多。在这种体制下，办事是有条件的，也就是给钱才办事，这种权钱交易的勾当已经不是什么秘密。任何当政者，即使他很英明，比所有的立法者和掌权者都英明，即使他设立了监督机构，监督和制约官员中的违法乱纪现象，他也无法根除贪腐这个官府机体上的毒瘤。如果人民大众还没有发动起来，如果我们当中的每个人还没有意识到，应该像战争年代那样，拿起武器和敌人——贪腐——做坚决的斗争，那么其他的一切努力都是徒劳的。作为俄罗斯人，咱们的血管里流着同样的血，咱们是同祖同宗，我现在向你们呼吁，向你们当中还怀有高尚情操的人提出要求。我请你们牢牢地记住自己的责任，不管你们将要去什么岗位上工作。我请你们要把自己肩负的责任和义务看得比生命还重要，因为它们在我们的思想上快要变得模糊不清了，我们几乎……"

（手稿到此中断）

完

附录

参观果戈理故居记

乔振绪

在莫斯科市中心，离热闹的阿尔巴特街不远，有一条林荫大道，叫苏沃洛夫大街。从街口走进去约一百多米，往左拐，就会看见两扇大铁门。迈过铁门进入院落，迎面就看见一座果戈理的雕像。这是俄罗斯著名雕塑家安德列耶夫于1909年为纪念果戈理诞辰一百周年而雕塑的。雕塑家精心刻画了果戈理在生命的最后几年思想上出现危机时的形象。果戈理身披外套，蜷缩在一把椅子里，右手揪着几乎把全身都裹住的外套。头略略低垂，眼神呆滞。雕塑家想要表现果戈理的一种什么心态呢？是疲倦和苦闷？是彷徨和失落？是忧悒和绝望？应该说都有。

这座雕像本来坐落在果戈理大街上显著的地方。1952年纪念果戈理逝世一百周年时，他被迁到这所院子的密林中。一到夏季，他就被繁茂的枝叶遮盖，很难窥到他的全貌。人民是公正的，显然他们认为，这座雕像并不能反映果戈理光辉的一生，所以在这座雕像原来的地方，又由苏联著名雕塑家托姆斯基重新雕了一座雕像。我们看见果戈理身穿外套，左手持一本厚书，昂首挺立，双目凝视着远方。这才是把不朽的著作《钦差大臣》和《死魂灵》奉献给世人的果戈理。

为什么要把安德列耶夫雕的像迁到苏沃洛夫大街的这个院子里来呢？这是因为果戈理在这个院子右侧的小楼里度过了他生命的最后4年，也就是他的思想坠入迷津的4年。

1923年，根据克鲁普斯卡娅的倡议，这座小楼被开辟为以果戈理的名字命名的莫斯科市立第二图书馆，果戈理从1848年到1852年住过的两间屋子被开辟为果戈理纪念馆。

当我们走进纪念馆时，一位年逾花甲的老太太接待了我们，她是纪念馆的馆长。一听说我们是从中国来的，想参观纪念馆，她立刻表现得非常热情，又是拿出签名簿让我们签名，又是拿出留言簿让我们留言，又是拿出文字材料让我们看。她言谈话语，很是斯文，但一谈起果戈理，就滔滔不绝，你想提个问题，都很难插上话。

这座带拱廊和阳台的二层老式楼房原是沙皇政府的高级官吏亚历山大·彼德罗维奇·托尔斯泰，人称托尔斯泰伯爵的府第。此人生于1801年，青年时期习武从戎，后又涉足外交，最后官至总督。1840年退职后，埋头于神学，是一个极虔诚的东正教徒。果戈理是1843年在国外和他认识的，此后关系日益密切。果戈理晚期思想上发生危机，和他的影响有很大关系。1851年屠格涅夫到这儿拜访果戈理时，就感觉到果戈理的言谈思想"极其明显地表现出达官贵人对他的影响"。

1848年，果戈理回国后，作为托尔斯泰伯爵的客人，住进这座小楼。他占用了楼下右侧的两个套间。外屋做客厅，里屋做书房兼卧室。馆长说，这是果戈理在莫斯科住过的房子中唯一保存下来的房子。里屋基本上恢复了果戈理在世时的面貌。房间陈设非常简单。门的左侧放一单人床，由屏风遮挡。对面放一书柜。右边是一个高腿写字台。左边靠窗放一套沙发椅和一个茶几。馆长说，果戈理喜欢坐在这里修改和誊清自己的手稿。他当时正在写《死魂灵》的第二部，他认为这是他一生中最主要的作品。这个时期，果戈理还准备出第二本作品集，他在这里又最后把收入这个集子的作品审阅了一遍。左边的高腿写字台是果戈理写作的地方，他习惯于站着写东西。馆长说，当时凡是来找果戈理的人，总是看见他在写作。果戈理习惯于一边写，一边在屋子里踱来踱去，嘴里不停地复述着他写的东西，甚至还带着表情，用手比划着，演示他所写的整段整段情节。每一段话他常常要修改好多次。

馆长特别讲到，屠格涅夫1851年10月20日来拜访果戈理时，就是在这个房间。当时屠格涅夫和果戈理坐在那张长沙发椅上，陪同屠格涅夫来访的谢普金（1788—1863年，俄国著名演员，扮演过《钦差大臣》中的市长。）坐在对面的圈手椅中。屠格涅夫详细回忆了这次会见的情景。屠格涅夫写道："他的房间在右手，是个套间。我们走进去时，看见他正站在高腿写字台旁边，手中拿着笔……他那浅色的头发还保持着青春的光泽，从两鬓直垂下来，像哥萨克人的头发一样……他那宽大的、白皙的、无一点皱纹的前额显示出他的智慧……他思维敏捷，很健谈，说起话来很有节奏，很有感染力。"

外屋原来是客厅，但没有恢复原样，开辟为陈列室，陈列着一些和果戈理的生平有关的实物、图片和书籍。当时，谢普金、阿克萨科夫、舍维列夫、屠格涅夫等，是这个屋子的常客。果戈理常常给朋友们读《死魂灵》第二部的一些片段。馆长指着墙角的壁炉说，1852 年 2 月 12 日凌晨，重病在身的果戈理把《死魂灵》第二部的手稿投进这个壁炉烧成灰烬，决定不把没有写完的书留给后世。

馆长又把我们带到下一个房间的门口说，果戈理就是在这个房间离开人世的，时间是 1852 年 3 月 4 日(公历)。因为时间已经久远，这间屋子很难恢复原样，现在它是图书馆的一个书库。

关于果戈理的死，当时的《莫斯科新闻》做了报道，它写道："2 月 21 日星期四，早晨 8 点，尼古拉· 瓦西里耶维奇·果戈理去世了。这个消息在俄罗斯的各个角落引起极大悲痛……死者对俄罗斯的思想和文学立下了不朽的功绩。他对知识界的影响十分深刻和广泛。他的作品具有很强的生命力，将永远成为人民的宝贵财富。"

【注】此文曾以《从果戈理的雕像谈起》为题发表在 1993 年 12 月 13 日的《光明日报》上。

果戈理在莫斯科的故居，这是他的书房兼卧室

左边靠窗放一个沙发椅和一个茶几

这是书房兼卧室的单人床,在门的左侧,由屏风遮挡